Das Buch

Die Droge Hollywood macht ihre Opfer süchtig nach Ruhm, läßt sie auf den tückischen Wogen des Erfolgs schwimmen und zieht sie bisweilen in einen Strudel der Verzweiflung. So empfindet die smarte Filmproduzentin Kate Paley die Glitzerwelt, in der sie sich als Frau bestens zu behaupten weiß. Als sie nach acht Jahren ihrem verflossenen Liebhaber, dem Regisseur Adrian Needham, wiederbegegnet, beschließen sie einen gemeinsamen Neuanfang. Basierend auf dem Skript *Besessen*, das von Riley Quinn, dem Freund der jungen Schauspielerin Sylver Cassidy, stammt, starten sie ein ehrgeiziges Filmvorhaben, beherrscht von dem Ziel, einen Oscar zu gewinnen. Doch ein brutaler Mord kommt ihnen bei den Dreharbeiten dazwischen.

Die Autorin

Elise Title hat über zwanzig Jahre lang als Psychotherapeutin gearbeitet, viele Jahre davon im Sicherheitsstrafvollzug mit Schwerkriminellen.
In unserem Hause sind von Elise Title bereits erschienen:
Eros
Romeo

Elise Title

Todsünden

Roman

Aus dem Amerikanischen von Rita Langner

Ullstein

Ullstein Taschenbuchverlag 2000
Der Ullstein Taschenbuchverlag ist ein Unternehmen
der Econ Ullstein List Verlag GmbH & Co. KG, München
© 1995 für die deutsche Ausgabe mit freundlicher
Genehmigung der Rechteinhaber
© 1994 by Elise Title
Titel der amerikanischen Originalausgabe:
Hot Property (Mira Books, Toronto)
Übersetzung: Rita Langner
Umschlagkonzept: Lohmüller Werbeagentur GmbH & Co. KG, Berlin
Umschlaggestaltung: DYADEsign, Düsseldorf
Titelabbildung: Photonica, Hamburg
Druck und Bindearbeiten: Ebner Ulm
Printed in Germany
ISBN 3-548-24950-7

PROLOG

Beverly Hills, Kalifornien
Frühling 1993

Du hast doch nicht etwa Angst, Suzanne, oder?«
»Ich? Du meinst, weil es für mich das erste Mal ist, Don?«
»Tatsächlich? Dein erstes Mal? Und dafür hast du mich ausgesucht? Das ehrt mich ungemein, wirklich. Nein, das beschämt mich. Rührt mich. Wirft mich richtig um, Baby.«
»Augenblick mal, Don. Ich will dir ja nicht die Illusion rauben, doch ausgesucht habe ich dich nicht gerade.«
»Suzanne, ich bin am Boden zerstört.«
»Ich finde allerdings, das Komitee hat eine sehr gute Paarung gefunden. Geht's dir nun wieder besser?«
»Kommt darauf an. Was machst du, nachdem wir den nächsten Preis vergeben haben?«
»Weil wir gerade vom Preisvergeben reden, Don, meinst du nicht auch, wir sollten . . . nun ja, du weißt schon . . .«
»Uns den Oscar unter den Arm klemmen, gleich wieder zu mir nach Hause flitzen und dort ein romantisches Dinner bei Kerzenlicht mit Mantovanis Geigen im Hintergrund . . .?«
»Mantovani?«
»Na schön, Barry Manilow.«
»Ich finde, wir sollten jetzt erst einmal die Kandidatinnen für den diesjährigen Preis für die beste Nebendarstellerin verkünden. Meinst du nicht auch?«
»Wie du meinst, Suzanne. Und hinterher . . .«

»Über hinterher reden wir hinterher.«

»Okay, Leute, die Kandidatinnen für die diesjährige Auszeichnung als beste Nebendarstellerin sind ...«

Die Szene auf dem großen Bildschirm wechselte von der glamourösen Galabühne des Dorothy-Chandler-Pavillons zu »ungestellten« Nahaufnahmen aller genannten Kandidatinnen, doch der Mann im schwarzen Smoking, der auf dem großen Bett lag, schaute ebensowenig auf den Fernseher wie die beiden Kriminalpolizisten, die drei uniformierten Cops, die Jungs vom Gerichtslabor, der Fotograf und der Coroner mit seinen beiden Untersuchungsbeamten, die sich alle in diesem Zimmer befanden. Es war, als hielte man hier einen Polizeikongreß ab.

Lieutenant Al Borgini, Chef der Mordkommission von Beverly Hills, ein großer, schlaksiger Mann von Ende Vierzig mit militärisch kurzem Bürstenhaarschnitt, deutete auf eine antike chinesische Tuschezeichnung, die über dem kunstvoll geschnitzten, jetzt mit Blut und Gehirnmasse bespritzten Kopfbrett des Betts hing. »Ist das da ein Pinselstrich oder Blut?« fragte er einen der Leute vom Labor, der sofort genauer hinsah.

»Blut«, antwortete der Experte ganz sachlich, kratzte mit seinem Messer etwas davon ab, tat es in eine Plastiktüte, notierte den Inhalt auf einem weißen Aufkleber und versiegelte den Beutel. Der Fotograf schoß ein paar Bilder von den Bettvorhängen und dann noch ein paar von dem Toten auf dem Bett.

Borginis Assistent Hank Salsky, ein untersetzter Mann von Ende Dreißig mit einem zerknitterten Trenchcoat Marke Columbo, drehte sich in dem luxuriösen Schlafzimmer einmal langsam im Kreis. Er war erst seit wenigen Monaten bei der Beverly-Hills-Abteilung der Polizei von Los Angeles und hatte zuvor Dienst in den üblen Gegenden von Detroit getan.

Heute erhielt er zum ersten Mal einen Eindruck vom Lebensstil der Reichen und Berühmten, und er machte Augen wie ein Kind unterm Weihnachtsbaum.

»Mann, o Mann«, murmelte er staunend beim Anblick des riesigen, in drei verschiedenen Blauschattierungen ausgestatteten Schlafzimmers mit den elektronisch zu bedienenden Rohseidenvorhängen und dem prächtigen Kristallüster, der von der mit himmelblauem Damast bespannten Decke hing, was wie aus dem Palast eines arabischen Scheichs wirkte. Über der Marmorplatte des Ankleidetischs befand sich ein Spiegel in einem kunstvoll verzierten und vergoldeten Rahmen aus Walnußholz. Ferner gab es eine übergroße chintzbezogene Chaiselongue sowie einen gewaltigen antiken Kleiderschrank, in den der Fernseher mit Großbildschirm eingepaßt war. Allein für dieses Gerät hätte Salsky sonstwas gegeben.

»Also ich glaube«, sagte er, »mein ganzes Drei-Raum-Apartment drüben in Pasadena würde in dieses Schlafzimmer passen, und dann bliebe noch immer genug Platz für ein Familienwohnzimmer.«

»Salsky, wir sind nicht auf der Besichtigungstour ›Häuser der Stars‹«, knurrte Borgini gereizt. »Sehen Sie sich lieber hier um.« Er wandte sich an den Coroner. »Was meinen Sie, Doktor?«

»Mit einem schweren Gegenstand von hinten über den Schädel geschlagen. Genau kann ich's noch nicht sagen, aber ich glaube, der Tod trat sofort oder doch umgehend ein«, sagte der Coroner leise. Einer seiner Untersuchungsbeamten drehte den Toten herum und bemerkte, daß es die Sache viel einfacher machen würde, wenn man die Mordwaffe fände. Borginis Blick fiel auf das Opfer, das nun auf dem Bauch lag. Der arme Kerl sah von hinten, wo ihn der Hieb getroffen hatte, wesentlich schlimmer aus.

»Irgend jemand hat den Knaben wirklich nicht leiden können«, meinte Salsky von der anderen Zimmerecke her.

Borgini überhörte die unpassende Bemerkung seines Assistenten, oder er versuchte es zumindest. »Können Sie die Todeszeit bestimmen, Doktor?« erkundigte er sich.

»Ich würde sagen, irgendwann zwischen fünfzehn und sechzehn Uhr. Sieht aus, als hätte er sich gerade fertiggemacht, um zu der Oscar-Verleihung zu gehen.« Er hielt die Eintrittskarte hoch, die er in der Innentasche des Smokings gefunden hatte.

»So eine Verschwendung«, meinte Salsky. »Ich wette, das sind heute abend die heißesten Tickets der ganzen Stadt«, fügte er grinsend hinzu.

Borgini warf seinem Assistenten einen Blick zu. »Salsky, gehen Sie und befragen Sie die Haushälterin. Sie sagt, sie hätte ihn um zwanzig nach fünf so vorgefunden. Behauptet, dies sei ihr freier Tag, doch sie sei hergekommen, um sich etwas zu essen zu machen und sich dann für den Abend anzuziehen, weil sie mit ihrem Freund ausgehen wollte.« Er machte eine kleine Pause. »Gehen Sie nicht so grob mit ihr um. Sie ist ziemlich durcheinander.«

»Vielleicht schuldete er ihr noch einen Monatslohn. Glauben Sie, sie hat ihn umgelegt, Chef?« fragte Salsky. Er stand jetzt bei den elektronischen Vorhängen, die zugezogen waren, und versuchte herauszufinden, wie sie sich öffnen ließen.

»Fragen Sie die Frau doch selbst«, empfahl Borgini giftig, gerade als Salsky den richtigen Knopf gefunden hatte; die Vorhänge öffneten sich, und das Licht des späten Nachmittags durchflutete das Schlafzimmer. Borgini starrte seinen Assistenten wütend an, bis sie beide den Gegenstand sahen, der hinter den Vorhängen auf dem polierten Nußbaumparkett lag, ein goldener Kaminblock, dessen eines Ende mit Blut überzogen war. Die Gesichter der beiden Männer vom Gerichtslabor hellten sich auf.

Salsky grinste seinen Chef an.

Borgini verdrehte die Augen. »Will nicht endlich mal jemand den Fernseher ausschalten?« brüllte er. Das Hintergrundgeräusch ging ihm langsam auf die Nerven.

Einer der uniformierten Leute, eine ernste und attraktive Polizeianwärterin, lief sofort zum Apparat, um dem Befehl des Lieutenants nachzukommen. Als sie schon die Hand am Aus-Knopf hatte, rief Salsky: »Nicht! Warten Sie einen Moment. Ich glaube, jetzt werden gleich die Kandidatinnen für den Preis als ›beste Schauspielerin‹ verlesen. Ich tippe auf Emily Chapman. Hat einer von euch sie in ›Zeichen der Zeit‹ gesehen? Mann, die ist eine heiße Nummer!«

Borgini warf der uniformierten Polizistin einen drohenden Blick zu, und sie drehte rasch den Fernseher aus, gerade als die Verlesung begann.

Salsky zuckte die Schultern. »Okay, okay. Ich gehe jetzt und unterhalte mich mit der Haushälterin.« Auf dem Weg durchs Zimmer warf er noch einen Blick auf die Leiche, und dabei bemerkte er etwas Glänzendes am Hosenaufschlag des Toten. Er trat ans Bett.

»Salsky, was zum Teufel . . .«, begann Borgini ärgerlich und unterbrach sich gleich wieder, als er sah, wie sein Assistent eine Pinzette aus der Manteltasche zog, damit das kleine silberne Objekt von dem Hosenaufschlag nahm und es dann hochhielt. Es handelte sich um einen Ohrring in Form eines Sterns, in dessen Mitte ein Diamantsplitter blitzte.

»Könnte eine Spur sein. Was meinen Sie, Chef?«

Borginis Mundwinkel zuckten, ein sicheres Zeichen dafür, daß ihm die Sache mit der Zeit zu stressig wurde. »Was ich meine? Ich meine, daß wir diesen Mord lieber mit Samthandschuhen anfassen sollten. Alles schön langsam und keine voreiligen Schlüsse ziehen. Das hier ist keine gewöhnliche Leiche, und irgend etwas sagt mir, daß es auch keine gewöhnlichen Verdächtigen geben wird. Was bedeutet, daß uns in diesem Fall die Medien im Nacken sitzen und uns abschießen werden, falls wir irgendeinen Fehler machen.«

Während seiner ganzen Rede wandte Borgini seine blutunterlaufenen braunen Augen keine Sekunde von seinem Assistenten. Salsky mit seinem Glück – na schön, auch mit seinem Talent – beeindruckte ihn langsam tatsächlich. Früher einmal, bevor er zum Lieutenant aufgestiegen war, hatte er auch so einen Typen zum Partner gehabt. Riley Quinn hatte der geheißen und war in erster Linie ein hervorragender Polizist gewesen. Von dem hätte Salsky noch eine Menge lernen können. Borgini war Manns genug, um einzugestehen, daß er selbst viel von Riley gelernt hatte. Auf der anderen Seite hatte er Riley auch ein paar Dinge beigebracht. Ganz zu schweigen davon, daß er ihm das Leben gerettet hatte.

Vorsichtig ließ Salsky den kleinen blitzenden Stern aus der Pinzette in einen Plastikbeutel fallen und überreichte diesen feierlich einem der Jungs vom Gerichtslabor. Dann blinzelte er seinem Chef zu. »Ach ja, Hollywood. Das muß man doch einfach lieben, nicht?«

I. TEIL

HERBST 1992

1

Und da sagt Fielding zu mir, wenn mir das nicht gefiele, könnte ich mich ja selbständig machen«, beklagte sich Greg Coffman beim Lunch im »La Scala« bei Kate Paley.

Kate spießte ein rotes Radicchioblatt von ihrem Salatteller auf. »Hat Sie das etwa überrascht? Sie arbeiten doch schon seit über einem Jahr für Fielding. Sagen Sie mir nicht, da hätten Sie noch nicht mitgekriegt, auf welchem monumentalen Egotrip er sich befindet.«

»Niemand läßt sich gern zur Schnecke machen und schon gar nicht vor versammelter Mannschaft«, verteidigte sich Greg mit seiner hohen, quäkenden Stimme. »Und dann hält er mir auch noch eine große Rede, die darauf hinausläuft, daß er meint, mein Problem sei mein Glaube daran, daß ich das goldene Händchen habe. Ich solle lieber aufwachen und erkennen, daß Filmemachen nichts anderes als Roulette ist.«

»Ich würde es eher mit Würfelspielen vergleichen.« Kate lächelte schlau. »Ein tolles Spiel, wenn man es schafft, daß der Würfel so rollt, wie man es will.«

Sie selbst hatte in den letzten beiden Jahren eine gute Hand gehabt, doch im Augenblick hatte sie nichts besonders Aufregendes in der Entwicklung. Sie brauchte etwas Großes, etwas, das die Branche aufhorchen ließ. Was sie am meisten ärgerte, war, daß sie, nur weil sie eine Frau war, noch nicht den Platz einnahm, den sie verdiente. An manchen Tagen hatte sie den Eindruck, wirklich voranzukommen, und an anderen Tagen meinte sie, ständig gegen den Strom zu schwimmen.

»Fielding hat mich abgeschmettert, bevor ich ihm überhaupt auseinandersetzen konnte, worum es sich handelte. ›Ich bin dagegen‹, sagte er und Schluß, aus, Feierabend«, jammerte Greg. »Ich war einfach sprachlos. Ich dachte nicht, daß es so schwer sein würde, ihm mein Projekt zu verkaufen. Dabei habe ich erst letzten Sonntag mit dem Alten Golf gespielt, und da tat er so, als wäre ich sein Goldjunge. Nicht, daß ich mich aufspielen will, aber ›Making Millions‹ war ein klarer Erfolg.«

»›Making Millions‹ fuhr außerdem genau auf Fieldings Schiene«, bemerkte Kate. »Ein hübscher, einfacher Action-Streifen.«

Greg lamentierte weiter über die Kränkungen und Ungerechtigkeiten, denen er bei Avalon immer wieder ausgesetzt war, was Kate schließlich langweilte, und so begann sie sich diskret im Restaurant umzuschauen.

Die Erfolgreichsten der Branche – die meisten von ihnen waren natürlich Männer – saßen an ihren angestammten Tischen und wickelten ihre Deals zwischen zwei Bissen aus Leones feiner italienischer Küche ab. Das »La Scala« mit seinen dunklen Holzwänden, den bernsteinfarbenen Spiegeln, der weichen Beleuchtung und den mit rotem Leder ausgeschlagenen Sitznischen war noch immer eines der »In«-Eßlokale für Hollywoods große Macher.

Fred Meisel, Vertriebsleiter bei Cinebar, nickte Kate freundlich zu, nachdem sie ihn zusammen mit Don Hunt, einem Oberbonzen bei Beekman Pictures, ein paar Sitznischen weiter entdeckt hatte. Die beiden hatten offensichtlich etwas sehr Ernstes bei einem heißen Muschelgericht zu diskutieren.

Kate mochte keinen von ihnen so besonders. Sie hielt Hunt für jemanden mit einem Taschenrechner statt eines Gehirns. Bei ihm bestand alles aus Zahlen, und er drehte jeden Pfennig mehr als nur zweimal um.

Was Meisel betraf, so war sie ihm zuerst damals begegnet, als sie in die Branche eintrat und sich bei Cinebar um einen Job als Koproduzentin bewarb. Meisel hatte das Bewerbungsinterview mit ihr geführt. Er war recht angenehm gewesen, hatte mit ihr geplaudert und ihr einen Haufen Komplimente gemacht. Obwohl sie damals noch eine Anfängerin war, hatte sie gespürt, daß er etwas ganz anderes von ihr wollte.

Er bestellte sie zu weiteren Interviews, und als sie ihn beim dritten Treffen zur Rede stellte, gab er verlegen zu, daß er meinte, eine schöne junge Frau wie sie könnte eine viel zu große Ablenkung am Arbeitsplatz bedeuten. Er war so schwer von Begriff, daß er nicht verstand, weshalb sie stocksauer wurde. Der Kerl hatte tatsächlich gedacht, er hätte ihr damit ein Kompliment gemacht.

In einer Sitznische auf der anderen Seite des Raums sah Kate Bill Kelso, den Richard-Gere-Doppelgänger, von dem alle Welt sagte, er würde für seine Rolle in »Calling The Shots« für den Oscar nominiert werden.

Der Schauspieler umschmeichelte eine umwerfende Brünette, die Kate nicht genau erkennen konnte, weil einer der künstlichen Orangenbäume, Wahrzeichen des Speiserestaurants, ihr die Sicht versperrte. Auf jeden Fall handelte es sich bei der Dame nicht um Aileen, die unverdorbene blonde Australierin, mit der Kelso seit gut zwei Monaten verheiratet war.

Zwei Monate wären auch ein Rekord für den Schauspieler gewesen. Verhältnisse in Hollywood waren nicht eben für ihr langes Bestehen berühmt. Die meisten waren kurz, dafür jedoch herrlich heiß. Beziehungsweise sie waren kurz und ziemlich schmutzig. Kate hatte ihr Bestes getan, um diese Art von kurzen, schmutzigen Verhältnissen zu vermeiden. Sie selbst war nur ein einziges Mal ausgerutscht, und das lag schon lange zurück.

Kelsos Tischdame, die gertenschlanke Brünette in hautengem Leder, beugte sich gerade vor, um von ihrem Käsekuchen abzubeißen. Jetzt erkannte Kate sie. Das Starlet des Monats, Stacy Allen! Neidvoll sah Kate zu, wie das Stückchen Käsekuchen zwischen den Lippen des Mädchens verschwand. Als sie um die Dreiundzwanzig gewesen war, hätte sie auch ungestraft einen Nachtisch von tausend Kalorien verdrücken können.

Jetzt mit sechsunddreißig jedoch würde sich jeder Bissen davon sofort auf ihren Hüften niederlassen. Manchmal dachte sie daran, wie schön es wäre, alles essen zu dürfen, was sie wollte, niemals wieder einen Fuß in ein Fitneßstudio setzen zu müssen und das Fett einfach da zu lassen, wo es war.

Das schlanke, biegsame Starlet fing Kates Blick auf und lächelte kokett. Nicht das kleinste Lachfältchen verunzierte die ekelhaft makellose helle Haut. Kate entschied, daß dies eine Haut war, die um so übler alterte, und dann fragte sie sich sofort, ob sie gehässig war oder nur entsetzt darüber, daß man sie vielleicht für antiquarisch hielt, bevor sie noch vierzig war.

Nachdem sie die Dame mit einem hoheitsvollen Nicken bedacht hatte, spießte sie sich ein knackfrisches Blatt Endiviensalat – ohne Vinaigrette, ihr Lieblingsdressing – auf die Gabel und wandte ihre Aufmerksamkeit wieder ihrem Lunchpartner zu. »Sagten Sie, ein Drehbuch von Lerner?«

»Was soll ich denn sonst gesagt haben? Artie Matthews von ICA hat es mir gegeben. Letzte Woche habe ich Lerner zufällig im ›Bistro Garden‹ getroffen, und da haben wir uns darüber unterhalten. Gleich danach habe ich Matthews angerufen und ihn davon überzeugt, daß dieses Projekt ein Geschenk des Himmels für Avalon ist«, erzählte Greg. Ein Schweißtropfen stand in dem kleinen Grübchen über seiner Oberlippe.

Greg Coffman, neununddreißig Jahre alt, hatte ein hartes Gesicht, eine athletische Figur, war Vizepräsident der Filmabteilung von Avalon und wurde von den meisten Leuten als der große Hit-Macher von Avalon gesehen. Kate jedoch wußte es besser. Greg hatte ein großes Problem, eines, das das sichere Todesurteil im La-La-Land bedeutete: Er hatte das Bedürfnis, gemocht zu werden. Das war ein fatales Manko, wenn man in diesem irren Geschäft überleben wollte. Der Versuch, Freunde zu gewinnen, führte dazu, daß man immer nachgab, wo man hart bleiben sollte.

Es war ein Wahnsinnsberuf. Kate als Vizepräsidentin von

Paradines Filmabteilung kannte den Kummer und den Frust zur Genüge, und es gab Zeiten, da fragte sie sich ernsthaft, ob sie nicht selbst wahnsinnig war. Lohnte sich eigentlich der ganze Ärger? Verdammt noch mal!

Greg betupfte sich den Mund mit seiner Leinenserviette. »Drehen Sie sich nicht um, aber Ron Bruer kommt gerade herein.«

»Daß er sich so kurz nach dem Debakel wieder sehen läßt ...«, sagte Kate nachdenklich.

»Er hat uns entdeckt. Ja, nun kommt er auf uns zu.«

»Kopf gesenkt? Hängende Schultern?«

Greg lächelte boshaft. »Sehr scharfsinnig. Wie immer, Miß Paley.«

Ron Bruer, ein Bär von einem Mann, der Kate immer an Robinson Crusoe erinnerte, hatte das wenig beneidenswerte Los, Drehbuchautor und Regisseur des bei New Mark Pictures gedrehten teuersten und mit den meisten Vorschußlorbeeren bedachten, größten Flops der Saison zu sein. Kate dankte ihrem Schutzengel, daß sie dieses Projekt abgelehnt hatte.

»Kate, wie geht es Ihnen? Sie sehen großartig aus wie immer.« Bruer legte ihr seine Pranke auf den Jackenärmel und bedachte Kate mit einem ebenso strahlenden wie aggressiven Lächeln. Ihr entging nicht das Zucken seines rechten Auges.

Irgendwie empfand sie sogar Mitleid mit dem Autor. Ein einziger Flop, und jedermann – sie auch – schrieb ihn ab. Worin bestand sein Verbrechen? Daß er fehlbar war? Als ob alle anderen das nicht auch wären! Ron Bruer war ein netter, heller, talentierter Bursche. So wie sie ein nettes, helles, talentiertes Mädchen war. Unglücklicherweise reichte das nicht.

Bruer nickte Greg Coffman höflich zu und richtete seinen ernsten Blick dann wieder auf Kate. »Wie ich höre, wird ›Breaking Legs‹ ja über den grünen Klee gelobt. Sieht ganz so aus, als hätten Sie wieder einen Gewinner in den Händen.« Er zögerte, als sein Lächeln verblaßte. »Ich weiß ja, daß Sie schwer beschäftigt sind, Kate, aber ich würde mich furchtbar gern einmal mit Ihnen zusammensetzen und ...«

Sie hörte seiner Stimme an, daß dies eine flehentliche Bitte war. Besaß der Kerl denn gar keinen Stolz? Oder wenigstens soviel Grips, um zu wissen, daß es in Hollywood als schlechtes Benehmen galt, wenn man zugab, daß es einem miserabel ging? So etwas brachte die anderen doch in Verlegenheit, und sie wollten dann nur noch so weit wie möglich von einem abrücken, weil sie fürchteten, man hätte etwas Ansteckendes.

»... mit Ihren Leuten natürlich – möglichst bald und ...«

Während Bruer nach den richtigen Worten suchte, schob ein eleganter Mann in einem britisch geschnittenen Nadelstreifenanzug eine höchst ansehnliche Rothaarige in einem exquisiten weißen Seidenkleid von Norma Kamali zu Kates Tisch.

»Kate. Greg. Ich mußte euch doch meine Frau Lisi vorstellen«, sagte Stan Geller, einer der Bosse von Filmways, und schob dabei kaltblütig Bruer aus dem Weg.

Kate und Greg begrüßten die Gattin des Zweiundsechzigjährigen mit einem kurzen Handschlag, und natürlich verzog sich Bruer zu seinem eigenen Tisch, natürlich nicht in eine der sechs »Power«-Sitznischen im vorderen Teil des Raums. Armer Kerl, dachte Kate, beim nächsten Mal kommt er hier vielleicht überhaupt nicht mehr herein.

»Kate, Stan hat mir gesagt, daß Sie eine der klügsten und gerissensten Frauen in der Branche sind«, bemerkte Lisi.

War das Gellers vierte oder fünfte Frau? Kate hatte nicht mehr mitgezählt. Eines wußte sie jedoch: Die Damen wurden immer jünger. Die entzückende Lisi schätzte sie auf unter fünfundzwanzig.

In einer Branche, in der Wunderknaben oder Wundermädchen – in dieser Reihenfolge – ewig glorifiziert wurden, als ob sich Jugend und Weisheit an der Hüfte träfen, war Kate mit ihren sechsunddreißig Jahren ein wenig allergisch gegen die Sache mit dem Alter. Ihr Medizinschrank wurde inzwischen zur wahren Goldmine, in der die Mittel gegen das schleichende Ungeheuer ruhten: Sonnenschutzmilch mit Lichtschutzfaktor dreißig, feinste französische Feuchtigkeitslotions, Spezial-Nachtcremes, Tagescremes aus exotischen Pflanzen, einzigartige Kräuterpasten zur Vorbeugung gegen winzige braune Flecken, Nährcremes, unter dem Make-up aufzutragen. Sie hatte sich sogar schon den Schönheitschirurgen ausgesucht, zu dem sie gehen wollte, wenn es soweit war.

»›Breaking Legs‹ soll bis jetzt die beste Premiere aller Paradine-Filme dieses Jahres gehabt haben. Nette Arbeit, Kate«, erklärte Geller teils achtungsvoll, teils neidisch. Mächtige Männer wie er mochten ihren Frauen über sie etwas vorschwärmen, doch Kate wußte, wie schwer es solchen Typen fiel, es zu schlucken, wenn in diesem Geschäft eine Frau große Erfolge verbuchte. Das männliche Ego konnte so etwas schlecht verdauen.

»Hören Sie, wann immer Sie von Bord gehen wollen...« Den Rest des Satzes drückte Geller pantomimisch aus, indem er die Hände zu einer offensichtlich väterlichen Geste ausbreitete, was »... dann komm zu Daddy« bedeuten sollte.

»Ich bin ganz glücklich auf meinem Dampfer, doch ich werde mir Ihre Einladung gern für schlechte Zeiten in meinem Terminkalender vornotieren, Stan«, sagte Kate lässig.

Stan nahm seine Gattin beim Arm und verzog sich in Richtung des Superagenten Len Burke, der einen noch prestigeträchtigeren Tisch als Kate innehatte.

»Ich erinnere mich an eine noch gar nicht so lange zurückliegende Zeit, als Geller mir nicht einmal gesagt hätte, wie spät es ist«, bemerkte Kate abfällig. »Und wenn ich ihn jetzt fragte, würde er mit Freuden seine Gold-und-Platin-Rolex vom Handgelenk ziehen und sie mir zu Füßen legen.«

»Erzählen Sie mir doch mal, wie man sich so als eine der einflußreichsten Frauen im La-La-Land fühlt, Kate«, bat Greg nur halb im Scherz.

»Nicht halb so gut, wie ich mich fühlen werde, wenn ich ganz oben bin«, antwortete Kate ebenfalls nur halb im Scherz. Und innerlich meinte sie es ganz ernst. Wie pflegte doch ihre Mutter immer zu sagen? Gib's nicht auf; gib's ihnen.

»Haben Sie übrigens den Blick bemerkt, den die knackige Lisi Geller mir zugeworfen hat?« fragte Greg grinsend und schnitt in sein köstliches Hühnchen à la cacciatore. »Ich glaube, sie hat Appetit auf meinen Körper.«

Kate hatte nicht nur den Blick bemerkt, sondern auch das vielsagende Lächeln, mit dem Greg diesen Blick beantwortet hatte. Daß er sich zu verheirateten Frauen hingezogen fühlte, die auf ein Abenteuer aus waren, war ein weiterer von Coffmans fatalen Fehlern. Damit hatte er sich schon Feinde unter einigen einflußreichen Ehemännern gemacht.

Kate trank einen Schluck von ihrem San Pellegrino. »Ich schätze, die Flitterwochen sind vorbei.«

Beide lachten, doch dann wurde Greg wieder nüchtern. »Vielleicht bin ich derjenige, der von Bord gehen sollte. Falls Fielding bei dem Lerner-Drehbuch nicht nachgibt . . .«

»Wie heißt es denn?« erkundigte sich Kate scheinbar ganz nebenbei, doch die Räder in ihrem Kopf drehten sich schon.

Gregs Augen leuchteten auf. »›Mortal Sin – Todsünde‹. Hört sich doch toll an, nicht?«

»Was hört sich nicht toll an?« Kate lächelte.

»Matthews ist in der Lage, mir alle Grundelemente zusammenzustellen. Er liefert mir alles im Paket. Er hat schon Dan Mills an der Angel, der Regie führen will. Und er hat mir versichert, jeder der sechs A-Listen-Schauspieler in seinem Stall würde mit Freuden für die Hauptrollen unterschreiben. Und was macht Fielding, als ich ihm erzähle, ich hätte den Coup des Jahres gelandet? Er giftet und jammert und schmeißt mir am Ende alles an den Kopf.«

Kate lächelte mitfühlend. Ihr war bekannt, daß der legendäre Studiochef Hal Fielding berühmt war für seine Vulkanausbrüche und für das Vergnügen, das es ihm bereitete, seine Belegschaft zu demütigen. Vor ein paar Jahren waren Avalons Mitarbeiter schneller abgesprungen als die Kandidaten der verlierenden Partei bei einer Präsidentenwahl. Heute jedoch, da Hollywood magere Zeiten durchmachte, hatten die Leute Angst davor, auf Dauer im Regen zu stehen, falls sie freiwillig gingen. Kate wußte, daß Greg Coffman da keine Ausnahme machte. Das war noch einer von seinen fatalen Fehlern: Der Mann hatte keinen Wagemut. Und er hatte nie die edle Kunst der Manipulation gelernt.

»Sie haben es noch immer nicht begriffen, Greg. Man unterbreitet Fielding nichts, schon gar nicht, wenn es sich um etwas Perfektes handelt. Dann kommt er sich nämlich unterlegen vor. Und wenn es etwas gibt, das Fielding absolut zuwider ist, dann ist es das Gefühl, unterlegen zu sein.« Kate wußte das aus eigener Erfahrung. Eau de Unsicherheit – laß irgend jemanden diesen Geruch an dir wahrnehmen, und du bist weg vom Fenster. Besonders wenn du eine Frau bist, wirst du ständig danach beschnüffelt.

Kate erinnerte sich lebhaft an ihr erstes Projekt als Alleinproduzentin bei Paradine, einen hübschen kleinen Thriller namens »Deadline«. Es war ihre Chance, zu beweisen, daß sie in der Lage war, eine Produktion durchzuziehen. Eine nicht ganz einfache Aufgabe, denn sie hatte es mit dem Erstlingswerk eines Drehbuchautors zu tun und war als Produzentin selbst ein absoluter Neuling.

Ihr war klar gewesen, daß dieser Film schwer unterzubringen und noch schwerer zu realisieren war, besonders weil sie sich darauf versteift hatte, auch die gesamte praktische Handlung selbst zu überwachen. Das gefiel natürlich den Geldgebern nicht, und nachdem auch diese Hürde überwunden war, hatte Kate die größten Probleme, den Regisseur, Adrian Needham, zur Zusammenarbeit zu überzeugen.

Sie und er stritten sich darüber, wie der Film zu interpretieren sei, mit wem die Rollen besetzt werden sollten, wie viele Außendrehs notwendig waren. Er wollte einen Schwarzweißfilm haben; sie erklärte, ohne Farbe würde sich der Streifen an der Kinokasse nicht verkaufen. Adrian kümmerte sich nicht die Bohne um so etwas Prosaisches wie Kinokartenverkäufe. Kate warf ihm vor, keinen Ehrgeiz zu besitzen, und er beschuldigte sie des Kunstverrats. Zweimal warf er fürchterlich fluchend alles hin und schwor, daß es ihm endgültig reichte.

Als sie den Film zu zwei Dritteln abgedreht hatten, kam der große und peinliche Krach in der schicken Polo Lounge des Beverly Hills Hotels. Sie hatten sich zu einem Versöhnungsschluck dort getroffen, doch als sie beim zweiten Glas waren, gerieten sie sich wegen der Interpretation eines der Monologe gegen Ende des Films in die Haare.

Kate, die stets stolz darauf war, nie die Fassung zu verlieren, wie wütend sie auch war, warf Adrian ihren Martini an den Kopf. Adrian vergalt Gleiches mit Gleichem, nur daß er eine Bloody Mary trank. Nachdem der Cocktail gelandet war, schaute eine der Kellnerinnen zufällig zu Kate hin, sah die rote Flüssigkeit an deren weißer Seidenbluse hinunterrinnen und dachte, es wäre Blut, woraufhin sie sofort den Rettungswagen herbeitelefonierte. Seitdem hatte Kate die Polo Lounge nie wieder betreten.

Adrian gab ihr die Schuld an den ganzen Streitereien und behauptete, sie würde die Schlachten absichtlich vom Zaun brechen, um damit zu erreichen, daß er ihr ja nicht zu nahe käme. Er warf ihr Angst vor Vertrautheit vor und ging so weit, ihr zu sagen, er glaube, sie setze Vertrautheit mit Schwäche gleich. Das machte Kate erst recht wütend, denn zur Hälfte befürchtete sie, mit seiner Analyse könnte er richtig liegen, und die andere Hälfte hatte damit zu tun, daß sie sich beide in einer heftigen und sehr intensiven Liebesaffäre gefangen hatten. Das gab ihnen Anlaß zu endlosen Debatten sowohl über ihr persönliches Verhältnis als auch über den Film, den sie zusammen machten.

Der einzige Abend, an dem sie sich nicht stritten, war der Abend der Premiere von »Deadline« gewesen. Noch heute sah Kate das Bild vor sich, wie sie sich in ihrem Mietwagen aneinander festhielten, und dann mußte Adrian den Fahrer bitten, drei Blocks von dem Filmtheater entfernt anzuhalten, damit Kate hinausspringen und sich am Kantstein übergeben konnte.

Niemals vorher oder nachher hatte sie sich so sehr geängstigt, niemals hatte sie so hart gearbeitet und soviel geschwitzt, niemals war sie so himmelhoch jauchzend und zu Tode betrübt gewesen. Niemals zuvor oder danach hatte sie ein Verhältnis gehabt, das sich mit diesem vergleichen ließ. Und zur Enttäuschung, zum Neid und zur Empörung sämtlicher Haie, die sie unbedingt versagen sehen wollten, erwies sich »Deadline« als ein Überraschungshit und Kassenschlager. Der Film gewann den Oscar für das beste Drehbuch, und Adrian wurde als bester Regisseur nominiert. Das Beste daran für Kate war, daß sie es allen gezeigt hatte. Das Schlechteste war, daß damit auch das Ende eines dieser kurzen, wilden und ach so schrecklichen Verhältnisse gekommen war, die sie seitdem wie die Pest gemieden hatte.

»Und ich sage Ihnen, Kate, ich gebe ›Todsünde‹ nicht auf«, erklärte Greg so emphatisch, daß es Kate wieder in die Gegenwart zurückholte. »Ich lasse mir dieses Projekt nicht entziehen. Ich wünschte nur, Fielding wäre nicht so ein selbstherrlicher Dickschädel.«

Obwohl Kate mit Greg darin übereinstimmte, daß sein Boß ein Ekel war, hatte sie insgeheim Achtung vor Fielding; sie glaubte sogar, daß sie und Avalons Studiochef sich in vielem ähnlich waren. Sie standen ständig unter Dampf. Sie wurden von Dämonen verfolgt. Zu ihrem Vorteil setzten sie ihr ganzes emotionales Arsenal ein – von Drohungen über Charme bis zu kalkulierter Offenheit. Kate hoffte jedoch, daß sie beim Gebrauch ihrer Waffen nicht nur raffinierter, sondern auch anständiger als Fielding war, wenngleich sie das manchmal bezweifelte. Sie spürte ein unangenehmes Ziehen. Nur Sodbrennen, redete sie sich ein. Sonst ist alles bestens. Könnte gar nicht besser sein. Vielleicht sollte ich das hundertmal an die Tafel schreiben.

»Haben Sie schon das Neueste gehört?« fragte Greg. »Gestern auf dem Weg ins Studio hat Fielding sein Autotelefon aus dem offenen Wagenfenster geschmissen und damit die Windschutzscheibe eines Porsche zertrümmert, der ihn angeblich hatte abdrängen wollen.«

Man munkelte schon lange, daß Fieldings unmögliches Benehmen eines Tages zu seinem Untergang führen würde, doch Kate wußte, daß sich ein Studiochef, der eine Milliarde Dollar im Rücken hatte, keine Sorgen zu machen brauchte. Was für ein Unterschied zwischen Fielding und ihrem eigenen Chef, dem überängstlichen und fortschreitend leistungsunfähigeren Douglas Garrison! Alles worauf Douglas sich zurückziehen konnte, war, daß er sich in der beneidenswerten Lage befand, den kaufmännischen Leiter und größten Aktieninhaber von Paradine zum Schwiegervater zu haben. Und sie zu haben natürlich. Vorausgesetzt, sie legte wirklich eine Show hin . . .

»Wenigstens hat er den Fahrer nicht erschossen«, lautete Kates trockener Kommentar, nachdem Greg ihr einmal erzählt hatte, daß Fielding stets einen .38er zu seinem Schutz im Handschuhfach liegen hatte.

Sie lachten ein wenig, und einen Augenblick später beugte sich Greg zu Kate hinüber. Seine Augen glitzerten verdächtig. »Oje, eine Ihrer alten Freundinnen kommt gerade an Sid Gandels Arm herein.«

Kate erstarrte. »Treiben Sie keine Spielchen mit mir, Greg. Wer ist es?«

»Nancy Cassidy. Lieber Himmel, man glaubt es kaum, daß

diese Hexe eine Tochter wie Sylver zustande gebracht hat. Allerdings soll Sylver ja in der letzten Zeit auch nicht mehr so blendend aussehen.«

Kate fluchte leise. »Vielleicht kann ich verschwinden, bevor ...«

»Zu spät«, flüsterte Greg und lächelte schadenfroh.

Kate fühlte, wie sich eine Hand auf ihre Schulter legte, und sie schaute zu der großen Frau in mittleren Jahren hoch. Deren ledrige Haut und ihr blond gebleichtes Haar hatte viel zuviel von der kalifornischen Sonne gesehen. Zu schwarzen Cowboystiefeln und roten Netzstrümpfen trug Nancy Cassidy ein zu grellrotes Minikleid aus Baumwolljersey mit einem tiefen V-Ausschnitt. Kate sah, daß Sids Blicke auf diesem Ausschnitt und dem Busen darunter ruhten. Nancy liebte es immer, ihre neuesten Errungenschaften herumzuzeigen.

Kate betrachtete Nancys Begleiter. Gandel, ein kleiner, untersetzter Agent in mittleren Jahren in einem Maßanzug, der aussah, als wäre er auf eine schlankere Figur zugeschnitten, fühlte sich ganz offensichtlich nicht recht wohl. Ein Mann, der seinen Platz kannte und wußte, daß nicht jeder Hergelaufene mit den wirklichen Größen plaudern durfte. Nancy Cassidy dagegen kümmerte sich absichtlich nicht um das Protokoll. Kate mußte zugeben, daß die Frau immerhin Chuzpe besaß.

Vor knapp einem Jahr war Kate Sylvers Mutter zuletzt begegnet – in der Zwischenzeit war diese angeblich mit irgendeinem italienischen Grafen nach Mailand verschwunden –, doch ihre Reaktion auf die Frau war dieselbe wie schon immer in der Vergangenheit. Nancy Cassidy stieß Kate ab. Sie war die typische Backstage-Mutter eines sogenannten Stars, zielstrebig, anspruchsvoll, anmaßend. Und dies waren in Kates Augen noch ihre besseren Qualitäten. Was Kate wirklich den Magen umdrehte, war die besitzergreifende Art der Frau und ihre absolute Gefühllosigkeit, besonders wo es ihre eigene Tochter betraf.

»Du siehst gut aus, Kate«, sagte Nancy gequält. Ein Lob auszusprechen war ihr noch nie leichtgefallen.

Immerhin war dies das größtmögliche Kompliment. Gut auszusehen – das wußten sie beide nur zu genau – war das einzige, was zählte. Anders als Nancy, hatte sich Kate fest vorgenommen, ihr äußeres Erscheinungsbild niemals zum Gespött der Leute werden zu lassen. Sie wollte nicht aufhören, daran zu arbeiten, und zwar mit derselben Aufmerksamkeit, die sie auch auf jeden anderen Aspekt ihres Lebens verwandte.

Kate bemerkte Nancys neidischen Blick auf ihren schwarz und grau gemusterten, im Herrenstil geschnittenen Anzug von René Brunaud. Dieser französische Designer, den bisher nur ein paar Auserwählte entdeckt hatten, besaß einen sehr individuellen Stil; einen Brunaud konnte man nicht für etwas halten, das einem der etablierten Designer eingefallen war.

Kate legte stets allergrößten Wert darauf, sich gut zu kleiden. Sie war der Überzeugung, daß besonders in diesem Geschäft Kleider Leute machten, und zwar Frauen noch mehr als Männer. Es kam darauf an, wen man trug und was man trug. Danach wurde man eingestuft. Kate bemerkte mit Genugtuung, daß Nancy sich nur mit großer Mühe zurückhalten konnte, direkt nach dem eingenähten Etikett zu suchen.

»Sid Gandel kennst du ja, nicht?« meinte Nancy nach einer kleinen Pause.

Kate lächelte dem Agenten nicht ausschließlich höflichkeitshalber zu. Sie hatte Mitleid mit dem Mann, wenn auch nur, weil er für seinen Lunch mit Nancy Cassidy geschlagen war. Vor fünfzehn Jahren war Gandel Sylver Cassidys erster Agent gewesen, bis sie im Alter von elf Jahren ihren Bombenhit hatte, was die gute Mama zum Anlaß nahm, den Agenten bedenkenlos fallenzulassen und gegen eine der Koryphäen von ICA, damals die Top-Agentur, auszutauschen.

Gandel schüttelte Kate die Hand und begrüßte Greg Coffman mit einem halben Lächeln. Nachdem Nancy ihn in die Seite gepufft hatte, machte er sie mit Greg offiziell bekannt.

Sobald Nancy hörte, daß Greg Produktionsleiter bei Avalon war, faßte sie seine Hand und drückte sie buchstäblich an den üppigen Busen. »Vor ein paar Jahren hätte Sylver beinahe einen Film für Avalon gemacht«, sprudelte sie los. »Ich glaube, der sollte ›Die ewige Brautjungfer‹ heißen. Doch das war nicht das richtige Œuvre für sie.«

Kate verdrehte die Augen. Nur Nancy konnte es einfallen, ein so affektiertes Wort wie »Œuvre« zu gebrauchen. Ganz abgesehen davon wußte Kate zufällig genau, daß Sylvers Name für diese Rolle nie zur Debatte stand, obwohl Nancy einen ausgewachsenen Feldzug in Gang gesetzt hatte, um ihrer Tochter einen Termin zum Vorsprechen zu verschaffen.

Greg Coffman gelang es, Nancy seine Hand zu entziehen. »Das richtige Œuvre, ja, das ist wichtig.«

Obwohl Gregs Tonlage sehr höflich gewesen war, entging niemandem in der kleinen Gruppe der Sarkasmus hinter seiner Bemerkung.

Nancy ließ die Mundwinkel ein wenig hängen und blickte Kate wieder an. Diese fühlte gegen ihren Willen Mitleid mit der Frau. Das merkte Nancy wohl, denn ihr Gesicht hellte sich ein wenig auf. »Hast du in der letzten Zeit einmal in Kontakt mit Sylver gestanden, Kate?«

»Wir haben kurz miteinander korrespondiert.« Kate hatte nämlich ein paar Schecks unterschrieben und sie dann als »Spende für wohltätige Zwecke« abgebucht. Zumindest redete sie sich ein, daß es sich um Wohltätigkeit und nicht um ein schlechtes Gewissen handelte. Weshalb sollte sie auch Schuldgefühle hegen? Sie hatte für Paradine jeden einzelnen von Sylvers Hits produziert und ihren Namen beim Publikum zu einem Begriff gemacht, ehe das Mädchen zwölf Jahre alt war.

Außerdem hatte sie eine Menge für Sylver getan, das über ihre Pflicht hinausging. Sie hatte Sylver die Liebe, die Zuneigung, die Anleitung und die Unterstützung gegeben, die die Kleine zu Hause nicht bekam, weil ihre Mutter ständig damit beschäftigt war, Verträge für sie auszuhandeln und sicherzustellen, daß man sie wie einen »richtigen« Star behandelte. Nicht, daß Kate das belastet hätte; sie war im Gegenteil vernarrt in das Kind. Damals hatten sie einander wirklich nahegestanden. Sylver hatte zu ihr wie zu einer großen Schwester aufgeschaut. Es waren gute Zeiten gewesen, glückliche Zeiten. Dennoch ließen sich die bösen Zeiten nicht auslöschen.

»Sie hat sich nämlich wirklich wieder gefangen«, sagte Nancy ernst. »Hat ein paar Pfund zugenommen und mit der Gymnastik wieder angefangen. Sie sieht prächtig aus. Nicht wahr, Sid?« Das Flehen in Nancys Stimme war nicht zu überhören.

Gandel blickte auf seine blankgeputzten Gucci-Schuhe hinunter. »Na ja, ich habe sie nicht direkt . . .«

Nancy fiel ihm sofort ins Wort. »Sylver ist bereit, wieder zur Arbeit zurückzukehren. Diesmal freut sie sich schon darauf, sich richtig ins Zeug zu legen. Keine naiven Rollen mehr. Sie will der Welt zeigen, daß sie nicht nur aus einem hübschen Gesicht besteht. Wir sehen uns gerade einige vielversprechende Projekte an. Sid wird Sylver wieder vertreten.« Nancy nickte dem grauhaarigen Agenten ebenso eifrig wie verzweifelt zu.

Sid räusperte sich. »Nun, darüber werden wir beim Lunch reden«, stellte er richtig.

»Tatsächlich rufen täglich Dutzende von Agenten an, die ihren rechten Arm dafür geben würden, wenn sie Sylver vertreten dürften. Und Drehbücher – wir werden praktisch von Drehbüchern überschwemmt. Aber ich sage Sylver immer, sie soll sehr wählerisch sein. Das findest du doch auch, nicht wahr, Kate? Ich meine, du hast Sylver doch auch immer genau denselben Rat gegeben.«

»Das ist schon sehr lange her«, betonte Kate.

»Viel zu lange. Ihr beide müßt einfach zusammenkommen. Vielleicht können wir alle zusammen einmal lunchen? Sylver spricht immer so lieb von dir, Kate. Sie hat nie vergessen, was du alles für sie getan hast. Alles was du ... wieder für sie tun könntest. Sylver ist richtig gierig darauf, wieder ins Getriebe zurückzukehren.«

Gierig war das Stichwort, es fragte sich nur, wer die Gierige war – Sylver oder ihre Mutter? Viele Jahre lang war Sylver Nancys Haupteinnahmequelle gewesen. Trotz aller ihrer Verachtung fühlte Kate mit der Frau. Es mußte weh tun, die Tochter, das eigene Fleisch und Blut, in irgendeinem verkommenen Rattenloch von West Hollywood leben und von Drogen und Alkohol zerstört zu sehen. Kate hatte angenommen, Sylver müßte sich darüber freuen, daß es »draußen« jemanden gab, der sich hartnäckig weigerte, sie aufzugeben. Doch dann erinnerte sie sich selbst daran, daß Sylver schließlich kein Kind mehr war und daß sie vielleicht gar nicht gerettet werden wollte, am allerwenigsten von der herzallerliebsten Rabenmutter.

Gandel, der mit jeder verstreichenden Sekunde unglücklicher aussah, faßte Nancys Arm. »Ich habe um zwei den nächsten Termin. Wir sollten jetzt wirklich an unseren Tisch gehen.«

Zu Kates Erleichterung nickte Nancy widerstrebend und erlaubte es dem Agenten, sie abzuführen.

»Wer, meinen Sie, übernimmt die Rechnung für ihren Lunch?« fragte Greg Kate mit einem schiefen Lächeln, nachdem das Paar sich an die Warteschlange vor einem Tisch angeschlossen hatte.

»Drei Tips haben Sie frei, und einer von denen ist nicht Gandel.«

Kate drängte die unangenehme Begegnung mit Nancy Cassidy aus ihren Gedanken, als sie das Restaurant verließ und sich hinters Steuer ihres blitzenden, metallicgrauen BMW 300 si-Sportcoupés setzte. Der gutaussehende blonde Parkvalet lächelte gewinnend, als sie startete, um ins Studio zurückzukehren. Es war einer jener dunstigen, heißen Tage, und der Smog lag dicht über der Stadt. Die Santa-Monica-Berge waren in der Ferne nur als schwacher Schmutzstreifen zu erkennen. Kate drehte die Klimaanlage auf. Laß dich nie beim Schwitzen erwischen.

Während sie den Canyon Drive in Richtung Sunset Boulevard hinunterfuhr, durch Beverly Hills' wohlhabendste Gegenden rauschte, vorbei an den Villen mit ihrem sattgrünen, tropischen Laubwerk und den gepflegten Rasenflächen – hierher führte jede touristische Besichtigungstour –, dachte sie ans Geschäft und insbesondere an ihr Gespräch mit Greg Coffman über das Lerner-Paket.

Als begeisterter Fan von spannungsgeladenen Thrillern hatte Kate schon immer eine Vorliebe für Lerners Arbeiten gehabt. Er war einer der wenigen ihr bekannten Drehbuchautoren, die niemals ehrliche psychologische Tiefe opferten und einen trotzdem restlos in den Bann schlugen. Lerners Charaktere besaßen stets eine vielschichtige Persönlichkeit, waren absolut glaubwürdig, mit Makeln behaftet und dennoch interessant.

Sicher, seine Filme hatten nie das große Geld eingespielt, doch Kates Meinung nach war das die Schuld der Regisseure und der Studios, die seine Drehbücher wie Low-budget-Kunstfilme betrachteten. Das würde Fielding auch so halten, falls Greg ihm dieses Projekt doch noch verkaufen konnte. Was ihm, wie Kate wußte, nicht gelingen würde. Es würde ihn auch nicht trösten, falls sie mit dem Lerner-Projekt davonzog; sie bezweifelte nicht, daß ihr das gelingen würde, falls sie dafür ein großes Budget garantieren konnte.

Greg würde sich natürlich von ihr hereingelegt fühlen, und sie selbst würde sich schäbig, wenn auch im Recht fühlen. Welche Logik lag darin, das Projekt den Bach hinuntergehen zu lassen? Oder noch schlimmer – es jemand anderem zu überlassen, der es dann womöglich in den Sand setzte? In ihren Händen könnte »Todsünde« zu Paradines größtem Hit in dieser bisher so glanzlosen Saison werden, an der nicht zuletzt die nicht eben glänzende Führerschaft des Studiochefs Doug Garrison beteiligt war.

Kate runzelte die Stirn. Sie hatte soeben bemerkt, daß sie die Ausfahrt zum Freeway verpaßt hatte, weil sie so tief in ihre Gedanken versunken gewesen war, daß sie nicht auf den Weg geachtet hatte. Ihr Gesicht verdüsterte sich noch mehr, als ihr bewußt wurde, daß sie jetzt direkt durch das müde, heruntergekommene West Hollywood fuhr, Sylvers gegenwärtig nicht so glückliches Jagdgefilde. In dieser Gegend gab es grelle, billige Läden, drittklassige Eßlokale, rosa und minzgrüne Bungalows, von denen die Farbe abblätterte, Apartmentkomplexe sowie das buntscheckige Volk der Nutten, Hausierer und Herumtreiber. Alles in allem war West Hollywood eine ganz andere Welt als die Küste von Malibu, wo Sylver aufgewachsen war.

Kate hatte sich Sylvers Adresse in West Hollywood ganz bewußt nicht gemerkt, weil sie sich Sylver nicht in dieser verwahrlosten Gegend vorstellen wollte. Das schmerzte.

Da Arbeit für Kate immer die beste Medizin gegen Schmerz war, griff sie zum Autotelefon. »Eileen, verbinden Sie mich mit Artie Matthews von ICA.« Kate mochte Matthews. Er war umgänglich, pragmatisch und ein geschickter Verhandlungspartner mit einer hochklassigen Klientel. Außerdem hatte er für Kate etwas übrig, was nie schaden konnte.

Einen Augenblick später war Eileen wieder am Apparat. »Er hängt in einer Sitzung fest. Soll ich ihm etwas ausrichten lassen?«

»Ja. Sagen Sie ihm, ich sei an dem Lerner-Paket interessiert, das er Greg Coffman von Avalon angeboten hat. ›Todsünde‹.«

Zehn Minuten später rief Matthews zurück.

»Stets ruhelos auf der Jagd.« Die Bewunderung war dem Agenten deutlich anzuhören.

»Ich bin interessiert, Artie.«

»Sie haben das Drehbuch noch nicht gesehen, oder?«

»Ich sehe es mir an, sobald Sie es mir herschicken.«

Eine kurze Pause trat ein. Kate wußte, daß der Agent mit seinem Gewissen rang, so wie sie es vor einigen Minuten getan hatte.

»Es bleibt unter uns«, versicherte sie.

»Avalon hat es bis Montag fest. Coffman schwört, er kann Fielding umdrehen.«

»Und als nächstes erzählen Sie mir, Sie glauben an den Weihnachtsmann, Artie.« Richtig so, Katie. Immer cool, immer light. Amüsiere ihn.

Er lachte wie auf Stichwort.

Sie wartete absichtlich einen Moment, bevor sie mit dem Hammer kam. »Wir sind bereit, dafür tief in die Tasche zu greifen, Artie. Wir stecken soviel Geld in das Projekt, wie es verdient. Fangen wir mal bei Lerner an. Was war der höchste Betrag, den er jemals für eines seiner Drehbücher bekommen hat? Dreihunderttausend? Eine halbe Million? Wie hört sich eine Million an?«

Artie Matthew lachte. »Nicht so gut wie eins fünf.«

»Wenn mir gefällt, was ich sehe, können Sie am Freitag die Details mit Phil Rossmann, unserem Juristen, ausarbeiten.«

»Montag. Damit wir auf der sicheren Seite sind.«

»Wir schließen ja auch nicht vor Montag ab. Nur wäre es doch dumm, Zeit zu verschwenden.«

»Sie sind mir vielleicht eine, Paley. An Ihrer Stelle würde ich dieses Jahr keine Geburtstagskarte von Greg Coffman erwarten.«

Kate spürte wieder so ein Ziehen in der Herzgegend, doch das unterdrückte sie rasch. Gemocht zu werden war Gregs Problem, nicht ihres. »Er landet wieder auf den Füßen. Im übrigen tue ich ihm einen Gefallen. Das nächstemal gibt er seinen Vorteil nicht so voreilig aus den Händen.«

»Sind Sie sicher, daß Sie dieses Paket bei Ihrem Boß unterbringen können?« fragte Artie. »Wir haben es hier mit einem ziemlich heißen Script zu tun. Mills will damit bis an die Grenzen gehen. Könnte für Jugendliche unter siebzehn nicht zugelassen werden.« Er lachte. »Auf der Leinwand jedenfalls. Wie er es damit in seinem Privatleben hält . . .«

»Zerbrechen Sie sich nicht den Kopf über Garrison.«

»Sie werden ziemlich frech auf Ihre alten Tage, Paley.«

»Na, das Altwerden muß doch auch sein Gutes haben.«

»Wie wär's mit Dinner am Montagabend? Zum Feiern.«

»Geht nicht. Da muß ich auf einer Veranstaltung der Produzentengilde einen Vortrag halten. Wir hören am Freitag wieder voneinander«, sagte sie, als sie auf das Paradine-Gelände einbog.

»Ich versuch's weiter. Eines schönen Tages werde ich Sie in einem schwachen Moment erwischen.«

Kate näherte sich dem Tor. Tully, einer der Wächter aus alten Zeiten, nickte ihr respektvoll zu, tippte sich an einen nicht vorhandenen Mützenschirm und drückte auf einen elektrischen Knopf. Komisch, aber sooft Katie die Torflügel schon aufgehen gesehen hatte – immer spürte sie dieses herrlich aufregende, erwartungsvolle Flattern im Magen und hatte das Gefühl, zu den Glücklichen zu gehören. Allerdings die Sache mit dem Glück . . . das Glück hatte leider die Angewohnheit, einem davonzulaufen. Nun ja, dann mußte sie eben schneller laufen.

»Noch etwas, Artie. Wegen Mills als Regisseur von ›Todsünde‹.«

»Toller Coup, was?«

»Ich will ihn nicht.«

»Sie wollen Mills nicht? Also, Kate! Der ist der Beste.«

»Nein. Er ist im Rennen, aber nicht der Beste.« Und Kate wußte, daß bei einem solchen Projekt nur der Beste gut genug war. Die Frage war nur: Konnte sie den bekommen?

Das Tor schloß sich hinter ihr. Sie fuhr durch das weitläufige Gelände, vorbei an den hübschen Bürogebäuden, den nett arrangierten Bungalows, die palmengesäumte, gewundene Straße entlang zu den Ateliergebäuden. Drei Kurtisanen aus dem siebzehnten Jahrhundert überquerten die Straße. Ein Stück weiter standen ein paar rauchende Indianer beieinander. Männer und Frauen von heute, die sehr tüchtig und wichtig aussahen, sausten in kleinen, offenen Motorminis umher. Paradine Studios. Dies war ihre Welt, ihr Universum.

Die Nervosität, die sie den ganzen Tag nicht losgeworden war, löste sich – wenigstens vorübergehend – auf, während Kate ihren Wagen in die Parklücke rangierte, die der »VIP Kate Paley« vorbehalten war.

Ihre Stimmung hob sich; ihr war, als wäre sie einer unmittelbaren Gefahr entronnen. Sie war noch jung, gerade im richtigen Alter, und mit Glück hatte sie soeben ein Projekt an Land gezogen, das für sie den Aufstieg zu wirklich Großem bedeuten könnte. Nein, dachte sie, als sie aus dem Wagen stieg. Mit Glück hatte das nichts zu tun, sondern mit der Fähigkeit, groß zu denken. Es war eine Vision, und die konnte ihr niemand nehmen.

2

Er kauft ihr nicht oft etwas, aber wenn, dann immer etwas Rotes. Er erinnert sich an das erste Geschenk, das er ihr geschickt hat: eine knallrote Windmühle, in buntem Geschenkpapier verpackt. Er hat eine mit ganz sauberen Druckbuchstaben geschriebene Karte beigelegt – In ewiger Liebe von Deinem treuesten Fan.

Sein Herz rast, und seine Hände werden feucht, wenn er an den Regentag zurückdenkt, an dem er sie zum ersten Mal sah.

An diesem Morgen wacht er mit einem schweren Schnupfen auf und fühlt sich hundeelend, als der Wecker klingelt. Er meldet sich krank. Er beginnt den Tag mit ein paar Schluck Whisky nur als Medizin. Noch ein paar Schluck, und er hat einen netten kleinen Schwips. Das reicht, um ihn auf die Beine zu bringen.

Seine Laune an diesem Tag paßt zu dem trüben Regenwetter. Die kurze Fahrt, die er unternimmt, hebt seine Stimmung nicht, und so geht er in das Großkino am Cienega Boulevard, das aus zwölf kleineren Kinos besteht. Er entscheidet sich für den Film »Mit Tränen erreicht man alles«. Der ist laut Angabe für Kinder in Elternbegleitung geeignet, also gute, saubere Unterhaltung. Das mag er. Es gibt genug von dem Zeug, das für Jugendliche nicht oder nur eingeschränkt zugelassen ist. Wenn er schon ins Kino geht, dann will er etwas Ordentliches sehen, etwas mit diesen »Familienwerten«, von denen die Politiker immer faseln.

Das Werbeplakat für diesen Film zieht ihn sofort magisch an. Es zeigt dieses niedliche kleine Mädchen mit den honigblonden Ringellocken, die ihm auf die Schultern rieseln. Ein paar glitzernde Tränchen tröpfeln der Kleinen über die Wangen, doch sie hat ein tapferes Lächeln auf den hübschen roten

Lippen, und mit einem ihrer azurblauen Augen blinzelt sie. Unter dem Bild steht: »Paradine Studio präsentiert seinen neuesten Kinderstar – Sylver Cassidy.«

Er kann den Blick nicht von ihr reißen. Sie scheint ihn direkt anzulächeln. So ein tapferes kleines Lächeln. »Hast du dich verlaufen, Prinzessin? Ich weiß, wie das ist.« Er legt seine Hand ganz leicht und zart auf ihre tränenfeuchte Wange. Ein Pärchen unter einem großen schwarzen Regenschirm kommt vorbei. Der hoch aufgeschossene, magere Bursche murmelt irgend etwas, die dicke Frau in engen weißen Jeans lacht schrill auf. Lacht ihn aus. Er nimmt seine Hand von dem Filmposter und hat das Bedürfnis, sich den Burschen zu kaufen. Und die Dicke auch. Für wen hält sie sich eigentlich, daß sie es wagt, ihn auszulachen?

Er preßt die Hände zusammen, und sein Blick kehrt wieder zu dem Poster mit dem kleinen Mädchen zurück. Seine Wut läßt nach. Jetzt will er am liebsten der Kleinen die Tränen fortwischen. »Weine doch nicht, Prinzessin. Ich bin ganz cool. Du mußt keine Angst haben. Nichts bricht mir das Herz mehr, als wenn ich so ein hübsches kleines verängstigtes Ding sehe.«

Wie diese entzückende rothaarige Kleine, die er immer in der Eisdiele beobachtet hat. Jeden Samstagnachmittag. Sie saß mit ihrer Mama in einer der Sitznischen. Sah so zerbrechlich, so einsam aus, und ihre Mama sprach nie mehr als zwei Worte mit ihr. Wann immer er den Blick der Kleinen auffangen konnte, lächelte er ihr zu, zeigte ihr, daß sie nicht allein war, daß er wußte, wie es war, eine Mama zu haben, die sich nicht für einen interessierte, eine Mama, die dachte, sie könnte einen mit zwei Kugeln Schokoladeneis einmal die Woche bestechen, wenn sie einen doch in Wirklichkeit in den Arm nehmen, mit einem schmusen und einem sagen sollte, wie schön man war und wie man geliebt wurde.

Die kleine niedliche Rothaarige verstand, was er sagen

wollte. Das wußte er genau. Bis die Mama mitbekam, daß er der Kleinen zulächelte. Das eifersüchtige Weib schnappte sich das süße kleine Ding und verschwand. Am nächsten Samstag kamen sie nicht wieder. Dafür saß in ihrer Sitznische ein Cop.

Er ging nie wieder dorthin, sah den hübschen kleinen Rotschopf nie wieder.

Sein Blick kehrte zu dem Poster mit Sylvers Bild zurück. Sie ist noch viel hübscher als der kleine Rotschopf. Sie sieht so süß aus. Und wie sie ihn so mit ihren blauen Augen direkt anschaut – als wollte sie ihn zu sich ziehen. Er muß lächeln. Seine Mama hat ihn immer einen Sauertopf genannt. Wenn sie nicht sternhagelvoll war und ihm noch ganz andere Namen gab. »Vielleicht würden dich die Mädchen mehr mögen, wenn du lernen könntest, ein bißchen zu lächeln«, sagte sie immer. Und er dachte dann bei sich: Worüber zum Teufel soll ich denn bloß lächeln? Nun lächelt er.

»Der Film fängt an«, ruft ihm die Kassiererin vom Kassenschalter zu. »He, die Kleine ist ein wirklicher Knüller. Sie werden sie ins Herz schließen.«

Er nickt und fühlt sich, als kümmerte sich das Schicksal endlich um ihn und reichte ihm zur Abwechslung mal eine helfende Hand. Er kauft sein Ticket und nimmt seinen Platz in der vordersten Reihe ein. Das Kino ist fast leer. Darüber ist er froh. Er mag keine Menschenmengen. Besonders keine überfüllten Kinos. Filme sind für ihn eine so persönliche Angelegenheit.

In dem Moment, als sie auf der Leinwand erscheint, ist er hingerissen. Alles an Sylver ist perfekt. Diese unschuldigen, vertrauensvollen Augen, dieses kecke Lächeln, die Art, wie ihre blonden Locken hüpfen, wenn sie rennt, ihre so melodische Stimme. In dem Film kommen noch andere kleine Mädchen vor – sie spielen Sylvers Schulfreundinnen –, aber Sylver steht über allen. Und wie alt ist sie? Schon zehn? Er kann den

Blick nicht von ihr wenden. Allein mit ihr in diesem dunklen Kinoraum, fühlt er, wie seine Trübseligkeit und seine Einsamkeit von ihm abfallen.

Sylver. Sogar ihr Name ist perfekt. Im stillen wiederholt er ihn immer und immer wieder, während er auf seinem Platz sitzt und sie anschaut. Er nimmt jede ihrer Bewegungen, jede ihrer Gesten, jedes Wort von ihr in sich auf. In der dramatischen Szene, wo sie weint, weil ihr bester Freund gestorben ist, hebt ihr Vater sie in die Arme, und da verschränkt er seine eigenen Arme unbewußt auch vor der Brust. Er ist derjenige, der Sylver hält, sie tröstet, ihr über das seidige Haar streicht und sanfte, beruhigende Worte flüstert. »Ich lasse es nicht zu, daß irgend etwas dir jemals wieder Schmerz bereitet, Prinzessin.« In der Reihe hinter ihm räuspert sich jemand. Er schluckt, hustet und läßt die Arme auf den Schoß fallen.

An diesem Tag sieht er sich jede einzelne Vorführung dieses Films an. Er findet es aufregend, daß er Sylver betrachten kann, ohne daß jemand von dem aufblühenden Verhältnis zwischen ihnen etwas mitbekommt und das Mädchen einfach fortschleppt. Spät in der Nacht verläßt er das Filmtheater. Er schwankt ein wenig, als er auf die Straße hinaustritt. Von dem strömenden Regen merkt er gar nichts. Ihm ist schwindelig, er befindet sich in Hochstimmung, und er fühlt sich wie neugeboren.

Auf dem Heimweg hält er bei einem Zeitungsstand an und kauft sämtliche Filmzeitschriften und Boulevardblätter, die er bekommen kann. Allein in seinem Apartment, blättert er sie alle durch und sucht nach Bildern und nach Artikeln über Sylver. Jedesmal, wenn irgendwo auch nur ihr Name erwähnt wird, schneidet er ihn sorgfältig aus und klebt ihn ordentlich in ein neues ledergebundenes rotes Album. Rot hatte er schon immer gemocht. Zu seiner großen Freude liest er in einem Artikel, daß das auch Sylvers Lieblingsfarbe ist. Das verbindet ihn mit ihr. Und es gibt noch mehr Gemeinsamkeiten, die ihn davon überzeugen, daß das Schicksal sie wirklich zusammengeführt hat.

Beide sind Einzelkinder, die von einer starken, energischen Mama aufgezogen wurden. Ein Daddy kommt nicht vor. Privat ist Sylver, wie er auch, still und scheu. In Gegenwart der meisten Menschen fühlt sie sich nicht wohl, schreiben die Reporter. Allerdings kann sie aufbrausend sein, bemerken einige von ihnen. Ein Artikel bezieht sich auf einen Wutkoller, den sie im Filmtheater gekriegt hat. Er weiß es besser. Das war kein Koller. Wie er auch, schluckt Sylver immer alles herunter, bis in ihr kein Platz mehr ist für noch einen Schmerz, noch eine Enttäuschung. Und dann muß man einfach explodieren. Man kann gar nicht anders.

Die anderen erkennen das natürlich nicht. Menschen haben kein Verständnis für so empfindsame Geschöpfe wie Sylver und ihn, glauben, man könnte sie herumschubsen, und sie müßten immer spuren. Die können nicht sehen, daß sie beide kaputte Seelen haben, die besondere Pflege und viel Zärtlichkeit brauchen. Die wissen nichts von dem, was ihm so vertraut ist: die verzweifelte Sehnsucht danach, geliebt zu werden. Er und Sylver – sie waren Seelenverwandte.

Er zieht alle Jalousien herunter, macht die Wand gegenüber seinem Bett frei, indem er ein paar religiöse Gemälde und einen Druck von einem Clown, den er auf dem Flohmarkt gekauft hat, abhängt. Bald ist die Wand bedeckt mit aus Illustrierten ausgeschnittenen Bildern von Sylver. Dann fängt er an, Werbefotos von ihr anzufordern. Danach kommen die echten Schnappschüsse. Sylver aus einer Galapremiere kommend. Sylver bei einem Benefiz-Baseballspiel. Sylver beim Shopping auf dem Rodeo Drive. Mit der Zeit wird er ein recht guter Fotograf. Oder vielleicht ist Sylver auch nur ein so perfektes Motiv.

Er schickt ihr Geschenke, immer etwas Rotes. Zuerst die Windmühle, dann ein kuscheliger roter Pullover, ein lederge-

bundenes rotes Tagebuch, in das sie ihre geheimsten Gedanken schreiben kann – vielleicht teilt sie diese Gedanken eines Tages mit ihm. Wenn er knapp bei Kasse ist – was meistens der Fall ist –, schickt er ihr eine rote Rose. Was zählt, ist, daß sie weiß, er denkt immer an sie.

Dann kommt »Glory Girl« heraus, der Film, den sie mit siebzehn macht. Sylver Cassidys erster Liebesfilm. Das ist der erste und einzige Streifen von ihr, der ihm nicht gefällt. Natürlich ist sie so wunderbar und schön wie immer. Um so mehr, weil sie jetzt erwachsen wird. Was ihm an dem Film mißfällt, ist, mit ansehen zu müssen, wie dieser schmierige, muskelbepackte, egoistische Kerl sie küßt, als wäre sie eine Portion Zuckerwatte oder so etwas.

Noch schlimmer ist, daß alle Zeitungen schreiben, Sylver und dieser Typ, dieser Nash Walker, seien auch privat ein Hollywoodpaar. Das glaubt er keinen Moment. Sylver könnte niemals so einen blöden, gefühllosen Fiesling lieben. Schauspieler, über die wußte er Bescheid. Man konnte nicht in Los Angeles wohnen, ohne alles über Schauspieler zu wissen. Die waren alle gleich. Selbstbezogene, dumme, egoistische Bastarde waren das. Was die an Tiefe und Einfühlsamkeit hatten, paßte in einen Fingerhut.

Trotzdem schickt er ihr nach dem Film ein Dutzend rote Rosen. Mit einer Karte. »Opfere Dich nie für jemanden, der unter Dir steht, Prinzessin. Wenn alles stimmt, wirst du es wissen. Und ich werde dasein. Mit all meiner Liebe – immer, Dein ewiger Fan.«

Bald nach »Glory Girl« bricht seine ganze Welt zusammen. Sylver verschwindet. Wochen-, monatelang gibt es kein Lebenszeichen von ihr. Die Boulevardpresse überschlägt sich beim Erfinden abscheulichster Gerüchte – Geschichten von angeblichem Drogenmißbrauch, von angeblicher Inhaftierung wegen Trunkenheit und Erregung öffentlichen Ärgernisses. Angebliche Augenzeugenberichte über alle möglichen schmutzigen Aktivitäten. Lügen. Alles dreckige, stinkende Lügen. Immer wenn ihm einer dieser gemeinen Artikel vor die Augen kommt, zerreißt er ihn in Fetzen und verbrennt ihn dann.

Eines tut er nicht, kann er nicht tun, will er nicht tun: Er vergißt sie nicht. »Ich bin bei dir, Prinzessin. Wo immer du auch bist, ich werde dich finden. Ich werde alles besser machen. Ich weiß, wie es ist, wenn man verängstigt fortläuft. Ich weiß, wie es ist, wenn einem alles zuviel wird. Halte durch. Ich komme.«

Verzweifelt beginnt er damit, durch ihre Wohngegend in Malibu zu streifen. Er sucht sie, sieht sie jedoch nie. Schließlich sieht er ein, daß sie umgezogen sein muß. Doch wohin? Abends kommt er heim in sein leeres Apartment und starrt auf die Fotowand. Er kann Sylver auch nicht für eine Minute aus seinem Kopf vertreiben. Nachts kann er vor Sorge um sie nicht schlafen. Sie verfolgt seine Gedanken, seine Träume. Er fühlt ihre Einsamkeit, ihr Bedürfnis. Es ist seine Einsamkeit, sein Bedürfnis. Es gibt keine Schranken zwischen ihnen. Sie sind zwei schmerzende Herzen im selben Körper.

Aus Monaten werden Jahre. Irgendwann hören die Zeitungen auf, über Sylver zu schreiben. Nachrichten von gestern. Hollywood ist eine so wetterwendische, herzlose Stadt. Entweder man ist jemand, oder man ist ein Niemand. Ein Zwischending gibt es nicht. Oft denkt er daran, seine Sachen zu packen und fortzugehen. Gäbe es Sylver nicht, würde er es tun. »Ich werde dich nie vergessen. Baby. Ich werde dich nie verlassen. Wie oft habe ich dir gesagt, daß ich dein Schutzengel bin?«

Er sucht weiter nach ihr, und endlich hat er Erfolg. In einem der Filmmagazine sieht er einen Artikel, eines dieser »Was ist aus ihnen geworden?«-Stückchen. Daneben ist ein kleines Foto von Sylver, zu verschwommen, als daß man ihr Gesicht deutlich erkennen könnte, und die dazugehörigen Zeilen besa-

gen, daß sie kürzlich gesehen wurde, wie sie einen Chili-Dog bei Benny's Hot dogs in West Hollywood aß.

Er hält sich danach jeden Tag in Benny's auf. Auf der Arbeit meldet er sich grippekrank. Er weiß, daß er riskiert, gefeuert zu werden, doch das kümmert ihn nicht. Ihn kümmert überhaupt nichts, außer daß er Sylver finden muß. Es ist ihm sogar egal, daß er Hot dogs haßt. In den nächsten anderthalb Wochen stopft er sie dutzendweise in sich hinein, weil er schließlich nicht dasitzen kann, ohne etwas zu bestellen. Solange er ißt, kann man ihn nicht rausschmeißen.

Dann geschieht es. Er ist in Benny's, sitzt am Fenster, bemüht sich, einen Bissen von dem gummiartigen Fleisch herunterzubekommen, schaut dabei auf die Straße, und da geht sie direkt an ihm vorbei. Er klopft ans Fenster, und sie blickt kurz in seine Richtung, bevor sie weitergeht. Sie sieht blaß und verhärmt aus. Ihre Augen wirken leer und gehetzt, doch er bemerkt das schwache Lächeln. Das ist genug. Das ist alles, was er braucht. Er wirft den Rest seines Hot dogs weg. Er fühlt sich wie neugeboren, energiegeladen, während er ihr die Straße hinunter folgt. Als sie in einem heruntergekommenen Apartmentkomplex namens Fairwood Gardens verschwindet, bleibt er zurück. Es schmerzt, sich vorzustellen, daß sie in einem so verkommenen Gebäude wohnt, doch die Freude, sie wiedergefunden zu haben, löscht alles andere aus. Vom Glück ganz benebelt, macht er sich danach sofort auf den Weg in die Melrose Street.

»Kann ich Ihnen helfen, Sir?«

Die Frage holt ihn halbwegs aus seinen Träumereien. Er sieht die ältere, rundliche Verkäuferin ratlos an. Als ihr Blick auf den roten Seidenteddy mit dem Spitzenbesatz am Miederteil fällt, über den seine Fingerspitzen liebevoll streichen, merkt er selbst, daß er errötet.

»Für Ihre Gattin?«

Er kann nicht sprechen.

Die Verkäuferin lächelt verständnisvoll.

Sie denkt, er will den Teddy für seine Geliebte kaufen. Sie versteht überhaupt nichts. Sie wertet die Liebe ebenso ab wie alle anderen. Der Teddy ist genau das Falsche für Sylver. Was dachte er sich eigentlich? Er geht eilig fort. Dann entdeckt er einen schönen roten Seidenkimono an einer der Schaufensterpuppen. Ja, das paßt schon eher. Weich und sinnlich, dennoch zurückhaltend und elegant. Perfekt für Sylver.

Er muß ihr den Kimono kaufen. Auch nach einem Blick auf des Preisschild. Was kümmert es ihn, daß das eine Woche lang Dosensuppe und Crackers für ihn bedeutet? Ihm ist es völlig egal, was er ißt. Sylver macht schwere Zeiten durch. Er hat gesehen, wie sie ausschaut, wie sie lebt. Es zerreißt ihn innerlich. Er stellt sie sich in einem Kimono vor, sieht, wie das strahlende Lächeln ihr Gesicht erhellt, sieht die Tränen in ihren Augen, wenn sie seine Karte liest, wenn sie merkt, daß er sie nicht vergessen hat. »Ich hole Dich da heraus, Prinzessin. Ich rette Dich. Für immer mit all meiner Liebe – Dein treuester Fan.«

Mit der als Geschenk verpackten Schachtel in der Hand läuft er den Sunset Strip hinunter und bleibt möglichst immer unter den Markisen der billigen Läden, damit er nicht naß wird. Er kommt an einem schäbigen Kino vorbei, das sich auf Wiederaufführungen von Softpornos spezialisiert hat. Ein billiger B-Film mit dem Titel »Desperate Attraction« läuft gerade. Er sieht das Poster neben dem Kartenschalter, und es trifft ihn wie ein Schlag in den Magen. Er kann sich kaum davor zurückhalten, gleich durch die Glasscheibe zu springen und das Plakat von der Wand zu reißen.

Er kann es nicht glauben. Sylver. Seine reine, unschuldige, einst so strahlende Sylver. Oh, als er sie vorhin sah, hat er gewußt, daß sie schwere Zeiten durchmachte, doch er hat nicht im Traum gedacht, daß es so übel für sie geworden sein könnte. Nicht, daß er ihr die Schuld daran gäbe. Sie war dazu getrieben worden, das Opfer dieser Wüstlinge, die sie wie eine

Beute herumschoben, diese Geldgierigen, diese Seelenverkäufer. Sie nutzten Sylvers traurige Lage aus. Er weiß, wie das ist, wenn man am Boden liegt und dann noch Tritte kriegt. Er ist sein ganzes Leben lang getreten worden, von seiner Mutter, den Kindern in seiner Straße, den Schlägertypen in der Schule, den Vorgesetzten auf der Arbeit, sogar von der Frau, die er einst zu lieben glaubte. Bevor er wußte, was wahre Liebe war. Vor Sylver.

Und was haben sie jetzt mit seiner Prinzessin gemacht! Ekel und Zorn überkommen ihn beim Anblick ihrer Bekleidung, ihrer kaum vorhandenen Bekleidung – ein durchsichtiges schwarzes Negligé, das nur wenig Phantasie übrigläßt. Ihre Augen sind geschlossen. Nicht in Ekstase, wie ihre Pose glauben machen soll. Er weiß es besser. Ihre Augen sind geschlossen, um ihre Schmach auszuschließen. Ihre Schmach ist seine Schmach. Es ist seine Schuld. Er hat zugelassen, daß man ihr so etwas antat. In seinen Schläfen hämmert es. Er hat Schwierigkeiten, Luft zu bekommen. Sylver. Arme Sylver. Meine Prinzessin. Meine Liebe. Er ballt die Fäuste. Er will die Schufte umbringen, die diesen Film gemacht haben, will jeden umbringen, der Sylver dazu gezwungen hat.

Obwohl er sich fest vornimmt, sofort weiterzugehen, zieht ihn eine Macht, die stärker ist als er, in das üble Kino. Ihn schaudert es, als er im Vorraum den ekelhaften, ranzigen Gestank einatmen muß. Der Geruch wird noch widerlicher, als er in den Vorführraum tritt. Der Fußboden ist schwammig. Seine Sohlen kleben beim Gehen daran. Das wackelige Gestühl mit der zerrissenen Polsterung knarrt, als das ebenso heruntergekommene Publikum es sich darauf bequem macht. Ihm wird schlecht im Magen, er will sich umdrehen und flüchten. Doch dann schämt er sich. Wie kann er Sylver in der Stunde ihrer größten Not im Stich lassen?

Im Mittelgang bleibt er stehen und starrt auf die Leinwand. »Nein.« Seine Hände zucken unwillkürlich hoch, um die Au-

gen zu verdecken, erstarren jedoch auf halbem Weg. Er steht da wie angewurzelt, kann sich nicht bewegen. Entsetzt beobachtet er Sylver. Oben ohne, nur mit einem winzigen Bikinislip bekleidet, geht sie langsam, provozierend auf einen muskelbepackten Kretin zu, der auf einem Sofa sitzt. Sie setzt sich auf seinen Schoß, und ihre festen, hohen, perfekten Brüste sind nur eine Handbreit vom Gesicht des Ungeheuers entfernt.

Übelkeit kommt in ihm hoch. Seine Beine geben nach. Er fällt in einen Sitz und fühlt sich wie gefoltert, als er zusieht, wie der Kretin mit ihr umgeht – wie ein übergroßer Säugling nuckelt er an ihren Brustwarzen. Sylver windet sich auf seinem Schoß und sieht dabei überzeugend erregt aus. Ganz die perfekte Schauspielerin. Außen lächeln, innen weinen. Er kann ihre Tränen fühlen. Sie vermischen sich mit seinen.

Als er sieht, wie der Kretin ihr den Slip über die glatten, cremigen Pobacken hinunterzieht und dann seine Hand zwischen ihre Schenkel schiebt, wird ihm ernsthaft schlecht. Sie wollen es wirklich tun. Da oben auf der Leinwand, vor allen Augen. Vor seinen Augen. Er springt auf und rennt aus dem Kino, als stünde es in Flammen. »Ich bringe sie alle um. Ich bringe sie um, weil sie ihr das angetan haben. Ich unternehme etwas. Ich muß etwas dagegen unternehmen.«

Er flüchtet durch den Regen den Sunset Strip hinunter, Pfützen spritzen auf, er keucht, kämpft gegen die Übelkeit an und verliert den Kampf, als er in den Vine Boulevard einbiegt, wo er sich mitten auf dem Gehsteig übergibt. Er taucht in eine Nebenstraße, fällt auf die Knie und schluchzt. Er schlingt die Arme um sich und wiegt sich vor und zurück. Haß verschlingt ihn. Und am meisten haßt er es, daß der Anblick, wie Sylver auf der Leinwand die billige Hure spielte, ihn angetörnt hat. Seine eigene Schwäche macht ihn krank. Seine Liebe zu Sylver war so rein ...

Er kehrt in seine Wohnung zurück. Er ist durchnäßt, aufge-

löst, zittert und stinkt nach Erbrochenem und Schwein. Erst jetzt merkt er, daß er das hübsch verpackte Geschenk, den zweihundertneununddreißig Dollar teuren roten Kimono, im Kino liegengelassen hat.

Zurückgehen und ihn holen kann er nicht mehr. Er wird sich wieder mit einer roten Rose begnügen müssen. Es ist der Gedanke, der zählt. Das hat seine Mutter ihm immer gesagt.

3

Nash Walker warf seine schwarzlederne Motorradjacke über einen Stuhl und trat in den winzigen Schlafraum, ein spärlich eingerichtetes »möbliertes Zimmer« mit einer billigen, kunststoffbeschichteten Schreibkommode, einem Sessel – imitierter Art-déco-Stil, Polsterbezug aus Vinyl in einem ekelerregenden Gelbgrün – und einem Doppelbett, das an die Wand geschoben war, weil man sonst die Tür nicht ganz aufmachen konnte. Die Jalousie vor dem einzigen Fenster war heruntergezogen, doch ein paar Sonnenstrahlen kamen durch die zerrissenen Lamellen herein. Die Luft hatte den abgestandenen Geruch von Zigaretten und Schnaps. Die Air-condition war wieder einmal kaputt.

Mit angewiderter Miene lehnte sich Nash an die Kommode, holte sich einen Joint aus der Brusttasche seines schwarzen T-Shirts und strich sich das blonde, wasserstoffsuperoxydgesträhnte Haar zurück.

»Wieder dieses Gemüse«, höhnte er mit einem Blick auf den Fernsehständer, der gleichzeitig als Nachttisch diente.

»Das ist kein Gemüse, Darling, das ist eine Rose.« Vom zerknüllten Bett aus lächelte Sylver ihm schief zu. Sie streckte die Hand nach dem Joint aus, doch Nash ignorierte sie, kam heran und schlug die Vase mit dem Handrücken vom TV-Tisch. Das billige weiße Porzellan zerschellte auf dem nackten Holzfußboden, Wasser spritzte auf das Bett. Nash trat auf die Rose.

»Geht's dir jetzt besser?«

Er starrte sie an. »Verlottert und verkommen, aber immer noch die Komödiantin. Vielleicht solltest du es mal mit Stand-up-Vorstellungen versuchen. Oder kannst du nicht mehr aufstehen?« Er zog ihr die Bettdecke fort. Sylver hatte das durchsichtige, jetzt ramponierte Negligé an, das sie vor einem Jahr in »Desperate Attraction« getragen hatte. Die hunderttausend Dollar, die sie mit diesem billigen Film verdient hatte, waren längst für Schnaps, Koks, Miete und Fast food draufgegangen.

Sylver zog die Decke wieder über ihren Körper und sah Nash feindselig an. »Weshalb sollte ich aufstehen, um in irgendeinem Nachtclub ein paar Dollar zu verdienen? Bist du nicht derjenige, der mir immer sagt, ich soll mich hinlegen?«

»Herrgott noch mal, du redest, als wäre ich dein Lude. Ted Reed macht keine Pornos. Er ist ein vollkommen legitimer, unabhängiger Produzent. Er macht Kunstfilme. Du solltest ihm die Füße dafür küssen, daß er dich in seinen Streifen haben wollte.«

»Als Lockerungsübung für seinen Kunstfilm?«

Nash warf die Hände in die Luft und stapfte zur Kommode, auf der ihre Handtasche liegen mußte. Er suchte danach unter dem ganzen angehäuften Zeug – schmutzige Wäsche, überfüllte Aschenbecher, billige Kosmetik und zwei leere Whiskyflaschen.

»Wieso geht es dir nicht in den Kopf, daß ich nicht mehr filmen will?« schrie Sylver ihn an, und die Verzweiflung war ihrer Stimme anzuhören. »Und wenn Cecil B. DeMille vom Himmel fiele und mir für drei Millionen eine Hauptrolle in ›Die Zehn Gebote II‹ anböte!«

»Wenn du also nur den ganzen Tag hier rumliegen willst, könntest du wenigstens ab und zu mal diesen Dreckstall hier aufräumen«, gab er zurück. »Der Fußboden wurde seit einem Jahr nicht mehr gefegt, und hier liegt mehr von deiner Kleidung in der Gegend herum, als im Schrank hängt. Wobei das ganze Apartment nicht viel größer als ein Kleiderschrank ist. Du könntest wenigstens mal Staub wischen, die Aschenbecher auskippen und die Schmutzwäsche wegräumen, damit der Laden hier etwas erträglicher wird.«

»Ich dachte, dafür ist die Putzfrau zuständig. Oder hat sie gerade ihr freies Jahr?« fragte Sylver spöttisch.

»Sehr komisch.« Nash öffnete die Handtasche und fand die Brieftasche darin leer. Er fuhr herum und starrte Sylver vorwurfsvoll an. »Wo zum Teufel ist der Fünfziger geblieben?«

Sie blickte nur stumm an die rissige, vergilbte Zimmerdecke.

Er stürmte heran und riß sie an den Schultern hoch. »Du selbstsüchtiges Luder. Du hast Koks dafür gekauft, stimmt's? Und dir davon einen schönen Tag gemacht, während ich mich beim Vorsprechen krummgelegt habe.«

»Vielleicht hast du dich krummgelegt«, meinte sie tonlos, »aber bestimmt nicht beim Vorsprechen.«

Er lächelte kurz und zog zum letzten Mal an seinem Joint. »Irgendwoher muß es ja kommen, Babe.«

Sie wußte, daß es ihm Spaß machte, sie aufzuziehen. Früher hatten solche Bemerkungen sie tief getroffen. Wie lange war es schon her, daß er sie begehrte? Oder sie ihn? Sie erinnerte sich nicht einmal mehr an den herrlichen Rausch des Verlangens, den sie früher immer empfunden hatte, wenn Nash sie in die Arme nahm. Wenn sie beide jetzt Liebe machten – was selten vorkam –, war es, als spielte Nash das nur für die Kamera. Alles Form und kein Inhalt. Und sie war nicht einmal wirklich an der Szene beteiligt. Sie lag einfach nur da.

War Nash wirklich einmal ihr zärtlicher, sanfter Liebhaber gewesen? Ihr Ritter in schimmernder Rüstung? Hatte sie sich das eingebildet, oder war das nur eine Rolle für ihn gewesen? Als sie mit »Glory Girl« angefangen hatte, war er so lieb, so geduldig und so verständnisvoll gewesen. Damals hatte er ihr das Herz gestohlen. Auf Zelluloid war Liebe so umkompliziert. Was man zu sagen und wie man sich zu bewegen hatte, war vorgegeben. Man wußte genau, was man tun mußte. Und was nicht.

Im wirklichen Leben schienen sie und Nash alles falsch zu

machen. Sie hatten sich daran gewöhnt, sich gegenseitig zu beschimpfen, und es regte beide nicht mehr sonderlich auf. Vielleicht empfand sie sich einfach im falschen Film und war für die Rolle des Opfers besetzt. Könnte mir bitte jemand sagen, wie ich aus meinem Vertrag rauskomme?

Nash faßte sie grob am Kinn. »Hast du alles verpulvert, Sylver?«

Sie schob seine Hand fort und blickte ihn an. Manchmal fragte sie sich, was sie beide eigentlich noch zusammenhielt. Verzweiflung?

»Ich habe das Geld dem Vermieter gegeben. Hätte ich's nicht getan...« Sie schloß die Augen und ließ den Kopf gegen seine Schulter sinken. »Ich muß was trinken.«

»Erst heute morgen hast du mir gepredigt, wir müßten endlich trocken und clean werden.«

»Hör nicht auf mich, wenn ich vorübergehend nüchtern bin.« Sie brachte ein Lächeln zustande; sie wollte weder vor Nash noch vor sich selbst zugeben, wie sehr sie wünschte, sie könnte sich zusammenreißen.

Er grinste. »Wir brauchen Cash, um uns Schnaps zu kaufen, Baby.« Er sprach jetzt leiser, freundlicher. Er strich ihr das wirre blonde Haar aus dem Gesicht. »Du siehst fürchterlich aus, Sylver. Du verkommst langsam. Geh doch wenigstens hin und wieder an den Strand und werde ein bißchen braun.«

»Weißt du nicht, daß man von zuviel Sonne Hautkrebs kriegt?«

»Stimmt. Wenn du dich schon umbringen willst, dann überlaß es nicht dem Zufall.«

»Ich will mich ja nicht umbringen, Nash. Den Gefallen tue ich dir nicht.«

Er starrte sie wütend an.

»Das sollte ein Scherz sein. War wohl nichts. Okay, ich wollte dich nur zum Lächeln bringen. Du siehst so verdammt sexy aus, wenn du lächelst, Nash. Dann strahlen deine großen braunen Schlafzimmeraugen immer wie Diamanten.« Sie ließ sich in die Kissen zurückfallen. Es war einfach nicht fair, daß sie so lausig aussah, während Nash es irgendwie schaffte, sich sein schönes Gesicht zu erhalten, obwohl er in seinem Elend nicht anders als sie Trost in Drogen und Alkohol suchte. Armer Nash. Einst war er der erklärte Schwarm aller Teenager, und jetzt war er einer von vielen verblaßten Stars, ein Ehemaliger, und noch nicht einmal dreißig Jahre alt.

»Hast du die Paley wie versprochen angerufen?«

Sylver zog sich die Bettdecke bis unters Kinn. »Sie ist nicht in Los Angeles.«

»Bullshit.«

»Ich kann sie nicht dauernd anpumpen, Nash. Das können wir doch nie zurückzahlen.« Sie erzählte ihm nicht, daß sie Kate gar nicht wegen Geld angerufen hatte. Wenn er wüßte, daß sie sie angerufen hatte, um sie um Hilfe zu bitten, würde er sich nur lustig über sie machen.

Damals in den alten Zeiten war sie immer zu Kate gegangen, wenn sie Kummer oder Angst hatte, wenn sie einsam oder nervös war. Kate war für sie eine große Schwester gewesen. Kate hatte sie an ihrem elften Geburtstag nach Disneyland gebracht, nachdem sie zuvor die Kostümleute und die Maskenbildner von Paradine gebeten hatte, die Kleine zu verkleiden, damit sie nicht von ihren Fans belästigt wurde. Selbst ihre Mutter hatte Sylver nicht erkannt. Es war einer der schönsten Tage ihres Lebens gewesen.

Überhaupt hatte sie die meisten ihrer »schönsten Tage« als Kind mit Kate verbracht. Einmal, als sie furchtbar traurig war, weil sie noch nie eine Schlummerparty mitgemacht hatte, gab Kate in ihrem Haus in Bel Air für sie ein Mordsfest, zu dem sie ein halbes Dutzend Mädchen eingeladen hatte, die Sylver – und wahrscheinlich auch Kate – zuvor noch nie begegnet waren. Kate mußte die Kinder wohl in einer nahe gelegenen Privatschule eingesammelt haben. Jedenfalls wurde die Party zu einem wahrgewordenen Traum. Sie blieben alle die ganze Nacht auf, lachten, erzählten sich unanständige Witze, aßen Popcorn und tranken Dutzende Dosen von koffeinhaltigem Sprudel, etwas, das Sylvers Mutter daheim verboten hatte.

Bevor Sylver am nächsten Tag ins Studio mußte, umarmte sie Kate und versicherte ihr, daß sie sie mehr als sonst jemand auf der Welt liebte, mehr als ihre eigene Mutter. Kate hatte sie nie im Stich gelassen. Bis auf das eine Mal, wo sie sie am meisten brauchte. Sylver fröstelte. Daran hatte sie kaum noch gedacht. Sie hatte es verdrängt – mit Hilfe von Drogen.

Sie dachte wieder an Kate, die einzige Freundin, die sie je gehabt hatte. Okay, Kate war nicht perfekt, doch wer war das schon? Noch heute fiel ihr außer Kate niemand ein, den sie um Hilfe bitten könnte. Und sie brauchte jemanden; allein schaffte sie es nicht. Sie war zu schwach, zu verzweifelt, zu sehr daran gewöhnt, alles zu nehmen, wenn es ihr nur durch die Nächte half. Und durch die Tage. Wenn es sie nur betäubte. Eines Tages würde Nash sie herumkriegen. Er würde ihr erzählen, er hätte Schulden bei einem großen Dealer, der ihm das Kinn, sein schönes Kinn, zertrümmern wollte, falls er nicht mit harter, kalter Kasse rüberkäme, und dann gab sie nach und machte noch einen von diesen widerlichen Filmen. Sie hing nur noch an einem Faden. Ihr letzter Rest von Würde und gesundem Verstand löste sich auf.

Nash nahm Sylvers blasses, ausgezehrtes Gesicht zwischen seine Hände und blickte ihr in die unwahrscheinlich azurblauen Augen. Auch von Alkohol und Drogen getrübt, hatten diese Augen noch immer hypnotisierende Macht. »Du könntest deine Mutter bitten ...«

Der Zorn brachte wieder Farbe in ihr Gesicht. »Ich bitte sie um nichts!«

»Du triffst dich doch morgen mit ihr zum Lunch, nicht?«

Die Farbe verschwand. »Nur um endlich Ruhe zu haben. Sie macht mich langsam verrückt. Ruft alle naselang an und bettelt darum, daß ich mich mit ihr hinsetzen und einen blöden Lunch mit ihr nehmen soll. Als unser Telefon abgeschaltet war, ging es mir viel besser.«

»Ich weiß, wie es dir mit deiner Mutter geht, Baby...«

»Nein. Du weißt überhaupt nicht, wie es mir geht, Nash.« Das hatte sie weder ärgerlich noch vorwurfsvoll gesagt. Solche Emotionen erforderten viel zuviel Energie. Sylver war ausgelaugt. Ihr war, als drehte sich das Leben immer schneller im Kreis. Nichts konnte es aufhalten, an nichts und niemandem konnte sie sich festhalten. Am wenigsten an Nash. Er drehte sich genauso schnell wie sie. Er tat es nur mit mehr Klasse.

Sie merkte gar nicht, daß ihr die Tränen über die Wangen rollten, bis Nash sie wieder aufs Bett drückte und sich neben sie legte. »Nicht weinen, Baby. Wir denken uns schon etwas aus. Das machen wir doch immer, nicht?«

Sie merkte, daß ihr der Schweiß ausbrach. Sie begann zu zittern. »Ich hasse das. Ich hasse es, wenn die Betäubung nachläßt.«

Er drängte sich an sie. Er war hart. Sie stöhnte innerlich. Das letzte, was sie jetzt wollte, war Sex.

Er begann sie zu streicheln, ihre knochigen Schultern, ihre dünnen Arme. Er rollte sie auf die Seite und preßte seine Hüften an ihren Hintern.

»Hast du nicht irgend etwas? Tabletten? Egal was?« bettelte sie.

Er umfaßte ihre Brüste, drückte sie. Eine Hand ließ er über ihren eingefallenen Bauch gleiten, dann zwischen ihre Schenkel.

Sie preßte die Beine zusammen, doch sie wußte, daß Nash den Wink nicht verstehen würde. Nun ja, so schlecht fühlte sich seine Berührung nicht an. Falls er sie antörnen konnte, dann vergaß sie vielleicht zumindest vorübergehend, daß sie high werden mußte.

Sie drehte sich auf den Rücken und legte ihm die Arme um

den Nacken. Er küßte sie rauh, seine Zähne drückten sich in ihre Lippen, und sie schmeckte Blut. Sie versuchte so zu tun, als wäre es so wie früher, als sie jung, unschuldig und verliebt waren.

Nash ließ ihr nicht die Zeit, sich in die Phantasie hineinzusteigern. Er schob ihr das Nachthemd über die Hüften und öffnete seine Jeans, ohne sich jedoch die Mühe zu machen, sie auszuziehen. Seine Cowboystiefel hatte er auch noch an.

Dann lag er auf ihr. Sie bekam kaum Luft, er war so schwer. Aus war es mit der Phantasie. Er drückte ihre Beine mit seinem Knie auseinander. Sie wappnete sich, zwang sich dazu, innerlich auf Distanz zu gehen. Das war noch besser als der Kummer und diese schreckliche Leere, die sie fühlte, wenn er in sie eindrang.

Er schob die Hände unter sie, so daß er Sylver zu seinem eigenen Rhythmus bewegen konnte. Sein nach Alkohol und Zigaretten riechender Atem streifte ihr Gesicht. Seine Augen waren geschlossen. Früher hatte er sie beim Liebesspiel immer offengehalten, weil er Sylver anschauen wollte, weil er ihr Gesicht sehen wollte, wenn sie den Orgasmus erreichte. Sie sei nie schöner gewesen, hatte er ihr immer gesagt. Wenn sie jetzt Liebe machten, sagte er nie ein Wort.

Es ging erfreulich schnell. Er kam, grunzte lange und leise und rollte dann von ihr herunter. Es kümmerte ihn nicht mehr, daß sie keinen Höhepunkt gehabt hatte. Fall erledigt. Er hob seine Hüften an und zog den Reißverschluß hoch.

Sie legte ihren Kopf an seine Schulter und strich ihm das Haar aus dem Gesicht. »Es war schön«, log sie. Nicht, daß sie das hätte sagen müssen. Nash erwartete es nicht und brauchte es auch nicht. Sie sagte es, weil sie es sich einreden wollte. Sie wollte, daß das, was sie eben zusammen getan hatten, ein Akt der Liebe gewesen war.

Er setzte sich und schwang die Beine über die Bettkante. »Ich habe noch ein paar Dollar. Zieh dich an. Wir gehen rüber zu Murphys Bar und kippen ein paar Glas. Du mußt mal raus aus diesem schäbigen Schweinestall. Ein bißchen an die Luft. Du bist so weiß wie ein Gespenst.«

Sie protestierte. Warum ging er nicht und kaufte eine Flasche, die sie hier in der Wohnung austrinken konnten? Sie wollte nicht gehen, fürchtete sich davor, daß irgend jemand sie erkennen könnte. Das geschah zwar nicht mehr oft, aber wenn, dann sahen die Leute sie immer so mitleidig an. Wie ihre Mutter in ihrer unnachahmlichen Art beim letzten Treffen ausgerufen hatte, sah sie aus wie eine aufgewärmte Leiche. Meinte ihre Mutter, damit sagte sie ihr etwas Nettes? Ich bin ja nicht blind, dachte Sylver. Ich weiß selbst, daß ich verfalle. Jedesmal, wenn Nash sie berührte und dabei die Augen schloß, wurde sie daran erinnert, daß sie fast nur noch aus Haut und Knochen bestand. Es war nicht so, daß sie das nicht kümmerte. Es kümmerte sie schon, doch sie fühlte sich einfach zu kraftlos, um sich dagegen aufzulehnen. Manchmal versuchte sie es, doch es war wie ein Kampf gegen einen Taifun. Sie war ein winziges Staubkorn, das vom Sturm herumgewirbelt wurde. Ihr ganzes Leben bestand aus Hilflosigkeit, Verlusten, Demütigung und Scham.

Nancy Cassidy hatte selbstverständlich immer ein Rezept gegen alle Kümmernisse ihres kleinen Mädchens. Jawohl. Nancy kriegte alles hin. Nancy hatte alle Antworten. Nancy wußte immer, was richtig für ihre Tochter war. Früher war Sylver so naiv gewesen, den Blödsinn zu glauben, den ihre Mutter ihr auftischte. Früher hatte sie es Nancy so leicht gemacht. Das pflichtbewußte, gefällige Kind. Das dumme Kind. Jetzt war sie klüger. Die Zeiten hatten sich geändert. Und wie! Wenn sie jetzt nur in die Nähe ihrer Mutter kam, wurde ihr übel vor Wut. Das war einer der Gründe, weshalb sie sich vor solchen Treffen immer betrank. Für den ganz großen Krach fehlte ihr die Kraft. Zu vielem fehlte ihr die Kraft.

Am Tag nach ihrer letzten, wenig erfreulichen Zusammenkunft hatte Nancy sie angerufen und ihr mitgeteilt, sie habe sie in einem Fitneßclub angemeldet und für sie Termine bei ihrem Dermatologen, ihrer Ernährungsberaterin, ihrem Friseur und ihrer Maniküre gebucht. Als verfrühtes Geburtstagsgeschenk mit dem Hinweis, sie solle einem geschenkten Gaul nicht ins Maul schauen.

Sylver hatte den Fitneßclub nie betreten, und sie hegte auch keinerlei Absicht, die anderen Termine wahrzunehmen, selbst wenn sie sich die Daten hätte merken können.

Sicher, ihre Mutter wollte, daß sie wieder in Form kam, allerdings nicht aus mütterlicher Besorgnis heraus. Sylver glaubte schon lange nicht mehr daran, daß Nancy ihre, Sylvers, Interessen im Sinn hatte und daß sie alles aus Liebe tat. Nein, Nancy wollte, daß ihre Tochter ein Comeback schaffte und somit ihre eigenen Schatztruhen wieder auffüllte. Nancy wollte den alten Glanz auferstehen lassen. Sylver Cassidys Name sollte wieder in altem Licht erstrahlen. Nancy weigerte sich einzusehen, daß die alten Zeiten ein für allemal vorbei waren. Sie begriff nicht, daß ihre Tochter es nicht anders wollte.

Widerstrebend ließ sich Sylver von Nash aus dem Bett zerren. Sie gestattete es ihm, daß er ihr beim Anziehen half – schwarzes Sweatshirt, abgetragene Jeans. Er mußte erst ein neues Loch in ihren Gürtel bohren. Das machte ihn zornig.

»Nun sieh dich an«, sagte er angewidert, als wäre das für ihn eine Überraschung, als hätte er ihren Körper nicht vor fünf Minuten noch gestreichelt. »Keine Taille, keine Hüften, sogar deine Titten fangen an zu schrumpfen. Du bist verfallen, Sylver.«

»Keine Rollen für Skelette in Ted Reeds ›Kunstfilmen‹?«

Er schüttelte sie ärgerlich. »Mir langt's langsam mit dir, Sylver. Wenn ich diese Rolle in dem Film kriege, den Ben Samson bei Avalon macht, bin ich hier verschwunden, Baby.«

Sylver wollte es nicht sagen, doch sie wußte, daß Nash nicht die Spur einer Chance hatte, diese oder irgendeine Rolle in einem angesehenen Film zu erhalten. Das lag nicht nur daran, daß er ein miserabler Schauspieler und zudem schon zu lange aus dem Rampenlicht war. Er war einfach zu verzweifelt, und das merkte man ihm an. Jeder, der in Hollywood verzweifelt war, wurde als Ausgestoßener betrachtet. Dennoch – die Möglichkeit, daß Nash sie eines Tages hier allein zurücklassen könnte, versetzte Sylver in Panik. Sie packte ihn beim T-Shirt. »Du darfst mich nicht verlassen, Nash. Du bist alles, was ich habe.«

»Und was ist das, Baby? Dein ganz persönlicher Lude?«

»Nicht doch. Das habe ich doch nicht so gemeint, Nash.«

»He, dir bleibt doch immer noch dein heimlicher Verehrer. Soll der sich doch mal für eine Weile deine Beschimpfungen anhören. Vielleicht törnt ihn das an. Mich jedenfalls nicht.« Er schüttelte sie ab und wollte zur Tür gehen.

»Moment. Ich muß nur meine Schuhe finden. Warte auf mich.«

Sie suchte nach ihren Sandalen, konnte sie jedoch zwischen dem auf dem Boden verstreuten Bettzeug, den Zeitungen und den Kleidungsstücken nicht finden.

Nash war schon draußen auf dem muffig riechenden Flur, der nur von zwei nackten 15-Watt-Glühbirnen sowie den schwach rot glimmenden »Ausgang«-Zeichen über den Feuertüren an jedem Ende des Gangs beleuchtet wurde. Am Lift ging er vorbei, denn der funktionierte wieder einmal nicht.

Sylver rannte ihm barfaß hinterher und holte ihn an der Treppe ein. »Tut mir leid, Nash. Bitte. Bitte sei doch nicht böse mit mir.« Von hinten schlang sie die Arme um ihn und versuchte ihn aufzuhalten. »Warte doch, Nash. Ich muß nur noch meine Sandalen holen. Du weißt ja, daß man mich barfuß nicht in die Bar läßt.«

Er schüttelte sie ab. »Vergiß es. Ich brauche ein bißchen Freiraum. Du gehst mir langsam wirklich auf die Nerven.«

Die Tür zur Nachbarwohnung öffnete sich, als Nash die Treppe hinunterging und Sylver ihm nachrief, er solle doch warten.

»Kann ich etwas für Sie tun?« erkundigte sich der Nachbar.

Ohne sich umzudrehen, schüttelte sie den Kopf und sah zu, wie Nash die drei Stockwerke hinuntersprintete. »Verdammter Kerl«, schrie sie.

»Bestimmt nicht?«

Sie drehte sich halb um und sah den großen dunkelhaarigen, gutgebauten Mann in Jeans und weißem Oberhemd mit hochgerollten Ärmeln in der offenen Tür stehen. Das Sonnenlicht aus seinem Apartment umgab ihn mit einem gespenstischen Schein. Sie blinzelte. »Sie sind nicht Mrs. Rosenberg«, stellte sie fest.

»Nein. War ich auch nie.«

Sylver hielt sich am Treppengeländer fest und drehte sich ganz zu dem Mann um. »Was ist mit ihr passiert?«

Der Mann lehnte sich an den Türrahmen und betrachtete sie unverfroren. »Ich schätze, sie ist umgezogen oder gestorben. Ich bin gestern hier eingezogen.«

Plötzlich schwindelte es Sylver, und sie schwankte, doch als der Mann zu ihr kommen wollte, hob sie die Hand. »Mir fehlt nichts.«

»Natürlich nicht.«

Eine Weile musterten sie sich gegenseitig. »Sie haben nicht vielleicht zufällig eine unangebrochene Flasche Scotch oder Bourbon?«

Er schüttelte den Kopf.

»Bier? Wein?«

Wieder schüttelte er den Kopf.

Sie hielt sich fester, das Schwindelgefühl wurde stärker. Der Flur roch nach mexikanischer Küche und Zigarettenqualm. Ihr wurde übel. »Einen Joint?«

»Dope ist illegal.«

Sylver lief es kalt über den Rücken. »Sind Sie etwa ein Cop?« Das fehlte ihr gerade noch – ein Bulle als Nachbar.

Er verschränkte die Arme vor der Brust. »Im Moment nicht.«

»Heißt das, Sie haben dienstfrei?«

»Das heißt, ich bin im Ruhestand.«

Sie blickte ihn genauer an. Er konnte nicht viel älter als vierzig sein, wenn überhaupt. »Sie sehen zu jung aus, um schon pensioniert zu werden.«

Er lächelte. »Pensioniert wurde ich auch nicht direkt. Rausgeschmissen trifft's eher.«

Schluß jetzt mit dem nachbarlichen Schwatz. Ihre Beine fühlten sich gummiweich an. Sie mußte ins Bett zurückkriechen. Möglicherweise mußte sie tatsächlich kriechen, um dahin zu gelangen. Wenn sie nur irgend etwas bekommen könnte, das sie wieder ein wenig aufrichtete.

Sie blickte ihn beschwörend an. »Kommen Sie, Nachbar. Wir sollten miteinander anstoßen.« Ihre Augen schlossen sich, und sie merkte, daß ihre Beine nachgaben.

Einen Sekundenbruchteil bevor sie die Treppe hinuntergestürzt wäre, fing er sie auf. Sie fühlte sich zu schwach und zu krank, um dagegen zu protestieren, daß er sie in sein Apartment trug.

»Das gleiche wie meins«, murmelte sie, nachdem sie ihren verschwommenen Blick einmal in die Runde hatte schweifen lassen. »Nur ordentlicher.«

Der Mann setzte sie auf die abgewetzte orangefarbene Couch. Als er fortging, kam sich Sylver seltsam verlassen vor. Einen Moment später kehrte er zurück. In der Hand trug er ein hohes Glas mit etwas, das nach Orangensaft pur aussah. Sie verzog das Gesicht, nachdem sie einen Schluck getrunken und gemerkt hatte, daß es auch genau das war. »Also wirklich, Sie werden doch etwas dahaben, was das hier einigermaßen genießbar macht. Wodka? Gin?«

»Tut mir leid, Sylver. Ich bin Abstinenzler. Trinken Sie.«

Sie blickte ihn argwöhnisch an. »Sie kennen meinen Namen?«

»Die Vermieterin hat ihn mir gesagt.«

»Was hat Ihnen die alte Ziege noch gesagt?«

Er setzte sich neben sie. »Daß Sie ihr noch die Miete für zwei Monate schulden und daß Sie und Ihr verkommener Freund hier rausfliegen, falls Sie nicht bis zum dreißigsten mit dem Geld rüberkommen.«

Mit dem Glas in beiden Händen ließ sich Sylver gegen die Polster sinken. »Meine Lebensgeschichte in einem Satz. Wie heißen Sie, Nachbar?«

»Riley Quinn.«

»Und wie geht Ihre Lebensgeschichte, Riley Quinn?«

»Ich bin Schriftsteller. Das heißt, ich wäre einer, wenn ich den Mut hätte, meiner Schreibmaschine öfter gegenüberzutreten.«

»Was schreiben Sie denn?« fragte sie benommen.

»Krimis. Schreib, wovon du was verstehst, richtig?«

»Richtig.« Ihr Kopf sank herab.

Riley nahm ihr das Glas aus den Händen. »Sie sollten sich ein wenig hinlegen.«

Sie riß die Augen wieder auf. »Vergessen Sie's.«

»Ich hatte nicht vor, mich dazuzulegen.«

Als er aufstand, hielt sie ihn am Ärmel fest. »Wenn Sie mir nur ein paar Dollar borgen würden . . .«

»Für Ihre Miete?«

Sie schüttelte den Kopf.

»So schlecht geht's Ihnen?«

Sie lächelte trübe. »Sieht man mir das nicht an?«

»Sie würden besser aussehen, wenn Sie trocken wären.«

Sie gab ihm einen Stoß gegen den Arm und stand mit großer Mühe auf. »Ich brauche keine Vorträge von Ihnen. Diesen Markt hat meine Mutter schon abgedeckt, mein Junge.«

»Riley.«

»Riley.« Sie schwankte durch das Zimmer und hoffte, daß sie bis zur Tür kam, solange sie noch auf den Füßen stand. Sie hatte es fast geschafft und war sehr stolz auf sich.

»Moment.«

Nicht jetzt. Sie mußte den Schwung ausnutzen.

Mit ein paar langen Schritten fing er sie an der Tür ab und drückte ihr eine Geldnote in die Hand.

Erst im Flur und nachdem ihr Nachbar seine Tür geschlossen hatte, sah sie nach, was es für ein Schein war. Zwanzig Dollar. Ihre Stimmung hob sich. Sylver stolperte in ihre Wohnung und sofort ans Telefon. Auf Johnny, den Lieferjungen vom Melrose Liquor Store, konnte sie sich verlassen, er würde ihre Bestellung sofort herbringen.

4

Eileen Moss klopfte an die geschlossene Tür des Büros ihrer Chefin, wartete auf das Okay und ging hinein. »Raten Sie mal, wer nicht mehr der Tophit in der Schlagerparade ist?«

Kate schaute zu ihrer schlanken Sekretärin hoch. Eine ehemalige Miß Vermont, und trotzdem erstklassig in ihrem Job. Schönheit plus Verstand, die perfekte Kombination. Es könnte durchaus sein, daß die hervorragende Miß Vermont eines Tages hinter ihrem riesigen Chrom-und-Glas-Schreibtisch residierte und sich mit dem chaotischen Durcheinander aus Drehbüchern, Treatments, Aktennotizen, Post und Mitteilungen herumschlug, was bedeutete, daß sie, Kate, dann entweder auf einem weit besseren oder einem weit schlechteren Platz saß.

»Jason Richie«, antwortete Kate mit einem überlegenen Lächeln.

Eileen war wie immer angemessen beeindruckt. »Sie waren den ganzen Tag unterwegs. Wie haben Sie davon erfahren?«

»Ich hab's nur erraten«, meinte Kate gelassen, obwohl sie innerlich vor Aufregung wie elektrisiert war.

»Lange hat er's ja nicht durchgehalten«, meinte Eileen. »Was waren es – neun Monate?«

»Ich hatte nicht erwartet, daß er es so lange macht.«

Im Vorzimmer läutete das Telefon. Als Eileen hinausging, lehnte sich Kate in ihrem Drehsessel zurück und lächelte.

Als ihr Vorgesetzter und Langzeitliebhaber, Douglas Garrison, ihr vor neun Monaten während eines Abendessens bei Kerzenschein in ihrem Haus mitteilte, daß er Richie zum neuen Direktor der Filmabteilung machen würde, hatte sie nicht gelächelt. Doug hatte die Neuigkeit bis nach dem Dessert aufbewahrt, wahrscheinlich weil er fürchtete, daß sie ihm das

Cremesoufflé an den Kopf werfen würde. Dazu versucht wäre sie auch ganz bestimmt gewesen.

Als er die Bombe platzen ließ, starrte Kate erst ungläubig, dann wütend in sein leicht pockennarbiges, kantiges Gesicht. Der beeindruckende, grauhaarige, zweiundfünfzig Jahre alte Studiochef, elegant mit einem blauen Kaschmirblazer und einer grauen Sporthose bekleidet, wand sich unbehaglich unter ihrem prüfenden Blick. Offenbar war ihm seine übliche höfliche Verbindlichkeit abhanden gekommen. Er ließ die breiten Schultern ein wenig hängen. Er konnte Kate nicht ganz in die Augen sehen. Dieser Mann war einst ihr Vorbild und Held gewesen mit seinem brillanten Scharfblick, seiner Energie, seinem Ehrgeiz und seiner Unverschämtheit; jetzt wirkte er mehr wie ein nervöses Reh, das im Lichtstrahl eines Autoscheinwerfers gefangen war, und nicht wie der großmächtige Boß eines der größten Studios der Flitterstadt.

Sie beobachtete, wie er sich um den richtigen Gesichtsausdruck bemühte, dann den Kopf schüttelte, weil er nicht wußte, wie der aussehen mußte. Er betrachtete seine perfekt maniküren Fingernägel, die ihn scheinbar faszinierten. »Es gibt Gründe, Darling ...«

Sie fuhr nicht auf. Es würde keine große, explosive Szene geben. Eines hatte Kate über die Jahre gelernt: Wenn sie unter Beschuß cool blieb, war es immer zu ihrem Vorteil. »Wir wollen es einmal klarstellen. Ich werde mich auf keinen Fall Richie unterstellen«, erklärte sie kurz und unmißverständlich. »Falls ich mich nicht weiterhin direkt an dich wenden kann ...«

Sie sah ihm die Erleichterung an. »Kein Problem. Richie wird sich in keiner Weise in unsere Routine einmischen. Sieh ihn mehr als einen Partner, nicht als einen Vorgesetzten.« Er schenkte ihr ein väterliches Lächeln.

»Nur daß er den Titel und das große Geld bekommt«, konterte sie, machte eine kleine Pause und holte dann zum Tiefschlag aus. »Wir haben sehr unterschiedliche Vorstellungen von Partnerschaft, Doug.« Früher einmal hatte er davon geredet, daß sie beide auch Partner seien. Partner bei der Arbeit und an der Heimatfront. Kate war sogar so weit gegangen, sich ein paar Brautmagazine zu kaufen. Kaum zu glauben, daß sie einmal so jung und so naiv gewesen war.

Doug zuckte bei ihrem Seitenhieb zusammen und bedachte sie sofort mit seinem üblichen tröstenden Blick, der ihr sagen sollte: »Du bedeutest mir alles.«

»Ich weiß, was du empfindest, Kate. Meinst du, mir wäre es nicht lieber, wenn die Dinge anders liefen? Doch im Ernst, ich glaube, Richie läßt uns alle gut aussehen. Ich fühle, daß positive Vibrationen von ihm ausgehen.«

Kate verdrehte die Augen. Der Studioboß ging sofort in die Offensive. »Nur weil du kein spirituelles Verhältnis ...«

»Jetzt mach mal halblang, Doug. Du hast Richie ausgesucht, weil dir deine verrückte New-Age-Hellseherin das gesagt hat?« Später hatte sie erfahren, daß Jason Richie ebenfalls spirituellen Rat von derselben Parapsychologin einholte. Zufall? Nein.

»Nein, das habe ich nicht gesagt. Shanda hat meine Entscheidung nur unterstützt«, erwiderte Doug mit mühsam unterdrückter Wut. Er war sehr empfindlich, wenn es um seine »Suche nach spiritueller Errettung ging«, was Kate mit »Suche nach Rettung seines Hinterns und seiner Seele« übersetzte. Während der vergangenen paar Jahre, in denen es mit Paradines Einkünften langsam abwärts ging, war die Panik des Studiochefs gestiegen, und er zog einen Rattenschwanz von Psychologen, Herbalisten und Spiritisten hinter sich her. Wenn die Aktien fielen und der Druck stieg, suchte Doug immer Rat bei jemandem, von dem er glaubte, daß er einen direkten Draht zu den Göttern besaß. Zu den Göttern des Erfolgs natürlich.

Doug setzte die Miene »verletzter kleiner Junge« auf. Es gelang ihm nicht ganz. »Ich hatte gehofft, du würdest mich auch unterstützen, Kate.«

»Und ich hatte gehofft, wenn diese Stelle frei würde, könnte ich sie übernehmen«, versetzte sie ärgerlich. Hoffnung, ach was. Doug hatte ihr das so gut wie versprochen. Und sie war so dumm gewesen, ihm das zu glauben. Warum begriff sie manches einfach nicht? Weil sie wie eine Irre geschuftet hatte, um zu beweisen, daß die Leitung der Filmabteilung ihr zustand, weil sowohl sie als auch Doug wußte, daß sie diese Position sehr wohl verdiente, weil das Studio in ihren fachkundigen Händen endlich eine Chance hätte, an seinen früheren Ruhm anzuschließen, von der früheren Rentabilität ganz zu schweigen. Quatsch, Quatsch, Quatsch. In Hollywood funktionierten die Dinge nicht so. Nicht, wenn man eine Frau war und es auf diesem Planeten auch nur noch einen einzigen lebenden Angehörigen des anderen Geschlechts gab, den man rekrutieren konnte.

Doug strich eine unsichtbare Falte aus seinem Blazer. »Du wirst den Posten übernehmen, Kate. Wenn es an der Zeit ist. Du brauchst einfach noch ein bißchen mehr ... Erfahrung.«

Kate fiel es immer schwerer, cool zu bleiben. »Wie erfahren ist denn Richie? Wie alt ist er? Siebenundzwanzig? Achtundzwanzig?«

Doug stand auf und zog sich vom Tisch zurück. Ganz offensichtlich wollte er eine Szene vermeiden. Kate wußte, wie er Szenen haßte. Wäre im vorliegenden Fall jemand anders betroffen, und nicht sie, hätte Doug die Nachricht mit Sicherheit von einem Untergebenen übermitteln lassen. Er glaubte nämlich fest an die Theorie, daß der Überbringer einer schlechten Nachricht immer für diese verantwortlich gemacht wurde. Wenn Douglas Garrison jemanden erdolchen wollte, konnte man darauf wetten, daß es ein Dolchstoß in den Rücken wurde. Kate hatte nur nicht damit gerechnet, daß es einmal ihr Rücken sein würde.

Doug zog ein makellos gebügeltes und zusammengelegtes Leinentuch aus der Hosentasche und betupfte sich damit die Stirn.

»Ich stehe jetzt erheblich unter Druck, Kate. Mein erlauchter Herr Schwiegervater ist mit der kürzlich recht glanzlosen Leistung des Studios nicht glücklich. Und du weißt ja, wenn Charlie Windham nicht glücklich ist, schlägt mir das auf den Blutdruck.«

»Mein Blutdruck ist im Moment auch nicht der beste«, sagte sie trocken. »Vielleicht sollte ich mal deine brillante Shanda aufsuchen und fragen, ob sie meine Entscheidung unterstützt, meine Sachen zu packen und zu gehen.« Kate fühlte sich wirklich versucht, ihre Kündigung einzureichen. Viele andere Studios würden sie nur zu gerne übernehmen und ihr eine zumindest gleichwertige Position anbieten wie die bei Paradine. Nur würde sie sich in keinem anderen Studio zu Hause fühlen. Paradine war das Reich, das sie regieren wollte.

Doug kam zu ihr, zog sie vom Stuhl hoch und faßte sie fest bei den Schultern. »So etwas darfst du nicht sagen, Darling. Du weißt, wie wichtig du für mich bist. Für Paradine. Ohne dich würde niemand von uns überleben.« Das hörte sich echt verzweifelt an, und ein weiterer armseliger Beschwichtigungsmoment folgte. »Ich dachte nur, ein wenig neues Blut könnte die Dinge auffrischen. Ihr beide zusammen, das wäre der Hammer. Richie hat Dekka eine Menge Hit-Produktionen eingebracht.«

Kate befreite sich aus dem Griff, blickte Doug jedoch gelassen an. »Wann war der letzte?«

Sofort sprang er für seinen neuen Jungen in die Bresche. »Das ist nicht Richies Fehler. Dekka hatte Probleme mit dem Management. Das weißt du.«

Sie hatte verloren. Das wußte sie, und sie wußte, das Doug das wußte. Was hatte es also für einen Sinn, einen fertigen Deal zu torpedieren? Sie hatte ihre Ansicht klargestellt, und

Doug würde sich anstrengen, sie auf jede erdenkliche Weise zu beschwichtigen. Er fürchtete sich zu sehr davor, daß sie aussteigen könnte. Das war bestenfalls für sie ein kleiner Sieg. Geduld, sagte sie sich. Die großen Siege kommen noch.

Immerhin bekam sie die Genugtuung des letzten Wortes. »Was willst du wetten, daß er aufgibt, ehe sein erster Film, den er für uns macht, im Kasten ist?«

Jetzt, neun Monate danach, bekam sie auch noch die Genugtuung, recht gehabt zu haben. Zu dumm, daß sie damals nicht auf der Wette bestanden hatte; sie hätte gewonnen. Neun Monate nach Richies Anstellung befand sich seine erste Arbeit »Eine gefährliche Frau« immer noch in der Vorproduktion. Ein Problem hatte das andere gejagt – zweimal hatte der Regisseur gewechselt, die Schauspieler meuterten, und die Kosten drohten das Budget zu verdoppeln. Außerdem gab es Gerüchte über die perversen Gefälligkeiten, die Richie regelmäßig von den jungen, unschuldigen und nach Vorwärtskommen strebenden Frauen am Set verlangte.

Kate rieb sich die Hände. Richies kurze Amtszeit mochte sich für sie als Segen herausstellen. Sein abgrundtiefes Versagen als Leiter der Filmabteilung könnte ihr großes Glück sein. Wenn Richie draußen war, war sie die logischste und qualifizierteste Nachfolgerin. Doug würde wahrscheinlich wieder außerhalb von Paradine nach Rekruten suchen, doch falls er innerhalb des Hauses blieb, konnte er Kate einfach nicht übergehen. Selbst ihm war klar, daß das ihre Kündigung unweigerlich nach sich ziehen würde. Außerdem hatte sie bisher Erstaunliches geleistet, und dann gab es immer noch »Todsünde«, und dieser Film versprach ein absoluter Hit zu werden.

Kate drückte auf den Knopf ihrer Sprechanlage. »Würden Sie bitte noch einmal versuchen, London zu erreichen, Eileen?«

»Das habe ich eben getan und eine Nachricht hinterlassen.«

»Sonst noch was Wichtiges?«

»Mr. Garrison möchte, daß Sie sich um Viertel nach drei mit ihm im Vorführraum sieben treffen. Roberts von Cinetrex sagt, er hätte etwas Heißes für Sie, aber das will er aufheben, bis er Sie am Freitag beim Bellman-Bankett sieht. Frank Zimmer von der TAA hat zweimal angerufen. Sagt, es sei wichtig.«

Kate blickte auf die Uhr. »Noch was?«

Eileen räusperte sich. »Sylver Cassidy hat wieder angerufen. Das war das vierte Mal.«

»Sie wissen doch, wie Sie vorgehen sollen.«

»Sie sagt, es handele sich diesmal nicht um einen Kredit. Sie wolle nur mit Ihnen reden. Sie hörte sich ziemlich ... verzweifelt an.«

»Sie und eine halbe Million andere«, bemerkte Kate mit bitterem Spott. Trotzdem schaute sie zu der Reihe eingerahmte Hochglanz-Großfotos hinüber, die eine ihrer karamelfarbenen Wände schmückten. Die Bilder zeigten die ehemaligen und die heutigen großen Stars des Studios, und Kates Blick blieb an Sylver Cassidys Porträt hängen. Sylver mit siebzehn. Nicht nur schön, sondern auch mit einer ausgefallenen Qualität versehen, die damals nicht nur Kate, sondern auch viele andere davon überzeugt hatte, daß der Ex-Kinderstar zu einem Superstar der Weltklasse ausersehen war. Kate fühlte etwas in ihrem Inneren – Frust? Zorn? Kummer? Schuld?

Rasch wandte sie den Blick von dem Foto und schob diese beunruhigenden Gefühle beiseite. Sie lauerten ständig in dunklen Ecken wie unheimliche Vampire, stets bereit, sich auf die Halsschlagader zu stürzen und Kate den Schwung und die Entschlossenheit auszusaugen. Und Sylver Cassidy war eine dieser dunklen Ecken.

»Rufen Sie Sylver zurück, und sagen Sie ihr, ich hätte nach Phoenix fliegen müssen. Ärger bei den Dreharbeiten. Sie kennen ja das Spielchen.«

»Roy Bates ist eben zu seinem Termin um Viertel nach eins hereingekommen. Sind Sie für ihn bereit?«

Kate seufzte. »Ein paar Minuten noch.« Sie holte sich den Terminplan für den Nachmittag auf den Monitor. »Richten Sie Mr. Garrison aus, daß ich heute nachmittag keine Zeit habe.«

Kate hörte, daß der Sekretärin kurz der Atem stockte. »Sie meinen, Sie können nicht zum Chef in den Vorführraum kommen?«

Kate lächelte nur. »Genau das meine ich, Eileen. Ach ja, und falls das Gespräch aus London kommt, während ich mit Bates beschäftigt bin, unterbrechen Sie uns.« Sie blickte auf die Uhr. »Auch wenn es nicht kommt. In zehn Minuten.« Sie konnte Roy Bates, den Leiter der Entwicklungsabteilung, nicht länger als zehn Minuten hintereinander ertragen.

Eine Minute später war Eileen wieder am Apparat. »Ich habe Mr. Windhams persönliche Assistentin auf Leitung zwei.«

Ein kleiner elektrischer Schlag durchfuhr Kate. Die persönliche Assistentin des kaufmännischen Direktors rief sie an? Kate ging sofort ran.

»Mr. Windham möchte Sie am Donnerstag treffen, Miß Paley. Um dreizehn Uhr.«

Kate bestätigte den Termin, ohne auf ihren Plan zu sehen. »Bei Ihnen, Miß Paley.«

»In meinem Büro? Sehr schön.« Kate faßte es nicht; Windham wollte in ihr Büro kommen! Erst überkam sie die Panik, doch dann sagte sie sich, daß kaufmännische Leiter Vizedirektoren niemals persönlich feuerten. Ein einfacher blauer Brief...

»Nein, Miß Paley, ich meinte nicht Ihr Büro, sondern bei Ihnen zu Haus.«

Vorübergehend verschlug es Kate die Sprache. »Ja... gut. Bei mir zu Haus. Um dreizehn Uhr.«

Irgend etwas war im Busch, und Windham wollte nicht riskieren, daß sie beide zusammen in der Öffentlichkeit gesehen wurden. Ein privates kleines Tête-à-tête mit dem gekröntem Haupt von Paradine. Das wurde ja immer schöner.

Kate ließ Roy Bates noch ein paar Minuten warten; sie mußte sich erst sammeln. Bis Donnerstag waren es noch drei Tage, und sie wußte, daß sie sich verrückt machen würde, wenn sie versuchte zu erraten, was anlag. Leider war es ihr unmöglich, nicht pausenlos zu überlegen, was Windhams Besuch zu bedeuten hatte. Es mußte entweder etwas sehr Positives oder etwas sehr Negatives sein. Schließlich besuchte der alleroberste Boß nicht alle Tage eine Vizedirektorin zu einem kleinen Plausch in ihrem Haus. Genauer gesagt, Kate erinnerte sich an kein einziges Mal.

Also worum handelte es sich? Um etwas Gutes oder etwas Schlechtes? Es mußte etwas Gutes sein, denn Paradine konnte stolz auf sie sein, besonders in den letzten Monaten. Vielleicht wollte Windham sie für ihre Arbeit an »Breaking Legs« belohnen. Eine andere Möglichkeit: Wollte er seinen Schwiegersohn umgehen und ihr persönlich Richies Ex-Job anbieten?

Weshalb dann die Heimlichtuerei? Ohnehin erwartete doch jeder, daß sie aufrücken würde.

Eine neue Idee drängte sich ihr auf, und davon wurde ihr fast übel. Was, wenn der kürzlich aufgenommene Fünfzigmillionenkredit nicht ausgereicht hatte, Paradine aus der finanziellen Misere zu retten, und Windham nun das Studio verkaufen wollte? An ein japanisches oder deutsches Konsortium? An einen multimilliardenschweren Limonadenkonzern? Dann würde sich höchstwahrscheinlich die ganze Firmenstruktur ändern. Raus mit Altem, rein mit Neuem. Und mit Jungem. War der Deal noch geheim, und wollte Windham ein paar Auserwählten einen Vorsprung geben, damit sie sich woanders um neue Positionen bewerben konnten? Erwartete er von ihr, daß sie dafür dankbar war?

Sie stand auf, trat an ihre Kredenz – Louis XIV., Kirschbaumholz – und goß sich ein Glas Scotch ein. Während des Tages trank sie niemals Alkohol, doch wenn es einen Anlaß gab, mit dieser Tradition zu brechen, dann heute.

Eileen gab Kate das Zeichen, daß sie jetzt Bates hereinschickte. Kate trank ihren Whisky aus und ließ sich in ihren luxuriösen karamelfarbenen Schreibtischsessel sinken, als der Direktor der Entwicklungsabteilung an ihrer Tür erschien. Bates war ein kleiner Mann von Anfang Dreißig mit einem dicklichen Gesicht, einer übergroßen Drahtbrille und einem schütteren Spitzbart. Er trug ein Karohemd, einen schnürsenkelschmalen Binder und schwarze Jeans. Ein Cowboy aus Queens.

Er stand an der Tür, als befände er sich in der Gegenwart einer königlichen Hoheit. Kate tat, als läse sie ein Fax, und unterdessen sammelte sie sich. Als sie danach aufschaute und zu Bates hinüberblickte, sah sie die Mischung aus Neid und Bewunderung in seiner Miene, während er ihr neugestaltetes Büro betrachtete.

Obwohl sie den Leiter der Entwicklungsabteilung keineswegs für einen Ausbund an gutem Geschmack hielt, freute sie sich doch immer wieder zu sehen, daß ihre eigene Auffassung von Stil und Klasse anerkannt wurde. Das Büro war auch tatsächlich besser geworden, als sie erwartet hatte. Die karamelfarbenen Wände und die erlesene Mischung aus modernen, klassischen und folkloristischen Einrichtungsgegenständen verliehen dem großen, lichtdurchfluteten Raum Gewicht und Eindruck, was der Frau entsprach, die hier residierte. Doch wie lange werde ich hier noch residieren? schoß es ihr durch den Kopf.

Kate untersagte es sich, wieder ins Rätseln zu kommen. Sie nickte kurz, was Bates prompt in Bewegung setzte. Er schritt über ihren Aubussonteppich aus dem achtzehnten Jahrhundert und wirkte dabei wie ein übereifriger Versicherungsvertreter. Über seiner Oberlippe standen kleine Schweißperlen.

Kate wußte, daß sie Bates nervös machte. Sie schüchterte viele Männer ein. Das war eines ihrer Talente. Bei Bates und seinesgleichen kostete es sie keine Mühe.

Vor fünf Jahren war Bates der heiße, vielversprechende Youngster der Belegschaft gewesen. Wie so viele der von Doug ausersehenen Leute – Kate nahm sich da aus – hatte sich Bates als Enttäuschung erwiesen. Das hatte zum Teil mit seiner Sauferei mitten am Tag zu tun und zum Teil mit seinem Mangel an Visionen sowie seinem ungeheuer miserablen Geschmack. Sowohl er als auch Kate wußten, daß er bereits am höchsten Punkt seiner Karriere bei Paradine angekommen war, höher ging's für ihn nicht mehr. Was nicht hieß, daß eine Menge Leute alles dafür geben würden, um Bates' Platz einzunehmen. In Kates Augen war er jedoch ein weiterer Versager in der Flitterstadt, und mit Versagern hatte sie nicht viel Geduld.

Sie stand auf und trat an ihr Fenster. Damit vergrößerte sie den Abstand zwischen sich und Bates, so als ob der Mangel an Ehrgeiz, an dem er litt, ansteckend sein könnte.

»Lassen Sie mich Ihre fünf besten Vorschläge hören, Roy. Und beschränken Sie sich für jeden auf zwei Minuten höchstens.«

Er blätterte durch einen Papierstapel. »Was für eine Woche! Ich habe wirklich ein paar gute Sachen. Ich mußte mich natürlich durch einen Haufen Schund kämpfen. Da kam gestern dieser eine Autor und wollte mir eine Story verkaufen über einen im Koma liegenden Burschen, der in einer anderen Dimension aufwacht und plötzlich ein afrikanischer Häuptling auf dem Mars ist . . .«

»Eine Minute ist vorbei, Roy.«

Roy verzog das Gesicht. Kate wußte, daß er sie für arrogant, rüde und starrsinnig hielt. Sie wußte ebenfalls, daß er sie, wäre sie ein Mann, für dynamisch, aggressiv und stark halten würde. Ihr Blick blieb auf die Uhr gerichtet. Sie brauchte nicht hochzuschauen, um zu wissen, daß Bates jetzt noch mehr schwitzte.

»Okay, ich glaube, hier habe ich ein wirklich heißes Ding. Costello von VM Productions hat das Drehbuch vorgelegt. Da ist dieser Alfredo, ein Joe-Pesce-Typ, der alles verliert, sein Geschäft, seine Freundin, seinen...«

»Ich glaube, ich kann Ihnen folgen«, bemerkte Kate trocken.

Ein Muskel zuckte in Bates' Wange. »Gut, also das ist ein richtiges Charakterstück, aber mit viel Komödie und Action«, fügte er eilig hinzu, weil er wußte, daß Paradine keine Softdramen annahm. »Also, dieser Verlierertyp, dieser Alfredo, will Selbstmord begehen, weil ihm alles so hoffnungslos erscheint, nur hat er nicht den Nerv dazu. So sucht er per Inserat in den Kleinanzeigen nach einem Killer. Dieser Sam antwortet auf die Anzeige. Alfredo schickt ihm zwanzigtausend Dollar sowie genaue Anweisungen, und der Deal ist perfekt. Doch wer taucht als sein Mörder auf? Ein phantastisches Weib. Sexy, üppig – na ja, Sie wissen schon, ein Dolly-Parton-Typ. Und Alfredo verliebt sich Hals über Kopf in sie. Zuerst merkt er gar nicht, daß sie Sam, der Killer, ist. Dies ist ihr erster Job, und sie geht mit vollem Ernst ran. Sie versucht ihn umzulegen, und er versucht am Leben zu bleiben. Inzwischen stirbt einer seiner Verwandten, und er erbt zwei Millionen...«

Kate unterbrach ihn mit erhobener Hand. »Eine Erbschaft, ja? Verschonen Sie mich, Roy. Das nächste bitte.«

»Über die Erbschaft läßt sich doch reden. Alfredo könnte auch in der Lotterie gewinnen. In der Geschichte ist ein wirklich guter Spannungsbogen. Der Höhepunkt im ersten Akt...«

Kate blickte aufs Telefon. Manchmal kamen einem zehn Minuten wie eine Ewigkeit vor. »Lassen Sie das Script hier. Ich werde es mir durchlesen.« Das würde sie natürlich nicht, doch wenn sie die Idee rundweg ablehnte, würde Bates ihre Zeit damit verschwenden, sie davon zu überzeugen, daß sie sich irrte;

er würde zu argumentieren anfangen und versuchen ihre Meinung zu ändern. Nichts davon würde ihm gelingen, also konnte man es sich gleich ersparen.

»Na schön, ich habe noch so ein heißes . . .«

Kate beendete ihre Konferenz mit der Marketingabteilung früh. Es war noch genügend Zeit, um es zur letzten Hälfte der Vorführung zu schaffen, doch sie entschied sich, lieber das Lerner-Drehbuch zu Ende zu lesen. Was, wenn es nicht so ausfiel, wie sie sich das vorgestellt hatte?

Ihre Befürchtungen erwiesen sich als ungerechtfertigt. »Todsünde« war ein großartiger Stoff, spannend und mit Ekken und Kanten. Kate war sich sicher, daß dieser Film einer von Paradines größten Hits aller Zeiten werden würde. Besonders bei dem richtigen Regisseur. »Todsünde« würde solche Supererfolge wie »Basic Instinct« hinter sich zurücklassen.

So gebannt Kate von dem Projekt auch war, sie wurde während des Lesens immer nervöser. Wenn es ihr nun nicht gelang, Adrian als Regisseur zu gewinnen? Hatte er überhaupt ihre Nachricht erhalten? Trieb er Spielchen? Falls Eileen einen anderen Namen hinterlassen hätte, würde er dann schon zurückgerufen haben?

Sie haderte mit sich selbst, weil sie so empfindlich war. Das war eine Eigenschaft, die sie nicht sehr oft an die Oberfläche dringen ließ. Im übrigen war es nicht sehr konstruktiv, sich mit Vergangenem zu beschäftigen. Oder sich einzubilden, daß Adrian das tat. Ihre Liebesaffäre war kurz und alles andere als gut gewesen. Im nachhinein wußte Kate, daß es verrückt war, sich einzubilden, sie hätten es während ihrer wilden Kämpfe um die Herstellung von »Deadline« besser hinkriegen können. Adrian hatte einfach zuviel von ihr verlangt; er hatte erwartet, sie würde die Wut auf dem Schlachtfeld zurücklassen und nicht mit ins Bett nehmen. Sie konnte sich nicht zweiteilen. Ebensowenig konnte sie mit der ganzen Seelenforschung und der psychotischen Angst umgehen, die ein Teil von Adrian war. Er redete ständig über emotionale Integrität, während sie vor Sorgen wegen des Budgets und der Rentabilitätsgrenze nicht in den Schlaf kam.

Trotz aller Differenzen war sie von Adrian sehr eingenommen gewesen. Er besaß nicht nur so viel Drive und Energie wie sie. Adrian war der einzige Mann, der sie nie nach ihrem Äußeren beurteilte. Er blickte hinter ihre stählerne Fassade. Er brachte sie zum Lachen, sogar über sich selbst. Und wenn sie lachte, fühlte sie sich nicht mehr so leer. Er erkannte ihre Leidenschaft, ihre Zärtlichkeit, ihre Warmherzigkeit. Das, was er im Scherz ihre »kindlichen Qualitäten« nannte. Kate fand das seltsam, denn sie hatte das Gefühl, nie ein Kind gewesen zu sein. Sie war mit soviel Verantwortung aufgewachsen, hatte sich um ihre an den Rollstuhl gefesselte Mutter kümmern, den Haushalt führen, sich mit den verärgerten Schuldeneintreibern herumschlagen und die Zudringlichkeiten der schmierigen Kumpel ihres Vaters abwehren müssen, die immer vorbeikamen, um »nachzusehen, wie es Mikeys hübschem Töchterchen ging«.

Adrian war in ihrem Leben der erste Mensch, der ihr jemals das Gefühl gab, daß sie geliebt wurde – trotz all ihrer Fehler, ihrer Unvollkommenheiten, ihrer Empfindlichkeiten. So innig sie ihn auch geliebt hatte, so lebendig sie sich auch bei ihm gefühlt hatte, sie hatte es nie geschafft, ihre Deckung ganz fallenzulassen. Von Ehrgeiz verstand sie etwas, doch Liebe war etwas ganz anderes. So offen, so uneingeschränkt geliebt zu werden war für sie etwas völlig Fremdes. Und etwas, ja, Erschreckendes. Manchmal hatte sie gedacht, wenn sie nicht sehr vorsichtig war, würde sie von Adrians Liebe verschluckt werden. Daß sich Liebe und Ehrgeiz miteinander vereinbaren ließen, schien für sie völlig ausgeschlossen zu sein.

Und jetzt? Wieviel von dem, was Adrian ihr vor acht Jahren gegeben hatte – die Warmherzigkeit, die Zärtlichkeit und die

Leidenschaft –, existierte noch? Was, wenn das, was er an ihr so geschätzt hatte, gestorben und vorbei war? Hier, in ihrem luxuriösen Büro, erkannte Kate, daß es schon lange her war, seit sie zuletzt wirklich richtig gelacht hatte, seit sie sich innerlich nicht leer gefühlt hatte.

Sie nahm die letzte Ausgabe des »Film Mark«-Magazins zur Hand und schlug es bei dem Artikel über den »abtrünnigen Filmemacher Adrian Needham, den Cockneypoeten des kleinen Mannes«, auf. Seit Adrian nach London zurückgekehrt war, hatte er einen brillanten und umstrittenen, unabhängigen Film nach dem anderen gemacht. Keiner davon hatte ihm das große Geld eingebracht, doch darum ging es Adrian Needham auch gar nicht. In dem Artikel wurde er mit einer vernichtenden Äußerung über Hollywoods mangelnde Kreativität, über die Tendenz, auf Serienfilme zu setzen, und über die haarsträubenden Budgets zitiert, die es den amerikanischen Filmemachern so schwermachten, sich nicht am Ende zu »verkaufen«.

Sie lächelte. In diesem Punkt hatte sich Adrian im Laufe der Jahre kaum verändert. Er hatte schon immer ein gebrochenes Verhältnis zu Hollywoods Geld gehabt und argumentiert, es kollidiere mit seinem »kreativen Geist«. Hielt ihn das jetzt davon ab, zurückzurufen? Oder lag das doch mehr an seiner unbehaglichen Beziehung zu ihr? Kate merkte, daß sie wieder an dem Punkt war, den sie eigentlich hatte vermeiden wollen. Nun, wenn Adrian sich schließlich bei ihr meldete, wollte sie von Anfang an klarstellen, daß der Deal absolut nichts Persönliches beinhaltete. Es handelte sich einfach um ein phantastisches Drehbuch, um eine Chance für ihn, nicht nur brillant und poetisch zu sein, sondern auch die internationale Anerkennung zu erreichen, die er so hoch verdiente. Davon mußte sie ihn jetzt nur noch überzeugen.

Sie betrachtete sein Foto. Äußerlich hatte er sich auch nicht sehr in den vergangenen acht Jahren verändert. Das wirre, dichte schwarze Haar, sein »Markenzeichen«, die dunklen Augenbrauen, die sich in unterschiedlicher Richtung hoben, die aquamarinblauen Augen, das markante Kinn ... Der Mann hatte etwas Düsteres an sich, obwohl er auf dem Foto halb lächelte. Adrian Needham in zornigem Zustand war ein beeindruckender Anblick. Adrian Needham im Zustand der Wollust war noch beeindruckender.

Kate verspürte einen Anflug von Erregung. Rasch klappte sie die Zeitschrift zu. Ihre Nervosität kehrte in vollem Umfang zurück. Adrian Needham, Charlie Windham, Jason Richie – so viel lag in der Luft, Grund genug, um nervös zu sein.

Und das war noch nicht alles. Kate hatte sich nach Kräften bemüht, nicht mehr an ihr letztes Zusammentreffen mit Nancy Cassidy im »La Scala« zu denken, doch die wiederholten Anrufe von Sylver erinnerten sie unweigerlich daran. Hinzu kam, daß die Hauptrolle der Beth in dem Lerner-Script ein perfektes »Œuvre«, wie Nancy sagen würde, für Sylver wäre. Natürlich wollte Kate einen gegenwärtig wirklich zugkräftigen Namen für diese Rolle einsetzen. Wäre Sylver im Geschäft geblieben, hätte sie fast jede andere Schauspielerin ausgestochen.

War es möglich, daß Sylver sich wieder voll im Griff hatte? Hatte sie deshalb angerufen? Wollte sie Kate unbedingt davon überzeugen, daß sie sich gebessert hatte, daß sie trocken und clean war? Und daß sie sich von ihrem heruntergekommenen Freund Nash Walker getrennt hatte, Paradines einstigem Kronprinzen und Nachfolger von Warren Beatty?

Einst hatte Sylver das Zeug zu einem echten Weltstar gehabt, wenn vielleicht auch nicht den Mut dazu. Jetzt schien sie nur noch ganz »gewöhnlich« sein zu wollen.

Als Kate Sylver entdeckt und sich entschlossen hatte, den Namen des Kinderstars zu einem Begriff zu machen, war die Kleine so allerliebst und so eifrig darauf bedacht gewesen, es allen recht zu machen. Daß Kate auf der Stelle Zuneigung zu ihr empfand, war auch gut für ihr eigenes Ego gewesen, zumal Douglas Garrison gerade überraschenderweise seine Hochzeit mit Julia Windham angekündigt hatte. Das kleine Mädchen half ihr mit seiner Herzlichkeit und seiner Bewunderung über eine sehr harte Zeit hinweg. Kate, die sich zuvor nie als einen mütterlichen Typ betrachtet hatte, staunte selbst über die echte Zuneigung, die sie für Sylver faßte. Und dank der zahlreichen, mit viel Spaß verbundenen gemeinsamen Unternehmungen entdeckte sie auch eine gewisse Verspieltheit in sich selbst. Spaß hatte zuvor nie auf ihrem Tagesplan gestanden.

Manchmal hatte Kate Schuldgefühle gehabt. Sylver wurde von ihrer anmaßenden Mutter ins sogenannte Startum getrieben, und sie half dabei mit, aber das Kind war ja auch so verdammt talentiert. Was wußten Kinder schließlich schon? Kate war davon überzeugt gewesen – oder hatte sich eingeredet –, daß Sylver schon zu sich selbst finden würde, wenn sie ein wenig älter und klüger war, wenn sie ihre eigene wunderbare Gabe richtig einschätzen konnte.

Nur kam es dann anders. Unwillkürlich erinnerte sich Kate an jenen Spätsommerabend vor fast sieben Jahren, als Sylver in Tränen aufgelöst vor ihrer Haustür gestanden hatte. Es war während der Dreharbeiten zu dem Film gewesen, der für das junge Starlet der letzte für Paradine – und jedes andere größere Studio – gemachte werden sollte: »Glory Girl«, angekündigt als Sylver Cassidys erste »Erwachsenenrolle«. Der Film schlug später wie eine Bombe ein.

Während der Dreharbeiten war Kate in Hochstimmung gewesen. Sie hatte fest daran geglaubt, daß dies einer der größten Hits des Studios werden würde, und daran änderten auch die Klagen des Regisseurs Nick Kramer nichts, der sich darüber beschwerte, daß Sylver am Set aufmuckte. Was hatte er denn erwartet? Sylver sei ein Teenager, und da sei ein bißchen Rebellion doch ganz gesund, hatte sie ihm erklärt. Als Kind war Sylver beinahe zu gefällig gewesen, und es freute Kate insgeheim, jetzt bei ihr ein paar Funken sprühen zu sehen. Vielleicht entwickelte ja das Mädchen sogar den Mut, sich von den Schürzenbändern der Mutter zu lösen, mit denen diese Sylver gefesselt hielt.

Auf die Szene, die sich an jenem Juliabend vor ihrer Haustür bot, war Kate nicht vorbereitet gewesen. Das schlanke Mädchen trug schwarze Jeans und ein hellblaues Baumwollhemd, das zu seinen unglaublich blauen Augen paßte, die jetzt jedoch schmerzerfüllt waren. Sylver kämpfte mit den Tränen, und sie zitterte am ganzen Körper.

Kate sah sie erschrocken an. »Sylver, es ist halb zwölf, fast Mitternacht. Was hast du denn? Du siehst aus, als hättest du deine beste Freundin verloren.«

Sylvers Lippen bebten, und dann warf sie sich in Kates Arme. Die Tränen flossen, als wäre ein Damm gebrochen. Kate war völlig perplex und bekam es mit der Angst zu tun. In einem solchen Zustand hatte sie Sylver noch nie erlebt. »Nun beruhige dich, Baby. Wir kriegen das schon hin, was es auch sein mag.«

Kate zog sie ins Haus, und ihr erster Gedanke war, daß jemand, der Sylver nahegestanden hatte, gestorben sein mußte. Ihre Mutter? Darüber wäre Kate nicht besonders traurig gewesen. Doch gleich hatte sie wegen dieses Gedankens ein schlechtes Gewissen. Egal wie sie selbst zu der Frau stand, Nancy war noch immer Sylvers Mutter. Kate hatte mit ihrer eigenen Mutter über die Jahre hinweg auch genug Probleme gehabt, und dennoch war sie bis heute traurig über deren Tod.

Sanft strich sie Sylver das wirre Haar aus dem Gesicht. »Sprich mit mir, Baby. Du weißt, mir kannst du alles sagen.« Und das meinte Kate ganz ehrlich. Schon so oft hatte sich das Mädchen ihr anvertraut, und immer hatte sie sich darum bemüht, Sylver bestmöglich zu helfen und zu beraten.

Sylver faßte Kates Hand, als wäre das ein Rettungsring. »Ich kann nicht mehr, Kate. Ich ... kann einfach ... nicht mehr«, schluchzte sie. »Du mußt mir ... helfen, Kate. Ich kann mich an niemanden sonst wenden. Ich habe versucht, mit meiner Mutter zu reden, aber sie ist nur ... böse geworden. Hat mir nur die übliche Predigt gehalten ... wie undankbar und selbstsüchtig ich bin, wie ... verwöhnt.«

Kate wurde ärgerlich; das war genau das, was das arme Kind brauchte. Sie nahm sich vor, am nächsten Tag ein paar passende Worte zu Nancy zu sagen. Wie gefühl- und verständnislos konnte diese Frau sein?

Kate merkte, daß sie jetzt mit Sylver alle Hände voll zu tun bekam. Sie führte sie zum Sofa und schenkte ihr und sich einen Sherry ein. Nach dem ersten Schluck verzog Sylver das Gesicht. Wahrscheinlich trank sie Alkohol zum ersten Mal. Nancy Cassidy überwachte ihre Tochter stets mit Argusaugen; Sylver sollte schließlich nicht den Weg so vieler anderer gehen – Drogen, Alkohol und Ausschweifungen, noch ehe sie das Wahlalter erreichten.

Kate setzte sich neben Sylver, die sofort wieder ihre Hand ergriff. In dem perfekten Porzellanpuppengesicht stand die Verzweiflung. Das Mädchen wußte wahrscheinlich gar nicht, wie schön es auch mit roten Augen und laufender Nase war.

»Wofür hält man mich eigentlich, Kate? Für einen gefühllosen Roboter? Immer schiebt man mich herum, befiehlt mir dies und das und manipuliert mich. Lache, Sylver. Weine, Sylver. Titten raus, Sylver. Ich komme mir nicht mehr wie ein Mensch vor.«

»Du bist auch nicht nur ein Mensch.« Kate lächelte ein wenig. »Du bist eine Filmschauspielerin.«

Sylver blickte sie trübsinnig an. »Ich will aber keine sein. Hol mich aus diesem Vertrag raus, Kate. Ich kann diesen Film nicht machen.«

»Du hattest nur einen schlechten Tag, das ist alles. Ich rede mit Nick und sage ihm, er soll seine Samthandschuhe anziehen. Er wird dich nicht mehr herumhetzen, Kleines. Du hast mein Wort. Falls er sich nicht benimmt, gehe ich persönlich ins Atelier und geb' ihm eins auf die Nase.« Sie merkte, daß ihr scherzhafter Ton bei dem Mädchen nicht verfing. Sylver schüttelte nur immer den Kopf, daß ihr Haar in alle Richtungen flog.

»Bisher hatte ich nichts als schlechte Tage. Jetzt ... jetzt werden sie noch schlechter. Verstehst du das nicht?«

»Natürlich verstehe ich das«, sagte Kate, doch sie log. Vielleicht wollte sie auch gar nicht verstehen, wollte Sylvers Verzweiflung, ihre Hilflosigkeit gar nicht sehen. Kate verschloß die Augen davor, so wie sie auch die Augen vor ihren eigenen Problemen verschloß. Sylver mußte aus der Krise herausgeredet werden; Kate blieb keine andere Wahl. Sylver war Paradines heißestes Vermögen. Für das Studio und für Kate als Produzentin von »Glory Girl« stand zuviel auf dem Spiel. Sylver Cassidy war das »Glory Girl«, ohne sie gab es keinen Film.

»Was hältst du davon«, sagte Kate munter. »Sobald der Film abgedreht ist, machen wir einen Ausflug, nur wir beide. Zum Grand Canyon. Da wolltest du doch schon immer mal hin, nicht? Wir werden uns auch Esel mieten und draußen zelten.«

Sylver reagierte nicht. Kate streichelte ihre Wange. »Nun komm schon, Kleines. Ich rede hier von einem echten Opfer. Ich übernachte nämlich viel lieber in einer Suite des Ritz. Aber für dich nehme ich alles auf mich, Rucksäcke, Schlafsäcke, Zelte, das ganze Drum und Dran. Ich versichere dir, nach zwei Tagen weißt du nicht mehr, warum dir so elend zumute war.«

Sylver sagte noch immer nichts. Kate deutete ihr Schweigen als Zustimmung. Sie stand auf und ging zum Telefon. Sie tat, was sie für das Beste für sie alle hielt. Sie rief Nick Kramer an, den Regisseur von »Glory Girl«, und machte ihm sonnenklar, daß er Sylver, Paradines junges Starlet, ab jetzt so zu behandeln hatte, als bestünde sie aus zerbrechlichem Porzellan. Während des Gesprächs saß Sylver erschreckend still auf dem

Sofa, trank ihren Sherry, und die Tränen trockneten auf ihren Wangen.

Nachdem Kate aufgelegt hatte, faßte sie Sylvers Hände und versicherte ihr, daß ab jetzt alles in Ordnung sei. Nur konnte sie ihr dabei nicht richtig in die Augen sehen. Und die Reise zum Grand Canyon fand niemals statt.

Die Oscar-Verleihung fiel mit Sylvers achtzehntem Geburtstag zusammen. Nach der Veranstaltung gab Nancy für ihre Tochter eine Riesenparty. Jeder, der jemand war, erschien zu dem Empfang, der teils zu einem Fest, teils zu einem Beileidsbesuch wurde. Sylver war für den Preis als beste Schauspielerin für ihre Rolle in »Glory Girl« nominiert worden. Nancy hatte nie bezweifelt, daß ihre Tochter den Oscar erhalten würde, obwohl Kate und die meisten Eingeweihten wußten, daß Sylver bestenfalls Außenseiterchancen hatte. Als sie dann tatsächlich nicht gewann, schien das Sylver nichts auszumachen; Nancy jedoch wurde fuchsteufelswild. Sie tröstete es nicht im mindesten, daß allein die Nominierung schon ein großer Erfolg war. Kate beobachtete, daß Sylver sich sehr bemühte, sich an diesem Abend hochgestimmt zu geben, doch die Enttäuschung ihrer Mutter war nicht zu übersehen. Kate war nur froh, daß sie noch einen Termin hatte und die Party früh verlassen mußte. Bevor sie ging, nahm sie Sylver zur Seite und sagte ihr, wie stolz sie auf sie war. Sylver umarmte sie fest und dankte ihr. Kates Schuldgefühle, weil sie Sylver zur Vollendung des Films gedrängt hatte, legten sich ein wenig.

Und dann kam der nächste Morgen, ein Morgen, den Kate jahrelang aus ihrer Erinnerung zu verbannen gesucht hatte. Sylvers verzweifelter Anruf, auf den Kate sofort an ihre Seite geeilt war, der Anblick des Mädchens in Nick Kramers Schlafzimmer in den Hügeln von Hollywood. Es war, als wären in der Nacht Außerirdische gekommen, hätten die wirkliche Sylver Cassidy gestohlen und an ihrer Stelle eine verlorene, gebrochene, zerbrochene Imitation zurückgelassen.

Das war der Anfang von Sylver Cassidys unaufhaltsamem Abstieg gewesen. Oder hatte es schon früher angefangen? An jenem Abend, als Sylver vor Kates Haustür gestanden hatte? In beiden Fällen hatte Kate sich zwischen Sylver und Paradine entscheiden müssen. Paradine hatte gewonnen. Und was hatte Kate dabei gewonnen? Sie mahnte sich, daß man für alles bezahlen mußte, und bezahlen tat weh.

Kates Sprechanlage summte und holte sie von ihrem Ausflug in die Vergangenheit zurück. Sofort nahm sie sich zusammen, konnte jedoch ein ungutes Gefühl nicht abschütteln, die Ahnung, daß irgend etwas in der Luft lag.

»Mr. Garrison ist in der Leitung.« Kate blickte auf die Uhr. Es war fast fünf. Wahrscheinlich war gerade die Vorführung von »Rainbow Ridge« zu Ende gegangen, und er befand sich noch im Vorführraum. Kate hatte ein paar Muster gesehen und geahnt, daß Douglas nicht sehr glücklich sein würde mit dem, was er zu sehen bekam. Jetzt hatte ihn vermutlich die Panik gepackt, und sie würde sich mindestens zwanzig Minuten lang sein Getobe anhören müssen. Danach würde sie ihn beruhigen und ihm empfehlen müssen, auf die theatralische Uraufführung zu verzichten. Das würde er nicht gern hören wollen. »Sagen Sie ihm, ich sei nicht da, doch ich riefe zurück.«

Eileen zögerte kurz. »Soll ich ihm eine Zeit nennen?«

»Nein. Er wird's schon verstehen.«

»Okay, aber ich wette, er wird nicht sehr glücklich sein.«

Kate lächelte. »Bringen Sie's ihm schonend bei.«

»Tu' ich doch immer«, meinte Eileen.

Eigentlich hatte Kate noch eine Weile im Büro bleiben wollen für den Fall, daß der Rückruf von Adrian kam, jetzt jedoch beschloß sie, sich im Beverly Hot Springs zu entspannen. Eine Shiatsu-Massage, ein Sprung in das heiße Quellwasser und danach einer in den eiskalten Pool würden ihr dabei helfen. Sie steckte sich das Lerner-Script und ihr Powerbook, in dem die privaten Faxnummern aller wichtigen Leute Hollywoods gespeichert waren und das sie stets mit sich führte, in den Aktenkoffer und beschloß, ihrer Sekretärin eine Gehaltserhöhung zu geben.

5

Nancy Cassidy setzte sich an einen Ecktisch im vorderen Teil von »Harry's Bar and American Grill« auf der Plaza-Etage des ABC Entertainment Center.

Das Restaurant im europäischen Stil mit seiner Wandtäfelung aus Eichenholz, seinen Postern, Gemälden und Wandbehängen aus Italien war ein authentischer Namensvetter des originalen »Harry's« in Venedig und eines von Nancys Lieblingsrestaurants. Das war jedoch nicht der Grund, weshalb sie es für den Lunch mit Sylver ausgesucht hatte. Ihre Wahl war sorgfältig berechnet. Ihre Tochter sollte gesehen werden, aber nicht von jemandem, der in der Branche zählte. Nancy konnte schließlich von ihr nach nur einer Ganzüberholung und einem Monat in einem Fitneßclub nicht allzu viel erwarten.

Sylver hatte sich bereits eine halbe Stunde verspätet. Nancy beschäftigte sich mit der Speisekarte und versuchte sich ihre wachsende Nervosität nicht anmerken zu lassen. Sylver verspätete sich immer. Das stand einem Star auch zu.

Nancys Nervosität gewann Oberhand. Wenn Sylver nun nicht kam? Alle Mühe, alle Planung, alles Schmeicheln umsonst. Dachte Sylver vielleicht, ihrer Mutter machte es Spaß, sich anderen Leuten aufzudrängen und dann unter deren Verärgerung und deren Desinteresse zu leiden? Sie hatte noch immer nicht das kurze Zusammentreffen mit dieser arroganten Ziege, dieser Kate Paley, im »La Scala« verwunden. Na, der wollte sie es zeigen. Und diesem rotznasigen Coffman auch. Allen wollte sie es zeigen. Sylver würde wieder die Königin der Einspielergebnisse werden, und wenn es sie umbrachte. Und jeder würde wissen, daß Sylver alles ihrer Mutter verdankte.

Sie lächelte in sich hinein. Die Phantasie der Wiedererlangung von Ruhm und Ehre beruhigte sie immer und hob ihre

Stimmung. Sylver würde schon kommen. Und sie würde auch präsentabel genug aussehen, so daß man sie nach dem Lunch zu Sid Gandels Büro bringen konnte. Um ihn davon zu überzeugen, daß Sylver im letzten Jahr wieder auf die Beine gekommen war, hatte Nancy Gandel mit Fotos ihrer Tochter eingedeckt. Fotos, die ein mit ihr befreundeter Fotograf sorgfältig und hervorragend bearbeitet hatte. Es war schon erstaunlich, was man mit dem Airbrush-Verfahren alles machen konnte. Sid war allerdings mißtrauisch gewesen und hatte Sylver persönlich sehen wollen, bevor er sich entschied, ob er sie wieder vertrat. Okay, ihm wollte sie es auch zeigen.

Als Sylver das Restaurant betrat, blieb Nancy der Mund offenstehen, und ihr Herz sank. Ihre Tochter sah noch schlimmer aus als beim Treffen vor einem Monat. Und dann das fürchterliche Outfit – ein ausgefranstes, nicht zugeknöpftes Flanellhemd und darunter ein zu großes, vergilbtes T-Shirt, abgetragene, schäbige Sandalen und Jeans, in die sie zweimal paßte.

Nancy fing sich rasch, stand auf, eilte durch das Restaurant und steuerte Sylver gleich wieder zur Tür hinaus. Unter leisen, aber wütenden Beschimpfungen schob sie sie zu ihrem rosa Mercedes und stieß sie auf den Beifahrersitz. Nachdem sie selbst hinter dem Lenkrad Platz genommen hatte, starrte sie sie an. »Wie konntest du mir das antun? Wie konntest du nur, Sylver?«

Sylver blickte ihre Mutter stumpfsinnig an. »Was habe ich denn jetzt schon wieder getan?«

»Sieh dich doch an. Wie bei der Heilsarmee ausgemustert. Und du riechst nach faulem Fisch.«

»Whisky ist kein fauler Fisch. Und ich hatte auch nur einen ganz kleinen Schluck. Mir war das Mundwasser ausgegangen.« Den Koks, der ihr den Mut geben sollte, sich zu dem Lunch einzufinden, erwähnte sie nicht.

»Du bist ekelerregend.«

»Ach Mutter, ich glaube, das ist das Netteste, was du mir jemals gesagt hast.«

»Du bist eine Schande«, murmelte Nancy und fädelte sich in den Verkehr ein.

»Nun versuch aber nicht, dich zu übertreffen, Mom.«

Nancy stieß weiterhin Beleidigungen aus, doch Sylver war schon angenehm betäubt und genoß einfach die Fahrt. Wohin es ging, kümmerte sie nicht.

Nancy zog die Stirn zusammen und ließ es sofort wieder. Falten brauchte sie ebensowenig wie eine drogensüchtige Tochter. Sie versuchte es mit einer neuen Taktik.

»Weißt du, was du tust, Sylver? Du badest in Selbstmitleid. Und weshalb du dich so elend fühlst, ist mir ein Rätsel. Das ist einfach selbstsüchtig. Du bist kein Kind mehr, Sylver. Wenn man erwachsen ist, hat man Verantwortung.«

Sylver nickte langsam ein. Nancy nahm eine Hand vom Lenkrad und schüttelte ihre Tochter. »Tu nicht so, als ob du schläfst. Ich will, daß du mir zuhörst. Oh, ich weiß, was du denkst. Du denkst, ich versuche dir nur in meinem eigenen Interesse zu helfen. Da irrst du dich. Du hast mich immer falsch eingeschätzt. Und das schmerzt am meisten. Niemand will falsch verstanden werden. Besonders nicht vom eigenen Kind, vom eigenen Fleisch und Blut. Unsere verlorenen Jahre gibt uns niemand zurück, Sylver.« Mit dem Handrücken betupfte sie ihre Augen.

Ihre Stimme wurde sanfter. »Ich liebe dich, Sylver. Vielleicht habe ich dir meine Liebe nicht immer so gezeigt, wie du es gewollt hast, aber ich habe mein Bestes getan. Ich wollte nur das Beste für dich. Das will ich immer noch. Und jetzt sind wir beide älter und klüger. Das ist unsere Chance, unsere letzte Chance, es richtig zu machen. Eines steht fest. Ich werde nicht mehr so naiv sein, solchen glatten Typen zu trauen, die früher deine Finanzen gemanagt haben – direkt auf deren Schweizer Konten. Mein Verbrechen bestand darin, daß ich zu vertrauensselig war. Und du scheinst entschlossen zu sein, mich dafür bezahlen zu lassen. Alles was ich je für dich getan habe, habe ich aus Liebe getan. Was kann ich machen, damit du mir das glaubst?«

Sylver blickte stumm zum Wagenhimmel hoch. Das hatte sie alles schon öfter gehört. Glaubte ihre Mutter wirklich, durch Wiederholungen wurde es wahrer? Glaubte Nancy wirklich, sie, Sylver, machte sich noch Illusionen über sie beide?

Ein frustrierter Unterton schlich sich in Nancys Stimme. »Ich weiß einfach nicht, wie ich zu dir durchdringen kann. Das konnte ich nie. Du bist mir nie auf halbem Wege entgegengekommen. Ist das zuviel verlangt? Auf halbem Weg, Sylver.«

Sylvers Kopf sank zur Seite. Als die angenehme Betäubtheit voll einsetzte und Nancys Stimme nur noch ein Murmeln war, sah Sylver, daß sie sich auf dem Freeway befanden und an den schicken Restaurants und den neonbeleuchteten Beachparty-Shops von Malibu vorbeirauschten. Ihre alte Rennstrecke. Die glitzernde Welt der privilegierten Zurück-zur-Natur-Filmelite. Für einen Moment fühlte sich Sylver in alte Zeiten versetzt. Sie erinnerte sich an die allererste Fahrt nach Malibu – die Fahrt zu dem kleinen, aber schicken Strandhaus, das ihre Mutter von dem Erlös ihres ersten Filmhits »Mit Tränen erreicht man alles« gekauft hatte.

Nancy war furchtbar aufgeregt gewesen. »Warte, bis du es siehst, Sylver. Es ist direkt am Strand. Du kannst praktisch aus dem Bett gleich in den Ozean springen. Natürlich darfst du nie schwimmen gehen, ohne daß jemand dabei ist.«

Während der ganzen Fahrt redete Nancy pausenlos über das Haus. Als sie endlich ankamen, war Sylver bestürzt. Sie sah nur ein kleines Haus, das sich in eine Reihe anderer kleiner Häuser neben einem vielbefahrenen Highway klemmte. Und dafür zwei Millionen?

»Warte, bis du drinnen bist. Du merkst nichts mehr von

dem Verkehr und den Nachbarn. Nicht, daß ich über die Nachbarn die Nase rümpfe. Jennifer Lynn, die Schauspielerin, wohnt rechts von uns, Todd Miller, der Produzent, und sein ... Freund links.«

Das stuckierte pfirsichfarbene Strandhaus im Mittelmeerstil war innen wirklich überwältigend. Die eine Wand war ein einziges großes Fenster zum Pazifik, der sich, wie Nancy gesagt hatte, praktisch direkt vor der Haustür befand. Die Dekorationen waren passend zum Meer entworfen. Fußböden, Wände und Möbel zeigten die Schattierungen der See von hellem, milchigem Blau bis tiefem Azur. Luxus und Licht kam aus jeder Ecke, doch auf Sylver wirkte das Ganze eher wie eine Filmkulisse. Hier wurde alles ausgestellt. Sie selbst eingeschlossen ...

Im nächsten Moment wurde Sylver grob wach gerüttelt. Widerstrebend schlug sie die Augen auf und schloß sie gleich wieder, als sie in das feindselige Gesicht ihrer Mutter sah.

»Aufwachen, Sylver. Hörst du mich?«

Sylver wünschte, ihre Mutter würde verschwinden. Wenigstens so lange, wie sie brauchte, um sich etwas reinzuziehen. Koks war das einzige, das ihr durch eine Session mit ihrer Mutter helfen würde.

»Na schön«, sagte Nancy und warf die Wagentür zu. Sylver sah ihre Chance kommen und wieder gehen. Statt nämlich zu verschwinden, blieb Nancy in der Auffahrt zu ihrem Malibu-Strandhaus stehen.

»Pete! Pete, komm raus!« rief sie schrill.

Zwei Minuten später zerrte ein höchstens zwanzigjähriger Muskelmann in schwarzen Badeshorts Sylver aus dem Auto. »Geh nicht zu sanft mit ihr um«, hörte sie ihre Mutter wütend sagen, worauf Pete, Nancys neuester »Houseboy«, sich Sylver über die breite Schulter warf.

»Ich weiß, Mom. Sag nichts. Das tust du auch nur aus Liebe«, lallte Sylver spöttisch. Das Briefchen Kokain, das sie in ihre Hemdtasche gesteckt hatte, fiel auf die Erde. Nancy hob es auf, schnaubte verächtlich und warf es in die Büsche. Sylver wollte sich die Stelle merken, doch Pete, der Muskelmann, bewegte sich zu schnell; sie wurde auf dem Transport so durchgeschüttelt, daß sie völlig die Orientierung verlor.

»Bring sie in ihr altes Zimmer«, befahl Nancy, als sie im Haus waren. »Und zieh ihr diese ekelhaften Lumpen aus.«

»Was soll ich damit machen?«

»Verbrenne sie.«

»Ich muß ins Badezimmer«, warf Sylver ein.

Pete sah Nancy an.

»Okay. Laß sie runter.«

Sylver schwankte ein wenig, bis sie wieder stehen konnte. Sie blickte sich um. Das vertraute Strandhaus hatte sich nicht verändert, seit sie hier mit ihrer Mutter bis kurz nach ihrem achtzehnten Geburtstag gelebt hatte. »Lunch daheim. Wie gemütlich.«

Nancy schlug ihr ins Gesicht und schüttelte dann traurig den Kopf. »Ich erlaube nicht, daß du mir frech kommst, Sylver. Ich bin noch immer deine Mutter. Dir mag das vielleicht nichts bedeuten, aber mir. Geh jetzt ins Badezimmer.« Dann drehte sie sich zu Pete um. »Such aus Sylvers Kleiderschrank etwas zum Anziehen heraus.«

Pete zögerte.

»Tun Sie, was die allerliebste Mommy will, Pete«, meinte Sylver artig. »Sonst ohrfeigt sie Sie auch noch. Oder tut sie das schon? Mögen Sie das vielleicht sogar?«

Pete warf Sylver einen angewiderten Blick zu und ging. So schnell kann man einen potentiellen Fan verlieren, dachte sie und wollte ihm schon eine Entschuldigung nachrufen, doch da packte Nancy sie schmerzhaft bei den Schultern.

»Jetzt hör mir mal zu, Sylver. Ich habe genug von deinem Selbstmitleid und deiner Selbstzerstörung. Hast du überhaupt eine Vorstellung davon, was es mich gekostet hat, Sid Gandel zu überreden, dir noch eine zweite Chance zu geben? Ich lasse nicht zu, daß du alles wegwirfst. Dies ist deine letzte Hoffnung, Sylver. Du bist sechsundzwanzig Jahre alt. Wenn du dein Comeback jetzt nicht machst, ist es zu spät.«

»Ich will kein Comeback machen.«

»Du bist nicht in der Verfassung, zu beurteilen, was du willst und was nicht. Ich entscheide das für dich. Ich behalte dich hier unter Verschluß, bis ich meine, daß du dich wieder in der Außenwelt sehen lassen kannst. Keine Drogen, kein Alkohol mehr. Ich bestimme, was du ißt und wann du schläfst. Und du hältst von jetzt an den Mund.«

»Mutter...«

»Keine Argumente, Sylver. Ich weiß, daß du mich für das größte Biest der Westküste hältst, doch ob du mir nun glaubst oder nicht, mir geht es um deine Interessen genauso wie um meine. Wir waren doch immer ein Team.«

»Wie Sonny und Cher?«

»Du bist labil, Sylver. Wenn ich der Meinung bin, daß du zu labil bist, um die Fortschritte zu machen, die ich erwarte, habe ich keine andere Wahl, als dich einweisen zu lassen. Und da heutzutage das Geld knapp ist, kannst du einen netten kleinen Aufenthalt in einem luxuriösen ›Kurheim‹ vergessen. Ich werde dich in eine staatliche Anstalt bringen lassen, und dort geht es nicht gerade gemütlich zu. Das täte mir zwar sehr weh, aber ich werde es tun, Sylver. Das ist deine letzte Chance. Was hast du dazu zu sagen?«

»Ich muß kotzen.«

Eine Minute später saß Sylver allein im eleganten Badezimmer ihrer Mutter auf dem kalten, mexikanisch gefliesten Boden. Sie zitterte, war verzweifelt, und ihr war schlecht. Sie bezweifelte nicht, daß ihre Mutter es ernst meinte, denn Nancy fühlte sich betrogen. Mit großem Aufwand hatte sie ihre Tochter zu Ruhm und Reichtum geformt, und Sylver hatte sie im Stich gelassen. Nancy hatte sie niemals gefragt oder Verständnis für sie gezeigt. Was Nancy tat, galt, war das einzig Richtige.

Sylver raffte sich mühsam hoch und versuchte, sowohl die Panik als auch ihre Übelkeit niederzuringen. Sie versuchte, die Angst, die Demütigung und die Grausamkeit ihres Schicksals zu verdrängen.

Es wurde energisch an die Tür geklopft. »Sylver.«

»Ich ... sehe fürchterlich aus, Momma. Ich werde jetzt duschen. Okay?« Ohne auf eine Antwort zu warten, drehte sie die Dusche auf.

Nancy steckte den Kopf ins Badezimmer. Sie sah, wie Sylver sich das Flanellhemd auszog; die Sandalen hatte sie schon nicht mehr an.

»Eine gute Idee«, meinte Nancy und wartete, bis ihre Tochter auch noch die Jeans abgestreift hatte. Dann sammelte sie die verstreute Kleidung auf, als handelte es sich um etwas Verseuchtes, und ging wieder. Die Tür schloß sich hinter ihr.

Sylver ließ die Dusche laufen, zog sich den Bademantel an, der an einem Haken hinter der Tür hing, und öffnete das Fenster. Sie wollte schon hinausklettern, drehte sich jedoch noch einmal um und durchsuchte rasch den Medizinschrank ihrer Mutter. Ihre Augen leuchteten, als sie eine Packung Schlaftabletten und ein Röhrchen Valium fand.

Sie stieg aus dem Fenster. Schade, daß ihr nicht die Zeit blieb, nach dem Briefchen Koks zu suchen, das ihre Mutter so herzlos in die Büsche geworfen hatte.

6

Daheim in Bel Air war Kate gerade aus dem Pool gestiegen, als sie einen Wagen in ihre gepflasterte Auffahrt einbiegen hörte. Sie warf einen Blick über den Zaun und sah Douglas Garrisons gelben Lamborghini. An der Art, wie Doug mit quietschenden Reifen eine Handbreit vor ihrem Garagentor anhielt, merkte sie, daß er sich wieder einmal in einem »Zustand« befand. Ohne Eile trocknete sie sich ab und ging barfuß über den Innenhof.

Sie trat in ihr neu dekoriertes, licht- und luftdurchflutetes zweistöckiges Wohnzimmer und lächelte. Ihr gefiel die Umgestaltung; die frühere Art-déco-Ausstattung war langweilig und veraltet gewesen. Stets auf der Höhe der Zeit sein! Nein, man mußte immer der Zeit voraus sein. Immer allen vorangehen, niemals hinterherlaufen. Kate Paley, die Trendsetterin.

Die drei Monate, die sie sich mit Jarrett Craft herumgeschlagen hatte, dem Innenarchitekten der Elite Hollywoods, waren es wert gewesen. Er hatte das Haus in ein sanftes Inselparadies verwandelt, in einen exotischen Zufluchtsort, inspiriert von Gauguins tahitianischen Gemälden. Ohne festen Plan hatte der Designer Muster und Stilrichtungen ganz nach seinem Instinkt gemischt, woran Kate natürlich stark beteiligt war. Gewebter Bast bildete den Bodenbelag. Die Polster des von Bernini entworfenen Sofas waren mit purpur- und goldfarbener Thaiseide bezogen. Über dem Sofa hing ein Originalgemälde von David Hockney. Hawaiianische Korbtische, zwei vergoldete antike Sessel sowie eine chinesische Truhe gehörten zu dem Stilmix. Eine breite Fensterfront bot Ausblick auf Obstbäume sowie neu angepflanztes Inselbuschwerk und trug zu dem Bild eines Tropenparadieses bei.

Kate schenkte schon zwei Martinis ein und hörte, wie Lucia

Douglas Garrison an der Tür begrüßte. Er neckte Kate regelmäßig wegen ihres Hausmädchens und bezahlte am Ende doch die Collegeausbildung der geflüchteten Guatemaltekin, so daß Kate noch eine zweite Frau hatte einstellen müssen, die den Hauptteil der Putzarbeiten erledigte. Ihm gefiel die Geschichte, weil sie zeigte, daß Kate doch nicht so beinhart war, wie sie sich im allgemeinen darzustellen pflegte. Er betrachtete sich gern als denjenigen, der wußte, wie es in Kates Innerem »wirklich« aussah. Und dennoch überraschte sie ihn immer wieder.

Als Paradines Studiochef heute jedoch in das Wohnzimmer trat und Kate sah, wirkte er eher ärgerlich als überrascht. Sie stand in ihrem noch feuchten, provokativ knappen weißen Bikini an der Bambusbar.

»Was zum Teufel ist eigentlich mit dir los, Kate?« lautete seine Begrüßung, als sie zu ihm herankam und ihm sein Glas reichte. »›Rainbow Ridge‹ ist eine Katastrophe. Wo hatte Hawthorne nur seinen Kopf? Das ganze verdammte Ding muß umgeschnitten werden. Und selbst dann . . .«

Sie lächelte mitfühlend und schüttelte den Kopf. »Dann verschwendest du nur noch mehr Geld an eine verlorene Sache. Mach lieber gleich ein Video daraus, Doug. Dann fängst du wenigstens einen Teil deines Verlusts wieder auf.«

Lucia schaute herein. Sie hatte sich einen Rucksack über die Schulter geschlungen. »Ich gehe jetzt, Miß Paley. Ihr Abendessen steht fertig auf dem Küchentresen. Kaltes Huhn mit Salat.«

»Danke, Lucia. Bis morgen dann.«

»Um elf bin ich hier. Meine Chemieprüfung ist um neun.«

»Gut. Viel Glück.«

»Auf Wiedersehen, Mr. Garrison.«

Er nickte andeutungsweise in Lucias Richtung und starrte Kate dann weiter finster an. »Was sollen diese Katz-und-Maus-Spiele? Soll ich dir neuerdings Einladungen mit Goldrand zu den Vorführungen schicken? Glaubst du, ich zähle nicht mehr, nur weil ich dieses Jahr nicht auf der ›Premier‹-Liste der zwanzig Mächtigsten von Hollywood stehe? Denk noch mal nach, Sweetheart.«

»Wieviel Zeit läßt du mir dazu?«

Er starrte sie womöglich noch düsterer an.

»Ach Doug, wo ist denn dein Humor geblieben?« Sie schlang ihm die Arme um den Nacken.

»Herrgott, du bist ja klitschnaß.«

»Möchtest du mal reinspringen?« Sie trat ein wenig zurück.

Sein Blick lief langsam über ihren Körper. Zorn, dann Lachen und jetzt Interesse. »Ein neuer Bikini?«

»Gefällt er dir?«

»Weiß noch nicht. Laß mich mal sehen, wie er sich anfühlt.«

Mit den Fingern strich er leicht über die winzigen Stoffteile, die ihre Brüste bedeckten. Und da sprach sie ihn auf Richie an. Das gefiel ihm nicht, doch er war schon zu erregt, um wieder ärgerlich zu werden. »Wer hat es dir gesagt?«

»Die Frage ist vielmehr: Weshalb habe ich es nicht zuerst von dir erfahren?«

Seine streichelnden Hände waren unterdessen bei ihrem festen Po angelangt. Kate wußte, daß Doug sie gefügig machen wollte, aber damit keinen Erfolg erwartete.

»Nun komm schon, Kate. Wir wollen doch nicht Arbeit und Vergnügen vermischen.«

Sie gab ihm einen spielerischen Kuß auf die Nase. »Die Arbeit ist mein Vergnügen. Das weißt du, Doug.«

»Treibe keine Spielchen mit mir, Kate.« Seine Stimme hatte einen warnenden Unterton – und einen etwas besorgten auch.

Sie begann sein Oberhemd aufzuknöpfen. »Spring in den Pool. Danach wirst du dich besser fühlen.«

Er hielt ihre Hand fest und preßte sie sich an den Unterleib. »Nein, davon nicht.«

»Später, Doug. Ich bin noch zu nervös von der Arbeit.« Sie zog sich von ihm zurück, trank einen Schluck Martini und beobachtete Dougs frustrierte Miene, als er sich sein Jackett abstreifte und sich dann in einen mit goldenem Pareo-Stoff bezogenen Sessel fallen ließ.

Er seufzte müde. »Ich arbeite mich halb tot, und trotzdem scheint nichts fertig zu werden. Und wenn, dann ist es Mist. Okay, mit ›Rainbow Ridge‹ habe ich also einen Fehler gemacht. Und mit ein paar anderen in diesem Jahr auch noch. Andererseits stammten zwölf der fünfzig finanziell erfolgreichsten Filme der letzten zehn Jahre von uns, und acht davon kamen heraus, seit ich dem Studio vorstehe. Drei spielten mehr als jeweils hundert Millionen Dollar ein. Nun sind in diesem Jahr die Zahlen etwas zurückgegangen, was einfach in der Natur der Sache liegt, und schon bin ich der böse Bube.«

Kate versagte es sich, Doug daran zu erinnern, daß sie für alle drei Kassenschlager direkt verantwortlich gewesen war. Irgendwie empfand sie Mitleid mit dem Mann, der ihr einst fast wie ein Gott erschienen war. Er sah so zermürbt aus. Als er noch zum Fitneßtraining ging, hatte sie sehen können, daß er nicht mehr mit ganzem Herzen dabei war. Den Kampf gegen die Fettpolster gewann er ebensowenig wie die Kämpfe, die bei Paradine tobten. Irgendwann war er zu vorsichtig geworden, hatte sich zu leicht bange machen lassen und seinen Killerinstinkt verloren.

War es wirklich erst zehn Jahre her, seit sie Douglas Garrison als einen überaus zuversichtlichen, kreativen, dynamischen Mann angesehen hatte? Schön war er schon damals nicht gewesen, doch ungeheuer attraktiv. Wahrscheinlich lag das an der Aura des Erfolgs, die ihn so kleidsam umgab. Damals war er ein steiler Aufsteiger gewesen, der zweite Mann von Paradine.

Sie erinnerte sich an ihr erstes Zusammentreffen. Frisch von der Universität gekommen, mit einem Diplom in Filmwissenschaften und fünfzig Dollar auf der Bank, war sie eine kleine Lektorin bei Paradine gewesen.

»Haben Sie das hier gemacht?«

Kate blickte hoch und erstarrte fast, als sie den großen Douglas Garrison höchstpersönlich mit einem Drehbuch in der Hand vor sich stehen sah. Er warf es auf ihren papierbedeckten Schreibtisch. Angeklammert an das Deckblatt war die halbe Schreibmaschinenseite mit der Zusammenfassung. Ihrer.

»Hat es Ihnen zugesagt?«

Sie entdeckte ein schwaches Lächeln. »Das Drehbuch? Nein. Das ist grauenhaft. Die Zusammenfassung ja. Die ist . . .« Er zögerte ein wenig, als suchte er nach dem richtigen Wort. Kate wußte es besser. Er schätzte sie ab. Aus seinem immer deutlicher werdenden Lächeln schloß sie, daß sie es gut gemacht hatte. Schließlich beendete er seinen Satz. »Gescheit.«

»Danke«, sagte Kate möglichst gelassen, obwohl ihr Herz auf Overdrive gegangen war, doch wenn sie bei einem Mann wie Garrison Punkte machen wollte – und das hatte sie vor –, dann folgte sie besser ihrem Instinkt und verhielt sich so, als wäre es für sie nichts Besonderes, von Studiochefs Komplimente zu bekommen.

Sein Interesse an ihr verstärkte sich ganz offensichtlich. Er betrachtete sie noch genauer. »Sie wirken ja nicht sehr überrascht.«

Ein Punkt für sie. Kate lehnte sich in ihrem Drehsessel zurück und lächelte unbekümmert. Ihre dunklen Augen verrieten nichts. Keinesfalls wollte sie das Spiel und ihren Vorteil aufgeben. »Überrascht, weil ich gescheit bin? Schon meine Mutter hat mir das immer gesagt.«

»Und Sie haben alles geglaubt, was man Ihnen erzählte?« Er spielte mit ihr, amüsierte sich, freute sich über sie. Zwei Punkte für sie.

»Wenn meine Mutter mir etwas erzählte, ja. Sie hat nie gelogen.« Sie schlug ihre nackten Beine übereinander; der kurze weiße Leinenrock von Donna Karan, der sie ein ganzes Wochengehalt gekostet hatte, rutschte ein paar Zentimeter höher an ihrem ansehnlichen Oberschenkel hinauf. Sie sah Garrisons Augen für einen Moment abschweifen, doch dann richtete sich sein Blick sofort wieder auf Kates Gesicht. Also ein nicht so einfacher Gegner. Punkt für ihn. Und auch noch einen für sie. Sie mochte Männer, die nicht so leicht zu besiegen waren.

Er setzte sich auf ihre Schreibtischkante. »Sie sind neu.«

»Nicht zu neu, um nach Größerem zu streben.«

Er lachte und sie wußte, daß ihr Punktekonto wuchs. Außerdem bemerkte sie, daß er ein sehr sexy Lachen hatte. Überhaupt war er ein sehr anziehender Mann. Man munkelte, daß er ziemlich unbeständig sei. Kate wußte, daß sie sicherlich nicht die erste hübsche Lektorin war, der sein kurzfristiges Interesse galt.

Er schaute auf ihre Beine, aber nur für eine Sekunde. Ein kurzer prüfender Blick auf die Ware. »Wie wäre es mit einem Essen heute abend?« Ihm gefiel also, was er sah.

Kate bedachte ihn mit einem kühlen Blick, für den sie später berüchtigt werden sollte. »Ich meinte Bestrebungen in geschäftlichem Sinn.«

»Okay, also ein Geschäftsessen, Miß Paley.«

Es würde eine Weile dauern, bis er begriff, daß sie das ernst meinte, doch sie vertraute darauf, daß er den Wink schon mitbekam. Daß er ihm gefiel, bezweifelte sie, doch das war ein Risiko, das sie eingehen mußte.

»Und was werden wir bei diesem Geschäftsessen besprechen?« fragte sie völlig ernsthaft.

Er beugte sich dichter zu ihr, und sie nahm den Hauch eines sehr teuren Eau de Cologne wahr. »Ich überlasse es Ihnen, die Tagesordnung festzusetzen, Miß Paley.«

Wenige Monate nach diesem schicksalsträchtigen Meeting war Douglas Garrison sowohl zu ihrem Mentor geworden, der sie aus der Hölle des Fußvolks heraushob, als auch zu ihrem Liebhaber. Doug verstand tatsächlich; Kate wollte sich nicht nach oben schlafen. Sie ging mit ihm erst ins Bett, als er schon von ihrem Wert für Paradine ehrlich überzeugt war. Eine Zeitlang war ihre Romanze wirklich sehr nett. Kurzfristig glaubte Kate sogar Hochzeitsglocken zu hören.

Jetzt blickte sie zu dem Studiochef hinüber und dachte, daß die Ehe – hätten sie denn geheiratet – wahrscheinlich nicht länger als ein Jahr gehalten hätte.

Doug seufzte. »Ich kann leider nicht zum Essen bleiben, Kate. Julia gibt heute abend irgendeine verdammte Gesellschaft. Ich habe versprochen, um acht daheim zu sein.«

»Schon gut, Doug. Ich habe schon öfter allein gegessen.«

»Früher hättest du jetzt enttäuscht gewirkt.«

Sie schenkte ihm den Blick, den er sehen wollte.

»Und du wärst es auch wirklich gewesen«, fügte er trübsinnig hinzu.

Sie merkte, worauf das hinauslief. »Fang nicht damit an, Doug.«

Er streckte ihr beschwörend die Hand entgegen. »Du treibst mich in den Wahnsinn, Kate. Ich brauche dich. Jetzt mehr denn je. Du weißt, wie sehr ich mich auf dich verlasse. Ohne deine Unterstützung...«

Kate hörte ihm die Verzweiflung an. Es beunruhigte sie, einen Mann, den sie einst bewundert hatte, auseinanderfallen zu sehen. Wenn es um Doug ging, fiel es ihr nicht so leicht, zynisch und hart zu sein. Schließlich waren sie über zehn Jahre hinweg mehr oder weniger ein Liebespaar gewesen. Die Romanze hatte sich schon früh überlebt, und am Ende auch die Leidenschaft. Zumindest was Kate betraf. Nach ihrer kurzen Affäre mit Adrian Needham war für sie mit Doug nichts mehr wie früher gewesen. Wenn man einmal das Echte kennengelernt hatte, gab man sich nicht mehr mit dem Ersatz zufrieden. Auch dann nicht, wenn man das Echte ebenfalls nicht mehr akzeptieren konnte.

Was bedeutete das für ihre Beziehung zu Doug? Eine andere Art von Liebe, die sie beide über die Jahre hinweg teilten. Eine beiderseitige und intensive Liebe zu dem Studio. Kate war nie so ganz glücklich darüber gewesen, daß sie eine Affäre mit einem verheirateten Mann hatte. Andererseits glaubte sie, daß Dougs Frau ihr in der Tat dankbar dafür war, daß sie ihr den Ehemann vom Hals hielt, während sie anderweitig beschäftigt war. Julia hatte Verständnis für die Bedürfnisse ihres Mannes, denn sie kannte solche Bedürfnisse ja von sich selbst, Bedürfnisse, die regelmäßig von einer bunten Reihe junger, kräftiger Männer erfüllt wurden, Schauspieler, Autoren, Tennisprofis, Spieler. Julia nahm alles mit. Liebe wurde zwischen ihr und Doug nicht verschwendet. Wahrscheinlich hielt deshalb auch ihre Ehe so lange. Liebe brachte nur alles durcheinander.

Kate fand, daß sie und Doug während der vergangenen Jahre eine recht bequeme Routine entwickelt hatten. Es gab keine Überraschungen, man fühlte sich einander nicht verpflichtet. Allerdings hatte Kate in der letzten Zeit eine beunruhigende Veränderung in ihrem gegenseitigen Verhältnis gespürt. Doug wurde immer anspruchsvoller. Manche ihrer sexuellen Zusammenkünfte waren neuerdings von einer geadezu panischen Intensität erfüllt, die Kate mehr verstörte, als sie es zugeben mochte. Sie versuchte jedoch, ihm viel Spielraum zu lassen, weil sie wußte, wieviel Druck er bei Paradine ausgesetzt war.

Bei dieser Überlegung lauerte auch immer ein eher selbstsüchtiger Gedanke im Hintergrund: Könnte es ihr in zehn Jahren ebenso ergehen wie Doug? Säße sie dann auch auf dem absteigenden Ast? Und würden die neuen Moguln am Horizont sie dann auch mit Mitleid betrachten? Müßte sie dann auch dem Menetekel gegenübertreten? Das war ein erschreckender Gedanke, und sie setzte ihm sofort ein Niemals entgegen.

Sie zog sich von Doug ein wenig zurück und trank ihren Martini. Ihr Gesichtsausdruck war unergründlich und gefaßt.

Das hatte sich an ihr nicht geändert; sie gab noch immer nicht zuviel von sich preis.

Doug ließ entmutigt die Hände in den Schoß sinken. »Okay, Kate. Du hast recht mit Richie. Wahrscheinlich konnte ich es nicht über mich bringen, dir zu sagen, daß er ausgebootet wurde, weil du mich ja von Anfang an gewarnt hattest.«

Sie kam heran und kniete sich vor ihn. »Das hätte ich dir nicht unter die Nase gerieben«, neckte sie.

Er lächelte, nahm ihr Gesicht zwischen die Hände und küßte sie. »Ich bete dich an, Kate. Und es ist ja auch nicht so, daß ich dich nicht an Richies Stelle setzen wollte. Es ist nur . . .«

Kate stand auf. Sie scherzte jetzt nicht mehr. »Erzähl mir nicht wieder, ich brauchte mehr Zeit und mehr Erfahrung, Doug. Wir wissen beide, daß ich erfahren genug bin.«

»Wir reden später darüber, ja? Richie ist noch gar nicht richtig unter der Erde. Ich habe jetzt so viele Sorgen . . .«

»Vielleicht kann ich dir helfen.« Sie begann damit, ihm etwas über »Todsünde« zu erzählen, doch er wollte nichts vom Geschäft hören. Er zog sie rauh zu sich heran, und sein Mund preßte sich hart auf ihren.

Wenn sie Doug bedrängte, war Sex immer seine Antwort. Sie wußte, warum. Er fühlte sich bedroht. Sie war nicht nur über ihren Mentor und Liebhaber hinausgewachsen; sie übertraf ihn. Doug befürchtete, er könnte vollkommen überflüssig werden, falls er sie offiziell beförderte. Sie mußte ihn also davon überzeugen, daß sie diejenige war, die ihm helfen konnte, wieder Anschluß an die alte Herrlichkeit zu finden. Kate hatte die Visionen, das Feuer und den Mut, um Paradine wieder strahlen zu lassen.

Doug preßte sie an sich. Sie nahm den Geruch seines körperlichen Bedürfnisses, seiner Furcht, seiner Verwirrung, seiner Erregung wahr. Einst war sie, wenn auch nicht in Liebe zu Doug entbrannt, so doch ganz bestimmt in ihn verliebt gewesen. Sie beide hatten eine gemeinsame Geschichte. Und er war

Kate noch immer nicht gleichgültig. Jetzt war er verzweifelt, und sie brachte es nicht über sich, ihn zurückzuweisen.

»Laß uns ins Bett gehen«, lockte sie – mehr aus Mitleid als aus Verlangen.

Bis ins Schlafzimmer kamen sie nicht. Doug war zu geil, ein wenig zu verzweifelt. Fürs Vorspiel blieb nicht viel Zeit. Er faßte das Stückchen Stoff, das ihr Bikiniunterteil darstellte, und riß es ihr herunter. Dann folgte das Oberteil. Er warf beides zu Boden. Morgen würde sie sehen müssen, ob Lucia den Bikini reparieren konnte. Wahrscheinlich nicht. Zu schade. Sie hatte ihn nur zweimal getragen. Nun ja, es gab Doug immer Auftrieb, wenn er den Macho spielen konnte. Und Auftrieb brauchte er dringend.

»Gott, bist du schön, Kate.« Er ließ sich auf die Knie hinunter und drückte eine Reihe von feuchten, heißen Küssen überall auf ihren weichen Körper. Er atmete schnell und heftig. Seine Hände tasteten wie gehetzt über ihr Fleisch. Diese Art von Vorspiel hatte nichts Raffiniertes, nichts Zärtliches an sich. Er verhielt sich eher wie ein übereifriger Footballspieler einer Collegemannschaft, der unbedingt Punkte machen wollte. Das war früher einmal anders gewesen.

Doug war noch immer vollständig bekleidet, als er Kate ziemlich roh auf dem Sofa nahm. Er kam, noch ehe sie auch nur heftig atmete. Hinterher sank er keuchend in die Polster.

»Es gibt keine wie dich, Kate. Wird es auch nie geben. Für mich bist du so unwiderstehlich wie vor zehn Jahren. Du siehst jetzt sogar noch besser aus als damals. Erfolg bekommt dir, Baby.«

Während Doug passiv und glücklich dalag, stellte sich Kate die deprimierte Frage, ob das alles war. Was wollte, was brauchte sie noch? Macht und Erfolg waren zum Greifen nah. Sie konnte es fühlen und schmecken. Lange Zeit hatte dieses sie als einziges wirklich angetörnt, viel mehr als Sex. Zumindest als Sex mit Doug. Dieser Aspekt ihres Verhältnisses zu ihm verschaffte ihr schon lange keine erotische Befriedigung mehr.

Kate schmiegte sich an ihn und streichelte seine Brust. Sie schob ihre jugendlichen Phantasien zur Seite und wurde wieder geschäftlich.

»Ich habe gerade das beste Script aller Zeiten gelesen. ›Todsünde‹ von Ted Lerner.«

»Lerner? Hm. Der hat ein paar gute Sachen . . .«

»Mit diesem hier ist nichts zu vergleichen.« Sie ließ ihre Hand auf Dougs Brust liegen und fühlte, daß sein Herz noch immer heftig pochte.

»Keiner seiner Filme hat mehr als vierzig Millionen eingespielt.«

»Dieser hier wird die Charts stürmen. Deshalb will ich dafür auch ein Budget von vierzig Millionen.«

Douglas warf ihr einen Blick zu, als wäre sie verrückt.

»Matthews von der ICA kann die großen Stars einbringen. Ich dachte da an Jack White und Laura Shelly für die Hauptrollen. Die kosten schon mal zusammen neun Millionen.«

»Vergiß es, Kate. Wir können nicht riskieren, daß . . .«

»Doug, das ist unsere Chance. Deine Chance. Die Chance des Lebens. In dieser Welt bekommt man nichts, ohne ein Risiko einzugehen. Das hast du mir vor langer Zeit selbst gesagt.«

»Ja, aber es gibt solche und solche Risiken. Die Zeiten haben sich geändert, Baby.«

Sie begann seine Schläfen zu massieren. »Ich schaffe das, Doug. ›Todsünde‹ wird mehr als zweihundert einspielen. Dein Name wird vergoldet. Vertrau mir.«

»Ich weiß nicht, Kate. Das klingt ja recht gut, aber was wird mein Schwiegervater dazu sagen?«

»Wenn das Geld hereinkommt, sagt er, du bist brillant.«

»Ich weiß nicht, Kate . . .«

Sie ließ ihre Zunge leicht über seine geschürzten Lippen gleiten. »Ich weiß, Douglas.«

»Geld ist gerade jetzt so knapp, Kate. Ein derartig großes Budet... Wenn wir um Einsätze spielen, die wir uns nicht leisten können, gehen wir vielleicht unter.«

»Andersherum, Doug. Wenn wir nicht um große Einsätze spielen, überleben wir nicht.«

Sie debattierten noch eine Weile, doch alles was Kate aus Doug herausholen konnte, war seine Zusage, Rat einzuholen. Rat! Vermutlich rannte er gleich zu seinem neuesten Guru. Das machte sie noch verrückt. Wenn sie für grünes Licht nur nicht auf ihn angewiesen wäre! Selbst falls sie Richie nachfolgte, würde Doug bei Projekten mit großem Budget immer den Daumen auf dem Geld halten.

Kate überlegte sich, ob sie das Lerner-Projekt Windham bei ihrem privaten Treffen am Donnerstag unterbreiten sollte und so vielleicht über Dougs Kopf hinweg grünes Licht von Paradines Big Boß persönlich bekam. Sie beschloß, erst einmal zu warten, ob sie die Leiter hinaufgeschoben oder hinuntergeschubst wurde. Sie blickte Doug an. Wußte er, was sein Schwiegervater im Schilde führte? Sicherlich nicht. Es hätte ihn auch nicht besonders bekümmert. Solange Windham am Ruder war, und solange Doug der pflichtbewußte Schwiegersohn blieb, war seine Position als Studiochef so sicher, wie sie nur sein konnte.

Das Telefon läutete. Hervorragendes Timing. Eine perfekte Ausrede, die Abschiedsszene mit Doug abzukürzen.

Der Mann am Apparat sagte nur hallo, und sofort erkannte sie seine Stimme, obwohl sie sie vor so vielen Jahren zuletzt gehört hatte. Kate hatte plötzlich das seltsame Gefühl, als rutschte ihr der Magen aus dem Körper. Ihre Hände wurden feucht. Sie war froh, als sie hörte, daß sich die Tür hinter Doug schloß.

»Hallo, Adrian.« Ihre Stimme hörte sich – anders als der unverwechelbare Cockneyslang des Filmemachers – an, als wäre sie nicht ihre eigene.

7

Der Lastwagenfahrer, der Sylver ein paar hundert Meter von dem Haus ihrer Mutter entfernt in seinen Truck einsteigen ließ, machte keine Bemerkungen über ihren Aufzug. In Los Angeles ging alles. Er versuchte, ihr eindeutige Anträge zu machen, bis sie ihm »zu ihrem Bedauern« mitteilte, daß sie sich bei ihrem Freund einen ekelhaften Tripper eingefangen hatte.

Der Trucker ließ sie bei den Fairwood Gardens, ihrem Apartmentkomplex, wieder aussteigen. Fairwood Gardens, das hörte sich nach Wald und Gärten an, doch hier gab es weder das eine noch das andere. Nur zwei müde Palmen, die hübsch zu den heruntergekommenen, U-förmig angeordneten Gebäuden paßten, deren rosa Anstrich seit langem nicht mehr erneuert worden war. Ein Pool, der den Namen nicht verdiente und schon leer gewesen war, als Sylver vor drei Jahren hier einzog, füllte den Raum im Zwischenhof aus.

Als Sylver den Flur zu ihrer Wohnung entlangging, überlegte sie, ob sie mal kurz »hallo« zu ihrem neuen Nachbarn sagen sollte. Vielleicht hatte er noch Mitleid mit ihr und drückte ihr wieder einen Zwanziger in die Hand. Immerhin war sie ja von ihrer rücksichtslosen Mutter entführt worden, ihre gesamte Kleidung war ihr weggenommen worden, und sie hatte sich eines lüsternen Truckers erwehren müssen ...

Während sie ihre traurige Story im Geist immer weiter ausschmückte, lauschte sie an Riley Quinns Tür. Sie konnte das rhythmische Klappern der Schreibmaschine hören. Der zukünftige Autor schrieb. Sie seufzte. Einige Leute hatten jedenfalls Mut.

Sie schloß ihre Wohnungstür auf und hoffte nur, daß Nash zu Haus war. Gestern abend war er nicht heimgekommen, und das nicht zum erstenmal. Es gab noch immer genug Frauen, die ihn nur allzugern mit sich nahmen. Glücklicherweise hatte er meistens nach ein, zwei Tagen genug von ihnen.

Das Apartment war leer. Es gab kein Anzeichen dafür, daß Nash aufgekreuzt und wieder gegangen war. Die Lampe an ihrem Anrufbeantworter blinkte. Vielleicht hatte Nash ja angerufen und eine Nachricht hinterlassen. Oder noch besser – vielleicht hatte ja Kate...

Als sie die schrille Stimme ihrer Mutter hörte, hätte sie den Apparat am liebsten wieder abgeschaltet, doch sie versuchte gerade, die Verschlußkappe von dem Valiumröhrchen herunterzubekommen. Sie mußte unbedingt etwas Betäubendes nehmen. All diese Gefühle und Empfindungen – es war einfach nicht zu ertragen.

»Jetzt ist Schluß, Sylver. Es ist offensichtlich, daß du den tiefsten Punkt erreicht hast. Ich habe Dr. Dumar angerufen und ihn die Einweisungspapiere ausstellen lassen. Er ist mit mir einer Meinung, daß du eine Gefahr für dich und andere bist, und das ist ein Grund für eine Zwangseinweisung. Vielleicht sind einige Monate in einer geschlossenen psychiatrischen Anstalt das, was du brauchst, um wieder zu Verstand zu kommen...«

Die Verschlußkappe sprang ab, und ein paar Pillen fielen zu Boden. Sylver starrte ihnen hinterher. Dann lief ihr Blick von den Tabletten zum Telefon. Wenn sie Kate anriefe... doch Kate war ja nicht da. Kate war in Phoenix. Und Nash – der stand wahrscheinlich unter Drogen und lag nackt in den Armen irgendeines Möchtegern-Starlets. Nicht einmal eine rote Rose heute von ihrem einzigen treuen Fan...

Sie blickte zu den verstreuten Pillen hinunter. Mit einer Hand sammelte sie sie auf, mit der anderen suchte sie in der Tasche ihres Bademantels nach den Schlaftabletten. Mix and match. Sie redete sich ein, sie würde nur soviel nehmen, um die Hölle des Lebens für eine Weile zu vergessen, und griff nach der fast leeren Whiskyflasche auf ihrem Nachttisch. Der Rest reichte gerade, um die Tabletten hinunterzuspülen. Soviel Glück auf einmal aber auch. In den Minuten vor Einsetzen des Knockouts schaltete Sylver das Radio an und tanzte wild in ihrem unaufgeräumten Schlafzimmer zu der lärmenden, funky Musik der Grateful Dead . . .

Er sah sie genau an. Er wußte, daß auch andere sie ansahen, und er wußte sogar, was durch deren abgestumpfte Köpfe ging. Cops. Sie sahen so etwas nicht zum ersten Mal. Für die meisten von ihnen war die Begegnung mit dem Tod normaler als die Begegnung mit dem Leben. Vom Tod verstanden sie etwas. Sie wußten, wie sie sich zu verhalten und was sie zu tun hatten. Reine Routine.
Leben war etwas ganz anderes. Leben war kompliziert, keine einfachen Antworten, ein Fehler nach dem anderen. Manchmal fragte er sich, ob es das wert war. Und er wußte, daß sich das jeder andere Cop in diesem Raum ebenfalls fragte.
Er blickte sie weiterhin an und bewegte dabei langsam den Kopf vor und zurück, um die Verspannungen im Nacken loszuwerden. Hatte sie aufgegeben? Oder hatte sie nur nicht aufgepaßt? Eigentlich kam es aufs selbe heraus.
Sie sah so jung aus. Die fetale Haltung ihres schlanken Körpers trug zu dem Eindruck bei – ein Kind. Ein verlorenes, verängstigtes, einsames Kind.
Jetzt hatte sie keinen Kummer mehr. Geschichte. Jetzt gibt es nichts mehr, was dir angst macht, dachte er. Doch was wußte er schon? Überhaupt nichts von dem, was dies für sie war. Nur von dem, was es für ihn war. Nur daß es schmerzte. Er haßte den Schmerz. Und das scharfe Schuldgefühl, das der Schmerz nach sich zog. Er hätte etwas tun können. Er hätte es verhindern können.

Er zündete sich eine Zigarette an und blies den Rauch gegen die rissige Decke. »He, kann nicht mal einer von euch die verdammte Musik ausmachen?«
Die schrille Stimme eines Rockers kreischte unverständliche Lyrik aus den Lautsprechern. Sein Herz schlug schon in dem harten Rhythmus der atonalen Musik. »Nun macht schon! Ich kann mich ja nicht mehr denken hören ...«

Riley hämmerte wie ein irrer Musiker auf seine Schreibmaschine ein. dkrntelstjala'tkajtajga:tuep4ut/. Daß er sich nicht mehr denken hören konnte, stimmte. Nach all diesen Monaten besuchte ihn endlich die Muse, und dann kam sie in Begleitung einer voll aufgedrehten Rockgruppe, die nebenan kreischte. Er stand auf und schlug gegen die papierdünne Wand, die sein Apartment von Sylvers trennte. »He, tun Sie mir den Gefallen, und drehen Sie Ihr Radio leiser.« Er wartete eine Minute. Die Musik lärmte weiter. Er hämmerte wieder an die Wand, so heftig, daß er eine Beule hineinschlug. »Na großartig«, murmelte er und versuchte zu entscheiden, ob er aufgeben und einen Happen essen gehen oder sich zu einem freundlichen Wort unter Nachbarn nach nebenan begeben sollte.

Frustriert blickte er zu dem Klapptisch hinüber, auf dem seine Schreibmaschine stand. Ein Blatt Papier schaute zur Hälfte heraus, ungefähr fünfzig beschriebene Seiten lagen säuberlich aufgeschichtet auf der einen Seite und ein scheinbar turmhoher Stapel jungfräulichen weißen Papiers auf der anderen.

Ein bißchen Frieden und Stille war alles, was er wollte. Den ganzen Abend lang war er schwer in Fahrt gewesen, und er konnte leicht noch fünf, sechs Stunden weitermachen, wenn er nur den Radau von nebenan nicht ertragen müßte.

Er beschloß, sich dem Radau zu stellen. Wie jemand, der in den Kampf zog, schob er sich die Ärmel seines blauen Jerseyhemds hoch. Falls Sylvers Freund an die Tür kam und eine große Lippe riskierte, wollte Riley ihm mit Freuden eins auf dieselbe geben. Ein Kerl, der eine so verwundbare und heruntergekommene Frau wie Sylver ausnutzte, verdiente auch einen soliden Aufwärtshaken.

Finster blickte er auf seine geballten Fäuste hinunter. Rückkehr zu den alten Gewohnheiten. Erst zuschlagen, dann fragen. Für wen hielt er sich eigentlich? Für einen Ritter in schimmernder Wehr? Verdammt, seine Rüstung war so verbeult und verrostet, daß sie auf den Schrott gehörte.

Er öffnete die Fäuste und klopfte mit der flachen Hand an Sylvers Wohnungstür. Vielleicht war ihr Freund ja gar nicht da. Niemand reagierte auf sein Klopfen. Wahrscheinlich hörte es niemand bei der lauten Musik. Riley klopfte energischer und dachte dabei an den Zwanziger, den er Sylver gestern widerstrebend zugesteckt hatte. Er hatte ganz genau gewußt, was sie damit machen würde. Trotzdem kam sie damit nicht über zwei Tage. Es sei denn, ihr Freund hatte noch Nachschub geliefert.

»Sylver? Sylver, sind Sie da drinnen?«

Das aufgedunsene Gesicht einer Frau mit Lockenwicklern im grauen Haar erschien, als eine Tür auf der anderen Flurseite geöffnet wurde.

»Sehen Sie bloß zu, daß diese verdammte Musik aufhört, oder ich hole die Polizei, mein Junge.«

»Ja, ja«, brummte Riley und rüttelte an der Türklinke. Zu seiner Überraschung gab sie nach. Niemand in L.A., der auch nur eine Spur von Verstand besaß, ließ seine Tür unverschlossen. Nun ja, wenn Sylver Cassidy diese Spur von Verstand besäße, würde sie auch nicht so in Schwierigkeiten stecken. Wahrscheinlich hatte sie eine meilenlange Liste von Leuten, die sie für ihre gegenwärtige Misere verantwortlich machte. So eine Liste besaß Riley auch einmal. Er hatte jedem unter der Sonne die Schuld gegeben, nur nicht der einen Person, die seinen Sarg zimmerte – sich selbst.

Er trat in das Spiegelbild seines eigenen Wohnzimmers. Jedenfalls hätte sein Wohnzimmer so ausgesehen, wenn darin ein Erdbeben stattgefunden hätte. Sylver mochte eine Menge Eigenschaften haben, doch Ordnungssinn gehörte nicht dazu.

Riley erfaßte das Chaos mit einem Blick. Schmutziges Geschirr, einzelne Schuhe und haufenweise Schmutzwäsche, Zeitungen und Zeitschriften, hauptsächlich die »Variety«, lagen überall herum – auf dem nackten Holzfußboden, auf der abgewetzten braunschattierten Couch, auf dem kunstlederbezogenen Sessel und auf dem Holzkasten, der vermutlich als Sofatisch diente und unter dem vielen Zeug völlig verschwand. Die Fenster waren geschlossen, die Jalousien heruntergezogen, und im Zimmer war es heiß und stickig. Es roch hier wie in einer Ausnüchterungszelle. Die ganze Szene erweckte in Riley alte, schmerzliche Erinnerungen. Er kannte das.

Die Musik, jetzt ein Rapsong mit südamerikanischem Beat, kam durch die geschlossene Tür des Schlafzimmers. Riley zögerte. Es bestand immerhin die Möglichkeit, daß er dort drinnen eine sinnlos betrunkene Sylver und ihren hochgedopten Freund in inniger Verschlingung beim horizontalen Cha-Cha-Cha überraschte.

Er ging an die Tür und griff nach dem Knauf. Eine Schweißperle rann ihm über die Stirn. Irgend etwas stimmte hier nicht. Der sechste Sinn eines Cops. Okay, eines Ex-Cops. Manche Dinge blieben einem, ob man eine Polizeimarke besaß oder nicht. Riley klopfte an die Schlafzimmertür. »Sylver! Sylver, Riley hier. Riley Quinn, Ihr Nachbar von nebenan.« Er mußte schreien in der Hoffnung, den Rapper zu übertönen.

Vorsichtig drehte er den Türknauf. »He, ich mag Musik genauso gern wie jeder andere auch, aber . . .« Er öffnete die Tür einen Spalt. »Ihre Wohnungstür war unverschlossen. Ich habe zuerst angeklopft . . .« Er wollte die Tür weiter öffnen. Es ging nicht. Irgend etwas blockierte sie.

Eine Weile stand Riley da und schwankte ein wenig im Rhythmus des Rappers. Der Instinkt von zwölf Jahren Polizeidienst sagte ihm, daß es kein Möbelstück war, das die Tür von innen blockierte. Er drückte nicht allzu kräftig dagegen, nur so viel, daß er sich hineinzwängen konnte.

Es schien, als wäre sie direkt aus der in seiner Schreibmaschine steckenden Manuskriptseite erschienen. Als hätte er dies hier selbst angerichtet. Die Macht der Worte. War Sylver sowohl seine fiktive Tote als auch seine Muse?

Bei ihrem Anblick wurde ihm schwindelig. Zusammengerollt und regungslos wie eine Leiche lag sie auf dem Boden. Ihr langes blondes Haar breitete sich in alle Richtungen aus; eine Strähne hatte sich zwischen ihren geschlossenen Lippen gefangen. Der weiße Bademantel war offen. Darunter war sie nackt bis auf einen schwarzen Bikinislip, über dessen Gummirand ihre Hüftknochen hervortraten. Das taten ihre Rippen auch. Nur Haut und Knochen.

Riley wandte die Augen von ihren kleinen, doch noch immer wohlgeformten Brüsten und verzog das Gesicht. Vor Jahren hatte er Sylver einmal in einem Film gesehen. Das Mädchen, mit dem er damals ging, hatte ihn in irgendeine schwachsinnige Liebeskomödie geschleppt; »Glory Girl« hieß der Streifen. Riley war kein großer Kinogänger, und er hätte sicherlich keine sechs Dollar ausgegeben, um sich eine alberne Lovestory anzusehen. Trotzdem war ihm der Film bis heute im Gedächtnis geblieben. Nein, nicht der Film, sondern das Mädchen, das darin die Hauptrolle spielte. Die Frau hatte irgend etwas an sich; sie ließ die Leinwand aufleuchten – und ihn auch. Sie war so schön und so ungestüm, und trotzdem strahlte sie gleichzeitig eine herzzerreißende Unschuld aus ...

Er schüttelte den Kopf, um die Erinnerung an die Leinwand-Kindfrau zu vertreiben. Der Instinkt des Polizisten gewann Oberhand. Dies hier war kein Film, sondern das wirkliche Leben. Er überprüfte rasch das Zimmer. Ihr Freund oder ein Eindringling könnte sich hier irgendwo versteckt haben, obwohl es keine Anzeichen für einen Kampf gab. Unwillkürlich griff er nach seiner Waffe – nur daß er keine Waffe mehr besaß. Er war hier nicht als Cop, sondern nur als verärgerter Nachbar.

Er kniete sich neben sie und sah die leeren Pillenröhrchen auf dem Fußboden. Und die leere Whiskyflasche. Also kein Überfall. Eine Überdosis, wahrscheinlich hinuntergespült mit dem Schnaps, den sie sich dank seiner Großzügigkeit hatte kaufen können. Von Schuldgefühlen gebeutelt, drückte er seinen Finger an die Seite ihrer milchweißen Kehle und hoffte nur, daß er nicht zu spät gekommen war.

Ein Pulsschlag. Schwach, doch immerhin ein Pulsschlag. Riley konnte es erst gar nicht glauben. Dann geriet er in Bewegung und hob sie sich auf die Arme. »Halte durch, Baby! Du mußt überleben, ob du willst oder nicht.« Als ob er das wahr machen könnte, wenn er es nur laut genug sagte. Er vergaß die ohrenbetäubende Musik ...

Kate verlangsamte das Tempo und fuhr auf die rechte Spur, um den Krankenwagen mit seinen heulenden Sirenen vorbeizulassen. Ein kleines rotes Mercedes-Coupé hupte hinter ihr. Sie gab Gas und fügte sich wieder in den starken Verkehr auf dem Wilshire Boulevard ein.

Einen Block später fuhr sie beinahe bei Rot über die Kreuzung, weil sie mit den Gedanken bei Adrian Needham war. Im letzten Moment stieg sie auf die Bremse. Das Manöver brachte ihr ein Hupkonzert der Wagen auf der kreuzenden 3rd Street ein.

Sie klappte den Spiegel herunter. Etwas mehr Lippenstift? Zu viel Lippenstift? Ein röterer Farbton? Glänzte ihre Nase, oder lag das nur am Einfall der Sonnenstrahlen? Sie holte den Kamm aus der Handtasche und fuhr sich damit durch das schulterlange, gescheitelte Haar, das sie offen trug. So mochte er es früher immer ...

Als die Ampel grün wurde, fuhr sie verspätet an, was ihr ein erneutes ärgerliches Hupkonzert eintrug. Sobald es möglich war, fuhr sie rechts heran und hielt. Sie ließ die Hände vom Lenkrad sinken. Verdammt, sie zitterte. Wie ein dummes Schulmädchen, das zum ersten Rendezvous unterwegs war. Das ist kein Rendezvous, mahnte sie sich streng. Dies ist rein geschäftlich.

Und weshalb überprüfte sie ihr Aussehen immer wieder im Spiegel? Tupfte sich noch mehr Rouge auf die Wangen? Vergewisserte sich, daß sie sich in neun Jahren nicht zu sehr verändert hatte? Eben!

Sie ließ sich das zumindest für sie recht aufreibende Telefongespräch von gestern abend mit Adrian Needham noch einmal durch den Kopf gehen. Falls es ihm ebenfalls unbehaglich gewesen war, so hatte er es sich nicht anhören lassen. Vielleicht sollte sie sich auch einen Cockney-Akzent zulegen ...

Gleich zu Beginn war sie völlig aus dem Konzept geraten, als sie erfuhr, daß er sich gar nicht in London, sondern hier in Los Angeles befand.

»Was machst du hier?« hatte sie verdutzt gefragt und war gleich darauf dunkelrot angelaufen. Glücklicherweise hatte er sie ja nicht sehen können.

»Im Moment telefoniere ich mit dir, Schatz.«

Er neckte sie. Sie versuchte eine Spur von Feindseligkeit, Zorn, Bitterkeit in seiner Stimme zu entdecken, konnte jedoch nichts dergleichen heraushören. Beruhigt war sie dennoch nicht. Schließlich hatten sie sich damals nicht eben unter den allerbesten Umständen getrennt, und jetzt sprachen sie zum ersten Mal nach acht Jahren wieder miteinander. Sie erwartete, daß es ein hartes Stück Arbeit sein würde, ihn zur Regie bei »Todsünde« zu bewegen, was sie natürlich nicht daran hindern würde, es mit vollem Einsatz zu versuchen.

Am anderen Ende der Leitung herrschte Schweigen. Sie war

also wieder am Zug. Ihre Hände wurden feucht. So selten ihr auch gewöhnlich die Worte fehlten, jetzt wußte sie nicht, was sie sagen, wie sie das Gespräch wieder in die richtige Bahn zurücklenken sollte. Adrian hielt nichts von Small talk. Das war genausowenig sein Stil wie ihrer. Falls sie sich jetzt positiv über einige seiner letzten Filme ausließ, würde es ihn einfach langweilen. Er wußte selbst, daß sie verdammt gut waren. Eines fehlte ihm ganz bestimmt nicht, und das war Selbstbewußtsein. So sollte es auch sein. Bei Kate war es damit nicht so gut bestellt, obwohl sie es hervorragend spielte – vor allen Leuten mit Ausnahme von Adrian Needham. Er hatte so eine Art, ihr unter Umgehung ihrer so sorgfältig errichteten Verteidigungslinien direkt unter die Haut zu gelangen. Die Tatsache allein, daß sie nach so langer Zeit wieder seine Stimme hörte, löste bei ihr Befangenheit aus. Manche Dinge ändern sich eben nie, auch nicht nach acht Jahren.

Sie beschloß, gleich zur Sache zu kommen, ehe sie ins Schwafeln geriet und sich selbst noch mehr zum Narren machte.

»Ich habe ein Projekt vorliegen, an dem du interessiert sein könntest«, begann sie forsch. Nun, fest hatte sie es ja noch nicht, doch sie war wild entschlossen, sich grünes Licht zu verschaffen, selbst über Dougs Kopf hinweg. Nichts sollte sie davon abhalten, »Todsünde« zu machen. Und nichts sollte sie daran hindern, Adrian Needham als Regisseur zu gewinnen.

Sie hielt den Atem an und bereitete sich auf einen seiner typischen Ausfälle gegen Hollywoodfilme vor. Jedes einzelne seiner Argumente wollte sie widerlegen. Die sei kein typischer Hollywoodfim, der Regisseur würde weitgehend freie Hand haben und ...

»Bring's mal vorbei«, sagte Adrian schlicht und freundlich.

Kate verschlug es abermals die Sprache. Was? Keine Tirade über Hollywood? Nicht einmal die Frage, worum es sich bei diesem Projekt handelte? Das sah dem Adrian Needham so gar nicht ähnlich, den sie einmal gekannt und geliebt und der sie wahnsinnig gemacht hatte.

Kate bekam es mit der Angst zu tun. War er etwa krank? Um seine Gesundheit hatte er sich ja nie viel gekümmert. Er hatte nie richtig gegessen, nie regelmäßig Sport getrieben und nie mehr als vier Stunden hintereinander geschlafen. Hatte er sich am Ende zugrunde gerichtet? Oder sich eine unheilbare Krankheit zugezogen? Sie gebot ihrer lebhaften Vorstellungskraft Einhalt; die mußte sie sich für die Filme aufheben. Außerdem hörte sich Adrain auch robust genug an.

Als sie schließlich ihre Stimme wiederfand, murmelte sie nur: »Fein.«

»Sagen wir, morgen mittag um eins? Magst du noch immer Räucherlachs mit Kapern?«

»Äh ... ja.« Sie zögerte. »Adrian?«

»Ja, Schatz?«

»Stimmt etwas nicht? Du bist doch nicht etwa krank oder so? Befindest du dich hier in L.A. wegen eines ... Leidens?«

Er lachte kehlig und sehr sexy. »Ich habe mich nie besser gefühlt. Doch deine Sorge rührt mich ungemein.«

Kate lächelte mit zusammengepreßten Lippen. Er zog sie auf. Ein Zeichen dafür, daß er tatsächlich so gesund war, wie er behauptete. Außerdem ein Zeichen dafür, daß im Hintergrund einige Bitterkeit lauerte. Okay, dann wußte sie wenigstens, woran sie war. Adrian mußte ein paar Schläge anbringen. Danach würde er sich wieder beruhigen. Sie sich auch. Hoffentlich.

»Um eins also. Wo?« fragte sie ganz geschäftsmäßig.

»Ach, hatte ich das nicht gesagt? Ich wohne oben in Topanga Canyon in Cassie Durhams Haus. Weißt du noch, wo es ist?«

Kate erstarrte. Natürlich erinnerte sie sich, wo Cassies Haus war. Und an Cassie erinnerte sie sich ebenfalls. Vor acht Jahren war Cassie Durham eine Unbekannte gewesen, die Adrian als Hauptdarstellerin für »Deadline« ausgesucht hatte. Eine hübsche kleine Rothaarige, deren Körper direkt einer Illustrierten-Anzeige für Badeanzüge entsprungen zu sein schien. Zuvor hatte Cassie bei einer Seifenoper im TV-Nachmittagsprogramm mitgespielt und kleine Nebenrollen in einer Reihe von B-Filmen gehabt.

Von den schauspielerischen Qualitäten der Dame war Kate nicht gerade hingerissen gewesen, doch Adrian hatte ihr versichert, daß Cassie nur den richtigen Rahmen brauchte, um ihr Talent zu beweisen. Das hatte sich zwar als richtig herausgestellt, doch Kate bezweifelte, daß es nur die schauspielerischen Fähigkeiten waren, die Adrian beeindruckt hatten. Bevor sie selbst mit ihm intim wurde, hatte Cassie sein Bett gewärmt. Von einem Bruch zwischen ihnen hatte Adrian nie etwas gesagt, und daran hatte Kate auch nie so recht geglaubt. Und jetzt wohnte er in Cassies Haus ...

Es war zehn vor eins. Sie würde sich verspäten. Weshalb hatte sie Adrian nur nicht ein Meeting in ihrem Büro vorgeschlagen? Oder auf sonstwie neutralem Boden, in einem Restaurant beispielsweise. Die Aussicht darauf, bei Räucherlachs und Kapern mit Cassie Durham und Adrian zusammensitzen zu müssen, verursachte ihr jetzt schon ernsthafte Verdauungsbeschwerden.

Als Kate sich wieder in den fließenden Verkehr einfädelte, raste ein zweiter Krankenwagen vorbei. Sie wäre fast von ihm gestreift worden. Vielleicht sollte sie das vortäuschen; es wäre eine gute Ausrede für eine Absage. Nein. Sie durfte keinen Rückzieher machen. Adrians Lebensumstände gingen sie nichts an. Sein Liebesleben auch nicht. Ihr Interesse bestand lediglich darin, ihn für »Todsünde« zu gewinnen. Welchen »Todsünden« er sich auch immer außerhalb seiner Arbeit hingab, hatte nicht ihre Sorge zu sein. Sagte sie sich.

Die Ambulanz kam vor der Noteinfahrt des Allgemeinen Krankenhauses von Los Angeles zum Stehen. Sylver, die fast so weiß war wie das Laken, das sie bedeckte, wurde eilig in die Notaufnahme gebracht. Riley rannte neben der Rolltrage her. Alles um ihn herum war das reine Elend – Kids, die aus Schußwunden bluteten, weinende junge Frauen, deren Gesichter aussahen, als wären sie mit Bowlingkugeln zusammengestoßen, alte Leute, die vor Schmerz und Angst stöhnten, kranke Kinder, die sich furchtsam an ihren Müttern festhielten, Unfallopfer aller Arten.

Sylvers Rolltrage war eine von vielen; die Krankenpfleger manövrierten sich mit ihr durch das Gedränge wie die Streifenwagen durch dichten Verkehr. Die Schwester der Notaufnahme, eine verhärmte Frau in mittleren Jahren, warf einen Blick auf Sylver und wies die Pfleger an, die Rolltrage in einen der durch Vorhänge abgetrennten Räume zu schieben. Sie hielt Riley am Arm fest, als er folgen wollte.

»Wer sind Sie?« erkundigte sie sich.

Riley dachte rasch nach. Die Schwester würde ihn nicht zu ihr gehen lassen, wenn er kein Blutsverwandter von Sylver war. »Ich bin . . . ihr Bruder. Sie hat eine Weile bei mir gewohnt. Hören Sie, wenn sich nicht bald jemand um sie kümmert . . .«

Ein Schatten von Mitgefühl zog über das Gesicht der Frau. »Ich weiß.« Sie drehte sich um und gab einem Arztpraktikanten, der mit einem Jungen auf einer Rolltrage im Flur beschäftigt war, ein Zeichen. Der Mann, ein kleiner, dünner Bursche, dem die Brille ständig vom Nasenrücken rutschte, sah nicht viel älter als der Junge aus.

Riley durfte nicht wählerisch sein. Er wußte, daß jede Minute zählte. Er folgte dem jungen Arzt hinter den Vorhang und sah schweigend zu, wie Sylver rasch oberflächlich untersucht wurde. Der Mediziner wußte offensichtlich, was er tat. Er wandte sich an die Schwester.

»Wir werden ihr den Magen auspumpen müssen.«

Riley fing den Blick des Arztes auf; der war nicht gerade

vielversprechend. Die Schwester nickte. Sie wußte Bescheid – mal ging's gut, mal nicht. Reine Routine.

Der Praktikant bereitete Sylver vor. »Wie ist ihr Name?« fragte er.

Riley zögerte. Falls er dem Doktor sagte, daß die Frau, die er gleich wegen einer Überdosis behandeln wollte, der ehemalige Filmstar Sylver Cassidy war, würde sich der Fall morgen in der gesamten Boulevardpresse wiederfinden. Diese Art lausiger Publicity konnte Sylver nicht brauchen. Niemand brauchte so etwas.

»Sie heißt Silvie. Silvie Quinn.«

Der Arzt winkte die Schwester heran; sie sollte assistieren.

Riley hätte die beiden am liebsten durchgeschüttelt. Sie sahen so mutlos und selbst halbtot aus. Er war fast versucht, ihnen die Wahrheit ins Gesicht zu schreien. Vielleicht gaben sie sich mehr Mühe, wenn sie wußten, wer Sylver war – oder wer sie einmal gewesen war. Nein, das war ungerecht; Riley wußte, daß die beiden ohnehin ihr Bestes tun würden.

Die Schwester warf ihm einen mitfühlenden Blick zu. »Sie müssen draußen warten. Es wird eine Weile dauern.« Sie konnte ihm nicht ganz in die Augen sehen. »Vielleicht wollen Sie ja inzwischen Ihre Familie anrufen.«

Riley blickte sie ratlos an. Seine Familie? Dann fiel es ihm ein: Er hatte ja gesagt, Sylver sei seine Schwester. Er zuckte die Schultern. »Es gibt nur noch uns beide.« Er schaute Sylver an. So klein und zerbrechlich sah sie dort auf der Pritsche aus. Nur du und ich, Babe. Wir beide gegen die ganze Welt. Untersteh dich, fortzugehen und mich hier allein zurückzulassen!

Der Arzt führte den Schlauch in Sylvers Schlund ein, während Riley hinter dem Vorhang nach draußen verschwand. Er war erschüttert. Wenn er sich vor zwei Jahren so gefühlt hätte wie jetzt, wäre er schleunigst zur nächsten Bar gelaufen. Jetzt ging er zur Kaffeemaschine am anderen Ende des Korridors.

Eigentlich mochte er gar keinen Kaffee, doch der gab ihm wenigstens etwas zu tun.

Den Becher des faden schwarzen Gebräus in beiden Händen, lehnte er sich dem Vorhang gegenüber, hinter dem Sylver um ihr Leben kämpfte, an die Wand. Was er am meisten fürchtete, war, daß sie den Kampf vielleicht schon aufgegeben hatte. Gestern in seinem Apartment hatte er nicht viel von Kampfgeist bemerkt. Vielleicht ein paar Funken. Und noch etwas: ein verbissenes Festhalten an einem Rest Würde, als sie irrtümlich annahm, er wollte sich auf sie werfen. Viele Frauen in ihrer Lage hätten versucht, damit ein paar Dollar herauszuschlagen. Nicht so Sylver.

Es war verrückt. Er kannte sie kaum, und dennoch hatte sie ihn angerührt, ihn sogar inspiriert. Seine Muse. Sein Gewissen. Er war ihren Spuren gefolgt. Jemand hatte die Hand nach ihm ausgestreckt, und jetzt war er an der Reihe. Er blickte auf den weißen Vorhang und tat etwas, das er seit vielen, vielen Jahren nicht mehr getan hatte. Er betete. Bitte, Gott, laß sie durchkommen.

8

Als Kates Wagen in die kiesbestreute Auffahrt einbog, kam Cassie Durhams weitläufiger mintgrüner Bungalow, der sich in einem bewaldeten Stück der Canyonlandschaft befand, in Sicht. Kate betrachtete Haus und Landschaft mit kritischem Blick. In den vergangenen zwei Jahren hatte Cassie keinen nennenswerten Film mehr gemacht, und falls sie Geld verdient hatte, so war es bestimmt nicht in Renovierungsarbeiten gesteckt worden. An den stuckierten Wänden des ebenerdigen Bungalows blätterte bös die Farbe ab, der gefliese vordere Innenhof mußte dringend komplett überholt werden, und großblättrige Paradiesvogelbüsche breiteten sich auf dem ungepflegten Grundstück aus.

Kate wußte, daß Adrian der beklagenswerte Zustand der Wohnstatt seiner Gastgeberin weder auffallen noch stören würde. Er stand über solchen weltlichen Dingen. Kate fragte sich, inwieweit ihm ihr Zustand auffallen würde.

Sie schaltete die Zündung aus, blickte zu einem letzten schnellen Check noch einmal in den Innenspiegel und tupfte sich mit einer Fingerspitze ein wenig Lippenstift ab, den sie dann auf ihren Wangen verrieb. Fast den ganzen Morgen lang hatte sie sich den Kopf darüber zerbrochen, was sie zu diesem kleinen Stelldichein anziehen sollte. Früher hatte Adrian sie immer am liebsten in alten Jeans und einfachen, weiten Männerhemden gesehen. Haute Couture und Designerklamotten ließen ihn kalt. Er mochte Kate frisch und natürlich. Vor acht Jahren konnte sie es sich auch noch leisten, ungeschminkt herumzulaufen.

Nachdem sie ein Dutzend Outfits anprobiert hatte, hatte sie sich für eine lange, enggeschnittene schwarze Jerseyhose und eine schiefergraue Baumwoll-Cardiganjacke mit tiefgezogenem V-Ausschnitt entschieden, über den sie eine seitlich geschlungene schwarze Seidenschleife gebunden hatte. Unter dem Cardigan trug sie einen weißen Seidenteddy, dessen Spitzenbesatz unter dem V-Ausschnitt hervorblitzte.

Als sie aus dem Wagen stieg, nahm sie die Sonnenbrille ab. Adrian hatte etwas gegen Sonnenbrillen. Er hielt sie für einen Hollywood-Tick, der verhindern sollte, daß jeder etwas über jeden wußte. »Die Augen sind der Spiegel der Seele«, pflegte er immer zu sagen. Kein tröstlicher Gedanke, wenn man auf die eigene Seelenlage nicht allzu stolz war.

Ein recht mitgenommener roter Jeep parkte neben dem Bungalow unter dem Wellplastikdach eines Carports. Die Motorhaube war hochgestellt, und Kate erhaschte einen Blick auf einen gebräunten, muskulösen Männerrücken, der sich über die Maschine beugte. Diesen Rücken würde sie überall wiedererkennen.

Mit ihrem Aktenkoffer in der Hand blieb sie fünf, sechs Schritte von dem Jeep entfernt stehen und überlegte, ob Cassie sich wohl als »Mechanikergehilfin« irgendwo auf der anderen Seite des Fahrzeugs befand.

Was mache ich eigentlich hier? fragte sich Kate. Für einen Moment war ihr der Grund dieses Zusammenseins vollkommen entfallen.

»Steh da nicht so rum. Starte mal dieses verdammte Monster«, ertönte das vertraute Gebrüll unter der Motorhaube. Vor Nervosität stellten sich Kate die Nackenhaare auf. Sie wartete darauf, daß Cassie dem Befehl ihres Meisters Folge leistete und sich hinter das Lenkrad setzte. Nur tauchte Cassie nicht auf. Mit wem zum Teufel hatte er denn gesprochen?

Etwa mit ihr? Erst jetzt merkte sie, daß er sie wohl hatte kommen hören. Vorsichtig ging sie auf den Jeep zu.

»Nun mach schon, Schatz. Beweg dich ein bißchen. Ich gehe hier drunter gleich ein.«

Kate zog eine Augenbraue hoch und lächelte ein wenig. Sie

sprang in den Wagen, doch statt die Zündung einzuschalten, drückte sie einmal kurz auf die Hupe.

Mit ölverschmiertem Gesicht fuhr Adrian Needham laut fluchend hoch und stieß dabei mit dem Kopf gegen die Haube. Schmerz verzerrte seine Züge, die trotzdem so ungeheuer anziehend waren wie eh und je. Er trat vom Jeep fort, stemmte die Hände auf die Hüften, und Kates Blick fiel unwillkürlich auf seine breiten Schultern, lief dann über seine braune, ebenfalls ölverschmierte Brust bis hinunter zu seinem noch immer straffen, flachen Bauch. Der Knopf über dem Reißverschluß seiner Jeans stand offen, was ihm den harten, männlichen Look eines Models aus einer Werbeanzeige für Calvin-Klein-Jeans gab.

Wie sie ihn da so stehen sah, fühlte sich Kate in vergangene Zeiten zurückversetzt. Empfindungen, von denen sie gehofft hatte, daß sie nicht mehr existierten, flammten wie ein plötzliches Fieber wieder auf.

»Verzeihung.« Das hörte sich weniger burschikos an, als sie es sich gewünscht hätte. »Ein Versehen.«

Adrian starrte sie an. »Ein Versehen. So siehst du aus!«

Kate grinste frech. »Willst du immer noch, daß ich starte?«

Er neigte den Kopf zur Seite – eine alte, vertraute Geste – und blickte finster drein. »Und ›versehentlich‹ einen Gang einlegst und mich über den Haufen fährst? Nein, danke.« Er riß ein schmutziges, ehemals weißes Handtuch vom Kotflügel und wischte sich damit die Hände ab. Wortlos drehte er sich um und ging zur Rückseite des Bungalows.

Kate sprang aus dem Jeep. Nicht gerade ein vielversprechender Auftakt. Trotzdem fühlte sie sich besser als noch vor einer Minute. Falls Adrian auch nur für einen Moment dachte, sie wäre in der achtjährigen Zwischenzeit zu einem leicht besiegbaren Gegner geworden, dann mußte sie ihn eines Besseren belehren.

Als sie ihm zur Rückseite des Hauses folgte, sah sie ihn

durch Cassie Durhams herzförmigen Pool schwimmen. Die Fläche um den Pool herum war, wie alles andere auch, stark reparaturbedürftig.

Kates Blick fiel auf die fadenscheinigen, verschmutzten Jeans, die Adrian angehabt hatte. Jetzt lagen sie neben dem Pool, und er schwamm splitternackt. Verärgerung widerstritt der fast umgehend einsetzenden Erregung. Nervös schaute sich Kate nach Cassie um, doch die war zu ihrer Erleichterung nirgends in Sicht. Die Lage war auch so schon unbehaglich genug.

Kate wußte, wenn sie sich jetzt abwandte oder sich irgendwie verstört benahm, würde Adrian das als einen Punkt zu seinen Gunsten verbuchen. Niemand, auch Adrian nicht, durfte ihr so leicht Punkte abnehmen. Okay, er war also nackt. Und auch nach acht Jahren sah er immer noch aufreizend gut aus. Und das hatte sie angetörnt. Herrgott, sie war auch nur ein Mensch. Wenn sie ihre Deckung fallen ließ. Was sie jedoch jetzt nicht vorhatte. Ob sie am Ende gewann oder verlor – sie mußte von Anfang an die Richtung bestimmen, oder sie konnte gleich aufgeben.

Sie faßte den Griff ihres Aktenkoffers mit beiden Händen, stellte sich neben den Pool und schaute, ohne mit der Wimper zu zucken, zu, wie Adrian herangeschwommen kam. Er war so gut in Form wie immer, verdammt. Sie bezweifelte nicht, daß er sie absichtlich einschüchtern wollte, um sie anschließend zurechtzustutzen. Dabei fühlte er sich wohl selbst eingeschüchtert. Zwar war er ein ausgewiesener unabhängiger Filmemacher, doch sie war diejenige mit der Macht und dem Prestige.

Direkt vor ihr tauchte er hoch und schüttelte den Kopf, daß das Wasser aus seinem schwarzen Haar sie von oben bis unten bespritzte. »Du siehst erhitzt aus, Katie. Komm auch rein.«

Adrian war der einzige Mann, der sie je »Katie« genannt hatte, und das, obwohl sie ihm so oft gesagt hatte, daß sie sich dann wie ein Kind vorkam. Darauf entgegnete er immer, daß er ja gerade das Kind in ihr hervorlocken wollte, weil sie das Leben viel zu ernst nahm. Der Mann war einfach unmöglich. Und das hatte sich bis heute auch nicht geändert.

»Danke, ich fühle mich ganz wohl, und in einer Stunde muß ich wieder im Studio sein.« Eine Lüge. Sie hatte sich den ganzen Nachmittag freigemacht.

Adrian lächelte unverschämt, als glaubte er ihr kein Wort. Dieses anmaßende Lächeln kannte sie von früher. Kate konnte lügen wie ein Weltmeister, nur nicht bei Adrian.

»Würdest du mir ein Handtuch besorgen?«

Sie war froh über diesen Auftrag, denn er gab ihr die Gelegenheit, sich abzuwenden, während Adrian aus dem Pool stieg. Sie sah ein blau-weiß gestreiftes Badelaken über einer schäbigen Plastikliege hängen. Das warf sie ihm zu und blinzelte dabei absichtlich in die Sonne, so daß sie ihn nicht zu genau ansehen mußte. Daß sie vorhin ihre Sonnenbrille abgesetzt hatte, erwies sich jetzt als recht praktisch.

Er drapierte sich das Badelaken wie einen Sarong um die Hüften, wobei er sich viel Zeit ließ und sie dabei unausgesetzt betrachtete. Unwillkürlich fragte sich Kate, ob ihm wohl gefiel, was er sah. Die Knie wurden ihr ein bißchen weich, und so setzte sie sich auf einen der Gartenstühle bei einem Tisch, der von einem gestreiften Cinzano-Sonnenschirm beschattet wurde. Ihren Aktenkoffer stellte sie auf den Tisch, öffnete ihn geschäftig und zog das Lerner-Script heraus. Unterdessen redete sie sich pausenlos ein, daß es ihr völlig egal sei, was er von ihr dachte. Wem machte sie eigentlich etwas vor? Die einzige Person, die sie außer Adrian schlecht anlügen konnte, war sie selbst.

»Hier ist das Drehbuch, von dem ich dir erzählt habe. Ich hoffe, du findest Zeit, es dir in den nächsten beiden Tagen einmal anzusehen.« Sie sprach sehr forsch, und ihre Augen waren auf einen Punkt irgendwo hinter Adrians rechter Schulter gerichtet.

Das Idiotische war, daß alles für die Katz sein könnte. Es wäre klüger gewesen, sie hätte das Treffen mit Adrian auf einen Tag nach ihrem Meeting mit Windham verlegt, denn dabei entschied sich für sie alles. Entweder sie wurde befördert, und dann war sie in der Position, Doug das grüne Licht für das Projekt abzuringen, oder sie war weg vom Fenster, und dann hatte es keinen Sinn, Adrian das Drehbuch vorzulegen. Was also tat sie hier eigentlich? Weshalb hatte sie seine Einladung zum Lunch so voreilig angenommen?

Sie klappte ihren Aktenkoffer wieder zu und zwang sich dazu, ihren Ex-Geliebten mit einem kühlen, sachlichen Blick zu bedenken. Adrian stand einfach da und lächelte sie an, und zwar höchst herablassend. Ihre Miene verhärtete sich. Kate beabsichtigte nicht, sich zum Ziel seiner Verachtung zu machen. »Was findest du so amüsant?«

»Amüsiere ich mich?« Er betrachtete sie nachdenklich, und ein Gesichtsausdruck, den sie nicht recht zu deuten vermochte, überschattete sein Lächeln. Das war ihr unbehaglich. Alles an dieser Zusammenkunft war ihr unbehaglich. Vielleicht hätte sie es doch bei Dan Mills als Regisseur für »Todsünde« belassen sollen.

Gleich wurde sie wütend auf sich selbst. Das ist doch lächerlich, sagte sie sich. Zu diesem albernen Spiel um die geistige Vorherrschaft gehören zwei. Komm direkt zur Sache, und dann verschwinde, ehe du noch mehr Boden verlierst, den du nicht mehr gutmachen kannst.

»Hör zu, Adrian. Ich habe hier ein großartiges Script von Ted Lerner. Das wird dich vom Stuhl reißen. Ich möchte, daß du dabei Regie führst. Ich weiß, wie du über die Arbeit für ein Hollywood-Studio denkst, doch ich verspreche dir, dafür zu sorgen, daß du Carte blanche bekommst. Oder jedenfalls nahezu. Ich rede von einem Vierzig-Millionen-Dollar-Budget.« Weshalb sollte sie die Sache komplizieren, indem sie erwähnte, daß der Deal noch gar nicht abgeschlossen war?

Adrian fuhr sich mit den Fingern durch das nasse schwarze Haar und strich es sich aus dem Gesicht. Kate beobachtete ihn genau, um seine Reaktion zu ergründen. Plötzlich lächelte er. Kates Herz schlug schneller.

»Hast du Hunger?«

Hatte sie sich verhört? »Wie bitte?«

»Ich bin jedenfalls halb verhungert«, verkündete er fröhlich, drehte sich um, ging durch eine offene, gläserne Schiebetür ins Haus und ließ Kate mit dem Script in der Hand zurück.

Fünf Minuten blieb sie wütend sitzen; dann überquerte sie den Innenhof, trat durch die Schiebetür in Cassies Wohnzimmer und blickte sich oberflächlich in dem kleinen, im nicht mehr aktuellen Missionstil dekorierten Raum um.

»Ich hätte vielleicht ein Barbecue planen sollen«, rief Adrian aus der Küche. »Ich weiß, das macht man so in Kalifornien. Aber ich habe diesen wunderbaren Räucherlachs aus Edinburgh mitgebracht. Ich hatte da gefilmt . . .« Er erschien im Türbogen zwischen Küche und Wohnzimmer. Zu Kates Erleichterung hatte er sich verwaschene grüne Shorts angezogen. Allerdings kein Hemd und keine Schuhe, und sein feuchtes dunkles Haar ringelte sich in alle Richtungen. Er sah wie ein ungeheuer vitaler griechischer Gott aus, der vor Lebendigkeit und Energie nur so sprühte. Trotz ihrer Wut fühlte sich Kate plötzlich erschöpft und innerlich hohl. So hatte sie sich das Treffen mit Adrian nicht vorgestellt.

»Komm, hilf mir beim Salat, Katie.« Seine Stimme klang jetzt sanft, doch Kate traute dem Frieden nicht. Außerdem hielt sie noch immer das Script in der Hand. Würde er es jemals lesen wollen?

»Wo ist denn Cassie?«

»Irgendwo in Italien. Dreht so einen fürchterlichen Spaghetti-Western, glaube ich. Sie hat mir die Schlüssel und den Jeep überlassen. Jetzt brauche ich das Ding nur noch zum Laufen zu bringen.« Er lächelte unverbesserlich. »Vielleicht ist nach dem Lunch mein Vertrauen in dich wiederhergestellt, Katie, und ich erlaube dir, mir dabei zur Hand zu gehen.«

Ehe sie irgend etwas Pikiertes zurückgeben konnte – so in der Art wie »Nur über meine Leiche« –, verschwand er wieder in der Küche. »Eins muß ich Kalifornien ja lassen. Obst und Gemüse sind hier wirklich köstlich. Reif, saftig, schmackhaft...«

Kate ging durch den Türbogen in die kleine, in Weiß und Pfirsichfarben gehaltene Küche europäischen Stils. Adrian spülte gerade einen Salatkopf über dem Ausguß ab, über dem man aus einem Fenster auf den Pool hinausschauen konnte. Auf dem Küchentresen befanden sich leuchtendrote Tomaten, dicke Gemüsezwiebeln, ein Korb mit Erdbeeren, Bananen und die Platte mit dem Räucherlachs; es sah recht hübsch aus auf der weiß gefliesten Arbeitsfläche. Ganz offensichtlich hatte sich Adrian eine Menge Gedanken über diese Luncheinladung gemacht und entsprechend viel eingekauft.

Kate wurde sofort argwöhnisch. Was hatte er davon? Sie glaubte nicht, daß er sie beeindrucken wollte. Und umwerben schon gar nicht. Nach acht Jahren bestimmt nicht mehr. Nein, er wollte etwas von ihr. Vielleicht hatten sich seine Ansichten über Hollywood geändert. Oder er war es leid, sich auf der ewigen Suche nach Finanzierungsmöglichkeiten für seine Filme die Hacken abzulaufen. Möglicherweise war er bereit, den Nebel von London gegen den Smog von Los Angeles einzutauschen.

Mißtrauisch sah sie ihn an. »Was machst du hier in L. A., Adrian?«

Er warf ihr eine Gemüsezwiebel zu. »Sei so nett und schneide sie, Schatz. Bei den verdammten Dingern muß ich immer weinen.«

Sie fing die Zwiebel auf. Gute Reflexe. Vor lauter Frust lachte sie. »Von dir habe ich noch nie eine klare Antwort bekommen können.«

Er drehte den Wasserhahn zu, schleuderte den Salatkopf aus und blickte zu ihr hinüber. »Das stimmt nicht, Katie. Du mochtest die klaren Antworten, die du bekommen hast, nur nicht immer hören.«

Sie mußte schlucken. Verdammter Kerl.

Er deutete auf die Zwiebel. »Wirf sie wieder her. Ich glaube, du willst auch nicht, daß ich dich in Tränen aufgelöst sehe.«

Sie preßte die Lippen zusammen und warf das Haar zurück. »Wo ist das Messer?«

Er nahm ein kleines Schälmesser auf und hielt es hoch.

Gleichstand.

Er lächelte. »Wie wär's, wenn wir uns auf halbem Weg träfen?«

Die Sache wurde immer alberner. Kate ging entschlossen auf ihn zu und riß ihm das Messer aus der Hand. Sie begann die Zwiebel auf dem in die Arbeitsfläche eingelassenen Holzbrett zu schneiden und schwor sich, sich das Schälmesser in die Brust zu jagen, falls sie auch nur eine einzige Träne vergoß.

Zwei Schritte voneinander entfernt, arbeiteten sie schweigend eine Weile; Kate schnitt die Zwiebel in Scheiben, Adrian zerpflückte den Salat und warf die Blätter dann in eine große hölzerne Schüssel.

»Ich bin hier, um einen Preis entgegenzunehmen.«

Seine Stimme, kaum lauter als ein Murmeln, erschreckte Kate, die sich voll darauf konzentriert hatte, die Tränen vom Zwiebelschneiden zurückzublinzeln.

»Einen Preis?« Sie blickte ihn an und sah zu ihrem Erstaunen, daß er errötete. Die Tränen, die jetzt ungehemmt über ihre Wangen rollten, bemerkte sie gar nicht.

Adrian interessierte sich intensiv für seine Salatblätter. »Ich habe etwas Geld aus meinem letzten Film für die ›Schlemmen gegen den Hunger‹-Kampagne gespendet, und nun geben sie mir zu Ehren irgendein idiotisches Bankett. Hätte ich geahnt, worauf ich mich da einlasse, hätte ich anonym gespendet.

Dummerweise dachte ich nicht daran...« Er blickte Kate an und lächelte.

»Was hast du?«

»Ich glaube, bisher habe ich dich noch nie weinen gesehen, Katie. Immer der tapfere, standhafte Soldat. So sehr es auch schmerzte, du hast niemanden etwas davon merken lassen.«

Sie schaute zur Seite, riß ein Stück Küchenpapier von einer Rolle, faltete es einmal und putzte sich damit die Nase. »Das liegt an der verdammten Zwiebel.« Am verrücktesten war, daß ihr tatsächlich nach Weinen war. Sie konnte sich absolut nicht erklären, warum. Vielleicht lag es an dem ungewohnten Gefühl der Vertrautheit – sie und Adrian Seite an Seite in einer Küche beim Anrichten des Essens, wie in alten Zeiten. Oder vielleicht lag es auch an der Sache mit dem Preis, die sie daran erinnerte, wie sehr ihm immer an denjenigen gelegen hatte, denen es nicht so gut ging wie ihm. Ehrenhaft, mitfühlend, sanft, großzügig... all das war Adrian.

Was für gute Taten hatte sie in der letzten Zeit vollbracht?

Jemand stieß Sylver an, schüttelte ihre Schulter. Sie schob die Hand fort oder versuchte es wenigstens, doch sie schaffte es nicht. Ihr Arm gehorchte ihr nicht.

»Laß mich zufrieden, Nash.« Sie hörte die Worte zwar im Kopf, war sich jedoch nicht sicher, ob sich ihre Lippen bewegten.

»Miß Quinn? Sylvie? Können Sie mich hören?«

Nicht Nash. Eine Frauenstimme, und sie redete nicht mit ihr. Wer zum Teufel war Miß Quinn?

»Darf ich mal versuchen, mit meiner Schwester zu reden?«

Noch eine Stimme. Eine männliche. Unbekannt. Hau ab. Rede sonstwo mit deiner Schwester. Siehst du nicht, daß ich schlafe?

Ihr Kopf schmerzte. Und ihre Kehle. Die fühlte sich an wie Sandpapier. Schlucken war die reine Hölle. Eigentlich fühlte sich ihr ganzer Körper zerschlagen an. Und ihr war feuerheiß. War sie am Ende wirklich in der Hölle gelandet?

Eine kühle Hand streichelte ihre glühende Stirn. »Okay, Baby. Dir ist jetzt, als wärst du unter einen Bulldozer geraten, doch du wirst es überstehen.«

Was der Mann sagte, drang nicht ganz zu ihr durch, doch ihr gefiel seine beruhigende, sanfte Berührung.

Langsam schlug sie die Augen auf. Ein attraktives Männergesicht beugte sich besorgt und zärtlich über sie. Sie kannte den Mann nicht, aber ihr kamen sofort die Tränen. Es war schon so lange her, seit jemand sie so angeschaut hatte.

»Was . . . ist passiert?« krächzte sie.

»Du hast ein paar Pillen zuviel geschluckt. Kein guter Mix, besonders wenn man das Ganze mit Whisky runterspült.«

Sie sah nur unscharf, und ihr war, als müßte sie sich übergeben. »Wo . . . bin . . . ich?«

»Allgemeines Krankenhaus von L. A.« Er nahm ihre Hand. Das fühlte sich auch gut an.

»Haben Sie . . . mich . . . hergebracht?«

Er lächelte. »Ja. Ich habe der Schwester erzählt, du wohnst bei mir und . . . ein großer Bruder muß sich schließlich um seine kleine Schwester kümmern.«

Verwirrt blickte sie ihn an. Irgend etwas war total durcheinandergeraten. Der Bursche hier glaubte, sie wäre seine Schwester? Ein klarer Fall von Verwechslung. Kein Wunder, daß er so nett zu ihr war. »Ich glaube . . . Sie haben . . . das falsche Mädchen gerettet.«

Riley strich ihr das wirre, feuchte Haar zurück. »Durchaus nicht. Schlaf jetzt.«

Sylvers Blick klärte sich ein wenig. Der Mann, der mit ihr sprach, kam ihr vage bekannt vor, doch sie konnte ihn nicht unterbringen.

»Sie sind nicht der Knabe . . . der mir immer rote Rosen schickt . . . oder?« Ihre Augen fielen zu. Alles wurde wieder verworren. Und jetzt fror sie. Erbärmlich. Ihre Zähne klapperten. Sie merkte, wie ihr die Bettdecke bis zum Kinn hochgezogen wurde, und dann hörte sie wieder die sanfte, beruhigende Stimme.

»Schsch. Schlaf, Syl.«

Sie merkte, daß er seine Hand fortziehen wollte. Diesmal fand sie die Kraft, sie festzuhalten. »Gehen Sie nicht...« Sie fürchtete sich. Sie wußte nicht, was mit ihr geschah. In ihrem Kopf drehten sich die entsetzlichsten Gedanken. Nur die sanfte Stimme und das zarte Streicheln des Mannes hielten den Schrecken in Schach.

»Ich gehe nicht fort. Ich bleibe hier.«

Tränen traten unter ihren geschlossenen Lidern hervor. Langsam kehrte die Erinnerung zurück. Der Versuch ihrer Mutter, sie zu kidnappen ... die Nachricht auf dem Anrufbeantworter ... die vielen Pillen ... »Ich wollte das nicht«, flüsterte sie.

Riley tauchte einen Waschlappen in eine Schüssel mit kaltem Wasser, wrang ihn aus und legte ihn ihr auf die feuchte Stirn. »Ich weiß, Baby.«

Sie schlief fast vier Stunden. Riley wich nicht von ihrer Seite bis auf das eine Mal, wo er telefonieren ging. Kurz bevor Sylver zum zweiten Mal aufwachte, traf ein zweiter Besucher ein.

Sam Hibbs, ehemaliger Drogensüchtiger und jetziger Drogenberater, lächelte erleichtert, als er Riley sah. »Hab' mich ganz schön erschrocken, als man mir sagte, du hättest angerufen. Na, jedenfalls bin ich froh, daß nicht du da auf dem Bett liegst.« Er warf einen Blick auf Sylver, die in einen Stapel Dekken eingewickelt war. »Eine neue Kundin für mich?«

»Ich hoffe es«, sagte Riley. Er bezweifelte, daß es einfach sein würde, Sylver dazu zu bewegen, sich freiwillig einer stationären Therapie zu unterziehen, doch er wußte, daß dies ihre einzige Chance war.

Riley erinnerte sich lebhaft, wie er sich vor zwei Jahren heftig gegen Sam Hibbs' Drogenprogramm gesträubt hatte. Sein damaliger Partner bei der Polizei, Al Borgini, jetzt Kommissar bei der Mordabteilung von Beverly Hills, versuchte alles, um ihn zu einer Therapie zu bewegen, doch Riley wollte ums Verrecken nicht zugeben, daß er Hilfe von außen brauchte, um sein Problem zu bewältigen. Er wollte nicht einmal zugeben, daß er überhaupt ein Problem hatte. Außerdem war er tough. Er brauchte niemanden. Jedenfalls redete er sich das ein.

Al gab ihn jedoch nicht auf, auch nicht, als Riley gefeuert worden war, und zwar nach einer außerdienstlichen, bösen Begegnung mit einem Drogendealer, die ihm eine Kugel in der Hüfte eingebracht hatte und beinahe das Leben dreier nichtsahnender Menschen gekostet hätte, die in die Schußlinie geraten waren. Nachdem er seine Polizeimarke zurückgegeben hatte, versank er immer tiefer in den Sumpf aus Alkohol und Tabletten, und sein einziges Lebensziel war nur noch, alles zu vergessen – den Schmerz, die Höllenqual, die Schuldgefühle, die Furcht. Am meisten wollte er Lilli vergessen. Lilli. Das einzig Anständige in seinem ganzen Leben. Lilli war das Licht seines Lebens. Ein Licht, das brutal ausgeblasen worden war von einem rachsüchtigen, miserablen Drogendealer, den er einmal hinter Gitter gebracht hatte. Es war, als hätte er, Riley, Lilli selbst umgebracht. Er floh in den Alkohol. Das war jahrelang seine einzige Zuflucht.

Es hatte nicht funktioniert. Er konnte vor seinem Gewissen ebensowenig davonlaufen wie vor Al Borgini. Jedesmal, wenn sein Ex-Partner vor seiner Tür erschien, um nach ihm zu sehen, erzählte er Riley etwas von diesem großartigen Burschen namens Sam Hibbs, seinem alten Kameraden aus Vietnam, der ein anerkanntes Drogentherapiezentrum draußen in Westwood leitete. Sam und Al hatten Riley zu zweit bearbeitet. Die altbekannte Polizeimethode – hier guter Cop, da böser Cop – war allerdings zu offensichtlich.

Riley wußte genau, welches Spiel die beiden trieben, und dennoch unterlag er ihnen am Ende. Zwar hielt er sich selbst immer für einen gerissenen Kerl, doch er stellte ziemlich schnell fest, daß er vor dem Drogenberater nichts verbergen konnte. Sam Hibbs durchschaute ihn, weil er das alles selbst auch durchgemacht hatte.

Drei Tassen Kaffee später unterschrieb Riley die Papiere, die Hibbs mitgebracht hatte. Er war sogar erleichtert darüber, daß er nachgegeben hatte. Es gab allerdings Zeiten, besonders in den ersten fünf Wochen, wo Riley Al und Sam verfluchte, weil sie ihn, wie er es sah, auf den Abstieg in die Hölle gebracht hatten. Sam erklärte ihm, er steige nicht abwärts, sondern aufwärts. »Die Richtung, Mann. Richtung ist alles. Bald wirst du das Licht sehen.« Es dauerte zwar eine Weile, doch Sam behielt recht. Jetzt hoffte Riley, er könnte Sylver helfen, auch das Licht zu sehen.

Sam trat näher ans Bett und blickte zu Sylver hinunter. »Sie sieht nicht gut aus. Schafft sie's?« Sam war nicht der Typ, der drum herumredete.

»Ja.« Rileys Antwort kam viel zu schnell und viel zu nachdrücklich. Der Doktor hatte ihm vorhin gesagt, Sylver sei noch lange nicht über den Berg. Und selbst wenn sie diesmal durchkam, garantierte das nicht, daß sie beim nächstenmal auch soviel Glück hate. Ein Grund mehr, sie jetzt in die Therapie zu geben.

Sam legte ihm eine Hand auf die Schulter. »Freundin?«

Riley errötete. »Nein. Ich . . . kenne sie kaum.« Was er empfand, konnte er nicht so leicht erklären, nicht einmal sich selbst. »Andererseits könnte ich sagen, ich kenne sie wie meine Westentasche. Seelenverwandtschaft oder so.«

Sylver stöhnte leise. Beide Männer schauten zu ihr. Riley legte ihr wieder den nassen Lappen auf die Stirn.

»Hat sie sich selbst umbringen wollen?« fragte Sam unumwunden.

»Glaube ich nicht. Jedenfalls nicht bewußt.« Er sah Sam an. »Doch wir wissen ja beide, wenn wir mit Drogen und Alkohol herummachen, kaufen wir uns ein Ticket für den Zug in den Selbstmord.«

Sam lächelte. »Du hast das Programm gut gelernt, Riley.«
»Du warst ein guter Lehrer.«

Der Drogenberater blickte wieder zu der bewußtlosen Patientin hinüber. Er schaute genau hin. »Verdammt, sie ähnelt ein bißchen ...«

»Sie ist es«, sagte Riley leise.

Sam war verblüfft. »Sylver Cassidy? Du machst Witze.« Sam Hibbs war auch kein großer Kinogänger, doch vor Jahren hatte er zwei von Sylvers Filmen gesehen. Die Kleine hatte so etwas an sich gehabt – es fiel schwer, sie zu vergessen. Die Kamera liebte sie und Millionen von begeisterten Fans liebten sie auch. Sam war selbst hingerissen gewesen. Hatte sie seit Jahren nicht mehr gesehen. Verstand jetzt, weshalb nicht. So wie sie aussah, war es mit ihr schon eine Weile bergab gegangen. Trotzdem besaß sie noch immer so etwas Gewisses. Wenn man ein gutes Auge hatte. Das hatte er. Und sein Kumpel Riley hatte es offensichtlich auch.

Sam beobachtete, wie Riley Sylvers schlaffe Hand hielt. »Wie zum Teufel seid ihr beide ...«

»Wir sind Nachbarn. Hör mal, Sam, halte ihr die Medien vom Hals. Denen hier habe ich gesagt, sie hieße Sylvie ... Quinn.«

Sam hob die buschigen Brauen. »Deine Frau?«
»Meine Schwester.«

Sam lächelte schief. »Hätt' ich nicht gedacht, daß du diesen Sprung noch mal wagst.«

Die ganze Zeit, während er hier in der Notaufnahme sitzt, wird er das Bild nicht los, wie die Ambulanz auf Fairwood Gardens zufährt. Sobald sie davor hält, weiß er, daß es sich um sein Baby handelt. Er weiß, daß Sylver etwas Schreckliches zugestoßen ist. Er hat stundenlang an der Straßenecke gestanden und gehofft, sie würde herauskommen. Und jetz kommt sie. Auf einer Trage.

Ihm wird eiskalt, als er sieht, wie man sie hinten in die Ambulanz schiebt. Jesus, sie gehen mit ihr um, als wäre sie ein Stück Fleisch oder so etwas. Rohlinge. Kretins. Und wer zum Teufel ist dieser Kerl, der mit ihr aus dem Haus kommt und dann zu ihr in den Krankenwagen steigt?

Er springt in seinen Wagen, verflucht die lausige Beschleunigung, riskiert, bei Rot über die Kreuzung zu fahren, um die Ambulanz nicht aus den Augen zu verlieren.

Ist es schon zu spät? Ist sie tot? Nein. Nein. Sie kann nicht tot sein. Sonst hätte auch sein Herz aufgehört zu schlagen. Daran glaubt er wirklich.

Auf der rasenden Fahrt zum Hospital starrt er durch die Windschutzscheibe auf das Heck des Krankenwagens, und seine Gedanken gehen immer hin und her zwischen der Panik wegen Sylvers Zustand und der Verwirrung wegen eines Mannes, der mit ihr fährt. Wer ist das? Er hat ihn nie zuvor gesehen. Ist das Sylvers Freund? Ist er schuld an allem?

Er weiß nicht genau, was mit ihr los ist. Er weiß nur, wenn Sylver nicht überlebt, bringt er den Bastard um. Jawohl. Das schwört er. Und danach tötet er sich selbst. Ein Leben ohne Sylver ist keinen Pfennig wert.

Er rennt in den überfüllten Warteraum der Notaufnahme. Niemand spricht ihn an und stellt Fragen. Er mischt sich unter die vielen Kranken und Verwundeten. Schreie, Jammern, Flüche und stickige Luft. Der Geruch erinnert ihn ein wenig an jenes Pornokino, und ihm wird schlecht. Daß einen Schritt von ihm entfernt ein Kind zu kotzen anfängt, verbessert seinen Zustand nicht eben.

Er schaltet ab. Die Leute existieren nicht mehr. Ihre Schmerzen und ihr Leiden betreffen ihn nicht mehr. Es gibt nur Sylver. Nur ihre Qualen, ihre Schmerzen zählen. Wenn er nur wüßte, was ihr fehlt und wie schlecht es ihr geht. Daß er nichts weiß, macht ihn verrückt.

Er möchte zu ihr gehen, nur um sie von nahem zu sehen. Er würde sie nicht einmal berühren. Sie soll nur wissen, daß er für sie da ist. Und sie würde es wissen.

Er denkt an all das Schlechte, das er in seinem Leben gemacht hat. Immer hat er die falschen Dinge getan, die falschen Entscheidungen getroffen. Seine Mutter war immer böse auf ihn, hat ihm vorgeworfen, er sei faul und selbstsüchtig. Lange hat er alle Welt gehaßt, sich selbst eingeschlossen, sich ganz besonders. Als Sylver in sein Leben trat, hat sich alles geändert. Das war das Wunder, nach dem er immer gesucht hat. Endlich jemand zum Beschützen und Liebhaben. Ein perfektes kleines Mädchen. Und jetzt verliert er Sylver vielleicht wieder. Ist das die Strafe für seine alten Sünden? Oder für die schreckliche, ungewollte Wollust, die ihn in diesem Pornokino verzehrt hat? Niemals wieder, schwört er. Seine Liebe zu ihr soll rein sein, rein, rein . . .

Er sieht ihren Freund aus der mit einem Vorhang abgetrennten Nische kommen, in die man Sylver gebracht hat. Wenigstens haben sie hier soviel Anstand, seine Prinzessin vom Pöbel zu trennen.

Er sieht, wie sich ihr Freund gegen die Wand lehnt und Kaffee trinkt. Sein Baby liegt vielleicht im Sterben, und dieser Bastard macht Kaffeepause. Die Haare auf seinen Armen stellen sich auf, und der kalte Schweiß bricht ihm aus. Er möchte dem Kerl den Kaffeebecher in den Schlund prügeln.

Der Doktor und die Schwester sind noch immer bei ihr. Wozu brauchen die denn so lange? Was machen sie mit ihr? Bring sie ja durch, Doc, oder es wird dir leid tun.

Er drückt sich die Fäuste in die Augen, als ihm die ganze Katastrophe bewußt wird. Verlaß mich nicht, Sylver. Du bist alles, was ich habe. Du weißt das nicht, Prinzessin, doch du füllst meine ganze Welt mit Sonnenschein. Ohne dich wird alles schwarz. Hab keine Angst zu leben, Prinzessin. Ich werde nicht zulassen, daß dir so etwas noch einmal passiert. Ich werde nicht zulassen, daß irgend jemand dir noch einmal weh tut.

Der Doktor kommt hinter dem Vorhang heraus und geht zu ihrem Freund. »Mr. Quinn, Sie können jetzt zu Ihrer Schwester gehen.«

Quinn? Schwester? Moment mal. Was redet der Doktor da? Sylver hat keinen Bruder. Was hat dieser Betrüger vor?

Er sieht die Krankenschwester dem Arzt hinausfolgen. Sie geht zum Schreibtisch und schreibt etwas auf ein Blatt Papier. Er steht von einem der scheußlichen Plastikstühle auf, und eine alte Frau, die sich den Leib hält, setzt sich sofort. Er geht zu der Krankenschwester. Sie schreibt immer noch.

»Entschuldigen Sie bitte.«

Sie schaut nicht auf. Sie stellt nicht einmal das Schreiben ein. »Wir kümmern uns um Sie, sobald wir können«, *murmelt sie.*

Er räuspert sich. Er kann nicht gut mit Fremden reden. Er kann überhaupt nicht gut reden. Vor langer Zeit hat er gemerkt, daß die Menschen ihn nie wirklich hörten, ihm nie richtig zuhörten, sich nicht darum kümmerten, was er zu sagen hatte.

»Behalten Sie Ihre Nummer, und warten Sie, bis Sie an der Reihe sind«, *sagt die Schwester gereizt, als er nicht gehorsam abzieht.*

Er betrachtet sie mit unverhohlenem Haß. Bei dem Gedanken, daß sich diese fette, unverschämte Schlampe von einer Krankenschwester mit seiner Prinzessin im selben Universum befindet, ja sie sogar angefaßt hat, möchte er der Frau am liebsten den dicken, wabbeligen Hals zudrücken. Sie erinnert ihn an die Schwester im Kreiskrankenhaus, die seine Mutter vor Jahren versorgen sollte; sie hat sie in einem schäbigen Bett in einem überfüllten Krankenzimmer verrotten und auf dem von Urin durchnäßten Laken liegen lassen, während die Kranke sich vor Schmerzen wand und um irgend etwas bettelte, das sie von ihrem Elend befreien würde. Die Schwester kümmerte sich nicht die Bohne darum. Niemand tat das. Seine Hand fährt in seine Hosentasche. Als seine Finger das kalte Metall seiner Pistole berühren, beruhigt er sich ein wenig. Und er bleibt, wo er ist.

»*Nein, es handelt sich nicht um mich, sondern um das Mädchen . . .*«

»*Ja, ja. Wir arbeiten so schnell, wie wir können.*«

»*Nein. Ich meine . . . wie geht es ihr? Der blonden jungen Frau . . . Sylver . . .*«

»*Die Überdosis? Weiß ich nicht. Reden Sie mit dem Arzt.*« *Die Schwester nimmt eine Karteikarte und ruft einen Namen auf.*

Als sie abschwirrt, schwankt er und muß sich am Schreibtisch festhalten. Eine Überdosis? Sein Baby? Seine Prinzessin? Und dieser Mistkerl, der sie hergebracht hat und jetzt bei ihr ist und ihre geliebte Hand hält, der ist vermutlich der miese Dealer, der ihr den Stoff verkauft hat.

Quinn. Quinn. Unausgesetzt wiederholt er diesen Namen, bis er sich ihm unlöschbar eingeprägt hat.

Wenn sie stirbt, Quinn, dann kannst du was erwarten, das verspreche ich dir.

9

Um neun Uhr an diesem Abend machte sich Kate zum Ausgehen fertig. Sie wurde von ihrer alten Freundin Marianne Spars zur Eröffnung von deren neuem Restaurant, »Stars and Spars«, drüben am Bedford Drive in Beverly Hills erwartet. Wenn dieses Unternehmen auch nur halb so gut einschlug wie Mariannes andere beiden Restaurants in der Stadt, dann hatte, wie Kate wußte, ihre Freundin wieder ein todsicheres Geschäft gemacht.

Kate freute sich über den Erfolg ihrer Freundin. Obwohl Kate nur wenigen Frauen nahestand, war sie mit der sehr lebhaften Marianne, die nie ein Blatt vor den Mund nahm, von Anfang an gut ausgekommen, und das lag fünf Jahre zurück. Vor ihrem ersten Zusammentreffen hatte Kate Marianne als Gattin von Lou Spars gekannt, dem Multimillionär, Filminvestor und Kunstsammler. Bis dieser seine Ehefrau nach dreiundzwanzig Jahren zugunsten von Yvette Girard, der sexy französischen Leinwandsirene, fallengelassen hatte, war das Paar Präsident und First Lady der High-Society Hollywoods gewesen. Kate hatte an vielen Gesellschaften auf »Moonrakers« teilgenommen, dem herrlichen Sitz der beiden in den Hollywood Hills, in dem wahrscheinlich mehr Gemälde hingen als in so manchem Museum.

Jedermann in ihren Kreisen war von der Trennung bestürzt gewesen, am meisten Lous nichtsahnende Ehefrau, die danach völlig den Halt zu verlieren schien, zumal sich die Boulevardpresse mit Freuden auf die »schmutzige Wäsche« stürzte und die intimsten Einzelheiten des Ehelebens ausgrub. Marianne zog sich immer mehr in sich selbst zurück. Kate und ein paar andere gute Freunde erkannten, daß sie dem geistigen Zusammenbruch nahe war, und brachten sie unauffällig in eine private psychiatrische Klinik in Arizona. Jetzt, zwei Jahre später, hatte sich Marianne wieder gefangen. Mehr noch, sie hatte es geschafft, eine gefeierte Restaurantinhaberin und ein angesehenes Mitglied der Elite Hollywoods zu werden.

Bis heute hatte sich Kate auf die Eröffnung von »Stars and Spars« gefreut. Sie hatte Marianne seit Monaten nicht mehr gesehen; beide hatten sie einen so irrsinnigen Terminkalender, daß sie sich nie zur selben Zeit freimachen konnten. Und jetzt zögerte Kate das Ankleiden hinaus.

In ihrem schwarzen Spitzenbüstenhalter und dem dazu passenden Slip saß sie auf der Bettkante; ein elegantes violettes Seidenfutteralkleid von Brunaud lag auf der buntgemusterten tahitianischen Steppdecke. Kate war überhaupt nicht in Stimmung für eine geräuschvolle, glamouröse Versammlung schöner und wichtiger Menschen, die übers Geschäft redeten, lachten, Klatsch austauschten und über alle herzogen, die nicht anwesend waren. Kate ging eigentlich nur hin, um Marianne wiederzusehen, die sonst bestimmt enttäuscht wäre.

Sie griff nach ihrem Kleid, schaffte es jedoch nur, es sich auf den Schoß zu ziehen. Ihr fehlte jede Energie; sie fühlte sich absolut träge, was für sie ganz uncharakteristisch war. Was war nur mit ihr los? Als ob sie das nicht wüßte. Das Wiedersehen mit Adrian heute mittag hatte ihr den ganzen Schwung genommen. Sie wußte nicht einmal, ob sie wegen des Lerner-Scripts weitergekommen war. Natürlich hatte sie es immer wieder zur Sprache gebracht, doch Adrian hatte darauf in keiner Weise reagiert. Er hatte weder gesagt, ob er in Erwägung ziehen wollte, Regie zu führen, noch hatte er versprochen, das Drehbuch überhaupt zu lesen. Das Gegenteil hatte er allerdings auch nicht gesagt. Während des Essens hatte Kate gemerkt, daß sie das Drehbuch schon fast wie saures Bier anbot, und da hatte sie es aufgegeben. Adrian war auch immer stiller – oder immer desinteressierter? – geworden. Den Nachtisch wartete sie nicht mehr ab; gleich nach dem Hauptgang war sie hinausgerannt, als ob sie ein Feuer löschen müßte. Was in gewisser Weise auch stimmte. Innerlich verbrannte sie nämlich vor lauter Empfindungen, die sie lieber nicht so genau untersuchen wollte. Das Drehbuch ließ sie allerdings zurück. Immer die Optimistin ...

Sie griff nach dem Glas Chardonnay, den sie sich vorhin eingeschenkt und dann vergessen hatte. Sie war furchtbar nervös. Und zum ersten Mal seit einer Ewigkeit spürte sie etwas, das sie schon lange hinter sich gelassen zu haben glaubte – sexuelle Frustration. Kate verachtete sich selbst. Da springt Adrian nackt in einen Pool, und bei ihr drehen die weiblichen Hormone durch. Wie konnte sie überhaupt an Sex denken, wo sie doch so zornig auf ihn war wegen der Art, wie er sich ihr gegenüber an diesem Nachmittag benommen hatte? Er war absichtlich provokant, ausweichend und einfach ungezogen gewesen. Im übrigen hatte sie auch ganz andere Sorgen. Bis sie ihren kleinen Plausch mit Windham morgen hinter sich hatte, war es ihr, als stünde ihre ganze Zukunft bei Paradine in Frage.

Sie versuchte, die Emotionen einzuordnen, die Adrian in ihr ausgelöst hatte, doch zum ersten Mal in ihrem Leben funktionierte ihr klares, logisches und analytisches Denken nicht. Sie war einfach zu scharf auf ihn, verdammt. Und was noch schlimmer war, Adrian hatte diesen Lockduft des Verlangens sehr wohl wahrgenommen, einen Duft, den sie schon sehr, sehr lange nicht mehr getragen hatte.

Adrian zu begehren war verrückt; sich emotional mit ihm einzulassen war noch viel verrückter. Diesen Weg hatte sie schon einmal eingeschlagen, und an seinem Ende hatte es eine Kollision mit Totalschaden gegeben. Die Unfallnarben trug sie noch immer, wenn sie es auch nicht zugeben wollte. Hatte Adrian auch Narben davongetragen?

Bei der Trennung war er so böse auf sie gewesen. So bitter.

Er hatte sie heiraten wollen, allerdings unter gewissen Bedingungen: Sie sollte Paradine und Hollywood verlassen. Sie sollte mit ihm nach London gehen, um mit ihm zusammen eine eigene unabhängige Produktionsgesellschaft zu gründen. Um Filme mit Herz und Seele statt mit Spezialeffekten zu machen.

Er verlangte von ihr, alles aufzugeben zu einer Zeit, da sich für sie alle Türen zu öffnen begannen. Ihr Erfolg bei der Produktion von Sylvers ersten Bombenhits hatte Kate einen Vorgeschmack von wirklicher Macht gegeben, und Macht schmeckte süß.

Sie schwor sich eines: Falls Adrian sich zur Regie für das Lerner-Script einverstanden erklärte, würde sie ihr gegenseitiges Verhältnis auf rein geschäftlicher Basis halten.

Ihr Telefon läutete. Erst wollte sie nicht abnehmen, doch wenn es nun Adrian war? Was, wenn er sie anrief, um ihr seine Antwort zu dem Drehbuch zu geben? Natürlich, sie erwartete noch mehr.

»Ist bei dir alles in Ordnung, Kate? Du warst den ganzen Tag nicht zu erreichen. Ich habe mir Sorgen gemacht.«

Kate tat es jetzt leid, daß sie das Telefon nicht hatte läuten lassen. »Mir fehlt nichts, Doug.«

Eine lange Pause trat ein; anscheinend wartete der Studiochef auf weitere Erläuterungen. Kate hatte nicht vor, ihm die Wahrheit über ihren Tag zu sagen, und die Energie zum Lügen brachte sie nicht auf.

»Du bist noch böse wegen vorgestern abend, nicht? Stell dich deswegen doch nicht auf die Hinterbeine, Kate. Hör zu, wenn du dich mit zwanzig Millionen für das Lerner-Projekt zufriedengibst, bin ich einverstanden.«

»Mit einem solchen Budget hat es keinen Sinn, diesen Film zu machen, Doug.«

»Okay, okay, laß uns nicht wieder davon anfangen. Weshalb ich eigentlich angerufen habe – ich wollte hören, ob du mit mir dieses Wochenende rauf nach Lake Tahoe fliegen möchtest. Ich muß hier mal ausbrechen, und mit niemandem würde ich lieber ausbrechen als mit dir, Kate. Was meinst du?«

»Nein, Doug. Ich kann nicht.«

Wieder eine Pause. »Kannst nicht oder willst nicht?«

Das klang wie eine Herausforderung. In letzter Zeit hatte Kate diesen Unterton in seiner Stimme öfter gehört. Je härter die Zeiten für Doug wurden, desto besitzergreifender wurde er ihr gegenüber, je mehr Forderungen stellte er an sie und um so mehr hoffte, nein erwartete er, daß sie seine Bedürfnisse befriedigte. Darüber war Kate nicht gerade glücklich, um es milde auszudrücken. Doug änderte die Bedingungen ihres Verhältnisses und versuchte es in eine Richtung zu lenken, die Kate ganz und gar nicht recht war.

Erkannte sie in genau diesem Moment mit absoluter Sicherheit, daß es endlich an der Zeit war, die Affäre mit Doug zu beenden? Nein, das hatte sich schon seit geraumer Zeit abgezeichnet. Es war eine Anhäufung vieler Vorkommnisse – die gedankenlose, selbstsüchtige Art, wie er sie vorgestern abend und schon so oft davor genommen hatte. Sex ohne Intimität, ohne Zärtlichkeit, ohne Leidenschaft. Doug liebte sie nicht mehr als sie ihn. Sie bezweifelte, daß er überhaupt irgend jemanden aufrichtig lieben konnte. Er war scharf auf sie, er wollte sie besitzen, er wollte die Sicherheit, daß sie für ihn da war, um seine Bedürfnisse zu befriedigen. Er benutzte sie. Und wenn sie ehrlich war, mußte sie zugeben, daß sie ihn ebenfalls benutzte. Um irgendeine Art von Verbundenheit zu fühlen. Um die innere Spannung, die Einsamkeit aufzuheben. Nur funktionierte das nicht mehr. Und sie war sich auch nicht mehr sicher, ob das, was sie für Doug tat, wirklich so gut für ihn war.

Natürlich wußte sie, daß Adrian etwas mit ihrem Entschluß, die Beziehung zu Doug abzubrechen, zu tun hatte. Das Treffen mit Adrian heute nachmittag hatte sie an das erinnert, was Sex war – gewesen war. Mit Adrian zusammen war es das Wahre gewesen. Lieber überhaupt keinen Sex mehr, entschied sie, als Sex aus den falschen Gründen und mit den falschen Männern.

»Ich kann nicht nach Lake Tahoe mitkommen. Ich bin an diesem Wochenende beschäftigt, Doug.« Sie brachte es nicht fertig, die Affäre kaltschnäuzig am Telefon zu beenden. Sie wollte es ihm schonend und von Angesicht zu Angesicht beibringen, nachdem sie wußte, wo sie bei Paradine stand.

Dougs Stimme klang jetzt weinerlich. »Sei doch nicht böse auf mich, Kate. Du weißt, daß ich es nicht ertrage, wenn du . . .«

»Ich bin nicht böse. Geh nach Lake Tahoe, Doug. Es wird dir guttun, ein paar Tage hier rauszukommen. Du hast neulich abend so erschöpft ausgesehen.«

»Es ist nicht leicht, Kate. Diese Sache mit Richie . . .« Eine unheilvolle Pause. »Es könnte häßlich werden.«

Kate richtete sich ein wenig auf. »Wie meinst du das?«

»Ich bekam heute morgen einen Brief von so einem billigen Rechtsanwalt. Irgendeine heiße kleine Nummer, eine Produktionsassistentin bei Richies Film, hat ihn wegen sexueller Belästigung angezeigt. Ihr Rechtsverdreher nennt das einen klassischen Fall von Besetzungscouch. Er ist aufs große Geld aus und behauptet, Richies Belästigungen hätten bei ihr schwere seelische Störungen hervorgerufen.«

Kate trank einen Schluck Wein – nicht wegen des Geschmacks, sondern weil ihre Kehle plötzlich so trocken war. »Weiß dein Schwiegervater davon?«

Doug lachte kurz auf. »Charlie? O ja. Der hat eine Kopie des Briefes erhalten. Und jetzt soll ich dafür sorgen, daß jeder leitende Angestellte bei Paradine an einem Auffrischungskurs in den Studioprinzipien gegen sexuelle Belästigung teilnimmt.«

Kate hörte nur mit halbem Ohr hin, weil sie sich überlegte, wie sich diese Nachricht auswirken könnte. Eins war sicher: Windham würde einen Sündenbock finden müssen; irgend jemand würde zusammengestaucht werden, weil er einen Lustmolch wie Richie an Bord gebracht hatte. Wäre Doug nicht Charlies Schwiegersohn gewesen, würde er zu diesem Sündenbock gemacht und gefeuert werden. So aber würde ein anderer Angestellter dran glauben müssen. Oder eine Angestellte ...

»Kate, hörst du mir noch zu?«

Ihr Magen verkrampfte sich. »Ja, Doug. Ich höre jedes einzelne Wort.« Hatte Windham von der Anzeige gegen Richie schon gewußt, als er seine Sekretärin das morgige Treffen vereinbaren ließ? Wollte er zu Kate kommen, um ihr mitzuteilen, daß sie die Schuld an dem Fiasko mit Richie auf sich nehmen mußte? Nun, der Alte konnte sich auf etwas gefaßt machen, falls er dachte, sie würde geräuschlos untergehen.

»... Grund will ich, daß wir beide nach Lake Tahoe gehen. Ich will mir nicht anhören, wie Julia mich das ganze Wochenende ankeift, weil ich ihren geliebten Vater erzürnt habe. Als hätte ich das absichtlich getan. Als wollte ich Paradines großen Namen beschmutzen. Ich sage dir, Kate, Julia treibt mich die Wände hoch.«

»Vielleicht gibt es ja eine außergerichtliche Einigung.«

»Ja, das habe ich Charlie auch gesagt. Was der Anwalt dieses Flittchens meint, interessiert mich nicht. Geld regiert die Welt.«

»Genau.«

»Das Problem ist, daß sie sich mit der Story schon an die Presse gewandt hat. Morgen dürfte es in allen Blättern stehen. Nicht gerade die Art von Publicity, die wir jetzt brauchen.« Er schwieg einen Moment. »He, du sagst nicht viel, Kate.«

»Was gibt's denn da zu sagen?« murmelte sie.

»Ich könnte ein wenig Unterstützung brauchen. Mitgefühl und Verständnis. Du weißt doch auch, daß Richie auf dem Papier gut aussah.«

Kate mußte lächeln. Doug verstand es, die Geschichte umzuschreiben.

»Hör zu, heute abend muß ich mit Julia und ihren unerträglichen Bekannten in die Sinfonie gehen, aber danach kann ich mich für eine Stunde verdrücken. Ich komme bei dir vorbei.«

»Nein, Doug. Ich gehe gleich aus. Marianne Spars' neues Restaurant, du erinnerst dich?«

»Ach ja. Bleib nicht so lange. Wenn du um Mitternacht wieder daheim bist, wartet ein schöner trockener Martini auf dich.«

»Heute nacht nicht, Doug. Mir ist nicht so gut. Ich habe eben meine Periode gekriegt, und sobald ich heimkomme, gehe ich ins Bett, nehme eine Tablette und mache die Augen zu«, log sie. Vermutlich konnte sie überhaupt nicht schlafen – dank Dougs Nachricht. Er hatte ihr immerhin einen Gefallen getan. Er hatte ihre Gedanken von Adrian abgelenkt. Jetzt verbrachte sie die Nacht nicht damit, Visionen von Adrians schönem Körper abzuwehren, sondern damit, sich zu überlegen, was ihr bevorstand, wenn Charlie Windham morgen auftauchte.

Doug seufzte enttäuscht. »Na schön«, sagte er widerstrebend, »überleg dir das mit dem Wochenende noch einmal. Wir müssen zusammenhalten, Kate. Uns gegenseitig unterstützen.«

Kate murmelte, sie würde über Lake Tahoe nachdenken, und legte auf. Dougs letzte Worte klangen noch nach; er glaubte also, sie brauchte seine Unterstützung, wie er ihre brauchte. Hieß das, er riet – oder er wußte es genau –, daß sein Schwiegervater sie auffordern wollte, die Rolle des Sündenbocks zu spielen? Und was würde Doug in diesem Fall tun? Kate war Realistin. Außerdem kannte sie Doug in- und auswendig. Er mochte ihr noch so oft versichern, daß er sie unterstützen wollte, doch wenn es auch nur halbwegs ernst wurde, würde er keinen Finger für sie rühren, falls das sein Verhältnis zu der Windham-Dynastie in irgendeiner Weise gefährdete.

Kate bekam Angst wie ein kleines Mädchen. So hatte sie sich

schon sehr lange nicht mehr gefühlt. Nur allzu genau erinnerte sie sich noch daran, wie es gewesen war, klein und unbedeutend zu sein, hilflos und bettelarm mit einem Vater, der sich durch die Nachbarschaft schlief, und einer Mutter, die dank eines betrunkenen Autofahrers zu einem Leben im Rollstuhl verurteilt war. Kate erinnerte sich all dieser Jahre, in denen sie sich halb zu Tode geschuftet hatte, um sich das Stipendium der Film-Fakultät an der Universität von Los Angeles zu erarbeiten. Sie erinnerte sich an ihr erstes Apartment nach Abschluß des Studiums. Es war eigentlich nur ein möbliertes Zimmer gewesen mit feuchten Flecken an Decke und Wänden, Rostflecken in Badewanne und Spüle und mit einer schäbigen Einrichtung, die von der Heilsarmee stammte. Seit damals hatte sie es weit gebracht, und sie hatte sich ihren Erfolg ehrlich verdient.

Plötzlich fiel ihr Sylver ein – Sylver in einem armseligen Apartment in West Hollywood, das wahrscheinlich nicht viel anders war als das, mit dem Kate angefangen hatte. Darin lag der Unterschied; für Sylver war das das Ende der Straße, und nicht der Anfang.

Das Brunaud-Kleid glitt ihr aus den Händen und fiel auf den weichen kastanienbraunen Samtteppich. Ein kalter Schauder der Furcht lief ihr über den Rücken. Würde sie trotz aller Klugheit und aller wilden Entschlossenheit einmal dort enden, wo sie angefangen hatte?

Während des ganzen Nachmittags beschäftigte sich Adrian. Er arbeitete an dem verdammten Jeep und brachte ihn endlich in Gang, schwamm noch einmal im Pool, um sich abzukühlen – nicht nur von der Sonne –, unternahm einen langen Geländemarsch durch den Canyon und konnte trotzdem den Gedanken an Kate nicht loswerden. Aus Nachmittag wurde Abend, und sein Zustand verschlimmerte sich.

Ihm machte hauptsächlich zu schaffen, daß er gedacht hatte,

gut auf das Wiedersehen vorbereitet zu sein und sich sogar darauf zu freuen, weil er sich in einem Anflug von Bosheit eingeredet hatte, es würde ihm Genugtuung verschaffen, Kate ein bißchen durch die Mangel zu drehen. Nur hatte er dabei nicht bedacht, wie es ihm ergehen würde, wenn er sie sah. Sie war noch schöner als vor acht Jahren, und er war auf der Stelle so angetörnt gewesen, daß er seinen eigenen Namen vergaß. Es hatte sich angefühlt wie ein Schlag in die Magengrube. Oh, er hatte die Fassade gut aufrechterhalten, aber das war es eben auch – eine Fassade. Er war ein Schwindler. Vor acht Jahren hatte Kate ihn ins Trudeln gebracht; jetzt, acht Jahre später, wirkte sie sich auf ihn ganz genauso aus. In der ganzen Zwischenzeit hatte ihm keine Frau so eingeheizt wie Kate. Und, verdammt noch mal, sie tat es noch immer.

Es ist die reine Wollust, sagte er sich. Kate sah immer noch so ungeheuer sexy aus, besser denn je. Und er hatte sie auch angetörnt. Oh, sie hatte sich ihre Erregung nicht anmerken lassen, doch es gab Dinge, die sie vor ihm nicht verbergen konnte. Zum Beispiel ein leichtes Erröten, heimliche Blicke, gezwungene Sachlichkeit. Ja, er konnte sie noch immer in Fahrt bringen.

Natürlich brauchte er keine große Seelenforschung zu betreiben, um zu erkennen, daß er nicht allein Wollust empfand. Der Schmerz und die Bitterkeit über das, was hätte sein können, wäre da nicht Kates verdammter Ehrgeiz gewesen, waren in den vergangenen acht Jahren auch nicht abgeklungen; er hatte diese Gefühle nur unterdrückt. Kate jetzt wiederzusehen, brachte sie an die Oberfläche zurück. Sie hatte sich auch nicht verändert. Sie war so ehrgeizig wie zuvor, und ihr Drive wie ihre Entschlossenheit hatten sie bei Paradine nach oben gebracht. Adrian hegte keine Illusionen. Kate würde sich nicht damit zufriedengeben, da zu bleiben, wo sie war. Sie wollte mehr. Und sie wollte ihn benutzen, um zu bekommen, was sie wollte.

Und was sollte er nun tun? Diese verdammte Preisverleihungsgesellschaft überstehen und dann die erste Maschine nach London zurück nehmen? Das wäre das Sicherste, doch er kannte sich zu gut, um sich zuzutrauen, daß er so einfach davongehen konnte. Hier war noch zu vieles unerledigt, zu viele Gefühle nicht gelöst. Und ja, es gab auch noch die Wollust.

Was, wenn er noch eine Weile blieb, versuchte, Kate zu verführen und sie zurückzugewinnen, um ihr vor Augen zu halten, was sie während der langen Jahre alles versäumt hatte – die Liebe, eine Familie, die Gelegenheit, eine ganz persönliche Art von Filmen zu machen, die vom Herzen und nicht von der Bank bestimmt wurden?

Und falls ihm die Verführung gelang, was dann? Rache? Sollte sie sich wieder in ihn verlieben, damit er sie so verletzen konnte, wie sie ihn verletzt hatte? Oder war er so krankhaft romantisch, daß er sich ein typisches Hollywood-Filmende vorstellte, wo man immer Hand in Hand in den Sonnenuntergang wanderte? Nein. Romantisch mochte er sein, doch von seichten Hollywood-Happy-Ends hatte er noch nie etwas gehalten. Im Leben liefen die Dinge anders. Wenn er nur seine Empfindungen in den Griff bekäme, die ein einziges Durcheinander aus Zorn, Schmerz, Angst, Verwirrung und Erregung waren.

Er ging in die Küche. Das Drehbuch, das Kate mitgebracht hatte, lag auf dem Tresen. Er betrachtete es, hob es jedoch nicht auf; er wußte noch nicht, ob er es lesen würde. Er wußte überhaupt nicht, was er tun würde. Er war noch nie ein großer Planer gewesen. Das hatte Kate immer verrückt gemacht. Er ließ sich meistens von seinem Instinkt leiten, während sie jeden einzelnen Schritt vorausplante. Sie waren so gegensätzliche Charaktere, doch sie besaßen beide die seltene Gabe der Vision und hatten dasselbe Feuer, dasselbe Sehnen in sich. Sie verstanden einander, wie niemand sonst sie je verstanden hatte.

Manchmal hatten sie sich wie die Weltmeister gestritten, doch die Versöhnung ... oh, was für eine Versöhnung!

Sein Blick fiel wieder auf das Script. Er bezweifelte nicht, daß es tatsächlich so gut war, wie Kate gesagt hatte. Es anzunehmen bedeutete eine Chance, wieder mit ihr zusammenzuarbeiten. Wieder mit ihr zu streiten. Und sich zu versöhnen. Carte blanche, hatte sie gesagt. Oh, sie würde sich bemühen, ihm soviel freie Hand zu lassen wie möglich, doch Adrian wußte genau, wie das System von Hollywood funktionierte. Er und Kate mochten ihre Differenzen klären, doch noch leitete Kate Paradine-Studios nicht. Adrian war sich bewußt, daß er, ließe er sich auf das Projekt ein, am Ende mit Douglas Garrison wegen des Budgets aneinandergeraten würde. Und nicht nur deswegen. Garrison würde befürchten, daß eine neue Partnerschaft Needham–Paley auf eine persönliche Ebene geraten könnte. Schließlich hatte Adrian Kate schon einmal Garrison gestohlen. In der Branche war es ein offenes Geheimnis, daß die beiden ihre »heimliche« Affäre wiederaufgenommen hatten.

Adrian sah sich von Problemen umzingelt, falls er sich auf das Lerner-Projekt einließ. Andererseits war er ein Mensch, der den Ärger geradezu suchte.

Es wurde dunkel. Adrian nahm sich das Drehbuch, verließ den Bungalow, stieg in den offenen Jeep, redete sich ein, er wüßte nicht, wohin er fahren wollte. Dann donnerte er den Canyon hinunter.

Als es an ihrer Tür schellte, dauerte es eine Weile, bis Kate das Geräusch hörte, und dann noch eine Weile, bis sie merkte, daß es sich um ihre Türklingel handelte. Sie blickte auf ihr Cocktailkleid hinunter, das noch immer auf dem Boden lag. Ken konnte nicht vor ihrer Tür stehen. Mit dem Herausgeber der »Architectural Review«, der als ihr Begleiter für diesen Abend fungierte, war sie im Restaurant verabredet.

Sie riß ihren hellgelben Seidenkimono vom Sessel und zog ihn an, während die Türglocke mehrere Male hintereinander betätigt wurde. Kate trat ans Schlafzimmerfenster, von dem man die Auffahrt sehen konnte. Was, wenn Doug auf einen »Quickie« gekommen war, bevor er mit seiner Frau in die Sinfonie ging?

Es war indessen nicht Dougs gelber Lamborghini, der in der Auffahrt hielt, sondern ein roter Jeep. Auf der Stelle verflüchtigten sich alle Gedanken an den heutigen Abend und sogar die an die Zusammenkunft mit Windham am nächsten Tag. Kates Herz sank ihr in die Kniekehlen und nahm den Magen gleich mit. Sie merkte, wie das Blut ihren Kopf verließ, und sie schloß die Augen, doch davon wurde ihr noch schwindeliger.

Sie hielt ihren Kimono zu und schaffte es, bis zur Haustür zu kommen. Als sie nach dem Knauf griff, zögerte sie. O Himmel, was steht mir jetzt bevor?

Sie öffnete die Tür, trat zurück, und dabei schwankte sie ein wenig. Umgeben vom Licht, stand Adrian im Türrahmen, die Daumen in die Gürtelschlaufen seiner verwaschenen Jeans gehakt, eine Schulter angriffslustig nach vorn geschoben, das dichte dunkle Haar windzerzaust. Seine blaugrünen Augen blickten sie nicht an, sondern durchdrangen sie wie Laserstrahlen.

Keiner von beiden bewegte sich. Es war, als wären sie in einer Standeinstellung gefangen. Endlich rief eine Stimme in Kates Kopf »Action!«. Ihre Hand, mit der sie sich noch immer den Kimono zusammenhielt, fiel hinab. Der offene Kimono flatterte im sanften Abendwind.

Angespannt ließ Adrian den Blick über Kates geschmeidigen Körper streifen, dessen cremiges Weiß von zwei durchscheinenden Stückchen schwarzer Spitzenunterwäsche unterbrochen wurde. Es tat weh, sie anzuschauen, und sein körperlicher Schmerz entsprach dem Maß seiner Erregung. Warum hast du aufgegeben, was wir zusammen hatten, Kate? Warum hast du mir so weh getan?

Kate war es, als teilte ein Abgrund aus Zeit und Raum sie beide. Weshalb stand sie hier, setzte sich seinem prüfenden Blick aus und zeigte sich freiwillig so angreifbar?

Weil sie ihn begehrte. Und dann sagte sie das, was sie am Nachmittag mindestens hundertmal hatte sagen wollen, wozu sie aber nie den Mut aufgebracht hatte: »Du hast mir so gefehlt.«

Der Wind trug die Worte wie ein sanftes Flüstern davon, doch in Adrians Kopf klangen sie wie eine große Oper. Er öffnete die Lippen ein wenig, aber es entwich ihnen kein Ton. Er bewegte sich nicht; weder wandte er sich ab, noch zog er Kate in seine Arme, wie sie es sich so sehr wünschte.

Sie spürte die Vorsicht und die Anspannung, die er ausstrahlte. Es war, wie wenn man vor einer Hochspannungsleitung stand. Sie versuchte zu lächeln, doch ihre Lippen zitterten so sehr, daß es ihr nicht gelang. »Wie wär's, wenn wir uns ... auf halbem Weg träfen?« Das Wissen, daß dieser Mann sie mehr als jeder andere in ihrem Leben verletzen konnte, machte ihr angst, doch sie rang die Furcht nieder. Andere Gefühle ergriffen von ihr Besitz, und die waren mächtiger als die Furcht.

Still ging sie zu ihm. Er kam ihr nicht auf halbem Weg entgegen. Er rührte sich nicht, doch er wandte den Blick keine Sekunde ab, während sie herankam und dann vor ihm stand.

Langsam, vorsichtig streckte sie die Hand aus, bis ihre Fingerspitzen gerade so eben seinen Arm berührten; das war immerhin eine Verbindung. Am Nachmittag hatten sie einander überhaupt nicht berührt. Erst jetzt wurde ihr bewußt, wie qualvoll es gewesen war, mit ihm zusammenzusein, ohne ihn zu berühren. Einander zu berühren war in ihrer früheren Beziehung etwas Lebenswichtiges gewesen. Mit ihren Berührungen hatten sie sich so vieles vermittelt – Zuneigung, Zärtlichkeit, Angst, Leidenschaft, Liebe.

Zu seiner Bestürzung stellte Adrian fest, daß er den Tränen nahe war. »Was tue ich hier?«

Kate wußte nicht, was sie darauf antworten sollte. Er wußte auch keine Antwort. Er wußte nur, daß sein Leben unerträglich sein würde, wäre er heute nicht hergekommen.

Kate trat noch ein kleines bißchen näher, ließ die Fingerspitzen und dann die flache Hand an seinem Arm bis zu seinem Handrücken hinuntergleiten. Adrian berührte sie auch weiterhin nicht. Trotzdem fühlte sie diese Verbindung, die ihr so zerbrechlich erschien, als könnte die sanfte Brise vom Pazifik her sie auslöschen. Oder noch schlimmer, daß Adrian das tun könnte.

»Ich freue mich, daß du hier bist.« Ihre Stimme bebte, und ihre Sehnsucht nach ihm war so groß, daß Kate fürchtete, in tausend Stücke zu zerbrechen, falls er die Berührung nicht erwiderte. Angstvoll suchte sie in seinem Gesicht nach einem Hinweis darauf, was er von ihr wollte, was sie von ihm erwarten konnte. War er gekommen, um sie zu quälen? In seinem Gesicht spiegelten sich so viele Gefühle, die sich in acht Jahren angesammelt hatten. Wie sollte sie sie einordnen?

Am Ende ließ sie die Hand sinken. Die so schwache Verbindung riß ab. Sie schaffte es nicht allein. Sie brauchte dazu etwas von ihm, eine angedeutete Geste nur, irgend etwas, das ihr sagte, daß in ihm noch mehr war als nur Zorn, Schmerz und Groll. Wie wäre es mit ungezügeltem Verlangen? Das würde genügen.

Verdammt, Adrian. Nimm mich in die Arme. Halte mich. Liebe mich. Weißt du nicht mehr, wie das war? Unser Rhythmus, unser ganz besonderer Beat . . . Ich verbrenne innerlich. Fühlst du die Hitze nicht?

Die Passivität machte sie noch wahnsinnig. Was sollte das? Immerhin hatte sie doch versucht, ihm die Hand entgegenzustrecken.

»Ich war... gerade dabei, mich anzuziehen... um auszugehen.« Sie wollte sich abwenden. Seine Hand schoß vor. Er packte Kate bei der Schulter, so unvermittelt, so heftig, daß sie leise aufschrie. Seine Berührung fühlte sich an wie Feuer, das ihren Kimomo versengte und ihre schon entflammte Haut verbrannte.

»In den vergangenen acht Jahren habe ich mit vielen Frauen geschlafen, Kate.«

Sie zuckte zusammen. Also war er gekommen, um sie zu quälen.

»Aber immer wenn ich in ihnen war und sie ›ja‹ und ›bitte‹ riefen, hörte ich nur deine Stimme. Nur deine Stimme.«

Seine Finger drückten sich immer fester in ihre Schulter, doch Kate war dieser Schmerz nur recht. Noch dichter bewegte sie sich an Adrian heran, und er zog ihr den Kimono von den Schultern. Dann berührten seine Hände ihre Haut – ihre Schultern, ihren Hals, ihren Nacken.

Sie blickten einander in die Augen, bis sich die Gesichter so nahe waren, daß Kate und Adrian sich nicht mehr genau sehen konnten, und da senkte er endlich seinen Mund auf ihren. Sie küßten sich wie im Fieber, hier vor der Tür, im hellen Licht, das aus dem Haus fiel, und sichtbar für alle, die im dichten Verkehr auf der Straße vorbeifuhren.

Kate kümmerte das nicht. Sie ließ die Arme so lange hängen, bis der Kimono zu Boden geglitten war, legte sie dann um Adrians Nacken, hob ein Bein an und schlang es um seine Wade.

Tief sog Adrian ihren Duft ein. Es war auch immer nur ihr Duft gewesen, den er gerochen hatte; die Gerüche der anderen Frauen, mit denen er intim geworden war, hatte er gar nicht wahrgenommen. Ihn quälte das schlechte Gewissen gegenüber diesen Frauen, die er in dem Glauben gelassen hatte, sie wären es, die er begehrte, obwohl er sich das zu der Zeit selbst eingeredet hatte. Er hatte sie belogen, getäuscht und betrogen und sich selbst auch. Während der ganzen Zeit hatte er sich nach Beständigkeit gesehnt. Er hatte nur Kate begehrt.

Er schob sie fort, so unvermittelt, wie er sie an sich gezogen hatte, und genauso heftig. Dies ist eine Filmszene, dachte er. Daran war er ebenso beteiligt wie Kate. Er wußte, daß es böse enden würde, und er wußte auch, daß er nicht nur von Wollust und Rache getrieben wurde. Er konnte sein Herz da nicht heraushalten. Dieses verdammte Ding verriet ihn. Er schloß die Augen. Schnapp dir diesen blöden Preis, und dann verschwinde hier. Verschwinde aus der Nähe dieser Frau.

Er öffnete die Augen wieder und sah Kate, die in ihrer Spitzenunterwäsche vor der Tür ihres Luxushauses stand, die Arme wie ein schüchternes Mädchen vor der Brust verschränkt und mit einem Gesichtsausdruck, der die reine Seelenqual spiegelte. Dieser Ausdruck war Adrians Ruin. Wie sie so dastand, ausgesetzt, verletzbar, die wahren Gefühle so unverstellt preisgegeben, war sie einfach unwiderstehlich.

»Katie«, flüsterte er und hob sie sich auf die Arme. Seine Lippen in ihr Haar gedrückt, trug er sie ins Haus. Sie klammerte sich an ihn, als hinge ihr Leben davon ab.

In ihrem Schlafzimmer legte er sie auf die bunte Steppdecke und trat dabei auf das Cocktailkleid, das sie jetzt eigentlich anhaben sollte. Für einen kurzen Moment dachte sie daran, wie enttäuscht Marianne über ihr Nichterscheinen sein würde, doch Kate wußte, daß ihre Freundin in diesem Fall volles Verständnis aufbrachte. Marianne gehörte zu den wenigen Menschen, mit denen Kate ihr Geheimnis geteilt hatte, das Geheimnis, daß Adrian Needham ihre einzige wahre Liebe und ihr einziger wahrer Freund gewesen war.

Adrian stand beim Bett und blickte auf Kate hinunter, beugte sich dann zu ihr, hob ihren Po an und streifte ihr den Slip ab. Danach befaßte er sich mit ihrem Büstenhalter.

Lächelnd betrachtete er ihren schlanken Körper; jede Kontur, jede Kurve war noch so wie vor acht Jahren. »Du hast gut auf dich aufgepaßt, Katie.«

Sie lächelte verlegen, weil ihr die genaue Besichtigung ihres sechsunddreißig Jahre alten Körpers peinlich war und weil sie nicht genau wußte, wie die Bemerkung gemeint war. Machte Adrian sich lustig darüber, daß sie sich täglich im Fitneßstudio abmühte, um die Verwüstungen des Alters aufzuhalten? Oder war er einfach nur erfreut, daß sie nicht wabbelig und typisch »mittelalterlich« geworden war?

Er beugte sich wieder über sie und stützte die flachen Hände zu beiden Seiten neben ihrer Taille auf der Steppdecke auf. Er senkte den Kopf noch tiefer. Seine Zungenspitze berührte die pulsierende Ader an ihrem Hals und schlängelte sich dann hinunter zu ihren Brüsten. Er leckte, kostete und sog an ihren harten Knospen, bis sie sich zu ihm hochbog. Sie genoß die Freuden, die er ihr schenkte, so wie er die Freuden genoß, die es ihm selbst bereitete. In diesem Moment hätte sie ihm alles gegeben.

So war es, wenn man sich liebte. Kate hatte es fast schon vergessen. Nein. Sie hatte es nie vergessen können.

Er entkleidete sich ebenso hastig, wie er es früher immer getan hatte. Sein noch zugeknöpftes Hemd zog er sich über den Kopf, Jeans und Slip streifte er zusammen hinunter, die Schuhe schüttelte er von den Füßen; Socken trug er nicht.

Er ließ sich neben Kate fallen und zog sie zu sich heran, noch ehe er richtig lag. Vor Erregung fühlte sie sich richtig berauscht. Sie küßte ihn auf den Mund, drang zwischen seine Lippen und seine Zähne, bis ihre Zunge seine berührte. Sie machten Liebe mit den Zungen. Ein Vorspiel.

Adrian hielt Kate ganz fest. Ihr und sein nackter Körper preßten sich aneinander, verschmolzen miteinander, lösten sich ineinander auf. Wie in alten Zeiten, in den guten Zeiten, in den Zeiten des magischen Versprechens.

Er zwang sich dazu, in die Gegenwart zurückzukehren. Jene

Zeiten waren lange vorbei, falsche Versprechen lange gebrochen. Harte Zeiten hatten die guten Zeiten abgelöst. Die Zeit bestand jetzt nur noch aus dem Augenblick. Was sollte das Ganze dann? Ein Exorzismus?

Wieder warnte ihn die Stimme in seinem Kopf vor Gefahr. Wenigstens einmal in seinem Leben sollte er auf Nummer Sicher gehen. Er schlang sein Bein über Kates Schenkel, begann ihre Augen, ihre Wangen, ihren Hals zu küssen, fuhr mit den Händen durch ihr Haar und schwor sich dabei, den vorgesehenen Flug nach London zu nehmen. Ja, genau das würde er tun ...

»Ja, ja, ja ...«, flüsterte Kate an seinem Ohr.

Er drehte sie auf den Rücken, hielt ihre Arme über ihrem Kopf fest. Wie ein Adrenalinstoß durchfuhr ihn plötzlich die kalte Wut über all diese verlorenen, qualvollen Jahre und vermischte sich mit Wollust, Liebe und Schmerz. Hol' dich der Teufel, Katie!

Er umklammerte ihre Handgelenke und hob sich zwischen ihre Hüften. Sie fühlte seinen heißen und heftigen Atem über ihr Gesicht streichen. Seine Augen waren sehr dunkel geworden, und sie spürte die Wut, die von ihm ausging. Kate fürchtete sich plötzlich, weil sie seine potentielle Gewaltbereitschaft erkannte, was jedoch in keiner Weise ihr Verlangen dämpfte. So ist es, wenn man außer Kontrolle gerät, dachte sie. Dann kann alles passieren. Alles ... Der Wahnsinn bestand darin, daß sie zu allem bereit war.

Unsanft spreizte er ihre Schenkel, und unterdessen preßten sich seine Finger in die weiche Haut ihrer Handgelenke. Ihre Arme waren so hoch ausgestreckt, daß sie den Rücken zurückbiegen mußte.

Adrians Mund glitt zu ihren Brüsten hinunter. Er reizte ihre Spitzen so lange mit den Zähnen, bis sie aufschrie. Ihren Schrei erstickte er mit seinem wilden Kuß. Kate schmeckte Blut; dennoch erwiderte sie den Kuß mit der gleichen Wildheit. Vielleicht brauche ich den Schmerz ja, dachte sie. Vielleicht vertreibt genug Schmerz ja all die anderen Gefühle, die ich für diesen Mann hege. Tu mir weh. So, daß ich dich hassen muß.

Während dieses Flehen in ihrem Kopf widerhallte, ließ Adrian sie los. Er verachtete sich zutiefst. Er schloß die Augen und legte den Arm übers Gesicht. Tränen drangen unter seinen geschlossenen Lidern hervor.

»Zum Teufel mit dir, Katie«, flüsterte er, und es klang wie der Fluch eines zum Untergang Verdammten.

Kate drehte sich mit ihm zugewandtem Gesicht auf die Seite, ohne ihn jedoch direkt zu berühren. Sie mußte erst einmal wieder zu Atem kommen, doch dann streckte sie die Hand aus und hob ihm seinen Arm vom Gesicht. Sie beugte sich näher zu ihm und wischte ihm mit den Fingerspitzen sanft die Tränen fort.

Er öffnete die Augen und sah, wie sie sich ihre Finger an die Lippen legte und seine salzigen Tränen kostete. Das war ein rührender, zugleich jedoch erotischer Anblick. Adrian meinte sie noch nie so sehr begehrt zu haben wie in diesem Moment. Die Angst bannte ihn. Er war nahe daran gewesen, Kate weh zu tun. Der erschreckende Anfall von Zorn war vorbei, doch Adrian fürchtete, er könnte zurückkehren, sich anschleichen, ihn unversehens überfallen.

Er wußte, daß er aufstehen, sich anziehen und hier verschwinden sollte. Es wäre für sie beide sicherer.

Sie streichelte seinen Arm, seine Brust und führte ihre Hand dann noch tiefer hinab. Sehr sanft ließ sie die Fingerspitzen über seinen harten Penis gleiten, der offenbar durch vernünftige Erkenntnisse nicht zu beeinflussen war.

Adrian blickte ihr in die Augen. Was soll das sein, Katie? Eine Absolution?

Sie lächelte, als hätte sie seine Gedanken gelesen. Sie schlang die Arme um ihn, zog ihn wieder über sich, spreizte die Beine und legte sie über seinen Hüften zusammen.

Jetzt war er ihr Gefangener. Er lachte kurz und atemlos auf. Kate lachte ebenfalls. Keiner von ihnen wußte, weshalb eigentlich. Sie wußten nur, daß es gut war.

Als er einen Moment später in sie eindrang, war es noch besser – so, als hätten sie beide endlich wieder den Heimweg gefunden.

10

An diesem Abend war Sylver von der Notaufnahme in ein Sechsbettzimmer im sechsten Stock verlegt worden. Ihr Zustand hatte sich stabilisiert, doch nach der Diagnose des diensthabenden Arztes war sie unterernährt, anämisch und litt an »klinischer Depression«, wie er es nannte. Er teilte Riley mit, daß er zum nächsten Morgen einen Psychiater zu ihr bestellt hatte.

Sam Hibbs blieb noch eine Weile, nachdem Sylver untergebracht war, meinte jedoch, daß sie noch mindestens zwei Tage lang nicht in der Verfassung sein würde, über eine langfristige Therapie zu diskutieren, und in der Zwischenzeit sei sie ja hier im Krankenhaus sicher.

»Du wirst noch eine Weile bei ihr bleiben?« erkundigte er sich bei Riley.

Riley nickte.

Sam blickte zu Sylver hinunter. »Sei vorsichtig, alter Junge. Ich weiß, du willst sie aus dem Abgrund ziehen, doch ich wette, sie ist stärker, als sie aussieht.« Der Drogenberater sah jetzt Riley an. »Sie könnte dich zu sich hinunterziehen, falls du nicht aufpaßt.«

Langsam schüttelte Riley den Kopf. »Nein. Da unten war es interessant genug für einen Besuch, aber leben will ich da nicht. Sie ist an der tiefsten Stelle angekommen, Sam. Ich glaube, sie ist bereit für einen Aufstieg.«

Sam drückte ermutigend Rileys Schulter, sagte, daß er wiederkäme, und schob ab.

Riley zog sich einen Stuhl heran und setzte sich ans Bett. Sylver schlief mehr oder weniger, und er wollte nicht, daß sie sich beim Aufwachen allein in einem anderen Krankenzimmer wiederfand. Er hatte ihr ja auch versprochen, bei ihr zu bleiben, obwohl er sich fragte, ob es jemanden gab, den er für sie anrufen sollte. Eine Freundin? Ein Familienmitglied? Eine Person würde er ganz bestimmt nicht anrufen – Sylvers heruntergekommenen Freund Nash Walker. Auch nicht, falls sie darum bäte. Das würde sie schon selbst tun müssen, und im Augenblick gab es kaum etwas, das sie selbst tun konnte. Wenn er sie erst einmal in das Therapiezentrum gebracht hatte, würde sie bestimmt erkennen, daß Walker schädlich für sie war.

Riley kannte eine Menge Männer wie Walker – selbstsüchtige, narzißtische Kerle, die glaubten, die Welt schuldete ihnen etwas, weil sie so verdammt schön waren, Kerle, die ihre Kicks daraus bezogen, Frauen abwechselnd zu erniedrigen oder sie mit Charme einzuwickeln und ihnen auf diese Weise die Hose herunter und das Geld aus der Tasche zu ziehen. Walker war so einer. Riley wußte es. Er war selbst einmal so einer gewesen.

Er beugte sich ein wenig dichter an Sylver heran, strich ihr das feuchte, wirre Haar aus dem Gesicht und betrachtete ihren zarten Hals und ihre hübsch geformten Ohren – wie das Meisterwerk eines Bildhauers, dachte er. Sie sah so klein und zerbrechlich aus, doch er wußte, was Sam gemeint hatte mit seiner Bemerkung, sie sei stärker, als sie aussah. Was hatte sie für eine Lebensgeschichte? Sie mußte eine Story haben; jeder hatte eine, er auch. Es waren diese Stories, die ihn anzogen und die er zu Papier bringen mußte. Seine, ihre und die aller verlorenen Seelen. Im Schreiben lag seine wirkliche Freiheit. Und vielleicht befreite es Sylver auch, wenn sie ihre Story mit ihm teilen konnte.

Er betrachtete sie. Ihr Gesicht zeigte die Spuren des Schmerzes, der Enttäuschung, des Zynismus. Nichts jedoch konnte ihre Schönheit auslöschen, obwohl Sylver ihr Bestes getan hatte, um das zu erreichen. Für Riley war sie eine tragische Figur, die ihm einerseits ans Herz ging und ihn andererseits verwirrte – doch stets faszinierte.

Seit zwei Jahren war er jetzt trocken und clean. Ein Musterbürger. Doch erst nachdem Sylver in sein Leben getreten war, fühlte er sich auch lebendig. Zuvor hatte er sich nur wie vorgeschrieben durchs Leben bewegt. Jetzt strömte das Leben durch seine Adern. Das fühlte sich gut an.

Sylvers Lider flatterten und öffneten sich. Zuerst blickte sie an ihm vorbei, weil sie wohl versuchte festzustellen, wo sie sich befand. Dann schaute sie ihn an, als sei es nicht so wichtig.

»Hallo«, krächzte sie.

Er lächelte. »Hallo.«

»Ich befinde mich also noch ... unter den Lebenden.« Das sollte frivol klingen, doch sie zitterte zu sehr, um den Ton hinzukriegen.

»Kalt?« Er faltete eine weitere Decke auseinander und breitete sie über die anderen zwei.

Sylver schloß die Augen, öffnete sie aber nach ein paar Minuten wieder. Diesmal schaute sie Riley genauer an. »Ich kenne Sie, stimmt's?«

»Ja, das stimmt.« Er lächelte und bewegte die Finger, als tippe er auf einer Schreibmaschine.

Zuerst war sie ratlos, doch dann dämmerte es ihr. »Der Schriftsteller von nebenan.«

Er freute sich geradezu irrsinnig, als das Erkennen in ihren blauen Augen aufleuchtete. »Richtig, Riley Quinn.«

Sie zitterte noch mehr und hielt seinen Hemdsärmel fest. »Können Sie mir ... etwas ... besorgen ... Riley Quinn?«

»Was Sie wollen, ist das, was Sie an diese Stätte gebracht hat, mein Schatz.« Er legte seine Hand über ihre. »Es war reines Glück, daß es nicht die letzte Ruhestätte war«, fügte er nachdrücklich hinzu.

Sylver verstand, nur kümmerte es sie nicht. Sie fühlte sich elend, ihr tat alles weh, und sie konnte nicht zu zittern aufhören. »Sie nennen es Glück. Ich würde lieber tot sein.«

»Das Gefühl kenne ich.«

Im Moment ging ihr das Einfühlungsvermögen ab. Sie

wollte nur etwas, das ihre Qualen linderte. Sie wollte wieder betäubt sein. »Bitte, Riley. Mir ist so schlecht.« Tränen rollten ihr über die Wangen. Sie brauchte sie nicht künstlich herzustellen, doch wenn nötig, hätte sie es gekonnt. Sie hatte immer auf Stichwort weinen können. Das Problem war nur, sie konnte nicht immer damit aufhören.

Er verpackte sie in den Decken und streichelte ihre Wange. »Sie werden das aus eigener Kraft bewältigen müssen, Sylver.«

Sie verzweifelte. »Bitte, Riley.«

Das war ein Schmerzensschrei, ein Hilfeschrei. Wie konnte er ihr nur nahebringen, daß er ihr nicht so helfen durfte, wie sie es wollte, weil das keine Hilfe wäre? Während ihres Flehens hatte sie die Decken abgeworfen; er stand auf, um sie wieder über sie zu breiten, doch Sylver schlug seine Hand fort. »Wo ist ... Nash? Nash wird mir helfen. Holen Sie mir Nash.«

»Nash kann Ihnen nicht helfen, Sylver. Nash kann sich selbst nicht helfen.«

Sie hätte diesen selbstgerechten Bastard, der aus dem Nichts in ihr Leben geplatzt war, am liebsten angeschrien, doch dazu fehlte ihr die Kraft. Sie wollte ihm sagen, er sollte ihr aus den Augen gehen, wenn er ihr nicht helfen wollte, doch sie hatte Angst davor, dann allein zu sein.

»Hier, trinken Sie.« Sanft schob er ihr seine Hand unter den Kopf, hob sie ein wenig an und hielt ihr ein Glas an die Lippen. »Freuen Sie sich nicht zu früh«, sagte er leise. »Es ist nur Wasser.«

Sie blickte ihn so vorwurfsvoll an, wie sie nur konnte, trank jedoch. Das Schlucken tat weh, aber nachdem sie das Wasser erst einmal herunter hatte, fühlte sie sich beinahe gut.

Er ließ ihren Kopf wieder auf das Kissen hinunter. Sie hielt sich noch immer an Rileys Ärmel fest. »Weiß Nash, daß ich hier bin?«

Riley schüttelte den Kopf. »Gibt es neben Nash sonst noch jemanden, den ich für Sie benachrichtigen soll? Verwandte?«

Sylver packte seinen Ärmel fester, und die Panik stand in ihrem Gesicht. »Nein. Nein. Sie darf es nicht wissen. Versprechen Sie mir das. Versprechen Sie's.«

»Wer?« fragte Riley. »Wer soll nichts wissen?«

»Meine ... Mutter.« Jetzt fing sie wirklich zu weinen an. »Sie darf mich nicht ... einsperren, Riley. Ich bin nicht verrückt, aber ich werde es ... wenn sie mich in eine Irrenanstalt bringt.«

Riley nahm sie in die Arme, drückte sie sich an die Brust und streichelte sanft ihren Rücken. Es war schon lange her, seit er zum letzten Mal eine Frau im Arm gehalten hatte, nur um sie zu trösten. Er war immer geflohen, wenn sich auch nur im entferntesten andeutete, daß jemand etwas anderes als vorübergehendes körperliches Vergnügen von ihm wollte. Er meinte, er hätte so wenig anderes zu geben.

Nachdem er jetzt zwei Jahre nüchtern war, fing er an, sich selbst zu betrachten, und vieles, was er in seinem bisherigen Leben sah, gefiel ihm nicht. Er war so abgebrüht und so starrsinnig gewesen wie sein Vater. Er war eine Ehe eingegangen, die schon zu Ende war, bevor er wußte, wie ihm geschah. Allerdings war er ein guter Polizist gewesen. Vorübergehend jedenfalls. Bis zu jenem Tag vor vier Jahren. Damals war Lilli vier Jahre alt und verbrachte das Wochenende bei ihm, das erste Wochenende seit Monaten, weil er zuvor mit Undercover-Ermittlungen beschäftigt war. Lilli und er wollten den Tag in Disneyland verbringen. Sie verließen sein Wohnhaus, wollten zu seinem alten Ford gehen, als eine schwarze Limousine vorbeiraste. Kugeln flogen, Lilli fiel ... Der Bastard, der sie getötet hatte, starb einen Monat später bei einer Verfolgungsjagd.

Danach wurden die Polizeiarbeit und der Alkohol sein einziger Lebensinhalt. Er war ein großer Säufer vor dem Herrn, trank jedoch niemals im Dienst. Das war auch nicht nötig. Ein Cop zu sein machte ihn high genug. Hier konnte er alle aufgestaute Wut, alle wilde Energie abbauen. In einem Vernehmungsraum war niemand besser als er. Mit einem Verdächtigen allein in diesem winzigen Stall verstand er sich auf jedes Spielchen, auf jede Rolle. Er war brillant, doch auch überheblich wie sonstwas. Und immer Einzelgänger, obwohl sein Partner Al viele Jahre lang mit einigem Erfolg versucht hatte, zu ihm durchzudringen.

Im Dienst war er der harte Mann gewesen, doch außer Dienst verlor er den Halt, denn dann überfielen ihn der Verlust und die Einsamkeit, dann hatte er Zeit, an sein Baby zu denken und daran, daß er zu den Ungeliebten gehörte. Dann drangen die Fragen zu seinem Lebensziel wieder an die Oberfläche. Riley kannte eine Lösung – den Alkohol.

Mit zwölf Jahren hatte er einen Überlebensmechanismus entwickelt. Er konnte die regelmäßige Prügel seines Vaters ertragen, ohne mit der Wimper zu zucken. Seine Mutter stand immer weinend dabei, fürchtete sich jedoch zu sehr vor ihrem Mann, um sich einzumischen. Riley hatte kein Mitleid mit ihr und war auch nicht wütend, weil sie ihn im Stich ließ. Er war tough. Er verbot sich alle Gefühle. Das war sein Schutzschirm. Nur Lilli hatte ihn überwunden. Nach ihrem Tod war es auch damit zu Ende.

Wäre er nicht in die Polizei von Los Angeles eingetreten, hätte er sich wahrscheinlich auf der falschen Seite des Gesetzes wiedergefunden wie die meisten jungen Männer in der Gegend von West Los Angeles. Er hatte auch so schon genug vermasselt, doch die Vergangenheit konnte er nicht ändern. Er konnte nur in der Gegenwart leben und für eine Zukunft arbeiten, die Sinn und Zweck haben mochte.

Diesen Sinn und Zweck sah Riley in der Frau, die er umarmt hielt. Sylver weinte jetzt leise, und ihm wurde bewußt, daß er sie sanft wiegte. Das fühlte sich gut an. Zum erstenmal in seinem Leben wollte er nicht davonlaufen. Er versuchte nicht, diese neuen Gefühle zu verstehen, die an die Oberfläche drängten, denn er fürchtete, er würde nicht bewältigen, was er entdecken mochte. Immer nur einen Schritt zur Zeit. Er bewegte sich auf unbekanntem Terrain, und da mußte man vorsichtig sein. Möglicherweise gab es hier Tretminen, und die könnten hochgehen, falls man nicht aufpaßte.

Eine Schwester kam herein. Sobald Sylver sie sah, löste sie sich von Riley. »Schwester, bitte. Sie müssen mir etwas geben. Ich habe solche Schmerzen.«

Die Schwester war zu einem der anderen Patienten unterwegs, nickte jedoch im Vorbeigehen in Sylvers Richtung.

Sylvers Gesicht hellte sich auf. Sie wischte sich die Tränen fort. »Danke. Recht vielen Dank.« Sie warf Riley einen herausfordernden Blick zu und sank wieder in ihre Kissen. Ihre Hochstimmung dauerte nur so lange, bis die Schwester ein paar Minuten später mit zwei Aspirintabletten zu ihr kam.

Sylver warf ihr die Tabletten an den Kopf. »Die nützen überhaupt nichts!« schrie sie, während die Schwester davonging, ohne sich noch einmal umzuschauen.

Riley blickte auf Sylver hinab. »Sylver, Sie sind drogensüchtig. Ihnen wurde gerade der Magen ausgepumpt, weil Sie eine Überdosis genommen hatten. Man wird Ihnen hier keine Drogen mehr geben.«

»Sie spinnen! Ich bin nicht drogensüchtig. Das war nur ein Unfall. Meine Nerven waren am Ende. Ich wollte nur etwas zur Beruhigung nehmen, weiter nichts.« Sie streckte ihm die Arme zur Besichtigung hin. »Sehen Sie irgendwelche Einstiche? Nein, denn es gibt keine. Okay, ich schnupfe gelegentlich ein bißchen Koks und trinke auch mal was. Gott, ich bin schließlich keine Heilige oder so was. Doch das macht mich noch nicht zur Drogenabhängigen.«

»Sie brauchen Alkohol, Pillen und Koks, um dem zu entkommen, wovor Sie sich fürchten«, sagte Riley ruhig. »Sie sind abhängig, Sylver. Sie brauchen die Drogen, um den Tag zu überstehen.«

»Ich hielt Sie für einen Schriftsteller. Was sind Sie? Ein verkappter Prediger, Riley?«

»Ich halte Ihnen keine Predigten, Sylver. Ich war auch mal da, wo Sie jetzt sind. Und ich erzähle Ihnen nichts, das Sie nicht schon wissen. Dazu gehört auch, daß Sie entweder den Mut aufbringen müssen, sich Ihren Dämonen zu stellen, oder sie werden Sie umbringen.«

Sie drehte sich auf die Seite und wandte ihm den Rücken. »Gehen Sie.«

Eine Minute später blickte sie über die Schulter. »Sie sind ja noch immer da.«

»Ich habe Sie für tot erklärt«, bemerkte er leise. »In dem Roman, den ich schreibe...«

Sylver drehte sich auf den Rücken und blickte Riley argwöhnisch an. »Ich komme in Ihrem Buch vor?«

Er nickte. »Sie haben sich irgendwie hinter meinem Rücken reingemogelt.«

»Habe ich?«

»Und jetzt muß ich einiges umschreiben.«

Sie lächelte schief. »Vielleicht auch nicht. Ich könnte Ihrem Roman immer noch gefällig sein. Jetzt fühle ich mich jedenfalls so.«

»Ich würde lieber umschreiben. Mit einer toten Figur kann man nicht soviel anfangen. Ich habe mehr Möglichkeiten, wenn Sie dabeibleiben.«

Die Sache interessierte sie, und das Interesse lenkte sie davon ab, darüber nachzudenken, wie miserabel es ihr ging. »Was für Möglichkeiten beispielsweise?«

Riley überlegte sich genau, was er sagte. »Nun, Sie könnten wieder auf die Beine kommen, in den nächsten Bus nach Yuma steigen und...«

Sie verzog das Gesicht.

»Chikago?«

Sie schüttelte den Kopf.

»Wohin also? Der Himmel ist die Grenze.«

Sylver biß sich auf die Unterlippe. »Ich würde gern mal rauf in die Berge fahren. Irgendwohin, wo es schlicht und ländlich ist. Kein Smog, kein Krach, kein Gedränge. Sie wissen, was ich meine.«

»Ja. Hört sich gut an. Daraus läßt sich was machen.«

»Und Schnee. Viel Schnee. Ich habe kaum je Schnee gesehen.«

»Sie sollen Ihren Schnee haben.«

Sylver ließ sich von ihrer Phantasie davontragen. »Das hört sich wirklich gut an. Schnee, frische Bergluft, alles ringsum so ... sauber.«

Vielleicht mußte das gar keine Phantasie sein. Sie schaute ihren neuen Freund voller Hoffnung an. »Ich könnte mich tatsächlich zusammenreißen, wenn ich hier fort und zu einem solchen Ort käme, Riley. Ehrlich, das könnte ich.«

Sylver mußte an Kate denken. Noch vor kurzem hatte sie geglaubt, sie brauchte Kate, um sich aus der selbstgeschaffenen Hölle herauszuziehen. Jetzt war sie der Überzeugung, daß sie dazu weder Kate noch sonst jemanden benötigte. »Wenn ich aus dem ganzen Teufelskreis hier herauskäme, würde ich es schaffen«, versicherte sie noch einmal.

Riley strich die Decken über ihr wieder glatt. »Das ginge nur, wenn ich einen rein fiktiven Roman schriebe, Sylver. Doch davon habe ich noch nie viel gehalten. Ich schreibe Bücher, die auf Realismus basieren. Ohne schöne Schnörkel. So wie das Leben wirklich ist.«

»Nein, ich meine nicht in Ihrem Buch, Riley. Ich meine im richtigen Leben. Wenn ich wegkäme ... von allen Leuten, dann könnte ich mich wieder in Ordnung bringen. Ich würde aufhören mit dem Alkokohl, dem Koks, den Uppers und Downers. Ich gebe zu, ich habe mich ein bißchen zuviel auf dieses Zeug eingelassen, doch wenn ich noch einmal von vorn anfangen könnte, dann würde ich nichts davon brauchen. Das glaube ich allen Ernstes, Riley.«

»Sie wollen es glauben. Sie wollen, daß ich es Ihnen glaube. Vom Wollen allein wird nichts daraus. Das funktioniert nicht. Sie schaffen es nicht allein. Sie brauchen Hilfe.«

Sie wollte widersprechen, doch er legte ihr einen Finger an die Lippen. »Jetzt nicht, Sylver. Wir vertagen es, bis Sie vernünftig geschlafen haben.« Er unterdrückte selbst ein Gähnen. Ihm fiel ein, daß er fast vierundzwanzig Stunden nicht geschlafen hatte, weil er die ganze letzte Nacht hindurch geschrieben hatte. Seit dem Kauf der Schreibmaschine vor zwei Jahren hatte er noch nie mit soviel kreativem Feuer geschrieben. Er fragte sich, ob er die Energie besaß, sich wieder daran zu setzen, wenn er heute heimkehrte. Trotz seiner Erschöpfung wußte er, daß er die letzte Szene mit dem Tod des Mädchens umschreiben mußte, die noch in der Maschine steckte. Er würde nicht schlafen können, bevor er die junge Frau wieder ins Leben zurückgeholt hatte.

Bei dem Gedanken, daß Riley fortgehen könnte, bekam Sylver Angst. Er beschäftigte ihren Geist, und er schien ein ganz anständiger Kerl zu sein – trotz seiner ekelhaften Predigten und seiner Weigerung, ihr »etwas« zu beschaffen.

Er stand auf.

»Riley?«

»Ja?«

»Könnten Sie . . . bei mir bleiben, bis ich eingeschlafen bin? Ich weiß nicht, woran es liegt, aber ich . . . fühle mich sicherer, wenn Sie hier sind. Bleiben Sie nur noch eine kleine Weile, ja?«

Er setzte sich wieder hin und legte die Hände im Schoß zusammen. »Ich bleibe. Und morgen komme ich wieder.«

Sie blickte ihn verwirrt und auch ein wenig mißtrauisch an. Was hatte dieser völlig Fremde davon, wenn er den guten Samariter spielte? Damit mußte doch eine Absicht verbunden sein. So war es immer; das hatte Sylver schon vor langem gelernt. Trotzdem – Riley wußte, daß sie absolut blank war, also konnte er nicht auf Geld aus sein. Ihr Stern war seit langem verblaßt, also konnte es ihm nicht um die traurige Berühmtheit gehen. Und um ihren Körper konnte es ihm auch nicht gehen; nur ein Verdrehter oder Blinder konnte sie in ihrem Zustand auch nur andeutungsweise attraktiv finden. Riley war nicht blind, und verdreht schien er auch nicht zu sein. Selbst in ihrer Verfassung war ihr nicht entgangen, daß Riley Quinn sehr attraktiv war. Mehr noch, sein Gesicht hatte Substanz und Tiefe. Es wirkte, als hätte er schon viel gesehen, viel durchgemacht und über alles viel nachgedacht.

»Warum tun Sie das, Riley? Glauben Sie, ich bin es nicht wert.«

»Das wird die Zeit erweisen.«

Sie lächelte. »Eine gute Antwort.«

Er erwiderte das Lächeln. »Es gibt noch mehr.«

Sie blickte ihn neugierig an. Errötete er tatsächlich ein wenig? Der Ex-Cop überraschte sie immer wieder. »Erzählen Sie.«

»Seit ich Sie traf, habe ich nicht mehr aufgehört zu schreiben. Die ganze Nacht durch und heute den ganzen Tag. Man könnte sagen, Sie seien meine ... Inspiration.«

Sylver betrachtete ihn schweigend und versuchte herauszufinden, ob er es ernst meinte oder ob er sie auf den Arm nehmen wollte. Er berührte sie und schloß ihr sanft die Lider. Sylver ließ es geschehen und begann einzuschlummern. Rileys Worte und sein herzliches Lächeln blieben bei ihr. Zum ersten Mal seit langer Zeit war ihr fast so, als sei sie es wert, gerettet zu werden.

Nash stieß einen Wäschestapel aus dem Weg und ging ins Badezimmer. Er befand sich in miserabler Stimmung. Erstens war er pleite, und ein paar Typen waren hinter ihm her, um das Geld für seine letzten Drogenhits einzutreiben. Zweitens hatte sein gottverdammter Agent, der seit Wochen keine Anrufe von ihm entgegengenommen oder beantwortet hatte, ihm durch eine Sekretärin mitteilen lassen, daß »Mr. Lester Bartin seine Klientel begrenzt hat und nicht mehr in der Lage ist, Sie zu vertreten«.

Ohne einen Agenten hatte er nicht die geringste Chance, eine Audition für diesen Avalon-Film zu bekommen. Und einen neuen Agenten zu finden, der ihn trotz seiner langen Durststrecke aufnehmen würde, dürfte verdammt schwierig werden.

Nachdem er den Hörer aufgelegt hatte, war er so wütend gewesen, daß er die Glastür der Telefonzelle auf dem Sunset eingetreten hatte. Und zu allem Überfluß befand sich nun eine lange, blutende Schnittwunde an der Seite seines Beins.

Er klappte den Klodeckel hinunter, stellte den Fuß darauf, zog die Hose hoch und besah sich den Schaden. Bei dem Anblick verzog er das Gesicht. Nicht das Blut erschreckte ihn, sondern sein ansonsten perfektes Bein verunziert zu sehen. Beschädigte Ware.

Er öffnete den Medizinschrank. Außer ein paar leeren Tablettenröhrchen war nicht viel drin. »Sylver, beweg deinen Hintern und komm her. Hilf mir. Ich verblute. Wo ist das verdammte Verbandszeug?«

Als er keine Antwort bekam, wurde er noch wütender. »Verdammt noch mal, Sylver. Wenn ich erst kommen und dich aus dem Bett zerren muß, wird es dir leid tun. Ich meine es ernst, Sylver.«

Er griff sich die Rolle Toilettenpapier und fing an, sein Bein damit zu umwickeln, während er weiter in Richtung Schlafzimmer fluchte. Als sein Bein verpackt war, stürmte er aus dem Badezimmer. Er hatte Sylver noch nie geschlagen, andere Frauen auch nicht, doch jetzt war ihm danach, seine Wut und seinen Frust an jemandem auszulassen. Und Sylver war ein perfektes Opfer. Wahrscheinlich hatte sie nicht einmal etwas gegen ein paar Schläge. Dann merkte sie wenigstens, daß sie noch lebte.

An der offenen Tür zum Schlafzimmer blieb er verblüfft stehen. Der Raum war leer. Wo war sie? Nash verstand das nicht. Sie ging doch abends nie ohne ihn aus. Mit ihm auch nur selten. Meistens war sie zu besoffen, um aufzustehen und sich anzuziehen.

Er schaute sich nach einer Nachricht um, nach irgendeinem Hinweis darauf, wohin sie gegangen sein mochte. Seine Wut verflog. Das sah Sylver doch gar nicht ähnlich. War sie beleidigt, weil er gestern nicht nach Haus gekommen war? Sie wußte doch, daß er immer wieder auftauchte.

Er wollte wieder gehen, denn wenn er eines nicht vertrug, dann war es das Alleinsein. Da bemerkte er das flackernde Lämpchen des Anrufbeantworters. Eine Nachricht von Sylver? Er spulte das Band zurück und hörte es ab. Die Nachricht war nicht von Sylver, sondern für sie. Von ihrer Mutter.

Steif setzte sich Nash aufs Bett. War Sylver deswegen verschwunden? War Nancy Cassidy mit weißbekittelten Schlägern hier aufgetaucht, die Sylver in eine Zwangsjacke gesteckt und sie in eine Irrenanstalt gekarrt hatten? Nash ließ den Kopf in seine Hände sinken. Er hätte heute daheim sein sollen. Die alte Hexe hätte das nicht geschafft, wenn er hier gewesen wäre.

Er stand auf. Er mußte hier raus. Er wurde langsam wieder zu nüchtern. Er brauchte eine Linie Koks. Und außerdem schmerzte es, Sylver zu verlieren. So schlecht sie auch drauf war, sie stellte das einzig Konstante in seinem Leben dar. Sie wußte, daß sie ihm etwas schuldete; daran brauchte er sie kaum je zu erinnern. Auf eine verrückte Weise liebte er sie wirklich.

Er durchquerte das Wohnzimmer, als sich die Wohnungstür

öffnete. »Sylver?« Mann, sie konnte was erleben – ihm soviel Kummer zu bereiten!

Nur kam nicht Sylver herein, sondern Nancy Cassidy, und zwar in Begleitung eines jungen, muskelbepackten Typen, der hinter ihr an der Tür stehenblieb. Was wollten die denn hier? Nervös trat Nash ein paar Schritte zurück. Sylvers Mutter hatte ihn noch nie gemocht.

»Wo ist sie?« verlangte Nancy ohne Vorrede zu wissen.

Das verblüffte Nash. Er blinzelte in ihre Richtung. »Das wollte ich Sie auch gerade fragen.«

»Treiben Sie keine Spielchen mit mir, Nash«, warnte Nancy und nickte ihrem Begleiter zu. »Pete, versuche diesen Bastard zur Vernunft zu bringen.«

Nash wurde übel, als Pete an Nancy vorbei in das Zimmer kam. Dieser Schläger könnte ihm das Gesicht zertrümmern. Dann wäre seine Karriere endgültig aus. Sein Aussehen war sein Kapital. Mehr besaß er nicht. Er hob die Hände vor sein Gesicht, während Pete auf ihn zustolzierte und lächelte, als ob er die Lage wirklich genoß.

Der Schweiß brach Nash aus. »Bitte ... ich schwöre ... ich sage die Wahrheit, Nancy. Ich weiß nicht, wo Sylver ist. Ich bin gerade erst nach Haus gekommen. Da war sie schon weg. Ich habe den Anrufbeantworter abgehört. Sie muß ... durchgedreht haben. Sie kehrt bestimmt zurück, das weiß ich. Sie kommt ja nicht allein zurecht ...«

Pete stand jetzt direkt vor Nash, warf jedoch einen kurzen Blick zu Nancy und erwartete offensichtlich deren Startschuß. Zu Nashs ungeheurer Erleichterung winkte sie den Kerl beiseite und kam selbst heran. Ihre Augen blitzten wie blaues Eis. »Nun hören Sie mal zu, Nash. Sie werden Sylver finden und sie mir nach Malibu bringen.« Sie zog eine Fünfzigdollarnote aus ihrer Handtasche und drückte sie ihm in die Hand. »Das ist für das Taxi. Verbrauchen Sie es für etwas anderes, und Pete hier wird Hackfleisch aus Ihnen machen. Haben Sie verstanden?«

Nash nickte eifrig.

Nancy bezweifelte, daß sie je in ihrem Leben jemanden mehr verabscheut hatte als Nash Walker. »Ich halte Sie für voll verantwortlich für die Katastrophe, die Sylver aus ihrem Leben gemacht hat. Hätten Sie sich nicht eingemischt, als ich noch einigermaßen vernünftig mit ihr reden konnte, brauchte ich sie jetzt nicht einweisen zu lassen.«

Nash blickte weiterhin nervös zwischen Nancy und Pete hin und her. »Es war doch nicht meine Schuld«, verteidigte er sich weinerlich. »Sylver war in schlechter Verfassung, als sie hilfesuchend zu mir kam. Ich hätte ihr den Rücken kehren können, wie jeder andere auch, doch ich hab's nicht getan.«

»Halten Sie den Mund«, befahl Nancy mit zusammengebissenen Zähnen.

Nash war jetzt so in Fahrt, daß er nicht mehr anhalten konnte. »War es denn meine Schuld, daß sie vergewaltigt wurde? War es meine Schuld, daß sie schwanger wurde?«

»Sie wissen nicht, wovon Sie reden«, zischte Nancy. Alle Farbe war aus ihrem Gesicht gewichen. »Sie wurde nicht vergewaltigt. Sie hat sich betrunken. Das hatte sie noch nie zuvor getan. Sie tat es nur, weil sie so deprimiert darüber war, daß sie den Oscar nicht bekommen hatte. Das hat uns alle verärgert. Sie hätte ihn gewinnen müssen. Das fand jeder. Es hatte eine so großartige Geburtstagsfeier werden sollen.«

Nancy schloß die Augen. Sylvers achtzehnter Geburtstag. Der Abend der Preisverleihung, und ihr Baby war für den höchsten Preis von allen nominiert, den Oscar als beste Darstellerin in »Glory Girl«. Es wäre so perfekt gewesen. Nancy hatte nie bezweifelt, daß Sylver gewinnen würde. Keine der anderen Schauspielerinnen besaß ihre Klasse, und schon gar nicht Lynn Parnell, diese fette, mittelalterliche Gans, die schließlich mit dem Oscar abzog. Diese Mistkerle hatten Sylver nur aus dem einen Grund nicht ausgewählt, weil sie um so vieles jünger war als die anderen Kandidaten und deshalb in ihrer Zukunft noch so viele Chancen hatte, den Oscar zu erringen. In ihrer Zukunft ...

»Sie hat eben einen Fehler gemacht. Einen großen Fehler«, sagte Nancy leise mehr zu sich selbst als zu Nash. »Sie hat sich einen Schwips angetrunken und sich dann zu einem dummen kleinen Fehltritt mit ihrem Regisseur hinreißen lassen. Sicher, Nicky Kramer hätte es besser wissen müssen, doch welcher Mann weiß es schon besser, wenn er geil ist und ein hübsches junges Ding wirft sich ihm an den Hals. Am nächsten Morgen ist Sylver in Panik geraten, das war alles. Sie hat das Ganze übertrieben. Dank Ihrer Hilfe. Und dank Kate Paley. Ich war die einzige Stimme der Vernunft.«

»Ich habe versucht, das Anständigste zu tun«, gab Nash zurück. Seine eigenen Schuldgefühle kamen wieder hoch. An jenem lange zurückliegenden Abend war Sylver eigentlich mit ihm verabredet gewesen, doch er hatte sich auch besoffen. Als er sah, wie Kramer Sylver abschleppte, hatte er eine ziemlich genaue Vorstellung von dem gehabt, was geschehen würde. Noch genauer hatte er gewußt, daß das betrunkene Mädchen eben keine Vorstellung davon hatte. Noch schlimmer, Sylver war noch Jungfrau. Nicht, daß Nash nicht versucht hätte, das zu ändern. Jetzt ärgerte es ihn, daß er nicht ihr erster Liebhaber war. Betrunken, wie er war, hätte er sie dennoch aufhalten können, doch er war für die Hauptrolle in Kramers nächstem Film vorgesehen. Nash lag nichts daran, in die Hand zu beißen, die ihn vielleicht füttern würde. Später versuchte er jedoch, es bei Sylver wiedergutzumachen.

»Vielleicht wäre es für uns gut ausgegangen, wenn Sie nicht diese Eheaufhebung arrangiert hätten«, meinte er. »Sylver hätte das Baby bekommen können. Viele Mädchen heiraten und bekommen Kinder mit achtzehn. Wir wären vielleicht ... gute Eltern geworden.«

Nancy lachte hart auf. »Gute Eltern? Das träumen Sie wohl, Nash. Sie zerstören doch alles, was Sie anfassen. Sie haben sie zerstört und ihr verrückte Ideen in den Kopf gesetzt. Ich mußte mich ... um die Dinge kümmern. Sylver wußte, daß es so am besten war. Hätten Sie sich von ihr ferngehalten, wäre meine Tochter ein paar Monate nach der Abtreibung wieder auf dem richtigen Weg gewesen. Sie brauchte nur ein wenig Therapie und Ruhe. Es wäre alles gut geworden, wenn Sie sie in Frieden gelassen hätten.« Nancy zitterte; ihre Stimme brach. Nichts haßte sie mehr, als an diese schrecklichen Tage erinnert zu werden, die der Anfang vom Ende ihrer glanzvollen Welt gewesen waren.

Angewidert starrte sie Nash Walker an. Obwohl sie ihm inzwischen glaubte, daß er Sylvers Aufenthaltsort nicht kannte, war sie versucht, ihren Spielgefährten auf dieses Adonisgesicht loszulassen. Wahrscheinlich hätte sie Pete auch das Okay gegeben, wenn sie nicht gehört hätte, daß jemand im Flur war und die Tür nebenan öffnete.

Riley bekam kaum den Schlüssel ins Schlüsselloch. Von der Unterhaltung zwischen Nash Walker und der Frau, von der er annahm, daß es sich um Sylvers Mutter handelte, hatte er genug gehört; ihm war übel geworden.

Sobald er in seine Wohnung trat, ließ er sich gegen die geschlossene Tür sinken. Herrgott, es war ja kein Wunder, daß Sylver so kaputt war. Vergewaltigung. Abtreibung. Eine Mutter mit dem mütterlichen Instinkt einer Giftschlange. Der achtzehnte Geburtstag eines klugen, schönen, begabten Mädchens – verwandelt in einen Alptraum, aus dem es kein Erwachen gab.

Was Riley wirklich auf Zinne brachte, war der Name des Mannes, der Sylver vergewaltigt hatte – der legendäre Regisseur Nick Kramer. Riley kannnte ihn.

Ein Jahr vor seinem Rauswurf aus dem Polizeidienst hatten er und sein Partner Al Nick Kramer als verdächtig des Mordes an einer Nutte in West Hollywood festgenommen. Kramer war von dem Zuhälter der Nutte als deren letzter Freier in der Nacht identifiziert worden, in der sie erwürgt und dann auf einem leeren Grundstück hinter ihrem Apartment zurückgelassen worden war.

Riley erinnerte sich noch genau an den merkwürdigen Angstgeruch, den Kramer im Vernehmungsraum ausströmte. Al Borgini spielte den guten Cop, er, Riley, den bösen. Nach zwei Stunden hatten sie Kramer restlos zermürbt. Riley zweifelte nicht mehr an seiner Schuld, und er hätte bestimmt ein Geständnis von ihm bekommen, hätte nicht Kramers Anwalt, ein großes Tier in Beverly Hills, ein paar Fäden gezogen und seinen Mandanten rausgeholt, gerade als dieser den Mund aufmachen wollte.

Sie hatten damals nicht genug belastendes Material zusammenbekommen, um Kramer wegen des Mordes an der Nutte vor Gericht bringen zu können. Allerdings gab es doch noch so etwas wie Gerechtigkeit. Kaum drei Wochen nachdem Kramer aus der Polizeistation stolziert war, hatte er auf dem Pacific Coast Highway einen Frontalzusammenstoß mit einem Lieferfahrzeug. Man hatte ihn aus seinem hübschen Mercedes herausschneiden müssen. Wagen und Fahrer – Totalschaden. Recht so, dachte Riley jetzt.

Er fragt sich, ob der Mistkerl überhaupt nicht mehr geht. Er haßt ihn jetzt nicht nur für das, was er Sylver angetan hat, sondern auch für die furchtbaren Stunden, die er selbst in einem Hospital aushalten muß. Alles an diesem Ort hier haßt er – die Gerüche, das Stöhnen der Patienten, die verkniffenen Schwestern, die sich nur dafür interessieren, wann ihre Schicht beendet ist, die eingebildeten jungen Ärzte, die ihre Stethoskope wie Verdienstmedaillen um den Hals hängen hatten und sich wie die Götter vorkamen.

Er muß seine Prinzessin sehen; sie soll wissen, daß sie nicht allein ist, daß er sie nicht verlassen hat. Was, wenn sie die

Nacht nicht übersteht? Allein der Gedanke daran, sie niemals wiederzusehen, bereitet ihm fürchterliche Schmerzen. Er wird sie nicht sterben lassen. Sie wird seine Gegenwart fühlen. Er allein kann ihr den Lebenswillen vermitteln.

Das Problem ist, in ihr Zimmer zu gelangen. Was, wenn ihn jemand aufhält? Befragt? Was sagt er dann? Daß er noch einer von Sylvers Brüdern ist? Nein, damit würde er sich nur verdächtig machen. Am besten, er kommt unbeobachtet in ihr Zimmer. Nur wie?

Er verläßt das Wartezimmer und schaut den Flur rauf und runter. Ein Pfleger in weißer Hospitalkleidung tritt aus einem nahen Zimmer. Die Schwestern am Empfang schauen nicht einmal hoch, als er dort vorbeikommt.

Er folgt dem Pfleger den Flur hinunter, sieht ihn in ein anderes Zimmer gehen. Als sich die Tür öffnet, erkennt er eine Reihe von Stahlspinden. Er lächelt. Er läßt die Hand in seine Hosentasche gleiten, berührt seine kurzläufige Pistole und betritt ebenfalls den Umkleideraum. Sobald er drinnen ist, dreht sich der Pfleger um und blickt ihn an. Seine Hand legt sich um den Kolben der Waffe.

»Hey, Kamerad. Eben erst den Dienst angetreten? Keine schlechte Nacht. Nicht zuviel Geschrei. Mußt nur auf die Alte in 608 aufpassen. Die hält sich für Kleopatra und will immer unbedingt, daß ich ihr meine Natter zeige.«

Er verzieht das Gesicht. Der Pfleger entledigt sich lachend seiner Uniform und wirft sie in einen Wäschekorb. Er geht an die nächste Reihe der Spinde und tut so, als mühte er sich mit dem Zahlenschloß eines der Schränke ab. Die Hand hält er unterdessen weiter in der Hosentasche. Falls der Pfleger herankommt und anfängt, Fragen zu stellen ...

Er fährt zusammen, als der jetzt mit einer frischen Khakihose und einem engen schwarzen T-Shirt bekleidete Pfleger die flache Hand gegen den Spind am Ende einer Reihe schlägt. »Ich bin jetzt raus hier, Mann. Bin heute abend mit 'ner heißen Nummer verabredet. Ich werde furchtbar nett zu ihr sein, und sie wird alles für mich tun.«

Er macht dem Pfleger das Zeichen mit dem aufgerichteten Daumen, ohne ihm dabei das Gesicht zuzuwenden. Schweißperlen bedecken seine Stirn. Er wischt sie sich am Ärmel ab, nachdem der Pfleger gegangen ist. Seine Panik läßt nach. Er zieht die Hand aus der Hosentasche. Die Hand ist schweißfeucht. Er reibt sie am Hosenbein ab. Dann verschwendet er keine Zeit mehr, läuft zum Wäschekorb und holt die Uniform des Pflegers wieder heraus.

Als er aus dem Umkleideraum tritt, merkt er, daß er noch etwas braucht. Er schaut auf die Uhr. Das Blumengeschäft des Krankenhauses ist wahrscheinlich schon geschlossen. Wo zum Teufel kriegt er jetzt eine rote Rose her?

In Zimmer 612 findet er eine. Eine ausgezehrte ältere Patientin, die an einem Atemgerät hängt, hat einen ganzen Strauß roter Rosen auf ihrem Nachtschrank stehen. Lieber hätte er Sylver eine Rose gekauft statt eine zu klauen. Er hatte Stehlen noch nie ausstehen können.

Und noch etwas beunruhigt ihn. Wie er die zerbrechliche, verfallene Frau im Bett ansieht, muß er an seine Mutter denken. Die flachen Atemzüge der Kranken, ihr Geruch, die Art, wie ihr das mausbraune Haar an den Wangen klebt ...

Er schließt die Augen, um die Erinnerung zu vertreiben, die Erinnerung an seinen letzten Besuch bei seiner Mutter, die sterbend in einem Krankenhausbett liegt. Doch mit geschlossenen Augen sieht er das Bild um so genauer. Er sieht, wie sie haßerfüllt zu ihm hochblickt. Sie gibt ihm die Schuld. Die Schuld an ihrer Krankheit. Die Schuld daran, daß er nie etwas aus sich gemacht hat. Die Schuld an ihrem ganzen elenden Leben. Diese Augen, diese schrecklichen Augen verdammen ihn, verdammen ihn dazu, niemals auch nur die geringste Freude, das geringste Glück zu finden. Er fühlt einen Schrei in seiner Kehle aufsteigen.

Sofort öffnet er die Augen. Was ist mit ihm los? Verliert er die Kontrolle über seinen Verstand? Seine Mutter ist schon lange nicht mehr. Sie hat ihre Macht über ihn verloren. Sylver ist dafür der Beweis. Sylver hat ihm die Freude und das Glück geschenkt, das er nach dem Willen seiner Mutter nie kennenlernen sollte. Er steckt sich die gestohlene Rose unter seine weiße Jacke und eilt aus dem Zimmer.

Bevor er an ihr Bett tritt, vergewissert er sich ganz genau, daß sie wirklich schläft. Er will sie nicht stören. Gott weiß, daß sie ihren Schlaf braucht.

In dem Moment, als er sie ganz von nahem sehen kann, geht es ihm sofort besser. Sie ist sehr bleich und eingefallen, doch auf ihren Lippen spielt ein schwaches Lächeln. Träumst du von mir, Prinzessin? Fühlst du, daß ich hier bei dir bin?

Siedend heiß fällt ihm etwas ein: So nahe wie jetzt war er seinem Liebling noch niemals. Die Sehnsucht vieler Jahre überfällt ihn. Unter Schmerzen empfindet er das Verlangen, sich neben sie zu legen, sie in seinen Armen zu wiegen, ihre feuchte Sitrn zu streicheln. Er kann sich selbst sehen, wie er ihr wirres Haar bürstet, bis es so glänzt wie damals, als sie ein Kind war. Noch immer ist sie so jung, so unschuldig.

Er beugt sich noch ein wenig näher heran, so daß er ihre Atemzüge fühlen kann. Er öffnet den Mund, trinkt ihren Atem und verschließt ihn in sich. Jetzt befindet sie sich in seinem Inneren. Sie ist ein Teil von ihm. Er und sie sind vereinigt.

Er merkt, daß er hart wird. Sofort ist er angewidert von der Art, wie sein Körper ihn gegen seinen Willen verrät. Das hier hat doch nichts mit Sex zu tun. Er würde niemals die Reinheit seiner Prinzessin beschmutzen. Niemals.

Er mußt hier fortgehen. Die widerliche körperliche Erregung bleibt. Dämonische Gedanken und Wünsche drängen sich in sein Hirn. Wenn er nicht aufpaßt, werden sie ihn aufzehren.

Das liegt alles an dem Streß und der Sorge um Sylvers Zu-

stand. Schau sie dir doch an. Schön wie eh und je. Und dieses liebe, liebe Lächeln. Alles was sie braucht, ist ein bißchen Schlaf. Und etwas, woran sie sich festhalten kann.

Zärtlich legt er die rote Rosen neben ihrem Kopf auf das Kissen. Ich bin bei dir, Prinzessin.

11

Kate nahm die private Leitung ihres Büroapparats beim ersten Läuten an. Sie hoffte, es wäre Adrian. Nachdem sie sich gestern nacht geliebt hatten, war er fast wortlos aus dem Haus gegangen. Wären nicht die zerknüllten Bettücher zurückgeblieben, hätte sie sich einbilden können, alles wäre nur ein merkwürdiger, doch zweifellos leidenschaftlicher Stummfilmtraum gewesen.

Nicht Adrian war in der Leitung, sondern Marianne Spars.

»Ich bin sehr böse auf dich, Kate.«

»Marianne, es tut mir leid, daß ich's nicht zur Eröffnung geschafft habe.«

»Du mußt einen sehr guten Grund gehabt haben.«

Kate lächelte ein bißchen. »Hatte ich.«

»Und wann erfahre ich, was das für einer war?«

Kate lachte. »Wann können wir zusammen lunchen?«

»Wie wär's mit heute? Ich habe zwar etwas anderes vor, doch ich bin sicher, unser Lunch wird mehr Spaß machen.«

Kate warf einen Blick auf ihren Terminkalender. Sie hatte total vergessen, daß dies der Tag der Entscheidung war, ihr Meeting mit Windham.

Eine Nacht der Leidenschaft, und schon brachte sie ihre Prioritäten durcheinander.

»Heute kann ich nicht. Wie wär's mit . . .?«

»Ich habe eine sehr gute Idee«, unterbrach Marianne. »Wie wär's mit Cocktails heute abend bei mir, und danach kannst du mich und Maury Deitz zu dem Benefiz-Dinner im Century Plaza begleiten.«

»Was für ein Benefiz-Dinner?«

»Schlemmen gegen den Hunger.«

»Ach, das.«

»Ja. Zu Ehren eines der größten Unterstützer der Sache.« Marianne machte eine kleine Pause. »Adrian Needham.«

»Ich weiß«, sagte Kate leise.

»Ja, meine Liebe. Das dachte ich mir.«

Kate lächelte. »Sag' mir, Marianne, entgeht dir eigentlich jemals etwas?«

»Jetzt nicht mehr, Kate. Nicht mehr.«

Während des ganzen Morgens wurde Kate von ihren Terminen förmlich erdrückt, dennoch schaffte sie es, aus dem Studio zu verschwinden und eine halbe Stunde früher zu Haus zu sein, als Charlie Windham mit seinem silbergrauen Porsche eintraf. Gewöhnlich ließ sich der Chef von Paradine in seinem Rolls-Royce chauffieren, doch dies hier war ja auch kein gewöhnlicher Geschäftsvorgang.

Als Kate den furchteinflößenden Herrscher von Paradine durch ihr Schlafzimmerfenster sah, lief ihr ein Schauder über den Rücken. Mit angehaltenem Atem beobachtete sie, wie Windham aus seinem Sportcoupé stieg.

Oberflächlich betrachtet, war er keine besonders anziehende Erscheinung. Er war ein kleiner, untersetzter Endsechziger mit schütterem grauem Haar, das er sich glatt zurückzukämmen pflegte. Er trug dicke Bifokalgläser und einen unmodischen Schnurrbart, der ihm über die Oberlippe hing. Sogar sein maßgeschneiderter und sicher teurer Nadelstreifenanzug zeigte den Look der vierziger Jahre.

Windham war weder elegant noch körperlich attraktiv. Kate bezweifelte, daß er je ein gutaussehender Mann gewesen war und daß er sich jemals um sein Erscheinungsbild gekümmert hatte. Er war einer dieser sachlichen Filmmogul aus alten Zeiten mit den Instinkten eines geborenen, meist erfolgreichen Machers. Er hatte Paradine nie so geleitet, wie man es den Baby-Moguln im Betriebswirtschaftsstudium beibrachte – kurzfristige Gewinne und Verluste gegen langfristige Pläne und Projektionen abzuwägen. Wie Kate wußte auch er, daß man spielen mußte, um zu gewinnen. Die große Frage war nun: Würde Charlie Windham bei diesem Spiel auf sie setzen?

Kate öffnete ihm selbst die Tür, weil sie Lucia für den Nachmittag freigegeben hatte. Zuvor hatte die Haushälterin zwei kalte Lunch-Platten angerichtet, ein leichter Imbiß, denn Windham war herzkrank und hielt sich strikt an eine fett- und cholesterinarme Diät. Er hatte sogar seinen Zigarrenkonsum erheblich eingeschränkt.

Den Oberboß von Paradine bei sich zu Haus zu empfangen war für Kate ein aufregendes Erlebnis; wie auch immer die Sache ausging, es ließ sich nicht bestreiten, daß er Kate für wichtig genug hielt, um ihr diesen persönlichen Besuch abzustatten. Sie führte ihn in ihr neudekoriertes Wohnzimmer und hoffte, dem großmächtigen Herrn wenigstens eine Spur von Anerkennung abzuringen. Windham dagegen schien seine Umgebung gar nicht wahrzunehmen.

»Setzen Sie sich, Kate.« Er deutete auf ihr Sofa.

»Darf ich Ihnen vielleicht etwas . . .?«

»Bitte. Setzen Sie sich. Es wird nicht lange dauern.«

Sie setzte sich. Ihr Herz schlug so laut, daß sie meinte, Windham müßte es hören. Sie konnte fast hören, wie sich das Henkersbeil über sie senkte. O Gott, laß mich nicht zusammenbrechen. Falls ich gehen muß, laß mich in Würde gehen.

Windham blieb stehen. Die Hände legte er vor sich zusammen. »Ich komme gleich zur Sache, Kate. Ich nehme einige Veränderungen vor.«

Sie blickte zu ihm hoch, doch sie sah ihn nur verschwommen, sie wollte ihn auch gar nicht unbedingt klarer sehen. Veränderungen. Das hörte sich nicht gut an. Im Geist sah sie sich schon ihr Büro räumen und auf der Straße stehen. Natürlich, jedes Studio in der Stadt wollte sie haben, solange sie an der Spitze stand. Man würde jedoch sehr schnell das Interesse verlieren, sobald sich herumsprach, daß sie rausgeschmissen worden war. Niemand wollte einen, wenn man weg vom Fenster war. Das Gesetz Hollywoods. Mit vierzig würde sie ihr herrliches Haus in Bel Air verkaufen müssen. Dann war sie eine »Ehemalige«, die es nicht ganz geschafft hatte.

»Ich werde Ihnen Richies Position übertragen. Ab morgen sind Sie Präsidentin der Filmabteilung.«

Hatte sie recht gehört? Sie sah Windham jetzt wieder ganz klar. »Präsidentin?«

Er nickte.

Kate faßte sich rasch und fand ihren vorübergehend abhanden gekommenen Verstand wieder. »Präsidentin«, wiederholte sie fast übermütig vor Erleichterung.

Das war's. Das war es, was sie gewollt hatte, wovon sie geträumt hatte, wofür sie sich all die Jahre ein Bein ausgerissen hatte. Endlich die wirkliche Anerkennung. Wie hatte sie auch nur einen Moment lang glauben können, Windham sei hergekommen, um sie zu feuern? Dennoch verwirrte sie die Heimlichtuerei um dieses Meeting.

Windham beobachtete sie genau. »Ich vermute, Sie sind zufrieden.«

Kate stand auf. »Zufrieden? Ach, Mr. Windham, sie sind ein Meister der Untertreibung.«

»Charlie.«

Sie lächelte. Willkommen in unserem Kreis. »Charlie.«

Er blickte sie hintersinnig an. »Sie sollten sich besser wieder hinsetzen, Kate.«

Aha. Jetzt kam der Pferdefuß. Natürlich. Ihr Lächeln erstarb. Sie setzte sich wieder.

Charlie Windham, der Mann mit dem Pokerface, verschränkte die Arme vor der Brust. »Ich rede nicht um den heißen Brei, Kate. Es ist kein Geheimnis, daß ich in der letzten Zeit mit den Leistungen meines Schwiegersohns nicht besonders zufrieden war. Um es freundlich auszudrücken, seine Leitung der Spielfilmabteilung war bestenfalls ineffizient. Er bemüht sich mit Fleiß, und dabei wird er zu vorsichtig. Er hat seinen ganzen Killerinstinkt verloren. Und dann ist da noch die häßliche Geschichte mit Richie. Glücklicherweise konnte ich die Anzeige abwenden, doch das hat mich eine Stange Geld gekostet. Das mein Schwiegersohn mir zurückzahlen wird.«

Er blickte Kate verschwörerisch an. »Ganz unter uns, mein Plan geht dahin, Doug stufenweise aus dem Betrieb zu nehmen. Nach außen hin wird er weiter Studiochef bleiben, doch ich werde ihm ... gewisse Grenzen setzen. Doug wird genau umschriebene administrative Aufgaben übernehmen, und er wird sich aktiver um unsere europäischen Interessen kümmern. Da ich ihn offensichtlich nicht loswerden kann, werde ich ihm mehr Geld, mehr Anteile und ein größeres Büro geben, doch ich kann es nicht zulassen, daß er so wie bisher weitermacht, oder er richtet Paradine zugrunde. Um Biß und Glanz zurückzuholen, brauche ich Leute wie Sie, Kate.«

Ihr Gesicht zeigte keine Regung, doch innerlich schwankte Kate zwischen irrsinniger Freude über ihr Glück und Mitleid für Doug, der sich unweigerlich gedemütigt fühlen mußte, wenn ihm die Rolle des bloßen Aushängeschilds zugewiesen wurde. Vielleicht erleichterte es ihn aber auch, wenn er nicht mehr ständig das Gewicht so vieler Entscheidungen mit sich herumtragen mußte.

Ungeachtet dessen, wie Doug die Änderung seines Status aufnehmen würde, durfte Kate keinen Schatten auf ihr Glück fallen lassen. Außerdem schätzte Windham – Charlie – Doug leider völlig zutreffend ein. Traurig, aber wahr, Doug Garrison war ein Relikt aus früheren Zeiten. Er war außer Tritt geraten und nicht mehr auf der Höhe des Geschehens. Seine Umsetzung geschah zu ihrer aller Bestem. Kate könnte das gleiche passieren, wenn auch jetzt noch nicht. Sie faßte ja gerade erst Tritt. Und vielleicht gehörte sie ja zu der seltenen Rasse, die das ganze Rennen bis ans Ziel durchhhielt.

»Wir werden uns stufenweise voranbewegen«, fuhr Windham fort. »Sie werden die Fahrwasser testen, und ich werde Sie testen.«

Wenn Doug also keine Entscheidungen mehr traf, dann konnte sie sich wegen »Todsünde« direkt an Charlie Windham wenden. Würde er ihr den Film mit dem bislang größten Budget des Studios anvertrauen? Es war gerade vom Testen die Rede gewesen.

»Ich verstehe«, sagte Kate ernst und überlegte sich, ob jetzt der richtige Zeitpunkt für einen Vorstoß war.

»Noch verstehen Sie gar nichts«, widersprach Windham, »doch das kommt noch. Ich erteile Ihnen die Vollmacht, im nächsten Jahr zwei bis drei Projekte im Rahmen Ihres Budgets durchzuführen. Wir reden hier von Mitteln in Höhe von dreißig Millionen. Soviel darf es kosten.« Er machte eine Kunstpause. »Oder Ihren Kopf.«

Es dauerte eine Weile, bis Kate wirklich begriff. Windham gab ihr direkte Vollmachten. Volle Entscheidungsgewalt. Sie brauchte nicht mehr vor Doug auf die Knie zu fallen, um zu bekommen, was sie wollte. Unglaublich – absolute finanzielle und kreative Kontrolle. Und jetzt kam es darauf an, wie sie würfelte: Spielte sie auf sicher und machte zwei oder drei mäßig teure Filme, die nette, solide Ergebnisse brachten, oder setzte sie alles auf einen einzigen Wurf? Wie Charlie schon sagte, es könnte sie den Kopf kosten.

»Sie müssen sich nicht sofort entscheiden. Denken Sie darüber nach«, empfahl er.

Kate brauchte nicht nachzudenken. »Es soll ein einziges Projekt werden. Ein Big-budget-Projekt. Durch und durch ein A-Film.«

Windham hob die Augenbrauen. »Das Lerner-Script?«

»Hat Doug Ihnen das gesagt?«

Diese Frage beantwortete Windham nicht; er stellte eine Gegenfrage. »Dreißig Millionen für ›Todsünde‹?« Daß das ein Unternehmen mit hohem Risiko war, wußten sie beide.

»Vierzig«, sagte Kate, ohne eine Sekunde zu zögern.

Zum ersten Mal lächelte Windham, und dieses Lächeln würde Kate nie mehr vergessen. Er streckte den Arm aus. Kate erhob sich wieder und ergriff seine Hand. Sie konnte es nicht glauben. Vierzig Millionen Dollar, und Charlie Windham schlug darauf ein, ohne mit der Wimper zu zucken.

Sein Händedruck war fest. »Ich halte nichts von der Philosophie, daß ein einziger Hit jemanden zum Genie macht.«

Kates Händedruck war ebenso fest. »Wie viele Hits brauche ich dann?«

»Sie kennen die alte Weisheit – du bist nur so gut wie dein letzter Film. Falls ›Todsünde‹ hinter unseren Erwartungen zurückbleibt...«

»Der Fall wird nicht eintreten, Charlie.« Diese Möglichkeit zog Kate einfach nicht in Betracht.

Windham blieb nicht zum Lunch. Das Geschäftliche war in weniger als zehn Minuten geregelt, und er verschwand wieder. Mission erfüllt. Wie benommen ging Kate in die Küche, nahm ihren Salatteller und stellte ihn wieder zurück. Sie konnte nichts essen. Sie flog zu den Wolken.

Im Bankettsaal des Century Plaza bekam Kate einen Platz rechts neben Marianne Spars an einem runden Tisch, an dem noch acht weitere Hollywoodgrößen saßen. Mariannes Verabredungspartner, Maury Deitz, saß zu ihrer Linken. Der internationale Financier, dessen Hobby es war, in uralte Flugzeuge zu investieren, plauderte mit Ken Bragman, dem gefeierten Star-Biographen und Bergsteiger. Mindestens achthundert Gäste – Filmleute, Typen aus der Gesellschaft, Politiker, sogar der neue Chef der Polizei von Los Angeles – saßen an hundert weiteren runden Tischen. Ein großes viereckiges Podium an der Vorderseite des Saals war für die Begründer und die besonderen Gäste der Wohlfahrtsstiftung »Schlemmen gegen den Hunger« reserviert. Adrian Needham hatte den Ehrenplatz inne.

Das leise Stimmengewirr im Raum mischte sich mit afrikanischer Musik aus der Lautsprecheranlage.

»Du hast ja noch gar nichts gegessen«, flüsterte Marianne Kate zu.

»Ich habe keinen großen Hunger«, antwortete Kate und starrte geistesabwesend auf das fünfhundert Dollar teure Gericht – Reis und Bohnen mit Algenbeilage, dazu ein Softdrink, gespendet von der Gesellschaft, die Betriebe in mehreren Gemeinden der Dritten Welt eröffnete. Entsprechend dem Zweck dieser Veranstaltung – ein Benefiz-Dinner zur Geldbeschaffung für hungernde Menschen und zur Ehrung Adrian Needhams, eines der Hauptunterstützer der guten Sache – war eher Schlichtheit angesagt. Kate trug eine schwarze Seidenbluse zu einer schmalen schwarz und grau gestreiften Hose und dazu einen einfachen grauen Leinenblazer. Die unerhört attraktive, eins achtzig große, dreiundfünfzig Jahre alte Marianne hatte für sich eine umwerfende Tunika aus einer Seiden- und Leinenmischung mit afrikanischem Blumenmuster über einer limonengrünen Stretchhose gewählt.

Kates Blick wanderte von ihrem Teller hinüber zu dem Mann der Stunde, der in knapp zwanzig Metern Entfernung am Kopf des Ehrentisches saß und mit Leonore Remington plauderte, der Begründerin der »Schlemmen gegen den Hunger«-Hilfsorganisation. Kate war irritiert. Abgesehen von einer kurzen Begrüßung vorhin hatten sie und Adrian keinen Blick gewechselt. Es schien, als mied er sie absichtlich. War er über ihr Erscheinen bei dem Bankett verärgert? Dachte er, sie wollte ihn bedrängen?

Ihr tat es schon leid, daß sie hergekommen war. Sie hätte heute abend eigentlich selbst feiern sollen, denn sie war soeben in den Job ihrer Träume befördert worden. Ab morgen war sie Präsidentin der Filmabteilung von Paradine-Studios. Noch besser, der große Meister persönlich hatte ihr ein Budget von vierzig Millionen Dollar in die Hand gegeben, womit sie »Todsünde« machen konnte. Morgen früh wollte sie gleich Artie Matthews anrufen und ihm die Neuigkeit mitteilen. Artie würde glatt ausflippen. Sie war sich ganz sicher, daß der Agent nicht im Traum daran gedacht hatte, daß sie das Projekt mit einem so großen Budget würde durchziehen können. Natürlich würde er versuchen, die Million für Lerner, die sie ihm selbst angeboten hatte, herauszuschlagen, doch sie schätzte, sie konnte ihn auf siebenhundertfünfzig herunterhandeln. Und der nächste Schritt wäre dann, sich den Regisseur zu sichern.

Wieder blickte Kate in Adrians Richtung. Hatte er das Script überhaupt gelesen? Würde sie ihm eine Antwort abjagen müssen? Sie war inzwischen schon so weit, ihm die Genugtuung zu lassen, sie ein wenig schwitzen zu sehen, solange er nur am Ende einverstanden war.

Wenn alle Stricke rissen, konnte sie es immer noch mit Dan Mills machen. Sie wurde nachdenklich. Wie dieser Film auf dem Markt einschlug, konnte ihr Schicksal bestimmen. Hollywood mochte jede Art von Verbrechen und Fehltritten in den eigenen Kreisen vergeben, doch Versagen wurde niemals verziehen, schon gar nicht in der Größenordnung, auf die sie sich einließ. Um »Todsünde« zu einem Kassenschlager zu machen, brauchte Kate den allerbesten Regisseur, und das war nun einmal Adrian Needham. Ihn brauchte sie – in jeder Beziehung.

»Adrian sieht zum Anbeißen aus«, raunte Marianne, die Kates Blickrichtung verfolgt hatte. »Schade, daß er nicht auf der Speisekarte steht. Oder doch?«

Kate warf ihrer Freundin einen mißbilligenden Blick zu und versuchte, rasch festzustellen, ob jemand am Tisch etwa Mariannes Bemerkung gehört hatte. Es schien nicht so; alle waren in ihre jeweilige Unterhaltung vertieft.

Einen Moment später puffte Marianne Kate in die Seite. »Hast du bemerkt, daß Douglas Garrison und seine entzückende Gattin Julia auch hier sind?« Kate hatte Marianne von ihrem außergewöhnlichen Meeting mit Charlie Windham erzählt. Marianne hatte sich mit ihr gefreut, aber sie hatte sie auch gewarnt, nicht zu viele ehrliche Gratulanten zu erwarten. Douglas Garrison stand an oberster Stelle von Mariannes Liste der Blutlüsternen.

Kate warf einen verstohlenen Blick in Dougs Richtung. Charlie Windham hatte ihn sicherlich inzwischen von ihrer Beförderung informiert. Hatte Charlie ihm auch gesagt, daß er ihr die Erlaubnis erteilt hatte, vierzig Millionen für »Todsünde« auszugeben? Falls Doug das wußte, konnte er sich auch alles weitere denken. Wenn man nach dem äußeren Anschein gehen durfte, wußte der Studiochef noch nichts, oder er verstand es bestens, seinen Ärger zu verbergen.

»Sind Sie mit dem Essen fertig?« erkundigte sich eine hübsche junge Kellnerin. Kate nickte geistesabwesend; der Teller wurde abgeräumt und gegen ein gelatineartiges hochrotes Dessert mit weißen Punkten darin ausgetauscht. Weder Kate noch die anderen am Tisch ließen sich darauf ein.

Nachdem auch die Dessertteller abgeräumt waren, überreichte der Begründer der Stiftung Adrian den Preis. Widerstrebend nahm Adrian seine Plakette entgegen. Kate konnte nicht umhin festzustellen, daß er ungeheuer maskulin aussah in seinem englischen Tweedjackett zu schwarzen Jeans und einem schwarzen T-Shirt. Seine nackten Füße steckten in abgetragenen braunen Mokassins. Er besah sich die auf Mahagoniholz montierte Plakette kurz, lächelte verlegen und schaute dann ins Publikum. Dabei begegnete er sekundenlang Kates Blick.

»Es ist relativ leicht, zu geben, wenn man viel zu geben hat. Deshalb habe ich auch nicht den Eindruck, etwas Ungewöhnliches getan zu haben«, sagte er bescheiden. »Nur wenn das Geben schwerfällt, wenn es wirklich weh tut, wenn es tatsächlich ein Opfer ist, dann verdient der Gebende das Rampenlicht. Selbst wenig zu haben und das wenige für eine gute Sache zu opfern – so definiere ich wahres Geben.«

Er lächelte etwas verlegen, was ihn um so unwiderstehlicher machte. »Dennoch«, fuhr er – ganz der charmante Gauner – fort, »werde ich für diese Plakette einen Ehrenplatz finden, sobald ich morgen abend wieder daheim in London bin.«

In diesem Moment begegnete er wieder Kates Blick. Nichts in ihrem Gesichtsausdruck wies auch nur im geringsten auf ihre Enttäuschung, ihren Zorn oder ihren Schmerz über seine letzte Bemerkung hin. Diese Genugtuung gönnte sie ihm nicht. Wie es drinnen in ihr aussah, das war eine ganz andere Geschichte. Seine Ankündigung, daß er in der Tat morgen wie geplant L. A. verlassen würde, schleuderte sie in einen Strudel, der sie in die Tiefe riß, so daß sie kaum noch Luft bekam. Hatte er überhaupt vor, sie vor seinem Abflug noch anzurufen? Würde er ihr Angebot, bei »Todsünde« Regie zu führen, wenigstens persönlich ablehnen? Wollte er einfach abreisen, ohne noch einmal auf das zurückzukommen, was in der vergangenen Nacht zwischen ihnen geschehen war?

Hach, Liebe! Vielen Dank für den Sprung ins Heu. Bis dann.

Sie sah jetzt alles klarer. Sie war buchstäblich hereingelegt worden. Adrian hatte vergangene Nacht keine Liebe mit ihr gemacht; er hatte mit ihr abgerechnet. Wie blöd sie doch gewesen war, sich auch nur für ein paar kurze Stunden von ihren Hormonen bestimmen zu lassen. Noch blödsinniger war es, sich einzubilden, daß mehr als nur Wollust im Spiel gewesen war, daß sie beide noch einmal alles haben könnten. Und daß sie es diesmal richtig machen würden.

Das gestern nacht war kein neuer Anfang gewesen, sondern das Ende. Jetzt konnte Adrian fröhlich davonfliegen; er hatte alles erledigt und war auch noch derjenige, der zuletzt lachte. Sie haßte ihn. Er war genauso eitel, rachsüchtig, grausam und gemein wie alle anderen Männer. Das Verherendste war, daß sie sich zu dem Glauben hatte verleiten lassen, Adrian Needham stünde über aller Schlechtigkeit. Jetzt wußte sie, daß es beim anderen Geschlecht keine Ausnahmefälle gab. Eine Lektion, die man unter Schmerzen lernt, vergißt man nicht so schnell.

Sie nahm ihre Handtasche und wollte aufstehen, sobald die kurzen Ansprachen der anderen Redner beendet waren. Marianne hielt sie bei der Hand fest.

»Willst du nicht zum Tanzen bleiben?«

»Mir ist nicht nach Tanz.«

Marianne blickte sie mitfühlend an. »Laß dir von niemandem die Petersilie verhageln, Darling. Niemand ist es wert.«

Kate konnte nur aus vollem Herzen zustimmen, dennoch war ihr, als wäre ein ganzer Hagelsturm über sie hereingebrochen. Sie wollte nur noch fortlaufen und Deckung suchen. Es war allerdings unmöglich, sich rasch aus dem Saal zu entfernen. Zuwinken, Zunicken und kurze Aufenthalte an ausgewählten Tischen waren erforderlich, wenn sie nicht wollte, daß die Gerüchteküche den Betrieb aufnahm.

Als sie es endlich bis ins Foyer geschafft hatte, meinte sie, frei zu sein – bis sich eine Hand auf ihre Schulter legte. Kate drehte sich um und erwartete – okay, sie hoffte, Adrian zu sehen. Soviel zum Thema Lektionen lernen.

Sie schluckte ihre Enttäuschung herunter, als sie sah, daß es sich um Doug handelte.

»Du gehst schon?« Der Studiochef bemühte sich nicht, den scharfen Unterton in seiner Stimme zu verhehlen.

Kate hatte Schwierigkeiten, ihm in die Augen zu sehen. Also wußte er, daß etwas im Gange war. Wie lange schon? »Ja, ich bin müde.«

»Du bist mir noch immer die Antwort wegen Tahoe schuldig.« Er sprach wie jemand, der sich jedes einzelne Wort abrang.

Kate blickte nervös um sich. Sie waren stets sehr diskret gewesen, was ihre persönliche Beziehung betraf. »Meinst du wirklich, dies hier ist der richtige Ort . . .?«

Sie wollte weitergehen, doch er hielt ihren Arm fest. »Sage

mir eines, Kate. Welches ist der richtige Zeitpunkt, einem Freund, einem Geliebten, einem Mentor den Dolch in den Rücken zu stoßen?«

Nicht so sehr seine Worte erschreckten Kate, sondern vielmehr die unverhohlene Wut, die hinter ihnen stand. »Du weißt, daß ich mir diese Beförderung verdient habe. Ich dachte sogar, du selbst hättest Charlie vorgeschlagen ...«

Er lächelte hinterhältig. »Also heißt es jetzt ›Charlie‹. Wie nett.«

»Wir wollen das hier jetzt nicht vertiefen. Sonst sagen wir am Ende nur Dinge, die wir hinterher bedauern. Außerdem sind hier viele Leute. Einschließlich deiner Frau.«

Eine der Regeln, an die sich Douglas Garrison immer gehalten hatte, war es, Julia durch seine außerehelichen Aktivitäten niemals in der Öffentlichkeit in Verlegenheit zu bringen. Heute abend indessen schien er entschlossen, diese Regel zu brechen. Er rührte sich nicht von der Stelle, und sein zunächst maskenhaftes Gesicht drückte jetzt nichts als Abscheu aus. »Ich weiß, was du denkst, Baby. Du denkst, ich sei erledigt. Du denkst, du hättest es geschafft.«

Kate schaute sich weiterhin nervös um. Ganz offensichtlich legte Doug es darauf an, eine Szene zu provozieren, die sie beide in Gefahr brachte. Er benahm sich vollkommen unvernünftig.

»Doug ... bitte.«

Er drohte ihr mit dem Finger wie ein Oberlehrer, der eine ungezogene Schülerin schalt. »Du hast mich nie dringender an deiner Seite gebraucht als jetzt, Baby.« Er lallte ein bißchen, was Kate zeigte, daß er mehr als seine üblichen zwei Martinis getrunken hatte. Kein Wunder, daß er sich so benahm.

»Wir stehen auf derselben Seite, Doug. Wie immer«, sagte sie beschwichtigend. »Ich muß jetzt wirklich gehen. Hör zu, wir werden ...«

»Du kennst Charlie nicht so gut wie ich. Du glaubst, er hätte dir die Welt auf einem Silbertablett serviert, aber ein oder zwei Ausrutscher, und er knallt dir das Tablett über deinen schönen Schädel.«

»Doug, jetzt ist wirklich nicht die Zeit...«

»Du brauchst Hilfe, Kate. Ohne mich an deiner Seite fällst du gewaltig auf die Nase. Du könntest dir eine Menge Ärger einhandeln.«

Sie blickte ihn scharf an. »Soll das eine Drohung sein?«

»Ich habe dich zu dem gemacht, was du heute bist, Baby. Und ich kann dich zu dem machen, was du morgen sein wirst. Vergiß das nicht, Kate.« Er beugte sich zu ihr, um sie zu küssen, doch sie wandte den Kopf, bevor seine Lippen das Ziel erreichten. Er schwankte, richtete sich jedoch wieder auf.

»Dies ist unter deiner Würde, Doug. Wir reden morgen weiter, wenn du etwas... klarer denkst.«

Doug lächelte verächtlich. »Sehr wohl. Laß deine Sekretärin meine Sekretärin anrufen. Oder soll ich meine Sekretärin deine Sekretärin jetzt gleich anrufen lassen?«

»Also wirklich, Doug...«

»Du mußt noch eine Menge lernen, Kate. Wenn du meinst, ich hätte dir schon alles beigebracht, irrst du dich. Ich habe noch viele Lektionen für dich auf Lager.« Die Bösartigkeit in seiner Stimme war greifbar.

Kate war weniger verängstigt als zornig. »Gute Nacht, Doug«, sagte sie fest.

Doug packte ihren Arm. »Ich werde unseren Flug nach Tahoe buchen. Unsere übliche Suite im Caesar's? Nein. Etwas Luxuriöseres. Das ist schließlich eine Feier, nicht wahr, Frau Präsidentin?« Böse lächelnd ließ er sie los.

Kate entschied, daß jetzt nicht der richtige Zeitpunkt war, Doug mitzuteilen, daß sie weder an diesem noch an einem anderen Wochenende mit ihm nach Tahoe fliegen würde. Hätte sie nur schon vor ihrem Meeting mit Charlie mit ihm gebrochen. Wenn sie jetzt die Affäre beendete, mußte er ihre Motive ja falsch deuten.

Nun, das ließ sich nicht ändern. Außerdem hatte er ja keinen großen Grund zum Jammern. Auch wenn er bei Paradine weg vom Fenster war, umgab ihn ja noch immer der Glanz eines Studiochefs. Und solange er mit Julia verheiratet blieb, war sein Arbeitsplatz garantiert. Das war mehr, als Kate von sich sagen konnte.

Am nächsten Abend schloß sich Adrian an die lange Warteschlange vor dem British-Airways-Check-in-Schalter im Flughafen von Los Angeles an. Er trug dasselbe Outfit, das er zum Benezif-Dinner am vorangegangenen Abend angehabt hatte; sein weniges übriges Gepäck war in der reichlich mitgenommenen braunen Reisetasche verstaut, die er bei sich hatte. Zu den Sachen, die er schon von London mitgebracht hatte, waren nur zwei Dinge hinzugekommen – die Ehrenplakette und das Drehbuch zu »Todsünde«, das in einem an Kate Paley adressierten Versandumschlag steckte. An das Deckblatt hatte er eine kurze Notiz geheftet: »Großartiges Script. Ich bin sicher, es wird ein Hit. Leider kann ich's nicht übernehmen. Viel Glück. Adrian.«

Er rückte in der Warteschlange vorwärts, zog den Umschlag unter seinem Arm hervor und betrachtete ihn. Er war noch nicht zugeklebt; der Zettel, den er geschrieben hatte – der letzte von ungefähr einem Dutzend – machte ihm Sorgen. Eine schäbige Reaktion, nicht nur auf das Drehbuch, sondern auch Kate gegenüber. Adrian befand sich fürchterlich im Zwiespalt. Sein Besuch in ihrem Haus hatte für ihn nichts bewirkt. Nur ein Idiot hatte glauben können, dies wäre die richtige Methode, den Gedanken an Kate loszuwerden. Damit hatte er jedoch nur erreicht, daß sie jetzt noch fester in ihm verankert war. Er hoffte nur, wenn er wieder in London war, würde ihm etwas Vernünftiges einfallen, wie er diesen Zustand beenden konnte.

Er zog das Drehbuch aus dem Umschlag, las sich den Zettel noch einmal durch und runzelte die Stirn. Er hätte ihr wenigstens gratulieren sollen. Die Nachricht von ihrer Beförderung hatte sich wie ein Lauffeuer verbreitet. Er hatte die vielen Anrufe in seinem Hotelzimmer gar nicht mehr gezählt; jeder wollte der erste sein, der ihm die Neuigkeit mitteilte.

Glückliche Katie. Macht, Geld, Ruhm – endlich. Alles was sie immer wollte. Zum Teufel, sie brauchte seine Glückwünsche nicht. Außerdem würde sie sie genau durchschauen. Besser als alle anderen wußte sie, was er von dem Leben »ganz oben« in Hollywood hielt. Der ultimative Ausverkauf. Dantes Inferno, Neuauflage.

Ach Katie, was soll nur aus dir werden?

Die dünne junge Frau mit dem Kleinkind an der Hand stieß ihn von hinten an. »Würden Sie bitte aufschließen?«

»Entschuldigung.« Er wollte den Schritt vorwärts machen, murmelte dann etwas vor sich hin und trat ganz aus der Warteschlange.

Nachdem er zwanzig Minuten lang im Terminal auf und ab gegangen war, sich selbst stumme Vorträge gehalten, sich zweimal wieder vor dem Schalter angestellt hatte und zweimal wieder zurückgetreten war, suchte er eine Telefonzelle auf und wählte Kates Nummer.

Als der Anruf kam, lag Kate auf dem Bauch ausgestreckt auf dem Massagetisch ihres Fitneßclubs. Der Masseur, der sich damit abmühte, die Verspannungen entlang ihrer Wirbelsäule zu lockern, unterbrach seine Arbeit und reichte Kate ihre tragbares Funktelefon.

»Kate Paley«, meldete sie sich müde.

»Carte blanche«, waren Adrians erste Worte.

Kate drehte sich auf den Rücken. Die Knoten in ihren Musklen verschwanden wir durch Zauberkraft. »Ja.«

»Die Zusammenarbeit dürfte die reinste Hölle werden.

Wahrscheinlich noch höllischer als bei ›Deadline‹, weil du ja jetzt so ein verflucht großes Tier bist.«

Kate fühlte sich richtig beschwipst; sie kicherte wie ein Schulmädchen. »Wir haben's schon einmal überlebt. Manche Dinge werden mit der Zeit immer besser. Habe ich jedenfalls gehört.«

Pause. Keiner von beiden wußte etwas zu äußern.

»Das wär's dann wohl«, sagte Adrian.

»Sieht ganz so aus.«

Sie legten beide gleichzeitig auf. Beide lächelten. Und beide fragten sich, wie lange dieses Lächeln wohl anhielt.

12

Während der ersten drei Tage in der Entziehung im Westwood-Drogentherapiezentrum weigerte sich Sylver, mit irgend jemandem zu sprechen. Tagsüber wanderte sie die Korridore rauf und runter, nachts warf sie sich zitternd, schwitzend und fluchend im Bett herum und litt fürchterlich. Riley besuchte sie jeden Tag, doch sie schien ihn meistens gar nicht zu bemerken. Wenn sie tatsächlich einmal seine Anwesenheit registrierte, starrte sie ihn an, als wäre er an ihrem Elend schuld.

Sie gab ihm tatsächlich die Schuld. Er hatte sie dazu gebracht, daß sie sich freiwillig in die Entziehung begab. Sie mußte den Verstand verloren haben. Ja, sie hatte den Verstand verloren. Welche Frau, die bei Verstand war, würde einen Selbstmordversuch unternehmen?

Nein. Nein, sie brachte schon wieder alles durcheinander. Sie hatte ja gar nicht versucht, sich umzubringen. Es war ein Unfall gewesen. Das hatte sie Riley ja schon im Krankenhaus erklärt. Nur war er davon nicht überzeugt. Sie wußte, was er dachte. Er dachte, sie wäre so tief gesunken, daß sie nur noch sterben wollte. Er dachte, sie haßte sich selbst, haßte ihr Leben, haßte, was aus ihr geworden war, haßte ihre Unfähigkeit, etwas dagegen zu tun. Und sie haßte Riley, weil er damit recht hatte. Wenn sie ihn haßte, war das eine willkommene Verschnaufpause von dem Haß auf sich selbst.

Am vierten Tag des Therapieprogramms wurde Sylver in ein Doppelzimmer verlegt. Ihre Mitbewohnerin hieß Jill. Sie war freiberufliche Fotografin, Mitte Dreißig, spindeldürr mit kurzem, krausem Haar und seit fast zehn Jahren amphetaminabhängig. Dies war ihr dritter Versuch, von der Droge runterzukommen, und sie nahm ihre »Kur« mit großem Schwung in Angriff. Jills fröhliche, überschäumende Art trug nur zu Sylvers Nervosität bei. Weshalb konnte man sie nicht in Ruhe lassen, sondern mußte ihr diese hüpfmuntere Zimmergenossin aufbürden? Zu allem Übel hatte Sam Hibbs, der Leiter des Programms, ihr heute morgen mitgeteilt, daß sie am nächsten Tag mit der Gruppentherapie beginnen würde. Allein bei dem Gedanken daran, mit einem Haufen heulender und über ihr Leben jammernder Druggies zusammensitzen zu müssen, wurde Sylver schon übel.

Sie konnte einfach davonlaufen. Sie war hier keine Gefangene. Hibbs persönlich hatte ihr gesagt, daß sie jederzeit gehen konnte. Worauf wartete sie denn noch? Sie stand an ihrer offenen Zimmertür. Jill hatte gerade eine Sitzung mit ihrem Seelenklempner und würde von Sylvers Weggang nichts merken. Sie brauchte also weiter nichts zu tun, als den hellgelb gestrichenen Korridor entlangzugehen, bei der »Strandszene«, der Wandmalerei eines dankbaren Künstlers und Ex-Koksers, rechts abzubiegen und durch die Haustür in die Freiheit zu treten.

Freiheit bedeutete, wieder in ihr mieses Drei zimmerapartment in West Hollywood zu ziehen. Freiheit bedeutete, wieder mit Nash zusammenzukommen. Freiheit bedeutete, sich mit ihrer herrschsüchtigen Mutter herumzuschlagen. Freiheit bedeutete die endlose Suche nach Betäubung. Freiheit gab es nicht.

In der Entziehung zu sein war die Hölle, aber es war ... irgendwo. Sylver zog sich in ihr kleines, doch ordentliches – Hausregel! – Zweibettzimmer zurück. Die Blumentapete, die dazu passenden Vorhänge und Bettdecken gaben dem Raum ein freundliches, sonniges Aussehen. Der orangefarbene Bodenbelag trug zu dem heiteren Eindruck bei. Es gab zwei kleine Schreibtische an den gegenüberliegenden Wänden, zwei Kommoden und einen gemeinsamen Wandschrank. Das Zimmer erinnerte Sylver an einen Motelraum mäßiger Preisklasse, nur daß es hier keinen Fernseher gab. Ein Apparat stand im

Gemeinschaftsraum am Ende des Flurs, doch die Zeiten zum Sehen waren genau eingeteilt. Noch eine Hausregel.

Sylver ging zu dem Spiegel über ihrer Kommode. Mit den drei Tagen im Krankenhaus und den vier Tagen hier war sie nun schon eine volle Woche stocknüchtern. Beim Anblick ihres Spiegelbilds verzog sie das Gesicht. Das goldblonde Haar fiel ohne Volumen und Spannkraft zu beiden Seiten ihres blassen, verhärmten Gesichts hinab. Ihre Augen waren blutunterlaufen, und ihr rechter Mundwinkel zuckte ständig.

Sie trat einen Schritt zurück und lächelte ihrem jämmerlichen Spiegelbild zynisch zu. »Und der Preis für den heruntergekommensten Druggie des Jahres geht an – den Umschlag bitte, Don . . . Nun, mich überrascht das nicht, Herrschaften. Die Gewinnerin ist das ›Glory Girl‹ persönlich, die – gottlob einmalige Sylver Cassidy.«

Sie fuhr zusammen, als sie den leisen Applaus von der Tür her hörte, und errötete dann heftig, als sie Riley Quinn dort stehen sah. Verlegenheit und noch etwas, das sie lieber nicht definieren wollte, machten sie wütend.

»Hauen Sie ab!« fuhr sie ihn an.

Riley verschränkte die Arme vor der Brust. »Wenigstens reden Sie jetzt mit mir.«

»Tu' ich nicht.«

»Kommen Sie. Wir gehen ein wenig spazieren.«

Dieser Vorschlag verblüffte sie. »Spazieren? Wo?«

»Auf der anderen Straßenseite befindet sich ein Park. Es ist ein strahlender, sonniger Tag . . .«

Sie schüttelte energisch den Kopf. Noch vor wenigen Minuten hatte sie das Gefühl gehabt, die Wände würden sie hier erdrücken, wenn sie nicht sofort floh. Jetzt erschreckte sie plötzlich die Vorstellung, das Haus zu verlassen, wenn auch nur zu einem kleinen Spaziergang im Park. Hier drinnen befand sie sich in Sicherheit. Dies hier war ihr Himmel, und trotzdem gleichzeitig ihre Hölle.

Riley verstand. »Okay, lassen Sie uns in den Gemeinschaftsraum gehen.«

Sie rührte sich nicht. Sie sah ihn nur an. »Weiß jemand, daß ich hier bin?«

»Ich habe Ihrer Mutter mitgeteilt, daß Sie sich freiwillig in ein Rehabilitationszentrum begeben haben, doch in welches, habe ich ihr nicht geschrieben. Ich tat es nur, weil ich dachte, sie könnte Sie vielleicht bei der Polizei als vermißt melden.«

»Sonst . . . noch jemand?« fragte sie vorsichtig.

Sehr zu ihrem Unbehagen blickte er sie lange und prüfend an. Sie drehte sich um, weil sie das nicht länger aushielt. »Ich liebe Nash Walker nicht, falls Sie das denken. Wie kann man jemanden lieben, wenn man sich selbst nicht liebt? Ich möchte nur nicht, daß er sich meinetwegen Sorgen macht. Trotz all seiner Fehler, hat er . . .«

»Spielen Sie mir nichts vor, Sylver. Sehen Sie mich an und sprechen Sie mit mir. Wissen Sie überhaupt, was ein echtes Gespräch ist?«

Sie fuhr herum. »Wie können Sie es wagen . . .«

»Nein, nein, nein. Das ist nur Text. Und zwar ein sehr abgegriffener.«

Ihr ganzer Körper begann zu zucken. Sie fühlte sich, als hätte sich ein Hornissenschwarm in ihr eingenistet. Es stach und juckte überall. Ihr Haar schien zu schwer für sie zu sein und sie niederzudrücken. Sie schlug die Hände vors Gesicht. »Aufhören, aufhören, aufhören . . .«

Sie merkte, wie sie zu Boden sank, doch dann packte Riley sie, richtete sie auf und drückte sie gegen seinen warmen, festen Körper. Riley, wieder einmal der Retter. Sie ließ sich von ihm in den Armen halten; seltsamerweise schien sein alter, kratziger roter Wollpullover ihre Haut zu beruhigen. Und Rileys Geruch mochte sie auch – Schweiß, Waschmittel, Seife. Keine After-shave-Lotion für harte Männer, kein modisches Herren-Eau-de-Cologne. Riley roch echt.

»Mein Haar«, murmelte sie und strich sich die Strähnen aus dem Gesicht. »Mein Haar macht mich verrückt.«

»Ich kann es Ihnen ausbürsten.«

»Nein. Schneiden Sie es ab. Schneiden Sie es mir ab.«

Riley beugte sich ein wenig zurück, um sehen zu können, ob sie das ernst meinte.

»Bitte, Riley. Ich hasse mein Haar.«

»Ich könnte Sie zu einem Friseur bringen.«

Sie schüttelte den Kopf. »Nein. Ich möchte, daß Sie es mir abschneiden.«

»Vielleicht denken Sie besser noch ein paar Tage darüber nach.«

»Verdammt noch mal, besorgen Sie mir eine Schere, und ich tu's selber. Man gibt uns hier keine Scheren. Uns kann man ja nicht trauen.

Riley seufzte. »Okay, ich werd's machen.«

Zwei Minuten später kam er mit einer Schere zurück. Sylver stand vor dem Spiegel über der Kommode.

Riley trat hinter sie. »Wieviel soll ich abschneiden?« fragte er nervös. Noch nie in seinem Leben hatte er jemandem die Haare geschnitten.

»Alles«, befahl sie fest.

Riley zögerte.

Sie lächelte sein Spiegelbild an. »Ich vertraue Ihnen.«

»Das sagen Sie jetzt.«

Er holte tief Luft, nahm eine Haarsträhne, schnitt sie im Nacken direkt am Ansatz ab und prüfte besorgt Sylvers Gesichtsausdruck; sie lächelte noch immer. Er atmete auf und faßte eine weitere Strähne.

»Ist Nash im Apartment?« fragte sie leise.

Nash Walker war nicht gerade Rileys Lieblingsthema. Andererseits sprach Sylver jetzt wenigstens. Falls er sich nun darüber ausließ, worüber oder über wen sie sprechen sollte oder nicht, machte sie vielleicht wieder den Mund zu.

»Ja und nein.« Er zögerte. »Falls er nicht in den nächsten fünf Tagen die Miete bezahlt, ist er endgültig draußen.«

Sylver schüttelte düster den Kopf. »Er kriegt das Geld nie zusammen.«

»Wie haben Sie es zusammenbekommen?« fragte er ruhig, während er eine weitere Strähne an ihrem Hinterkopf abschnitt.

Sylver antwortete nicht.

»Entschuldigung«, sagte Riley leise. »Das geht mich ja nichts an.«

»Vor ungefähr einem Jahr habe ich einen Film gemacht. Nichts, wofür ich einen Oscar gewinnen würde, aber es hat eine Weile für die Miete gereicht.« Ihr Gesicht wurde rot, ihre Augen brannten. Sie preßte die Lippen zusammen.

Gut gemacht, Riley. Du weißt wirklich, wie man den Mut eines Mädchens hebt.

Er lächelte ein bißchen. »Man tut, was man tun muß«, sagte er leise. Mit der Schere war er unterdessen an der rechten Kopfhälfte angekommen. Er blickte nur auf die Strähne, die er gerade abschnitt; auf den Moment, in dem er sich die komplette Katastrophe ansehen mußte, die er mit seiner Säbelei angerichtet hatte, freute er sich nicht gerade.

»Und ich habe ... einen ... Freund.«

»Einen Freund?« Jetzt reicht's, Riley. Halt endlich die Klappe.

Sylver blickte ihn durch den Spiegel an. »Es ist nicht, was Sie denken, Riley. Der Freund ist eine Freundin. Sie heißt Kate Paley. Sie ist jetzt ein großes Tier bei Paradine Studios. Sie war diejenige, die mir zu meinem Start beim Film verholfen hat. Wußten Sie, daß ich einmal ein Filmstar war?«

»Ja. Ich weiß.«

Das hörte sich kaum beeindruckt an, und darüber freute sich Sylver. Die ganze Lobhudelei, der Neid und der Starrummel hatten ihr nie geschmeckt. »Kate arbeitete schon damals bei

Paradine. Sie stellte mich Douglas Garrison vor und brachte ihn dazu, daß er mir eine kleine Rolle in der Komödie gab, die er gerade machte. Und der Rest ist ... Geschichte.« Sie lächelte matt.

Riley schnitt die letzte Strähne ab. Eine goldene Flut aus Haaren umspülte sie beide. Jetzt war die Operation abgeschlossen, und er fürchtete sich vor Sylvers Reaktion; sicherlich war sie entsetzt, weil er sie ja praktisch skalpiert hatte. Statt dessen hörte er sie lachen.

»Riley, Sie sind ein Genie. Ich finde es großartig.

Er blickte sie bestürzt im Spiegel an. Sie sah aus wie aus einem Gefangenenlager entflohen, so als hätte man ihr Haar mit einer stumpfen Säge abgeraspelt. Ihr Lachen überzeugte ihn davon, daß sie schon weiter beiseite getreten war, als er angenommen hatte.

Sie drehte sich zu ihm herum und umarmte ihn ganz impulsiv. Dann fuhr sie mit den Fingern durch ihr streichholzkurzes Stoppelhaar, schüttelte heftig den Kopf und lächelte noch immer begeistert.

Zu seiner eigenen Verblüffung änderte Riley seine Meinung über sein Werk. Sylvers Haar sah wirklich gar nicht so übel aus. Die neue »Frisur« gab ihr den gewinnenden Look eines frechen kleinen Jungen. Ihre unglaublich blauen Augen leuchteten jetzt um so strahlender. Und diese Augen waren jetzt auf ihn gerichtet.

Riley geriet ein wenig aus dem Takt, während er sie betrachtete. Die lange, anmutige Linie ihres Nackens kam bei dem kurzen Haar erst richtig zur Geltung. Sylver trug das vom Drogenzentrum ausgegebene kirschrote T-Shirt, und Riley fiel erst jetzt auf, wie diese Farbe mit der elfenbeinfarbenen Haut kontrastierte. Und wie sich das Material leicht über den Brüsten spannte. Er dachte daran, wie er Sylver nackt in ihrem Schlafzimmer gefunden hatte. Damals hatte er sich ebenso geschämt wie jetzt, weil er feststellte, daß sie ihn erregte. Und das nicht nur sexuell. Er spürte einen scharfen Stich in seiner Brust. Sylver ging ihm wirklich unter die Haut. Er fing schon an, sich für sie verantwortlich zu fühlen, und darin war er noch nie gut gewesen. Falls sie ihm zu sehr vertraute, könnte er sie am Ende furchtbar enttäuschen.

Oder war es andersherum? Hatte er Angst davor, ihr zu sehr zu vertrauen? Er kreuzte die Arme vor der Brust und rieb sich die Schultern, als fröre er. Dabei war das Gegenteil der Fall. Er brannte innerlich. »Erzählen Sie mir mehr von Ihrer Freundin. Wie hieß sie doch gleich?«

Sylver spürte Rileys Unbehagen, verstand es jedoch nicht. Wer bist du, Riley Quinn? »Kate. Kate Paley.«

»Möchten Sie, daß sie erfährt, wo Sie sind?« fragte er. »Sie könnte herkommen und Sie besuchen.« Er tippte mit der geschlossenen Schere nervös in seine Handfläche.

Sylver betrachtete Riley, ohne ihn jedoch zu sehen. Sie blickte in ihre Vergangenheit. Gefühle und Erkenntnisse, die sie jahrelang mit Alkohol und Drogen verdrängt hatte, stürzten jetzt auf sie ein. Tränen glitzerten in ihren Augen.

Riley legte die Schere auf die Kommode, ging wieder zu Sylver und drückte ihr seine Hände sanft auf die Schultern. »Was haben Sie denn, Sylver? Sie sind doch nicht etwa traurig wegen Ihres Haars?«

Sie schüttelte den Kopf und versuchte erfolglos, die Tränen zurückzudrängen. »Ich habe gelogen, Riley. Kate ist nicht meine Freundin. Nicht mehr. Ich tue nur gern so, als wäre sie es noch. Sie hat mir immer großzügig mit Geld ausgeholfen, wenn ich sie darum bat, doch nicht, weil sie sich um mich sorgte. Sie bedauerte mich nur. Und vielleicht fühlt sie sich auch ein bißchen ... schuldig. Obwohl sie dazu überhaupt keinen Grund hat. Sie ist nicht schuld an dem, was geschehen ist. Ich hatte nicht das Recht zu erwarten, daß Kate mich rettet.«

Rileys Gedächtnis wachte auf. Der Name Kate Paley war ihm gleich so bekannt vorgekommen, und jetzt wußte er auch, warum: Die hitzige Diskussion in Sylvers Wohnung zwischen ihrer Mutter und Nash an dem Tag, als Sylver ins Krankenhaus gebracht worden war! Riley hörte noch die Worte der aufgebrachten Frau: »Am nächsten Morgen ist Sylver in Panik geraten, das war alles. Sie hat das Ganze übertrieben. Dank Ihrer Hilfe. Und dank Kate Paley. Ich war die einzige Stimme der Vernunft.«

Wie der Detective, der er einmal gewesen war, begann Riley jetzt die Mosaiksteinchen zusammenzufügen. »Am nächsten Morgen ist Sylver in Panik geraten.« An dem Morgen, nachdem sie vergewaltigt worden war. »Sie hat das Ganze übertrieben. Dank Ihrer Hilfe. Und dank Kate Paley.« Sylver mußte sich Nash Walker und Kate Paley anvertraut haben. Die beiden wußten also, daß sie vergewaltigt worden war. Und sehr wahrscheinlich auch, von wem. Sie waren vermutlich genauso zornig und entsetzt gewesen wie Sylver selbst. Hatten sie von ihr verlangt, Nick Kramer anzuzeigen? Sylvers Mutter hatte den Vorfall eindeutig unter den Teppich kehren und daraus einen harmlosen kleinen Fehltritt machen wollen. Riley konnte sich gut vorstellen, weshalb. Sylvers Mutter wollte nicht, daß ein Skandal den Ruf ihrer Tochter schädigte. Eines wußte Riley genau: Sylver hatte keine Anzeige erstattet, denn sonst hätte er sie in Nick Kramers Akte gefunden, als er die Untersuchung wegen des Mordes an jener Nutte durchführte.

Sylver, die in ihre eigenen Gedanken versunken war, ging auf schwankenden Beinen durchs Zimmer, ließ sich aufs Bett sinken und barg das Gesicht in den Händen. »Als kleines Mädchen konnte ich Kate alles erzählen. Ihr konnte ich immer vertrauen. Ich weiß nicht, was passiert ist. Ich dachte, sie würde immer für mich dasein. Weshalb sie sich zurückgezogen hat, weiß ich nicht. Lag das an mir? Ich weiß nur, daß sich zwischen uns alles geändert hat. Ich habe sie verloren . . .«

Sylver fühlte sich plötzlich völlig ausgelaugt; der Adrenalinschub durch den Haarschnitt hatte nicht lange vorgehalten.

Das kurze Glücksgefühl hatte sich aufgelöst; jetzt fürchtete sie sich, war allein und wußte nicht, wo sie hingehörte. Sie war eine Ausgestoßene. Und das war sie immer gewesen.

Riley kam zu ihr, setzte sich neben sie und nahm ihre kalte Hand in seine. »Was kann ich für Sie tun, Sylver?«

Sie schluckte. Ich ... weiß nicht. Vielleicht könnten Sie ... Kate eine Nachricht ...« Sie drehte sich zu ihm um und blickte ihn so verzweifelt an, daß es schmerzte, sie anzuschauen. »Nur damit sie weiß, daß ich von ihr kein Geld will ... Ich dachte, vielleicht ... ich weiß nicht ... vielleicht schickt sie mir mal eine Karte. Gute Genesung und so. Irgend was Albernes. Was mich zum Lachen bringt. Kate hat mir immer so lustige Geburtstagskarten geschickt. Nie solche süßlichen, die ich von allen anderen immer bekommen habe.«

Sylver dachte dabei insbesondere an die Geburtstagskarte, die jedes Jahr in einem roten Umschlag eintraf. Sie zeigte auf der Vorderseite immer rote Rosen, und innen stand irgendein blöder, blumenreicher Spruch. Die Unterschrift war stets dieselbe: In ewiger Liebe von Deinem treuesten Fan. Diese Karten und die Geschenke von dem anonymen Mann – immer etwas Rotes, oft eine rote Rose – waren bis zu ihrem achtzehnten Geburtstag gekommen, dem Tag, an dem sie sich von der Welt verabschiedet hatte. Vor ein paar Wochen nun waren die Rosen wieder zu ihrem Apartment in West Hollywood geschickt worden. Zuerst hatten sie Sylver ein wenig aufgerichet. Sie fand es nett zu wissen, daß sie noch immer einen Fan besaß, der sie aufgespürt hatte und der sie mochte.

Nur war sie sich dessen jetzt nicht mehr so sicher. Es hatte sie verschreckt, diese Rose am ersten Morgen nach dem Aufwachen im Krankenhaus auf ihrem Kopfkissen zu finden. Wie war sie dorthin gekommen? Stammte sie überhaupt von ihrem »Fan«? Hatte er eine Schwester gebeten, sie in Sylvers Zimmer zu bringen? Oder war er selbst dagewesen, an ihrem Krankenbett, und hatte sie im Schlaf betrachtet? Vielleicht sogar berührt? War er irgendein krankhaft schwärmerischer Schwachkopf oder einer von diesen Besessenen, die Jagd auf Berühmtheiten machten? War er gefährlich?

»Sylver? Sie sind ganz woanders. Erzählen Sie mir, wo«, drängte Riley behutsam.

Seine Stimme erschreckte sie. Sylver hatte seine Anwesenheit ganz vergessen. Sie lächelte schief. »Dieser Entziehungsquatsch ist nicht so wahnsinnig lustig, wie Sie es dargestellt haben, Riley.«

Er fuhr ihr übers Raspelhaar. »Sie wissen es vielleicht nicht, aber Sie machen gute Fortschritte.«

»Wie schön, daß wenigstens einer von uns das meint.«

Später an diesem Nachmittag mogelte sich Riley durch Paradines Tor und dann weiter bis ins Vorzimmer der Präsidentin der Filmabteilung, Kate Paley.

Kates Sekretärin Eileen, die sie auf ihrem Weg nach oben mitgenommen hatte, blickte Riley geringschätzig an. »Es tut mir leid«, sagte sie herablassend, »doch Miß Paley empfängt keine Besucher ohne Voranmeldung.«

Als Riley Sekunden später in Kates Zimmer stürmte, saß die neue Präsidentin hinter einem kostbaren venezianischen Schreibtisch in ihrem riesigen neuen Büro, dem sie in weniger als einer Woche mit Hilfe ihres begeisterten Dekorateurs, Jarrett Craft, ihren persönlichen Stempel aufgedrückt hatte. Der luxuriöse Raum mit den Picasso-Radierungen an den Wänden, den antiken Möbeln und dem teuren Orientteppich beeindruckte Riley nicht.

Ohne zu zögern, drückte Kate auf den Knopf ihrer Sprechanlage. »Schicken Sie mir sofort den Sicherheitsdienst her, Eileen«, befahl sie ohne jedes Anzeichen von Angst oder Beunruhigung. Innerlich jedoch geriet ihr Magen in Aufruhr. Wer war dieser Verrückte? Irgendein erboster Filmemacher? Ein verzweifelter Schauspieler? Ein irrer Drehbuchautor?

»Ich bin Detective Riley Quinn vom Los Angeles Police Department und komme wegen Sylver Cassidy.«

Kate wurde blaß.

Riley trat näher ins Zimmer. »Ich glaube, Sie sollten Ihre Wachhunde zurückpfeifen.«

Kate legte die Hände fest zusammen. »Sylver? Geht es ihr ... gut?«

Riley beobachtete die Chefin der Filmabteilung genau und kam zu dem Schluß, daß Sylver sich irrte. Kate Paley sorgte sich um Sylver, und sie spielte ihm das nicht vor. Er war erleichtert. Das machte die Sache leichter.

»Das kommt darauf an, was Sie unter gut verstehen«, antwortete er.

»Dann ist sie also nicht ... tot.« Kate fiel es schwer, dieses Wort auszusprechen.

»Tot ist sie nicht«, bestätigte Riley. Er wollte Kate nicht erzählen, wie nahe Sylver tatsächlich dem Tod gewesen war.

»Ist sie im Gefängnis? Braucht sie eine Kaution?« Schon öffnete sie ihre Schreibtischschublade und griff nach dem Scheckbuch.

»Sie benötigt keine Almosen.«

Kate errötete. »Ich ... ich dachte nur ...«

»Ich möchte Sie zu ihr bringen«, sagte Riley leise.

Kate blickte ihn verwirrt an. »Wann?«

Er lächelte. »Jetzt sofort.«

Die Tür wurde aufgerissen, und zwei stämmige uniformierte Männer stürmten herein. Sie wollten Riley gerade in den Schwitzkasten nehmen, als Kate abwinkte. »Tut mir leid. Alles in Ordnung. Sie können wieder gehen.«

Die beiden Wächter blickten erst Kate, dann Riley, dann wieder Kate an. »Sind Sie ganz sicher?« fragte einer von ihnen.

Kate nickte. Sie wollte den beiden nicht erklären, daß es sich bei dem Mann, der in ihr Büro eingefallen war, um einen Polizisten handelte. Das würde sofort jede Art von Gerüchten in

Umlauf bringen. Sie wartete, bis die Wächter wieder fort waren.

»Hören Sie, ich kann nicht einfach mitten am Tag die Arbeit verlassen. Bis sechs Uhr bin ich hier ausgebucht, und dann habe ich ein Meeting am anderen Ende der Stadt...«

»Sie sind eine sehr beschäftigte und wichtige leitende Angestellte, Kate. Das ist mir völlig klar. Doch Sie scheinen mir auch eine Frau zu sein, die niemals zu beschäftigt ist, um einer in Not geratenen Freundin zu helfen.«

Kate blickte den Eindringling prüfend an. Irgend etwas stimmte an ihm nicht. Er benahm sich nicht wie ein typischer Polizist. Nicht, daß sie schon jemals mit einem solchen zu tun gehabt hätte, doch sie hatte natürlich genug Filme gesehen.

»Wenn Sie sich bitte ausweisen würden, Detective...« Ihr tat es schon leid, daß sie die Wächter so voreilig fortgeschickt hatte. Außerdem hatte sie Angst.

Er lächelte freundlich und steckte die Hand in seinen grauen Blazer, als wolle er nach seinem Ausweis greifen. Was er herauszog, war jedoch keine Polizeimarke, sondern eine Waffe.

Kate war jetzt nicht mehr blaß, sondern grau im Gesicht. Vorübergehend dachte sie, sie würde ohnmächtig werden. Das dachte Riley auch.

»Ich habe nicht vor, Ihnen etwas anzutun, Kate. Ich wollte Ihnen nur klarmachen, wie wichtig es ist, daß Sie ein paar Ihrer Termine umstellen und mich zu Sylver begleiten.«

Kate zwang sich dazu, die Ruhe zu bewahren. »Woher soll ich wissen, daß Sie mich wirklich zu ihr bringen? Wo ist sie überhaupt?«

»Im Westwood Drogentherapiezentrum. Die Telefonnummer lautet 5 55 36 82. Los, rufen Sie an. Fragen Sie, ob dort eine Sylvie Quinn registriert ist.«

»Sylvie Quinn?«

Riley lächelte. »Ich hielt es für das beste, wenn die Boulevardpresse keinen Wind von Sylvers gegenwärtigem Zustand kriegt. Sie ist zwar kein großes Thema mehr, doch ich schätze, gut für die Auflage ist sie immer noch.«

Zehn Minuten später öffnete Riley die Beifahrertür seines Wagens. Als Kate zögerte, stieß er sie leicht mit der Waffe an, die er in seiner Jackentasche verborgen hielt. Kate verstand. Nachdem sie im Wagen saß und Riley den Besucherparkplatz verlassen hatte, warf er ihr die Waffe auf den Schoß.

»Nur damit Sie wissen, daß sie nicht geladen ist.«

Sylver dachte, sie träumte, als sie Kate Paley an diesem Nachmittag in ihr Zimmer im Therapiezentrum kommen sah.

Kate dachte, sie befände sich in einem Alptraum, als sie Sylver zu Gesicht bekam. Sie sah aus wie die Insassin eines üblen Straflagers. Und ihr Haar – was hatte man mit ihrem wunderschönen Haar gemacht? Unwillkürlich hielt sich Kate die Hand vor den Mund. »Um Himmels willen.«

Sylver erhob sich von ihrem Schreibtischstuhl. Kates Anwesenheit hier begeisterte sie so sehr, daß ihr der schockierte Gesichtsausdruck ihrer Freundin gar nicht bewußt wurde. »Kate, du bist es wirklich! Aber woher . . .?« Sie lächelte strahlend. »Riley hat es dir gesagt, stimmt's?«

Kate nickte nur; ihr hatte es die Sprache verschlagen.

»Und du bist gekommen, um mich zu besuchen? Ich hatte doch nur . . . auf eine Karte gehofft. Erinnerst du dich noch an diese lustigen Karten? Ich habe Riley erzählt, daß du mir immer . . . Ach, ich bin ja so überrascht, dich zu sehen! Ich freue mich ja so! Außer Riley hat sich niemand . . . Ich wollte auch niemanden sehen . . . also ich meine . . . dich meine ich natürlich nicht, Kate. Ich freue mich riesig, daß du gekommen bist. Willst du dich nicht setzen? Jill ist heute nachmittag nicht hier, und ich habe das ganze Zimmer für mich allein. Wir können auch nach draußen gehen, wenn du möchtest. Wir müssen nur dieses Papier unterschreiben – Hausregel! Gott, wir werden hier mit Hausregeln praktisch überschwemmt. So schlimm ist es nicht. Na, manchmal doch. Ich fange morgen mit der Gruppentherapie an. Die soll wirklich helfen. Aber mir geht's schon besser. Ich mache wirklich Fortschritte. Hat Riley gesagt, und der muß es wissen.«

Kate konnte Sylver nur entsetzt anstarren, die die Hände rang und dabei pausenlos redete wie ein Wasserfall.

»Ich freue mich wirklich, dich wiederzusehen. Es ist schon so lange her. Wie lange eigentlich? Ach ja, wegen des Geldes, Kate – ich werde dir alles zurückzahlen. Wirklich. Bis auf den letzten Cent . . .«

»Schon gut, Sylver«, sagte Kate leise, die endlich ihre Stimme wiedergefunden hatte.

»Nein, nein, ich will nicht, daß du denkst . . . Sylver unterbrach sich und fuhr sich nervös durchs Haar. »Du siehst mich so komisch an, Kate . . . wegen meines Haars, nicht?« Sie lachte gezwungen auf. »Das hat Riley gemacht.«

Kate war bestürzt. Der Mann mußte wirklich irre sein.

»Nein, ich habe ihn ja darum gebeten. Ich mußte ihn richtig anbetteln. Ich haßte mein Haar. Irgendwie kam es mir so vor, als wäre es lebendig. Als erstickte es mich. Und es war ja auch so viel . . . Es wächst ja wieder.« Sie griff sich ins Nackenhaar und schloß die Augen. »Ich sehe fürchterlich aus. Wahrscheinlich tut's dir schon leid, daß du gekommen bist.«

Kate tat es wirklich leid, aber nicht, daß sie gekommen war. Ihre Gewissensbisse, die sie jahrelang verdrängt hatte, brachen jetzt über sie herein. Wenn sie sich anders verhalten hätte . . . wenn sie Sylver besser beschützt hätte, deren Interessen über ihre eigenen gestellt hätte – würde Sylver dann hier sein?

Kate dachte über Riley Quinn nach, den Mann, der sie mit vorgehaltener Waffe hergebracht hatte. Jetzt wartete er draußen im Flur und wachte darüber, daß sie auch wirklich etwas Zeit mit Sylver verbrachte. Riley war vielleicht der Anlaß für ihr Kommen gewesen; doch nichts in der Welt könnte sie jetzt von hier wieder fortholen.

Kate durchquerte das Zimmer und schloß Sylver in die Arme. Dabei erwachte in ihr etwas zum Leben, das lange, sehr lange in ihr im Tiefkühlschlaf gelegen hatte. Sie spürte das lebendige Schlagen ihres Herzens. Es fühlte sich gut an. Sie fühlte sich gut. Und sie war einem völlig Fremden dankbar dafür, daß er sie wieder mit ihrer eigenen Seele zusammengeführt hatte.

Als Riley Sylvers Zimmer betrat, sah er die beiden Frauen einander umarmen und dabei leise weinen. Er blieb stehen, betrachtete sie lächelnd, und dabei rollten ihm auch die Tränen über die Wangen. Eine leichte Erregung breitete sich in ihm aus. Und in diesem Moment erkannte er es: Wenn er nicht sehr aufpaßte, würde er sich am Ende noch ernsthaft in Sylver Cassidy verlieben. Und das war bestimmt das letzte, was sie beide brauchten.

Jemand schüttelt ihn. Er fährt aus dem Schlaf hoch, ist völlig verwirrt und orientierungslos. Entsetzen packt ihn, als er den Cop sieht, der ihn argwöhnisch beäugt.

»Hast du keine Wohnung, alter Junge?«

»Doch, doch. Ich habe nur ... ich muß eingeschlafen sein.«

Er sieht, wie der Cop zur anderen Straßenseite blickt. »Bist du von dem Entziehungszentrum da drüben?«

Er muß schlucken. »Nein. Nein, ich habe kein ... Drogenproblem. Ich habe überhaupt keine Probleme.«

Es ist nach zweiundzwanzig Uhr. Hat es einen speziellen Grund, weshalb du hier zu dieser Stunde herumhängst?«

»Nein, nein. Ich wollte nur ein bißchen im Park sitzen.«

»Kein so empfehlenswerter Ort zu dieser Nachtzeit.«

»Stimmt.« Er steht unvermittelt auf und will fortgehen.

»He, du hast was vergessen«, ruft ihm der Cop nach.

Er dreht sich um und sieht die Rose in der Hand des Cops. Die hat er vor lauter Nervosität tatsächlich vergessen.

»Oh, die ... gehört mir nicht.« Er eilt davon. Eigentlich hat

er warten wollen, bis drüben in der Drogenklinik die Lichter ausgingen, um dann die Rose auf Sylvers Fenstersims zu legen. Nun ja, morgen ist auch noch eine Nacht. Auf dem ganzen Heimweg ärgert er sich, weil er so blöd gewesen war, auf der Bank einzuschlafen. Von nun an muß er besser aufpassen, besonders weil er jetzt seinen neuen Plan in die Tat umsetzen will.

Der Gedanke an diesen Plan gibt ihm Auftrieb, so daß er den Cop und die mißglückte Mission vergißt. Bald wird es kein Problem mehr sein, seine Prinzessin täglich mit Rosen zu überschütten. Die heimlichen Lieferungen hören dann auf.

Vor einem Monat hat er seine Lebensversicherung aufgelöst, und vergangene Woche hat er den Auszahlungsbetrag für den Kauf einer süßen kleinen, sonnigen Eigentumswohnung drüben in Encino im San Fernando Valley verwendet. Wenn Sylver aus der Drogenklinik entlassen wird, braucht sie nicht in dieses scheußliche Apartment in West Hollywood zurückzukehren. Er wird ihr zu einem Start in ein neues Leben verhelfen.

Bei dem Gedanken an seine Prinzessin in dieser sauberen, hellen Wohnung mit den großen Aussichtsfenstern fühlt er sich richtig wohl, so als würde er schweben. Das beste ist, daß er endlich etwas unternimmt. Endlich wird er für Sylver mit der Liebe und der Hingebung sorgen können, die nur er allein für sie aufbringen kann.

Er erwartet, daß sie zuerst argwöhnisch sein und sich ihm verpflichtet fühlen wird für alles, was er für sie getan hat. Er wird ihr klarmachen, daß er absolut nichts von ihr erwartet. Er will ihr sagen, daß er sie nur glücklich machen, sie beschützen und sich um sie kümmern möchte.

Dennoch – vielleicht empfindet sie ja eines Tages ein ganz klein wenig Liebe für ihn, nur einen Bruchteil der Liebe, die er für sie empfindet. Das wäre dann genug für ihn. Mehr als genug.

II. TEIL

WINTER
1992-1993

13

»Wir müssen Tom etwas mehr ... auf Distanz bringen. Ich glaube, das haben wir bisher falsch gemacht«, meinte Kate. »Er ist noch immer zu verbunden.«

»Bei der letzten Änderung waren wir alle der Meinung, daß er sich mit Liz verbunden fühlen muß«, murrte Ted Lerner.

»Mit Liz, ja«, bestätigte Adrian, blätterte durch das Drehbuch und schlug es an einer Stelle auf. »Diese Szene vor dem Kraftwerk auf Seite 48 zwischen Tom und Liz ist sehr stark. Das funktioniert. Eine wunderschöne Verführung, kurz bevor alles in die Luft fliegt. Von diesem Punkt an müssen wir Tom mehr und mehr den Halt verlieren lassen. Liz wird seine einzige, zerbrechliche Verbindung zur Wirklichkeit, zu allem Guten und Anständigen in seinem Leben. Er weiß verdammt genau, wenn er das auch noch verliert, ist er erledigt. Das muß er natürlich auch sein, oder der Film fällt auf den Bauch.« Ted Lerner strich sich mit der Hand langsam übers Gesicht. Kate, Adrian und er saßen in der Ecke von Kates geräumigem Büro an dem venezianischen Tisch aus dem achtzehnten Jahrhundert und besprachen die letzte Ausfertigung des Scipts. Kate merkte, daß der Drehbuchautor von »Todsünde« langsam die Geduld verlor, und dafür hatte sie Verständnis. Zwei Versionen innerhalb von zwei Monaten bedeuteten viel Streß für jemanden, der zu langsamem Arbeiten neigte. Alles an dem zweiunddreißigjähren Lerner war schwerfällig, die Art, wie er arbeitete, wie er sich bewegte und sogar wie er sprach. Er war ein großer, massiger Mann, brachte rund hundertfünfzig Kilo auf die Waage, und obwohl er seit fast fünfzehn Jahren in L.A. lebte, sprach er noch immer in der schleppenden, gedehnten Redeweise von Louisiana.

»Ich glaube, wir haben es fast geschafft, Ted.« Kate langte

über den Tisch und klopfte Lerner ermutigend auf den gebräunten dicken Unterarm. »Was wir jetzt diskutieren, erfordert nur noch kleine Änderungen in zwei Szenen.«

»Mehr oder weniger.« Adrian lächelte schief.

Kate warf ihm einen scharfen Blick zu. Sie hatte ihm schon tausendmal gesagt, daß er Ted nicht überlasten dufte, denn sonst spielte der Mann nicht mehr mit. Sie schaute auf die Uhr. »Ich muß jetzt gehen. Ihr beide solltet noch den Rest besprechen, und dann sehen wir uns nach den Feiertagen wieder und schauen, wie weit wir sind.« Sie raffte ihre Sachen zusammen und lief aus dem Raum.

In ihrem Vorzimmer holte Adrian sie ein. »Wohin mußt du denn so eilig, Schatz?«

»Ich habe Sylvester versprochen, heute mit ihr zu lunchen.« Sie ließ ein paar Unterlagen auf Eileens Schreibtisch fallen, drehte sich um und drohte Adrian mit dem Finger. »Und geh bitte vorsichtig mit Lerner um, ja? Wir haben ein fast perfektes Script; das weißt du so gut wie ich. Bring ihm die Änderungen schonend bei.« Sie winkte Eileen zu und ging zur Tür weiter.

Adrian blieb ihr auf den Fersen; Lerner konnte warten. Zusammen traten sie aus dem weitläufigen Bungalow, in dem die Büros der Top-Leute von Paradine untergebracht waren. Es war Mitte Dezember, und die Temperatur lag bei knapp dreißig Grad Celsius.

Die Weihnachtssaison in Hollywood hatte immer die Aura einer Phantasiewelt an sich, und das schockierte wie amüsierte Adrian jedesmal aufs neue. Bunte Lichterketten an den Palmen rechts und links der langen Auffahrt. Weihnachtskränze an den Haustüren sämtlicher Bungalows. Außerhalb des Filmgeländes standen Weihnachtsmänner in Shorts an jeder Straßenecke; aus ihren künstlichen Bärten tropfte der Schweiß. Surfbretter in Weihnachtssonderangebot in den Schaufenstern. Weihnachten in Los Angeles war wie eine Filmproduktion, bei der alles danebengegangen war, einschließlich der Filmkulissen.

Adrian lief neben Kate her. »Wie geht es Sylver?«

»Sehr gut«, antwortete Kate mit einem Lächeln, das sehr schnell wieder verschwand. »Das heißt, ihr würde es sehr gut gehen, wenn Nancy sie in Ruhe ließe.« Vor ungefähr sechs Wochen hatte Nancy ihre Tochter in dem Therapiezentrum aufgespürt. Nachdem sie sah, daß Sylver sich wieder im Griff hatte, konnte sie an nichts anderes mehr denken als an das triumphale Comeback ihrer Tochter. Als Kate Sylver kurz nach Nancys Besuch wiedersah, war Sylver ein Wrack gewesen.

»Hattest du mir nicht erzählt, Sylvers Freund, dieser Ex-Cop, hätte Nancy die Leviten gelesen und ihr damit gedroht, der Presse zuzuspielen, daß Sylver in der Entziehung ist, falls sie noch einmal uneingeladen dort aufkreuzt?« fragte Adrian.

Kate mußte lächeln. Ja, das war wirklich ein guter Trick gewesen. Was Nancy auf keinen Fall wollte, war schlechte Publicity für ihre Tochter. Und da sie Riley nicht kannte, konnte sie nicht wissen, daß dieser seine Drohung niemals wahr machen würde.

»Nancy wartet noch immer auf die Einladung«, antwortete Kate, »was sie jedoch nicht davon abhält, Sylver kleine Zettel und Zeitungsausschnitte zu schicken, die sie an die ›guten alten Zeiten‹ erinnern sollen. Die arme Sylver. Das und die roten Rosen . . .«

»Was für rote Rosen?«

»Jeden Morgen findet Sylver eine rote Rote auf ihrem Fenstersims, die ein heimlicher Verehrer dort immer hinlegt. Jahrlang hat ihr dieser Fan rote Rosen geschickt. Kurz bevor sie ins Drogenzentrum ging, bekam sie sie auch in ihrem Apartment in West Hollywood. Jetzt hat er Sylver offenbar auch im Drogenzentrum aufgespürt.«

»So ein unermüdlicher, ergebener Fan ist ja was Rührendes.«

»Das sieht sie anders«, meinte Kate finster. »Dieser Bursche verängstigt sie.«

»Er scheint doch ganz harmlos zu sein.«

»Vielleicht.«

»Wann kommt Sylver aus dem Therapiezentrum?« erkundigte sich Adrian, als sie den fast leeren Parkplatz erreicht hatten.

»Sie kann jederzeit gehen.« Kate zog die Wagenschlüssel aus ihrer Handtasche. »Ihr Drogenberater sagt, sie sei soweit, doch sie hat Angst, vor Neujahr rauszugehen. Feiertags-Blues. Sie befürchtet, sie könnte einen Rückfall bekommen.«

Kate kannte den Feiertags-Blues gut. Sie freute sich auch nicht gerade besonders auf die bevorstehenden Feiertage. O ja, es gab eine Menge Parties und Gesellschaften, zu denen sie gehen konnte oder mußte, und für alle standen die Begleiter für sie Schlange. Leider lag ihr an keinem der Männer, die sich so darum rissen, sie begleiten zu dürfen. Sie war nicht so naiv anzunehmen, daß sie irgendeinem von ihnen auf persönlicher Ebene etwas bedeutete; sie war eine sehr wichtige und einflußreiche Frau, und mit ihr zusammen gesehen zu werden hob das Ansehen des jeweiligen Begleiters. Kate hatte alles, was sie begehrte – Geld, Macht, Einfluß –, doch wenn es auch ein recht abgegriffenes Klischee war: An der Spitze war man tatsächlich verdammt einsam.

Der einzige Mensch in ihrem Leben, der daran etwas ändern konnte, war Adrian Needham, doch der flog über die Feiertage nach London und verbrachte Weihnachten und Neujahr bei seinem alten Vater, der bei Adrians jüngerer Schwester, seinem Schwager und deren zwei Kindern wohnte.

Nicht, daß Kate sich vormachte, es hätte viel geändert, wenn er in Los Angeles geblieben wäre. Nach ihrer einzigen, wenn auch herrlichen Nacht der Leidenschaft vor zwei Monaten, nach der sich Adrian verpflichtet hatte, bei »Todsünde« Regie zu führen, hatten sie sich darauf geeinigt, diesmal Geschäft und Vergnügen nicht zu vermischen. Beide hatten befürchtet, das würde die Wasser trüben und auch zu viele alte Wunden aufreißen.

Vom Verstand her wußte Kate, daß das die richtige Entscheidung war, doch ihre Empfindungen machten es ihr schwer, mit dieser Erkenntnis zu leben. Sie mußte nicht nur ständig gegen ihren sexuellen Frust ankämpfen, sondern es frustrierte sie auch, daß sie nicht wußte, ob Adrian ihr Abkommen bedauerte. Er hatte ihr nicht den kleinsten Hinweis auf irgendwelche persönlichen Gefühle ihr gegenüber gegeben. Auch keinen Hinweis darauf, ob er genauso »scharf« war wie sie. Sie hatten sich nicht einmal gestritten wie früher. Kate vermutete, daß er absichtlich jeden Zusammenstoß mit ihr vermied, um sie sich vom Leib zu halten. Der Mann trieb sie noch in den Wahnsinn!

»Wenn du nicht bald zu Ted zurückgehst, fühlt er sich verlassen«, sagte Kate, als sie neben ihrem Wagen standen. Sie vermutete, daß Adrian ihr überhaupt nur gefolgt war, um sich nicht mit dem Drehbuchautor herumschlagen zu müssen. Sie blickte noch einmal auf die Uhr. »Verdammt, ich bin wirklich spät dran. Und ich muß noch irgendwo anhalten, um Brathähnchen und Beilagen zu besorgen. Ich habe Sylver nämlich ein Picknick im Park versprochen.«

»Wie nett.«

Kate lächelte verschwörerisch und schloß ihre Wagentür auf. »Ich habe ein verfrühtes Weihnachtsgeschenk für sie.«

»Und was ist das?«

»Der Schlüssel zu meiner Hütte oben in Running Springs. Riley erzählte mir davon, Sylver träumte davon, sich einmal in ein verschneites Bergdorf zurückzuziehen. Falls sie die Feiertage dort oben verbringen kann, verläßt sie das Therapiezentrum vielleicht schon vor Weihnachten.«

»Fern von der kläffenden Meute?«

»Und fern von Drogendealern und Schnapsläden.« Kate lächelte.

»Begleitest du sie dorthin?«

»Ich? Nein. Mein Terminkalender ist für die nächsten Wochen randvoll.« Kate wollte auf keinen Fall, daß Adrian dachte, sie würde vor Sehnsucht nach ihm vergehen, während er in London im Kreise seiner Lieben war.

Sie fühlte sich verpflichtet, ihren Terminplan zu erläutern. »Da wäre Charlie Windhams Weihnachtsgesellschaft, ein absolutes Muß. Und dann Marianne Spars' Silvesterparty in ihrem Restaurant ›Stars and Spars‹. Dann die endlose Reihe von Brunches, Cocktailparties . . . Na, du kennst die Szene ja.«

Adrian verzog das Gesicht. Er liebte diese Szene nicht. Das war auch der Grund, weshalb er über die Festtage aus L.A. floh. Jedenfalls einer der Gründe. Er wandte den Blick von Kate ab. Sah sie es ihm an? Hatte sie eine Ahnung, was für ein Kampf in ihm tobte? Wie oft in den letzten Wochen war er schon versucht gewesen, sie dazu einzuladen, ihn nach London zu begleiten!

Als ob sie alle diese verdammten Glitzergalas gegen den Aufenthalt in einer überfüllten Wohnung im East End eintauschen wollte, wo sie sich den Platz teilen mußte mit zwei herumrasenden, kreischenden Kids, seinem Alten, der nach dem Sonntagsessen im Sessel schnarchte, mit seiner Schwester Freda, die Kate, die Präsidentin der Spielfilmabteilung eines großen Hollywood-Studios, fragte, ob sie ihr beim Abwaschen helfen würde . . . Adrian konnte sich das genau vorstellen!

Nein, er konnte sich das eben nicht vorstellen.

»Riley hat gesagt, er würde gern dort oben ein paar Wochen mit Sylver verbringen, wenn sie das möchte«, erzählte Kate gerade.

Adrian schob seine sinnlosen Gedanken beiseite. »Was spielt sich zwischen Sylver und diesem Ex-Cop ab?«

Kate lächelte. »Ich glaube, sie sind verrückt nacheinander, und die Frage ist nur, wer mehr Angst davor hat, es zuzugeben.«

Adrian grinste und tippte sich mit dem Zeigefinger an die Lippen.

Kate blickte ihn unsicher an. »Was findest du so komisch?«

»Nichts. Ich habe dich nur noch nicht als Kupplerin erlebt.«

»Also wirklich, Adrian.«

»Nein, nein. Es fügt deiner Persönlichkeit eine ganz neue Dimension hinzu. Ich finde das bezaubernd.«

Ebenso verlegen wie albernerweise auch erfreut über diese Bemerkung, winkte Kate ab und wollte gerade in ihren Wagen steigen, als sie Douglas Garrison herankommen sah. Ihre Miene verfinsterte sich. Adrian folgte ihrer Blickrichtung. Seine Miene verfinsterte sich ebenfalls.

»Soll ich hierbleiben und den Blödmann k. o. schlagen?«

Kate gab ihm einen kleinen Schubs. »Nein. Einen Studiochef schlägt man nicht k. o., auch wenn er einem erheblich auf den Wecker fällt. Ich werde mich mit Doug befassen, und du gehst wieder rein und befaßt dich mit Lerner.«

Widerstrebend ging Adrian davon, hauptsächlich deswegen, weil er wußte, wenn er bliebe, dann würde er vielleicht doch ausholen, denn Garrison war offenbar wild entschlossen, alles in seiner Macht Stehende zu tun, um die Produktion von »Todsünde« zu sabotieren.

Für einen Moment war Kate versucht, in ihren Wagen zu springen und wegzufahren, ehe Doug zu ihr herankommen konnte. Sie unterließ es, weil er sie ja doch wieder treffen würde. Seit ihrer ärgerlichen Begegnung bei diesem Wohltätigkeitsdinner vor zwei Monaten im Foyer des Century Plaza war das ohnehin schon schlechte Verhältnis zwischen ihnen definitiv unerträglich geworden.

An einem Tag kam er in ihr Büro gestürmt und warf ihr vor, seine Karriere zerstört und ihn zum Gespött der Leute gemacht zu haben; ein paar Tage später stand er weinend vor ihrer Haustür, bettelte, sie möge ihn doch zurücknehmen, weil er ohne sie nicht leben könne, und einen Tag danach dachte er sich irgendeine Gemeinheit aus, um ihren Film zu sabotieren. Zum Beispiel verbreitete er Gerüchte über die angeblich schlechte Zusammenarbeit zwischen Adrian und Lerner und verlangte sogar eine Buchprüfung, weil er sehen wollte, ob Kate oder Adrian Gelder aus dem Budget für ihre eigenen Konten abgezweigt hatten.

Zu allem Überfluß nahm seine Eifersucht auf Adrian überhand; Kate war sich ganz sicher, den gelben Lamborghini nachts in ihrer Straße gesehen zu haben, so als wollte Doug prüfen, ob Adrians Wagen – ein kürzlich gekaufter VW-Käfer, Baujahr 1968, Top-Kondition – in ihrer Auffahrt parkte.

Hinzu kam, daß es Doug gelungen war, Zweifel an Charlie Windham zu erregen wegen dessen Entscheidung, so viele Geldmittel und Befugnisse in Kates Hände zu legen. Sie hatte mehrere Meetings mit Windham gebraucht, um diesen davon zu überzeugen, daß die von Doug verbreiteten Gerüchte reine Erfindung waren. Bei der letzten Besprechung hatte der Chef von Paradine sie tatsächlich aufgefordert, mit diesem Projekt einen sicheren Kurs zu segeln. Gerne doch, hatte sie bei sich gedacht, wenn mir jetzt nur noch einfiele, wie ich Doug über Bord schmeißen kann ...

Doug kam heranstolziert. »Der Süße hat sich aber schnell aus dem Staub gemacht, was?«

Kate bemühte sich, ganz cool zu bleiben. »Was willst du, Doug? Ich hab's eilig.«

»Was ich will? Ich will genau wissen, was du Nancy Cassidy erzählt hast.«

»Wovon redest du?«

»Nancy Cassidy hat mich heute morgen aufgesucht. Offenbar glaubt sie, du hättest ihrer Tochter die zweite Hauptrolle in ›Todsünde‹ versprochen.«

Kate blickte Doug erstaunt an. »Was? Nancy ist verrückt. Ich habe Sylver gegenüber nicht einmal eine entsprechende Andeutung gemacht. Sie ist auch noch gar nicht soweit, die Arbeit wiederaufzunehmen. Ich weiß nicht einmal, ob sie das in der Zukunft überhaupt vorhat.«

»Also, ich finde, Sylver wäre für die Rolle der Beth durchaus geeignet.«

»Mag sein, doch . . .«

»Ich gebe zu, anfangs war ich gegen diese Idee, doch Nancy kann sehr überzeugend sein. Außerdem weißt du ja, daß ich schon immer etwas für ihre Tochter übrig hatte. Und Nancy versichert, Sylver sei jetzt in Topform. Um also keine Lügnerin aus dir zu machen, habe ich okay gesagt, Darling.«

Kate blickte ihn jetzt nicht mehr erstaunt, sondern restlos verblüfft an. »Du hast . . . was hast du gesagt?«

»Daß Sylver die Rolle der Beth in ›Todsünde‹ bekommt.« Dougs herausfordernder Blick war nicht mißzuverstehen, und Kate wußte auch genau, weshalb Doug Sylver diese Rolle geben wollte: Er rechnete nicht mit Sylvers Erfolg, sondern mit ihrem Versagen. Eine weitere Möglichkeit, die Produktion zu sabotieren.

»Dies ist mein Film, Doug. Du hast keine Befugnis . . .«

Er packte sie hart am Arm. »Hier irrst du dich, Kate. Das ist ein Fehler, den du fortwährend machst.«

Kate zuckte zurück – vor Schmerz, vor dem eisigen Ton in Dougs Stimme und vor seinem erschreckend leeren Blick. »Laß mich los, Doug.«

»Das werde ich erst tun, wenn ich mit dir fertig bin, Kate.«

Kate biß die Zähne zusammen. »Doug, ich denke, du solltest von deiner Hellseherin wieder zu deinem Psychiater zurückkehren. Du benötigst Hilfe.«

Er ließ sie so abrupt los, daß sie sich an ihrer offenen Wagentür festhalten mußte. Sein Gesicht nahm jetzt leicht irre Züge an. »Das würde dir so passen, nicht? Dann laß dir mal was sagen, Baby. Wenn alles vorbei und erledigt ist, werde ich wieder am Ruder stehen, und du wirst diejenige sein, die sich auf die Couch eines Seelenklempners packen muß.«

So zornig sie auf Doug war, so verstand sie doch teilweise, was er durchmachte. Sie nahm ihm nur übel, daß er sie für alles verantwortlich machte. Sie war nicht diejenige, die seine Befugnisse im Studio beschränkt hatte, und was die Beendigung ihrer Affäre betraf, so litt wohl mehr sein Ego als sein Herz. Douglas Garrison verlor nicht gern etwas, das er zu seinem Besitz gezählt hatte. Nun, sie besaß er nicht, und er hatte sie auch nie besessen.

Sie versuchte, vernünftig mit ihm zu reden. »Meinen Film zu unterminieren, verbessert deine Lage nicht, Doug. Falls ›Todsünde‹ der Hit wird, den ich vorraussage, bringt er Paradine wieder zurück ins Rennen. Davon können wir alle doch nur profitieren.«

Sein Gesichtsausdruck wurde weicher. Das erschreckte Kate in der letzten Zeit am meisten an Doug – seine raschen Stimmungsumschwünge. »Verstehst du denn nicht, wie schwer das alles für mich ist, Kate? Ich hielt dich immer für die einzige Person, auf die ich zählen konnte.«

»Das kannst du auch«, sagte sie mit Bedacht. »Unsere Freundschaft bedeutet mir viel, doch es fällt mir schwer, Mitgefühl zu zeigen, wenn du . . .«

Sofort verhärtete sich seine Miene wieder. »Mitgefühl? Du meinst, ich will dein Mitgefühl?«

Kate stöhnte innerlich auf. Doug konnte alles verdrehen, was sie sagte oder empfand, und aus ihren freundlichen Worten machte er Beleidigungen. Wenn das noch länger so weiterging, waren bald keine guten Gefühle mehr übrig.

»Doug, wir können nicht alles immer wieder aufs neue durchkauen. Ich muß jetzt gehen.« Ehe er sie wieder festhalten konnte, schlüpfte sie rasch in ihren Wagen, zog die Tür zu und betätigte die elektrische Türverriegelung. Als sie abfuhr, blickte sie im Rückspiegel zu Douglas zurück. Sein Gesicht zeigte den reinen, kalten Haß.

Im Park breitete Kate eine Decke aus und holte die verschiedenen Sachen aus dem Weidekorb – bunte Pappteller, passende Servietten, eine Schüssel mit frisch angemachtem Kohlsalat. Sylver lächelte entzückt, als Kate die Aluminiumfolie von dem Grillhähnchen wickelte.

»Mein Lieblingsessen. Du hast es nicht vergessen«, sagte Sylver leise.

Kate lächelte und zog eine große Flasche Erdbeerbrause aus dem Korb. »Ich hoffe, die magst du auch noch so gern.«

Sylver lachte. »Ich glaube, wir haben ein halbes Dutzend Flaschen von dem Zeug auf dieser Schlummerparty damals leergemacht.«

»Es war ein ganzes Dutzend. Am nächsten Morgen hattet ihr alle lila Zungen.«

Sylver blickte versonnen drein und nahm sich einen knusprig braunen Hähnchenschenkel. »Du bist eine so wunderbare Freundin, Kate. Womit habe ich dich nur verdient?«

Kate goß Brause in die Pappbecher. Immer wenn sie Sylver besuchte, fühlte sie dieses Gewicht in ihrer Brust. Sie wußte, was das war, und sie kannte auch den einzigen Weg, es loszuwerden. Langsam richtete sie den Blick auf Sylver, die sie ihrerseits ebenfalls anschaute.

Sylvers strahlende Schönheit erstaunte Kate stets aufs neue. Was für eine Verwandlung seit ihrem ersten Wiedersehen im Therapiezentrum vor zwei Monaten! Da sie sich täglich ein paar Stunden draußen an der Sonne aufhielt, zeigte Sylvers durchscheinender Teint jetzt eine sehr gesunde Farbe. Sie hatte auch einige dringend nötige Pfunde zugenommen sowie einen Gymnastikkurs im Therapiezentrum belegt, so daß ihre Figur nun straff und sportlich wirkte. Sogar ihr Stachelhaar sah jetzt sehr ansprechend aus, nachdem es ein paar

Zentimeter gewachsen und den goldenen Schimmer zurückerhalten hatte.

»Was hast du, Kate?« fragte sie besorgt. »Jedesmal, wenn du mich besuchst, ist da immer so eine ... Traurigkeit in deinen Augen.«

Kate versuchte den dicken Kloß in ihrem Hals hinunterzuschlucken. Es gelang ihr nicht. »Was du da siehst, ist das schlechte Gewissen.«

Sylver langte über die Decke und faßte Kates Hand. »Weshalb hast du ein schlechtes Gewissen? Ich dachte, dafür sei ich doch zuständig. Ich bin schließlich die Drogenabhängige, die Alkoholikerin. Ich bin die total Kaputte. Du bist die ungeheuer kluge, erfolgreiche, unerschütterliche ...«

Kates Qual drohte hervorzubrechen. »Hör auf, Sylver. Bitte hör auf. Du machst es nur schlimmer.« Als sie Sylvers bestürzten Gesichtsausdruck sah, bedauerte sie ihren Ausbruch sofort. Sie drückte sich die geballten Fäuste auf die Augen. »O Gott, ich verpfusche das Ganze restlos.«

Sylver saß ganz still, ihr Herz hämmerte, und der Hähnchenschenkel in ihrer Hand wurde bleischwer. »Wir müssen ... darüber ... nicht reden.«

Kate ließ die Hände sinken. »Doch. Ich muß es. Ich muß darüber reden. Was ich dir sagen will, Sylver ... ich hätte dich nie dazu zwingen dürfen, ›Glory Girl‹ zu beenden. Nichts von dem, was dir passiert ist, wäre geschehen, wenn ich dich aus diesem Film gelassen hätte.«

Sylver beugte sich vor, als könnte sie Kate sonst nicht genau sehen.

»Kate, das ist doch verrückt. Du hast mich ja nicht gezwungen. Du hast mir nur deinen besten Rat gegeben. Du dachtest, für mich wäre es das beste ...«

»Nein«, unterbrach Kate heftig. »Ich dachte, für Paradine wäre es das beste. Verstehst du denn nicht, Sylver? Ich habe nur an die katastrophalen Auswirkungen auf das Studio gedacht, wenn ich dich aus dem Film entließe. Nicht an deine Interessen habe ich dabei gedacht, sondern nur an meine.«

»Ach, nun komm schon, Kate. Das verstehe ich doch«, versicherte Sylver. »Du hast schließlich bei Paradine gearbeitet und hättest deinen Job verlieren können, wenn ich den Film nicht beendet hätte. Ich gebe dir nicht die Schuld an dem, was mir passiert ist. Film hin und her, auf jeden Fall hätte ich mich auf meiner Geburtstagsparty nicht betrinken dürfen.«

Kate packte Sylver bei den Schultern und schüttelte sie. »Du darfst nie – niemals! – denken, was dieser Bastard Nick Kramer dir angetan hat, wäre aus welchem Grund auch immer deine Schuld gewesen. Er hat dich vergewaltigt. Es spielt keine Rolle, ob du nüchtern oder betrunken warst. Du hast ihm gesagt, er soll dich in Ruhe lassen, und er hat es nicht getan. Sylver, ich hätte darauf bestehen sollen, daß du ihn anzeigtest.« Nun war es heraus. Jetzt war es ausgesprochen.

»Kate . . .«, begann Sylver halbherzig.

Kate schüttelte langsam den Kopf. »Ich wußte, daß es das einzig Richtige war. Kramer anzuzeigen, wäre der einzige Weg für dich gewesen, dich zu wehren.«

»Du hast mich nicht davon abgebracht, Kramer anzuzeigen. Das war meine Mutter. Sie dachte nur daran, wie sehr der Skandal meiner Karriere schaden würde.« Sylver lachte auf. »Meiner geliebten Karriere! Ich hab's Nancy gezeigt, was?«

»Versteh doch, ich war nicht besser als deine Mutter.« Kate schloß die Augen. Das Eingeständnis tat weh. »O sicher, als du mich anriefst und ich dich dann in Kramers Haus sah . . . da war mir fast so, als wäre ich selbst das Opfer . . .«

»Du wolltest doch, daß ich ihn anzeigte, Kate. Weißt du nicht mehr? Nash wollte das auch. Ihr beide wolltet . . .«

»Ja, zuerst. Dann haben wir einen Rückzieher gemacht. Nash erkannte, daß er keine Aussicht auf die Hauptrolle in Kramers nächstem Film mehr hatte, wenn bekannt wurde, daß er dich zu der Anzeige veranlaßt hatte.«

»Über Nash habe ich mir nie Illusionen gemacht.« Sylver blickte zur Seite, rieb sich die Arme, als fröre sie, und schaute dann Kate wieder an.

Kate seufzte. »Deine Mutter, Nash, ich . . . am Ende dachten wir alle nur an uns selbst.«

Kate mußte sich erst wieder sammeln, ehe sie weiterreden konnte. »Ich war die Schlimmste, denn ich habe dein Vertrauen mißbraucht. Und dazu bedurfte es nur eines kleinen Hinweises von Doug. Ich ging an jenem Abend zu ihm. Ich kochte vor Wut und hätte Kramer mit bloßen Händen das Herz aus dem Leib reißen können. Ich erzählte Doug, daß Nancy sehr gegen eine Anzeige war, daß du jedoch mit meiner Unterstützung den Mut aufbringen würdest . . . Mut – der hat mich selbst verlassen, als Doug darauf hinwies, daß ich beruflichen Selbstmord begehen würde, falls ein Skandal . . .«

»Also wußte Douglas Garrison von der . . . Sache mit mir und Kramer?« Das Wort »Vergewaltigung« konnte Sylver noch immer nicht aussprechen.

»Ja«, antwortete Kate leise. »Ich bin zu ihm nicht nur gegangen, weil er der Produzent von ›Glory Girl‹ war. Doug und ich waren damals . . . ein Liebespaar.«

»Du und Garrison?« Sylver war verblüfft. »Ich hätte mir euch nie als ein Paar . . . Entschuldigung. Jedem das Seine. Sprich weiter. Er sagte also, du würdest beruflichen Selbstmord begehen . . .«

»Um ihm gegenüber fair zu sein – als ich ihm erzählte, was dir widerfahren war, regte er sich furchtbar auf. Er mochte dich nämlich wirklich gern, Sylver.« Kate erwähnte nicht, daß Doug Sylver jetzt die Rolle in »Todsünde« geben wollte; außerdem war sein Motiv dafür ja wohl kaum sein Herz für Sylver. Allerdings überlegte Kate schon, ob es wirklich eine so schlechte Idee war. Die Dreharbeiten würden nicht vor nächstem Monat beginnen. Würde Sylver dann schon soweit sein? Und würde sie die Rolle übernehmen wollen?

»Ich war mir nie genau im klaren darüber, was Doug von mir hielt«, sagte Sylver. »Es schien immer eine gewisse Spannung zwischen uns zu herrschen. Er schien sich in meiner Gegenwart nie so ganz wohl zu fühlen. Wußte nie, was er sagen sollte. Ich nehme an, das lag daran, weil er keine eigenen Kinder hatte. Ich kann ihn mir auch nicht als Vater vorstellen. Du?«

Kate schüttelte den Kopf. Vor vielen, vielen Jahren hatte es eine Zeit gegeben, zu der sie sich Douglas Garrison nicht nur als Vater, sondern als den Vater ihrer Kinder hatte vorstellen können.

»Meine Mutter hatte nie sehr viel Schmeichelhaftes über Douglas zu sagen«, fuhr Sylver fort. »Natürlich war sie immer katzenfreundlich, wenn sie ihm begegnete, doch hinter seinem Rücken nannte sie ihn einen hinterhältigen, kaltherzigen Bastard.« Sie errötete. »Entschuldigung. Wahrscheinlich hast du eine andere Meinung von ihm.«

»Wir irren uns alle manchmal in unserm Urteil«, sagte Kate.

Sylver legte ihre Hand auf Kates Arm. »Eines habe ich bei der Gruppentherapie gelernt: Man muß die Vergangenheit loslassen und sich nicht den Schädel damit einschlagen.«

Kate nickte. »Leichter gesagt als getan.«

Sylver lächelte. »Ich gestehe gern, daß ich nicht eine einzige Träne vergossen habe, als Kramer bei diesem Verkehrsunfall umkam. In Wahrheit hätte ich auf seinem Grab tanzen mögen. Du mußt zugeben, daß ich dafür auch eine gute Entschuldigung hatte.«

Kate durchschaute Sylvers scheinbare Kaltschnäuzigkeit. Sie zog sie zu sich heran und umarmte sie. »Reden wir nicht mehr von Entschuldigungen. Okay?«

Geborgen in Kates Armen, liefen Sylver plötzlich die Tränen über die Wangen. Die Realität des Traumas, das sie in jener längst vergangenen Nacht erlitten hatte, stürzte jetzt auf sie ein. »O Gott, Kate – er hat mich vergewaltigt. Nicky Kramer hat mich vergewaltigt. Ihn hätten wir hassen sollen, und statt dessen haben wir beide all diese Jahre damit verschwendet, uns selbst zu hassen. Ich will nicht mehr hassen, Kate. Ich habe dazu nicht mehr die Kraft. Ich will mich nicht mehr selbst zerstören.« Sie schlang die Arme um Kates Nacken und barg das Gesicht an Kates Brust. »Sei bitte meine Freundin, Kate. Hab mich lieb. Bitte.«

Kate nickte. Sie wiegte Sylver in den Armen und streichelte ihr übers Haar. »Ich liebe dich, Sylver.«

Zum ersten Mal in ihrem Leben gab Kate offen zu, jemanden zu lieben. Unumwunden und ohne nach unverfänglicheren Ausdrücken zu suchen. Nur ein schlichtes »Ich liebe dich«, ohne jeden relativierenden Zusatz. Sie lächelte. Verdammt wollte sie sein, wenn sie sich dabei nicht erstaunlich gut fühlte. Nach all den vielen Jahren der Seelenangst zu wissen, daß es so leicht sein konnte, es auszusprechen. Und es zu fühlen. Wenn es doch nur auch bei Adrian Needham so leicht sein würde ...

Jawohl, und als nächstes fing sie noch an, an den Weihnachtsmann zu glauben.

Was Kate an das Weihnachtsgeschenk für Sylver erinnerte.

14

Wie ein Schuljunge, der auf seine erste Freundin wartet, stand Riley vor dem Therapiezentrum. Nervös warf er einen Blick in seinen – dank Kate Paley – gemieteten Ford Mustang, auf dessen Rücksitz sein Koffer sowie seine Schreibmaschine lagen. Er fragte sich, ob er jetzt total verrückt geworden war. Drei Wochen allein mit Sylver in einer abgelegenen Berghütte – und er wollte die Sache rein platonisch halten? Er wollte die Gelegenheit nicht nutzen? Er wollte seine überhitzten Hormone einfach ignorieren? Er wollte Sylver dabei helfen, ihr Vertrauen in andere Menschen, insbesondere in ihn, wiederzufinden? Und während er damit beschäftigt war, so nobel und aufopferungsvoll zu sein, wollte er auch noch seinen großen amerikanischen Kriminalroman fertigschreiben?

Komm wieder auf den Boden, Riley.

»Hallo, Riley.«

Er fuhr zusammen, als Sylver plötzlich wie aus dem Nichts vor ihm auftauchte. »Oh, ... Sie sind ... draußen.«

Sylver lächelte schief. »Yeah. Die Jungs haben mich freigelassen. Is' das da das Fluchtauto?«

Er grinste.

Sylver zwinkerte ihm zu. »Dann nix wie weg hier, Kumpel.«

Die Fahrt hinauf nach Running Springs dauerte fast drei Stunden. Riley fuhr, und Sylver fungierte als Navigator. Sie dirigierte ihn auf den Freeway und wieder hinunter und dann auf die gewundenen Bergstraßen, wobei ihr Kates Karte sowie detaillierte schriftliche Anweisungen halfen. Während der Fahrt unterhielten sie sich kaum, doch keinem von beiden erschien das Schweigen unangenehm. Daß sie sich immer weiter von Hollywood entfernten, empfanden sie irgendwie als beruhigend, und Riley kam langsam zu der Ansicht, daß es doch eine gute Idee gewesen war, mit Sylver hierher zu fahren. Mochten auch seine Hormone gelegentlich verrückt spielen, Sylver hatte ihm noch nie einen Grund für die Annahme gegeben, sie könnte etwas anderes für ihn empfinden als Dankbarkeit und Freundschaft. Einen weiblichen Freund hatte er noch nie gehabt.

»Bei der nächsten Gabelung biegen wir rechts ab«, erklärte Sylver aufgeregt. »Laut Kates Karte befindet sich die Hütte dann dreieinhalb Kilometer weiter auf der rechten Straßenseite.«

»Aye, aye, Käpt'n«, sagte Riley gutgelaunt und optimistisch.

»O Riley, sehen Sie doch nur! Es fängt zu schneien an. Es wird eine weiße Weihnacht – die erste in meinem Leben.«

Lächelnd warf Riley einen Blick zu ihr hinüber. Noch nie war sie ihm so jung und unschuldig erschienen. Unglücklicherweise auch noch nie so anziehend. Sie hatte in zwei Monaten einen langen Weg zurückgelegt. Er selbst ebenfalls.

Sein Herz schlug schneller. Die Zweifel kehrten zurück. Konnten eine schöne, begehrenswerte Frau und ein unbedeutender Ex-Cop, der scharf auf sie war, wirklich eine platonische Verbindung aufrechterhalten?

Er hätte beinahe die Abzweigung verpaßt.

Sylver rutschte auf ihrem Sitz halb zu ihm herum. »Was geht Ihnen durch den Kopf, Riley?«

»Durch den Kopf? Ach, nur so . . . Zeug. Mein Buch.«

»Wissen Sie noch, daß Sie mir versprochen haben, ich dürfte es lesen, während wir da oben sind?«

»Wissen Sie noch, daß Sie mir versprochen haben, keine zu großen Erwartungen zu hegen?« fragte er nervös zurück. Bis jetzt hatte noch niemand auch nur eine einzige Seite seines unfertigen Manuskripts gelesen. Nicht, daß er sich vor Kritik oder Enttäuschung fürchtete; in dem Text hatte er nur soviel von seiner eigenen Person offenbart. Ob das Buch Sylver nun gefiel oder nicht, wenn sie es las, würde sie mehr über ihn erfahren, als ihm bei ihr – oder bei jedem anderen ihm nahestehenden Menschen – vielleicht recht sein konnte.

Ihm nahestehende Menschen. Ein komischer Gedanke. Abgesehen von seinem alten Partner, Al Borgini, war Sylver die einzige Person, der er sich je nahe gefühlt hatte. Der Unterschied zu seinem Verhältnis zu Al bestand darin, daß er sich ihm immer zu entziehen versucht hatte, was ihm – gottlob – nicht gelungen war. Bei Sylver war er anders. Er hatte es ganz bewußt zugelassen, daß er ihr nahekam. Dabei war er sich nicht einmal sicher, ob sie sich über ihre Einstellung zu ihm im klaren war. Oder über ihre Einstellung zu diesem Fiesling Nash Walker. Vor ein paar Wochen hatte sie ihm einen kurzen Brief geschrieben; sie hatte ihm mitgeteilt, wo sie sich befand und wie gut es ihr ging.

»Sam Hibbs hat mir erzählt, daß Ihr Freund Nash neulich in die Klinik kam, um Sie zu besuchen«, bemerkte Riley so ganz nebenbei.

Sylver setzte sich wieder gerade hin und schaute nach vorn. »Ich habe ein paar Minuten mit ihm gesprochen. Er ... hat sich ein Apartment am La Cienega Boulevard gesucht.« Riley hatte Sylvers Miete bezahlt, doch die Schlösser auswechseln lassen, so daß Walker sich dort nicht länger einnisten konnte.

»Wie geht es ihm?« Natürlich wußte Riley das, doch er wollte herausfinden, wie Sylver jetzt zu ihm stand.

»Ganz gut, glaube ich. Er hat eine Audition für einen kleinen Part in einem Mario-Vega-Film.« Sylver zuckte die Schultern. »Er wird die Rolle aber nicht bekommen.«

»Weil er ein so lausiger Schauspieler ist oder weil er zu weit weg ist, um bei dem Vorsprechen zu erscheinen?«

Sylver lächelte ein bißchen schief. »Sie mögen Nash nicht, oder?«

»Mögen Sie ihn?« Das war ihm so herausgerutscht, und zurücknehmen konnte er die Worte nicht mehr. Er blickte geradeaus auf die Straße und faßte das Lenkrad fester.

»Wir haben eine gemeinsame Geschichte.« Das war bestenfalls eine ausweichende Antwort, doch Sylver wußte nicht, was sie sonst sagen sollte.

»Alte Kriegskameraden, was?«

»Nash steckt noch immer im Sumpf. Als er mich in der Klinik besuchte, habe ich wirklich versucht, ihn dazu zu bewegen, sich auch für das Programm einzutragen. Er hat mich angesehen, als wäre ich schwachsinnig. ›Ich bin doch nicht süchtig‹, sagte er. ›Ich nehme nur hin und wieder mal ein bißchen was.‹ Kam mir sehr bekannt vor. War ich auch so leicht zu durchschauen wie Nash?«

»Darauf kommt es nicht an, Sylver, sondern darauf, was daraus wird.«

»Geben Sie Nash nicht die Schuld an meinem Debakel, Riley. Er hat mich zu nichts gezwungen, das ich nicht auch wollte.«

Er warf ihr einen Blick zu, diesen Blick finger Sylver auf, und da traf sie die Erkenntnis: Mit diesem Mann, den sie kaum kannte, würde sie jetzt drei Wochen in einer abgelegenen Berghütte verbringen. Und das Verrückteste war, daß sie das in stocknüchternem Zustand tun würde.

Nervös blickte sie wieder nach vorn. Würde Riley sich ihr nähern? Weshalb sollte sie auch nur eine Sekunde lang denken, er sei anders als andere Männer? Zumal sie jetzt ja auch wieder halbwegs manierlich aussah. Weshalb sonst hatte er ihr angeboten, mit ihr hier heraufzukommen? Und schuldete sie ihm nicht auch etwas? Schließlich hatte er ihr das Leben gerettet. Obwohl sie manchmal bezweifelte, daß er ihr damit einen Gefallen getan hatte.

»Dort ist der gelb angestrichene Briefkasten.« Sylver deutete nach rechts. »Wir biegen in die Auffahrt gleich dahinter ein.«

Riley bog also ab und fuhr einen schmalen, gewundenen, verschneiten Pfad entlang. Kates Zuflucht befand sich noch ungefähr hundert Meter hügelaufwärts. Als das riesige, zedernholzverkleidete zweistöckige Chalet, das an jeder Seite noch einen ebenerdig angebauten Flügel besaß, in Sicht kam, stieß Riley einen leisen Pfiff aus.

»Das soll eine ›Hütte‹ sein?«

Sylver grinste. »Das ist hollywoodisch und heißt ›kleiner Palast‹.«

Auch gut, dachte Riley. Dann mußten sie wenigstens nicht immer übereinander wegsteigen, wenn sie sich umdrehen wollten. Wahrscheinlich verliefen sie sich in diesem Haus eher.

Er folgt ihnen bis hinauf nach Running Springs und fährt dann langsam an der Auffahrt vorbei, in die sie abgebogen sind. Er schwitzt vor Nervosität.

Ein Stück weiter die Straße entlang hält er an. Er hätte es sich ja denken müssen, daß dieser fiese Kerl, dieser Quinn, draußen vor dem Drogenzentrum auf sie warten würde. Aber woran hat er gedacht? Nur daran, wie er aus seinem Wagen springt, sobald sie aus der Tür kommt, sich endlich als ihren lebenslangen, heimlichen Fan vorstellt, sie zu seinem Wagen führt und ihr dann voller Freude verkündet, daß er sie jetzt zu ihrem schönen neuen Heim bringen will.

Jetzt wird ihm klar: Selbst wenn Quinn nicht dagewesen wäre und er Sylver hätte abfangen können, würde sie ihn vermutlich für irre gehalten haben. Und selbstverständlich wäre er auch der erste gewesen, der seiner Prinzessin gesagt hätte, sie dürfe niemals mit Fremden mitgehen. Nur ist er ja kein Fremder. Er ist ihr Seelenverwandter. Sie sind beide schon sehr lange zusammen – auf eine ungewöhnliche Art und Weise. Wenn er ihr das erst einmal erklärt hat ... Wenn sie das dann verstand ...

Manchmal fragt er sich wirklich, ob er noch alle Tassen im Schrank hat. Zwanzigtausend Dollar auf den Tisch zu legen für eine kleine Wohnung, in die Sylver vielleicht gar nicht einziehen will. Immerhin hat er genug Verstand, um zu wissen, daß sie es ablehnen könnte, selbst nachdem er ihr alles erklärt hatte, was in seinem Herzen vorging. Und dann? Sie kidnappen und gegen ihren Willen einquartieren? Und hoffen, daß sie nach einiger Zeit schon erkennen würde, was für ein großartiger und großzügiger Bursche er war?

Er schlägt die Hand aufs Lenkrad und will am liebsten umdrehen, in die Stadt zurückkehren, die Eigentumswohnung wieder verkaufen und seinen Irrsinn vergessen.

Nein, es ist kein Irrsinn. Was er für Sylver empfindet, ist das Gesündeste, was er je empfunden hat. Wie konnte er auch nur daran denken, sie im Stich zu lassen, sie hier draußen in der Wildnis mit diesem Mistkerl, diesem Quinn, allein zu lassen? Ihr kann hier doch alles mögliche passieren. Er muß bleiben, auf sie aufpassen, sie beschützen.

Er holt seine Waffe aus dem Handschuhfach und steckt sie sich in die Tasche seines Regenmantels. Es schneit jetzt stärker. Er schaltet die Scheibenwischer ein, und jetzt kann er die kleine Hütte ein Stückchen weiter auf der linken Straßenseite sehen. Er fährt hin und findet dort keine Reifenspuren, kein Auto in der Auffahrt vor. In der Hütte ist es dunkel, und Rauch kommt auch nicht aus dem Schornstein.

Bei laufendem Motor bleibt er noch lange im Wagen sitzen.

Noch nie zuvor ist er irgendwo eingebrochen. Schwierig ist es bestimmt nicht, und er will ja auch nichts stehlen. Er braucht nur einen Unterschlupf und einen Platz in der Nähe seiner Prinzessin, damit er sich um ihr Wohlergehen kümmern kann.

Er steigt aus dem Wagen, dreht sich um und blickt zur anderen Straßenseite. Von hier aus kann er das große Chalet gut einsehen, in dem jetzt nach und nach alle Lichter angehen. Er klappt seinen Kofferraum auf und hebt eine kleine lederne Reisetasche heraus.

Aus der Reisetasche holt er ein Fernglas. Trotz der Kälte und des Schnees, der auf ihn herabfällt, steht er minutenlang vor der verlassenen Hütte und beobachtet die beiden durchs Fernglas. Sylver ist in der Küche und öffnet die Geschirrschränke. Quinn ist im Wohnzimmer und legt Holzscheite in den Kamin.

Endlich geht er zur Hütte, prüft erst die Tür und dann sämtliche Fenster. Alles fest verschlossen. Zum Schluß schlägt er die kleine Glasscheibe über der Hintertür ein, greift hindurch und entriegelt die Tür. Er tritt in eine hübsche, knorrige Kiefernholzküche. Er betätigt den Schalter neben der Tür, das Licht geht nicht an. Der Strom ist also abgeschaltet. Ein gutes Zeichen; wahrscheinlich wohnt hier niemand. Es ist noch hell genug, so daß er sich umsehen kann. In den Schränken findet er ein paar Konservendosen, Teller, Töpfe, Pfannen und Besteck, in einer der Schubladen eine funktionierende Taschenlampe und ein paar Kerzen in einer anderen.

Von der Küche geht er in das heimelige Wohnzimmer, dessen kleine Sprossenfenster eine perfekte Aussicht auf das Chalet auf der anderen Straßenseite bieten. Er hebt das Fernglas an die Augen und schaut hinüber. Wenn er schon die Feiertage nicht zusammen mit Sylver verbringen kann, dann ist er doch wenigstens ganz in ihrer Nähe und kann über sie wachen. Das ist ihm genug. Er war noch nie sehr anspruchsvoll gewesen.

An der offenen Tür zum Schlafzimmer – einem großen eleganten Raum mit einem Himmelbett aus Kirschbaumholz, einem breiten Eichenschrank und schönen Lithographien an den hellen Wänden – blieb Riley stehen. Das Zimmer wirkte romantisch und feminin, ohne dazu viel Chichi zu benötigen. Es **paßte zu seinem Bild von Kate.**

Dieser Raum wie überhaupt das ganze Chalet, das aus einem Hochglanzmagazin zu stammen schien, schüchterte Riley ein. Wenn er jemals in Häusern wie diesem war, dann nur in Ausübung seines Jobs als Polizist. Gewöhnlich war er nicht weiter als bis in die Eingangshalle gekommen; die Bewohner solcher Luxuswohnstätten fürchteten zweifellos, er könnte Absatzspuren auf den gebleichten Eichenfußböden zurücklassen.

Sylver bemerkte ihn erst gar nicht, und so konnte er beobachten, wie sie sich hier verhielt. Anders als er, schien sie sich in dieser aufwendigen Umgebung sofort heimisch zu fühlen. Ein paar Jahre auf der schiefen Ebene hatten sie offenbar nicht vergessen lassen, daß sie einst so gelebt hatte wie hier.

»Na, wie geht's?« fragte er mit etwas angestrengter Stimme.

Sylver zog gerade ein weiches weißes Nachthemd zusammen mit einem Zettel aus einer der Kommodenschubladen. Sie drehte sich zu Riley um, und auf ihrem Gesicht spiegelte allergrößtes Erstaunen.

»Ich kann's kaum fassen. Kate hat nicht nur die Küche mit genug Lebensmitteln ausgerüstet, daß man eine ganze Armee ein Jahr lang davon ernähren könnte, sie hat mich auch mit allem ausgestattet – von Nachtgewändern bis Schneestiefeln.«

Kopfschüttelnd blickte sie auf den Zettel. »Alles in diesen Schränken und Schubladen ist für mich. Kate muß das komplette Neiman's aufgekauft haben. Sie ist total verrückt geworden.«

Riley lächelte. »Ich gebe zu, zuerst war ich nicht gerade begeistert von Kate Paley, doch sie wird einem immer sympathischer, wenn man ihr erst einmal diesen VIP-Lack abgekratzt hat und die wahre Frau dahinter zu sehen bekommt.«

Sylver hielt sich das Nachthemd vor den Körper. »Wie finden Sie das?«

Ihr Lächeln war so strahlend, daß er die Wärme quer durch den ganzen Raum zu fühlen glaubte. Außerdem fühlte er eine andere Art von Hitze in sich aufsteigen, als er sich vorzustellen begann, wie wunderschön und begehrenswert Sylver in diesem Nachthemd aussehen würde.

Vorsicht, Quinn. Du bist noch nicht einmal zwanzig Minuten mit ihr hier, und schon weichst du vom rechten Weg ab. Reiß dich zusammen. Nur gut, daß du dein Lager im Schlafzimmer da drüben im anderen Flügel aufschlagen wirst.

Sylver deutete sein Schweigen als Mißbilligung. »Sie mögen es also nicht.«

»Nein. Nein, ich meine, doch. Ich mag es. Es ist hübsch. Sehr ... hübsch.« Er rieb sich die Hände. »Sagen Sie – haben Sie Hunger?«

Sylver wandte sich ab, faltete das Nachthemd ordentlich zusammen und legte es in die Schublade zurück. »Sicher.« Sie räusperte sich und versuchte, ihre Enttäuschung über diese alles andere als begeisterte Antwort hinunterzuschlucken. Na schön, er fand sie also nicht attraktiv. Das war doch eine Erleichterung, oder? Endlich mal ein Kerl, der nicht gleich über sie herfiel.

Sie schloß die Schublade und wandte sich wieder zu Riley um. Ihr Lächeln war zurückgekehrt, doch nicht so leuchtend wie eben noch, was Riley nicht entging.

»Also, wenn ich's mir recht überlege, habe ich nicht nur Hunger, sondern bin am Verhungern.« Sie wollte sich unbedingt aufgekratzt geben.

Riley kannte sie inzwischen jedoch schon. Schlug sie einen falschen Ton an, merkte er es schneller als ein Orchesterleiter. »Sylver, ich wollte Sie nicht kränken.«

Sie blickte ihn erschrocken an. »Das haben Sie doch auch nicht getan, Riley. Sie haben nur gesagt, was Sie dachten. Ich möchte, daß Sie aufrichtig zu mir sind. Ich ... ich verlasse mich darauf.«

Aufrichtig! Daß ich nicht lache, dachte er. Das ist das letzte, was ich bin.

In dieser Nacht schliefen sie beide nicht viel. Eine fremde Umgebung, die ungewohnte Stille – und jeder von ihnen dachte an den anderen, der im gegenüberliegenden Flügel schlief. Bei Anbruch der Morgendämmerung ging Sylver, bekleidet mit einem weichen hellgelben Hausmantel aus Challisseide und schaffellgefütterten Mokassins, zur Küche hinunter. Sie öffnete den wohlgefüllten Kühlschrank und fühlte sich bei dem Anblick des Inhalts überfordert. Kochen war noch nie ihre Stärke gewesen. Die meisten Mädchen lernten kochen, indem sie ihren Müttern zuschauten. Sylver hatte nur gelernt, wie man Tischreservierungen machte.

Wie alles andere auch im Hause Cassidy, stand das Essen im Zusammenhang mit ihrer Karriere. Man speiste nicht daheim, weil man dort nicht gesehen wurde. Man wählte ein Restaurant nicht der Küche wegen aus, sondern wegen der Leute, die dort dinierten. Man suchte sich nicht einmal die Gerichte aus, die man mochte. Ihre Mutter gab dem Sprichwort »man ist, was man ißt« eine ganz neue Bedeutung.

»Reporter begutachten alles, was du sagst und tust«, pflegte Nancy immer zu sagen, »und das schließt auch das Essen ein. Wenn du zuwenig ißt, heißt es bald, du seist magersüchtig. Ißt du zuviel, vermutet man, du littest an Bulimie.« Das bedeutete auch, daß sie nie allein im Restaurant in den Waschraum gehen durfte, denn dann könnte sich das Gerücht verbreiten, sie würde sich dort den Finger in den Hals stecken. Manchmal hätte sie sich gern ein Plakat an die Brust geheftet: *Ich bin von Natur aus dünn. Ich bin so gebaut.*

Später, als sie und Nash zusammenlebten, hatte sie ihre kulinarischen Fähigkeiten nicht im geringsten verfeinert. Essen bedeutete, sich unterwegs einen Hot dog oder eine Pizza zu besorgen oder daheim ein Spaghettigericht aus der Dose mit ein paar Gläsern Whiskey hinunterzuspülen. Meistens jedoch war sie zu high oder zu krank und konnte überhaupt nichts essen. Erst als sie im Therapiezentrum war, hatte das Speisen normale Züge angenommen. Drei ausgewachsene Mahlzeiten pro Tag, und die Leute saßen beieinander, plauderten, aßen, und niemanden kümmerte es, wer sah, was man sich in den Mund schob. Sylver hatte tatsächlich angefangen, Gefallen an den Mahlzeiten zu finden.

Mahlzeiten zuzubereiten war eine ganz andere Sache.

»Morgen.«

Sylver fuhr zusammen. Riley stand direkt hinter ihr. Er trug schwarze Jeans und einen dunkelblauen Pullover, sein Haar war noch feucht vom Duschen, und er roch nach Seife und Shampoo. Bei seinem Anblick fühlte sich Sylver ein bißchen wirr und beschwipst. In dieser Stille vor Tagesanbruch, in dem idyllischen Ferienort in den Bergen kam ihr alles so unwirklich vor. Vielleicht war das alles auch gar nicht wahr. Vielleicht war sie ja high mit irgend etwas und hatte Wahnvorstellungen. Sie verspürte ein unglaubliches Bedürfnis, Riley zu berühren, um sich zu vergewissern, daß er wahrhaftig hier war. Denn wenn er hier war, dann war sie es auch.

Riley käpfte ebenfalls mit dem Bedürfnis, Sylver zu berühren, wenn auch aus anderen Gründen. Er hatte eine miserable Nacht hinter sich, in der er sich ständig entweder gegen erotische Phantasien wehrte oder sich ätzende Vorträge über sein eigenes Benehmen hielt. Als der neue Tag anbrach, hatte er gedacht, er hätte sich jetzt in der Gewalt, doch nun sah er Sylver in ihrem weichen sonnengelben Morgenmantel, ohne jedes Make-up; ihre großen, dichtbewimperten azurblauen Augen schauten mit mehr Vertrauen zu ihm hoch, als er verdiente, und er konnte nur daran denken, sie auf die Arme zu heben und in das nächste Schlafzimmer zu tragen.

»Wieso sind Sie zu dieser frühen Stunde schon auf?« fragte er mürrisch, um seine wahren Gedanken zu verbergen.

Sylver erschrak über seinen Ton. »Ich wollte . . . Frühstück machen«, antwortete sie leise und drehte sich rasch zum Kühlschrank um.

»Wie wäre es mit Käse- und Tomatenomeletts?« Seine Stimme klang schon ein wenig weicher.

Sylver warf ihm einen zweifelnden Blick zu. »Omeletts?« Sie hatte keinen blassen Schimmer davon, wie man Omeletts zubereitete.

Riley grinste. »Soll ich's mal versuchen? An meiner Küchenkunst ist bis jetzt noch niemand gestorben.«

Sylver lachte. »An meiner könnten Sie vielleicht sterben.«

»Nicht nachdem Sie an Meister Rileys kulinarischem Kursus teilgenommen haben.«

Zwanzig Minuten später lagen heiße goldene Omeletts und gebutterte Toastscheiben auf den Tellern, und frisch gebrauter Kaffee dampfe in den Bechern. Sylver und Riley saßen in der eingebauten Sitzecke vor dem großen Erkerfenster und schauten zu den schneebedeckten Bergen hinaus. Es schneite noch immer, wenn auch nicht mehr so stark wie gestern abend.

Riley wartete darauf, daß Sylver den ersten Bissen nahm; sie tat es und kaute dann mit Vergnügen. »Das schmeckt herrlich. Wirklich großartig«, sagte sie begeistert.

Als nächstes kostete sie den Kaffee. »Hm. Perfekt.« Ein Lächeln erhellte ihr Gesicht. »Morgen bin ich an der Reihe mit dem Frühstückmachen. Ich hätte nie gedacht, daß Küchenarbeit soviel Spaß bringt.« Spaß. Sie konnte die Gelegenheiten an den Fingern einer Hand abzählen, zu denen sie in ihrem Leben wirklich Spaß gehabt hatte. Vier Finger für Kate, und jetzt einen für Riley.

Plötzlich hatte sie einen Kloß im Hals. »Danke, Riley«, flüsterte sie.

Er grinste. »Danken Sie mir nicht zu früh. Warten Sie ab, bis Sie es allein versucht haben.«

Sylver zögerte ein wenig. »Ich meine nicht nur den Kochunterricht. Ich danke Ihnen für alles. Ich habe Ihnen noch nie richtig gedankt.«

»Keine Ursache«, sagte er etwas verlegen. Er war nicht gerade ein Meister darin, mit Emotionen umzugehen, schon gar nicht, wenn es sich um Äußerungen der Dankbarkeit handelte. Also widmete es sich seinem eigenen Frühstücksteller und konzentrierte sich mehr darauf, als nötig gewesen wäre.

»Darf ich dann nach dem Frühstück mit dem Lesen Ihres Romans anfangen?« fragte Sylver, nachdem sie ein paar Minuten schweigend gegessen hatten.

Riley setzte seinen Kaffeebecher ab und runzelte die Stirn.

»Sie haben es versprochen, Riley.« Sie nahm an, er hätte es sich anders überlegt.

Er beugte sich ein wenig vor und blickte sie an. »Das ist nicht so ganz einfach für mich, Sylver.«

»Ich werde Sie nicht kritisieren, Riley.«

»Doch, das werden Sie.« Er nahm seinen Kaffeebecher auf und setzte ihn wieder ab, ohne zu trinken. »Sie wissen ja nichts von mir.«

»Dann ändern Sie das doch. Von mir wissen Sie so viel. Lauter Dinge, auf die ich nicht stolz bin.«

»Und jetzt wollen Sie gleichziehen? Alles erfahren, worauf ich nicht stolz bin?«

Sylver zog die Beine hoch, legte das Kinn auf die Knie und schlang die Arme um die Beine. »Worauf sind Sie nicht stolz, Riley?«

Er lachte auf. »Das würde ein ganzes Buch füllen. Es hat ein Buch gefüllt.«

Riley wurde zu warm unter seinem Pullover. Sylver brachte ihn wirklich in Verlegenheit, er hatte es noch nie geschätzt, wenn man ihn bedrängte. Dennoch gab es merkwürdigerweise etwas in seinem Inneren, das er ihr offenbaren wollte. Sie strahlte so viel Wärme und Verständnis aus, daß es seinen Widerstand schmolz. Nun los doch, Riley. Zeig ein bißchen Mut. Zeige ihr, daß sie verglichen mit dir ein Engel ist. »Drei unschuldige Menschen sind beinahe meinetwegen umgekommen.«

Sylvers Herz setzte einen Schlag aus. Sie konzentrierte sich auf das Wort »beinahe«. »Wie ist das geschehen?«

Er antwortete nicht gleich. Geständnisse fielen ihm nicht leicht. Er hatte erst ein einziges Mal darüber geredet, und zwar mit Sam Hibbs im Therapiezentrum. Und auch da hatte er nur über die Fakten gesprochen und nicht über die Gefühle. Diese Gefühle waren so übermächtig, daß sie ihn fast umgebracht hatten.

Er trank einen Schluck Kaffee und behielt dann den Becher in den Händen, damit Sylver nicht sah, wie sehr sie zitterten.

»Ich hatte dienstfrei, war ein paar Blocks von meinem Haus entfernt in einer Bar gewesen und hatte da einen über den Durst getrunken.« Er blickte Sylver an. Sie nickte nur und wartete geduldig auf die Fortsetzung. Wie er, so spürte auch sie, daß dies hier nicht nur hart für ihn war, sondern auch eine Veränderung in ihrer Beziehung bedeutete.

Riley hielt seinen Kaffeebecher fester. »Plötzlich prescht dieser Typ aus einer kleinen Nebenstraße heraus und rennt mich dabei buchstäblich um. Ich stand auch nicht besonders fest auf den Füßen. Jedenfalls als ich zu Boden krache, höre ich jemanden schreien. So etwas ernüchtert mich sofort. Ich drehe mich um und sehe diese Nutte, die ich kenne, aus der Gasse taumeln – blutüberströmt. Sie schreit: ›Dich kriege ich, Frisco, du Bastard!‹«

Er stellte den Kaffeebecher ab, weil er befürchtete, er könnte ihn mit seinem Griff zerbrechen. Statt dessen legte er jetzt die Hände fest zusammen. Eine Schweißperle rann ihm über die Stirn.

»Frisco. Diesen Namen kannte ich. Ein Drogenhändler aus der Umgebung, hinter dem mein Partner und ich seit Monaten her waren. Blitzschnell komme ich wieder auf die Füße. Jetzt habe ich ihn, denke ich. Ich kann ihn wegen des Überfalls auf die Nutte rankriegen, und vielleicht finde ich bei ihm auch noch irgendwelchen Stoff, so daß ich ihm auch noch eine Anzeige wegen Drogenbesitzes anhängen kann. Oder sogar wegen Drogenhandels, falls er genügend bei sich hat. Inzwischen rast er schon über die Straße. Natürlich denke ich nicht so ganz klar, aber es kommt mir so vor. Ich halte mich für fast wieder nüchtern. Ich ziehe meine Waffe, befehle ihm stehenzubleiben. Er tut es nicht, und ich schieße.«

Sein Mund war trocken geworden. Das Blut pochte ihm in den Schläfen. Er schwitzte jetzt furchtbar. Was dachte er sich eigentlich dabei? Wieso hatte er damit überhaupt angefangen? Was hatte er davon, wenn er darüber redete?

Sylver beugte sich zu ihm und drückte ihm die Hand an die Wange. Er lächelte ein bißchen zitterig. Nun war er schon so weit; nun mußte er es auch beenden.

»Dann kommt da diese Familie aus dem Laden gegenüber. Ich glaube, es war ein Souvenirgeschäft. Sie hatten Päckchen bei sich. Wahrscheinlich Touristen. Mutter, Vater und ein kleines Mädchen.« Er schloß die Augen. »Die Mutter schreit auf, der Vater reißt das kleine Mädchen an sich heran, will es mit seinem Körper schützen. Frisco rennt direkt auf sie zu. Ich ... schieße weiter. Er versperrt die Sicht auf sie, so daß ich sie zuerst gar nicht sehe.« Riley bekam kaum noch richtig Luft.

»Wurde einer von ihnen getroffen?«

Er schüttelte den Kopf; seiner Stimme traute er nicht. Das kleine Mädchen war blind gewesen. Wie Lilli. Und etwa in ihrem Alter.

»Und Frisco?«

Er schluckte. »Ich habe ihn am Arm erwischt. Ein gerade vorbeifahrender Streifenwagen hielt an und brachte uns beide später auf die Wache.«

»Haben Sie den Polizisten nicht gesagt, daß Sie auch ein Cop waren?«

Er hatte ihnen nichts gesagt. Dieses kleine Mädchen zu sehen, zu wissen, wie nahe er daran gewesen war, es zu erschießen – er hatte es total vergessen. Die Kleine und Lilli, sie vermischten sich in seinem Kopf. Er sah nur noch einen leblosen Kinderkörper aufs Pflaster sinken. Seine Lilli. Ein unschuldiges Opfer eines rachsüchtigen Kriminellen. War er denn besser? Falls er dieses Kind verwundet hätte oder noch schlimmer ... Die Kleine hatte Glück gehabt. Anders als Lilli. Als die beiden Polizisten zu ihm gekommen waren, hatte er laut schluchzend auf dem Bürgersteig gestanden. Wahrscheinlich hatten die jungen Cops, die ihn und den Drogenhändler schließlich mitgenommen hatten, zuerst nicht recht gewußt, ob sie ihn nicht vielleicht besser in die nächste Psychiatrie bringen sollten.

»Riley?«

Sylvers Stimme holte ihn wieder zurück. »Ja, ja, ich hab's ihnen gesagt. Ich habe einen Bericht gemacht«, antwortete er kurz angebunden. Er konnte Sylver einfach nichts von seinem Zusammenbruch sagen. Nicht, daß er sich dessen schämte, doch es würde zu noch schmerzlicheren Geständnissen führen.

Sylver spürte, daß noch mehr an dieser Geschichte hing, doch sie war einfühlsam genug, um zu erkennen, daß es ein großer Erfolg für Riley war, schon soviel erzählt zu haben.

»Sind Sie deshalb aus dem Dienst entlassen worden? Wegen dieses Vorfalls?«

Er trank einen Schluck von seinem inzwischen lauwarmen Kaffee. »Ja. Doch ich nahm das niemandem übel. Ich wußte, daß ich nicht in der Verfassung war, meinen Dienst weiterhin auszuüben. Deshalb war es weniger ein Rausschmiß als ein Abschied in gegenseitigem Übereinkommen.«

»Vermissen Sie die Polizeiarbeit?«

Langsam fand Riley vom Abgrund zurück. Der Schmerz ließ nach, und sein Herz schlug wieder normaler. »Sie bleibt mir ja«, antwortete er und klang schon wieder wie er selbst. »Nur daß ich jetzt darüber schreibe.«

»Und davon können Sie Ihre Rechnungen bezahlen?« fragte

Sylver vorsichtig. Riley könnte ja auch eine reiche Gönnerin haben. Sylver hoffte allerdings, daß sie sich irrte. Die Vorstellung, daß sich Riley von einer Frau aushalten ließ, war recht unangenehm und entsprach so gar nicht ihrem Bild von ihm. In ihren Augen war er unabhängig; tough, aber zu großer Zärtlichkeit fähig, verschlossen, aber darum bemüht, sich zu öffnen. Sylver fand, sie beide hatten viel Gemeinsames.

»Ich habe mir meine Pension auszahlen lassen. Was mich nicht gerade zum Millionär macht«, scherzte er, »doch mir gefällt das einfache Leben. Ich schätze, ich habe genug Geld, um noch drei, vier weitere Monate über die Runden zu kommen. Danach habe ich entweder mein Buch fertig und kann es verkaufen, oder ich nehme einen Job als Nachtwächter oder Privatpolizist an und mache mir fortan nichts mehr vor.«

»Wie wäre es, wenn Sie mich das beurteilen ließen, Riley«, fragte Sylver leise.

Nach dem Frühstück machte Sylver es sich auf dem Navajoteppich vor dem steinernen Kamin in dem großen Wohnzimmer bequem und begann damit, Rileys Manuskript zu lesen. Falls sie noch Zweifel daran gehabt hatte, ob der Roman – »Besessen« – gut sein würde, wußte sie bereits am Ende des ersten Kapitels, daß er mehr als gut war. Er war brillant.

Die Story selbst fand sie indessen höchst beunruhigend. Rileys Kriminalroman handelte ausgerechnet von einem besessenen Fan, der einen Filmstar verfolgt, und dem Detective, der ihn zur Strecke bringt.

Sie merkte nicht, daß ihr die Bestürzung so deutlich anzusehen war, bis Riley, der sich Notizen gemacht hatte, seinen Schreibblock fortlegte, aus dem gemütlichen blau bezogenen Ohrensessel aufstand, zu ihr kam und seine flache Hand auf die Seite legte, die sie gerade las. »Ich bat Sie doch, keine Erwartungen zu haben. Hören Sie, vergessen Sie das Buch.«

Sie wußte, daß sie ihm jetzt sagen sollte, weshalb das Buch sie so beunruhigte. Es lag nicht am Schreibstil, sondern daran, daß ihr Leben seine Schreibkunst zu imitieren schien. Irgend etwas hielt sie jedoch davon ab. Der Vergleich erschien ihr töricht.

Ihr Fan verfolgte sie doch gar nicht. Und wem konnte schon eine rote Rose schaden? Außerdem wollte sie auch nicht an ihren treuen Fan denken, denn das erinnerte sie zu sehr an das, was sie einmal gewesen war. Ihre Tage als Filmstar waren lange vorüber, obwohl ihre Mutter ihr ständig etwas über eine größere Rolle in einem neuen Paradine-Film vorfaselte. Nash hatte ihr erzählt, er hätte etwas darüber in der »Variety« gelesen, worauf Sylver ihm versichert hatte, das beruhe nur auf einem von ihrer Mutter ausgestreuten Gerücht. Nash hatte ihr nicht geglaubt. Er dachte, sie wollte ihm etwas verheimlichen. Er lebte in einer Traumwelt, genau wie ihre Mutter.

Sanft, aber bestimmt hob Sylver Rileys Hand von der Manuskriptseite. Auf keinen Fall wollte sie dem empfindlichen, unsicheren Neuling auf dem Gebiet der Schriftstellerei einen falschen Eindruck vermitteln. »Selbst wenn ich Erwartungen gehabt hätte«, sagte sie und nahm seine Hand fest in ihre, »so hätte ich niemals dies hier erwartet.«

»Und das heißt?« fragte er argwöhnisch.

Sie lächelte strahlend. »Das heißt, daß Sie schreiben können, Riley Quinn. Das heißt, daß Sie ein wirklicher Autor sind. Das heißt, daß Sie sich sofort wieder hinter Ihre Schreibmaschine klemmen und das Buch beenden sollten.«

Vor lauter Erleichterung war Riley wie berauscht. Hatte er sich nicht einmal eingeredet, es interessiere ihn nicht, was andere Leute dachten? Nun ja, Sylver war ja auch nicht »andere Leute«. »Meinen Sie wirklich, daß es so gut ist?«

Sie gab ihm einen freundschaftlichen kleinen Stoß. »Jawohl. Es ist wirklich so gut.«

Riley geriet über diese Reaktion dermaßen in Hochstimmung, daß er Sylver küßte, ehe er über sein Tun nachdachte. Er küßte sie leicht, eher dankbar. Zuerst. Bis ihre Lippen auf seine reagierten. Dann wurde der Kuß zu etwas Sanftem, Intimem und schien seinen eigenen Gesetzen zu gehorchen.

Eine Stimme in seinem Inneren sagte Riley, daß er einen Schritt unternahm, von dem es kein Zurück mehr gab, doch Sylvers unglaublich liebevollen und sanften Lippen vertrieben diese Warnung. Riley begehrte Sylver. Er begehrte sie so sehr, daß es schmerzte.

Sein so unvermittelter, unerwarteter Kuß weckte ein Verlangen in Sylver, das auf sie wie ein Drogenrausch wirkte. Sie schien zu schweben, gab sich dem Erleben hin und ließ es zu, daß es die Herrschaft über ihren Körper übernahm.

Als der erste Rausch verflog, erwartete sie das nur zu bekannte Gefühl des Absturzes, doch statt dessen klärte sich ihr Kopf wieder, und sie wurde sich voll darüber bewußt, was hier geschah. Und sie wollte, daß es geschah. Früher hatte sie Drogen oder Alkohol gebraucht; jetzt wollte sie ihre Sinne nicht betäuben. Zum ersten Mal seit einer Ewigkeit wollte sie in das Fühlen eintauchen. In die Leidenschaft, die Erregung, das Verlangen, die Zärtlichkeit, die Verbundenheit.

Sie schlang die Arme um Rileys Nacken. Ihre Lippen öffneten sich, ihre Zunge begegnete seiner, und neue, mächtige Empfindungen durchströmten sie. Sylver erschien es, als wäre sie bis zu diesem Moment durchs uferlose Meer des Lebens gedriftet. Riley Quinn mit seinen wunderbaren Lippen, seinem starken Körper, seiner Zärtlichkeit und seiner Seele bot ihr nun einen Anker. Wunder gab es immer wieder. Sylver wurde tatsächlich high vom Leben – oder etwa von der Liebe?

Ohne die Lippen von ihr zu lösen, drückte Riley Sylver behutsam tiefer hinunter, bis sie beide ausgestreckt auf dem Navajoteppich vor dem Kaminfeuer lagen. Sie hatte noch immer ihren Morgenmantel an; unbeholfen löste Riley den Bindegürtel. Unter dem Mantel trug sie das zarte weiße Nachtgewand, das sie ihm am Tag zuvor zur Begutachtung vorgeführt hatte; er hatte nicht gewagt, sein Urteil dazu zu äußern, weil er sich vor dem fürchtete, was dann geschehen würde. Was jetzt geschah.

Sylvers Augen waren geschlossen, doch sie ließ die Hände unter Rileys Pullover gleiten. Zum ersten Mal berührte sie die warme, glatte Haut dieses Mannes. Ein zweiter Rausch, besser als jede Droge. Sie öffnete die Augen, begegnete seinem Blick, und das Empfinden verwandelte ihr und sein Gesicht.

Er sah das winzige Zittern an ihrer Schläfe. Er drückte seinen Mund darauf und nahm so ihren Pulsschlag in sich auf. Sie glitt dichter an seinen Körper heran, und ihre Hände bewegten sich über seinen nackten Rücken. Ihr ganzer Körper bebte unter den aufgestauten Emotionen, die jetzt sämtliche so sorgfältig errichteten Barrieren aufbrachen.

Sylver fühlte sich sowohl verwundbar als auch willenlos. Riley war ihr Freund gewesen. Was würde hinterher aus ihrer Beziehung werden? Was würde aus ihr werden?

Sie zerrte an seinem Pullover; mit den Bewegungen ihres geschmeidigen Körpers drängte sie Riley, sie ebenfalls zu entkleiden. Sie wollte Haut an Haut fühlen.

»Bitte, Riley . . .«, flüsterte sie.

Er ließ sich von ihr den Pullover über den Kopf ziehen. Der Anblick seiner nackten Brust erregte sie. Bisher war sie nur mit zwei Männern zusammengewesen. Was Nick Kramer betraf, so war es ihr gelungen, alle Erinnerungen an sein Aussehen in unbekleidetem Zustand aus ihrem Gedächtnis zu tilgen. Und dann Nash . . . In einem Schönheitswettbewerb für Männer hätte Rileys Körper sicherlich keine Chance gegen Nashs. Nash besaß ideale Proportionen, herrliche Muskeln, eine makellose Haut – einen Körper, der erstaunlicherweise nicht unter dem mit ihm getriebenen Mißbrauch gelitten hatte. Nash war wie Dorian Gray, jener Romanheld, der nie alterte, dessen Bildnis jedoch die Verwüstungen der Zeit und der Ausschweifungen zeigte.

An Rileys Gestalt war nichts perfekt. Narben verunzierten

seine rauhe Haut, seine Muskeln waren nicht so fein ausgebildet, und er besaß keine idealen Proportionen. Dennoch konnte sich Sylver keinen Körper vorstellen, der ihr je begehrenswerter oder schöner erschienen wäre. Riley war echt, wahrhaftig und nicht von der Eitelkeit regiert.

Als Riley Sylvers Nachthemd hochheben wollte, zögerte er einen Moment. Dies war der Punkt ohne Wiederkehr. Riley würde sich vermutlich nicht beherrschen können, doch Sylver wurde vielleicht wieder nüchtern und wies ihn möglicherweise ab. Als er jedoch auf sie hinunterblickte, sah er nur das Sehnen in ihrem Gesichtsausdruck.

Er entkleidete sie und weinte dann fast vor Freude über den Anblick ihres straffen, festen Körpers. Die jämmerlich dünne, ausgezehrte Frau, die er vor nur zwei Monaten bewußtlos auf dem Schlafzimmerboden gefunden hatte, war zu einer erotischen, sinnlichen Göttin geworden.

Wieder begegneten sich seine und ihre Lippen; diesmal fiel der Kuß heiß und hungrig aus, und beide ließen ihre Hände streichelnd, liebkosend über den Körper des anderen gleiten. Er hatte noch immer seine Jeans an, und Sylver zerrte ungeduldig an dem Verschluß. Gerade wollte Riley ihr helfen, als er eine draußen am Fenster vorbeihuschende Gestalt bemerkte. Er erstarrte für eine Sekunde und rollte sich dann rasch zur Seite.

»Zieh dich an!« befahl er schroff.

Sylver war über die plötzliche Kehrtwendung so bestürzt, daß sie sich nicht zu bewegen vermochte.

Riley war schon aufgesprungen. »Jetzt sofort, Sylver!«

Konfusion und das Gefühl der Demütigung, der Zurückweisung und der Scham überfielen sie. Sie riß ihren Morgenmantel an sich und warf ihn sich über. Riley raste mit nackter Brust und offenen Jeans durchs Wohnzimmer und zur Haustür hinaus.

Sylver saß sprachlos auf dem Teppich und starrte Riley hinterher. Also, das gab ja dem Coitus interruptus ganz neue Dimensionen!

Als Riley wenige Minuten später zurückkehrte, saß Sylver artig und mit Nachthemd sowie Hausmantel angetan auf der Couch. Sie warf ihm einen gequälten Blick zu. »Hätte es eine kalte Dusche nicht auch getan?«

Er lächelte, wenn auch nur schwach. »Ich habe jemanden da draußen gesehen.«

»Was?« fragte Sylver ungläubig.

Er verschränkte die Arme vor der Brust und rieb sich die kalte Haut. »Vielleicht war es nur ein Jäger, der ... vom Weg abgekommen war. Jetzt ist er weg.«

Noch wesentlich beunruhigendere Möglichkeiten schossen Sylver durch den Kopf, doch sie vertrieb sie gleich wieder. »Na ja, vielleicht ist jetzt Rotwildsaison«, murmelte sie und stand auf.

Riley trat zu ihr, doch sie wußten beide, daß die Momente der Leidenschaft fürs erste unwiederbringlich vorbei waren. Sylver lächelte schwach und warf ihm seinen Pullover zu. »Ich werde mich jetzt anziehen, und du machst dich besser wieder an die Arbeit.«

Er fing den Pullover in der Luft auf und streifte ihn sich widerstrebend über. Als Sylver das Zimmer verlassen wollte, rief er ihren Namen. Mit leicht gesenktem Kopf blieb sie stehen, drehte sich jedoch nicht zu ihm um.

»Es tut mir leid«, sagte er leise.

Sylver nickte, die Worte hatte sie gehört, wußte jedoch nicht, wie sie sie deuten sollte. Tat es Riley leid, daß sie sich beinahe geliebt hätten, oder tat es ihm leid, daß sie es nicht getan hatten? Sie fragte nicht. Sie wußte nicht, ob sie die Antwort hören wollte.

Zwei Tage vor Weihnachten erzählte Riley Sylver endlich von Lilli. Sylver war im Manuskript zu der Stelle gekommen, wo der Held, Detective Michael O'Malley, vor Gericht um das Sorgerecht für seine kleine Tochter Bridget kämpfte.

Sie saßen im Wohnzimmer. Sylver hockte in Jeans und einem langärmeligen grauen Polohemd auf dem Navajoteppich vor dem Kamin, während Riley mit bis über die Ellbogen aufgerollten Ärmeln hinter seiner Schreibmaschine saß, die auf einem kleinen Tisch neben dem Tannenbaum stand, den sie am Vortag zusammen mit zwei großen Tüten Christbaumschmuck im Ort gekauft hatten.

Er schaute von den Tasten auf, strich sich das Haar aus dem Gesicht, blickte zu Sylver hinüber und sah, daß sie sich eine Träne fortwischte. Langsam stand er auf, ging zu ihr und kniete sich hinter sie.

Sylver hörte auf zu lesen, eine schreckliche Vorahnung hatte sie befallen. »Mit Bridget passiert etwas Fürchterliches, nicht wahr, Riley?«

Er starrte ins Feuer. »Ja. Sie . . . stirbt.«

Sylver lehnte sich zurück an seinen Körper. »Ach Riley«, flüsterte sie so voller Mitgefühl, daß ihm die Tränen in die Augen stiegen. Er versuchte die Empfindungen niederzuringen, die mit den Tränen kamen – die alte Rückzugsmethode. Diesmal funktionierte sie nicht. Er schaffte es einfach nicht, seinen Geist auszuschalten.

Sylver drehte den Kopf und schaute zu Riley hoch. Er war blaß geworden, und seine Augen . . . Sylver hatte noch nie eine solche Qual in den Augen eines Menschen erkannt. Und da wußte sie es.

Sie hob die Hand an seine feuchte Wange. »Dieses kleine Mädchen gab es wirklich, nicht war, Riley?«

Er blickte zu ihr hinunter, ohne sie eigentlich zu sehen. Schweißperlen standen über seiner Oberlippe. »Sie hieß Lilli.« Er sprach diese Worte nicht aus: er stöhnte sie. Und als der Name seiner Tochter in der Luft hing, hörte Riley wieder die Schreie, seine eigenen Schreie, Schreie des Entsetzens, während die Schüsse aufpeitschten und Lilli lautlos zu Boden sank. Und während der ganzen Zeit hielt er ihre kleine Hand.

Jetzt starrte er in die tanzenden Flammen. »Sie wurde vor acht Jahren am Thanksgiving Day geboren, ein kleines, kreischendes rothäutiges Ding mit verkniffenem Gesichtchen. Für mich war sie das schönste Wesen, das Gott jemals erschaffen hat. Als ich sie zum ersten Mal auf den Arm hob ... ich hatte Angst, sie könnte zerbrechen. Sie war so winzig. Mein kleiner Finger war doppelt so lang wie ihre ganze Hand.«

Er preßte die Lippen zusammen, und die Tränen strömten ihm jetzt ungehemmt übers Gesicht. Er befahl sich, endlich aufzuhören; spräche er weiter, würde er das ganze Ausmaß des Schmerzes und der Qual, der Schuldzuweisungen und der Reue preisgeben, alles war er jahrelang in sich verschlossen hatte und was ihn gefangengehalten hatte. Durfte er auf eine Begnadigung hoffen? Oder wenigstens auf Hafturlaub?

Er blickte auf Sylvers goldenen Kopf hinunter, der sich gegen seine Brust drückte, und sah zu seinem eigenen Erstaunen, daß er ihr Haar streichelte. So verloren war er in sich selbst, daß er gar nicht wußte, daß er sie berührte. Sie bewegte sich nicht. Er konnte sie nicht einmal atmen hören. Was er dagegen hörte, waren seine eigenen rauhen Atemzüge.

»Ihr Name war Lilli Anne Quinn, und sie wurde drei Tage nach ihrem vierten Geburtstag getötet.«

Sylver hörte die Worte vor der Hintergrundmelodie der Seelenqual, und eine tiefe Trauer senkte sich in ihr Herz. Sie drehte sich zu ihm herum, so daß sie jetzt vor ihm kniete, und ihr Gesicht spiegelte seinen furchtbaren Kummer.

»Ich liebte sie mehr als alles andere auf der Welt, und ich bin schuld an ihrem Tod«, sagte er.

»Nein, das kann ich nicht glauben.« Diese Worte sollten nicht nur trösten; Sylver wußte, daß es nicht wahr sein konnte. Sie erkannte die tiefe, endlose Liebe zu seinem Kind, die sich durch jede Faser seines Seins zog.

Riley war es, als würde er in die Vergangenheit zurückgezogen, und ihm fehlte die Kraft, sich dagegen zu wehren. »Ich erinnere mich an diesen Tag in allen Einzelheiten, so als hätte jemand das Ganze fürs Farb- und Geruchsfernsehen gefilmt und in meinem Kopf versiegelt. Ich sehe Lilli in ihrem lavendel- und pfirsichfarbenen gestreiften T-Shirt mit dem gestickten Gänseblümchen auf der Brusttasche und den neuen, noch ganz sauberen weißen Sportstiefeln. Sie hatte sich an diesem Morgen allein angezogen und war sehr aufgeregt, weil ich ihr erlaubt hatte, sich ihr Outfit selbst auszusuchen. So etwas hatte ihr ihre Mutter nie gestattet.

Tany bestand stets darauf, daß alles zusammenpaßte«, fuhr er fort. »Die Sachen für Lilli kaufte sie immer in Sets. Das machte Lilli verrückt. Und mich machte überhaupt alles an Tanya verrückt. Deshalb trennten wir uns, als Lilly erst ein halbes Jahr alt war. Ich versuchte, das Sorgerecht zu erhalten, doch ich verlor. Ich durfte sie nur jedes zweite Wochenende und einen Monat im Sommer zu mir nehmen. Ich weiß nicht, wer sich mehr auf diese Wochenenden freute – Lilli oder ich. Es war komisch. Nachdem sie sich an diesem Morgen angekleidet hatte, zog sie mich in ihr Schlafzimmer zurück und zeigte mir das ebenfalls nicht zusammenpassende Outfit, das sie sich schon für den nächsten Tag herausgelegt hatte. Wir lachten beide...«

Rileys Stimme brach. Er drückte die Augen zu, doch er mußte weitersprechen, mußte alles loswerden. »Es ist doch irrsinnig, worüber sich die Menschen streiten, obwohl sie im Kummer ertrinken. Ich hatte eine regelrechte Schlacht mit Tanya, weil ich darauf bestand, daß Lilli in dem Outfit begraben wurde, das sie sich für den Sonntag herausgelegt hatte.«

Seine Lippen zitterten. Er ließ den Kopf hängen. Ein Schluchzen entrang sich ihm. Sylver schlang die Arme um ihn und hielt ihn ganz fest. Ihre zärtliche, liebevolle Umarmung verlieh ihm die Kraft fortzufahren.

»Der Samstag morgen war ein strahlender, sonniger Tag. Lilli war so aufgeregt, daß sie nicht frühstücken mochte. Sie wollte damit warten, bis wir nach Disneyland kämen. Als wir die zwei Etagen meines Apartmenthauses hinunterstiegen, legte sie ihre kleine Hand in meine und redete pausenlos von Mickey Mouse und Cinderella. Das waren ihre beiden Lieblinge. Sie wollte in Cinderellas gelber Kürbiskutsche fahren, und ich sollte sie auf dem Schoß von Mickey Mouse fotografieren.

Ich erinnere mich, daß der Geruch von gebratenem Speck durch das Treppenhaus zog. Lilly schnitt eine komische Grimasse, sie zog die Nase kraus und schob die Lippen vor. Sie mochte den Geruch nicht. In ihrem Kindergarten hatte ihr jemand erzählt, daß man Schweine tötete, um Speck zu bekommen, und das entsetzte sie furchtbar. Sie fand es schrecklich, irgend etwas Lebendiges umzubringen. Sie sagte, sie würde nie wieder Speck essen, so lange wie ... sie lebte.«

Sylver umarmte ihn noch fester, und er hatte das Gefühl, als hielte sie ihn buchstäblich zusammen.

»Ich weiß noch, wie ihr Pferdeschwanz wippte, als sie darauf bestand, die letzten drei Treppenstufen auf einmal hinunterzuspringen. Sie wäre beinahe hingefallen, doch ich fing sie gerade noch rechtzeitig auf.« Wieder drückte er seine Augen zu. »Gerade noch rechtzeitig.«

Stockend erzählte er den Rest. Das langsam vorbeifahrende Auto, daraus der hinterhältige Schuß eines rachsüchtigen Dealers, den er hinter Gitter gebracht und der gerade Hafturlaub hatte, die rasende Fahrt der Ambulanz zum Krankenhaus, wo Lilli weniger als eine Stunde nach dem Eintreffen dort für tot erklärt wurde, seine Weigerung zu glauben, daß sie wirklich nicht mehr lebte, bis Tanya dann in das Wartezimmer des Krankenhauses gelaufen kam, wo er seit Stunden gesessen und auf ein Wunder gewartet hatte, das die grausame Wirklichkeit ändern würde.

»Tanya weinte und schrie. Sie stürzte auf mich zu, prügelte

auf meine Brust ein und schlug mir immer wieder ins Gesicht. Zwei Pfleger mußten sie von mir fortziehen. Ich wollte nicht, daß sie das taten. Ich wollte ihre Schläge. Vor allem wollte ich die Kugel, die meine Kleine getroffen hatte. Warum? Warum Lilli? Ich war derjenige, der hätte sterben sollen. Ich wünsche zu Gott, es wäre so gewesen.«

Riley begann jetzt wirklich zu weinen und zu schluchzen. Sylver wiegte ihn in ihren Armen, streichelte ihn, beruhigte ihn und fühlte seine Trauer über den Verlust, als wäre es ihre eigene. Und plötzlich wußte sie auch, warum das so war. In all den Jahren seit der Abtreibung hatte sie kein einziges Mal den Verlust des Babys betrauert, das sie bekommen hätte. Sie hatte die Trauer verdrängt, so wie sie auch die Vergewaltigung verdrängt hatte, bei der sie das Kind empfangen hatte. Sylver und Riley klammerten sich aneinander und beweinten, was verloren war und was hätte sein können.

Als sich ihre Blicke wieder trafen, stand der Schmerz in ihren Augen, doch noch etwas anderes: das Sehnen.

»Riley«, flüsterte Sylver, ohne die Umarmung zu lösen. Sie konnte seinen Widerstand fühlen. »Magst du mich nicht? Wenigstens ein ganz klein wenig?«

Er stöhnte leise auf und zog sie unsanft zu sich heran. »Ob ich dich ein wenig mag? Sylver, weißt du denn nicht, wie sehr ich dich begehre?«

»Nein, Riley.« Sie drückte ihr Gesicht an seinen weichen Pullover. »Zeig's mir. Bitte . . .«

Schuldgefühle widerstritten seinem Verlangen. »Willst du das wirklich, Sylver? Nicht nur aus Dankbarkeit? Oder aus Mitleid?«

Sie hob den Kopf und blickte Riley in die Augen. »Ist es das, was du siehst, Riley? Mitleid? Dankbarkeit?«

Er schaute sie prüfend an, und dann lächelte er zaghaft. Ihr Gesicht leuchtete, und in ihren Zügen erkannte er dasselbe Sehnen, das sie sicherlich auch in seinem Ausdruck sah. Dennoch zögerte er. »Ich dachte, du brauchst vielleicht noch ein wenig Zeit. Ich möchte es nicht ausnutzen, daß . . .«

Mit ihren Lippen brachte sie ihn zum Schweigen. Es waren so weiche und hingebungsvolle Lippen, und Riley merkte, wie sein Widerstand dahinschmolz. Er hob sie auf seine Arme und trug sie in ihr Schlafzimmer, wo er sie beinahe andächtig entkleidete und sich dann von ihr ebenfalls entkleiden ließ. Nackt fielen sie zusammen auf das breite Himmelbett.

Sylver lächelte, obwohl ihre Unterlippe zitterte. »Weißt du, was verrückt ist, Riley? Ich fühle mich wie . . . eine Jungfrau. Als ob dies für mich . . . das erste Mal wäre.« Wie sollte sie ihm erklären, daß es in gewisser Weise tatsächlich für sie das erste Mal war? Das erste Mal, daß sie wirklich . . . Liebe machte. Das erste Mal, daß sie sich voll und ganz hingeben wollte, das erste Mal, daß sie begriff, was es hieß zu lieben.

Er zog sie zu sich heran, streichelte ihr Haar und ließ seine Hand dann an ihrer Wirbelsäule entlang über ihren Rücken gleiten. Er lächelte, als er ihr einen leichten Kuß auf die Lippen hauchte, doch durch seinen Körper lief ein kleines Beben. »Das ist nicht verrückt, Sylver. Für mich ist es auch ein erstes Mal.«

Jetzt küßte er sie richtig; es wurde ein feuchter, geräuschvoller, wunderbarer Kuß. Sylver rückte so dicht es nur ging an Riley heran, und das war ihr noch immer nicht dicht genug. Am liebsten wäre sie unter seine Haut gekrochen.

Als er sie sanft, aber bestimmt von sich fortzog, protestierte sie. »Ich will dich anschauen«, sagte er leise. »Ich will dein schönes Gesicht sehen, deinen herrlichen Körper. Laß mich dich betrachten, Sylver.«

Sein zärtlicher Blick machte sie unsicher und verlegen. Sie fürchtete, wenn Riley genau hinschaute, würde er all die seelischen Narben entdecken, die ihren Körper überzogen. Sein liebevolles, ehrliches Lächeln und seine sanften, doch verführerischen Liebkosungen vertrieben ihre Befürchtungen, erfüllten sie mit ungewohntem Stolz und stürzten sie schließlich in die wilde Achterbahnfahrt ihres eigenen Verlangens.

Sylver anzuschauen, sie zu berühren, sie zu fühlen, erregte Riley ungemein. Ihre Schönheit wusch ihn von allem Üblen rein und verjüngte ihn. Eine neue Vitalität erfüllte ihn, eine Lebenslust, die er schon seit sehr langer Zeit nicht mehr gespürt hatte.

Er ließ seinen Mund nur leicht über ihre Lippen streichen, doch sie hielt ihn fest und küßte ihn mit unbändigem Verlangen. Sie umschlang ihn mit den Beinen; alle Hemmungen waren verflogen. Mit einer Kühnheit, die sie selbst verblüffte, drückte sie ihren gierigen Eifer durch ihre feuchten, hitzigen Küsse und ihre aufreizenden Liebkosungen aus.

Ihre Hüften bogen sich ihm entgegen. »Laß uns zusammen untergehen, Riley. Bitte. Bitte . . .«

»O ja, Sylver. Ja . . .«

Ihre Hüften stießen aneinander, bis sie einen gemeinsamen Rhythmus fanden, und dann war es wie die Magie des ersten Males. Als sie den Höhepunkt erreichten, schrien sie hemmungslos.

Als sie hinterher in inniger Umarmung auf dem großen Bett in dem luxuriösen Ferienhaus in den Bergen lagen, waren sie von einer merkwürdigen Mischung aus überschäumendem Glück und beklemmender Sorge erfüllt. Gab es für sie wirklich eine Chance? Jeder von ihnen hatte sein Leben ja gründlich verpfuscht; würden sie es zusammen besser machen können?

15

Laß das Schmollen, Nash. Du bist wirklich nicht sehr attraktiv, wenn du dich deprimiert gibst.«

Nash zündete sich einen Joint an und nahm einen langen, tiefen Zug. Die junge Rothaarige neben ihm auf dem Bett beugte sich über ihn hinweg und nahm sich das Glas mit Bourbon vom Nachttisch. Nachdem sie sich wieder gegen die Kissen gelehnt hatte, zog sie sich sittsam das Bettuch über die üppigen nackten Brüste.

Sie warf Nash einen Blick zu. »Ein großer Redner bist du nicht gerade.«

Er schaute zu ihr hinüber und merkte, daß er sich nicht einmal an ihren Namen erinnerte. Vor ein paar Stunden hatte er sie in einer Billardhalle unten auf dem Melrose Boulevard aufgelesen.

»Also, weshalb bist du denn nun so muffig?« bohrte sie weiter. »Vor einer Weile hast du noch auf den Wolken geschwebt. Ich meine, ich würde auch schweben, wenn ich die Chance hätte, eine Rolle in einem echten Filmdrama zu kriegen.«

»Es ist nicht nur ein Filmdrama, sondern echte A-Liste. Ein Lerner-Drehbuch unter der Regie von Adrian Needham. Mann, besser geht's gar nicht.«

»Na schön. Und wann hast du nun die Audition?«

Ein gute Frage. Die Antwort lautete: Sobald Sylver mit ihrem Fluchtakt fertig war und er sich wieder in ihr Herz tricksen konnte. Wenn Sylver eine Hauptrolle in »Todsünde« sicher hatte, konnte er sie bestimmt überreden, ihren Einfluß geltend zu machen und ihm eine Audition zu verschaffen. Sie hatte zwar gesagt, die Sache mit ihrer Rolle in »Todsünde« sei ein reines Gerücht, das von ihrer Mutter stammte, doch das hatte er ihr nicht abgekauft. Jetzt wo Sylver wieder auf dem

Weg zur Spitze war, dachte sie wohl, sie könnte ihren sie liebenden Freund ablegen wie ein altes Paar Schuhe. Nun, da hatte sie falsch gedacht. Er war schließlich in den schlechten Zeiten bei ihr geblieben, und er würde sich in den guten Zeiten nicht von ihr abschieben lassen.

Echte Sorgen machte sich Nash auch nicht. Er kannte den Rückweg in Sylvers Herz. Sicher, sie war jetzt auf der cleanen Schiene, aber nur ein kleiner Ausrutscher, und sie entgleiste wieder. Mit einem winzigen Schubs von einem Freund. Und ein bißchen gutem Stoff.

In dem kleinen skandinavischen Speiserestaurant in der Nähe der ICA-Agentur auf dem Sunset Boulevard saß Kate Artie Matthews gegenüber. Sie tat ihr Bestes, um sich ihre miserable Stimmung nicht anmerken zu lassen. Artie jedoch kannte sie schon lange genug und konnte hinter ihre coole Fassade blicken.

»Ich gebe Ihnen doch keine Schuld, Kate. Needham auch nicht. Laura ist sich nur nicht sicher, ob das für sie zu dieser Zeit die richtige Rolle ist.«

»Vor drei Wochen war sie sich noch sicher. Sie selbst sagten mir...«

Artie, ein schlanker Mann um die Dreißig mit schütterem Haar und einer Vorliebe für Armani-Anzüge, fiel Kate ins Wort. »Ich verhandele noch mit ihr.«

»Und Jack West? Sie sagten, ihn hätten Sie schon in der Tasche, und sobald er nach den Feiertagen aus München zurückkehrt, würde er den Vertrag unterschreiben.«

Artie biß von seinem Roastbeef-Havarti-Sandwich ab. Kate saß dabei und wartete darauf, daß er kaute und schluckte. Er betupfte sich die Mundwinkel mit seiner blau und weiß gestreiften Serviette. »Richtig. Richtig. Das mit West sieht noch immer gut aus.«

Kate hob eine Augenbraue und schob ihren kaum angerührten Chefsalat beiseite. »Sieht gut aus? Das klingt aber nicht nach in der Tasche haben, Artie. Jetzt mal ehrlich.«

Er trank einen Schluck von seinem mit Limonensaft gespritzten Mineralwasser. »Wie wär's, wenn wir mal gegen alle Gepflogenheiten Hollywoods verstießen und gegenseitig ehrlich sind? Man munkelt, der Film stecke jetzt schon in Schwierigkeiten. Ich habe gehört, dies sei ein echtes Pokerspiel mit hohen Einsätzen, und Sie könnten die falschen Karten haben.«

»Aus diesem Poker werde ich nicht aussteigen, Artie. Und ich habe bei diesem Film solide Rückendeckung von Charlie Windham.«

Artie hob eine der Roggenbrotscheiben von der verbleibenden Sandwichhälfte und verteilte eine Extraportion Senf darauf. »Solide?«

Kate knirschte mit den Zähnen. »Okay, okay. Auch ich lese die Fachpresse. Sagen wir, jemand bei Paradine hegt Groll.«

Artie grinste. »Darf ich dreimal raten?«

»Nein«, lehnte Kate scharf ab.

»Einmal reicht auch.«

Kates Miene wurde hart. Das war alles Dougs Werk. Er hatte der Fachpresse stecken lassen, daß die Produktion von »Todsünde« gefährdet sei. Einmal war er sogar mit seiner persönlichen Meinung zitiert worden, wonach es ein Fehler gewesen sei, soviel Geld in das Lerner-Projekt zu stecken, und daß es einen größeren Profit abwerfen würde, wenn man es mit einem bescheideneren Budget machte. Wenn ein Studiochef eine solche Bemerkung äußerte, dann schlossen die meisten Leute der Branche daraus, daß das Budget sehr wahrscheinlich drastisch beschnitten werden würde.

Kate bezweifelte nicht, daß der um seinen eigenen Ruf besorgte Artie seinen Mega-Stars Laura Shelly und Jack West geraten hatte, ihre Unterschrift für »Todsünde« noch zurückzuhalten, bis er selbst das Terrain sondiert hatte. Beide Schauspieler hatten andere Big-budget-Filme in Aussicht, und es war Arties Job, dafür zu sorgen, daß sie die richtige Wahl trafen. Sonst hatte er bald überhaupt keinen Job mehr.

Kate verstand das ja alles, nur stand die jetzt selbst auf dem Schlauch. Wenn sie Shelly und West nicht für die Hauptrollen brachte, dann wurden aus Dougs Lügen Wahrheiten. Wenn sich erst einmal herumsprach, daß sich ihre beiden Stars zurückgezogen hatten, würde auch jeder andere A-Listen-Schauspieler nervös werden. Am ärgerlichsten war, daß alles längst auf der Reihe gewesen und die Produktion schon reibungslos angelaufen wäre, wenn Doug sich nicht solche üblen Tricks ausgedacht hätte. Falls sie jetzt noch lange gegen Wände rannte, würde es um so schwieriger werden, Windham davon zu überzeugen, daß ihr Schiff nicht zu sehr unruhigen Wassern unterwegs war.

Beim Nachtisch – Apfeltorte für Artie, schwarzen Kaffee für sie – versuchte Kate, die Bedenken des Agenten zu zerstreuen. Bis die Rechnung kam – Kate war schneller als Artie und bezahlte –, war es in ihrer Meinung nach gelungen, den Schaden weitestgehend zu begrenzen. Zusammen verließen sie das Restaurant, und Artie versicherte ihr, daß er nunmehr zufriedengestellt sei und seine Zuversicht auch an Shelly und West weitergeben würde.

Bei Kates Wagen verabschiedeten sie sich mit dem üblichen kurzen Kuß und murmelten so etwas wie »wird schon alles bestens werden«. Dann ging Artie die Straße hinunter zu seinem Büro, Kate setzte sich hinters Lenkrad, startete ihren BMW und drehte die Air-condition voll auf. Sie mußte sich abkühlen und ihrem Magen ein paar Minuten Zeit geben, um sich wieder zu entkrampfen.

Sie schaute auf die Uhr. Viertel nach zwei; sechs Stunden dazu – machte 20.15 Uhr in London. Adrian würde in zwei Stunden in Heathrow eintreffen. Sie wollte ihn über ihr Gespräch mit Matthews informieren, wenn auch nur, um sich bei ihm über die Stolpersteine auszuweinen, die ihr ständig in den Weg zu ihrer gemeinsamen Produktion gelegt wurden.

Kate überlegte sich, ob sie Adrian um sechs ihrer Zeit, also um Mitternacht in London, anrufen sollte. Sie kannte ihn als Nachteule und wußte, daß er dann noch wach sein würde, möglicherweise jedoch seine Familie nicht, oder man schätzte es nicht, wenn er so spät noch angerufen wurde.

Seine Familie. Diese Worte weckten Neid und Kummer in ihrem Herzen, besonders jetzt so kurz vor den Feiertagen. Adrians Abreise, ihr Alleinsein und Dougs Sabotageversuche setzten ihr schwer zu. Sie dachte an Sylver, die sich mit Riley zusammen in der romantischen Berghütte befand. Lägen die Dinge anders, würde Kate vielleicht jetzt mit Adrian dort oben sein; sie stellte sich vor, wie sie beide nackt auf dem breiten Bett oder vor dem Kaminfeuer lagen ...

Sie trat heftig aufs Gas und untersagte sich energisch, wie ein liebeskranker Teenager von Adrian zu träumen. Das kam nur davon, weil der ganze Ärger wegen »Todsünde« sie so nervte. Irgendwie mußte sie Doug von seinen üblen Intrigen abbringen, mit denen er nicht nur den Film und ihre Karriere zerstören, sondern auch Paradine schädigen würde. Wenn er zu der Einsicht gebracht werden konnte, daß er damit die Hand abschlug, die ihn mit Belugakaviar und Dom Perignon versorgte, würde er vielleicht damit aufhören.

Kate rief Dougs private Nummer von ihrem Autotelefon an. Nach dem vierten Rufzeichen nahm er ab. Er hörte sich gereizt und etwas außer Atem an.

»Geht es dir gut?« erkundigte sich Kate.

»Deine Sorge rührt mich«, sagte er säuerlich. »Welchem Umstand verdanke ich diese Ehre?«

»Ich möchte mit dir reden, Doug. Könnte ich in ... sagen wir, zwanzig Minuten in dein Büro kommen?«

»Da bin ich nicht. Ich bin daheim.«

Kate dachte kurz nach. Daheim. Mitten am Tag. Daraus

schloß sie schnell, daß Dougs jetsettende Gattin Julia ausgeflogen war. Und genauso schnell schloß sie, daß Doug nicht allein daheim war. »Wann können wir uns unterhalten?« fragte sie direkt.

»Ich komme gegen vier bei dir zu Haus vorbei.«

»Dann werde ich nicht...«

Doug hatte schon aufgelegt, ehe sie aussprechen konnte.

Verdammt. Die Vorstellung, mit Doug en Tête-à-tête bei sich zu Haus zu haben, und das angesichts der Veränderung in ihrem Verhältnis, war ihr entschieden unangenehm. Sie wollte ihre Zusammenkünfte auf relativ öffentliche Orte beschränken; falls Doug dann aus dem Ruder lief, konnte sie wenigstens Hilfe herbeirufen.

Nachdem sie einige Minuten gefahren war, befand sie, daß sie übermäßig paranoid war. Sie wurde mit Doug fertig. Hatte sie das nicht immer geschafft? Außerdem würde ja ihre Haushälterin Lucia in der Nähe sein. Doug würde es sicherlich zu erniedrigend finden, in Hörweite einer Hausangestellten die Beherrschung zu verlieren.

»So, diese findest du also besser als die alten?« hauchte sie verführerisch, während er sein Gesicht an ihren festen, üppigen Brüsten barg.

Doug Garrison brummte irgend etwas; die Wahrheit war, daß er sich nicht mehr an Nancy Cassidys alte Brüste erinnerte. Viele Jahre waren vergangen, seit er sie zuletzt gesehen und liebkost hatte. Wie oft war er mit ihr zusammengewesen? Einmal? Zweimal? Er wußte es nicht mehr. Was soll's auch, dachte er. Weg mit dem Alten, her mit dem Neuen. Stand nicht auch das neue Jahr vor der Tür? Jedenfalls war er geil, und die neuen waren gar nicht so schlecht, besonders wenn man sie bei zugezogenen Vorhängen im gedämpften Licht betrachtete. Nancy war kein junges Täubchen mehr, doch sie hatte tatsächlich bessere Titten, als er bei so mancher Fünfundzwanzigjährigen gesehen hatte. Und sie bemühte sich nach Kräften, ihn zufriedenzustellen.

Während Doug sich also Nancys Brüsten widmete, streichelte sie ihn fleißig und brachte ihn mit langsamen, rhythmischen Bewegungen zur Erektion. Er grunzte lustvoll. Sie lächelte. Sie entsann sich noch, daß er immer schnell hochkam; anscheinend war er mit den Jahren noch schneller geworden.

Keuchend legte er sich über sie. Nancy sog den Edelholzduft seines Eau de Cologne sowie den berauschenden Geruch von Reichtum ein, den das elegante Schlafzimmer seiner luxuriösen Beverly-Hills-Villa ausströmte.

Rauh und gierig drang er in sie ein. Sie war eigentlich noch nicht bereit, aber das machte nichts. Sie legte die Hände um seine Hinterbacken. »Immer noch der alte wilde Bronco. Reite, Cowboy! Genau wie in den guten alten Zeiten.«

Als er kam, gab sie einen Orgasmus vor. Nicht, daß sie annahm, er würde sich in der einen oder anderen Weise dafür interessieren, doch es gab ihr die Möglichkeit, ein wenig zu schauspielern. Wenn sich die Dinge vor Jahren anders ergeben hätten, wäre sie vielleicht der Star geworden, und nicht Sylver. Das war das Ziel gewesen, auf das sie an jenem heißen Sommerabend hingearbeitet hatte, als sie zu einem »Anstellungsgespräch« nach Feierabend in Doug Garrisons Büro bei Paradine erschienen war.

Die Dinge hatten sich nicht so ergeben, wie sie es sich vorgestellt hatte, doch das taten sie ihrer Erfahrung nach ja selten. Dennoch – die Mutter des größten Kinderstars zu sein, der seit Jahrzehnten über Hollywood gekommen war, war durchaus mit Vergnügen verbunden. Außerdem hatte es sein Gutes, im Hintergrund zu stehen und dennoch die absolute Kontrolle über alles zu haben. Man erwies ihr Respekt, Studiochefs, Regisseure, Produzenten, Agenten – sie alle standen Schlange, um ihr die Füße zu küssen.

Wäre nur Sylver nicht in jener Nacht mit Nick Kramer losgezogen und hätte sich flachlegen lassen. Nancy hatte Sylver schon auf demselben Pfad der Vergessenheit wandeln sehen, den sie selbst einst gegangen war. Das wollte sie auf keinen Fall zulassen. Sie hatte schließlich alles unter Kontrolle.

Schwitzend und keuchend rollte Doug von ihr herunter, gab ihr einen Klaps aufs Hinterteil und teilte ihr mit, daß er noch eine andere Verabredung habe; sie solle sich also anziehen und verschwinden.

Nancy schmollte; sie war nicht geneigt, sich auf diese Weise fortschicken zu lassen, jedenfalls nicht, bevor sie das erhalten hatte, weswegen sie hergekommen war: eine schriftliche Garantie, daß Sylver den Part der Beth in »Todsünde« bekam. Die Fachzeitschriften hatten die Story schon verbreitet, doch man munkelte, dies sei nur ein Gerücht, was zur Folge hatte, daß viele alte Geschichten über Sylver wieder aufgewärmt wurden, Geschichten, die Nancy ausräumen wollte.

Glücklicherweise war von Sylvers neuesten »Geschichten« kein Wort durchgesickert. Nancy haßte zwar Sylvers Freund, diesen Riley Quinn, der anscheinend das Kommando übernommen hatte, doch sie war ihm auch dankbar dafür, daß er erst im Krankenhaus, dann im Therapiezentrum Stillschweigen über Sylvers Identität bewahrt hatte. Die einzigen anderen Personen, die die Wahrheit kannten, waren Kate Paley und Nash Walker, und von denen würde keiner etwas ausplaudern; Kate nicht, weil sie damit nur weitere negative Gerüchte über »Todsünde« auslösen würde, und Nash nicht, weil er hoffte, daß er in Sylvers Kielwasser wieder zu einem Star werden würde.

Doug war schon dabei, aus dem Bett zu steigen. Nancy setzte sich hoch, umschlang ihn von hinten und preßte ihm ihre großen, perfekten Silikonbrüste an den Rücken.

»Nun komm schon, Süßer. Wir sind doch gerade erst warm geworden.« Sie ließ die Hände hinuntergleiten und streichelte ihn spielerisch. »Du willst mir doch nicht erzählen, ich hätte dich schon erschöpft?«

Er blickte zu ihr zurück und grinste verwegen. »Okay, aber es muß schnell gehen.«

Nancy lächelte. Auf die Herausforderung war er also eingegangen. Die Frage war nun: Würde er auch auf den Köder anbeißen? Wenn es mit Sex nicht klappte, so hatte sie auch noch andere Tricks auf Lager. Wie auch immer, Doug würde ihrem Baby die Rückkehr in die Welt des Startums ermöglichen müssen. Falls nicht, konnte sie ihm erhebliche Unannehmlichkeiten bereiten.

Nancy Cassidy hatte das Geheimnis lange bewahrt, vierundzwanzig Jahre lang, um genau zu sein. Doug hatte allerdings seinen Teil des Abkommens ebenfalls eingehalten, jedenfalls solange sie ihre Tochter fest an der Leine hielt. Ohne Doug im Hintergrund wäre Sylver nie zu dem Erfolg gelangt, den sie als Kind gehabt hatte. Jetzt mußte sich Doug noch einmal für Sylver einsetzen. Das schuldete er ihnen beiden.

Nancy zog Doug wieder aufs Bett und liebkoste seinen Körper mit ihren feuchten Lippen. Er führte ihren Kopf tiefer, bis er sie dort hatte, wo er sie haben wollte. Bereitwillig folgte sie ihm. Als er in ihrem Mund war, nahm er ihren Kopf zwischen die Hände und bestimmte den Rhythmus. Nancy fügte noch ein paar eigene Arabesken hinzu. Er stöhnte laut, wurde dank Nancys Behandlung sehr schnell groß und stark und kam rasch zum Höhepunkt. Danach griff er nach einem Papiertaschentuch und bedachte sie mit einem zufriedenen Lächeln. Nancy hoffte, daß sie ebenfalls mit einem Lächeln auf dem Gesicht hier fortgehen würde und daß sie nicht auf verschleierte Drohungen zurückgreifen mußte. Doch üble Zeiten erforderten üble Mittel.

»Lucia, ich bin daheim!« rief Kate, als sie ins Haus trat. Die Haushälterin antwortete nicht.

Kates Miene verdüsterte sich, und erst jetzt fiel ihr ein, daß sie Lucia den Nachmittag für Weihnachtseinkäufe freigegeben hatte. Sie stellte ihren Aktenkoffer und die Handtasche auf den Tisch in der Diele und schaute auf die Uhr. Viertel vor vier. Sie überlegte sich, wen sie anrufen und als Beistand zu sich bitten könnte. Eliot Reid käme dafür in Frage, der gefeierte Rechtsanwalt Hollywoods, der sie heute abend zu dem jährlichen Weihnachts-Benefizball zugunsten armer Kinder begleitete. Er wollte sie zwar erst gegen sieben abholen, doch vielleicht konnte sie ihn schon früher, so gegen fünf, auf einen Cocktail zu sich einladen. Das bevorstehende Erscheinen einer geachteten Persönlichkeit, noch dazu eines Rechtsanwalts, würde Doug gewiß im Zaum halten.

Sie wählte auch tatsächlich Eliots Nummer, legte jedoch schon vor dem ersten Rufzeichen wieder auf, weil sie fand, sie benahm sich albern. Sie brauchte die Unterhaltung ja nur höflich und freundlich zu halten, dann konnte mit Doug doch gar nichts passieren. Schließlich wollte sie ihn ja nicht herausfordern und keinen Streit mit ihm anfangen. Vielmehr wollte sie ihn durch Überzeugung auf ihre Seite bringen. Und sie war verdammt gut, was Manipulation betraf; das war einer der Schlüssel zu ihrem Erfolg.

Es war schon kurz vor fünf, als Doug eintraf. Niemand, der in Hollywood irgendeine Position einnahm, würde je pünktlich zu einer Verabredung erscheinen; damit würde man sich schrecklich deklassieren. Allerdings hatte Kate schon gehofft, er würde überhaupt nicht mehr kommen. Dann hätte sie aber auch ihren Plan nicht ausführen können.

Mit einem Martini in der Hand begrüßte sie ihn an der Haustür. Kommentarlos nahm er das Glas entgegen und ging an ihr vorbei den breiten Flur entlang zum Wohnzimmer.

»Also, was liegt an?« fragte er, trank einen Schluck und schaute sich eher uninteressiert im Zimmer um, bevor er sich langsam zu ihr umdrehte. Er blickte sie kühl von oben bis unten an, und sein verächtlicher Gesichtsausdruck erschreckte sie.

»Setz dich, Doug.«

»Wir geben jetzt dem Boß Befehle, Miß Paley?«

Kate seufzte. »Können wir nicht einmal mehr miteinander reden, Doug? Steht es wirklich so schlecht zwischen uns?«

Dougs Körperhaltung, sein ganzes Verhalten war eindeutig kriegerisch. »Es steht ganz genau so, wie du es gemacht hast, Kate.«

»Das kann doch nicht nur daran liegen, weil ich unsere Affäre...«

»Sag mir's. Ist Needham wirklich so gut im Bett?«

»Sei nicht geschmacklos, Doug. Das ist nicht dein Stil.«

Er lächelte nichtssagend und trank seinen Martini mit einem Zug aus. Kate hatte nicht die Absicht, ihm nachzuschenken. Nüchtern war Doug schon schwierig genug; betrunken mochte er sich als ein zu großes Problem für sie erweisen.

Sie setzte sich auf einen ihrer tropisch gemusterten Stühle. Weitaus ruhiger und gelassener, als sie sich fühlte, erzählte sie Doug etwas, das er bereits wissen mußte. »Wir verlieren möglicherweise Laura Shelly und Jack West als Hauptdarsteller in ›Todsünde‹. Falls das geschieht, bekommen wir Probleme. Es gibt natürlich noch andere Stars, die...« Kate unterbrach sich, als er sich umdrehte, zur Bar ging und sein Glas wieder füllte. Sie verfluchte sich, weil sie so dumm gewesen war, die Karaffe offen herumstehen zu lassen.

»Gieß mir auch einen ein.« Sie wollte eigentlich keinen Cocktail, aber sie rechnete sich aus, daß das eine Möglichkeit war, Dougs Konsum zu beschränken.

Er blickte sie über die Schulter hinweg an. »Sag bitte.«

Kate biß die Zähne zusammen. »Bitte.«

Er lachte. »Ist nicht so einfach, was, Kate?« Er stürzte seinen zweiten Drink hinunter und benutzte dann dasselbe Glas, um Kate einen einzuschenken. Er brachte ihn zu ihr, und als sie danach griff, packte er ihr Handgelenk mit seiner freien Hand. Doug strahlte eine unheimliche Energie aus. Das kam bei ihm manchmal vor – nach dem Sex. Kate fragte sich, mit wem er bei sich zu Haus zusammengewesen war, ehe er hierher kam. Es war auf jeden Fall eine Person, die ihn so lange beschäftigt hatte, daß er sich verspätete.

Kate merkte, daß ihre Geduld bald am Ende war. Sie merkte auch, daß sich in ihr die Angst regte, doch das zeigte sie nicht. »Wir stehen nicht auf verschiedenen Seiten, Doug. Ich bin nicht dein Feind.«

»Was bist du dann?« Sein Griff verstärkte sich.

»Laß los, Doug. Ich schätze diese Gewaltmethoden nicht.«

»Früher gefielen dir Körperkräfte. Oder hast du mir das nur vorgespielt? Hast du mich nur hingehalten?«

»Ich möchte meinen Drink haben«, sagte sie scheinbar ruhig.

»Sag bitte.« Er lächelte harmlos, doch sein Ton klang alles andere als harmlos.

Kates Pulsschlag pochte in ihren Schläfen. »Doug . . .«

Ohne ihr Handgelenk loszulassen, hielt er ihr den Martini außer Reichweite. »Sag bitte, Kate«, wiederholte er unnachgiebig.

»Du benimmst dich wie ein ungezogenes Kind, Doug.«

»Ich versuche nur, dir Manieren beizubringen, Kate. Habe ich dir nicht gesagt, es gäbe noch einiges, was ich dich lehren kann? Zum Beispiel Demut? Dankbarkeit? Loyalität?« Er stand jetzt direkt vor ihr, zwang ihren Arm hoch und drehte ihn ihr dann auf den Rücken.

Jetzt zeigte sich die Furcht in ihren Augen. Sie erkannte, daß Doug tatsächlich ausgerastet war. Zum ersten Mal hielt sie ihn wirklich für fähig, körperliche Gewalt anzuwenden.

»Sag bitte, Kate.« Er lächelte nicht mehr. Seine glasigen Augen wirkten bedrohlich. Und Kate sah, daß es ihm Spaß machte.

Eines wußte sie: Was immer früher zwischen ihnen gewesen war – die Zuneigung, die Zärtlichkeit, die Kameraderie, der Beistand –, alle diese schönen Erinnerungen wurden in diesen Momenten besudelt.

»Na schön«, sagte sie, weil sie keine andere Wahl hatte. »Bitte.« Sie sprach das Wort leise und matt aus.

Doug lachte auf. »Na bitte, es geht doch schon ein bißchen besser, nicht?«

Statt sie loszulassen, hielt er ihr das Glas an die Lippen. Kate weigerte sich, den Mund zu öffnen. Sie fand die ganze Situation äußerst erniedrigend, bis ihr klar wurde, daß dies genau das war, was Doug beabsichtigte. Er wollte sie beherrschen, und sie sollte von ihm abhängig sein. Solange er ihre gegenseitige Beziehung unter diesem Aspekt gesehen hatte, war es ihm gutgegangen. Seit er Kate als diejenige sah, die die Oberhand hatte, war die Lage unerträglich geworden.

Er kippte das Glas, so daß der Inhalt über Kates Kinn rann. Sie schlug es mit ihrer freien Hand fort; es flog quer durchs Zimmer. Doug ergriff die Gelegenheit, auch ihr anderes Handgelenk zu packen, und zog sie grob vom Stuhl.

»Eliot Reid wird jede Minute hier sein, Doug.« Es wäre sinnlos gewesen, zu behaupten, Lucia sei im Haus, denn wenn sie es gewesen wäre, hätte sie Doug ja die Tür geöffnet.

Sein Blick glitt über ihr klar als Tagesdreß zu erkennendes orangefarbenes Jerseykleid. Er lächelte herablassend. »Und du bist noch nicht einmal angezogen.«

Kate ärgerte sich über sich selbst, weil sie ihm mit so einer durchsichtigen Lüge gekommen war. Es war besser, mit offenen Karten zu spielen. »Doug, können wir uns nicht hinsetzen und wie zwei Erwachsene miteinander reden? Ich will nichts anderes, als einen guten Film machen. Dafür bin ich dir nicht auf die Zehen getreten. Ich bin zuerst zu dir gekommen. Du hieltest das Budget für zu groß, und dein Schwiegervater entschied sich . . .«

Doug hörte nicht zu. »Du hast mir gefehlt, Kate. Ich habe die Jungen und die Alten ausprobiert, aber du bist und bleibst die Beste von allen.«

Kate schüttelte den Kopf. »Merkst du nicht, daß du alles in den Schmutz ziehst, was wir einmal füreinander empfunden haben?«

»Meine Gefühle für dich haben sich nicht verändert, Kate.«

»Wie kannst du so etwas behaupten? Du führst einen Feldzug, um meinen Film zu ruinieren, du kommst in mein Haus, tyrannisierst mich, wirst gewalttätig.«

»Ich will nur alles wieder so haben, wie es einmal war.« Er zog sie dichter zu sich heran und hielt ihre Hände hinter ihrem Rücken fest.

Kates Mund wurde trockener als Wüstensand. »So war es aber nicht ...«

Seine grauen Augen verdunkelten sich. »Ich will dich zurückhaben, Kate. Ich brauche dich.«

Er preßte sie fest an seinen Körper, und sie konnte seine harte Erektion fühlen. Panik ergriff sie. Er würde doch nicht ... er konnte sie doch nicht gegen ihren Willen nehmen! Vergewaltigung. Ein entsetzlicher Druck schien sich in ihrer Brust auszudehnen, so daß sie kaum atmen konnte.

»Doug, nicht.« Sie schnappte nach Luft. »Bitte.«

Das Läuten des Telefons übertönte ihr Flehen. Doug fuhr zusammen. Er ließ sie unvermittelt los, trat zurück und warf ihr einen vernichtenden Blick zu. Nachdem sie jetzt frei war, verwandelte sich ihre Furcht in Wut. Am liebsten hätte sie einen harten Gegenstand nach ihm geschleudert.

Ein zweites Läuten. Kate zögerte, durchquerte dann das Zimmer und ging an den Apparat, wenn auch nur, um um Hilfe zu rufen. Während sie den Hörer abnahm, drehte sie sich zu Doug um, weil sie sehen wollte, ob er auf sie zukam. Zu ihrer Erleichterung verließ er gerade den Raum. Sie sagte kein Wort, bis sie die Haustür zuschlagen hörte.

Sie hielt sich den Hörer ans Ohr. Ihr Atem ging rauh und flach.

»Katie? Katie, bist du das? Ist mit dir alles in Ordnung?«

Als sie die Stimme am anderen Ende der Leitung hörte, wurde sie von der Erleichterung förmlich überschwemmt. »Adrian?« konnte sie nur flüstern.

»Katie, was ist denn?«

Sie umklammerte den Hörer wie eine Rettungsleine, fiel in den nächsten Sessel und bedeckte ihre Augen mit der Hand. »Nichts ... mehr.«

»Katie, ich vermisse dich.«

Ihre Hand fiel herunter. »Was?«

Er lachte leise. »Schlechte Verbindung? Das kann nur mir passieren.«

»Nein, nein. Die Verbindung ist gut. Wo bist du?«

»In Heathrow.«

»Und du rufst an, um mir zu sagen, du vermißt mich?«

Eine kleine Pause. »Das Gefühl beruht nicht etwa auf Gegenseitigkeit, Katie?«

Tränen rollten über Kates Wangen. Sie war sich nicht sicher, ob sie mit dem abrupten Wechsel von reinem Entsetzen zu reiner Freude fertig werden würde. »Das Gefühl beruht mehr auf Gegenseitigkeit, als ich sagen kann.«

»Ich war ein Blödmann, Katie. In Wahrheit habe ich verdammt große Angst.«

Kate unterdrückte ein Schluchzen. »Ich habe auch Angst.«

»Was würdest du sagen, wenn ich dich bäte, all diese Glitzergesellschaften und Feten sausen zu lassen, ins nächste Flugzeug nach London zu springen und die Feiertage mit mir und dem Rest des ungeschliffenen Needham-Clans zu verbringen?«

Kate traute ihren Ohren nicht, und sie war dermaßen überrascht, daß es ihr die Sprache verschlug.

»Ich weiß ja, daß du einen hektischen Terminkalender hast und daß du eine Menge aufgeben müßtest ...«

Kate fand ihre Stimme wieder. »Meinst du das ernst, Adrian? Du ... willst mich?«

Er lachte leise und verführerisch. »Komm her, Schatz, und ich beweise es dir.«

»Ach Adrian ...« Mehr konnte sie nicht sagen. Sie war einfach überwältigt. Lief es am Ende darauf hinaus? Hier war sie, eine der erfolgreichsten und geschätztesten Karrierefrauen Hollywoods – jedenfalls im Augenblick –, und dann ruft ein Mann vom anderen Ende der Welt an, sagt ihr, daß er sie begehrt, und sie verwandelt sich in die personifizierte Ekstase. War es das, worum sich überhaupt alles drehte? Zu begehren und begehrt zu werden? Zu wollen, daß man geliebt wurde? Sie kam schnell zu dem Schluß, daß letzteres von dem Mann abhing, von dem man begehrt wurde.

»Du weinst doch nicht etwa, Katie?«

»Nein, natürlich nicht«, sagte sie, während ihr die Tränen über die Wangen strömten.

»Wenn's so ist, dann steh da nicht rum und weine nicht«, neckte er. »Beeile dich lieber und packe deine Sachen. In einer Stunde und fünfzehn Minuten geht deine Maschine. In einer dreiviertel Stunde holt dich ein Wagen ab. Du nimmst den Flug um sechs Uhr morgens ab Kennedy Airport, und ich hole dich morgen mittag von Heathrow ab.«

Sie lachte unter Tränen. »Du warst dir meiner Antwort ja mächtig sicher.«

»Nein, Schatz. Ich habe nur das Risiko auf mich genommen, mich zu einem mächtigen Narren zu machen.«

»Adrian?«

»Ja, Katie?«

So vieles wollte sie sagen, so viele Gefühle wirbelten in ihr durcheinander. Sie holte tief Luft, und am Ende sagte sie nur: »Bis bald dann.«

16

Als Sylver am Weihnachtsmorgen aufwachte, lag der Duft frisch gebrauten Kaffees und brutzelnder Pfannkuchen in der Luft. Sie rekelte sich genüßlich, blickte auf die Uhr und sah, daß es erst kurz nach sieben war.

Jahrelang hatten die Morgen für sie kaum existiert. Sie war gewöhnlich erst am späten Nachmittag aufgewacht, manchmal sogar erst lange nach Sonnenuntergang, und wenn sie dann aufwachte, dann jedesmal mit dem Wunsch, sie hätte es lieber bleibenlassen. In ihrem Kopf hämmerte es, ihr Körper schmerzte und zitterte, und sie konnte nur daran denken, wie sie für den restlichen Tag über die Runden kam, ohne daß es ihr noch schlechter ging.

Jetzt erwachte sie mit einem Lächeln. Die neugeborene Sylver Cassidy. Keine schmerzenden Glieder, keine quälende Migräne, kein schneller Griff nach dem, was in der Schnapsflasche auf ihrem Nachttisch noch übriggeblieben sein mochte.

Wie herrlich war es, mit klarem Kopf aufzuwachen; noch herrlicher war es, aufzuwachen und sich auf den bevorstehenden Tag zu freuen, zumal es ein ganz besonderer Tag war. Wann hatte ein Weihnachtsmorgen für sie zum letzten Mal eine besondere Bedeutung gehabt? Nicht mehr, seitdem sie ein Kinderstar geworden war. Von da an war Weihnachten kein Feiertag mehr, sondern ein von ihrer Mutter produziertes Medienereignis, aus dem soviel Publicity wie möglich gewonnen werden konnte.

Noch heute erinnerte sich Sylver voller Trauer und Wut an den wolligen Cockerspaniel-Welpen, den ihr ihre Mutter einmal zu Weihnachten geschenkt hatte, als sie elf oder zwölf gewesen war. An jenem Morgen hatte sich das winzige Hündchen zitternd in ihren Arm geschmiegt und sein feuchtes Näschen in ihre Armbeuge gesteckt, weil es sich vor den Blitzlichtern der Paparazzi fürchtete. Sylver hatte den kleinen Hund heiß geliebt und ihn Dodger genannt. Als sie drei Monate später von einem langen Tag im Studio heimkam, war er verschwunden. Nancy hatte ihn ihrem Gärtner gegeben. Sylver hatte sie erklärt, daß es einfach nicht fair sei, wenn der Hund täglich so viele Stunden allein sein mußte. Als Sylver bitterlich weinte und meinte, sie hätte Dodger doch mit ins Studio bringen können, hatte Nancy sie selbstsüchtig und herzlos genannt. Wie konnte ein Kind von elf Jahren verstehen, daß sich seine Mutter diesen Schuh hätte anziehen müssen!

Es wurde leise an die Tür geklopft. »He, Schlafmütze. Willst du nicht mal nachsehen, ob Santa Claus letzte Nacht unseren Schornstein gefunden hat?«

Sylver vertrieb die traurigen Erinnerungen. Sie sprang aus dem Bett, rannte durchs Schlafzimmer und riß die Tür auf. »Hallo.«

Riley sah Sylver in ihrem Nachthemd aus lachsfarbener Seide vor sich stehen – ihr blondes Haar war verführerisch zerzaust, ihre azurblauen Augen leuchteten aufgeregt und erwartungsvoll, und ein Rausch der Erregung überfiel ihn, den er rasch hinter einem hoffentlich platonisch wirkenden Lächeln verbarg. »Du bist ja schon auf.«

Sylver drohte ihm mit dem Finger. »Heute morgen wollte ich doch das Frühstück machen. Du warst viel zu schnell.« Sie grinste. »Riecht großartig. Ist's fertig?«

»In der Küche ist es ziemlich kühl. Zieh dir lieber einen Morgenmantel an. Und vergiß deine Pantoffeln nicht.«

Sylver blickte ihn traurig an. »Ach, bitte nicht die väterliche Tour, Riley.«

Riley fühlte sich diesem wunderschönen Geschöpf gegenüber alles andere als väterlich, doch er war fest entschlossen, seine wirklichen Gefühle nicht noch einmal außer Kontrolle geraten zu lassen. Zum wahrscheinlich tausendsten Mal wiederholte er die Litanei in seinem Kopf: Sylver war noch zu verwundbar. Sie begann gerade erst, sich selbst zu finden. Sie konnte noch gar nicht wissen, was sie wollte, was sie wirklich bei ihm empfand. Und ganz abgesehen von alledem war sie entschieden zu jung für ihn. Er mußte sich zurückhalten. Er durfte nicht zulassen, daß sich dies zu einer Affäre auswuchs. Und er durfte nicht davon phantasieren, daß es noch mehr als das werden könnte.

Ihm wurde heiß unter seinem Pullover. »Ich muß jetzt die Pfannkuchen umdrehen. Wasch dich inzwischen. Und vergiß die Pantoffeln nicht.«

Er zog die Tür ins Schloß, und Sylver konnte wieder einmal über das Rätsel namens Riley Quinn nachdenken. Wo stand sie bei ihm? Was hielt er wirklich von ihr? Eines Tages würde sie ein Gespräch von Frau zu Mann mit ihm führen müssen. Aber nicht heute. Sie wollte unbedingt vermeiden, daß irgend etwas diesen ganz besonderen Feiertag verdarb.

Sylver zog sich den weichen weißen Morgenmantel aus Challisseide an und schlüpfte gehorsam in ihre fellgefütterten Mokassins. Als sie ins Wohnzimmer kam, sah sie zu ihrem Entzücken, daß Riley das Frühstück auf dem Teppich neben dem bunt geschmückten Christbaum aufgedeckt hatte, unter dem mehrere geschenkverpackte Päckchen lagen. Als sie vor ein paar Tagen im Ort gewesen waren, hatten sie sich getrennt, um füreinander Geschenke zu kaufen, wobei sie sich darauf einigten, daß es nichts Kostspieliges sein durfte; schließlich schwammen sie beide nicht gerade in Geld.

Sylver fühlte sich wie ein kleines Kind, als sie ihre Pfannkuchen hinunterschlang, um möglichst schnell zum Geschenkeauspacken zu kommen. Riley hatte noch gar nicht aufgegessen, da legte sie ihm schon eine in Goldfolie eingeschlagene Schachtel auf den Schoß. »Du zuerst. Los, mach schon auf«, drängte sie. »Es ist natürlich nicht viel, aber ich glaube, es gefällt dir. Ich hoffe es. Auf jeden Fall kannst du es gebrauchen.«

Er warf mit der Serviette nach ihr. »Beruhige dich. Mir gefällt es jetzt schon.«

Sie grinste. »Okay, okay. Ich bin eben nervös.«

Mit entnervender Sorgfalt begann er, die Geschenkverpackung zu lösen. Sylver beugte sich über ihn und riß sie ungeduldig ab. Schmunzelnd hob Riley den Deckel der Schachtel hoch, faltete das Seidenpapier zurück und hob eine wunderschöne Schreibmappe aus rotbraunem Leder mit seinen goldgeprägten Initialen in der unteren rechten Ecke heraus.

Schweigend betrachtete er das Geschenk, und Sylver beobachtete ihn nervös dabei. Mochte er es nicht? Fand er es nutzlos? Albern?

»Ich dachte... Wenn du dir Notizen für deinen Roman machst... oder für... was auch immer...«, stammelte sie. »Und ich habe nur R. Q. einprägen lassen, weil... ich wußte nicht, ob du noch einen zweiten Vornamen hast.«

Langsam schaute Riley zu ihr hinüber. Sylver stieß den angehaltenen Atem aus, als sie sein Lächeln sah. »Dies ist das aufmerksamste Geschenk, das ich jemals bekommen habe«, sagte er sehr leise.

Sylver errötete ein bißchen. »Es war im Sonderangebot. Und für die Initialen mußte ich nicht einmal etwas bezahlen.«

Er beugte sich zu ihr, küßte sie leicht, beinahe keusch auf die Lippen und brauchte dann seine ganze Willenskraft, um sich wieder zurückzuziehen. Sylver brauchte ebenfalls ihre ganze Willenskraft, um ihn nicht zurückzuhalten.

Rasch übergab Riley ihr ein kleines, in Silberpapier eingeschlagenes Kästchen. Zitternd nahm Sylver es entgegen. So eifrig sie ihn eben noch gedrängt hatte, ihr Geschenk für ihn auszupacken, so viel Zeit nahm sie sich jetzt mit seinem Geschenk für sie; sie genoß die Vorfreude darauf.

Jetzt war Riley an der Reihe mit dem Nervöswerden. »Es ist nicht viel, Sylver. Wahrscheinlich wirst du...«

»Pst!« befahl sie. Riley klappte den Mund zu.

Unter der Verpackung kam ein samtbezogenes weißes Schmuckkästchen zum Vorschein. Sylvers Herz hämmerte, während sie seinen Deckel hob. Drinnen, auf dunkelblauen Samt gebettet, befand sich eine zarte weiße Perle an einem Silberkettchen.

Sylvers Blick lief von der Kette zu Riley und wieder zurück zu der Kette, die sie jetzt vorsichtig aus dem Kästchen nahm. »Würdest du ... sie mir ... umlegen?« Sie drehte sich um und senkte den Kopf, damit er leichter mit dem Verschluß hantieren konnte.

Riley brauchte eine Weile. Er schien zwei linke Hände zu haben und konnte immer nur denken, wie lang und anmutig Sylvers Nacken doch war. »So«, sagte er schließlich.

Sylver schaute zu der Perle hinunter. »Sie ist wunderschön, Riley.«

Er räusperte sich. »Freut mich, daß du das findest.«

Als sich ihre Blicke trafen, trat eine lange, bedeutungsschwere Pause ein.

»Dies ist das beste Weihnachtsfest«, flüsterte Sylver.

Dasselbe dachte Riley auch. Nur eines könnte es noch besser machen. Sofort schüttelte er diesen Gedanken ab; Sex hatte in seinem Kopf nichts zu suchen. Er deutete auf die übrigen Geschenke unter dem Baum. »Was soll ich als nächstes auspakken?«

Sylver überreichte ihm die beiden anderen Schachteln. Eine enthielt ein Paket Schreibmaschinenpapier und die andere ein Buch mit Gedichten von Walt Whitman, weil Riley einmal erwähnt hatte, daß er diesen Dichter besonders gern mochte.

Riley hatte ebenfalls noch zwei Geschenke für Sylver. Als sie das erste öffnete, stockte ihr vor lauter Freude der Atem. Es handelte sich um Rileys fertiges Manuskript.

»Wann ...?« fragte sie aufgeregt. Gestern hatte er noch mit den letzten Kapiteln gerungen.

»Letzte Nacht.«

»Ach Riley, ich kann's gar nicht erwarten, es zu Ende zu lesen. Weißt du ...« Sie zögerte.

»Was?«

Sie blickte ihn vorsichtig an. »›Besessen‹ ist nicht nur ein phantastisches Buch. Es würde auch einen ... großartigen Film ergeben.«

»Na, ich weiß nicht ...« Er schüttelte den Kopf. »Meinst du?«

»Was hältst du davon, wenn du es Kate nach unserer Rückkehr einmal lesen ließest und sie um ihre Meinung bätest?«

»Ich weiß nicht. Ich werde es mir überlegen. Ich habe zwei Verleger, denen ich das Manuskript schicken werde. Ich hatte ihnen schon vor ungefähr einem Monat die ersten Kapitel übersandt, und sie waren beide interessiert, wollten mir aber einen endgültigen Bescheid erst geben, wenn ihnen das fertige Manuskript vorliegt.«

»Du könntest versuchen, sowohl einen Buch- als auch einen Filmdeal auszuhandeln. Das könnte der große Durchbruch für dich sein, Riley. Du könntest ein Vermögen damit machen ...«

»Halt die Luft an. Ich habe gesehen, was Hollywood aus einigen Romanen gemacht hat. Die armen Autoren müssen in ihren Kinosesseln zusammengeschrumpft sein und sich die Haare gerauft haben, weil sie sich wünschten, sie ...«

»Okay, okay. Ich habe schon verstanden. Aber denk mal darüber nach.«

Riley nickte. »Gut, ich werde darüber nachdenken«, log er, weil er den Tag nicht verderben wollte. »Du mußt noch ein weiteres Geschenk auspacken.«

Sylver betrachtete den großen Versandumschlag, den ein Sortiment Weihnachtssticker schmückte. Sie blickte Riley neugierig an. Er lächelte verlegen.

Sie öffnete den Umschlag und hatte das Gefühl, daß jetzt etwas Bedeutsames kam. Aus dem Umschlag zog sie ein einziges Blatt Papier.

Es war die Widmungssseite zu seinem Roman. In der Mitte des Blatts standen säuberlich getippt die Worte: »Für Lilli Anne, die einst das Licht meines Lebens war. Und für Sylver, die dieses Licht nach so vielen dunklen Jahren wieder in mein Leben zurückgebracht hat«.

Tränen stiegen in Sylvers Augen auf. Sie war überwältigt. Sie wußte nicht, was sie sagen sollte.

Riley legte seine Hand über ihre. »Ohne dich hätte ich dieses Buch nicht beenden können, Sylver.«

»Ach, Riley, du weißt ja nicht . . . was das für mich bedeutet.« Nachdem sie das gesagt hatte, brach sie in Tränen aus.

Lächelnd nahm er sie in die Arme. »Oder für mich, Sylver. Oder für mich.«

»Noch ein wenig Eggnog, Katie?« Frank Needham, ein kräftig gebauter, rotgesichtiger Mann mit dickem grauem Haar, schenkte ihr schon zum dritten Mal nach, bevor sie protestieren konnte.

»Du machst sie noch beschwipst, Dad«, stellte Adrians Schwester Freda lachend fest, während sie ihr eigenes Glas der Hand ihres elfjährigen Sohnes Frances entwand. »Was denkst du dir eigentlich? Soll Katie etwa denken, ich ziehe hier einen jugendlichen Kriminellen groß?« Sie gab dem Jungen einen Klaps auf das Hinterteil, als er vom Speisetisch aufstand und fröhlich davonhüpfte, um mit seinem neuen Baseballhandschuh zu spielen, den Kate für ihn am Kennedy Airport gekauft hatte. Seine Schwester Diana war schon vorher zum Spielen vom Tisch entlassen worden.

Kate lächelte Frances hinterher. Noch nie hatte sie so viele Geschenke in so kurzer Zeit gekauft, und während sie wie verrückt in der Einkaufszone des Airport-Terminals herumsauste, hatte sie sich pausenlos gesorgt, daß sie lauter falsche Dinge kaufte.

Wie sich herausstellte, war ihre Sorge überflüssig gewesen. Frances fand seinen Bo-Jackson-Handschuh phantastisch, und die siebenjährige Diana war ganz begeistert von Barney, dem Stoff-Dinosaurier, der in den Staaten so populär war. Die älteren Needhams schienen sich auch zu freuen – Freda über ihr Halstuch aus Leinen und Seide und die schaffellgefütterten Lederhandschuhe, ihr Mann Andrew über einen Jogginganzug mit dem Emblem »New York Knicks« und Frank über die geschnitzten afrikanischen Schachfiguren. Gottlob hatte sie sich daran erinnert, daß Adrian einmal erwähnt hatte, sein Vater sei ein begeisterter Schachspieler. Für Adrian etwas zu kaufen war am schwierigsten. Erst hatte sie überhaupt keine Idee gehabt, doch nachdem sie Minuten vor dem Abflug noch verzweifelt durch einen Buchladen gelaufen war, hatte sie eine wunderhübsch illustrierte Ausgabe von Dylan Thomas' »Eines Kindes Weihnacht in Wales« entdeckt. Das war natürlich nicht viel, doch Adrian schien davon überraschend gerührt zu sein und las sogar seiner Familie daraus vor.

Kate ihrerseits war auch sehr gerührt von den Geschenken, die für sie am Weihnachtsmorgen unter dem Baum warteten, zumal es sich ja auch um Käufe in der letzten Minute handeln mußte. Von Freda und Alfred bekam sie eine hübsche Lenox-Sammeltasse und von Frank einen wunderschönen antiken silbernen Kamm. Adrians Geschenk war wirklich entzückend: ein Glücksanhänger aus vierzehnkarätigem Gold in Form einer in allen Details genau ausgearbeiteten Filmkamera. Freda hatte ein schmales schwarzes Samtband aus ihrem Handarbeitskorb beigesteuert, so daß Kate den Anhänger um den Hals tragen konnte.

»Noch ein wenig Hackfleischpastete, Katie?« fragte Freda und stand vom Tisch auf. Sie bewegte sich langsam, denn sie war im siebten Monat mit Zwillingen schwanger.

»O nein, danke. Es hat phantastisch geschmeckt«, antwortete Kate, »aber ich könnte keinen einzigen Bissen mehr essen. So viel habe ich nicht mehr gegessen seit . . . ich glaube, so viel habe ich überhaupt noch nie gegessen.«

Alle lachten. Adrians Dad, der zu ihrer Rechten saß, gab ihr einen freundschaftlichen Klaps auf den Rücken. »Dann tun Sie's jetzt. Sie können gut noch ein bißchen Fleisch auf den Knochen vertragen, Mädchen.«

Adrian, der zu ihrer Linken saß, sprang sofort für sie in die Bresche. »Sie ist gerade richtig so, wie sie ist, Dad.«

Frances und Andrew grinsten einander zu. Adrian errötete. Kate stand rasch auf, um Freda beim Tischabdecken zu helfen.

»Sie brauchen doch nichts zu tun«, protestierte Freda. »Sie sind unser Gast. Außerdem hat uns Adrian erzählt . . .« Sie unterbrach sich sofort, als sie den vernichtenden Blick ihres Bruders auffing.

Kate schaute von Freda zu Adrian. »Was? Was hast du erzählt?«

Adrian zuckte die Schultern. »Nichts.«

Freda grinste. »Ist ja auch egal. Wenn ich's mir recht überlege, könnte ich doch Hilfe beim Aufwasch brauchen.«

»Was Sie brauchen, ist ein bißchen Ruhe«, erklärte Kate fest. »Adrian und ich werden den Aufwasch übernehmen.«

Alle Augen richteten sich auf Adrian, und Kate merkte es den Mienen an, daß niemand in ihm den häuslichen Typ sah. Kate blickte ihn ebenfalls an, und zwar herausfordernd.

Lachend erhob er sich. Freda zog eine Augenbraue hoch. »Sei aber bloß vorsichtig, Adrian. Dies hier ist mein bestes Geschirr.«

»Ich werde sehr behutsam sein«, versicherte er ernst.

»Das erwarte ich auch von dir, mein Junge«, scherzte Frank mit einem Seitenblick auf Kate.

»Genau, Adrian«, fiel Andrew grinsend ein. »Besonders mit dem Mädchen.«

Freda verpaßte ihrem Mann einen Schlag auf den Hinterkopf und watschelte dann zu dem abgewetzten braunen Cordsessel im Wohnzimmer.

Lächelnd folgte Adrian Kate in die winzige Küche mit dem nur tischhohen Kühlschrank, dem altmodischen Spülstein und dem schmalen, vierflammigen Herd, den die Needhams »Kocher« nannten. Die kleine Arbeitsfläche war mit einer buntgefleckten Resopalplatte abgedeckt, und das Linoleum auf dem Fußboden zeigte dasselbe Muster.

Kate stellte das schmutzige Geschirr vorsichtig auf die Arbeitsplatte. »Willst du abwaschen oder abtrocknen?« fragte sie und nahm eines der beiden Geschirrtücher von dem Haken über der Spüle. Als Adrian nicht antwortete, blickte sie zu ihm hinüber. Er lächelte noch immer.

»Was ist denn so amüsant?« Ihr Ton wurde sofort defensiv. Machte Adrian sich über sie lustig? Meinte er, sie machte sich lächerlich, wenn sie sich hier unbedingt anpassen wollte? Hob sie sich so sehr ab von dieser freundlichen, fröhlichen und offenen Familie?

Er nahm ihr das Geschirrtuch aus der Hand, schlang es ihr um die Taille, hielt beide Zipfel fest und zog Kate zu sich heran. »Du bist mir vielleicht eine, Katie.«

»Eine? Definiere das bitte genauer.« Sie sprach noch immer mit einem argwöhnischen Unterton, doch sie sah das vergnügte Glitzern in seinen blauen Augen.

Er zog die dichten Brauen zusammen, als dächte er schwer nach. »Ich weiß nicht, ob ich das kann. Wärst du mit ›entzückend‹ einverstanden? Überraschend? Anziehend?« Mit jedem Wort zog er sie dichter heran, und als er zu »anziehend« kam, waren ihre Lippen nur noch ein paar Millimeter voneinander entfernt.

»Deine Familie«, flüsterte sie.

Er lächelte teuflisch. »Die liebt dich.«

»Nein, ich meine ... jemand könnte hereinkommen. Eines von den Kindern.«

»Willst du jetzt auf der Stelle geküßt werden oder nicht?«

Ihr Körper schwankte ihm entgegen, und ihre Lippen berührten seine schon, bevor sie »ach ... ja« sagte. Deswegen war sie schließlich über den Atlantik geflogen.

Es wurde ein drängender Kuß, und Kate dachte nicht mehr an die nebenan versammelten Needhams.

»Wie schnell, meinst du, sind wir mit dem Abwasch fertig?« flüsterte Adrian danach.

»Hast du etwas Bestimmtes vor, wenn wir damit fertig sind?«

»Ja, den Besuch eines entzückenden kleinen Zimmers drüben im ›Fuchs und Gans‹.«

»Fuchs und ...?«

»Das Pub ein paar Schritte die Straße weiter.«

Mit dem Abwaschen, Abtrocknen und Einräumen des Geschirrs waren sie in Rekordzeit fertig. Als Adrian Kate aus der Wohnung schob, rief er seinen Leuten zu, er gehe mit ihr auf einen Schluck ins Pub. Andrew wollte schon sagen, daß er gern mitkommen würde, doch Freda stieß ihn mit dem Ellbogen an. Kichern folgte den beiden zur Tür hinaus, doch das hörten sie nicht mehr; sie wollten so schnell wie möglich zu diesem Pub gelangen.

Das Zimmer, welches Adrian für ihr heimliches Treffen reserviert hatte, befand sich im ersten Stock des Seitenflügels des Gasthauses. Adrian hielt Kate bei der Hand und führte sie die enge Treppe hinauf.

»Du kommst öfter hierher, nicht?« stichelte sie.

»Ich hoffe nur, meine anderen Schönen sind schon verschwunden, wenn wir oben ankommen«, witzelte er und zwinkerte ihr zu.

Alle Neckereien hörten auf, als sie in das kleine, niedrige Gästezimmer traten, das mit einem Doppelbett, einer Kommode und einem chintzbezogenen Boudoirstuhl ausgestattet war, der schon bessere Tage gesehen hatte. Der Raum hatte nichts Heimeliges oder Bezauberndes an sich – er hätte sich nicht einmal für eine Hotelkategorie qualifiziert –, doch sobald Adrian die Tür schloß und Kate in die Arme nahm, meinte sie, sie befände sich im Himmel.

Sie sprachen kein einziges Wort, während sie sich rasch ihrer Kleider entledigten und sie auf dem Fußboden bei der Tür zurückließen. Durch ein schmales, mit einer Musselingardine verhängtes Fenster fiel der sanfte Schein einer Straßenlaterne herein.

Adrian schlang die Arme um Kates nackten Körper und bewunderte aufs neue, wie straff und fest sie sich anfühlte. Mühelos hob er sie hoch, umfaßte ihren Po, und sie legte ihre Beine um seine Hüften. Er drückte sie gegen die geschlossene Tür und drang dann ohne Präliminarien in sie ein. Kate war nicht nur bereit, sondern geradezu gierig darauf, ihn in sich aufzunehmen. Sie bog den Kopf in den Nacken und schloß die Augen. Adrian beobachtete ihr Mienenspiel und genoß es zu sehen, wie sich ihre steigende Erregung darin spiegelte.

Auch er tauchte in den Wirbel des erotischen Rausches ein. Nie hatte er aufgehört, sie zu begehren, von ihr zu träumen. Kate Paley erregte in ihm unweigerlich ein starkes Verlangen, gegen das er machtlos war.

Mit jeder seiner Bewegungen stieß er sie gegen die Tür, und für einen Moment fürchtete er, er könnte ihr dabei weh tun. Als er sich mit ihr ein wenig zurückziehen wollte, klammerte sie sich noch fester an ihn und drängte ihn weiterzumachen, nicht aufzuhören.

Kate fühlte, wie ihr das Herz bis zum Hals schlug, während er tiefer und tiefer in sie vordrang. Sie wollte, daß er sie vollständig ausfüllte. Diesmal wollte sie nichts zurückhalten. Liebe mich und laß mich dich lieben. Ist es möglich, daß das gar nicht so schwer für mich ist? Habe ich viele Jahre verschwendet, weil ich mich vor etwas fürchtete, das nicht wirklich existierte?

Danach trug er sie zum Bett. Die dicke weiche Daunendecke hüllte sie ein, als sie sich nebeneinander ausstreckten. Er küßte Kate sanft, zärtlich, strich mit der Zungenspitze über ihre Lippen, an ihren Zähnen entlang und fand schließlich ihre Zunge. Kate ließ ihre Hände langsam und liebevoll über seinen schweißfeuchten Körper streichen.

Sie liebten sich noch einmal, diesmal jedoch ohne jede Hast. Kate genoß Adrians Zärtlichkeit und die Art, wie seine kundigen Hände ihren Körper streichelten und liebkosten. Sie genoß es, wie er im wörtlichen Sinn »Liebe machte«: Ihm lag daran, daß sie auch wirklich Freude hatte, und er konzentrierte sich darauf, sie zu erregen und zu beglücken. Das hatte sie schon seit langem nicht mehr gekannt, und es war mehr, als sie erwartet hatte. War es auch mehr, als sie verdiente?« Adrian merkte sofort die Veränderung ihrer Gefühle. Sanft küßte er ihre Lippen, ihren Hals, ihre Brüste. Er drückte seinen Mund an ihr Ohr und flüsterte ihr zu, wie sehr er sie begehrte, wie schön sie war, wie gut es war, wieder mit ihr zusammenzusein.

»Immer gab es nur dich und mich, Kate«, flüsterte er. »Und so wird es auch immer sein.«

Sie seufzte bebend auf, und dann preßte sie ihre Lippen auf seine, küßte ihn leidenschaftlich und drängte ihn, wieder zu ihr zu kommen. Als er zum zweiten Mal in sie eindrang, schrie sie ihre Leidenschaft laut und ungehemmt hinaus; sie konnte, nein sie wollte nichts zurückhalten. Das Liebesspiel wurde zum Liebesschwur. Adrian erfüllte ihren Körper und ihre Seele. Er war nicht Doug, nicht selbstsüchtig, gierig, gefühllos. Bei Adrian war die Liebe ein Geben und Nehmen. Erst jetzt erkannte Kate die Seelenqualen, unter denen sie so lange stumm gelitten und deren Existenz sie so verzweifelt zu leugnen versucht hatte.

»Das ist das allerschönste Weihnachtsfest, das ich jemals erlebt habe«, flüsterte sie danach euphorisch und kuschelte sich an Adrian. Und es war noch schöner, weil es so unerwartet gekommen war. Sie hatte schon fast alle Hoffnung aufgegeben, daß sie und Adrian jemals wieder so zusammensein würden.

»Obwohl du dafür auf alle diese schicken Festbälle verzichten mußtest?« fragte er leise.

»Ja, mit einem Haufen selbstbezogener großer und kleiner Moguln. Du hast mich vor tödlicher Langeweile gerettet.« Sie zögerte. »Du hast mich vor mehr gerettet, als du wissen kannst.«

Die Veränderung in ihrem Tonfall und die Anspannung ihrer Muskeln entgingen Adrian nicht. Er stützte sich auf dem Ellbogen auf. »Wie meinst du das?«

Kate bedauerte sofort, daß sie Adrian Anlaß zu dieser Frage gegeben hatte. Sie hatte auf dem Herflug beschlossen, ihre gemeinsame Zeit nicht dadurch zu ruinieren, daß sie von ihrer letzten Begegnung mit Doug redete, aus der sie Adrians Anruf gerettet hatte.

»Ach, nichts.« Sie hob den Blick zu ihm und hatte dann Mühe, ihm in die Augen zu sehen. »Wirklich nichts.«

»Du bist eine verdammt lausige Lügnerin, Kate.«

Er nannte sie jetzt also Kate. Das tat er nur, wenn er sich in einer sehr ernsten und sachlichen Gemütsverfassung befand. Sie küßte ihn leicht und lockend auf den Mund, weil sie unbedingt seine gute Stimmung wiederherstellen wollte. »Gewöhnlich bin ich eine sehr gute Lügnerin. Da kannst du mal sehen, was aus mir geworden ist.« Ein vergeblicher Versuch, wenigstens ein halbes Lächeln auf die geliebten Lippen zu zaubern.

»Je mehr du der Sache ausweichst, desto schwerwiegender machst du sie.«

»Es würde dich nur wütend machen. Mich hat es jedenfalls sehr wütend gemacht«, gab sie widerstrebend zu. »Und ich möchte nicht, daß einer von uns jetzt böse wird.«

»Das heißt, es hat etwas mit Doug Garrison zu tun.«

Eine kluge und logische Schlußfolgerung, das mußte Kate zugeben. »Ja, stimmt. Wir hatten wieder einmal eine . . . Konfrontation.« Sie hielt es für besser, nicht zu erwähnen, wo und wie sich diese Konfrontation abgespielt hatte.

Zuerst erzählte sie von ihrem Treffen mit Artie Matthews. Als Adrian hörte, daß Jack West und Laura Shelly möglicherweise nicht unterschreiben würden, wurde er zornig. Wie Kate, so wußte auch er genau, wer für den Sinneswandel der Stars verantwortlich war.

»Ich versuchte mit Doug zu reden und ihm klarzumachen, daß er sich nur selbst und das Studio mit seinem Verhalten schädigte, doch er kam nicht zur Vernunft.« Kate merkte, daß Adrian sie genau beobachtete, und sie hoffte nur, daß er ihrem Gesicht keine verräterischen Spuren ansah.

»Wir werden es am Ende schon hinbekommen«, meinte sie munter. »Dessen bin ich ganz sicher. Doug wird schon noch zur Einsicht kommen.« Zu spät merkte sie, daß sie ihre Tonlage viel zu zuversichtlich gestaltet hatte.

Adrian schob Kate von sich fort und faßte sie fest bei den Schultern. »Du fürchtest dich«, stellte er fest.

»Ich fürchte mich nicht.« Jetzt, bei Adrian, nicht mehr, dachte sie. »Ich mache mir nur Sorgen. Kopfschmerzen gehören zum Geschäft.«

»Du verbirgst etwas vor mir, Kate. Ich sehe es dir an den Augen an, ich fühle das an den Muskeln unter deiner Haut.« Er blickte sie noch einen Moment scharf an, und dann traf ihn die Erkenntnis. »Herrgott, er war bei dir! Er war bei dir, als ich dich anrief. Ich weiß noch, deine Stimme hörte sich so . . . komisch an. Als ob irgend etwas nicht stimmte. Als hättest du große Angst. Hattest du Angst, Kate?«

Die Frage hing in der Luft wie ein unangenehmer Geruch. Kate fühlte, daß ihr die Tränen kamen, und zwar so plötzlich, daß sie sie nicht mehr aufhalten konnte. Sie wußte nicht, ob das noch die Reaktion auf die sexuelle Belästigung durch Doug war oder ob es daran lag, daß Adrian sie so bedrängte. Vielleicht kam es auch von ihrem Bedürfnis, sich mitzuteilen.

Stockend erzählte Kate Adrian schließlich die ganze Geschichte. Als sie geendet hatte, sagte er kein Wort. Er lag nur einfach regungslos da, doch als sie in seine Augen blickte, sah sie, daß sich dort ein Unwetter zusammenzog.

»Es ist ja nichts wirklich geschehen«, sagte sie vorsichtig.

»Ich könnte diesen verdammten Bastard umbringen«, knurrte Adrian heiser, und jedes Wort klang wie ein Dolchstoß.

Kates Gefühle zum Zeitpunkt des Geschehens waren ähnlich gewesen, doch Zeit und Abstand hatten ihre Wut gedämpft. Jetzt merkte sie, daß sie Adrians Wut dämpfen mußte.

»Komm, wir wollen uns anziehen und in den Pub hinuntergehen«, bat sie leise. »Ich würde gern etwas trinken. Wir spielen eine Partie Darts, und wer gewinnt, zahlt die erste Runde.« Sie gab sich alle Mühe, doch sie merkte, daß sie bei Adrian nicht weiterkam.

Während Sylver im Wohnzimmer saß und den Roman zu Ende las, war Riley so nervös, daß sie ihm vorschlug, er möge einen Nachmittagsspaziergang machen. Nachdem er gegangen war, schürte sie noch einmal das Kaminfeuer und setzte sich dann mit den letzten Kapiteln des Manuskripts auf den Teppich.

Sie hatte ungefähr eine dreiviertel Stunde gelesen und war so in die Story versunken, daß sie das Klopfen an der Haustür zuerst nicht hörte. Es klopfte noch einmal, und nun schaute sie auf. Verdammt, jetzt war sie gerade an der spannendsten Stelle; der Verfolger wurde seinerseits von Holly Blake verfolgt, die sich mit Detective Michael O'Malley zusammengetan hatte. Sie hatten ihn fast schon ...

Ein drittes Klopfen veranlaßte sie endlich, die Seite aus der Hand zu legen. Sie stand auf und ging zur Haustür. Wahrscheinlich hatte sich Riley ausgeschlossen und den Schlüssel vergessen. »Du kommst zu früh. Ich bin noch nicht fertig«, sagte sie und öffnete die Tür.

Riley stand nicht davor. Sylver sah überhaupt niemanden. Doch dann stockte ihr der Atem. Etwas war vor die Tür gelegt worden – eine lange weiße Schachtel, zugebunden mit einer großen Seidenschleife. Einer roten Seidenschleife. Sylver erschien dieser Karton wie ein Sarg, doch sie wußte natürlich, worum es sich in Wirklichkeit handelte: um eine Blumenschachtel.

Sie blickte auf sie hinunter. Noch ein Weihnachtsgeschenk von Riley? Eine besondere Überraschung? Nervös rieb sie die Hände zusammen, als ihr ein neuer, beängstigender Gedanke kam. Sie versuchte, ihn sofort wieder zu vertreiben. Es konnte doch gut sein, daß Riley ihr einen Blumenstrauße schicken ließ. Statt hier verängstigt herumzustehen und zu glauben, die Schachtel enthielte etwas Unheimliches, sollte sie sie lieber als das sehen, was sie war: eine hübsche romantische Geste.

Solange sich keine roten Rosen in der Schachtel befanden. Gänseblümchen, Narzissen, Chrysanthemen. Alles, nur keine roten Rosen. Weil ... wenn es rote Rosen waren, würde das bedeuten, daß Riley der ... Sie schloß die Augen und schalt sich wegen ihrer blühenden Phantasie.

Sie hockte sich nieder und hob langsam und vorsichtig den Deckel von der Schachtel. Sie schob das grüne Seidenpapier auseinander und starrte dann auf den Strauß. Das Wünschen hatte die Realität nicht verändern können. Ein Dutzend roter Rosen lagen auf dem grünen Bett. Und eine Karte. »Ich werde immer über dich wachen. Dein treuester Fan.«

Entsetzt sprang sie hoch, als sie Riley den Pfad zur Haustür heraufkommen sah. Er lächelte nervös und schaute sie erwartungsvoll an. Sie stürzte sich buchstäblich auf ihn. Wut und Panik standen in ihren Augen.

»Hast du mir diese Blumen gekauft? Hast du? Sag's schon,

verdammt. Warst du das die ganze Zeit? Hast du mich verfolgt? Hast du deshalb dieses Buch geschrieben? Hast du mir vorgemacht, du seist der Detective, obwohl du der besessene Verfolger warst? Gott, Riley, ich habe dir vertraut!«

Unvermittelt gaben ihre Knie nach. Schwarze Punkte tanzten vor ihren Augen. Riley fing Sylver auf und trug sie ins Haus. Noch immer hielt sie die Karte in der Hand. Er löste sie aus ihren Fingern, las sie und kniete sich vor Sylver. Sie starrte ihn an, doch ihre Augen waren tot und leer. Es war zuviel für sie; endlich jemandem getraut zu haben . . .

»Hör mir zu, Sylver.« Riley sprach leise und eindringlich. »Ich habe diese Blumen nicht gekauft. Ich bin nicht dein Fan. Ich habe dich nicht verfolgt. Seit wir hier oben sind, habe ich allerdings das Gefühl, als täte das jemand. Erinnere dich an neulich . . .«

In ihre Augen kam wieder etwas Leben. Sie wußte sofort, wovon er sprach. Von dem Tag, an dem sie sich um ein Haar geliebt hätten. Von dem Tag, an dem Riley so abrupt aus dem Haus gerannt war. Von dem Tag, an dem er etwas – nein, jemanden draußen herumlungern gesehen hatte.

»Du sagtest . . . du dachtest, es wäre ein . . . Jäger«, stammelte sie.

»Ich wollte dich nicht verängstigen. Jetzt merke ich, daß du schon seit einer ganzen Weile verängstigt bist. Wie lange geht das schon?«

Sie senkte müde den Kopf. »Schon sehr lange.«

Er legte seine Hand unter ihr Kinn und hob ihren Kopf an, so daß sie einander in die Augen sahen. Er strich ihr das Haar aus dem Gesicht. »Ich möchte, daß du mir alles darüber erzählst, Sylver, aber nur, wenn du dazu bereit bist. Und nur, wenn du absolut sicher bist . . . wenn du tief in deinem tiefsten Innern sicher bist, daß du mir vertrauen kannst.«

Sie blickte ihn eine Weile schweigend an und suchte in seinem Gesicht nach irgendeinem Hinweis auf Besessenheit, auf

Wahnsinn. Sie sah indessen nur Zärtlichkeit, Besorgtheit, Mitgefühl und eine Spur von Kummer. Was sie sah, war das Gesicht des Mannes, den sie zu lieben gelernt hatte. Und dieser Mann bat nun um ihr Vertrauen.

Ihre Stimme war nicht mehr als ein Flüstern, doch ohne zu zögern begann Sylver Riley von ihrem »treuesten Fan« zu berichten. Sie fing damit an, wie alles begonnen hatte; Riley hörte ihr aufmerksam zu, ohne sie ein einziges Mal zu unterbrechen. Sie erzählte ihm alles, was sie wußte – das war leider nur sehr wenig –, und als sie geendet hatte, nahm er sie in die Arme und drückte seine Lippen in ihr Haar.

Sylver barg ihr Gesicht an seine Schulter. »Es tut mir leid, Riley. Ich entschuldige mich für das, was ich vorhin gesagt habe. Wie konnte ich auch nur eine Minute denken . . .«

»Sch, sch. Es muß dir nicht leid tun, Sylver. Du sollst nur eines wissen: Ich bin für dich da, und ich werde nicht zulassen, daß dir irgendein Verfolger oder sonst jemand etwas antut. Du bist nicht mehr allein. Glaubst du mir das?«

Sie hob den Kopf und blickte ihm in die Augen. Ein Lächeln zitterte auf ihren Lippen. »Ja, Riley. Ich glaube dir.«

17

»Mir reicht's, Katie.« Adrian warf die Hände hoch, während er in ihrem Büro auf und ab ging. Vor ihrem Schreibtisch blieb er stehen, stützte die Hände auf der blanken Tischplatte auf und starrte Katie an. »Merkst du nicht, daß deine Vision, meine Vision – daß das alles Windham überhaupt nichts bedeutet? Es ist das Studiosystem mit seiner ausschließlich kommerziellen Mentalität. Auf diese Weise kommt man niemals aus der Mittelmäßigkeit heraus. Der Einsatz ist zu hoch, und die Studios halten ihre Dollars verbissen fest. Falls sich Windham durchsetzt – und weshalb sollte er nicht, denn es sind ja seine Hände, die die Dollars festhalten –, dann werden wir unseren Film am Ende nicht mehr wiedererkennen. Man wird ihm sein ganzes Feuer nehmen, um ihn kommerzieller zu machen. Und damit wäre er restlos verhunzt.«

Als Adrian seinen Wortschwall einmal unterbrechen mußte, um Luft zu holen, nahm Kate diese Gelegenheit wahr. »Ich weiß, daß du frustriert bist. Ich bin's auch. Wir wissen, daß sich Charlie jetzt nicht mit seinen ›Vorschlägen‹ einmischen würde, wenn es nicht Dougs rücksichtslose Kampagne zu unserer Diskreditierung gäbe.« Sie wies nicht darauf hin, daß es nicht sehr hilfreich gewesen war, daß Adrian gleich nach ihrer Rückkehr aus London vor wenigen Wochen in Dougs Büro gestürmt war und diesem ernsthafte körperliche Schäden angedroht hatte, falls er es noch einmal wagte, Kate auch nur das kleinste Haar zu krümmen. Daß Doug daraufhin Adrian nicht auf der Stelle gefeuert hatte, lag daran, daß dann die Einzelheiten jener letzten Begegnung mit Kate seinem Schwiegervater zu Ohren kommen würden, und Kate wußte, daß Doug das nicht riskieren wollte.

Seit seinem Zusammenstoß mit Adrian hatte Doug allerdings seinen Kreuzzug gegen »Todsünde« verschärft, und falls jetzt auch noch der Regisseur aufgab, bedeutete das den sicheren Tod für den Film. Ehe es soweit war, mußte Kate also ihre Bemühungen verdoppeln, Charlie Windham gut zuzureden und seine Befürchtungen zu zerstreuen. Bedauerlicherweise arbeitete Doug noch emsiger daran, das Gegenteil zu erreichen.

Adrian hob die Hände von der Schreibtischplatte, legte sie wie im Gebet zusammen und stützte sein Kinn auf die Fingerspitzen. »Das Pferd ist schon tot, Kate. Du willst es nur nicht wahrhaben. Du versuchst, einen toten Gaul auf die Beine zu bringen.«

Heftig schüttelte Kate den Kopf. »Nein, das stimmt nicht. Noch sind wir nicht geschlagen, Adrian. Wenn wir beide zusammenhalten...«

»Genau das will ich, Schatz. Ich will, daß wir zusammenhalten. Nur können wir das nicht, solange du an Paradine klebst.«

»Wieder das alte Lied«, seufzte Kate auf, doch innerlich verzweifelte sie bei der Vorstellung, Adrian wieder zu verlieren. Sie liebte ihn. Sie war endlich so mutig, sich das einzugestehen. Beinahe war sie schon mutig genug gewesen, um ihm das auch zu gestehen, und nun versetzte er ihr einen Schlag in die Magengrube mit seinem verschleierten Ultimatum. Lief es wieder auf dasselbe hinaus? Mußte sie sich zwischen Adrian und Paradine entscheiden?

Adrian blickte sie bekümmert an. »Macht korrumpiert, Katie. Das passiert selbst den Besten unter uns. Und du bist eine der Besten. Wenn du bleibst, wird sie dich vergiften. Sie wird jeden Film vergiften, den du machst.«

»Und was geschieht, wenn ich nicht bleibe?« gab Kate zurück. Sie fragte sich seit langem, ob das System sie nicht schon korrumpiert hatte. War es zu spät, um jetzt noch abzuspringen? Und auch viel zu gefährlich? Solange sie an ihrer Position festhielt, darum kämpfte, an der Macht festzuhalten, so lange war sie noch im Spiel. Stieg sie jedoch aus, war sie nichts als eine »Ehemalige«.

»Wie werde ich mich wohl fühlen, wenn ich weiß, daß mich irgendein eifersüchtiger, rachelüsterner Bastard zum Ausstieg gebracht hat?« fuhr sie fort, und suchte Trost in der Offensive. »Was glaubst du, wie es mir geht, wenn ich in die Fachpresse sehe und Gerüchte über mich lese? Ich lasse mich nicht aus dem Studio vertreiben. Das wäre gleichbedeutend mit der Vertreibung aus der Stadt. Ich gebe nicht auf, Adrian; ich kämpfe. Das habe ich immer getan.«

Adrian ging um ihren Schreibtisch herum und drehte ihren Sessel, so daß sie einander jetzt anblickten. Er stützte seine Hände auf die Armlehnen. »Die Frage ist: Wofür kämpfst du, Katie? Niemand hat unbegrenzte Kampfkräfte; wir müssen unsere Kräfte für die Kämpfe einsetzen, die wirklich wichtig sind.«

»Gute Filme, großartige Filme zu machen, das ist mir wichtig, Adrian.«

»Mir auch.«

»›Todsünde‹ ist ein großartiger Film.«

Finster schüttelte er den Kopf. »Nein, Katie. Es ist ein großartiges Drehbuch. Wären wir ein unabhängiges, freies Team, könnten wir daraus selbst mit dem halben Budget einen großartigen Film machen. Das einzige, war wir brauchen, ist die Gewalt über unsere Kunst. Nur so ist es möglich.«

Kate wollte sofort widersprechen, doch tief in ihrem Inneren fürchtete sie, er könnte recht haben. Windham verlangte alle möglichen Änderungen. Außerdem redete er von der Beschneidung des Budgets, nachdem Laura Shelly die Hauptrolle endgültig abgelehnt hatte und Jack West immer noch schwankte. Ein kleineres Budget bedeutete, daß Kate kaum noch Hoffnung hatte, A-Listen-Schauspieler zu bekommen, die sie aber brauchte, wenn »Todsünde« ein Kassenhit werden sollte. Alles drehte sich um das Einspielergebnis am ersten

Wochenende nach der Freigabe. Namen großer Stars zogen ein frühes Publikum an und sorgten für gute Mund-zu-Mund-Propaganda, die für das Stehvermögen des Films wichtig war.

Adrian hob die Hände von den Armlehnen und legte sie sanft an Kates Gesicht. »Gib's auf, Schatz. Aus demselben Grund, weswegen wir ursprünglich eingestiegen sind: Wir sind Filmemacher.«

Kate schloß die Augen. »Ich glaube, das kann ich nicht«, flüsterte sie gequält und wußte genau, was ihre Worte bedeuteten.

Adrian richtete sich auf und trat fort. Kate öffnete die Augen wieder. Sie hätte ihn gern zurückgehalten, die Arme um ihn geschlungen, ihren Körper an seinen geschmiegt. Sie tat es nicht, weil sie wußte, daß sie den unsichtbaren, sich immer mehr vergrößernden Spalt zwischen ihnen beiden nicht überbrücken konnte, so fest sie sich an Adrian auch klammern mochte.

Er ging zu dem halbrunden jagdgrünen Ledersofa, auf dem er seinen Aktenkoffer zurückgelassen hatte. Sie erwartete, daß er ihn aufnehmen und dann wortlos ihr Büro verlassen würde. Er jedoch bückte sich über seinen Koffer, öffnete ihn, zog einen dicken gelben Umschlag heraus, kam damit zurück und legte ihn auf ihren Schreibtisch.

Kate blickte ihn fragend an.

»Das ist Riley Quinns Roman«, erklärte er.

Kate nickte. Vor zwei Wochen hatte Sylver ihn ihr mit der Bitte gegeben, sie möge ihn doch einmal lesen. Kate hatte das Manuskript an Adrian weitergegeben, weil sie augenblicklich keine Zeit zum Lesen hatte.

»Wie ist er?« erkundigte sie sich.

Adrian strich sich das dunkle, widerspenstige Haar zurück. »Ich würde sagen, er ist . . . außergewöhnlich.«

»Außergewöhnlich?« Kate kannte Adrian als einen Mann, der nicht leichtfertig mit Komplimenten um sich warf.

»Ich habe Quinn gestern abend angerufen. Er sagte mir, die zwei Verleger, denen er den Roman geschickt hatte, wollten ihn beide kaufen. Quinn fliegt heute nach New York, um sich mit ihnen zu treffen. Ich habe ihm vorgeschlagen, sich einen Literaturagenten zuzulegen.« Er machte eine kleine Pause. »Und einen Filmagenten.«

Kate blickte auf den gelben Umschlag. »Du meinst, der Roman würde einen guten Film abgeben?«

»Nein«, flüsterte Adrian, und die Andeutung eines Lächelns huschte über seine Lippen. »Ich meine, er würde einen großartigen Film abgeben.« Er drehte sich um, ging zur Tür und nahm auf dem Weg dorthin seinen Aktenkoffer auf.

An der Tür schaute er noch einmal zurück. »Ich habe Quinn gesagt, er sollte sich mal an dem Drehbuch dazu versuchen.«

»Und was hat er gesagt?«

Jetzt lächelte Adrian richtig. »Ein paar sehr abfällige Dinge über Hollywood. Die ich nur zu gern in vollem Umfang bestätigen konnte.« Er wandte sich ab und griff nach dem Türknauf.

»Adrian?«

Er blieb stehen und wartete darauf, daß sie fortfuhr.

Kate wartete so lange wie möglich, und endlich stellte sie die Frage. »Steigst du aus dem Film aus?«

»Vor acht Jahren gingen wir überstürzt auseinander«, antwortete er leise, ohne sich umzudrehen. »Ich möchte nicht, daß wir die Fehler wiederholen, die wir in der Vergangenheit gemacht haben. Ich werde nichts Voreiliges tun.« Er öffnete die Tür. »Doch ich werde dir keine Versprechen geben, von denen ich nicht sicher bin, daß ich sie auch einhalten kann.«

Sylver wußte, daß ihre Wohnung nach vernünftigen Maßstäben noch immer schäbig und jämmerlich war, doch seit sie und Riley von Running Springs zurückgekehrt waren, hatte sie ihr Bestes getan, um das Apartment aufzuräumen und heimelig zu machen. Riley hatte ihr beim Einkaufen der Fenstervorhänge geholfen, und sie hatte sich rot und weiß karierte Baumwollgardinen für Wohnzimmer und Küche ausgesucht und hellblaue fürs Schlafzimmer. Sie hängte Modigliani- und Van-Gogh-Drucke über die schlimmsten Risse in der Wand und legte sich sogar einen Flickenteppich zu, den sie im Wohnzimmer über die abgewetzten Stellen des Linoleumbelags deckte.

Jetzt saß sie auf ihrem fadenscheinigen Tweedsofa, bewunderte die neue Dekoration und wußte genau, daß sie sich nur von der deprimierenden Aufgabe ablenken wollte, die Stellenanzeigen in der Zeitung weiter durchzugehen. Sie mußte sich einen Job suchen. Im Moment herrschte auf ihrem Bankkonto gähnende Leere. Als sie aus der Therapie gekommen war, hatte Kate zwar darauf bestanden, ihr eine »weitere Anleihe« zu geben, doch Sylver hatte ihr geschworen, daß dies das allerletzte Geld sei, das sie von ihr annehmen würde.

Mit einem roten Stift in der Hand, mit dem sie die in Frage kommenden Angebote einkreiste, begann sie an der Stelle, wo sie aufgehört hatte, und dabei konnte sie ihre Mutter hören, als säße sie neben ihr auf dem Sofa: »Was für eine unmögliche Verschwendung, Sylver. Willst du tatsächlich irgendeinen armseligen, schlechtbezahlten Job als Kellnerin oder Büromädchen annehmen, wenn du in deinem wirklichen Beruf ein Vermögen machen könntest?«

Sylvers Blick fiel auf die Datumszeile oben auf der Zeitungsseite – 18. Januar. Nancy hatte ihr für den zwanzigsten eine Audition für »Todsünde« beschafft.

»Das Vorsprechen ist reine Formsache, Sylver. Doug Garrison hat mir versichert, die Rolle hast du sicher. Der Besetzungschef möchte dich ... nur noch einmal ansehen. Ob du der richtige Typ bist. Du weißt schon.«

O ja, Sylver wußte. Der Besetzungschef wollte sich vergewissern, daß sie nüchtern und clean war und nicht mehr heruntergekommen aussah. Gestern abend hatte sie das mit Riley besprochen. Seine Meinung über Hollywood im allgemeinen war wenig schmeichelhaft. Er machte darüber zwar nicht so viele Worte, drückte jedoch unmißverständlich aus, daß er Sylver für verrückt hielt, falls sie wieder in diese Tretmühle zurückkehrte.

Verrückt, doch es ließ sich nicht leugnen, daß diese Verrücktheit gut bezahlt wurde. Andererseits – wie hoch setzte sie den Preis dafür an, in einen Beruf zurückzukehren, den sie haßte? Außerdem gab es auch noch ihren sogenannten Fan, den es zu bedenken galt. Würde es nicht die Hartnäckigkeit dieses Verehrers noch verstärken, wenn sie wieder im Filmgeschäft wäre? Ginge sie nicht zurück, würde er vielleicht irgendwann genug haben von seinem Einmannfanclub. War er denn überhaupt ein Mann? Sie hatte ihn ja nie zu Gesicht bekommen, jedenfalls nicht bewußt.

Sie blickte zu dem Sofatisch hinüber. In dem sauberen Aschenbecher lag eine Geschäftskarte, die Riley ihr heute morgen gegeben hatte, bevor er zum Flughafen gefahren war, um seine Maschine nach New York zu nehmen. Die Karte gehörte Rileys ehemaligem Partner beim Los Angeles Police Department, Lieutenant Al Borgini, heute Leiter der Mordkommission Berverly Hills. Riley hatte sich von Sylver versprechen lassen, Borgini anzurufen, sobald sie irgend jemanden bemerkte, der sich um das Haus herumtrieb oder ihr folgte.

Dieser sogenannte Fan schien Riley noch mehr zu entnerven als sie. Sylver rechnete das der lebhaften Vorstellungskraft eines Schriftstellers zu. Sie selbst war nach ihrem Ausbruch im Chalet zu der Ansicht gelangt, daß ihr Fan eigentlich recht harmlos war. Er hatte sicherlich zahlreiche Gelegenheiten gehabt, sich ihr irgendwie zu nähern, wenn er es gewollt hätte. Zeiten, in denen es ihr so schlecht gegangen war, daß es ihr gleichgültig gewesen wäre, Zeiten, in denen sie ihm wahrscheinlich dankbar gewesen wäre, wenn er sie aus ihrem Elend befreit hätte.

Das hatte sich alles geändert. Jetzt wollte sie leben. Sie wollte fühlen, daß ihr Leben produktiv, sinnvoll – eben lebendig war. Sie wollte etwas aus sich machen, und das hieß, sie mußte sich eine Beschäftigung suchen, bei der sie mehr war als nur eine Marionette. Es war endlich an der Zeit, daß sie ihre eigenen Fäden zog.

Sie legte die Zeitung aus der Hand und beschloß, ihre Mutter anzurufen, um ihr mitzuteilen, daß sie nicht zu dieser Audition gehen würde. Sollte sich Nancy doch mit dem Besetzungsleiter auseinandersetzen. Gerade hatte Sylver mit dem Wählen begonnen, als es klopfte.

Sie blickte zur Tür. Da Riley fort war und Kate sie kaum in ihrer bescheidenen Behausung aufsuchen würde, konnte es sich um niemanden handeln, der ihr ein willkommener Besucher war.

»Wer ist da?« Ihre Stimme bebte ein wenig.

»Ich bin's, Baby. Nash.«

Seit sie wieder hier war, hatte Nash sie ein paarmal angerufen, doch es war ihr immer mit der einen oder anderen Enschuldigung gelungen, ihn vom Herkommen abzuhalten. Sie wußte nicht, ob sie ihn überhaupt wiedersehen wollte, und Riley war ohnehin dagegen.

»He, Baby.«

Sie sah, daß die Klinke bewegt wurde, und ging zur Tür. Widerstrebend öffnete sie sie.

Nash stieß einen langen, leisen Pfiff aus, als er Sylver sah. »Donnerwetter, siehst du gut aus! Mann, ich erkenne dich gar nicht wieder.« Er trat in das Apartment und umkreiste sie wie ein Wolfshund. Sie trug khakifarbene Stadtshorts, die ihre schönen, langen Beine zur Geltung brachten, sowie ein blau und weiß gestreiftes Matrosenhemd mit einem tiefen V-Ausschnitt.

Nash stand jetzt hinter ihr, und sie drehte sich lächelnd zu ihm um. »Ich habe fünfzehn Pfund zugenommen. Und ich habe nach den Jane-Fonda-Tonbändern trainiert.«

»Mit einem höchst ansehnlichen Ergebnis.« Nashs Tonfall klang verführerisch, und seine Stimme hörte sich nach dem lieben Jungen aus Tennessee an.

Nash Walkers provozierender Charme war Sylver schon lange nicht mehr zuteil geworden, und jetzt beeindruckte er sie tatsächlich ein wenig. Sie versuchte festzustellen, ob Nash irgendwie high war, doch sie hätte es nicht mit Sicherheit sagen können. Vielleicht hätte sie es anhand der Größe seiner Pupillen beurteilen können, doch er trug seine bevorzugte, drahtgefaßte Armani-Sonnenbrille. Sein Outfit – hautenge Jeans und ein figurbetonendes dunkelblaues T-Shirt – ließ erkennen, daß er seinen Körper gewiß nicht hatte verkommen lassen, seit sie sich zuletzt gesehen hatten.

»Willst du mir nicht einen Drink oder so etwas anbieten?« fragte er lächelnd.

»Ich . . . äh . . . habe nur Limonade. Oder Orangensaft. Oder . . . Wasser«, sagte sie nervös.

Er hauchte ihr einen Kuß auf die Lippen. »Vielleicht darf ich dir dann etwas anbieten.«

Sie trat von ihm zurück. »Nein«, lehnte sie fest ab.

Er schlenderte durch das Wohnzimmer und schaute sich um. »Du hast ja den Laden saubergemacht. Sieht jetzt fast bewohnbar aus.«

»Es geht. Ich . . . ich fühle mich wohl.«

Er warf sich lässig auf die Couch und hängte ein Bein über die Seitenlehne. »Du siehst aber gar nicht so aus. Du wirkst ziemlich nervös.«

»Weil ich . . . im Moment eine Menge zu tun habe.«

Er sah die Zeitung auf dem Couchtisch und hob sie hoch. »Stellenanzeigen?«

»Man muß arbeiten, um die Rechnungen bezahlen zu können«, sagte sie mit einem gezwungenen Lächeln.

Er setzte sich ein wenig aufrechter hin. »Und ›Todsünde‹?«

»Weißt du's noch nicht? Ich habe der Sünde entsagt. Ich

praktiziere jetzt das Heil.« Das war natürlich ein armseliger Scherz, und es lachte auch niemand. Nashs Miene verfinsterte sich sogar.

»Du hast die Rolle nicht bekommen?« Das war nicht so sehr eine Frage, sondern vielmehr eine Feststellung. »Ich dachte, das wäre schon eine sichere Sache.«

»Ich werde die Audition nicht wahrnehmen. Ich will die Rolle nicht. Ich . . . ich will nicht mehr filmen.«

Nash lachte harsch auf. »Baby, die haben dich in dem Therapieladen nicht clean gemacht; die haben dir den Verstand geklaut.«

»Ich erwarte nicht, daß du das verstehst.« Weshalb sollte Nash es auch jetzt verstehen, wenn er es noch nie verstanden hatte? Die Schauspielerei war sein Leben. Neben Drogen, Alkohol und Frauen. Oder vielleicht gehörte das alles für ihn auch unauflöslich zusammen.

Nash duckte sich und sprang dann panthergleich von der Couch hoch. »Du hast recht. Ich verstehe nicht. Hast du das Drehbuch gelesen? Es enthält drei anständige Rollen, die ich mit geschlossenen Augen spielen könnte – den Zuhälter, den Cop, der bei der Schießerei am Schluß umkommt, und den kleinen Gauner, der die Schwester aufmischt. Natürlich könnte ich die Hauptrolle auch spielen, aber ich verlange ja keine Wunder. Ich will mir meinen Weg nach oben ehrlich erarbeiten.«

Es überraschte Sylver nicht, daß es Nash nur um seine Karriere ging, und nicht um ihre. Er hoffte, wenn sie wieder im Geschäft war, könnte er sie dazu veranlassen, ihn ebenfalls hineinzubringen. Sie war deswegen weder böse noch enttäuscht. Ihr tat er einfach nur leid.

»Ich habe schon ein Wort für dich bei Kate eingelegt.«

Er preßte die Lippen zusammen, wodurch er nicht häßlich, sondern bedrohlich aussah. »Und was hat sie gesagt?«

Sylver zögerte. Kate hatte gesagt, Nash hätte ein Talent von der Größe einer Erbse und ein Ego von der Größe eines Planeten, doch das wollte Sylver lieber für sich behalten. »Sie sagte, der Regisseur hätte für diese Rollen schon ganz bestimmte Darsteller im Auge.«

»Die könnte ich sämtlich an die Wand spielen, wenn man mir nur die Gelegenheit dazu gäbe.« Er langte in seine Hosentasche, zog ein Tütchen heraus und setzte sich wieder auf die Couch.

Sylver erstarrte. »Nash, bitte . . .«

Er blickte zu ihr hoch und traf dann die Vorbereitungen, um sich einen Hit Koks reinzuziehen. »Sicher doch, Baby. Du kennst mich. Ich habe immer alles mit dir geteilt. Wir brauchen jetzt beide . . .«

Sie hob die Hände, um sein Angebot abzuwehren. »Nein. Nein, ich will nichts. Ich nehme das nicht mehr. Ich werde nie . . .«

»Man soll nie nie sagen, Baby. Komm schon. Nur einen zum Beruhigen.« Er probierte die Ware schon. »O Mann, ja! Prima. Gutes Zeug. Beruhigt sofort.« Er streckte ihr die Hand entgegen.

Sylver hätte sich selbst belogen, wenn sie so getan hätte, als wäre sie nicht versucht. Sie war tatsächlich nervös. Sie wollte sich tatsächlich entspannen. Sie erinnerte sich noch daran, wie sie selbst das Loblied auf die Droge gesungen hatte.

Nash bereitete den nächsten Hit vor. Für sie. Sylver starrte auf den dünnen weißen Pulverstreifen, und Schweißperlen standen auf ihrer Oberlippte. Ihr Herz raste. Es wollte sich nicht beruhigen. Stumm verfluchte sie Riley, der sie allein gelassen hatte. Wäre er jetzt hier . . .

O Gott, laß mich nicht schwach werden. Ein Ausrutscher, und es ist vorbei. Das weiß ich genau.

Verzweifelt versuchte sie, ihre inbrünstige Entschlossenheit, clean zu bleiben, wiederauferstehen zu lassen. Diesen Entschluß hatte sie während der ersten quälenden Wochen in der Entziehung gefaßt und später während ihres idyllischen Aufenthalts in den Bergen mit Riley zementiert. Was würde Riley von ihr denken, falls sie jetzt versagte? Er würde sie verachten. Das wollte sie auf keinen Fall. Sie wollte, daß er stolz auf sie war. Verdammt, sie wollte, daß er sie begehrte. Die Aussicht darauf war allerdings gering, wenn sie wieder zu Drogen zurückkehrte.

Dann fiel ihr ein, was Sam Hibbs ihr im Drogenzentrum gesagt hatte: Du kannst nicht für jemand anderen clean bleiben, egal wieviel dir an diesem Menschen liegt. Du mußt für dich selbst clean bleiben, weil dir an dir selbst etwas liegt. Im übrigen läuft alles auf eine Schlacht zwischen Angst und Abscheu auf der einen und Selbstachtung auf der anderen Seite hinaus. Wie diese Schlacht ausgeht, hast du selbst in der Hand. Nur du allein entscheidest, wer siegt.

Sylver riß den Blick von dem quälenden weißen Pulverstreifen auf dem Couchtisch und starrte auf ihre nackten Füße, die fest auf dem brandneuen Flickenteppich standen. Ihr Herzschlag normalisierte sich.

»Ich glaube, du gehst jetzt besser, Nash«, sagte sie ruhig.

Nash hörte ihrer Stimme die innere Überzeugung an und merkte, daß er es auf andere Weise versuchen mußte. Nachdem er den Koks aufgeschnupft hatte, erhob er sich. Lächelnd wie ein kleiner Junge kam er auf sie zu und sah sie mit einem Hundeblick an. »Tut mir leid, Sylver. Ich dachte nur . . . ein Hit auf die alten Zeiten. Aber du hast schon recht. Du konntest mit dem Stoff ja nie richtig umgehen. Ich hätte besser auf dich aufpassen müssen. Und das werde ich von nun an auch tun.«

Er stand jetzt direkt vor ihr und wollte sie schon in die Arme nehmen, doch sie zuckte zurück. Er wirkte enttäuscht, traurig, verletzt. Was davon echt und was gespielt war, wußte sie nicht. Vielleicht war Nash doch ein besserer Schauspieler, als man dachte. Oder vielleicht fühlte sie sich jetzt auch nur sehr verletzbar.

»Bitte, versteh doch, Nash. Dieser Teil meines Lebens ist für mich abgeschlossen. Wir können nicht...«

»Wir können alles, solange wir zusammen sind, Baby«, flüsterte er verführerisch, und sein warmer Atem streifte ihr Gesicht.

Sylver trat einen Schritt zurück und verschränkte die Arme wie zum Schutz vor der Brust. Sie merkte, daß ihr Herz wieder Bocksprünge machte, diesmal aber nicht wegen der Versuchung, sondern wegen ihres Unbehagens. »Ich brauche Zeit, Nash. Allein.«

Lächelnd entkleidete er sie mit den Blicken – das war eines seiner tatsächlichen Talente. »Du siehst wirklich gut aus, Sylver. Du hast mir gefehlt. Ich weiß, daß die Dinge früher schlecht standen. Ich weiß, daß ich dich nicht richtig behandelt habe. Doch ich habe nie aufgehört, dich zu lieben, Baby. Ich habe immer davon geträumt, wie es sein würde, wenn wir wieder zusammen sind.«

Er kam näher und näher. Sylver schüttelte den Kopf. »Es ist vorbei, Nash. Ich brauche einen neuen Anfang.«

»Natürlich. Das verstehe ich ja. He, schau mal, was ich in meiner Tasche gefunden habe.« Er hielt eine kleine blaue Kapsel zwischen Daumen und Zeigefinger. »Ich hab nicht vergessen, was du so gerne magst, Baby.«

Sie stieß ihn fort; die Kapsel glitt ihm aus den Fingern und fiel zu Boden. »Nein«, sagte Sylver scharf und zertrat die Pille unter ihren Hacken.«

Nash glaubte ihr noch immer nicht. Er war davon überzeugt, sie umstimmen zu können. Er mußte sich eben etwas mehr bemühen. Nicht, daß er sie unbedingt wieder rauschgiftabhängig machen wollte; er wollte vielmehr, daß sie von ihm abhängig war. Wenn sie dann wieder zusammen waren, konnte er sie auch dazu überreden, die Audition für »Todsünde« zu machen. Und wenn sie erst einmal in dem Film war, würde der Regisseur auch auf sie hören. Adrian Needham. Besser ging's gar nicht. Mit Needham am Steuer konnte Nash die schauspielerische Leistung seines Lebens hinlegen; davon war er fest überzeugt. Er würde aller Welt beweisen, daß er mehr war als nur ein hübsches Gesicht, daß er alles besaß, was man haben mußte. Mel Gibson, Tom Cruise, Kevin Costner – sie hatten ihm nichts voraus, abgesehen von den Chancen, die man ihm nie gegeben hatte.

Er wechselte die Taktik. »Ich weiß, was du denkst, doch du irrst dich. Ich will dich nicht wieder abhängig machen, Baby. Sicher, ich weiß, daß sie dir in diesem Drogenverein eine Gehirnwäsche verpaßt haben, so daß du jetzt glaubst, du darfst das Zeug nie wieder anrühren. Das ist Unsinn, Sylver. Maßhalten ist das Zauberwort. Man darf alles tun, solange man die Kontrolle behält. Ich werde dafür sorgen, daß du diesmal den Stoff nicht mißbrauchst. Darauf hast du mein Wort, Baby. Nur einen oder zwei Hits hin und wieder. Zwei Bier mit Pizza. Wenn du an einem Tag mal ein bißchen durchhängst, nimmst du einen kleinen Energiespender. Wenn du gelegentlich nicht einschlafen kannst, wirfst du eine kleine Pille ein. Das macht jeder, Baby. Du willst doch nicht auf den Spaß verzichten. Und da dein Kopf jetzt wieder klar ist, kannst du ihn wirklich genießen.«

»Bitte, tu mir das nicht an, Nash«, flehte sie, denn sie merkte, daß ihre Kampfeskraft nachließ.

Nash merkte das ebenfalls. Er legte Sylver seinen Arm um die Taille. »Weißt du noch, wie schön es war, Liebe zu machen, wenn wir high mit Koks waren, Sylver?« Sie hatte ihn wirklich angetörnt. Seit »Glory Girl« hatte er nicht mehr so gefühlt.

Sie schluckte. »Das ist schon so lange her.«

Er küßte sie auf die Wange, und seine Finger strichen an ihrer Wirbelsäule hinauf und hinunter. »Zu lange. Nimm doch einen kleinen Hit, Baby, und wir fliegen zusammen zum Mond. Wir erreichen die Sterne. Wir fliegen noch höher. Wie in alten Zeiten, Baby . . .«

Die alten Zeiten. Die Worte hallten in Sylvers Kopf wieder. Sie errinnerte sich an die alten Zeiten, doch nicht so, wie es Nash anscheinend tat. Für sie waren die alten Zeiten voller Scham, Bitterkeit und Kummer. Es waren düstere Erinnerungen, die sie langsam, unentrinnbar in den Abgrund gezogen hatten. Sylver wollte die alten Zeiten nicht wieder aufleben, sondern hinter sich lassen. Jetzt war eine neue Zeit angebrochen. Eine Zeit, sich selbst zu finden, Glück zu finden, sogar Liebe zu finden. Sie schloß die Augen und sah Riley vor sich; er lächelte ihr ermutigend zu. Er war für sie da. Zwar konnte er nicht ihre Kämpfe für sie ausfechten – das mußte sie schon selbst tun –, doch er konnte etwas tun, das fast ebenso wichtig war: Er konnte an sie glauben.

»Die alten Zeiten sind vorbei, Nash«, sagte sie so nachdrücklich, daß sogar er es nicht mißverstehen konnte.

»Ist es der Kerl nebenan? Der Ex-Cop? Du treibst es mit ihm, Sylver?«

»Nein, mit Riley hat es nichts zu tun.«

»Liebst du ihn?«

»Nein. Ich weiß es nicht. Im Moment arbeite ich daran, mich selbst zu lieben.« Sie ging zur Tür und öffnete sie.

Nash rührte sich nicht. »Das hätte ich fast vergessen.« Er steckte die Hand in die Hosentasche und zog ein kleines, als Geschenk verpacktes Kästchen heraus. »Ein nachträgliches Weihnachtsgeschenk, Sylver.«

Sylvers Blick verschleierte sich. »Ach Nash . . . Ich habe gar nichts für dich . . .«

»Das macht doch nichts. Sieh mal, Syl, ich hoffe, wir bleiben Freunde, was immer auch geschieht. Wir haben so vieles zusammen durchgemacht.«

Sie nickte. »Ja. Ja, das stimmt.«

»Tut mir leid, Sylver; auf vieles, was ich getan habe, bin ich nicht gerade stolz.«

»Dann sind wir schon zwei«, sagte sie leise.

»Also sind wir Freunde, Sylver?« Seine Augen wurden feucht.

Sylver ließ die Tür ins Schloß fallen und ging wieder zu Nash. »Ja, wir sind Freunde.«

»Er drückte ihr das kleine Kästchen in die Hand. »Keine Angst«, neckte er. »Es ist kein Verlobungsring.«

Leise lachend öffnete sie das Kästchen und hob dann zu ihrem Entzücken ein Paar silberne Ohrringe in der Form von an Kettchen hängenden Sternen heraus, in deren Mitte je ein Brillantsplitter blitzte.

»Du bist ein Star, Sylver, auf der Leinwand und davor«, sagte er sanft.

»Danke, Nash. Sie sind reizend.« Sie legte die Ohrhänger sofort an und erkannte an Nashs Lächeln, daß es ihn freute.

»Ja, ich glaube . . . ich gehe dann besser.«

Ganz impulsiv beugte sie sich zu ihm und gab ihm einen Kuß auf die Lippen, einen keuschen, schwesterlichen Kuß. »Ich werde noch einmal mit Kate reden, Nash.«

Lächelnd verließ Nash die Wohnung.

Er preßt die Lippen zusammen, als er ihren alten Freund aus dem Haus kommen sieht. Er beobachtet Walker, der die Straße entlangstolziert wie ein Mann, der erreicht hat, weshalb er herkam. Er ballt die Hände und fühlt, wie seine Halsadern hervortreten. Er will Walker nachgehen und ihm das Grinsen aus dem Gesicht schlagen. Er befeuchtet sich die Lippen und genießt die Freude, die es ihm bringt, sich vorzustellen, wie Walker seinen Besuch bei Sylver bedauert.

Später. Mit Walker wird er sich später befassen. Und mit Quinn auch. Arme Sylver – zu unschuldig und zu naiv, um zu begreifen, daß diese Männer sie nur benutzen wollen. Sie weiß nicht, daß sie mißbraucht wird, so wie sie ihr ganzes Leben lang mißbraucht wurde. Es gibt so wenig Liebe in dieser Welt. Manchmal hat er schon gedacht, daß er als einziger damit auf dem Markt sei. Und seine Liebe bietet er nur Sylver an. Ihr will er zeigen, was es bedeutet, nicht für selbstverständlich gehalten zu werden. Sie wird aufblühen unter seiner zarten, selbstlosen Liebe.

Er schiebt die Hand in die Hosentasche, diesmal nicht, um Trost in der Berührung seiner Waffe zu finden – die steckt in seiner anderen Tasche –, sondern um nach dem Schlüssel zu der kleinen Eigentumswohnung zu tasten, die bald Sylvers neues Heim sein wird. Heute ist der ideale Tag für den Umzug. Quinn ist fort. Er hat ihn heute früh mit einer Reisetasche das Haus verlassen und in ein Taxi steigen sehen. Kühn ist er daran vorbeigeschlendert und hat mitbekommen, wie Quinn dem Fahrer den Namen des Flughafens zurief, bevor er die Tür zuwarf. Quinn ist also nicht in der Stadt, und Sylvers alter Freund hat sich wieder auf den Weg gemacht. Die Luft ist also rein.

Ihn quält nur noch die Frage, wie er es bewerkstelligen kann. Soll er einfach zu ihrem Apartment gehen, an der Tür läuten, sich vorstellen und sie zu einer Spazierfahrt einladen? Würde sie mit ihm gehen? Würde sie ihm in die Augen sehen, darin die Aufrichtigkeit und die Liebe erkennen und wissen, daß sie bei ihm in sicheren Händen ist? In den sichersten aller Hände?

In der Phantasie klappt das alles großartig, doch er ist klug genug, um zu erkennen, daß dieser Plan vielleicht nicht funktioniert. Er braucht Unterstützung. Die hat er auch. Nur ist er nicht begeistert von der Idee, dazu Zuflucht zu nehmen. Er ist kein gewalttätiger Mensch, und er war es auch nie. Er tröstet sich mit dem Glauben, daß in diesem Fall der Zweck wirklich die Mittel heiligt.

18

Im »Stars and Spars« sah es ein bißchen wie in einem Kinomuseum aus; herrliche Sandwiches, Salate und selbstgekochte Suppen wurden zwischen uralten Filmplakaten und anderen Andenken an vergangene Filmstars serviert. Fast food war der größte Hit seit Jahren in der Restaurantszene Hollywoods.

Marianne Spars selbst zwängte ihre Länge von gut eins achtzig in eine der ungefähr dreißig rosagestrichenen Sitznischen und stellte eine Schüssel von ihrem Spezial-Texas-Chili vor Kate.

Kate beäugte das dampfende Gericht skeptisch. »Es ist zehn Uhr morgens. Ich weiß nicht, ob ich . . .«

»Iß«, befahl Marianne. »Es muntert dich auf. Und du brauchst Aufmunterung, Honey.«

Mariannes Stimme hallte durch das leere Restaurant, das erst um elf öffnete. Um Viertel nach elf brummte der Laden hier, wie Kate wußte; Touristen drängten sich dann mit Lastwagenfahrern und Filmleuten, und das bis zwei Uhr morgens, wenn das Restaurant schloß.

Kate kostete von dem Chili, und sofort fingen ihre Augen zu tränen an.

Marianne feixte. »Hab' ich's dir nicht gesagt?«

Kate legte ihre Gabel aus der Hand. »Ich war so fertig, daß ich einen Psychiater aufgesucht habe. Geholfen hat er mir auch nicht besonders.«

Marianne wurde ernst. »Harte Zeiten, ja? Ich habe in der Fachpresse gelesen, daß Laura Shelly und Jack West die Hauptrollen in ›Todsünde‹ abgelehnt haben.«

Kate rieb sich die Schläfen. Ihr Kopf schmerzte. »Es ist, als wäre ich ein umgekehrter Midas. Statt alles in Gold zu verwandeln, was ich anfasse, zerfällt es bei mir zu Staub. Jetzt mischt sich Windham auch noch ständig ein. Was tue ich hier eigentlich?«

Marianne beugte sich vor und tätschelte mitfühlend die Hand ihrer Freundin. »Du versuchst, einen wilden Bronco zu reiten, der seinerseits sein Bestes tut, um dich abzuwerfen. Du mußt dich einfach nur festhalten und ihn müde reiten.«

»Ich glaube, Adrian steigt aus.« Kate nahm noch eine Gabel voll Chili; diesmal war ihr die Schärfe willkommen. Seit ihrem Zusammentreffen mit Adrian in ihrem Büro gestern hatte sie sich wie betäubt gefühlt.

»Das tut er nicht«, widersprach Marianne ungläubig. »Der Junge ist doch verrückt nach dir. Er hat dich sogar seiner Familie in London vorgeführt. Das muß man sich mal vorstellen.«

Kate fühlte sich ausgelaugt und erschöpft. Vergangene Nacht hatte sie höchstens zwei Stunden geschlafen, und heute morgen hatte sie den Termin mit ihrem Privattrainer abgesagt. Sogar die Vorstellung, daß ihr Körper auseinanderfallen könnte, ließ sie im Moment kalt. »Ach Marianne, ich könnte es Adrian nicht einmal verdenken, wenn er ausstiege. Charlie Windham treibt uns beide in den Wahnsinn. Er hat einfach kalte Füße bei dem Projekt gekriegt – oder bei meiner Leitung des Projekts – und alles dank der Bemühung eines gewissen Herrn.«

Mariannes violette Augen glitzerten angewidert. »Ich könnte diesem gewissen Herrn den Hals umdrehen.«

»Doug wird erst zufrieden sein, wenn der Film endgültig zu den Akten gelegt ist, weil ihn niemand mehr mit der Kohlenzange anfassen will.« Sie rieb sich wieder die Schläfen. »Es spricht sich langsam herum, daß ich bei Paradine abgehalftert habe. Gestern war ich nach der Premiere von ›Compelling Forces‹ im ›Spago‹ und bin dort auf Artie Matthews gestoßen. Er hat kaum hallo gesagt. Ich mußte mich ihm praktisch in den Weg stellen. Ein nettes Gefühl, von kleinen Kulis geschnitten zu werden. Jede Wette, daß Artie schon seine Fühler ausstreckt, um das Lerner-Script anderweitig zu verhökern.«

»Was wirst du tun?« fragte Marianne echt besorgt.

Kate blickte sie unglücklich an. »Was meinst du wohl, weshalb ich hier um zehn Uhr morgens hinter einer Schüssel Chili herumsitze? Ich weiß nicht, was ich tun werde. Was sollte ich tun?«

»Ja...«, sagte Marianne philosophisch. »Was hast du denn für Möglichkeiten?«

Kate seufzte. »Adrian will, daß ich Paradine verlasse und freie Produzentin werde.«

»Hmmm«, machte Marianne nur.

»Ich habe mich sehr daran gewöhnt... gut zu leben, Marianne. Es ist nicht abzusehen, welche Opfer ich auf mich nehmen müßte, wenn ich mich jetzt selbständig machte. Ich war arm, und jetzt bin ich reich. Und laß dir sagen – reich ist besser.«

»Wenn dir Reichtum verschafft, was du haben willst«, warf Marianne weise lächelnd ein.

»Du meinst Adrian«, sagte Kate trübsinnig.

Marianne schmunzelte. »Nein, Honey. Du meinst Adrian.«

»Er gleitet mir wieder durch die Finger. Ich sehe es schon kommen.«

»Dann mach eine Faust. Halte dich an ihm fest.«

»Wenn ich mich an ihm festhalte, muß ich alles loslassen, wofür ich die ganzen Jahre gearbeitet habe.« Kate dachte dabei nicht nur an das Geld und die Sicherheit, die sie sich damit kaufen konnte. Sie würde sich selbst belügen, wenn sie leugnete, daß sie süchtig nach der Macht und dem Ruhm war. In Hollywood ganz oben zu sein war so weit »oben«, weiter ging es kaum noch. Falls sie diesen Sturm auswettern und »Todsünde« auf die Leinwand bringen konnte, und falls dieser Film dann so einschlug, wie sie es voraussah, wären alle Gerüchte und Sorgen vergessen. Man würde sie vergolden.

Marianne blickte ihre Freundin eindringlich an. »Ich hatte die Liebe, und ich bin allein gewesen. Und, Honey, die Liebe zu haben, ist weit besser. Denk mal darüber nach.«

Kate nickte ernst. Sie hatte eine ganze Menge nachzudenken.

An diesem Nachmittag sagte Kate sämtliche Termine ab und bat Eileen, ihr keine Anrufe durchzustellen. Sie schüttelte die Pumps von den Füßen, setzte sich auf die halbrunde Ledercouch in ihrem Büro und begann Riley Quinns Roman »Besessen« zu lesen. Sie war von der ersten bis zur letzten Seite gebannt, und erst als sie das Buch in einem Rutsch durchgelesen hatte, merkte sie, daß ihr rechter Fuß eingeschlafen war und daß sie einen steifen Hals hatte.

Als sie den Muskelkrampf los war und ihre Blutzirkulation wieder funktionierte, griff sie zum Telefon. Es war fast fünf Uhr nachmittags, Sylver nahm nach dem ersten Rufzeichen ab.

»Weshalb hast du mir nicht gleich gesagt, daß dein Ex-Cop ein Schriftsteller ist?« fragte Kate ohne Vorrede.

Sylver lachte. »Du hast sein Buch gelesen.«

»Gelesen? Verschlungen habe ich es. Es ist phantastisch. Es würde einen großartigen Film ergeben.«

»Dann sind wir schon zwei, die das denken.«

»Drei«, berichtigte Kate. »Adrian ist derselben Ansicht.«

»Jatzt brauchen wir nur noch Riley zu überzeugen. Er hat nicht gerade eine hohe Meinung von der Filmindustrie.«

»Ich kann mir gar nicht vorstellen, wie er darauf kommt«, scherzte Kate.

»Seit einer Woche oder so geht mir etwas im Kopf herum . . .«

»Laß mich raten«, unterbrach Kate. »Du würdest ganz gern den Filmstar in ›Besessen‹ spielen. Kann ich dir nicht verdenken. Die Rolle ist dir auf den Leib geschneidert . . .«

»Nein. Himmel, nein!« Das klang so scharf, daß Kate erschrak.

»Entschuldigung. Ich weiß ja, mit welchen gemischten Gefühlen du der Rückkehr zum Film gegenüberstehst. Und ich stimme mit dir darin überein, daß du gegenwärtig noch nicht soweit bist, wieder vor die Kamera zu gehen. Glaube mir, Sylver, mit der Audition, die deine Mutter für dich für ›Todsünde‹ arrangiert hat, habe ich nichts zu tun. Hätte Charlie Windham es sich nicht in den Kopf gesetzt, daß es eine brillante Idee wäre, dich wieder an Bord zu holen ... ich hoffe nur, du läßt dich zu nichts drängen, das du nicht bewältigen kannst.«

Am anderen Ende der Leitung herrschte Schweigen.

»Sylver? Habe ich etwas Falsches gesagt?«

»Nein. Nein, natürlich nicht. Was die Audition betrifft – ich habe schon beschlossen, sie nicht wahrzunehmen. Mit meiner Mutter, Doug Garrison und allen Leuten, die für mich die Entscheidungen treffen wollen, bin ich fertig.«

»Sehr vernünftig.« Kate lächelte.

Wieder trat eine Pause ein. Kates Lächeln verblaßte. Sylver hörte sich so merkwürdig an. Um Himmels willen, dachte Kate in einem Anflug von Panik, sie nimmt doch nicht wieder Drogen?«

»Wann kommt Riley wieder?« erkundigte sie sich vorsichtig.

»Übermorgen. Frühestens.«

»Dann bist du also jetzt ... allein?«

»Vor einer Stunde hat mich Nash besucht.«

Kate wurde es übel. Sie betete stumm, daß sich ihre schlimmsten Befürchtungen nicht bewahrheiteten. Warum zum Teufel konnte dieser Bastard nicht aus Sylvers Leben verschwinden?

»Er hat mir wunderhübsche Ohrhänger zu Weihnachten geschenkt«, sagte Sylver leise.

Ja. Und was noch? »Ohrhänger«, wiederholte Kate.

»Sterne, mit kleinen Diamantsplittern in der Mitte.«

Kate biß sich auf die Lippe. »Hört sich reizend an.«

»Ich habe ihm versprochen, daß ich versuchen werde, ihm eine Audition für ›Todsünde‹ zuzuschanzen.«

Eine Audition zuschanzen? Kate wollte ihm am liebsten einen netten, langen Gefängnisaufenthalt zuschanzen. »Ich habe dir doch gesagt, Adrian hat schon . . .«

»Schon richtig. Nur weiß ich, wie schwer es für Nash ist, noch einmal eine Chance zu bekommen. Ich dachte . . . falls er sie bekommt, vielleicht geht er dann auch in den Entzug.«

Kate mußte Sylvers Worte erst einmal verarbeiten. »Dann hat er nicht . . .? Du hast nicht . . .?«

Wieder zögerte Sylver. »Ist es das, was du befürchtet hast? Daß Nash mich wieder süchtig machen würde?«

Kate schämte sich. Wie hatte sie nur so wenig Vertrauen in Sylver haben können? Wenn sie nicht an sie glaubte, wer sollte es sonst tun? »Als du erzähltest, Nash sei bei dir gewesen . . . da habe ich . . . im ersten Moment . . .«

»Schon gut, Kate. Du hattest recht, wenn du dich fürchtest. Ich habe auch Angst gehabt. Nash war so eifrig darauf bedacht, seine Leckereien mit mir zu teilen. Und ich war versucht. Sehr sogar. Seit ich clean bin, überfluten mich die Gefühle, gute wie üble. Dinge aus der Vergangenheit gehen mir durch den Kopf. Nicky. Meine Mutter. Sogar mein kleiner Hund Dodger. Erinnerst du dich an ihn, Kate?«

»Dodger? Ach ja, der Welpe, den Nancy dir zu Weihnachten schenkte, als du noch klein warst.« Kate fiel wieder ein, was mit Dodger geschehen war. Sie dachte daran, wie sie Sylver über den Verlust des Hündchens hinweggetröstet und wie sie Nancy wegen deren so typischer Gemeinheit gehaßt hatte.

»Manchmal denke ich noch immer, es wäre leichter, wenn man sich betäubte«, gestand Sylver. »Doch ich denke nie, es wäre besser. Ich habe keines von Nashs Angeboten angenommen.« Sie lachte freudlos auf. »Und er machte mir einige.«

»Das ist großartig, Sylver. Das ist phantastisch!« erklärte Kate begeistert.

»Ich werde nicht wieder auf den alten Pfad zurückkehren, Kate. Ich will neue Wege gehen. Ich habe zwar Angst, doch ich bin auch gespannt darauf. Weißt du, wie ich das meine?«

»Ich glaube schon«, antwortete Kate leise.

»Was ich vorhin sagte . . . die Dinge, die mir durch den Kopf gehen . . .«

Das hatte Kate fast vergessen. »Ja?« Was immer das war, anscheinend hatte es nichts mit Schauspielerei zu tun.

»Ich dachte mir . . . vielleicht könnten wir uns mal zum Essen zusammensetzen, und ich könnte mit dir darüber reden?«

»Aber ja. Selbstverständlich«, antwortete Kate sofort.

»Heute abend?«

»Ach Sylver, zu gern, doch heute abend kann ich nicht. Ich muß zu diesem verdammten Dinner . . .«

»Versteh' ich doch. Du bist unglaublich beschäftigt. Ich weiß nicht, wie du das alles machst. Und dazu noch so gut.«

Kate wollte ihr sagen, daß sie es überhaupt nicht gut machte, doch sie mochte Sylver nicht mit ihren Problemen belasten; Sylver hatte genug eigene Probleme. »Wir wäre es mit morgen abend?« fragte sie nach einem Blick in ihren Terminkalender.

»Nein, nein. Ich habe ja diese Cocktailparty vergessen . . . Donnerstagabend? Donnerstag ginge es gut.«

»Fein. Großartig. Donnerstag also. Wo treffen wir uns?«

Kate zögerte ein wenig. »Kommt darauf an. Bist du schon so weit, daß du in der Öffentlichkeit erscheinen willst?«

Während Sylver noch überlegte, bot Kate ihr ein Abendessen bei sich zu Haus an.

»Nein«, lehnte Sylver fest ab. »Ich meine . . . ich habe nichts dagegen, bei dir daheim zu essen. Nur . . . nun, ich habe keinen Grund, mich zu verstecken. Man wird vielleicht ein paar Dutzend Fotos von mir schießen, und nach einer Weile wird man jemand anderen finden, den man belästigen kann.«

Kate war stolz auf Sylver, die sie jetzt in einem ganz neuen Licht zu sehen begann. Zum ersten Mal sah Kate Sylver als Erwachsene. Möglicherweise verliere ich ja eine »kleine Schwester«, dachte sie, doch vielleicht gewinne ich eine echte Freundin.

»Ich weiß genau das Richtige«, erklärte sie. »Stars und Spars'. Der neue Laden meiner alten Freundin Marianne. Du bist eingeladen«, fügte sie rasch hinzu.

»Okay«, stimmte Sylver zu. »Doch nächstes Mal – oder zumindest irgendwann in absehbarer Zukunft – lade ich dich ein.«

»Überschlag dich nur nicht«, sagte Kate freundschaftlich. »Und wegen heute abend, das tut mir leid. Ich weiß, jetzt, da Riley fort ist . . .«

»Macht nichts«, fiel ihr Sylver rasch ins Wort. »Mir geht's gut. Wirklich. Kein Problem.«

Nachdem sie aufgelegt hatte, blieb Kate mit einem unguten Gefühl zurück, das sie jedoch nicht genau zu definieren wußte. Irgend etwas war in Sylvers Stimme gewesen, mal mehr, mal weniger, eine Nervosität, die sie offenbar zu überdecken versuchte. Kate seufzte. Sie nahm sich vor, Sylvers Fähigkeit, ihre Lage zu meistern, fortan ein wenig mehr zu vertrauen.

Sylver legte den Hörer kurz auf und begann in ihrem Wohnzimmer herumzugehen. Kurz vor Kates Anruf hatte es an ihre Tür geklopft. Sylver hatte gezögert hinzugehen, weil sie fürchtete, es könnte wieder Nash mit seiner Wundertüte sein. Als sie endlich öffnete, stand niemand vor der Tür. Auf der Schwelle jedoch lag eine einzelne rote Rose.

Sylver hatte sie aufgehoben, als wäre sie giftig, und sie dann in den Mülleimer geworfen. Sie hatte sich gerade überlegt, ob sie Rileys Polizeifreund anrufen sollte, als Kates Anruf gekommen war und sie vorübergehend abgelenkt hatte. Jetzt, in der Stille ihres leeren Apartments, dachte sie wieder darüber nach. Ihr »Fan« befand sich offensichtlich in der Nähe. Vielleicht lauerte er ihr im Treppenflur auf. Hätte sie Kate etwas sagen sollen? Was hätte Kate tun können? Sie war ja sogar zu beschäftigt, um mit ihr, Sylver, vor Donnerstag zum Essen zu gehen.

Sylver schlich auf Zehenspitzen zur Tür und drückte das Ohr dagegen. Lag es nur an ihrer Phantasie, oder hörte sie leise Schritte draußen im Flur? Als sie auf der Straße eine Fehlzündung hörte, fuhr sie zusammen. Sie blickte aufs Telefon und dann auf die kleine weiße Karte daneben.

Detective Hank Salsky saß auf der Couch in Sylvers Wohnzimmer. Die rote Rose hatte er aus dem Mülleimer geholt und in eine Plastiktüte gesteckt. Einen aufgeschlagenen Notizblock in der Hand, blickte er zu der am Fenster stehenden Sylver hinüber. »Können Sie mir sonst noch was über diesen Typen erzählen?« fragte er und las sich noch einmal das wenige durch, das er bisher notiert hatte.

Sylver schüttelte den Kopf. »Ich hab's Ihnen ja gesagt. Gesehen habe ich ihn nie. Ich habe keine Ahnung, wie er aussieht.« Sie blickte auf die Straße hinunter. »Es könnte der da in der Jeansjacke sein. Oder der Mann im Jogginganzug, der gerade die Straße überquert. Oder . . .«

»Ich kann mir schon ein Bild machen«, sagte Salsky und lachte dann leise. »Das heißt, ich merke, daß es kein Bild gibt.«

Sylver brachte ein Lächeln zustande. »Entschuldigung. Ich wünschte, ich könnte hilfreicher sein. Ich habe Ihre Zeit verschwendet. Ich hätte nicht anrufen sollen.«

Salsky wuchtete seinen massigen Körper von der Couch. »Kein Problem. Solche Sachen können einem wirklich auf die Nerven gehen. Der Preis des Ruhms, schätze ich.«

»Ich bin wohl kaum berühmt, Detective Salsky.«

»Aber Sie waren es mal, Miß Cassidy. Ich habe all Ihre Filme gesehen. Man könnte sagen, ich bin ein richtiger Fan.« Er sah, wie die Angst in ihren Augen aufflackerte, und fügte rasch hinzu: »Ich hätte mich anders ausdrücken sollen.«

Sylver errötete. »Ich bin nur nervös. Wenn er doch nur mit diesen Rosen aufhören würde. Wenn er mich doch nur in Frieden ließ.«

Salsky schlenderte zur Tür und prüfte die Schlösser. Die Fenster in allen Räumen hatte er schon überprüft. »Sieht alles recht sicher aus. Sie sagten, Ihr ... Freund käme übermorgen wieder?«

»Ja.« Wenn Riley erst daheim war – auch wenn »daheim« nebenan bedeutete –, würde sie sich wieder sicher fühlen.

»An Ihrer Stelle würde ich die Wohnung nicht verlassen, besonders nach Sonnenuntergang. Schließen Sie alles ab, und bleiben Sie hier. Falls Sie tagsüber rausmüssen, bleiben Sie in belebten Gegenden. Spazieren Sie nicht durch verlassene Straßen, und parken Sie nicht in Tiefgaragen.«

Er öffnete die Tür und schaute den Flur entlang. »Sieht ruhig aus, doch wenn Sie wirklich etwas sehen oder hören, daß Ihnen jemand einen unerwünschten Besuch abstatten will, dann haben Sie ja die Telefonnummer.«

Sylver trat ebenfalls zur Tür. »Danke, Detective Salsky. Und bitte richten Sie Lieutenant Borgini meinen Dank aus.«

Hank Salsky lächelte, salutierte andeutungsweise und ging. Sobald die Tür zu war, schloß Sylver sie ab und legte die Kette vor. Dann ging sie durch die Wohnung und vergewisserte sich, daß alle Fenster verriegelt waren, obwohl der Detective das bereits überprüft hatte.

Cops konnte er noch nie vertragen. Sobald er sieht, wie der Streifenwagen vor Sylvers Wohnhaus hält, wird er nervös. Die Nervosität wächst, als der Cop wieder herauskommt und anfängt, sich die Leute in der Straße genau anzusehen. Der Cop geht sogar in einige Geschäfte und redet mit dem Jungen vom Zeitungsstand.

Er findet, er wirkt auffällig, wie er da auf der anderen Straßenseite in seinem Auto sitzt. Was, wenn einer von Sylvers Nachbarn einen Diebstahl oder so etwas gemeldet hat? Bei seinem Glück ist es bestimmt jemandem aufgefallen, daß er sich oft hier herumtreibt, und schon hängt man ihm den Raub an.

Sobald der Cop in einen kleinen spanischen Lebensmittelladen tritt, parkt er aus. Sein Plan muß eben noch einen Tag warten. Als er an ihrem Haus vorbeifährt, blickt er zu den Fenstern im dritten Stock hoch.

Keine Sorge, Prinzessin. Ich komme zurück. Darauf kannst du dich verlassen.

19

Kate starrte Charlie Windham fassungslos an. »Nein, ich stehe nicht unter Antidepressiva. Und auf gar keinen Fall werde ich mich einer unparteiischen psychologischen Begutachtung meines gegenwärtigen mentalen Zustands unterwerfen.« Sie stieß jedes Wort einzeln hervor.

Paradines kaufmännischer Leiter schien unbeeindruckt von Kates Ausbruch. Betont distanziert saß er in seinem unmodischen braunen Anzug mit einer teuren kubanischen Zigarre im Mundwinkel hinter seinem riesigen Chesterfield-Schreibtisch.

Kate hätte sich gern noch weiter geäußert, doch Charlies adrette, tüchtige Sekretärin Margaret kam herein. Die schlanke, junge Rothaarige reichte Kate ein Glas Quellwasser mit Himbeergeschmack und einem Spritzer Limonensaft, obwohl Kate darum gar nicht gebeten hatte.

Charlie nickte, und Margaret lächelte ihm bezaubernd zu. »Vergessen Sie nicht Ihre Blutdruckpille um drei, Mr. Windham.«

Nachdem sie das Büro wieder verlassen hatte, seufzte er. »Sehen Sie, was ich meine, Kate? Wir sind alle nicht gefeit.«

Kate faßte die Unverschämtheit dieses Mannes nicht. »Ich bin wahrscheinlich die gesündeste Person in diesem Studio«, gab sie zurück. »Sie eingeschlossen«, sagte sie nicht, doch die Andeutung lag auf der Hand. Verdammte Diplomatie.

»Es ist alles relativ«, meinte Charlie schulterzuckend. »Jedenfalls laufen die Dinge mit diesem Lerner-Projekt nicht gut. Sie wissen das, und ich auch. Was die Gründe betrifft . . .«

Kate stellte das unberührte Wasserglas auf Charlies Schreibtisch, wobei sie die mit einer hübschen Jagdszene bedruckte Unterlage absichtlich ignorierte, die die perfekte Politur des Holzes schützen sollte. Sollte er sich doch später um den Wasserring kümmern. Der erinnerte ihn dann wenigstens an sie. Sie wußte nämlich, daß sie sofort den Mund halten und sich irgendeinen Rückzugstrick einfallen lassen mußte, denn sonst hieß es auf der Stelle adios. Leider jedoch war sie zu sehr in Fahrt, um zu bremsen.

»Die Gründe will ich Ihnen gerne nennen«, konterte sie und blickte ihm direkt in die Augen. »Dazu reichen zwei Wörter: Douglas Garrison.«

Charlie Windhams Miene zeigte freundliches Mitgefühl. »Darf ich Ihnen einen Rat geben, Kate? Seien Sie nicht nachtragend. Was immer zwischen Ihnen und Douglas ...« Abwehrend hob er die Hand. »Glauben Sie mir, die Einzelheiten will ich gar nicht wissen. Auf jeden Fall hätten Sie wissen müssen, daß es einmal enden würde. Trotz all seiner Fehler – und die kennt niemand besser als ich – fühlt er sich sehr stark mit Julia verbunden. Es war richtig von ihm, mit Ihnen zu brechen.«

Fassungslos starrte sie ihren obersten Boß an. »Doug hat Ihnen erzählt, er habe mit mir gebrochen? Das ist eine komplette Lüge.«

Charlie zuckte mit den Schultern und wandte sich wieder dem anliegenden Thema zu. »Heute morgen wurde ich von Mel Frankel von der ICA angerufen. Er erzählte mir, Sie hätten Artie Matthews praktisch die Ohren abgerissen, als er Ihnen mitteilte, daß sich Jack West für ein Keenan-Zel-Projekt entschieden hat und nicht für den Lerner-Film.«

»Sie können Gift drauf nehmen, daß ich ihm beinahe die Ohren abgerissen hätte. Artie hatte mir rauf und runter geschworen, daß West sich für mein Projekt verpflichten würde. Ich habe sogar noch etwas zugelegt. Und nun besitzt er die Frechheit, mir zu sagen, West hätte im letzten Moment seine Meinung geändert und sich entschieden, etwas anderes zu machen. Etwas anderes! Er hat sich nicht mal die Mühe gemacht, sich etwas Bestimmtes auszudenken.«

Charlie nahm die Zigarre aus dem Mund und inspizierte sie, als enthielte sie eine tiefsinnige Botschaft. Langsam wandte er den Blick dann wieder Kate zu. »Jetzt hören Sie mir mal zu, und sagen Sie kein Wort, bevor ich ausgeredet habe. Ich ziehe Sie nicht von dem Lerner-Projekt ab. Ich glaube wie Sie, daß es alles enthält, was nötig ist, um einen hübschen Profit abzuwerfen. Ich glaube ebenfalls, daß wir vielleicht ein bißchen zu grandios waren, was das Budget betrifft. Jack West, Laura Shelly, solche Leute können einen Film ebenso leicht zugrunde richten wie Profit erzielen. Besonders wenn bei der Produktion schon Spannungen aufgetreten sind. Trotz all seiner ängstlichen Bedenken – hier glaube ich, daß Doug recht hat.«

»Charlie, wenn Sie anfangen, bei diesem Projekt die Bremse anzuziehen, ruinieren Sie...«

»Lassen Sie mich ausreden, Kate«, befahl Charlie. »Ich sehe ›Todsünde‹ als ein im Grunde genommen kleines, von den Charakteren bestimmtes Stück. Statt große Namen und eine Menge Geld hineinzuwerfen, sage ich, wir sollten es noch einmal neu durchdenken. Im Augenblick kann Paradine ein enttäuschendes Einspielergebnis wirklich nicht gebrauchen. Wenn wir den Gürtel etwas enger schnallen, können wir nicht soviel verlieren, vielleicht jedoch etwas gewinnen.«

Kate starrte ihn stumm an. Mit ›Todsünde‹ wollte sie in die oberen Ränge aufsteigen. Wenn Charlie Windham jetzt die Nerven verlor und sich von seinem neurotischen Schwiegersohn beeinflussen ließ, der sie auf ihren Platz verweisen wollte, dann würde sie nie unter dem Daumen der beiden hervorkommen.

Doug hatte gewonnen. Mit seinem letzten Gerücht über sie hatte er es geschafft. Irgendwie hatte er herausbekommen, daß sie einen Psychiater aufgesucht hatte, und daraus hatte er die Lüge gebastelt, sie stünde unter Antidepressiva – ein Beweis dafür, daß sie labil und nicht geeignet war, beim großen Spiel mitzumischen. Und Charlie Windham hatte trotz seiner Lippenbekenntnisse bezüglich seines unfähigen Schwiegersohns Dougs hinterhältige Lügen gekauft.

Mit einem wohlwollenden Lächeln lehnte sich Windham zurück; anscheinend hatte er seine Predigt beendet.

Kate wußte, wenn sie bliebe und »Todsünde« mit allen Einschränkungen und Änderungen machte, würde sich der Film wahrscheinlich immer noch sehen lassen können; sie könnte ihren Ruf retten und möglicherweise sogar Doug austricksen. Möglicherweise gelang es ihr, Windhams Vertrauen wiederzuerlangen, und wenn ihr das gelang, würde sie »Besessen« ins Spiel bringen. Sie glaubte inzwischen, daß das ein noch größerer Hit als »Todsünde« werden würde. Die Filmversion von Rileys Buch könnte ihren Namen berühmt machen. Dann hätte sie endlich den Erfolg, für den sie die ganzen Jahre gearbeitet hatte. Sie würde Doug hinter sich zurücklassen können, und sie war diejenige, die zuletzt lachte. Dazu war nur nötig, daß sie sich selbst verriet. Und Adrian verlor.

Sie erhob sich langsam aus dem prächtigen Hepplewhite-Sessel. Windham, ganz Gentleman, erhob sich ebenfalls. Er streckte ihr die Hand entgegen und war sich Kates Einverständnis sicher. Seine Hand blieb unberührt. Ruhig, doch fest sagte Kate: »Morgen früh haben Sie meine Kündigung auf Ihrem Schreibtisch.«

Charlie Windhams Mund blieb offenstehen. Kate mußte lächeln, obwohl sich ihr Magen zu überschlagen schien. Nun war sie wirklich diejenige, die zuletzt lachte.

Den Weg zu ihrem Wagen legte sie auf ein wenig wackeligen Beinen zurück. Auf dem Studiogelände begegneten ihr Leute, die sie grüßten, doch Kate konnte nur benommen nikken. Hier war sie, die Frau, die ihr ganzes Leben lang Pläne und sorgfältig durchdachte Strategien entwickelt hatte, und soeben hatte sie aus dem Impuls heraus genau den Job gekündigt, auf den sich ihre ganzen Anstrengungen konzentriert hatten.

Als sie indessen ein paar Minuten später durch Paradines Tor fuhr, fiel ihr auf, daß ihre Kopfschmerzen endlich nachgelassen hatten, daß ihr Herz nicht mehr bedrohlich hämmerte, sondern ganz normal schlug und daß der vorhin noch nebligtrübe Tag klar und warm war.

Nachdem sie erfolglos versucht hatte, Adrian über ihr Autotelefon anzurufen, sagte sie ihren Dinner-Termin ab und rief Sylver an, um ihr mitzuteilen, daß sich ihre Pläne geändert hätten und sie nun doch heute abend frei sei.

Sylver war begeistert.

Kate war an diesem Abend nicht in der Stimmung, sich mit Stars zusammenzudrängen. Deshalb fuhr sie nach Newport Beach hinunter zu einem abgelegenen marokkanischen Restaurant, in dem es exotische Musik und mit orientalischen Teppichen ausgelegte intime Zelte für sehr private Dinners gab.

Sylver war nur froh, so weit wie möglich von West Hollywood fortzukommen, obwohl es ihr nicht ganz gelang, das Gefühl abzuschütteln, ihr »Fan« könnte sie und Kate verfolgen. Erst nachdem sie auf den Parkplatz des Restaurants gefahren waren und Sylver sah, daß kein anderer Wagen nach ihnen gekommen war, begann sie sich zu entspannen.

Kate und Sylver bekamen Plätze auf niedrigen Polstersofas und wuschen sich die Hände, eine Tradition vor dem Servieren des Dinners, das so etwas wie ein ritueller marokkanischer Schmaus war und ohne Besteck gegessen wurde.

Sylver war von der Atmosphäre hingerissen; Kates Stimmung jedoch verwirrte sie ein wenig. Woran das genau lag, hätte sie nicht sagen können, denn so wie heute hatte sie Kate noch nie erlebt.

»Das sieht nach einer Feier aus«, meinte sie und trank von ihrem delikaten, aromatischen Tee.

Kate lächelte rätselhaft. »Es ist eine Feier.«

Sylver blickte sofort auf Kates Ringfinger. »Hat Adrian dir einen Antrag gemacht?«

Kates Lächeln verblaßte für einen Moment. Ein Antrag von Adrian ... Würde Adrian sie jetzt bitten, seine Frau zu werden? War sie überhaupt zu einer Ehe bereit? Sie war sich ja nicht einmal sicher, ob sie zu einem Verhältnis bereit war. Das schien sich irgendwie von allein zu entwickeln.

»Kate?« drängte Sylver. Kates Schweigen beunruhigte sie.

Kates Lächeln kehrte zurück, als sie Sylver anschaute. »Ich habe gekündigt.«

»Gekündigt?« Sylver verstand nicht.

Kate stieß mit ihrer Teetasse leicht gegen Sylvers. »Ich bin, wie man beim Baseball sagt – oder beim Football – oder bei beidem ... na, jedenfalls bin ich ein freier Spieler.«

Sylver machte große Augen. »Du hast beim Studio gekündigt? Du bist gegangen?«

»Zuerst auf etwas wackeligen Beinen, aber es ist erstaunlich, wie schnell man etwas wieder lernt, das man schon einmal konnte.«

Sylver war bestürzt. Seit ihrer Kindheit waren für sie Kate und Paradines Studios praktisch dasselbe gewesen, und Kate hatte dort den Gipfel erreicht, was ihr einziges Bestreben gewesen war. »Ich kann das nicht glauben. Nein, ich meine, ich kann nicht glauben, daß du darüber auch noch lächelst.«

»Ich lächle, nicht wahr? Ich glaube es selbst nicht so ganz.« Kate lachte leise. »Ich dachte immer, das wäre das Ende der Welt. Ich gebe eine Menge auf«, fügte sie sachlich hinzu.

Sylver schmunzelte. »Was für eine Untertreibung!« Sie machte eine Pause. »Und wie nun weiter?«

»Weiß ich noch nicht.«

Sylver war plötzlich wie ausgewechselt. »Aber ich!« sagte sie und konnte sich vor Aufregung kaum fassen. Ihr schien es, als würde jetzt für sie alles auf die Reihe kommen.

Kate blickte sie verblüfft an. »Du weißt es?«

»In gewisser Weise ist es das, weshalb ich mit dir sprechen wollte, das, womit ich mich herumschlage, seit ich Rileys Buch gelesen habe. Riley hat darüber geschimpft, was aus seinem Roman werden würde, wenn ein Studio ihn erst einmal in die Hände bekäme. Ich habe mir alles angehört und muß zugeben, daß er wahrscheinlich recht hat.«

»Wahrscheinlich?« sagte Kate. »Ganz bestimmt sogar. Man würde das Buch restlos verhunzen.«

Sylver rutschte auf die Kante ihrer Couch. »Ich dachte mir, dieses Buch verdient Besseres. Und ich schulde es Riley, dafür zu sorgen, daß es Besseres bekommt. Und hier fügt sich alles zusammen.«

»Was fügt sich zusammen?« fragte Kate, doch sie ahnte schon, worauf es hinauslief.

Sylver stellte ihre Antwort zurück, bis der Kellner, ein dünner, eleganter junger Mann in einer offensichtlich maßgeschneiderten weißen Nehru-Jacke, ihnen zwei Schalen würziger marokkanischer Suppe brachte. Sie duftete köstlich, doch die beiden Frauen waren viel zu sehr in ihr Gespräch vertieft, um sie auch nur zu kosten.

»Ich habe erkannt, daß dies meine Chance war, es in Hollywood zu meinen eigenen Bedingungen zu schaffen«, sagte Sylver mit leicht bebender Stimme. »Statt immer nur die Marionette zu sein, weshalb sollte ich nicht diejenige sein, die an den Fäden zieht?«

Kate betrachtete Sylver mit neuer Hochachtung. »Du willst ›Besessen‹ produzieren.« Kate konnte sich zwar nicht vorstellen, wie Sylver das schaffen sollte, doch daß sie es versuchen wollte, war wirklich bewundernswert.

»Nein«, sagte Sylver. »Ich möchte, daß wir den Film produzieren. Ich brauche dich, Kate. Bevor du eben die Bombe des Jahrhunderts hast platzen lassen, wollte ich dich fragen, ob du mir auf irgendeine Weise Starthilfe geben könntest, ob es in diesem Geschäft jemanden gäbe, dem du vertraust und mit dem ich mich zusammentun könnte.«

Kate betrachtete Sylver, deren Verwandlung sie richtig erschreckte. Sylver legte einen solchen Schwung und eine so überschäumende Begeisterung an den Tag, wie Kate sie an ihr noch nie gesehen hatte.

Sylver beugte sich vor und faßte Kates Hand. »Ich möchte, daß wir beide Partner werden.«

Kate wollte etwas sagen, doch Sylver redete schon weiter. »Ach Kate, ich weiß, das ist ein himmelweiter Unterschied zu dem, was du bisher erreicht hast, doch man kann nie wissen, wie weit wir einmal kommen. Ich weiß nur eines: Wir finden kein besseres Anfangsprojekt als ›Besessen‹. Und wir können es auf unsere Weise machen. Natürlich müssen wir erst noch Riley überzeugen, doch ich wette, wenn wir drei . . .«

»Wir drei?«

Sylvers Augen funkelten. »Ich kann mir vorstellen, daß Adrian mitmachen wird.«

Kate lachte. »Ich nehme an . . . das wird er.«

»Und wenn wir erst mal Riley so weit haben, daß er das Script schreibt – ich weiß, daß es ihm heimlich schon in den Fingern juckt, besonders wenn er erfährt, daß wir beide am Steuer sitzen –, dann kann's losgehen. Wir sind einfach nicht aufzuhalten«, fügte sie absolut überzeugt hinzu.

Kate sank gegen die Sofalehne zurück. Ihr war ein bißchen schwindelig. Ihr ganzes Leben veränderte sich vor ihren Augen. Die Dinge gerieten definitiv außer Kontrolle.

Sylver blickte sie bekümmert an. »Entschuldige, Kate. Ich überfahre dich wie eine Dampfwalze. Lieber Himmel, wahrscheinlich liegen dir bis morgen die herrlichsten Angebote von sämtlichen Studios der Stadt vor. Geld, Position . . .«

Kates Augen verschleierten sich.

Sylver bekam ein wirklich schlechtes Gewissen. »Schon gut,

Kate. Du kannst mich abweisen. Ich würde es verstehen. Ehrlich, du schuldest mir nichts. Du hast mir schon soviel Gutes getan, mehr als ich je zurückzahlen kann. Ich meine jetzt nicht das Geld... das zahle ich dir eines Tages zurück. Ich meine... deine Freundschaft, deine Aufrichtigkeit.«

Tränen begannen über Kates Wangen zu rollen, doch Sylver sah zu ihrer Verblüffung, daß Kate dabei lächelte.

»Geht es dir auch gut, Kate?«

Kate wußte es nicht genau. Sie fühlte sich ein bißchen beschwipst, doch das störte sie nicht im geringsten. »Stell dir mal vor: Ich bin soeben aus einem Multimillionendollarjob ausgestiegen, ich werde wahrscheinlich mein fabelhaftes Bel-Air-Haus verkaufen müssen, ich werde vielleicht nie mehr einen Power-Tisch im ›Morton's‹ oder im ›La Scala‹ bekommen und weißt du was?«

»Was?« fragte Sylver unsicher.

Kate breitete die Arme aus, als wollte sie sich die ganze Welt an die Brust drücken. Sie begnügte sich mit Sylver und umarmte die verblüffte junge Frau überschwenglich. »Ich fühl' mich großartig.« Sie lachte fröhlich. »Ich berichtige: Ich fühle mich großartig, Partner.«

»Partner? Meinst du das ehrlich, Kate?« Sylver umarmte Kate ebenfalls. »Ach, Kate, ich wußte ja, du würdest mich nicht im Stich lassen.«

Beide Frauen hielten sich fest umschlungen.

›Ich habe dich in der Vergangenheit im Stich gelassen, Sylver. Dich, Adrian... und vielleicht mich selbst am meisten. Von jetzt an werde ich mein Bestes tun, um alles wiedergutzumachen.«

Der Kellner erschien mit scharfen marokkanischen Salaten, die man mit Hilfe von Brotscheiben aufnahm. Er war unglücklich zu sehen, daß die Suppenschüsseln unberührt waren, doch Kate und Sylver versicherten ihm, daß die Suppe perfekt sei, daß er perfekt sei, daß überhaupt alles perfekt sei. Nachdem er wieder gegangen war, lachten die beiden Frauen wie alberne Schulmädchen.

»Morgen heule ich vielleicht in meine Suppe«, gestand Kate in einer Lachpause.

Sylver schüttelte den Kopf. »Dazu wirst du viel zu beschäftigt sein. Also, wie nennen wir uns nun?«

Kate schnippte mit den Fingern. »Ich hab's. FeelGreat Productions.«

Sylver lächelte. »Gefällt mir. FeelGreat Productions.«

Die beiden schlugen darauf ein, umarmten sich erneut, und da sie mit einmal einen Bärenhunger verspürten, machten sie sich daran, ihrem marokkanischen Festmahl Gerechtigkeit widerfahren zu lassen. Nach dem Dinner konnte Kate es nicht erwarten, den Stein ins Rollen zu bringen. Sie lud Sylver für die nächsten beiden Tage zu sich nach Haus ein, damit sie zusammen einen Schlachtplan ausarbeiten konnten. Sylver nahm das Angebot sofort an. Auf diese Weise brauchte sie wenigstens nicht in ihr leeres Apartment in West Hollywood zurückzukehren – und zu ihrem »Fan«.

Er wird fast verrückt vor Sorge. Wo ist sie? Gestern abend ist er zu ihrer Straße zurückgefahren und hat gerade noch gesehen, wie sie in einen metallicgrauen BMW-Sportwagen gestiegen und dann fortgefahren ist. Er hat sofort die Verfolgung aufgenommen, die aber an einer roten Ampel endete. Er hätte die Ampel ignoriert, doch leider hielt direkt neben ihm ein Streifenwagen. Also blieb ihm nichts übrig, als wieder in ihre Straße zurückzufahren und auf ihre Heimkehr zu warten. Nur kam sie in dieser Nacht nicht nach Haus.

Wenn er nur die Person hinter dem Steuer des BMW richtig gesehen hätte. Er weiß nicht einmal, ob es ein Mann oder eine Frau war. Als der neue Tag anbricht und Sylver noch immer nicht heimgekommen ist, glaubt er, es war ein Mann, und er bezweifelt nicht, daß Sylver die Nacht mit ihm verbracht hat.

Zum ersten Mal spürt er einen Anflug von Zorn auf Sylver,

doch sofort überfallen ihn Scham und Schuldgefühle. Wie kann er nur denken, sie sei fortgegangen, um mit irgendeinem Mann die Nacht zu verbringen? So etwas tut Sylver doch nicht. Es muß eine andere Erklärung geben. Ihm bleibt fast das Herz stehen, und ihm bricht der Schweiß aus. Was, wenn ihr etwas Schreckliches zugestoßen ist? Wenn sie einen Autounfall hatte?

Eine Zeitung. Er muß sofort eine Zeitung kaufen und nachsehen, ob irgendwo etwas über einen Verkehrsunfall gestern abend mit einem metallicgrauen BMW steht. Oder – Gott behüte – über einen Überfall, eine Fahrzeugentführung. Er sieht seine Prinzessin in einer Blutlache am Straßenrand liegen ...

Ihm wird übel. Panik verzehrt ihn. Er zerrt am Türgriff. Seine Hand zittert. Auf der anderen Straßenseite gibt es einen Zeitungsstand. Wieder sieht er den leblosen Körper seiner Liebsten vor sich.

O Gott, o Gott ...

Er springt über die Straße. Den blauen Ford sieht er erst, als es zu spät ist. Er wirft die Hände hoch und reißt die Augen auf, als der Wagen direkt auf ihn zurast. Er hört einen Aufschrei, und dann wird alles schwarz.

Er taucht für einen Moment aus der Schwärze auf. Eine schlanke blonde Frau ercheint in seinem Blickfeld. Sie kommt zu ihm und streichelt sanft seine Stirn. »Ich bin jetzt hier. Alles wird gut.«

Und er weiß es wird gut werden.

III. TEIL
FRÜHLING 1993

20

Das Team der FeelGreat Productions hatte sechs Wochen lang mit »Besessen« die Stadt abgeklappert. Es stellte sich heraus, daß sie nicht nur gegen den Strom schwammen, sondern daß sie in sehr wilden Wassern ohne Paddel stromaufwärts ruderten. Und diese wilden Turbulenzen erzeugte niemand anderes als Douglas Garrison.

Daß Kate von Paradine fortgegangen war, hatte den Rachedurst ihres Ex-Liebhabers und Ex-Mentors nicht gestillt, Doug war noch lange nicht fertig mit seiner Schmutzkampagne. Im Gegenteil. Jetzt richtete sich sein Feldzug auch noch gegen Sylver, Adrian und Riley. Er wollte sie alle ruiniert wissen. Er wollte nicht das Risiko eingehen, daß sie ihn mit ihrem eigenen Film austricksten. Er hatte einen Privatdetektiv engagiert, dem es gelungen war, an allen dreien Schmutz zu finden: Sylvers Aufenthalt im Entziehungszentrum im vergangenen Herbst, Adrians Zusammenstoß im vorangegangenen Sommer mit einem britischen Produzenten, was zu einer Massenschlägerei geführt hatte, und dann Rileys schneller Finger am Abzug, der beinahe drei unbeteiligten Passanten das Leben gekostet hätte und Riley selbst aus dem Polizeidienst geworfen hatte. Jedes Studio der Stadt stand einem FeelGreat-Film mit Argwohn gegenüber, obwohl alle der ungeteilten Meinung waren, daß »Besessen« ein absoluter Hit werden würde.

Kate ließ sich in dem engen Büro müde in ihren braunen Drehsessel fallen. Das Büro befand sich auf dem sonnendurchglühten Gelände der ehemals mächtigen Majesty Studios, die in den späten achtziger Jahren pleite gegangen waren, woraufhin die Bank einen Teil des Geländes übernommen und es an freie Produzenten weitervermietet hatte.

FeelGreat Productions hatte zwei sehr kleine Büroräume im

Erdgeschoß eines einstöckigen Bungalows angemietet. Die Zimmer waren spärlich, aber geschmackvoll eingerichtet, ohne jedoch irgendwelche Spuren von Glanz und Glamour aufzuweisen. Außer ein paar Originalaquarellen hatte Kate einen wunderschönen bessarabischen Teppich aus dem neunzehnten Jahrhundert beigesteuert, um dem Ganzen ein wenig Klasse zu verleihen. Eine zweite Hypothek auf ihr Bel-Air-Haus deckte die Büromiete sowie das Gehalt ihrer Sekretärin. Riley bezahlte den Rest der Rechnungen aus dem großzügigen, wenn auch stetig schwindenden Vorschuß auf sein Buch, das im Herbst mit einer umfangreichen Werbekampagne herauskommen sollte. Adrian warf seine mageren Ersparnisse in den gemeinsamen Topf, und Sylver, die über keine finanziellen Mittel verfügte, bezahlte, indem sie achtzehn Stunden am Tag arbeitete und im übrigen alle bei Laune hielt. Kate, Adrian und Riley, die Sylver zunächst als das zerbrechlichste Mitglied ihrer Gruppe angesehen hatten, staunten zunehmend über deren hartnäckige Weigerung, sich geschlagen zu geben, obwohl das gemeinsame Unternehmen immer aussichtsloser zu werden schien.

Ein paar Minuten nach Kate kam Sylver ins Büro. In ihrem jadegrünen Nino-Cerutti-Kostüm, das sie für einen Spottpreis in einer dieser Secondhandboutiquen erstanden hatte, sah sie ungeheuer elegant und businesslike aus. Sie stellte ihren zimtbraunen Aktenkoffer auf ihren Schreibtisch und blickte zu Kate hinüber, die trübsinnig über irgendwelchen Zahlen brütete.

»Kein Glück bei Fielding?« fragte Sylver, die die Antwort schon aus Kates Verfassung entnahm.

Kate lächelte gequält. »Sagen wir mal so – selbst falls Doug ihn nicht gegen uns geimpft hat, vergibt mir Fielding nicht, daß ich ihm ›Todsünde‹ unter der Nase weggeschnappt habe.«

»Ich denke, Greg Coffman hat dir erzählt, Fielding hätte den Kauf damals abgelehnt.«

Kate legte ihr schwarzweiß kariertes Jackett von René Brunaud ab. Los Angeles stöhnte unter einer Märzhitzewelle, und in den Büros lief die Air-Kondition nur mit halber kraft, um Energie zu sparen, von den Kosten nicht zu reden. »Erwartest du Logik? Vernunft?« Kate zuckte die Schultern. »Was hat sich bei Beekman ergeben?« Don Hunt von Beekman Pictures war Sylver überlassen worden, weil eine seit Ewigkeiten herrschende gegenseitige Abneigung zwischen Kate und Don bestand. Abgesehen von den neuesten Lügen, die Doug über sie verbreitete – die letzte besagte, daß sie möglicherweise bisexuell sei –, wußte Kate, daß sie nicht die geringste Chance hatte, bei Hunt weiterzukommen, jedenfalls nicht dahin, wohin sie kommen wollte. Sylver preßte die Lippen zusammen. »Er sagt, er würde einen Deal in Betracht ziehen, falls...«

Kate verdrehte die Augen. »Falls! Dieses Wort wird bald zu dem von mir am wenigsten geschätzten unserer Sprache.« Sie blickte finster drein. »Hat das eigentlich Sinn, was ich eben gesagt habe?«

Sylver lachte. »Und wie!«

»Na, dann rede weiter. Falls – was?« Sylver lehnte sich gegen ihren Schreibtisch und tippte sich mit dem Zeigefinger ans Kinn. »Also – erst einmal, falls wir größere Änderungen im Drehbuch vornehmen. Er hätte gern, daß der Verfolger die kleine Schlampe umbringt.«

»Welche kleine Schlampe?«

»Ach ja. Er denkt, Rileys Filmstar ist nicht schlampig genug.«

»Hm. Was noch?«

»Abgesehen von all den weiteren Änderungen im Drehbuch, die er haben möchte, will er, daß Jim Harris Regie führt.«

Kate legte die Hände zusammen. »Ich würde sagen, von deiner Besprechung mit Hunt erzählen wir Riley und Adrian lieber nichts. Einer der zwei oder alle beide könnten sich sonst entschließen, Hunts Büro zu stürmen und den miesen Typ k. o. zu schlagen.«

Sylver lächelte schalkhaft. »Wenn wir dabei zuschauen dürfen?«

Die Sprechanlage summte. Auf Kates Zeichen hin schaltete sich Sylver ein. »Ja, Lois?«

»Nash Walker auf Leitung zwei.«

»Danke, Lois. Sagen Sie ihm, er soll einen Moment warten.« Sylver blickte zu Kate hinüber. »Es ist eine kleine Rolle, und sogar Adrian gibt zu, daß Nash dafür geeignet ist.«

»Und was meint Riley?« fragte Kate recht grob.

Dieser Frage wich Sylver lieber aus. Riley ließ kein gutes Haar an Nash Walker. »Nash hat es wirklich geschafft, clean zu werden. Seit drei Monaten hat er nichts mehr genommen.«

Kate blickte Sylver scharf an. »Sylver.«

»Na schön, vielleicht ist er ein paarmal ausgerutscht. Es ist auch nicht leicht, Kate. Besonders wenn dir niemand zur Seite steht. Wenn niemand an dich glaubt. Wenn dir keiner eine Chance gibt, wieder auf die Beine zu kommen. Wenn niemand da ist, der . . .«

Kate hielt ergeben die Hände hoch. »Halt, halt. Ich kapituliere.«

Sylver lächelte. »Komisch. Riley hat fast genau dasselbe gesagt.« Noch immer lächelnd nahm sie den Hörer ab. »Nash? Alles klar. Komm am Dienstag her und unterschreibe den Vertrag.« Eine kurze Pause. »Nein, Nash, ich kann nicht. Wirklich nicht. Im Büro. Dienstag. Gegen zwei.« Noch eine Pause. »Nein, an diesem Tag kann ich keine Lunchpause machen.« Sylver fühlte Kates Blick auf sich gerichtet, obwohl sie ihr den Rücken zuwandte. »Gut, Nash. Rein geschäftlich. Danke mir nicht. Laß mich nur nicht im Stich.«

Um neun am folgenden Abend holte Adrian Kate ab. An der Tür begrüßte er sie mit einem müden, wenn auch zärtlichen

Kuß. Auf der Suche nach Finanzierungsmöglichkeiten für »Besessen« hatte auch er viel Pflaster getreten, war aber ebenfalls mit leeren Händen zurückgekehrt. Seine Entmutigung zeigte sich an den scharfen Linien um seine Augen herum, doch er bemühte sich sehr, munter zu wirken.

»Hm, du duftest gut«, flüsterte er.

»Die reine Verblendung.«

»Nein, über Verblendung bin ich lange hinaus, meine Süße«, erklärte er lächelnd und gab ihr noch einen Kuß; diesmal einen etwas leidenschaftlicheren. Unterdessen bewegte er seine Hand an ihrem dank des aufreizenden Schnitts ihres mattschwarzen Byblos-Kleides nackten Rücken hinab. Als seine Liebkosung zu frech wurde, entwand sich Kate ihm. »Möchtest du noch einen Drink, bevor wir gehen?«

Adrians Augen glitzerten wollüstig. »An einen Drink hatte ich eigentlich nicht gedacht, Schatz.« Er schaltete sein Lächeln à la frecher kleiner Junge ein, dem Kate nie widerstehen konnte.

Sie schlang ihm die Arme um den Nacken, befeuchtete sich die Lippen mit der Zunge und schob ihre Fingerspitzen in sein Haar, das über den Kragenrand seines gestärkten weißen Oberhemds reichte. In seinem schwarzen Smoking sah Adrian ungemein gut aus heute abend; er trug ihn anläßlich der formellen Dinnergesellschaft, die Marianne Spars zur Eröffnung ihres neuesten Unternehmens gab, dem »Oceana« direkt am Strand nördlich von Malibu. Jeder, der einen Namen hatte – das hieß, jeder der »Besessen« finanzieren konnte, wenn er wollte – würde anwesend sein. Marianne, die Gute, tat mehr, als man von ihr erwarten konnte, um »Besessen« anzuschieben. Sie wollte sogar zwei Millionen ihres hart verdienten Geldes in das Projekt investieren. Jetzt wurden nur noch fünfzehn weitere Millionen gebraucht, und es konnte losgehen.

Adrian tupfte kleine feuchte Küsse an Kates Hals entlang.

»Du bist unverbesserlich, Adrian«, flüsterte sie.

Er zog sie dichter an sich heran. »Ich würde nur zu gern hierbleiben und die ganze Nacht an dir herumschnüffeln.«

Sie riß an einer seiner Haarsträhnen. »Du kannst nach Herzenslust schnüffeln, wenn wir Mariannes Party hinter uns haben.«

Er streichelte den Seidenstoff über ihrem Po. »Weißt du eigentlich, daß ich aus einem Smoking schneller herauskomme als Houdini damals aus einem Paar Handschellen?«

Kate seufzte; sie ahnte, daß sie dem sicherlich gegenseitigen Verlangen nachgeben würde. Trotzdem sagte sie: »Sylver und Riley werden sich fragen, wo wir bleiben.«

Adrian lachte leise. »Nein, das werden sie nicht.«

Als Sylver ihre Wohnungstür öffnete und Riley davor sah, erkannte sie sofort, daß er in übler Stimmung war. Und sie wußte auch, warum.

»Ich hasse diese Affenjacken«, knurrte er und versuchte den gestärkten weißen Hemdkragen zu lockern.

»In einem Smoking siehst du einfach hinreißend aus, Riley«, erklärte sie, und das meinte sie auch ehrlich, obwohl er sich offensichtlich miserabel darin fühlte. Dennoch war der Smoking hier nicht das eigentliche Problem. Sylver fand, daß sie beide die Atmosphäre besser klären sollten, ehe sie sich zu Mariannes geschlossener Gesellschaft in ihrem neuen Restaurant auf den Weg machten und sich dort ins Getriebe stürzten.

»Bist du fertig?« fragte er kurz angebunden.

Nicht einmal ein halbherziges Kompliment über ihr Aussehen. Selbst wenn sie verwaschene Jeans und ein schäbiges T-Shirt trug, hatte er ihr immer gesagt, wie hübsch sie aussah und wie entzückend sich die Jeans an ihr »keckes Hinterteil« schmiegten. Jetzt hatte sie sich piekfein in ein figurbetonendes, hochgeschlitztes pinkfarbenes Leinenkleid geworfen, und Riley sagte keinen Ton. Das sah ihm eigentlich gar nicht ähnlich.

Es war etwas Ernstes, vielleicht ihr erster wirklich ernster

Krach. Nervös befingerte Sylver die weiße Perle an der Silberkette – Rileys Weihnachtsgeschenk –, die sie niemals abnahm. »Sieh mal, Riley, ich weiß ja, daß du Nash Walker nicht in dem Film haben wolltest, doch ...«

»Ich will nicht darüber reden«, unterbrach er sie mürrisch.

Trotzig verschränkte sie die Arme vor der Brust. »Ich aber, und zwar nicht auf dem Treppenflur.« Sie trat zur Seite, so daß er hereinkommen und sie die Tür schließen konnte.

Er blieb, wo er war. »Wir verspäten uns.«

»Dann wird jeder denken, wir wären wichtige Leute. Wichtige Leute kommen immer zu spät. Das erwartet man von ihnen.«

Er lächelte grämlich. »Ein weiteres Stück der Logik Hollywoods. Kein Wunder, daß das Filmgeschäft so irre ist.«

»Bitte komm rein, Riley. Ich kann nicht gehen, bevor wir dies geklärt haben.«

Sein Lächeln verschwand. »Es gibt nichts zu klären. Nun hat sich dein verrückter ›Fan‹ offenbar endlich in Luft aufgelöst, und jetzt halst du dir einen neuen Verehrer auf.«

»Falls du glaubst, Nash würde einen schlechten Einfluß auf mich ausüben ... daß er mich wieder ans Rauschgift bringt ...«

»Das wäre dein Problem, nicht meines.«

Sylver war es, als hätte Riley ihr einen Schlag in die Magengrube versetzt. In den ganzen Monaten, seit sie ihn kennengelernt hatte, war er noch nie so roh gewesen. War dies jetzt der wahre Riley Quinn?

Riley verfluchte sich selbst, weil er es zu weit getrieben hatte. Was war denn nur mit ihm los? Er wußte, was es war. Eifersucht. Nash Walker war einmal Sylvers Liebhaber gewesen. Könnte er es wieder werden? Besonders wenn er clean war und ein Comeback schaffte? Walker war jünger, sah besser aus und teilte eine ganze Vergangenheit mit Sylver.

Riley trat in die Wohung und schloß die Tür hinter sich.

Sylver stand einfach stumm da. Innerlich litt sie, wie sie noch nie gelitten hatte. Sie hüllte sich in ihren Schmerz wie in ein Leichentuch. Das machte Riley völlig fertig. Er hatte in seinem Leben so vielen Menschen weh getan, und er hatte sich geschworen, daß es mit Sylver anders sein würde. Nichts war anders. Er hatte Walker einen Verlierer genannt, doch der wirkliche Verlierer war er selbst, denn er hatte etwas zu verlieren.

»Sylver . . .«

Sie schüttelte den Kopf. »Dies ist keine . . . gute Zeit, um . . . irgend etwas zu klären. Wir stehen alle unter großem Druck. Meinst du, ich wüßte nicht, daß dir jedes Studio in der Stadt aus der Hand fressen würde, wenn Kate und ich nicht die Produzenten von ›Besessen‹ wären? Es ist ein brillantes Drehbuch. Das ist jedem klar. Weshalb Doug Garrison Kate nicht in Frieden läßt und weshalb er es jetzt auch auf mich abgesehen hat, weiß ich nicht. Ich nehme an, er ist beleidigt, weil er sich ein Bein ausgerissen hat, um mir eine Audition für ›Todsünde‹ zu verschaffen, die ich dann gar nicht wahrgenommen habe. Mit ›Todsünde‹ machen sie unter seinem Kommando weiter, aber es wird gemunkelt, er ruiniere das Script. Kate habe ich es nicht erzählt, doch ich habe für die nächste Woche ein Meeting mit ihm vereinbart. Wenn es gelingt, Garrison zum Rückzug zu bewegen . . .«

Riley packte sie so unvermittelt, daß sie ihre Reden mitten im Satz abbrach und ganz instinktiv die Hände vors Gesicht hielt, als wollte sie einen Schlag abwehren.

Riley schnürte es das Herz ab. Daß sie auch nur eine Sekunde lang denken konnte, er würde sie körperlich verletzen – bei dieser Vorstellung kam er sich wie ein Aussätziger vor. Er ließ sie sofort los und rieb sich das Gesicht mit den Händen.

»Das hier hat nichts mit meinem Drehbuch oder mit Doug Garrison zu tun . . . oder mit Nash Walker«, sagte er gequält. Er ließ die Hände langsam sinken und blickte Sylver in die Augen. Sie sah jetzt nicht mehr verängstigt, sondern tief betroffen aus. Und verzweifelt. »Es hat mit dir und mit mir zu tun, Sylver.«

»Mit dir und mir?« wiederholte sie leise, und ihr Herz hämmerte.

Er durchquerte ihr Wohnzimmer, das seit ihrer Rückkehr aus Running Spring noch immer sauber und aufgeräumt war, und ließ sich in den Schaukelstuhl fallen, den sie vor kurzem in einem Secondhandladen erstanden hatten. Riley beugte sich vornüber, stützte die Ellbogen auf die Knie und den Kopf in die Hände.

»Ich war noch nie gut darin, Verantwortung zu übernehmen, Sylver. Ich habe Tanya im Stich gelassen, und ich habe ... Lilli im Stich gelassen. Meinen Partner Al Borgini habe ich auch im Stich gelassen.«

Sylver ging zu ihm. Sie kniete sich vor ihn, zog ihm die Hände vom Gesicht und hielt sie fest. »Mich hast du nicht im Stich gelassen, Riley.«

Sie war nur eine Handbreit von ihm entfernt, ihr schönes Gesicht spiegelte die tiefe Besorgnis, und der Blick ihrer großen Augen schien sich ihm einzubrennen. Riley wollte nichts weiter, als Sylver in die Arme nehmen, diesen wunderschönen, einladenden Mund küssen, sie festhalten und nie wieder loslassen.

»Ich will dich auch nicht im Stich lassen, Sylver, doch ich habe irrsinnige Angst davor, daß ich es tun werde. Und wenn...«

Sylver preßte ihre Lippen auf seine. »Wir sind Menschen, Riley. Keiner von uns ist perfekt.« Sie lachte freudlos auf. »Ich war ganz bestimmt nicht perfekt, als du mich kennenlerntest. Wenn ich daran denke, wie ich dich manchmal verflucht und mit allen erdenklichen Schimpfwörtern belegt habe ... Was ich sagen will, ist ...« Sie unterbrach sich und schüttelte den Kopf. Entschlossenheit flammte in ihren Augen auf. »Nein, dies will ich sagen: Ich liebe dich, Riley. Du bist nicht perfekt, doch du besitzt Herz und Seele, und du kannst beides besser als jeder andere auf der Welt zu Papier bringen. Du kannst die Worte singen lassen. Du läßt mich singen. Kein anderer Mann hat mir je solche Gefühle vermittelt wie du, Riley. Kein anderer Mann wird das jemals tun. Und daran ändert auch der größte Fehlbetrag an Perfektion nichts.«

Bewegungslos saß Riley da und blickte ihr suchend ins Gesicht. »Hast du eben gesagt, daß . . . du mich liebst?«

Sylver lächelte bebend. »Wußtest du das nicht? Riley, was dachtest du denn?«

Er lachte. »Ich habe versucht, überhaupt nicht zu denken. Immer wenn ich damit anfing, bekam ich Angst.« Er blickte sie noch prüfender an als zuvor und rieb sich eine Wange mit der Hand. »Du liebst mich wirklich.«

»Du merkst es als letzter«, sagte sie leise und erwartungsvoll.

Riley sank gegen die Rückenlehne und schloß die Augen. »Das ist es. So fühlt sich Liebe an«, sagte er so leise, als spräche er mit sich selbst.

Sylver zitterte am ganzen Körper. Würde Riley ihr jetzt sagen, daß er sie auch liebte? So lange hatte sie gewartet; manchmal hatte sie gedacht, er liebte sie, und manchmal hatte sie gefürchtet, er täte es nicht. Wie auf einer Schaukel hatte sie sich gefühlt.

»Wie fühlt es sich an, Riley?«

Er öffnete die Augen und lächelte Sylver an. Was für ein Lächeln! Ein Tausendwattlächeln. Es erhellte das ganze Zimmer, es erhellte Sylvers Inneres. Sie strahlte vor lauter Licht. Ihr Puls galoppierte.

»Ich kann es nicht erklären.« Er lachte. »Ein schöner Schriftsteller, was? Wenn ich die Worte wirklich brauche, verlassen sie mich.« Er nahm Sylvers Hand und drückte sie sich gegen die Brust, über sein hämmerndes Herz. »Hörst du das, Sylver? So fühlt es sich an. Dieses alte Ding hat auch früher schon Blut gepumpt, doch es hat bis jetzt nie wirklich geschlagen.«

Das Licht in ihr wurde immer heller, immer strahlender.

Er küßte sie. Es war viel mehr als ein Zusammentreffen der Lippen. Es waren die Seelen, die zusammentrafen, die sich verbanden. Dennoch wußten Sylver und Riley, daß dies eine zerbrechliche Verbindung war. Würde sie dem Druck standhalten, dem sie beide ausgesetzt waren?

»Habe ich dir schon gesagt, wie wunderschön du in diesem Kleid aussiehst?« flüsterte er und zog den Reißverschluß hinunter.

»Und weshalb ziehst du es mir dann aus?« fragte sie lächelnd. Ihr ganzer Körper bebte vor Verlangen.

»Weil du nackt noch schöner bist.« Er streifte ihr das Kleid ab. Darunter trug sie nichts außer einem winzigen Bikinislip aus pinkfarbener Spitze.

»Wir werden viel zu spät zu dieser Versammlung im ›Oceana‹ erscheinen, Riley«, meinte sie, während sie ihm die Fliege abnahm und dann sein Hemd aufknöpfte.

Lächelnd legte er seine Smokingjacke ab. »Siehst du, wie gut ich mich Hollywood anpasse?«

»Sylver, Sie sehen einfach hinreißend aus!« rief Marianne Spars aus, als sie die Nachzügler beim glitzernden Eingang zu ihrem schicken, teuren Restaurant in Empfang nahm. Sie hakte Riley unter. »Womit füttern Sie sie, Darling?«

Riley lief rot an; Sylvers Gesichtsfarbe paßte zu seiner.

»Wo sind Kate und Adrian?« erkundigte sich Sylver, um das Thema zu wechseln.

Marianne lachte hell auf. »Sie sind erst vor wenigen Minuten eingetroffen. Kate sah ebenfalls einfach hinreißend aus. Das muß an der Freude über den Weg in die Unabhängigkeit liegen, nehme ich an«, fügte sie mit einem eindeutig obszönen Augenwinkern hinzu, das sich nur ein so gutherziger und großzügiger Mensch wie sie erlauben konnte, ohne beleidigend zu wirken.

»Schöne Freude«, murmelte Sylver, die auf den Boden der Tatsachen zurückgeplumpst war.

»Kopf hoch, Darling«, tröstete Marianne. »Seid ihr beide jetzt bereit, den wilden Horden gegenüberzutreten?«

Sylver und Riley wechselten einen Blick. Ihnen wäre es lieber gewesen, sie hätten nackt aneinandergeschmiegt im Bett bleiben können. Sylver setzte ein strahlendes Lächeln auf. »Bereit.«

Marianne führte die einst gefeierte Filmschauspielerin sowie den ehemaligen Cop und jetzigen Drehbuchautor in das eigentliche Restaurant – ein raffiniert nachempfundener Hafenmarktplatz in bunten Farben, komplett mit dem aus einer Wand ragenden Mast eines alten Handelsseglers, was so wirkte, als wäre das Schiff im dichten Nebel vom Kurs abgekommen und hier für alle Zeiten gestrandet. Die ganze Westwand des Restaurants öffnete sich zu einer großen Terrasse hin, die mit Tischen und Stühlen unter blau-weiß gestreiften Schirmen ausgestattet war und Ausblick auf den blauen Pazifik bot.

Obwohl Sylver cool und zuversichtlich wirkte, war sie so nervös wie eine Debütantin. Riley entging nicht, daß das leise Stimmengewirr – die Gespräche drehten sich hauptsächlich um die Oscar-Verleihung in gut einer Woche – bei ihrem Eintritt fast ganz verstummte.

Von der Terrasse her trug die Brise den mit den teuersten Düften des Rodeo Drive vermischten Salzgeruch des Ozeans heran. Die Leute hielten immer wieder das Paar auf, das sich jetzt durch die Menge bewegte. Ahs und Ohs waren zu hören, Küsse landeten mitten in der Luft, Komplimente wurden wie Falschgeld verteilt. Riley war dieses Getue zutiefst zuwider; er bedauerte schon, daß er hergekommen war und das Geschäftliche seines Films nicht Kate und Sylver überlassen hatte, zumal sich das Geschäftliche in Hollywood hauptsächlich bei aufwendigen Dinners sowie Wohltätigkeitsbällen und in Restaurants der gehobenen Preisklasse abspielte – alles Arenen, in denen er sich absolut fehl am Platze fühlte. Vor einem Monat hätte er seine Polizeimarke vorweisen müssen, wenn er Zutritt verlangt hätte. Hollywood!

Marianne stieß die beiden an. »Seht ihr diesen kleinen Kerl mit Bart und Brille in dem grauen Armani-Anzug? Da drüben in der Ecke mit dieser stattlichen Brünetten?«

Sylver und Riley sahen zuerst die Brünette.

»Robert Locke«, erklärte Marianne hörbar bewundernd. Sie merkte, daß der Name den beiden nichts sagte. »Robert Locke presents'.« Immer noch nichts. Sie führte eine Reihe von Filmtiteln auf. »Er sagt, er befaßt sich ein bißchen mit dem Filmgeschäft. In Wahrheit ist er einer der großen Macher hinter den Kulissen. Er sitzt auf einer Milliarde Dollar, und davon gibt er gern etwas aus, wenn ihm ein Projekt gefällt.« Marianne blickte Sylver an. »Und er ist ein Fan von Ihnen. Er fand ›Glory Girl‹ phantastisch und meint immer noch, Sie hätten dafür den Oscar bekommen sollen. Oh, jetzt schaut er hierher.« Sie gab Sylver einen kleinen Schubs und hielt Riley fest. »Für Sie habe ich etwas anderes«, erklärte sie ihm.

»Na großartig«, murmelte er spöttisch und ließ sich von Marianne abführen.

Unterdessen bearbeiteten in anderen Ecken des weitläufigen Restaurants Kate und Adrian ebenfalls die Menge. Adrian hatte Ed Gordon gestellt, den zweiten Mann bei der ICA – nicht schlecht für einen Jungen, der die High-School nicht geschafft hatte.

»Mit einigen kleinen Scriptänderungen«, sagte Adrian gerade, »denke ich, daß die Rolle des Detective Michael O'Malley Kelso auf den Leib geschrieben ist.« Adrian wußte genau wie Gordon, daß FeelGreat Productions ein ganzes Ende weiter wären, wenn sie einen Star vorzuweisen hätten. Bill Kelso, der eine Nominierung als bester Darsteller in »Calling Shots« erreicht hatte, war wie ein guter Bankwechsel. Mit ihm an Bord würden sie sofort kreditfähiger sein.

Gordon nickte begeistert. »Das ist eine großartige Rolle, und Bill wäre großartig in diesem Part. Das Problem ist nur...«

Adrian lächelte gequält, wandte sich ab, bevor er sich Gordons Ausreden anhören mußte, und schaute sich nach seinem nächsten Opfer um. Dabei entdeckte er Kate. Stolz wie ein Indianerhäuptling beim Powwow stand sie vor dem gerissenen Dealmaker Jack Bale, einem Rechtsanwalt der Reichen und Berühmten. Ihre Blicke trafen sich, und Kate gab Adrian mit den Augen ein fast unmerkliches pessimistisches Zeichen. Na ja, dachte Adrian philosophisch, wieder mal auf Sand gebaut. Sie hatten ja gewußt, daß es nicht leicht werden würde. Entschlossen schlenderte er zu Phil Palmer hinüber, dem »Henkersknecht« bei Marble Hill Pictures, der dem Oberbonzen des Unternehmens, Steve Zimmer, in allen Finanzangelegenheiten direkt unterstand.

Fünf Minuten mit dem aufgeblasenen Möchtegernverführer Robert Locke, und Sylver war davon überzeugt, daß weder sie noch er das Gewünschte bekommen würde. Während sie nach seiner Brieftasche greifen wollte, wollte er ihr ans Fleisch greifen. Um sich nicht noch mehr einflußreiche Feinde zu machen, suchte sie nach einem eleganten Rückzug.

»Produzieren ist eine Vollzeitbeschäftigung, Mr. Locke.«

Unverschämt legte er ihr seine Hand auf die Hüfte. »Robert.«

Seiner Berührung entzog sie sich, indem sie nach einem auf einem Tablett vorbeigetragenen Glas Champagner griff. Erst als sie das Glas in der Hand hatte, merkte sie, daß sie zum erstenmal seit einem halben Jahr so nahe an Alkohol geraten war. Großartig. Jetzt mußte sie nicht nur mit ihrer eigenen Versuchung fertig werden; morgen würde es die Runde machen, daß die Gerüchte über ihre Entziehungskur offensichtlich zutrafen.

Als Locke sie wieder berühren wollte, drückte sie ihm das Glas in die Hand. Er reagierte darauf mit einem ironischen Lächeln.

»Ich bin entzückt, Sie kennengelernt haben, Mr. Locke ... Robert, doch ich sehe da hinten jemanden, dem ich unbedingt hallo sagen muß. Sie entschuldigen mich bitte?«

Sie wartete nicht auf die Antwort, sondern durchquerte den großen Speisesaal in Richtung Riley, der mit einigen Herren von der Talentagentur Chris Blackman zusammenstand und aussah, als befände er sich mitten in einer Gerichtsverhandlung, in der es um seine Strafaussetzung ging. Es schien, als würde nicht zu seinen Gunsten entschieden, und Sylver beschloß, ihn zu retten. Leider schaffte sie es nicht, bis zu ihm zu gelangen, denn eine nicht gerade willkommene Person stellte sich ihr in den Weg.

»Du weichst mir aus, Sylver.«

Sofort zog ein Schatten über Sylvers Gesicht. »Ich war sehr beschäftigt, Mutter. Was tust du hier?« Diese Frage enthielt die unüberhörbare Andeutung, daß Marianne Spars Nancy niemals zu dieser Gesellschaft eingeladen haben konnte.

Zu ihrer Überraschung sah Sylver den Ausdruck scheinbar aufrichtiger Betroffenheit in den Augen ihrer Mutter, doch dann rief sie sich ins Gedächtnis, daß Nancy eine frustrierte Schauspielerin war. Frustriert zu sein war anscheinend Nancy Cassidys Lebenslos. Trotz allem empfand Sylver Mitleid für ihre Mutter. Unter dem sorgfältig applizierten Make-up zeigte Nancys Gesicht die Verwüstungen dieser Frustrationen. Zum ersten Mal traf Sylver die Erkenntnis, daß ihre Mutter nicht jünger wurde und daß sie sich beide mit fortschreitendem Alter nicht näherkamen. Würde das jemals möglich sein?

Nancy fing sich rasch wieder. »Frankie Erdmann hat mich eingeladen. Du erinnerst dich an ihn?«

Sylver nickte andeutungsweise. Frank Erdman war der Regisseur ihres ersten großen Kassenschlagers »Mit Tränen erreicht man alles« gewesen. Ansonsten hatte er hauptsächlich im Schlafzimmer ihrer Mutter Regie geführt, und zwar während der ganzen Drehzeit dieses Films; Frank war einer der wenigen von Nancys Liebhabern, die auch hinterher noch ihr Freund geblieben waren.

»Ich muß gehen, Mutter . . .«

Nancy hielt ihre Tochter am Arm fest. »Du siehst wunderbar aus, Sylver.«

Dieses so ernst ausgesprochene Kompliment war es, was Sylver eigentlich festhielt. Es war schon so lange her, seit ihre Mutter sie zuletzt gelobt hatte.

»Danke«, sagte sie ein wenig steif und betrachtete dabei Nancys einteiligen Hosenanzug aus rubinrotem Leinen; er war natürlich recht auffallend, doch das Design bedeutete einen Schritt aufwärts, verglichen mit dem üblichen Teenagerstil der Garderobe ihrer Mutter. Sie sieht darin fast so alt aus, wie sie ist, dachte Sylver. Und war es denn ein Verbrechen, achtundvierzig zu sein?

»Du siehst auch sehr nett aus, Mutter.«

»Wie kommt ihr voran?« Nancy schien aufrichtig interessiert, obwohl sie diesmal nichts zu gewinnen hatte.

»Wir sind noch immer dabei, nach Geld für das Projekt zu angeln«, antwortete Sylver.

»Hat schon ein Fisch gebissen?«

Sylver lächelte ein wenig. »Höchstens in unsere Weichteile.«

»Dieser Bastard«, sagte Nancy grimmig.

»Welcher?« Sylver rückte ein wenig näher an ihre Mutter heran.

Nancy blickte sie an, als wäre das eine alberne Frage. »Es gibt nur einen. Douglas Garrison, dein . . .« Nancy erbleichte. Sie preßte die Lippen zusammen.

»Mein – was?« hakte Sylver nach.

Nancy hielt den Arm ihrer Tochter fester. »Ich werde dafür sorgen, daß er es bedauert, sich jemals mit uns beiden eingelassen zu haben.« Ihr Gesichtsausdruck war so haßerfüllt, daß es Sylver den Atem raubte.

»Mutter . . .«

»Ich habe mich geirrt. »In so vielem.« Nancy blickte Sylver an, und der Haß, der eben noch in ihren Augen gelodert hatte, verwandelte sich in Kummer. »Ich kann die Fehler der Vergangenheit nicht ungeschehen machen, Sylver. Ich dachte immer, ich wüßte, was gut für dich ist. So eine uralte Entschuldigung.« Nancy verzog das Gesicht, und eine Schweißperle rollte an ihrer Stirn hinab.

»Bist du krank?« fragte Sylver erschrocken.

Sofort lächelte Nancy wieder. »Krank?« Alte Hexen werden nicht krank, Darling. Die verschwinden einfach von der Bildfläche.« Sie tätschelte Sylvers Arm. Das war die mütterlichste Geste, an die sich Sylver je erinnern konnte. »Mach dir keine Sorgen wegen der Schweinereien, die Doug verbreitet, Sylver. Wenn ich mit ihm fertig bin, sollte es mich nicht wundern, wenn Charlie Windham persönlich Geld für euren Film herausrückt.«

Bevor Sylver ihre Mutter fragen konnte, womit sie ihnen Doug Garrison vom Hals schaffen wollte, war Nancy schon entschwebt. Als sie sie ein paar Minuten später wiedersah, hing Nancy buchstäblich an Frank Erdmans Arm. Das sah zwar nach einer für Nancy so typischen besitzergreifenden Geste aus, doch auf den zweiten Blick gewann Sylver den beunruhigenden Eindruck, als hielte sich ihre Mutter tatsächlich an Erdmans Arm fest. Als könnte sie nicht allein stehen.

Während Sylver in Zusammenarbeit mit Adrian, Riley und Kate fortfuhr, unter den Anwesenden nach Geldgebern für ihren Film zu suchen, schwenkte ihr Blick immer wieder zu ihrer Mutter. Obwohl Nancy Cassidy absolut fit wirkte, konnte Sylver das Gefühl nicht abschütteln, daß ihre Mutter irgend etwas überspielte. Sylver war mehr und mehr davon überzeugt, daß Nancy krank war. Doch wie krank?

Gegen Mitternacht begann sich das Restaurant zu leeren. Die vier hatten keine Fortschritte erzielt. Adrian zog sich in den Herrenwaschraum zurück, Riley und Sylver traten zum Luftholen auf die Terrasse hinaus, und Marianne stand am Eingang des Restaurants und litt mit Kate.

»Die gebackene Muschelpastete war jedenfalls erstklassig«, sagte Kate verzagt.

»Die sind doch alle ein Haufen von Jammerlappen«, murmelte Marianne.

»Angesehen haben sie mich, als wäre ich einem Irrenhaus entsprungen. Was mich am meisten aufregt – jede Wette, daß die Hälfte von ihnen genau die Antidepressiva und die Beruhigungsmittel nimmt, die sie mir unterstellen. Und dank Dougs Anspielungen auf meinen toleranten sexuellen Geschmack hatte ich heute abend tatsächlich die offenen Annäherungsversuche von zwei Frauen zu verzeichnen.«

»Douglas Garrison ist ein absolutes Schwein«, erklärte Marianne so laut, daß es die hinausgehenden Gäste hören mußten. »Ich wette, es frißt ihn bei lebendigen Leibe auf, daß die einzige größere Nominierung, die Paradine dieses Jahr erreicht hat, die für Kevin Hooper für das beste Drehbuch zu ›Breaking Legs‹ ist. Und du hast Hooper entdeckt und sein Baby auf die Leinwand gebracht.«

»Falls Hooper den Oscar gewinnt, würde ich ihn mir gern von ihm ausleihen und ihn Doug über den Schädel hauen«, erwiderte Kate beißend. Diejenigen Gäste, die Mariannes Worte gehört hatten, hörten jetzt auch Kates Erwiderung. Einige von ihnen blickten ein wenig bestürzt drein, doch Kate warf nur ihr Haar zurück und lächelte trotzig.

Adrian legte den Arm um Kate, als sie den Pfad zu ihrer Haustür entlanggingen. Der Abend im »Oceana« war ein komplettes Fiasko gewesen. »Ich glaube, das Feld hier haben wir gründlich umgepflügt, Schatz. Wir vier – von deiner lieben Freundin Marianne ganz zu schweigen – haben wohl jeden Stein umgedreht.«

»Ich hasse ihn abgrundtief«, erklärte Kate. »Ihm reichte es nicht, mich aus Paradine zu vertreiben; Doug ist entschlossen, dafür zu sorgen, daß ich in dieser Stadt keinen einzigen Film mehr machen kann. Das ist bei ihm zu einer Krankheit geworden. Der Mann ist pervers.«

»Schade, daß du das nicht schon sehr viel früher gemerkt hast.« Sobald die Worte heraus waren, bedauerte Adrian sie.

Kate blieb einen Schritt vor ihrer Haustür auf der Stelle stehen. Adrian blickte sie zerknirscht an. Diese verdammte Eifersucht! »Katie, bitte entschuldige. Es tut mir leid. Es hat mich nur so frustriert, daß ich heute abend ein ums andere Mal abgeblitzt bin.«

»Nun, hier kommt ein weiteres Mal«, sagte Kate scheinbar gelassen. »Gute Nacht.« Sie zog den Hausschlüssel hervor und ging zu ihrer Tür.

Adrian sprintete hinterher. »Sieh mal, ich habe mich doch entschuldigt«, protestierte er und zog ihr den Schlüssel aus der Hand.

»Gib ihn mir wieder«, befahl sie und streckte ihm die Hand entgegen.

Adrian übersah sie einfach und schob den Schlüssel in das Schloß.

Sie stieß seinen Arm zur Seite. Er packte sie härter als beabsichtigt, und das erinnerte sie sofort an jene Nacht, als Doug ihr beinahe etwas angetan hatte. Ihre Hand flog hoch und traf Adrians Gesicht, doch der Schlag war nicht wirklich gegen Adrian gerichtet, sondern gegen Douglas Garrison. Ihre ganze aufgestaute Wut schien in ihr zu explodieren. Kate begann auf Adrians Brust einzuhämmern.

Er bemühte sich, ihre Handgelenke festzuhalten, um ihren Ansturm zu stoppen, doch jetzt begann sie erst wirklich wild zu kämpfen, bis er sie buchstäblich zu Boden ringen mußte.

»Ich hasse dich! Ich hasse dich! Du Bastard!« schrie sie und versuchte, sein nicht unerhebliches Gewicht abzuwerfen.

»Ich bin es nicht, den du haßt, Katie. Ich bin's nicht«, sagte er beruhigend und hielt ihre Handgelenke über ihrem Kopf fest. Sie begann laut zu weinen und zu schluchzen. »Alles fällt auseinander.«

»Was fällt auseinander, Schatz?« fragte er sanft.

»Mein . . . Leben. Mein ganzes . . . Leben.«

Adrian seufzte tief und rollte von ihr herunter. Ausgestreckt auf dem Rasen lagen sie beide schwer atmend vor der Haustür auf dem Rücken, und Kate schluchzte noch immer leise.

»Du gibst mir die Schuld, nicht wahr?« fragte Adrian leise.

»Nein – Doug«, widersprach sie und wischte sich die Tränen vom Gesicht.

»Ich war derjenige, der dich gedrängt hat, Paradine zu verlassen. Du hattest alles, und ich habe dich veranlaßt, es aufzugeben. Ich habe diese wunderschönen romantischen Bilder von unserem Leben als freie Filmemacher gemalt, und du hast sie mir abgekauft. Ich vergaß die ständige Suche nach Geld zu erwähnen, die Unsicherheit, die Enttäuschungen.«

Sie blickte zu ihm hinüber. »Wir werden diesen Film machen. Auf die eine oder andere Weise werden wir es schaffen, Adrian. Ich lasse mich nicht zum Gespött der Leute in dieser Stadt machen. Douglas Garrison wird nicht derjenige sein, der zuletzt lacht. Eher . . . eher bringe ich mich um.«

21

Irgendwie hat er sich verändert, seit er vor zwei Wochen aus der Reha-Klinik entlassen wurde. Am Humpeln liegt es nicht. Das läßt ihn kalt, obwohl er sich in so mancher Nacht in diesem Krankenhausbett gefragt hat, ob Sylver seine Behinderung abstoßend finden würde. Doch sofort hat er sich wieder gescholten, weil er so schlecht von seiner Prinzessin dachte. Nein, Sylver würde ihn sogar noch mehr lieben. Seine Verletzung würde ihr Herz berühren. Wenn er nicht so schreckliche Angst gehabt hätte, ihr könnte etwas zugestoßen sein, wäre er ja schließlich nicht so auf die Straße gesprungen, und das Auto hätte ihn nicht angefahren. Nicht, daß er Sylver daran die Schuld geben will. Durchaus nicht. Nicht im geringsten.

Also was ist nun anders? Ihn drängt etwas. Er fühlt, daß seine Zeit abläuft. Während dieser letzten, einsamen Monate im Krankenhaus hat er soviel Zeit verloren. Niemand hat ihn besucht. Endlose Briefe hat er an Sylver geschrieben; er hat ihr seine Gefühle geschildert, ihr sein Herz ausgeschüttet und es sogar gewagt, sie zu bitten, ihn zu besuchen. Keinen von diesen Briefen hat er abgeschickt. Er besitzt sie noch immer. Mit einer roten Schleife zusammengebunden, bewahrt er sie in einem Schuhkarton auf. Eines Tages. Eines Tages wird er sie ihr zeigen.

In den frühen Morgenstunden hält er vor ihrem Haus an. Ihre Fenster sind dunkel. Liegt sie fest schlafend in ihrem Bett? Es wäre am besten, wenn sie fest schliefe. Er steckt die Hand in seine Jackentasche, in der sich ein frisch gewaschenes Leinentaschentuch und ein kleines Fläschchen Chloroform befinden. Es wäre am besten, wenn sie erst aufwachte, nachdem er sie in seine Wohnung gebracht hat. Nicht die schöne Eigentumswohnung, die er für sie gekauft hatte. Während der langen

Monate im Hospital hat niemand für ihn die Rechnungen bezahlt, und die Eigentumswohnung war zwangsversteigert worden. Dennoch hat er ein hübsches kleines Apartment draußen in Toluca Park gefunden. Eine Übergangslösung. Wenn er erst einmal das Geld von der Unfallversicherung hat, will er ihr eine neue Wohnung kaufen. Vielleicht sogar ein Haus. Einen süßen kleinen Bungalow mit einem weißen Staketenzaun drumherum.

Er pfeift vor sich hin, als er aus dem Auto steigt und auf ihr Haus zugeht. Nach all diesen dunklen Monaten regt sich das Leben endlich wieder. Er schleicht sich in ihre Etage hinauf und fühlt sich kühner als je zuvor. Ihm ist, als könnte er alles tun, alles erreichen. Er weiß es ohne eine Spur von Zweifel, daß er Sylver sein Leben verdankt. Ohne sie hätte er nicht überlebt. Während der langen und schmerzlichen Zeit der Rehabilitation war sie vielleicht nicht in Fleisch und Blut bei ihm gewesen, doch im Geist hat sie ihn nie verlassen, keine Minute lang. Er verdankt ihr sein Leben, und an jedem Tag seiner restlichen Zeit will er das wiedergutmachen.

In ihr Apartment einzubrechen ist noch einfacher, als er gedacht hat. Als er in dem winzigen Vorraum steht, schlägt sein Herz so laut, daß er fürchtet, das Geräusch könnte sie wecken. Es ist dunkel in der Wohnung, und es dauert eine Weile, bis sich seine Augen daran gewöhnt haben. Er braucht ein paar Minuten, um sich zu beruhigen. Die Aufregung und die Spannung überwältigen ihn fast. Zum ersten Mal befindet er sich in ihrem Apartment. Er nimmt den fruchtigen Duft ihres Parfüms wahr. Er streichelt die braune Wildlederjacke, die an einem Haken hinter der Tür hängt. Er vergräbt das Gesicht in dem Leder und nimmt den Duft mit tiefen Atemzügen in sich auf. Das macht ihn sehr glücklich, beinahe zu sehr. Als er merkt, daß es ihn erregt, läßt er sofort die Jacke los.

Erst als er vor der Schlafzimmertür steht, gestattet er sich den furchtbaren Gedanken, daß Sylver nicht allein im Bett *sein könnte. Er schließt für einen Moment die Augen, holt tief Luft und öffnet vorsichtig die Tür.*

Das einzige, womit er nicht gerechnet hat, ist Sylvers Abwesenheit. Als er das leere Bett sieht, bricht er innerlich zusammen. Seine Kraft und seine Freude verlassen ihn auf der Stelle. Er starrt ihr Bett an. Die Laken sind zerwühlt und zerknüllt. Selbst bei unruhigem Schlaf zerknüllt Bettzeug nicht so.

In diesem Bett haben Liebesspiele stattgefunden. Er berührt die Decken. Kalt. Es ist schon eine Weile her, seit ihr Liebhaber und sie es hier getrieben haben.

Er sinkt zu Boden. Er weiß nicht, wie lange er dort liegt, doch nach einer Weile reißt er sich zusammen. Gleichgültig, mit wem sie hier zusammen war; sie wird ihn ohnehin mit der Zeit vergessen. Der Bastard hat sie vielleicht sogar mit Gewalt genommen. Oder er hat sie unter Drogen gesetzt. Oder betrunken gemacht. Vielleicht ist sie auch so verzweifelt gewesen – die vielen Monate ohne eine einzige rote Rose zum Zeichen dafür, daß er sie nicht verlassen hat . . .

Er rafft sich hoch, hinkt zu ihrer Kommode. Er berührt ihre Schminktöpfchen und ihren Puder. Er riecht an ihrem Parfüm. Er zieht die Schubladen auf, langsam, eine nach der anderen. Er kann nicht mit ihr zusammen hier fortgehen, doch er kann ihre Wohnung auch nicht mit leeren Händen verlassen. Er muß etwas von ihr mitnehmen. Sozusagen als Pfand. Bis er zurückkehrt und sie zu sich holen kommt. Und dann fängt ihrer beider Leben erst richtig an.

22

Riley drehte sich im Bett um und tastete nach Sylver, doch der Platz neben ihm war leer. Sofort setzte er sich auf und rief ein wenig besorgt nach ihr. Sie steckte den Kopf aus dem Badezimmer. Noch feucht vom Duschen, hatte sie sich ein Badetuch um den Körper und ein Handtuch um den Kopf geschlungen.

Riley schaute auf sein Uhrenradio. Es zeigte 9:45. Sie waren um zwei von Mariannes Gesellschaft heimgekehrt und erst um vier in den Schlaf gekommen. »Wieso bist du denn schon so früh aufgestanden?« fragte er.

Sylver zögerte. »Ich fahre zu ... den Paradine Studios.«

»Wozu das?«

»Ich will mit Doug Garrison reden.«

»Ich dachte, du hättest erst nächste Woche einen Termin bei ihm.«

Sylver trat ins Badezimmer zurück, ließ jedoch die Tür offen. »Ich fand, es wäre sinnlos, es aufzuschieben.«

Riley erschien an der Tür zum Badezimmer. Er war nackt. Sylver vermied es, ihn anzuschauen, weil sie dann womöglich mit ihm ins Bett zurückgeschlüpft wäre und die nagenden Gedanken beiseite geschoben hätte, die sie fast die ganze Nacht wach gehalten hatten.

»Ich will nicht, daß du ihn allein aufsuchst«, erklärte er fest. »Ich traue diesem Bastard nicht über den Weg.«

Sylver legte sich Rileys Frotteemantel um und zog sich dann erst das Badetuch vom Körper. Sie wünschte, Riley würde sich auch irgendwie bedecken. »Nein, Riley, es ist schon gut. Ich muß allein mit ihm reden.« Sie versuchte, an ihm vorbei durch den Türrahmen zu gelangen, doch Riley hielt sie fest.

»Was soll das, Sylver? Was verschweigst du mir?«

»Nichts.« Sie wich seinem Blick aus. »Bitte, Riley, ich will nur mit ihm reden und sehen, ob ich ihn nicht von seiner Schmutzkampagne abbringen kann.«

»Und weshalb meinst du, daß er gerade auf dich hören sollte?« Die Andeutung in dieser Frage war nicht mißzuverstehen.

Sylver entwand sich seinen Armen und starrte ihn böse an. »Du willst wissen, ob wir jemals etwas miteinander hatten? Na los doch, frag schon, Riley. Frag mich.«

»Hat Kate dir erzählt, daß er sie vergewaltigen wollte?«

Sylver wurde blaß. Sie schüttelte langsam den Kopf. »Nein. Nein, davon hat sie nie etwas gesagt.«

»Jetzt weißt du, weshalb ich nicht will, daß du allein mit ihm zusammenkommst«, sagte Riley leise. Er wußte, daß Sylver sich beinhart geben konnte, doch er wußte auch, wie zerbrechlich sie in Wirklichkeit war. Wie leicht sie unter die Räder kommen und mißbraucht werden konnte.

Sylver hatte gar nicht mehr zugehört. Sie merkte, wie die Wut in ihr hochstieg. Doug hatte versucht, Kate zu vergewaltigen! Sie begann zu zittern, und zum ersten Mal seit langem wünschte sie sich einen Drink. Irgend etwas, das das Beben dämpfte, das sich in ihrem Körper ausbreitete.

Riley sorgte sich um sie. »Sylver, komm ins Bett zurück. Laß mich dich nur in die Arme nehmen.«

»Nein. Nein, ich muß nach nebenan gehen und mich anziehen.« Sie raffte ihr pinkfarbenes Kleid von gestern abend zusammen, verließ das Bad und lief durch das Wohnzimmer. An der Wohnungstür hielt Riley sie auf.

»Geh nicht auf diese Weise. Ich mache mir Sorgen um dich«, gab er zu.

Ihre Wut nahm eher noch zu. Sylver befreite ihren Arm aus Rileys Griff. »Sag, was du meinst, Riley«, zischte sie. »Sag, du vertraust mir nicht. So wird es immer sein, nicht?«

»Sylver ... Hör zu, ich fahre dich zu Paradine. Ich gehe nicht mit hinein. Ich warte im Auto.«

»Wenn ich einen Aufpasser brauchte, dann hätte ich auch zulassen können, daß mich meine Mutter in eine Klapsmühle sperrte, wie sie es wollte«, erwiderte sie beißend. Sie öffnete die Tür mit einem Ruck, drückte sich hindurch und zog sie hinter sich krachend ins Schloß.

In dieser Nacht verbrauchte Nash eine Unmenge von Drogen. An die kecke Blondine erinnerte er sich nur schwach, und das auch nur, weil sie so wütend auf ihn geworden war, nachdem er sie im Bett ein paarmal »Sylver« genannt hatte. Hatten sie es eigentlich getan? Er hatte den dumpfen Eindruck, daß er gar nicht leistungsfähig gewesen war, wahrscheinlich war sie deshalb noch viel wütender geworden.

Er erinnerte sich an noch etwas: Er hatte ihr seine einzige große Szene vorgespielt, seinen zweiminütigen Monolog aus »Besessen«. Das mußte früher an diesem Abend gewesen sein, bevor sie zu den harten Sachen übergegangen waren, denn er war verdammt gut gewesen. Sie hatte applaudiert. Ja, er erinnerte sich genau, daß sie seine Vorstellung wirklich gut fand. Okay, seine Rolle war nicht sehr groß. Abgesehen von dem Monolog gleich zum Anfang hatte er nur noch wenige Zeilen Text, aber die große Szene könnte es bringen, das fühlte er genau. Das war seine Chance. Seine große Chance, es allen zu zeigen und wieder an die Spitze zu gelangen. Dort gehörte er auch hin.

Es war kurz nach Tagesanbruch, und er ging am Strand spazieren. Wie er dorthin gekommen war, wußte er nicht so genau. Das ängstigte ihn ein bißchen. Jetzt, da seine Karriere wieder in Gang kam, Blackouts zu kriegen war nicht direkt empfehlenswert. Und so besonders großartig fühlte er sich auch nicht gerade. Genau gesagt, fühlte er sich lausig. Der Koks war wahrscheinlich schlecht gewesen. Künftig muß ich besser aufpassen, sagte er sich. Immer nur an guten Stoff halten und den auch nur an Wochenenden. Sylver hatte er zwar geschworen, er würde damit ganz Schluß machen, aber er würde ihn auch nur zur Entspannung nehmen. Außerdem wußte er, wie man es machte, sich nichts anmerken zu lassen. Er wollte sich auf keinen Fall noch einmal eine Predigt von Sylver anhören müssen, etwa in der Art, er gehöre zusammen mit anderen Drogensüchtigen in die Entziehung gesteckt und so. Drogen waren nicht sein Problem. Sein Problem war das Leben. Und das sollte sich jetzt ändern.

Er trat auf etwas Scharfes im Sand, und als er sich bückte, um den Schaden an seiner Sohle zu inspizieren, landete plötzlich ein schweres Gewicht auf seinem Rücken. Nash fiel kopfüber in den Sand und dachte zuerst, ein wildes Tier hätte ihn angesprungen. Dann hörte er das Klicken einer Waffe, deren Hahn gespannt wurde.

Nash schrie. Das mußte ihm ja passieren. Gerade wenn das Leben ihn ein wenig freundlicher ansah, mußte ihm ein schießwütiger Straßenräuber über den Weg laufen. Solche Angst hatte er, daß er in die Hose näßte. Er wurde umgedreht. Der Lauf der Waffe zielte jetzt genau zwischen seine Augen. Trotzdem atmete Nash erleichtert auf, als er zu dem hübschen dunkelhaarigen Jungen hochschaute, dessen offenes Hemd eine tiefbraune unbehaarte Brust freigab. Der große Goldanhänger an der dicken Goldkette, die er um den Hals trug, baumelte ein paar Zentimeter vor Nashs Gesicht.

»Herrgott, Remy. Du hast mich fast zu Tode erschreckt«, sagte Nash und spie Sand aus.

»Die Nemo-Jungs wollen ihre Moneten, Walker. Werden verdammt ungeduldig.« Remy sprach die Drohung völlig unbeteiligt aus, als interessierte ihn der Ausgang der Sache überhaupt nicht. Geld kassieren oder den Junkie erschießen, lautete sein Auftrag. Wie auch immer, er bekam in beiden Fällen bezahlt.

»Hör zu, ich habe gerade eine ziemlich große Rolle in einem neuen Film an Land gezogen, Mann. In . . . ein paar Wochen werde ich in Geld schwimmen.« Sylver hatte ihm einen Vorschuß auf seine Gage versprochen, sobald der Vertrag perfekt war; das war natürlich kein Vermögen, doch Peanuts waren es auch nicht.

»Die Jungs wollen aber nicht ein paar Wochen warten, Mann«, erklärte Remy gleichgültig und drückte den Lauf fester auf Nashs Nasenwurzel.

Nash begann zu schwitzen. »Ich kann ihnen meinen Vertrag zeigen. Ich bin für das Geld gut, das schwöre ich. In einem Jahr bin ich glatt A-Liste. Dann rutschen sie alle auf Knien vor mir...«

Remy zuckte die Schultern. »Du hast eine Woche Zeit, Mann, dann heißt es...« Er machte eine Pause und lächelte tückisch, wobei ein Goldzahn aufblitzte. »... dein Geld oder dein Leben. Klar, Mann?«

Nash nickte düster. Eine Woche. Bis dahin würde er niemals den Betrag zusammen haben, den er schuldete, doch er mußte ihnen zumindest einen vernünftigen Abschlag zahlen, damit er glaubwürdig blieb.

Der junge Mann namens Remy richtete sich auf. Er klopfte sich den Sand von seinen hautengen Lederjeans, blickte auf Nash hinunter und grinste, als er den nassen Fleck auf dessen Hosen sah. »Du stinkst, Mann. Und ich will dir mal was sagen. Soweit ich sehe, bist du ein lausiger Schauspieler. Aber was soll's, ich werde ja nicht als Kritiker bezahlt.«

Während Remy den Strand hinunterschlenderte, konnte Nash nur daran denken, wo er jetzt neuen Stoff herbekam. Und Bargeld.

Tully, der Wächter am Paradine-Tor, war ein Oldtimer, der Sylver immer Bonbons geschenkt hatte, als sie noch der Kinderstar des Studios gewesen war. Er strahlte, als sie heranfuhr, begrüßte sie herzlich und winkte sie sofort herein. Gerade als sie auf dem Weg zu den Besucherparkplätzen an dem großen

Bungalow vorbeifuhr, in dem sich die Räume der leitenden Angestellten befanden, sah sie das vertraute rosa Mercedes-Coupé aus einer Lücke schießen. Sylver bremste und schaute dem davonzischenden Wagen hinterher. Was hatte ihre Mutter hier zu tun? Und weshalb legte sie einen so höllischen Fahrstil an den Tag?

Nachdem Sylver eingeparkt hatte, blieb sie noch ein paar Minuten sitzen, um ihre Nerven zu beruhigen. Sie fuhr sich mit dem Kamm durchs Haar, das jetzt wieder schulterlang war und das sie auf einer Seite lose, auf der anderen mit einer Spange aus dem Gesicht zurückgehalten trug. Nachdem sie ausgestiegen war, strich sie sich den Rock ihres engen zitronengelben Leinenkleides glatt. Die dazugehörige Jacke ließ sie auf ihrem Sitz zurück, denn die Temperatur an diesem Tag Ende März war auf ungefähr 30 Grad Celsius geklettert.

Douglas Garrisons Sekretärin, eine rehäugige Brünette, blickte von ihrem Wordprocessor auf, als Sylver hereinkam.

»Ich habe zwar keinen Termin, aber ich...« Sylver kam nicht dazu, auszureden.

»Oh, das geht nicht«, fiel die Sekretärin ihr aufgeregt ins Wort.

»Bitte.« Sylvers Aufregung wuchs ebenfalls. »Ich muß mit ihm sprechen. Verstehen Sie denn nicht...?«

Plötzlich wurde die Tür zu Douglas Garrisons Büro aufgerissen, und der Studiochef persönlich trat heraus. Sein Gesicht war hochrot, und er sah stinkwütend aus. Dann bemerkte er Sylver.

Er blieb stehen und starrte sie so haßerfüllt an, daß es ihr eiskalt über den Rücken lief. Doug und ihre Mutter mußten einen Mordsstreit miteinander gehabt haben. Worüber nur?

»Entschuldigen Sie, Mr. Garrison«, sagte die rehäugige Sekretärin ängstlich. »Ich erklärte Miß Cassidy gerade, daß Sie sie nicht empfangen können...«

Doug winkte ab und bedeutete Sylver grimmig lächelnd, sie möge ihm in sein Büro folgen.

Sylver zögerte. Ihr war die Situation unbehaglich. Nein, sie fürchtete sich.

»Kommst du?« Das war ein Befehl.

Sie mußte wissen, was hier los war. Das erschien ihr jetzt wichtiger als ihr eigenes Anliegen, weshalb sie hergekommen war, nämlich Doug von seiner Lügenkampagne abzubringen.

»Tür zu!« befahl er, nachdem sie ihm in sein Zimmer gefolgt war, und als sie gehorcht hatte, fuhr er zu ihr herum. Sie standen jetzt knapp einen Schritt voneinander entfernt, und seine Augen sprühten Wut und Verachtung.

»Damit kommt sie nicht durch, diese billige Hure! Sie kann nichts beweisen. Sie weiß es. Ich weiß es. Und du weißt es auch«, spie er, als hätte einen Haufen Dreck vor sich.

»Ich hoffe sehr, Sie reden nicht von meiner Mutter.« Sie sprach mit einer Stimme, der der Zorn anzuhören war.

Er lachte rauh auf. »Und du bist genau wie sie. Sogar noch schlimmer. Eine Drogenabhängige und eine Hure. Ihr habt es nicht anders verdient. Ich bin euch beiden nichts schuldig. Für dich habe ich mehr getan, als ich hätte tun sollen. Und du hast alles weggeworfen wie Müll.«

Er wurde jetzt pathetisch und redete sich selbst in Rage. Die Adern an seinem Hals traten hervor wie Stricke. »Deine Mutter versteht es, alle Register zu ziehen. Das muß man ihr lassen. Erst springt sie mit mir ins Bett, dann droht sie mir mit Erpressung, und wenn sie merkt, daß sie damit nicht weiterkommt, heult sie Krokodilstränen und jammert mir vor, sie sei krank und wollte, daß ich mich um dich kümmere.«

Sylver sprang ihn förmlich an. »Krank? Meine Mutter hat Ihnen gesagt, sie sei krank?«

Er schob sie von sich fort. »Du bist eine gute Schauspielerin, Schätzchen, aber so gut nun auch wieder nicht. Glaubst du, ich wüßte nicht, daß ihr beide unter einer Decke steckt? Erst kommt sie und sagt mir, was Sache ist, und dann kommst du hereingetänzelt, ganz Unschuld und Licht, als wüßtest du gar nicht, was hier gespielt wird. Ich will dir mal was sagen, Honey...«

Sylver hatte sich wieder auf ihn gestürzt, er konnte sie nicht abschütteln. »Was fehlt meiner Mutter, verdammt noch mal? Und weshalb will sie, daß Sie sich um mich kümmern?«

»Also ob du das nicht selbst wüßtest.« Er lächelte spöttisch. »Als ob sie dir nicht erzählt hätte, daß ich dein Daddy bin.«

Sylver wurde bleich. Sie konnte ihn nur benommen anstarren. Sie faßte es nicht, obwohl alles zusammenpaßte. Selbst der Beinahe-Versprecher ihrer Mutter gestern abend im »Oceana«.

Doug lachte rauh. »Sie hat doch tatsächlich gedacht, ich würde sie heiraten. Ich habe das nächstbeste getan. Ich habe ihr das Geld für eine Abtreibung gegeben. Nur hat sie nicht abgetrieben. Sie dachte wohl, wenn du erst einmal geboren bist, würde ich mich schon umstimmen lassen. Die blöde Schlampe...«

Sylver schlug ihm so hart ins Gesicht, daß ihre Hand taub wurde, was sie jedoch nicht davon abgehalten hätte, noch einmal zuzuschlagen, wenn er nicht ihr Handgelenk gepackt und ihr den Arm auf den Rücken gedreht hätte. Auf diese Weise zwang er sie dazu, sich zu ihm zu beugen, und ehe sie wußte, wie ihr geschah, küßte er sie hart auf den Mund.

»Bastard! Perverser, ekelhafter Bastard! Ich könnte Sie umbringen!« schrie sie. Ihre Wut überwältigte sie fast.

Die Tür sprang auf, und die offensichtlich restlos verängstigte Sekretärin stand auf der Schwelle.

»Rufen Sie den Sicherheitsdienst!« brüllte Doug.

Eine Minute später wurde die schreiende und um sich schlagende Sylver buchstäblich aus dem Büro des Studiochefs getragen. Ein Hausmeister, der gerade den Fliesenboden im äußeren Vorraum aufwischte, wurde von den Sicherheitsleuten aus dem Weg gestoßen, die die sich wild wehrende Sylver aus dem Gebäude schleppten. Der Hausmeister verlor das Gleichgewicht und fiel krachend gegen die Wand. Er brauchte einen Moment, um wieder zu Atem zu kommen, und dann humpelte er zu der offenen Tür.

Die beiden Sicherheitsleute standen wie die Wachposten mit dem Rücken zu ihm auf dem Weg und stellten sicher, daß Sylver in ihr Auto stieg und davonfuhr. Hätten sie sich umgedreht und den Hausmeister angeschaut, wären sie sehr bestürzt gewesen über das haßerfüllte Gesicht und die geballte Faust des Mannes, der auf die geschlossene Tür von Douglas Garrisons Büro starrte.

Als Sylver heimkam und zu ihrem Stockwerk hochstieg, zitterte sie heftig. Auf der obersten Treppenstufe blieb sie stehen und drückte sich die Hand auf den Magen. Sie fürchtete, sich übergeben zu müssen. Sie faßte es noch immer nicht. Douglas Garrison war ihr Vater. Wie hatte ihre Mutter ihr das verschweigen können? Und weshalb?

Sylver erriet es. Nancy und Doug hatten vor langer Zeit ein Abkommen getroffen, das ihnen beiden gut paßte. Doug war die treibende Kraft, die dafür sorgte, daß Nancys Töchterchen ein Filmstar wurde. Und jetzt hatte er sogar zugestimmt, daß Sylver eine Rolle in »Todsünde« bekam. Erst als sie sich weigerte, den Part zu übernehmen, und sich dann noch mit Kate zusammentat, hatte er sich gegen sie gewandt. Gegen sein eigenes Kind.

Sylver rieb sich heftig die Lippen, als könnte sie auf diese Weise den alles andere als väterlichen Kuß auslöschen, den Douglas ihr gegeben hatte, doch das hätte kein noch so kräftiges Reiben vermocht. Der Kuß war untilgbar; Sylver würde diese Empfindung niemals vergessen.

Und ihre arme Mutter. Welche schrecklichen Beschimpfungen mochte Doug ihr wohl entgegengeschleudert haben? Wie mochte er sie gedemütigt und gekränkt haben?

Nancy hatte ihm gesagt, sie sei krank. Der gemeine Bastard hatte geglaubt, das wäre nichts als eine Lüge, um Mitgefühl zu erregen. Ihre Mutter mußte ziemlich naiv sein, wenn sie dieses Ungeheuer des Mitgefühls für fähig hielt. Sylver wußte genau, daß ihre Mutter niemals eine Krankheit erfinden würde. Sie würde es nicht wollen, daß man sie für krank hielt. Nancy fand es entwürdigend, krank zu sein. Sie würde jede Krankheit leugnen, koste es, was es wolle. Wenn es nicht etwas sehr, sehr Ernstes war . . .

Sylver hörte Schritte unten im Treppenhaus. Weil sie keinen Nachbarn begegnen wollte, eilte sie weiter. Sie kam an Rileys Tür vorbei, dem sie aber jetzt auch nicht begegnen wollte. Sie wußte, daß sie ihm nicht vormachen konnte, in Dougs Büro sei nichts geschehen. Die durch das scheußliche Erlebnis ausgelösten Empfindungen waren noch zu frisch, als daß sie sie vor ihm verborgen halten könnte. Sie brauchte ein wenig Zeit, um alles zu verarbeiten und sich wieder in den Griff zu bekommen. Und dann wollte sie erst einmal ihre Mutter besuchen. Irgendwie mußte sie sie dazu bringen, ihr zu sagen, was ihr fehlte, wie ernst es war und wie ihr zu helfen wäre. Trotz aller anderen Empfindungen, mit denen sie sich herumschlug, spürte Sylver eine neu entstandene, zarte Beziehung zu ihrer Mutter. Hoffentlich war es noch nicht zu spät für sie beide.

So tief in ihren Gedanken war Sylver, daß sie sich nicht einmal wunderte, als sie ihre Tür unverschlossen vorfand. Sie ging einfach in ihr Apartment hinein. Allerdings stockte ihr der Atem, als sie jemanden aus ihrem Schlafzimmer kommen sah.

»Sylver, wo zum Teufel hast du gesteckt?«

»Nash, was tust du hier?«

Er schwitzte, war nervös und rieb die Hände aneinander. »Mann, ich warte hier schon seit Stunden. Baby, hör zu. Hör mir zu, Baby. Ich weiß, die Finanzierung für den Film steht noch nicht, aber es dreht sich um . . . Ich brauche ein bißchen Geld. Keine großen Beträge . . . vielleicht ein paar Hunderter. Ich weiß, daß du nicht soviel hast, doch Kate leiht es dir sicher. Wenn du ihr nicht sagst, daß es für mich ist.«

Sylver fühlte sich elend. Er hatte es ihr doch versprochen. »Nein, Nash . . .«

Er hatte offensichtlich Probleme mit dem Gleichgewicht, und sein Blick fuhr unruhig im Zimmer umher, ohne auf irgend etwas länger als eine Sekunde zu ruhen, besonders nicht auf Sylvers Gesicht. »Es ist nicht, was du denkst, Baby. Mit dem Zeug habe ich tatsächlich Schluß gemacht. Mit allem. Sicher . . . okay . . . ich hab' mich noch einmal ausgetobt. Zum Abgewöhnen. Du kennst das ja. Nur da sind noch diese alten Schulden . . .«

Sylver hatte genug gehört. Sie ging an Nash vorbei in ihr Schlafzimmer, um ihren Anrufbeantworter abzuhören; vielleicht hatte ja ihre Mutter angerufen. Es gab tatsächlich eine Nachricht, doch die stammte von Kate und klang recht erregt. Kate vollte, daß Sylver sie entweder anrief oder sofort ins Büro kam.

Sylver war jetzt nicht in der Lage, sich mit Geschäftlichem zu befassen. Nash stand an ihrer Schlafzimmertür, lehnte sich an den Türrahmen und versuchte, sich aufrecht zu halten. Wütend drehte sie sich zu ihm herum.

»Ich habe genug von dir, Nash. Du wirst es niemals schaffen, Ordnung in deinen Kopf zu bringen. Riley hatte recht. Du bist ein Verlierer. Du bist aus dem Film raus, Nash. Ich will, daß du verschwindest, aus meiner Wohnung und aus meinem Leben. Ich will dich nicht mehr wiedersehen.«

Sein Körper zuckte wie im Krampf. »Das meinst du doch nicht ernst, Baby.«

»Ich meine jedes Wort ernst!«

Nash schaffte es, sich ein wenig zusammenzureißen. Das durfte doch nicht wahr sein. Das konnte ihm doch nicht passieren. »Du kannst mich gar nicht aus dem Film rauswerfen. Ich habe einen Vertrag unterschrieben.«

Sylver blickte ihn eisig an. »Du hast das Kleingedruckte nicht gelesen. Der Vertrag kann aufgelöst werden, falls du Drogen verwendest.«

»Ich habe es dir doch gesagt – ich verwende keine ... mehr.«

»Okay, dann hinterlasse eine Urinprobe in einem Gefäß in meinem Badezimmer. Falls sich ergibt, daß du tatsächlich clean bist, gebe ich dir noch eine letzte Chance.«

Er schwankte auf sie zu. »Tu mir das nicht an, Sylver. Dies ist meine große Chance. Du darfst nicht ...«

Sylver hatte die Arme vor der Brust verschränkt. Sie spürte, wie sich ihr ganzes Leben in Chaos auflöste. »Raus, Nash! Mir reicht's. Ich habe genug von dir, von Doug Garrison und von jedem anderen Bastard, der mich je ausgenutzt hat.«

Nash schüttelte den Kopf, als könnte er ihn auf diese Weise klären. »Ich kenne den Bastard, der an allem die Schuld trägt. Nicky Kramer. Ich hätte ihn aufhalten sollen, als er an jenem Abend mit dir loszog. Dieser alte Dreckskerl. Ich wußte genau, was er mit dir vorhatte. Dieses geile Grinsen auf seinem Gesicht leuchtete ja wie eine Neonreklame.«

Sylver sank auf die Bettkante und hielt sich am Fußbrett fest. Sie starrte Nash fassungslos an. »Du wußtest, was mir passieren würde? Du wußtest, daß mich dieser Bastard vergewaltigen wollte? Und du hast nichts unternommen? Du hattest mir doch gesagt, daß du mich liebst!« Die Erkenntnis, daß ihm schon damals nichts an ihr gelegen hatte, empfand sie wie einen körperlichen Hieb. »Was für eine Liebe war das, Nash? Was für eine Liebe hast du für mich empfunden, wenn du dabeistehen und zusehen konntest, wie ... wie ...«

Er fiel vor ihr auf die Knie. »Sylver, bitte. Es tut mir leid. Meine Hände waren doch gebunden, Baby. Ich dachte wirklich, ich würde die Hauptrolle in Kramers nächstem Film bekommen. Der Bastard hat mich auch ruiniert. Er hat dein und mein Leben ruiniert. Verstehst du nicht, Sylver . . .«

»Raus!« schrie sie ihn an und schlug blind nach ihm, als er die Hand nach ihr ausstreckte. Sie konnte ihn kaum sehr hart getroffen haben – obwohl es ihr nur recht gewesen wäre –, trotzdem flog Nash buchstäblich von ihr fort. Und dann sah sie auch den Grund dafür: Riley war in ihr Schlafzimmer gestürmt, hatte Nash von hinten im Nacken gepackt, vom Boden hochgezogen und in den Würgegriff genommen. Nash war kreidebleich geworden. Er rang um Atemluft und wehrte sich gegen Riley Griff.

Sylver sprang vom Bett auf. Sie hatte Angst, Riley würde Nash das Genick brechen. »Nicht, Riley. Laß ihn los. Er soll mir nur aus den Augen gehen. Riley, bitte.«

Riley war so blindwütig, daß es eine Weile dauerte, bis Sylvers Bitte zu ihm durchdrang. Als er dann die Furcht in ihren Augen sah, kam er wieder zu sich und ließ Nash los. Nash fiel zu Boden, schnappte nach Luft und rieb sich den geröteten Nacken.

»Raus hier, ehe ich es mir anders überlege und Ihnen jeden Knochen im Leib breche!« Riley zitterte am ganzen Körper vor Wut und Angst, Angst davor, daß er fähig war, diese Drohung wahr zu machen. Und er hatte gedacht, er hätte alle Gewalt hinter sich gelassen. Er hatte aufrichtig geglaubt, wenn er alles zu Papier brachte, könnte er diese in ihm wohnenden Dämonen austreiben.

Nash war ebenfalls davon überzeugt, daß Riley Hackfleisch aus ihm machen würde. Er kam auf die Füße und stolperte aus dem Apartment, ohne sich noch einmal umzusehen. Sobald die Wohnungstür hinter ihm ins Schloß gefallen war, flog Sylver in Rileys Arme. Hier war ihr sicherer Hafen, ihre Zuflucht vor dem heftigen Sturm ihrer turbulenten Emotionen.

Sie erzählte ihm alles. Sie schüttete ihm ihr ganzes Herz aus. Er hielt sie fest, streichelte sie und hörte ihr zu. Am Ende war sie so ausgelaugt, daß sie sich von ihm ausziehen und ins Bett stecken ließ. Nach wenigen Minuten war sie fest eingeschlafen.

Douglas Garrison saß mit seinem Schwiegervater und Mel Frankel, dem Oberbonzen von ICA, im exquisiten Hollywood Athletic Club beim Lunch. Die drei Männer sprachen angeregt übers Geschäft, besonders nachdem Doug Charlie dazu überredet hatte, ihm die Produktion von »Todsünde« zu überlassen.

»Die Paley hatte sich zu sehr auf die moralischen Aspekte des Scripts verlegt«, äußerte Doug gerade. Nur zwei Stunden nach der doppelten Begegnung mit den beiden Cassidys wirkte er absolut cool und sachlich in seinem tadellosen dunkelblauen Maßanzug. »Ich persönlich sehe ›Todsünde‹ als einen traditionellen Krimi mit viel Sex. Wir begeben uns in die schmutzigen Abgründe und landen einen Hit. Wir möchten, daß Sie uns ein heißes kleines Starlet aus Ihrem Harem heraussuchen, das keine Angst davor hat, ein bißchen nacktes Fleisch zu zeigen; es sollte ein freches, handfestes Mädchen sein, wenn Sie wissen, was ich meine.«

Mel Frankel, ein schlanker, müder Mann von Anfang Fünfzig, der mit seinem französischen Oberhemd unter seinem italienischen grauen Anzug ungemein gepflegt wirkte, lächelte breit. »Sie meinen eine Person, der es nichts ausmacht, sich nackt vor eine ganze Kameracrew zu stellen. Und die sich unterbezahlen läßt.«

Charlie Windham, die nicht angezündete Zigarre zwischen den Lippen, lachte leise. Doug, der brave Schwiegersohn, tat es ihm pflichtschuldigst gleich. Sein Lachen blieb ihm indessen im Hals stecken, als sich einige Unruhe am Eingang des Speisesaals erhob und jedermanns Aufmerksamkeit auf sich zog.

Der Maître d'hotel versuchte, einem großen, breitschultrigen Mann in T-Shirt und Jeans den Weg zu verstellen. »Es tut mir leid, Sir, aber Sie können hier nicht ohne Jackett eintreten. Und eine Reservierung haben Sie auch nicht...«

Riley Quinn schob den Empfangskellner zur Seite. »Ich bin mit Douglas Garrison verabredet. Es ist sehr dringend«, sagte er laut und drohend und ließ den Blick über die speisenden Gäste schweifen. Persönlich hatte Riley Garrison noch nie getroffen, dafür jedoch um so mehr Fotos von ihm in der Presse gesehen, und nach zwei Sekunden entdeckte er ihn an einem Dreiertisch auf der rechten Seite.

Neugierig, fasziniert und ein wenig ängstlich betrachteten sämtliche Gäste in dem großen Raum, wie Riley zu Dougs Tisch marschierte, während der Maître d'hotel davoneilte, um sich Verstärkung zu holen, bevor die Hölle losbrach.

Riley stützte die Hände direkt gegenüber von Doug auf den weißgedeckten Tisch und lächelte teuflisch. »Na, da haben wir ja den lieben Daddy, was?«

Charlie Windham blickte irritiert und bestürzt von Riley zu Doug. »Douglas, wer ist dieser Mensch?«

Doug schüttelte den Kopf, doch sein Gesichtsausdruck zeigte unverhohlene Panik. »Irgendein Spinner.«

Mel Frankel erhob sich unauffällig von seinem Platz. Er hätte wie alle anderen gern gewußt, was das Ganze sollte, doch er hatte nicht die Absicht, in eine Familienfehde zu geraten und unerfreuliche Publicity zu riskieren. »Entschuldigung, Herrschaften, aber ich muß zurück ins Büro, weil...« Ohne seinen Satz zu beenden, schritt er forsch durch den Speisesaal zum Ausgang und stieß dabei beinahe mit zwei stämmigen Parkwächtern zusammen, die der aufgeregte Empfangskellner hereingeholt hatte.

Die zwei Uniformierten – beides gutaussehende junge Kerle – bezogen rechts und links von Riley Position. »Wir wollen doch keine Szene machen, Sir«, sagte der größere und blondere der beiden Möchtegernschauspieler leise und diskret. »Wenn Sie bitte mit uns kommen würden...«

Sicher«, antwortete Riley liebenswürdig zur Erleichterung aller Betroffenen, insbesondere Doug Garrisons.

Die allgemeine Erleichterung war indessen nur von kurzer Dauer. Ehe jemand etwas dagegen unternehmen konnte, schoß Rileys Arm über den Tisch, und seine Hand packte Doug bei dessen flotter rotgestreifter Krawatte. Riley ruckte einmal kurz, und Doug flog über den Tisch – mitsamt dem Geschirr, den Gläsern und dem Besteck.

Riley hielt ihn in einer sowohl demütigenden als auch kampfunfähigen Haltung fest. »Ich habe ja schon viel gesehen, Garrison, doch Sie schießen den Vogel ab. Sie sind der letzte Dreck!«

Die beiden Parkwächter beziehungsweise Rausschmeißer packten Riley und schleppten ihn mit Gewalt aus dem Restaurant. Rileys wutsprühende Augen blieben auf Dougs Gesicht gerichtet. »Wenn Sie Sylver noch einmal anfassen, dann wird es das letzte Mal sein, daß Sie überhaupt etwas anfassen! Sie haben gehört, Garrison . . .«

Als Sylver am nächsten Morgen ins Büro kam, sah sie blaß und verhärmt aus. Kate, die bereits an ihrem Schreibtisch gesessen hatte, sprang auf und lief zu ihrer Partnerin, um sie zu umarmen, blieb dann jedoch stehen und blickte sie prüfend an.

»Lieber Himmel, du siehst ja fürchterlich aus. Was ist denn los? Ich habe gestern ein halbes Dutzend Nachrichten auf deinem Anrufbeantworter hinterlassen. Wo warst du denn?« Kate bekam es mit der Angst zu tun. Hatte Sylver wieder etwas genommen? War sie so deprimiert, weil niemand auf »Besessen« angebissen hatte, daß sie ihren Kummer in Drogen vergraben hatte? Ausgerechnet jetzt, wo sich ihr gemeinsames Schicksal endlich wendete?

»Gestern hatte ich einen Zusammenstoß mit Doug«, sagte Sylver düster. »Und dann rastete Riley aus, als ich ihm davon erzählte. Er hat Doug aufgetrieben und ihn im Hollywood Athletic Club praktisch stranguliert.«

Kate lächelte. »Ich wünschte, ich wäre dabeigewesen.«

»Ich auch.« Sylver lächelte ebenfalls, doch nicht lange, dann kamen ihr die Tränen. Kate sah es mit Bestürzung. Sie stellte ihre eigenen Neuigkeiten fürs erste zurück und zog Sylver zu dem kleinen weißen Sofa an der Wand.

»Vielleicht solltest du mir erst einmal von deinem ›Zusammenstoß‹ mit Doug erzählen«, schlug sie leise vor.

Sylver starrte auf ihren Schoß hinunter. Die Begegnung mit Doug – mit ihrem Vater – spielte sich immer und immer wieder in ihrem Kopf ab. Sylver schwieg eine Weile, bis ihr ein neuer, beunruhigender Gedanke kam. »Es gibt etwas, das du mir sagen mußt, Kate«, flüsterte sie schließlich kaum hörbar. »Wußtest du es? Wußtest du es die ganze Zeit?«

Kate nahm Sylvers eiskalte Hand. »Was?«

Langsam neigte Sylver den Kopf zur Seite und blickte Kate an. »Daß Doug mein Vater ist.«

Das traf Kate wie ein Blitzschlag. Sie hatte nicht einmal gewußt, daß Doug und Nancy jemals miteinander geschlafen hatten.

Ein Teil der Anspannung schwand aus Sylvers Gesicht. »Du wußtest es nicht.«

Benommen schüttelte Kate den Kopf. »Weißt du es genau?«

»Meine Mutter war vor mir bei Doug. Sie hat ihm damit gedroht, die Wahrheit preiszugeben, falls er uns nicht in Frieden ließ, aber ich glaube, er hat ihr entgegnet, sie könnte seine Vaterschaft nicht beweisen. Mir gegenüber hat er sie jedoch eingestanden.«

Kate erschauderte, wenn sie daran dachte, daß sie einst seine Geliebte gewesen war und sogar gehofft hatte, er würde sie heiraten. »Du bist sein einziges Kind, und nicht nur, daß er dich nie als seine Tochter anerkannt hat – jetzt zieht er auch noch deinen Ruf durch den Schmutz, nur um mich zu zerstören. Wie kann ein menschliches Wesen so niederträchtig sein?« Die Antwort darauf konnte nur lauten: Doug Garrison war unmenschlich.

»Nie habe ich jemanden mehr gehaßt als ihn«, erklärte Sylver angespannt. »Nicht nur deswegen, was er mir und dir angetan hat. Wir können uns wehren. Doch meine Mutter . . . sie ist krank, Kate.«

»Nancy? Krank?« Das konnte sich Kate nicht vorstellen. Einen widerstandsfähigeren Menschen als Nancy gab es überhaupt nicht. Vor der würde doch jede Krankheit Reißaus nehmen.

»Ich weiß noch nicht, wie ernst es ist«, fuhr Sylver fort. »Ich habe versucht, sie zu erreichen, doch ihr Gespiele, dieser Pete, geht immer ans Telefon und sagt, sie sei nicht da. Einmal ist sie angeblich beim Shopping, ein anderes Mal trifft sie sich mit jemandem – mit wem und wo, erinnert er sich nicht –, und als ich heute morgen anrief, sagte er, sie werde eine Woche lang fort sein, in einem Kurort.«

»Nun, das klingt glaubwürdig. Wenn sie nicht recht in Form ist, könnte der Arzt ihr das verordnet haben.« Kate gab sich Mühe, möglichst optimistisch zu klingen.

Das tröstete Sylver nicht. »Es ist etwas Ernstes, Kate. Ich weiß es.« Sie seufzte tief. »Ich bin völlig durcheinander, was meine Mutter betrifft. Ich habe einen Mordszorn auf sie, weil sie mir die Wahrheit über Doug vorenthalten hat. Ich hatte doch ein Recht darauf, es zu wissen.«

Kate nickte. Sie war auch dieser Meinung. Sie fragte sich, wie es wohl ihre eigene lange Beziehung zu Doug verändert hätte, wäre ihr bekannt gewesen, daß er Sylver gezeugt und dann herzlos verstoßen hatte. Hätte sie sich mit einem Mann eingelassen, der seinem eigenen Kind das Geburtsrecht verweigerte? Sicher nicht. Trauer erfüllte sie, wenn sie an die vielen verschwendeten Jahre dachte.

»Dennoch mache ich mir große Sorgen um sie«, fuhr Sylver

fort. »Ich habe Angst davor, daß sie ... sterben könnte. Wir waren nicht gerade ein ideales Mutter-Tochter-Gespann, doch ... ich liebe sie wirklich, Kate. Es muß sie eine Menge gekostet haben, Doug zu erzählen, daß sie krank ist.«

»Hat sie ihm gesagt, was ihr fehlt?«

»Nein, aber was er zu ihr gesagt hat, dürfte ihren Zustand kaum verbessert haben. Ich hasse ihn, Kate. Ich hasse es, daß er mein Fleisch und Blut ist. Ich fühle mich beschmutzt.«

Tröstend legte Kate Sylver einen Arm um die Schultern. »Du bist nicht wie er. Und gottlob siehst du ihm auch nicht im geringsten ähnlich.« Sie streichelte Sylvers Wange. »Wie wäre es jetzt einmal mit einer guten Nachricht? Würde das dein Gemüt aufhellen?«

Sylver blickte Kate an. »Eine gute Nachricht?«

Kate lächelte. »Wir haben unser Geld, Sylver. Fünfzehn Millionen Dollar. Plus Mariannes zwei. Siebzehn Millionen, mit denen wir ›Besessen‹ machen können. Wie wir es wollen. Ohne Einmischung. Wir bestimmen die ganze Show.« Sie machte eine Kunstpause. »Und das verdanken wir nur dir.«

Sylver schaute Kate an, als hätte diese womöglich nicht alle Tassen im Schrank. »Mir? Wieso?«

Kates Lächeln wurde zu einem breiten Schmunzeln. »Ist dir klar, daß du neben Jerry Lewis wahrscheinlich der dauerhafteste Star bist, der je über Frankreich gekommen ist?«

Sylver schaute ratlos drein. »So? Bin ich das?«

»Man plant eine Retrospektive deiner Filme.«

Sylver wurde rot. »Doch wohl hoffentlich nicht jede einzelnen.« Vor einiger Zeit hatte sie endlich den Mut aufgebracht, Kate von ihrem Auftritt in einem Softpornofilm vor zwei Jahren zu beichten. »Wie dem auch sei – aber weswegen bekommen wir jetzt fünfzehn Millionen?«

»Eine französische Produktionsgesellschaft namens Cine Metropole hat einen Haufen Dollar und das dringende Bedürfnis, in den Hollywood-Mainstream einzubrechen«, erzählte

Kate aufgeregt. »Sie meinen, sie könnten das mit ›Besessen‹ tun. Der Oberboß, Pierre Allegret, hat mir den Deal vorgetragen. Einer seiner Leute hier hat das Script in die Hände bekommen und es ihm hingeschickt. Allegret hat es durchgelesen und dann sofort hier angerufen. Zur Oscar-Verleihung wird er am Montag einfliegen. Sein Film ›Avec vous‹ ist als bester ausländischer Film nominiert. Bei der ganzen Aufregung wegen des deutschen Beitrags wird er wohl kaum mit dem Oscar abziehen, aber . . .« Kate machte eine kleine Pause, und ihre Augen blitzten. ». . . möglicherweise wird er in zwei Jahren den Preis für ›Besessen‹ einheimsen. Da wir jetzt finanziell gedeckt sind, können wir bis Juni das Casting fertig haben und dann irgendwann im Sommer mit den Dreharbeiten beginnen. Allegret will sich mit uns am Dienstagmorgen treffen und den Deal abschließen, bevor er nach Frankreich zurückfliegt.«

Sylvers Empfindungen und Gefühle schienen Achterbahn zu fahren. »Weiß Riley es schon? Und Adrian?« fragte sie und sprang auf.

»Adrian weiß es, und ich dachte, du würdest Riley gern die gute Nachricht selbst überbringen.« Kate lächelte weise.

Sylver rannte sofort zum Telefon auf dem Schreibtisch, blieb jedoch davor stehen und starrte vor sich hin. »Was sollte Doug davon abhalten, diesen Franzosen gegen uns aufzubringen?«

Als Kate nicht antwortete, drehte Sylver sich zu ihr um und sah sie an. Beide schwiegen. Was hätten sie auch sagen sollen?

23

Für Douglas Garrison fing der Tag schlecht an und wurde noch schlechter.

Dies war der große Tag. Der Tag der Tage in Hollywood. Der Tag, an dem Hollywood sich selbst und die Seinen feierte. Der Tag der Verleihung der Akademiepreise, die Oscar-Verleihung. Beim Dorothy-Chandler-Pavillon hatten die Sicherheitsdienste schon Stellung bezogen. Zahllose »Sterngucker« waren außerhalb des Auditoriums versammelt und in einer Art Koppel zusammengetrieben worden, von wo aus sie einen Blick auf ihre Lieblingsstars erhaschen konnten. Und natürlich auf das, was diese Stars trugen. Besonders in den letzten Jahren hatte sich die Oscar-Verleihung mehr oder weniger zu einer glanzvollen Modenschau gewandelt. Jeder größere Designer – sowie einige unbekannte, die darauf hofften, ins Rampenlicht gerückt zu werden – stellte seine Werke an einigen der schönsten Körper der Welt aus. Provozierende Gewänder, moderne Smokings, wilde Hosenanzüge – die Kostümierung der Stars erstreckte sich über die ganze Skala von raffiniert bis abstoßend; die schlimmsten Outfits schlugen in den Medien fast noch größere Wellen als die glamourösen. Jeder wollte auffallen, man sollte sich an ihn beziehungsweise an sie erinnern, und sei es nur wegen des unmöglichsten Gewandes, das diese jährliche Veranstaltung je geziert hatte.

Douglas Garrison hielt es strikt mit der Tradition, was seine Bekleidung zu der Gala betraf. Konservativ geschnittener schwarzer Cerruti-Smoking, weißes Oberhemd, rote Fliege. Jedes Jahr ein neu angefertigter Smoking, der sich der mit dem Alter immer mehr ausdehnenden Figur anpaßte.

Doug war fast schon fertig angekleidet, denn er hatte es eilig, aus dem Haus und ins Beverly Hilton zu seinem kleinen

Tête-à-tête mit Pierre Allegret zu kommen, bevor er anschließend zu den Oscars eilte. Sein Magengeschwür spielte verrückt, und er war nervös, was er dem Streit mit Julia an diesem Morgen verdankte. Seit sie vor einer Woche von Nancy Cassidy angerufen wurde, war Julia böse gewesen. Natürlich hatte Doug auch nur die geringste Möglichkeit rauf und runter geleugnet, daß Sylver seine Tochter sein könnte. Wie hätte das auch angehen können, hatte er argumentiert, wenn er doch niemals mit Nancy geschlafen hatte? Jedenfalls hatte bei ihm daheim seitdem eine angespannte Atmosphäre geherrscht, und heute morgen war Julia ausgerastet. Sie hatte ihn einen Lügner genannt und war aus dem Haus gelaufen.

Und nun hatte er auch noch dies am Hals.

Er trat in sein Schlafzimmer, um seine Smokingjacke anzuziehen. Sein ungebetener Gast folgte ihm.

»Hören Sie«, sagte Doug ungehalten, »ich will, daß Sie sofort mein Haus verlassen, oder ich rufe die Polizei. Sie haben nichts, das ich will oder brauche. Ich halte alle Karten in der Hand. Ihr alle werdet vergessen sein, bevor morgen die Sonne aufgeht. Sie können auf Knien vor mir rutschen, und ich werde Ihnen nicht einmal sagen, wie spät es ist.«

Als sein Besucher etwas erwidern wollte, trat Doug ans Telefon und hob den Hörer ab. Er hatte schon die Neun des Notrufs 911 gewählt, als er sah, daß sich sein unangenehmer Gast hastig zurückzog.

Doug lächelte. Er legte wieder auf, zupfte sich die Manschetten herunter und richtete seine Fliege. Fast vier Uhr nachmittags. Noch genug Zeit für sein Treffen im Hilton. Sein Lächeln wurde breiter. Jetzt war er noch entschlossener als vorher, den Deal zu vermasseln, den die FeelGreat Productions mit Cine Metropole abschließen wollten.

Er hörte, wie eine Tür geöffnet und wieder geschlossen wurde. Dann leichte Schritte. Er atmete auf. »Julia? Julia, Baby, bist du da?« Er wußte, daß sie vor seinem Weggang wieder aufkreuzen würde. Daddy hätte es ihr auch übelgenommen, wenn sie nicht die pflichtbewußte Ehefrau gespielt hätte und am Arm ihres bedeutenden Gatten über den roten Teppich in den Dorothy-Chandler-Pavillon geschritten wäre. Was hätten da die Leute denken sollen?

Doug runzelte die Stirn, als er einen losen Faden an der inneren Naht seines rechten Hosenbeins bemerkte. Verdammt.

»Julia, Honey. Beeile dich ein bißchen. Ich muß noch jemanden im Hilton treffen, doch ich werde dir in, sagen wir, einer Stunde den Wagen zurückschicken; dann holst du mich vom Hotel ab, und wir fahren zusammen zu den Oscars.

Mit dem Rücken zur Schlafzimmertür saß er auf der Bettkante und beugte sich mit einer winzigen Maniküreschere über den Faden an seinem Hosenbein, so daß der Schlag völlig überraschend für ihn kam.

Douglas Garrison erfuhr nicht mehr, was buchstäblich über ihn hereingebrochen war.

Schockwellen erschütterten die Galagesellschaften nach der Oscar-Verleihung am Montag im La-La-Land, und sie hatten nichts damit zu tun, wer die wichtigen Preise erhalten oder nicht erhalten hatte, wer übergangen worden war, wer das scheußlichste Gewand angehabt hatte oder wer mit wem auf den Nachfeiern gesesehen worden war und was das bedeutete. In dieser Oscar-Nacht gab es nur ein einziges Ereignis, das die Leute auf die eine oder andere Weise bewegte: Einer der Ihren war tot. Ermordet.

Douglas Garrisons Tod war das Top-Thema sämtlicher Tischgespräche bei gebackenem weißem Alaskalachs in Meerrettichkruste, über Zimt gegrilltem Hähnchen und Kaviar in kleinen Windbeuteln auf Bananenblättern serviert. Manch einer war sprachlos, als er von dem Mord an Garrison erfuhr, andere waren entsetzt und einige bestürzt, doch niemand war besonders überrascht. Wer den skrupellosen, rachsüchtigen

Studiochef kannte, hätte auf die Frage nach seinem mutmaßlichen Mörder vermutlich eine kurze Liste von Tatverdächtigen vorgelegt. Die darin erwähnten Namen wären immer dieselben gewesen: Kate Paley, Sylver Cassidy, Adrian Needham, Riley Quinn, Nancy Cassidy. Einige von Julia Garrisons Bekannten hätten dieser Liste den Namen der ebenso skrupellosen und rachsüchtigen Gattin noch hinzugefügt. Das Motiv lag in jedem Fall auf der Hand: Alle haßten ihn, und das mit Recht. Die Frage war nur noch: Wer hatte die Mittel und die Gelegenheit?

Es war kurz vor zweiundzwanzig Uhr. Es regnete und donnerte heftig. Blitze zuckten über den schwarzen Himmel. Kate saß in ihrem Büro und ging noch einmal den Vertrag durch, den sie und Sylver am nächsten Tag mit Pierre Allegret abschließen wollten. Auf dem Schreibtisch stand eine halbvolle Flasche San-Pellegrino-Mineralwasser, und daneben lag ein kaum angerührtes, mit geräuchertem Putenfleisch belegtes Sandwich.

Kate war so in ihre Arbeit versunken, daß sie nicht hörte, wie sich die Bürotür öffnete. Erst als ihr bewußt wurde, daß sich Schritte näherten, schaute sie erschrocken auf und sah Adrian. Das Haar klebte ihm am Kopf, und seine Kleidung – ein alter irischer Wollpullover und Jeans – war durchnäßt.

»Wie siehst du denn aus? Bist du etwa zu Fuß hergelaufen?« fragte sie scherzhaft.

»Gerannt«, antwortete Adrian düster. Er hatte sich ein kleines Studio-Apartment zwei Blocks vom Büro entfernt genommen, in dem er gelegentlich übernachtete. Falls er dies nicht bei Kate tat.

Kate legte ihren Schreiber aus der Hand und saß ganz still. »Was gibt's?« fragte sie.

»Douglas Garrison ist tot.«

Kate starrte Adrian an, ohne ihn wirklich zu sehen. Sie sah überhaupt nichts und fühlte auch nichts. Es war, als hätte jemand den Lichtschalter ausgeknipst. Sie mußte nur geduldig abwarten, bis er wieder angedreht wurde.

Adrian trat näher heran und stützte die Hände auf ihre Tischplatte. Regenwasser lief aus seinem Haar und über sein Gesicht; ein paar Tropfen fielen auf den Vertrag. Niemand nahm das zur Kenntnis.

»Katie.«

Sie starrte noch immer dorthin, wo eben sein Kopf gewesen war. Adrian kam um den Schreibtisch herum und drehte sie mitsamt ihrem Sessel zu sich, so daß sie ihn ansehen mußte. »Er wurde ermordet. Jemand hat ihn getötet.« Er schluckte. Schweißperlen mischten sich mit Regentropfen.

Kate nickte.

»Du weißt es?« Und nach einer kurzen Pause fügte er hinzu: »Du hast es gehört?«

Es war die Pause, die Kate aus der Benommenheit in die Wirklichkeit zurückholte. Entsetzt blickte sie Adrian an. »Glaubst du etwa, ich . . . hätte ihn umgebracht?«

»Nein. Nein, natürlich nicht«, wehrte er sofort heftig ab und zog sie rauh zu sich heran, als könnte seine Umarmung sie beide davon überzeugen, daß er ihre Unschuld nicht im geringsten bezweifelte.

Kate wehrte sich nicht gegen die Umarmung; sie reagierte jedoch auch nicht darauf. Sie schloß die Augen. »Ich bin nicht froh über seinen Tod«, flüsterte sie. »Doch traurig bin ich darüber auch nicht. Ich glaube, ich fühle dazu überhaupt nichts.«

Adrian preßte sie an sich, streichelte sie und versuchte, irgendeine körperliche Reaktion ihn ihr zu erwecken. »Nun, ich bin froh. Ich habe den verdammten Bastard gehaßt.«

Kate zog sich von ihm zurück und blickte ihm direkt in die Augen. »Das solltest du nicht so laut sagen, Adrian.« Ihr Gesicht blieb ausdruckslos. »Das könnte jemand auf falsche Gedanken bringen.«

Auf den richtigen Gedanken, meinte sie. Adrian ließ sie los.

Ihm war, als hätte er auch alles Leben verloren. Kate, die Frau, die er über alle Maßen liebte und von der er glaubte, daß sie ihn ebenfalls liebte, war von seiner Unschuld nicht überzeugter als er von ihrer. Selbst der tote Douglas Garrison schaffte es noch, sie beide zu zerstören.

Während sich die Nachricht von Dougs Ermordung wie ein Lauffeuer in Los Angeles verbreitete, fuhr Sylver den Pacific Coast Highway in Richtung Malibu hinunter. Nachdem sie endlich das Sanatorium ausfindig gemacht hatte, in dem sich ihre Mutter aufgehalten hatte, teilte man ihr dort mit, daß diese heute morgen wieder abgereist war. Da Pete sicher irgendeine Geschichte erfinden würde, weshalb Nancy noch immer nicht daheim war, hatte Sylver sich nicht telefonisch gemeldet. Die Zeit für den Showdown war gekommen. Nancy durfte sich nicht ewig verbergen. Und sie durfte auch nicht länger verbergen, was ihr fehlte. War sie herzkrank? Hatte sie Krebs? Aids? Eines war so grauenhaft wie das andere.

Die Straßen waren von den starken Regengüssen schlüpfrig, und die Böen vom Ozean her rüttelten an Sylvers kleinem Wagen, so daß sie ihre ganze Konzentration brauchte, um nicht aus der Spur geweht zu werden. Glücklicherweise herrschte nicht viel Verkehr; vermutlich waren die meisten Menschen daheim geblieben, um sich die TV-Übertragung der Oscar-Gala anzuschauen. Sylver wollte das gar nicht sehen.

Und als ob nicht alles schon chaotisch genug wäre, trafen jetzt auch wieder die Rosen ein. Davon hatte sie Riley nichts erzählt. Nachdem sie erfahren hatte, wie er mit Nash in ihrer Wohnung und mit Douglas im Hollywood Athletic Club verfahren war, fürchtete sie, daß er ganz durchdrehen würde, wenn er erfuhr, daß ihr »Fan« wieder aufgetaucht war. Sie sorgte sich weniger darum, was ihr Verfolger ihr antun könnte, als darum, was Riley dem Verfolger antun könnte.

Sie schaltete das Autoradio an, um sich von ihren beunruhigenden Gedanken abzulenken, und da hörte sie die Kurzmeldung über Dougs Ermordung. Ihre Hände erstarrten am Lenkrad, und sie schloß für einen kurzen Moment die Augen. Dieser kurze Moment reichte.

Der Fahrer des Kleinlasters, der ungefähr zwanzig Meter hinter Sylvers kleiner blauer Limousine fuhr, blieb vor Ort und erstattete der Polizei Bericht. Er sagte, der Wagen sei völlig normal vor ihm hergefahren; dann hätte die Fahrerin aus unbekannten Gründen plötzlich die Kontrolle verloren, und das Auto sei quer über den ganzen Highway gerutscht. Ihm war merkwürdig erschienen, daß sie offensichtlich gar nicht versucht hatte, die Gewalt über das Fahrzeug zurückzuerlangen. Sie war frontal gegen den Telefonmast am Straßenrand geprallt, und das Auto hatte sich an dem Mast aufgebäumt wie ein ausschlagender Bronco.

Nachdem die Sanitäter Sylver endlich aus dem Wrack geborgen, sie in den Unfallwagen verladen und medizinisch versorgt hatten, hegten sie nur wenig Hoffnung, daß sie durchkommen würde.

Zu komisch; seit fast einer ganzen Woche litt Riley unter einer geistigen Blockade und plagte sich mit dem neuen Roman ab, den er vor ungefähr einem Monat begonnen hatte. Heute abend löste sich der Knoten, und die Worte schienen aus seinem Unterbewußtsein direkt in seine Schreibmaschine zu fließen. Seine Finger flogen nur so über die Tasten. Nach jeder Seite mußte er anhalten und erst einmal nachlesen, was er überhaupt zu Papier gebracht hatte. Das Erstaunliche war, daß er verdammt gut geschrieben hatte.

Es war umgefähr zweiundzwanzig Uhr dreißig, und Riley lief zu wirklich großer Form auf, als das Telefon ihn unterbrach. Widerwillig nahm er die Finger von den Tasten und hob den Hörer ab. »Ja?« sagte er mürrisch.

»Riley?«

Er konnte die weibliche Stimme nicht gleich unterbringen. Jedenfalls war es eine Frau, die entweder viel rauchte oder vor kurzem sehr viel geweint hatte.

Er war sofort hellwach. »Mit wem spreche ich?«

»Nancy Cassidy hier. Bitte ... bitte, hängen Sie nicht auf.«

»Was ist?« Rileys Stimme klang unheimlich ruhig.

»Sylver ... Sie hatte ... einen Unfall. Ihr Wagen ... O Gott, mein Baby ...«

Riley war es, als verließen ihn schlagartig sämtliche Kräfte. »Ist sie ... tot?«

Nancy weinte leise.

»Verdammt, Nancy. Ist sie tot?«

»Nein. Nein, aber die Ärzte glauben nicht, daß sie ...«

Wo ist sie?« brüllte er. Das Leben kehrte in ihn zurück.

»Im Gemeindehospital. Ich werde dort auf Sie warten.«

Riley wollte schon auflegen, als Nancy fragte: »Wissen Sie das mit Doug?«

»Der verdammte Bastard kümmert mich im Moment nicht«, antwortete Riley ungehalten.

»Er ist tot, Riley. Er wurde heute nachmittag in seinem Haus ermordet. Die Nachrichten haben es gebracht.«

Riley hatte plötzlich einen sauren Geschmack im Mund, und in seinem Kopf hämmerte es wie sonst nur bei einem bösen Kater. Nur daß er er stocknüchtern war ...

Pfeifend tritt er in seine Wohnung. Seine Mutter wurde immer furchtbar böse, wenn er im Haus pfiff. Sagte, das brächte Unglück. Jetzt muß er darüber laut lachen. Er zieht den Regenmantel aus. Es regnet draußen so sehr, daß das Hemd der Hausmeisteruniform darunter naß geworden war. Er knöpft es auf, während er zum Fernseher im Wohnzimmer geht. Er schaltet CNN ein und geht in die Küche, um sich ein Bier zu holen. Den Ton hat er so laut gedreht, daß er auch draußen noch die Nachrichten hören kann.

Als er sich ein Budweiser aus dem Kühlschrank holt, hört er Douglas Garrisons Namen. Er springt ins Wohnzimmer zurück und lächelt strahlend, als er das Foto des Studiochefs in der rechten oberen Bildecke sieht. Den Rest des Bildschirms nimmt eine hübsche Brünette ein, die von dem Mord an dem bekannten Chef der Paradine Studios berichtet. Es ist praktisch derselbe TV-Clip, den er schon vor zwanzig Minuten unten in Murphys Bar gesehen hat, doch er kann ihn gar nicht oft genug sehen.

Die Sprecherin sagt, der Mord werde noch untersucht, und bis jetzt seien keine Tatverdächtigen namentlich genannt worden. Er mag ihre Stimme, und er mag ihr schwaches Lächeln. Es sieht so aus, als sei sie auch froh, daß der Mistkerl abgemurkst worden ist.

Er zieht an dem Ringverschluß seiner Bierdose und will gerade einen Schluck zur Feier des Tages nehmen, als ein anderes Foto auf dem Fernseher erscheint. Es füllt den ganzen Bildschirm.

Es ist Sylver, seine wunderschöne Prinzessin. Als dieses Bild verschwindet, kommt ein neues, eine Aufnahme von einem regennassen Highway; ein Reporter im Regenmantel steht am Straßenrand. Hinter ihm sieht man einen kleinen blauen Wagen, der sich um einen Telefonmast gewickelt hat.

Er erkennt diesen Wagen. Sein Herz bleibt stehen. Das Bier läuft aus der Dose in seine Hand und ergießt sich über seine khakifarbene Arbeitshose, die Couch und den Fußboden. Er merkt es gar nicht. Er verbrennt innerlich. Von dem Bericht des Reporters hallen nur zwei Wörter in seinem Kopf wider: Im Koma. Im Koma. Im Koma ...

Er springt auf. Nein. Sie darf nicht sterben. Er wird sie nicht sterben lassen.

24

Riley rannte wie ein Besessener durch den Flur des Gemeindehospitals. Draußen goß es noch immer, und der Donner schien das Jüngste Gericht anzukündigen. Riley in seinem weißen Baumwollhemd und den schwarzen Jeans war bis auf die Haut naß. Als er die Intensivstation erreichte, fing ihn eine rundliche, freundliche Schwester in mittleren Jahren ab.

»Wen wollen Sie hier besuchen?« fragte sie ihn leise.

Rileys Mund ging auf und wieder zu, ohne daß ein Ton herauskam. Seine Stimmbänder versagten ihm einfach den Dienst. Die Schwester nickte ermutigend. Fast alle Leute, die neu in die Intensivstation eingelieferte Patienten besuchen wollten, befanden sich in unterschiedlichen Stadien des Schockzustandes.

Er mußte sich am Empfangstresen festhalten, um nicht so zu zittern, und schließlich schaffte er es, Sylvers Namen zu nennen. »Ist sie . . . ist sie noch . . .«, begann er stockend.

Die Schwester nickte zuversichtlich, bevor er ausgesprochen hatte. »Sie ist hin und wieder bei Bewußtsein. Im Augenblick ist ein Ärzteteam bei ihr. Sind Sie Ihr Ehemann?«

Automatisch schüttelte Riley den Kopf und erinnerte sich daran, daß nur direkte Familienangehörige vorgelassen wurden. »Ich bin ihr Verlobter.« Und das war ja fast die Wahrheit. Er wollte Sylver wirklich heiraten. Plötzlich erschien ihm die Angst vor Verantwortung, vor Bindung, vor einer neuen Familie unbedeutend. Er liebte Sylver. Er wollte, daß sie beide den Rest des Lebens zusammen verbrachten.

Den Rest des Lebens . . . Wieviel Leben hatte Sylver noch in sich?

Die Schwester stand hinter ihrem Tresen auf, nahm eine Decke aus einem Regal, hängte sie Riley um die Schultern und klopfte ihm auf den Rücken. »Sie können ins Wartezimmer am Ende des Flurs gehen. Sylvers Mutter ist schon da. Nehmen Sie sich eine schöne Tasse heißen Kaffee. Ich halte Sie auf dem laufenden.«

»Wann ... wann darf ich sie sehen?« Riley hielt die Enden der Decke mit beiden Händen fest.

»Bald«, antwortete die Schwester unverbindlich.

Riley ging den Korridor entlang zum Wartezimmer. Er sah alles nur verschwommen. Er durchlebte einen sich wiederholenden Alptraum. Dies hier war dasselbe Krankenhaus, dieselbe Station, wo Lilli vor vier Jahren gestorben war.

Nur eine einzige Person befand sich in dem kleinen, aber hübschen Wartezimmer. Riley brauchte ein paar Sekunden, um Nancy Cassidy wiederzuerkennen. Sie sah aus, als wäre sie in den letzten Wochen um zwanzig Jahre gealtert. Er ging zu ihr. Sie saß in einem mit orangefarbenem Tweed bezogenen Polstersessel und starrte in einen Styropor-Kaffeebecher, den sie zwischen ihren Händen hielt.

Sie schaute auf, als Riley sanft ihre Schulter berührte. Ihr Anblick schockte ihn; sie war bleich, verlaufene Wimperntusche zog sich in Streifen an ihren hohlen Wangen hinunter, und ihre Augen waren vom vielen Weinen rot und verquollen. Er erinnerte sich an seine erste und einzige Begegnung mit dieser Frau damals, als Sylver im Entziehungszentrum war. Er hatte Nancy nicht gemocht, obwohl ihr Kampfgeist ihn beeindruckt hatte. Heute schien dieser Kampfgeist sie verlassen zu haben. Sie schien buchstäblich in sich zusammengefallen zu sein, und ihr Körper wirkte beinahe zerbrechlich. Der Kummer allein hatte diese verheerende Veränderung gewiß nicht verursacht. Sylver hatte es sich nicht eingebildet, daß ihre Mutter ernsthaft krank war.

Riley setzte sich neben sie. Abgesehen von seinem eigenen Schmerz wußte er, wie es war, wenn man um sein Kind litt. Viel zu gut wußte er es. Er spürte großes Verständnis und Mitgefühl für Nancy. Sanft zog er ihr den Becher mit dem kalten, unberührten Kaffee aus den Händen, und dann nahm er eine ihrer Hände zwischen seine. Die Decke glitt ihm von den Schultern.

Nancy blickte ihn nicht an, doch sie wollte etwas sagen, nur zitterten ihre Lippen so sehr, daß sie sich gleich wieder fest zupreßte.

Schweigend saßen sie beide eine Weile so da, Nancy hielt sich an Rileys Händen fest, und neue Tränen rollten über ihre Wangen.

»Haben Sie sie schon gesehen?« fragte er schließlich.

Nancy nickte. »Sie haben ... mein Baby ... aufs Bett geschnallt. Und diese schrecklichen ... Apparate mit ihren Pieptönen ... Ich hatte solche Angst ... daß das Geräusch aufhören könnte.«

Die Schwester vom Empfangstresen kam herein. Riley und Nancy erschraken und blickten ihr dann erwartungsvoll entgegen.

»Die Ärzte sind noch bei ihr«, erklärte sie rasch und wandte sich dann an Riley. »Sie haben einen Anruf. Von Kate Paley. Sie fragte, ob Sie hier seien.«

Riley stand auf, schwankte jedoch und mußte sich ein paar Sekunden an der Armlehne festhalten. Die Schwester kam heran, doch er winkte ab, und nach einem Moment hatte er sich wieder im Griff und folgte ihr hinaus zum Tresen. Er nahm den Telefonhörer in die Hand.

»Hallo, Kate«, sagte er niedergedrückt.

Kate schluchzte auf. »Ach Riley ... Ich habe es eben in den Nachrichten gehört. Ist es wirklich ... so schlimm?«

»Ich weiß es noch nicht. Die Ärzte sind noch bei ihr. Nancy ist auch hier. Sie ist selbst in ziemlich schlechter Verfassung.«

»Und Sie?« Kates Stimme klang heiser vom Weinen.

»Weiß nicht. Spielt auch keine Rolle. Falls Sylver nicht

durchkommt, spielt für mich überhaupt nichts mehr eine Rolle.«

»Ich komme hin.«

»Man läßt Sie nicht auf die Intensivstation.«

»Weiß ich. Ich warte unten im Wartesaal. Adrian wird bei mir sein.«

»Ich komme runter und sage Ihnen Bescheid, sobald . . .«

»Halten Sie durch, Riley«, sagte Kate leise. »Sie ist eine Kämpferin. Sie hat es ja auch beim letzten Mal geschafft, nicht wahr? Sie wird es auch diesmal schaffen.«

Riley umkrampfte den Hörer. »Sie muß es schaffen.«

Als er in den Warteraum zurückkehrte, saß ein junger Arzt mit Kraushaar à la Garfunkel und einer drahtgerahmten Brille auf der großen Nase neben der weinenden Nancy. Riley stockte der Atem. Tränen der verlorenen Hoffnung, der zerbrochenen Träume traten in seine Augen. O Gott, nein, nein. Laß sie nicht tot sein. Du darfst mir nicht jeden Menschen wegnehmen, den ich liebe. Das ist nicht fair.

Wie angewurzelt blieb er stehen, bis der Doktor zu ihm hinschaute und ihm ansah, was er dachte. »Es ist okay«, versicherte der junge Arzt rasch. »Sie kommt durch. Die Prognose sieht besser aus als noch vor einer Stunde.«

Benommen starrte Riley den Doktor an. Hatte er ihm eben gesagt, Sylver hätte die Aussicht durchzukommen? Wehalb weinte Nancy dann so? Tränen der Erleichterung? Das konnte er sich nicht vorstellen. Und dann erfuhr er die Wahrheit.

»Leider hat sie ihr Kind verloren«, sagte der Arzt.

Riley schüttelte den Kopf, als würde ihm das helfen, zu begreifen, was er eben gehört hatte. »Das . . . Kind?« Sein Blick ging vom Doktor zu Nancy, die ihr Gesicht in den Händen geborgen hatte und leise weiterweinte.

»Sie befand sich in der sechsten Schwangerschaftswoche«, fuhr der Arzt behutsam fort.

Riley mußte sich an die Wand lehnen. Ein Kind. Ihr und sein

Kind. Tot. Er hatte wieder ein Kind verloren. Er rang um Atem. Der Doktor eilte zu ihm und brachte ihn zu einem Stuhl.

»Beruhigen Sie sich ein wenig, und dann können Sie sie beide sehen. Einer nach dem anderen. Ein paar Minuten.«

Nancy hob den Kopf, trocknete sich die Augen mit einem Papiertuch und blickte zu Riley hinüber. »Gehen Sie zuerst. Ich muß mich erst ein wenig... herrichten. Wenn Sylver mich so sieht... fällt sie womöglich gleich wieder in Ohnmacht.« Tapfer versuchte sie zu lächeln, doch es gelang nicht überzeugend.

Riley stellte seinen eigenen Kummer zurück, erhob sich und half Nancy beim Aufstehen. Durch den langen Ärmel ihres gelben Pullovers hindurch konnte er fühlen, wie dürr sie war. Als sie stand, schwankte sie, und Riley nahm sie in die Arme.

»Wie schlecht geht es Ihnen, Nancy?« fragte er ohne Umschweife.

Nancy seufzte. Jetzt ließ sich nichts mehr leugnen. »Ziemlich schlecht. Es ist... Krebs.«

Sie blickte zu ihm hoch; Elend und Hohn mischten sich in ihrem Gesichtsausdruck. »Brustkrebs. Das muß man sich mal vorstellen! Da gebe ich nun letztes Jahr ein paar Tausender für diesen brandneuen Vorbau aus, und jetzt...« Ihre Lippen zitterten wieder, doch sie hielt die Tränen zurück. »Sagen Sie's Sylver nicht. Ich werde erst in ein paar Wochen unters Messer kommen. Ich habe mich gewehrt, solange es ging.« Sie machte ein kleine Pause. »Vielleicht habe ich mich zu lange gewehrt.« Sie zuckte die Schultern. »Gehen Sie zu ihr. Sie liebt sie.«

»Und ich liebe sie«, erklärte Riley – um die Mutter zu trösten und weil es wahr war. Und weil es so gut war, das laut auszusprechen.

Jetzt lächelte Nancy aufrichtig. »Ich weiß. Sie kann sich glücklich schätzen.«

Riley war restlos erschüttert, als er in Sylvers Zimmer kam und sie dort auf dem weißen Bett liegen sah, an Apparate angeschlossen, mit Schläuchen in der Nase und den Armen. Sie war so weiß wie die Laken und schien zusehends aus dem Leben zu gleiten. Riley kämpfte mit den Tränen. Er zog sich einen Stuhl an ihr Bett.

Sie hatte die Augen geschlossen. Ihre Atemzüge waren rauh, flach und so schwach, daß er sich dicht über ihr Gesicht beugen mußte, um überhaupt etwas zu hören. Er flüsterte ihren Namen, ohne eine Reaktion zu erwarten, und es erschien ihm wie ein Wunder, als sie die Augen öffnete und tatsächlich ein wenig lächelte. »Hallo, Riley.«

Er fühlte sich, als sei eine Stunde vor seiner Hinrichtung das Todesurteil ausgesetzt worden.

»Hallo, Sylver.«

Tränen traten in ihre Augen. »Es tut mir so leid ... wegen des Babys, Riley«, flüsterte sie schwach. »Ich wußte es erst ... seit heute morgen.«

»Sch, sch, spricht jetzt nicht davon.«

»Ich wollte dich ... überraschen. Nachdem wir unseren Film ...«

»Sch«, machte Riley wieder. Er streichelte ihre feuchte Stirn und versuchte, nicht an die Schläuche und Monitore zu denken, an den beißenden Krankenhausgeruch, an Sylvers aschfahle Farbe, an den glasigen Ausdruck in ihren Augen. »Laß nur, Sylver. Für mich zählst nur du allein. Mehr als alles andere auf der Welt. Werde du nur wieder gesund.« Das war tatsächlich das einzige, was er sich jetzt wünschte.

Sylver rang um Atem. »Ach Riley ... ich wollte das Baby so sehr. Das war meine zweite Chance. Deine auch.« Sie begann leise zu weinen. Eine Schwester eilte heran, weil sie befürchtete, die Patientin könnte sich zu sehr aufregen. Sie bat Riley zu gehen, doch Sylver klammerte sich an ihn.

»Wenn du wieder gesund bist, machen wir ein neues Baby«,

flüsterte er ihr zu. »Ach was, wir machen jedes Jahr ein neues, bis du nicht mehr magst.«

Sylver brachte ein schwaches Lächeln zustande. Die Monitore zeigten an, daß ihre Lebensfunktionen stabil waren. Die Schwester zog sich zurück.

»Deine Mom ist hier«, sagte Riley. »Ich werde jetzt draußen auf dem Flur warten, damit sie hereinkommen kann, doch ich kehre zurück, sobald der Arzt es erlaubt.« Er wollte aufstehen.

Sylver hielt ihn bei der Hand zurück. »Ist Doug . . . wirklich tot?«

Er beugte sich über sie und küßte sie leicht auf die Lippen. »Das ist nicht wichtig. Es hat nichts mit uns zu tun.«

Wieder traten Tränen in ihre Augen. »Doch, Riley . . .«

Während der ganzen Nacht hielten Riley, Nancy, Kate und Adrian Wache im Krankenhaus, und am nächsten Vormittag waren sie noch immer da. Die Anspannung zeichnete ihre Gesichter, obwohl die vier ihr Bestes taten, um optimistisch zu bleiben. Sylver machte nur sehr geringe Fortschritte, doch der Arzt meinte, wenn sie noch vierundzwanzig Stunden so vorankam, würde er ihren Zustand nicht mehr als kritisch, sondern als ernst bezeichnen. Man konnte also nur hoffen und beten, daß sie keinen Rückfall erlitt; der Doktor hatte gewarnt, daß das eintreten könnte.

Am Nachmittag um drei zogen sich die vier zu einer verdienten Pause in die Kantine des Hospitals zurück. Sie sprachen kaum und aßen nur wenig von dem, was sie sich bestellt hatten. Nancy bemerkte als erste die beiden Männer, die sich an den anderen Tischen vorbei auf sie zubewegten.

»Verdammt«, murmelte sie. »Reporter.«

Riley drehte sich um. Er erkannte einen der beiden. Es war sein Ex-Partner, Lieutenant Al Borgini, jetziger Chef der Mordkommission Beverly Hills. Mit ausdruckslosem Gesicht drehte sich Riley wieder zu den anderen zurück. »Nein«, sagte er. »Das sind Cops.«

Lieutenant Al Borgini und Detective Hank Salsky blieben noch am Tisch in der Kantine zurück, nachdem sie ihre erste Befragung der vier abgeschlossen hatten. Salsky mampfte die Pommes frites von Riley Quinns kaum berührtem Hamburger-Teller, während Borgini seine Aufzeichnungen noch einmal durchging und versuchte, die irritierenden Eßgewohnheiten seines Untergebenen zu ignorieren.

Was nicht mehr ging, als Salsky mit einer schlaffen, fettigen Fritte praktisch vor seinem Gesicht herumwedelte. »Also ich weiß nicht, Chef. Keiner von ihnen scheint vor Trauer an Garrisons Grab zusammenzubrechen. Und keiner von ihnen hat ein Alibi, das auch nur einen Pifferling wert wäre. Auch nicht Ihr Freund Quinn.« Salsky schob sich die Fritte in den Mund und holte sich dann ein paar aufgespießte Pickles von Nancy Cassidys Puter spezial.

Borgini konnte seinen Abscheu nicht verhelen. »Müssen Sie das unbedingt machen? Wenn Sie was essen wollen, holen Sie sich gefälligst selbst was.«

Salsky blickte seinen Chef völlig verdattert an. »Stimmt was mit dem hier nicht? Als ich klein war, hat mir meine Mutter immer gepredigt, gutes Essen nicht verkommen zu lassen. Die verhungernden Kinder in China und so. Sie wissen schon.«

Borgini schüttelte müde den Kopf und befaßte sich wieder mit seinen Notizen. »Also, was haben wir hier ... Nancy Cassidy sagt, sie war auf der Heimfahrt von La Costa, einem Kurort unten bei San Diego. Ist gegen Viertel nach sechs gestern abend zu Hause angekommen.«

»Auf dem Weg dahin kann sie leicht einen Abstecher nach Beverly Hills gemacht haben«, meinte Salsky und kaute seine Pickles.

Borgini blickte beharrlich auf seinen Block, um Salsky nicht essen sehen zu müssen. »Sie sieht aus, als könnte sie nicht mal eine Gabel anheben, geschweige denn einen Kaminbock.«

»Man sagt doch, die Hölle kennt keinen so wilden Zorn wie den eines verschmähten Weibs. Oder so ähnlich.« Salsky suchte die Teller nach seiner nächsten Beute ab. Er entschied sich für eine Handvoll Kartoffelchips, die die Beilage zu Kate Paleys Schinkensandwich bildeten. »Und noch schlimmer ist der wilde Zorn einer Mutter. Ich wette, mit der ausreichenden Wut im Bauch würde sie genug Kraft finden.«

Borgini blickte ihn prüfend an. »Was meinen Sie? Der wilde Zorn einer Mutter?«

Salsky zerbiß einen Mundvoll Chips. Das Geräusch verursachte Borgini eine Gänsehaut. »Sie sollten die Fach- und die Boulevardpresse öfter lesen, Chef. Ich mache immer richtig Jagd auf Nachrichten aus Hollywood. Da erfährt man eine Menge Klatsch aus der Branche. Besonders wenn man ein regelmäßiger Leser ist.«

Während sich der Detective methodisch durch die Essensreste mampfte, gab er seinem Boß eine gedrängte, wenn auch detaillierte Zusammenstellung der Mordmotive, die jede der soeben befragten Personen sowie diejenige hatte, die sie nicht befragen konnten, weil sie auf der Intensivstation lag. Es wurde ein beeindruckender Vortrag.

Als Salsky zu Riley Quinn kam und den Bericht eines Boulevardblatts zitierte, demzufolge Quinn aus dem Hollywood Athletic Club geworfen wurde, nachdem er Garrison angegriffen und ihm gegenüber eine Morddrohung geäußert hätte für den Fall, daß dieser jemals wieder Sylver Cassidy belästigte, knallte Borgini seinen Schreibblock auf den Tisch, und eine leichte Röte stieg an seinem Hals hoch.

Herrgott noch mal, Salsky! Was ist das für ein Cop, der Käseblätter benutzt, um jemandem einen Mord anzuhängen?« Er stopfte seinen Block in die Brusttasche seines dunkelblauen Blazers. »Und wenn Sie jetzt damit fertig sind, in anderer Leute Speiseresten zu wühlen, könnten wir vielleicht wieder an die Arbeit gehen.«

»Sicher doch, Chef«, sagte Salsky freundlich, wischte sich die Hände an einer Papierserviette ab und fügte hinzu: »Diesen Ex-Partner von Ihnen, den mögen Sie wirklich, nicht wahr?«

Borgini knurrte irgend etwas und setzte sich in Bewegung. Da die salzigen Kartoffelchips Salsky durstig gemacht hatten, schnappte er sich noch rasch eine offene Coladose vom Tisch und trank davon, während er seinem Chef aus der Kantine folgte. Als Borgini sich umdrehte und ihn mit einem strafendem Blick bedachte, warf er die Dose weg.

Nachdem sie die Kantine verlassen hatten, eilten Riley und Nancy zur Intensivstation zurück. Kate nahm wieder auf einem der unbequemen Stühle in der Hospitallobby Platz und richtete sich auf eine lange Wartezeit ein, als Adrian sie am Arm faßte. »Reporter.«

Bei der Gruppe, die sich auf sie zubewegte, handelte es sich diesmal tatsächlich um Presseleute. Wie zwei Verbrecher auf der Flucht liefen Kate und Adrian durch die labyrinthartigen Flure und entkamen schließlich durch einen Hinterausgang ins Freie hinaus.

»Laß uns zu Fuß gehen«, schlug Adrian vor, nachdem feststand, daß sie die Reporter abgehängt hatten. »Wir können beide etwas frische Luft gebrauchen, nachdem ...« Er sprach nicht weiter, doch Kate wußte, was er meinte, nachdem die beiden Polizisten sie so in die Mangel genommen hatten.

Nein, dachte sie, das ist nicht fair. In die Mangel genommen hatten die beiden niemanden. Sie hatten nur Routinefragen gestellt, doch die Routinebeantwortungen waren das Beunruhigende daran. Niemand hatte ein handfestes Alibi für den Zeitraum, in dem Doug ermordet worden war. Riley hatte daheim an seinem Roman geschrieben. Sie selbst hatte im Büro die letzten Einzelheiten des Finanzierungsvertrags für »Besessen« ausgearbeitet. Adrian war in die Canyons hinaufgefahren, um zu wandern und zu meditieren. Nancy hatte sich auf der Rückfahrt vom Sanatorium befunden. Was Sylver betraf, so hatte Riley angegeben, sie hätte sich während des ganzen Nachmittags in ihrem Apartment befunden, doch er mußte zugeben, sie zwischen fünfzehn und siebzehn Uhr nicht wirklich gesehen zu haben.

Das alles nahm Kate sehr mit. In Morduntersuchungen verwickelt zu sein war schon unangenehm genug; daß auch noch Sylvers Unfall hinzukam, machte das Ganze noch schwerer.

Sie ging schweigend neben Adrian her, hauptsächlich deswegen, weil ihr die Energie zum Widerspruch fehlte. Sie fühlte sich ausgelaugt. Und schmuddelig auch; ihr graues Leinenjackett und die Hose waren zerdrückt und noch feucht vom Regen der vergangenen Nacht. Wenn sie die Nachricht bekam, daß Sylver wirklich über den Berg war, wollte sie als erstes kurz nach Haus fahren, dort unter die Dusche springen und sich umziehen.

Das gestrige Unwetter hatte tropischer Hitze Platz gemacht. Die beiden Palmen auf der Rasenfläche des Hospitals bewegten sich kaum im schwachen Windzug. Der Himmel war noch bedeckt, und der Smog lag über der Stadt wie ein graues Leichentuch.

Adrian, der mürrisch, müde und angespannt wirkte, drehte sich zu Kate um. »Katie...«

Sie blieb sofort stehen. »Ich möchte jetzt nicht über den Mord an Doug reden, Adrian.«

»Ich möchte über dich und mich reden«, erklärte er, faßte sie bei den Schultern und drehte sie zu sich herum. »Okay, gestern abend in deinem Büro hatten wir beide eine Sekunde – vielleicht auch nur eine tausendstel Sekunde lang – gewisse Zweifel...«

»Ich möchte nicht darüber reden.« Kate wollte sich seinem Griff entwinden, doch Adrian ließ sie nicht los.

»Katie, ich glaube nicht, daß du Douglas Garrison umgebracht hast. Verdammt, ich liebe dich. Ich würde dich auch lieben, wenn du den Bastard ermordet hättest...« Kate wollte etwas sagen, doch Adrian unterbrach sie sofort. »... aber ich weiß, daß du es nicht getan hast.«

»Woher willst du das wissen?« fragte sie mißtrauisch.

Er lächelte. »Jedenfalls nicht, weil ich ihn getötet habe, Schatz.«

»Das wollte ich damit auch nicht...«

Er legte ihr einen Finger auf die Lippen. »Ich weiß.« Er nahm ihre Hände in seine und betrachtete ihre langen, schlanken, anmutigen Finger. »Ich weiß, daß du unschuldig bist, weil ich in deine Seele schauen kann, Katie.«

Sie mußten einem jungen Paar mit einem heulenden Kleinkind ausweichen, das sich offenbar auf dem Weg zum Hospital befand. Nachdem die aufgeregte Familie vorbeigeeilt war, nahm Adrian Kate wieder bei der Hand und wollte weitergehen, doch sie hielt ihn zurück.

»Ich bedaure seinen Tod nicht«, erklärte sie teils beschämt, teils zornig. »Er war ein hassenswerter, schamloser Lügner, der uns bluten sehen wollte. Er wollte unseren Deal mit Cine Metropole vermasseln. Du hast ja gehört, was der Polizist, dieser Borgini, gesagt hat. In Dougs Terminkalender war für gestern nachmittag um halb fünf ein Treffen mit Allegret eingetragen.«

»Das überrascht mich nicht«, meinte Adrian. »Auf jeden Fall hat er Allegret nicht mehr gesehen.«

Kate seufzte. »Und wir auch nicht.« Unter den vorliegenden Umständen war sie heute morgen nicht in der Verfassung gewesen, den Vertrag abzuschließen. Allegret war nach Paris zurückgeflogen; Kate hatte ihm versprochen, ihm so bald wie möglich dorthin zu folgen.

Dem Hospital gegenüber befand sich ein kleiner Stadtpark, kein Ort, an dem man sich nachts gern aufhalten würde, doch am Tage war es dort sicher. Kate und Adrian setzten sich auf eine der mit Graffitti bedeckten Bänke.

»Du bist erschöpft.« Adrian wußte, es wäre zwecklos, Kate vorzuschlagen, heimzufahren und sich ein wenig aufs Ohr zu legen. Sie würde hier erst fortgehen, wenn sie eine positive Meldung über Sylvers Zustand erhielt. Und er würde nicht fortgehen, ehe Kate das tat. Also harrten sie beide hier aus.

Kate schaute ihn so eindringlich an, als dächte und fürchtete sie, in seinem Gesicht lebenswichtige Antworten zu finden. »Wer, glaubst du, hat Doug umgebracht?«

Adrian warf ihr einen düsteren Blick zu. »Ich denke, du willst nicht über den Mord reden.«

Und dann sprach Kate aus, was ihnen beiden im Kopf herumging und was die beiden Polizisten, wie aus einigen ihrer Fragen zu entnehmen war, offenbar auch dachten. Ein Szenario wie aus einem B-Film: Mord im Affekt, gefolgt von Schuldgefühlen und Gewissensbissen sowie einem daraus resultierenden, wenn auch fehlgeschlagenen Selbstmordversuch.

»Sylver war es nicht«, erklärte Kate emphatisch. »Sie würde und könnte es nicht tun. Der Zusammenstoß mit dem Telefonmast war ein Unfall. Sylver machte sich Sorgen um ihre Mutter. Sie war erregt, die Straße war rutschig . . .«

Adrian faßte wieder ihre Hand. »Es könnte auch ein simpler Einbrecher gewesen sein, der durchgedreht ist. Garrison überrascht den Kerl, es ergibt sich ein Kampf, und Garrison kriegt eins über den Schädel.«

»Glaubst du das wirklich?«

»Das möchte ich gern glauben.« Nachdenklich schaute er zum Hospital hinüber. »Andererseis gibt es auch noch die betrogene Ehefrau.«

»Julia?« Kate lachte hart auf. »Das bezweifle ich sehr. Wenn sie Doug hätte erledigen wollen, wäre das mit einer Scheidung bestens zu bewerkstelligen gewesen. Doug hätte wahrscheinlich den Tod einem Rausschmiß vorgezogen, denn das hätte auch seinen Rausschmiß aus Paradine und die absolute Entehrung bedeutet.«

Adrian betrachtete die Smogschwaden, die vom Ozean her herangeweht wurden. »Douglas Garrison ist die Verkörperung all dessen, was an Hollywood nicht in Ordnung ist.«

»Du meinst, er war es«, berichtigte Kate nüchtern.«

Sylver schlief unruhig, und Riley saß an ihrem Bett. Er lauschte auf jeden flachen Atemzug und nahm auch die kleinste Veränderung in dem Rhythmus wahr, den die Monitore anzeigten. Er streichelte ihr Haar, hielt ihre Hand, strich das weiße Bettuch glatt, das ihren Körper bedeckte.

Er nickte ein und fuhr zusammen, als sich eine Hand auf seine Schulter legte. Es war Nancy, die ein wenig besser aussah nach dem kurzen Schlaf, zu dem er sie hatte überreden können.

»Jetzt gehen Sie und legen sich hin«, flüsterte sie. »Ich bleibe bei ihr. Wenn sie aufwacht, hole ich Sie.«

Riley wollte nicht von Sylvers Seite weichen, obwohl er kaum noch die Augen offenhalten konnte. Dennoch stand er auf und überließ Nancy seinen Stuhl. Sekundenlang fiel sein Blick auf den üppigen Busen der Frau, doch rasch schaute er wieder fort.

Nancy hatte den Blick bemerkt. Sie lächelte traurig. »Es ist doch komisch, wie unwichtig alles wird, wenn man ein Kind hat, das um sein Leben kämpft.«

»Ich habe mein Kind verloren«, sagte Riley schlicht.

Nancy streckte ihm ihre Hand hinauf, und er ergriff sie. Minutenlang hielten sie sich aneinander fest und blickten dabei auf Sylver. Sie wußten, daß jede Sekunde mehr zählte als alle vorangegangenen.

25

Irgend etwas bohrte in Detective Hank Salksy Hinterkopf herum und machte ihn halb verrückt. Trotzdem hätte er es nicht zu benennen gewußt. Er stieß sich mit seinem Drehstuhl vom Schreibtisch ab, stand auf und ging zur Kaffeemaschine. Es war Montag, zwei Uhr in der Nacht und zwei Wochen nach Beginn der Untersuchungen im Mordfall Douglas Garrison. Unzählige Kilometer Beinarbeit und ebenso viele Überstunden lagen hinter ihm, in denen er, Borgini und einige Jungs vom Morddezernat Dutzende von Personen – von wichtigsten Hollywoodmoguln sowie Berühmtheiten bis zum niedrigsten Parkwächter – befragt hatten.

Einige der Vernommenen waren offen und entgegenkommend gewesen. Andere, besonders die mit Macht und Einfluß, hatten mit Mißbilligung und Vorsicht bis hin zu eindeutiger Feindseligkeit reagiert. Eines stand fest: Salsky verlor von Minute zu Minute mehr Hochachtung vor Stars und Starrummel. Noch etwas war gewiß: Dies war ein Mordfall von der Art, die die Presse, die Hollywoodgrößen, den Bürgermeister sowie den Staatsanwalt in Aufregung versetzten. Das Morddezernat war ziemlich unverhohlen aufgefordert worden, umgehend jemanden zu liefern, dem man eine Schlinge um den Hals legen konnte.

Salsky tat sein Bestes. Er hatte bis jetzt im Büro gesessen und war, abgesehen von einer kurzen Pause, in der er in einem Latino-Imbiß um die Ecke einen Chilidog mit Beilage gegessen hatte, seit dem offiziellen Dienstschluß um neunzehn Uhr immer wieder den Stapel der Vernehmungsakten durchgegangen. Jetzt hatte er Verdauungsstörungen, doch die kümmerten ihn weniger. Allerdings würde seine Frau Liz ein Wörtchen dazu zu sagen haben. Seit sie beide ins sonnige Kalifornien gezogen waren, hatte sie sich einen richtigen Gesundheitstick zugelegt. Neulich abend hatte sie ihm mitgeteilt, daß sie ihren Job als Zahnpflegerin aufgeben und sich zur Ernährungsfachfrau ausbilden lassen wollte. Und dabei gab er ihr die Schuld an seinen Magen- und Darmproblemen. Wenn sie für ihn etwas Anständiges zu essen im Haus hätte statt der ganzen Tüten mit Weizenkleie und Nüssen und irgendwelchem Mist, den sie »Legumes« nannte, wäre er auch nicht so verdammt ausgehungert. Der Chilidog hätte ihm gereicht; die Beilagen hätte er weglassen können.

Er holte sich einen Kaffeebecher von dem Aktenschrank neben der Kaffeemaschine. Er sah die Lippenstiftspuren am oberen Rand und die Kaffeerückstände am Boden der Tasse, zuckte die Schultern und goß frischen Kaffee hinein. Was konnten ihm ein paar Bakterien mehr oder weniger schon anhaben?

Er trank einen Schluck. Es schmeckte wie Abwasser. Er verzog das Gesicht und trug den Kaffeebecher zu seinem Schreibtisch. Er hob eine Seite seiner eigenen Notizen von dem Papierstapel und trank noch einen Schluck, der schon nicht mehr so schlecht schmeckte wie der erste.

Er las sich die Notizen durch. Eines war komisch an diesem Fall. Statt daß, wie sonst üblich, Mangel an Verdächtigen herrschte, gab es hier jede Menge davon. Es lagen eidliche Aussagen einer ganzen Reihe von Zeugen vor, die gesehen oder gehört hatten, wie Garrison von mindestens fünf Personen direkt mit dem Tod gedroht worden war. Garrisons Sekretärin sowie verschiedene andere seiner Angestellten hatten den Regisseur Adrian Needham Anfang Januar in das Büro des Studiochefs stürmen sehen. Sie hatten gehört, wie Needham Garrison ernsthafte körperliche Schäden angedroht hatte, falls dieser noch einmal Kate Paley, die Freundin Needhams und Garrisons ehemalige Geliebte anfaßte. Dieselben Zeugen hatten beobachtet, wie sowohl Nancy Cassidy als auch deren

Tochter Sylver etwa eine Woche vor seinem Tod kurz nacheinander in Garrisons Büro eingedrungen waren. Eine neugierige Angstellte, die ihr Ohr an die Tür ihres Chefs gepreßt haben mußte, hatte gehört, wie Nancy damit gedroht hatte, Garrison zu ruinieren, indem sie die Tatsache bekannt machte, daß Sylver seine Tochter war.

Kurz darauf war die Konfrontation zwischen Sylver und ihrem angeblichen Vater erfolgt, die dermaßen hitzig verlief, daß Garrison Sylver von zwei Sicherheitsleuten gewaltsam aus seinen Büro entfernen ließ. Am selben Tag wurde der Studiochef noch einmal bedroht, diesmal beim Lunch im feudalen Hollywood Athletic Club. Der Polizei lagen Aussagen von Charlie Windham, dem Empfangskellner des Restaurants, zwei Parkwächtern sowie von verschiedenen anderen Speisegästen vor, denen zufolge Riley Quinn – kein anderer als der Ex-Partner von Al Borgini – Garrison körperlich angegriffen und anschließend sinngemäß damit gedroht hatte, ihm alle Knochen zu brechen, falls er noch einmal Hand an Sylver legte.

Außerdem gab es mehrere Zeugen aus dem »Oceana«, die gehört hatten, wie Kate Paley damit drohte, Garrison einen Oscar über den Schädel zu schlagen. Möglicherweise hatte sie sich dann später für einen Kaminbock entschieden.

Salsky suchte sich aus den Papieren die Notizen über die zweistündige Befragung heraus, die sein Chef vor zwei Tagen mit Kate Paley durchgeführt hatte. Hier war mal eine Frau, die Garrison bis sonstwohin haßte und keinen Hehl daraus machte. Was ihr im übrigen auch nichts genutzt hätte, denn jeder im La-La-Land wußte von der Schmutzkampagne, die Garrison gegen die Paley führte, seit sich die beiden getrennt hatten, und die noch rabiater geworden war, seit die Paley Paradine verlassen hatte. Sie hat ihn verlassen, er hat sie verlassen – Salsky kannte beide Versionen. Seine Intuition sagte ihm, daß die Paley Garrison abserviert hatte. Warum auch nicht? Zwischen ihr und dem englischen Regisseur Adrian Needham lief was

Heißes. Vielleicht hatten die beiden zusammen ja Garrison abgemurkst.

Und dann war da natürlich noch die Ehefrau, die hochnäsige Julia Windham Garrison. Nicht gerade der Typ der liebenden, ergebenen Gattin. Das Hausmädchen hatte ausgesagt, daß die beiden nie mehr als höflich miteinander umgingen, und eine ganze Woche vor seinem Tod hatte es Streit gegeben. Allerdings hatte Julia ein recht wasserdichtes Alibi und war damit so ziemlich die einzige unter den Verdächtigen. Sie hatte sich nämlich in einem der teuren Schönheitssalons auf dem Rodeo Drive eine Gesichtsbehandlung verpassen lassen, was der Geschäftsinhaber, seine Angstellten sowie einige Kundinnen bestätigten.

Salsky nahm die neueste »Variety« auf, die zwischen den Papieren lag. Wenn man Beverly Hills bearbeitete, war diese wöchentlich erscheinende Branchenzeitschrift einfach ein Muß; das hatte er auch seinem Chef gesagt. Auf Seite vier befand sich ein Bericht über Sylver Cassidys Gesundheitszustand. Er wurde noch immer als ernst bezeichnet, doch sie war vom Gemeindekrankenhaus in eine Privatsuite des feudalen Stillwater-Hospitals in Santa Monica verlegt worden. Das war die Sorte von Krankenhaus, wo die Räume der Patienten eleganten Hotelsuiten glichen und mit echten Antiquitäten dekoriert waren. Falls man das Pech hatte, ins Krankenhaus gehen zu müssen, jedoch ein paar Millionen erübrigen konnte, lag man hier genau richtig.

Salsky kippte seinen Stuhl nach hinten und trank noch einen Schluck Kaffee. Er dachte an seine erste Begegnung mit Sylver Cassidy in ihrem schäbigen kleinen Apartment in West Hollywood. Sein Vorgesetzter, Al Borgini, hatte ihn losgeschickt, weil er Riley Quinn einen Gefallen tun wollte, und wohl auch, weil er wußte, was für ein Kinofan er, Salsky, war, und wie gern er die Gelegenheit wahrnehmen würde, einmal einen echten Star kennenzulernen. Nicht, daß Sylver Cassidy in der letzten Zeit noch groß im Rampenlicht gestanden hätte, und sie lebte auch gewiß nicht wie ein glamouröser Filmstar; trotzdem mußte Salsky zugeben, daß sie ihn sehr beeindruckt hatte. Und sehr hübsch war sie auch. Natürlich war sie an jenem Abend sehr nervös gewesen. Irgendein verrückter Fan verfolgte sie angeblich. Das Wort »verfolgen« hatte sie nicht direkt benutzt. Sie hatte sich eher so ausgedrückt, als triebe er sich immer in ihrer Nähe herum, beobachte sie und hinterließ ihr rote Rosen. Liz hätte das vermutlich romantisch gefunden. Jedenfalls hatte er, Salsky, keinen Verdächtigen gesehen. Er hatte sogar mit einigen Ladeninhabern in ihrer Straße gesprochen, doch die hatten ihm auch nichts sagen können.

Hübsch war sie ganz bestimmt. Und was für eine Figur! Er schloß die Augen und stellte sich vor, wie sich ihre verwaschenen, engen Bluejeans um ihren festen kleinen Hintern und an die langen Beine geschmiegt hatten und wie das weiche hellblaue T-Shirt ihre Brüste modelliert hatte. Er erinnerte sich, daß er fand, sie hätte wirklich das Glitzern eines Stars an sich . . .

Er fuhr auf seinem Stuhl hoch und gab ein so lautes Stöhnen von sich, daß der Polizist am nächsten Schreibtisch dachte, ihm sei übel geworden. Salsky sprang auf. Das war es! Das Teil des Puzzlespiels, das ihm immer im Hinterkopf herumgeschwirrt war. Er lief in Borginis Büro, öffnete eine Schublade und zog den gelben Umschlag mit der Aufschrift »Garrison« heraus. Er setzte sich an Borginis sauber aufgeräumten Schreibtisch, öffnete den Umschlag und holte einen kleinen Plastikbeutel heraus. Er schaute hinein und wußte nicht, ob er glücklich sein sollte oder sich hundsgemein vorkommen sollte.

Er wählte Borginis Privatnummer. Der Kommissar war nicht eben begeistert, morgens um Viertel nach zwei geweckt zu werden. »Entschuldigung, Chef«, sagte Salsky zerknirscht, »aber ich habe hier etwas.«

»Hoffentlich etwas Brauchbares«, knurrte Borgini zornig.
»Erinnern Sie sich an den Ohrring, den wir am Tatort gefunden haben? Ich weiß, wem der gehört.«

Die letzten beiden Wochen waren ein einziger Alptraum gewesen. Sylver befand sich endlich auf dem Weg der Besserung, doch nun mußte sie sich mit dem chirurgischen Eingriff auseinandersetzen, der morgen in diesem Krankenhaus an ihrer Mutter vorgenommen werden sollte. Eine doppelseitige Mastektomie.

Nancy, die ein Nachtkleid und einen blauen Bademantel des Krankenhauses trug, weil sie schon für die Vorbereitung auf die Operation vorgesehen war, besuchte ihre Tochter in deren Zimmer. Zwar versuchte sie ihr Bestes, ihre eigene Angst hinter ihrer üblichen forschen Fassade zu verbergen, doch Sylver konnte hinter diese Maske sehen. Dennoch fiel es ihr schwer, ihre Sorge um ihre Mutter zu zeigen, weil Nancy nicht zugeben wollte, daß dafür irgendeine Notwendigkeit bestand.

»Mir wird es wieder blendend gehen«, erklärte Nancy an diesem Montag, als sich die Abenddämmerung über die Stadt senkte. »Ich habe sowieso genug von diesen blöden Klopsen. Und wen will ich auch damit beeindrucken?« Sie nahm eine Bürste auf und strich damit sanft durch Sylvers Haar. »Du siehst schon so viel besser aus, Baby. Und gleich kommt Kate her, um sich deine Unterschrift für den Deal mit Cine Metropole zu holen.« Sie lächelte. »Meine Tochter, die aufstrebende Produzentin.«

Kates Flug aus Paris via New York war vor einer guten Stunde gelandet. Sie hatte vom Flughafen mit der Nachricht angerufen, daß alles glattgegangen war und daß sie Adrian abholen wollte, um dann zwecks Unterschrift und einer kleinen Feier herzukommen. Sylver hatte versucht, am Telefon möglichst munter zu klingen, obwohl sie sich wegen ihrer Mutter Sorgen machte. Und außerdem hing ja noch immer der Mord an Doug Garrison über ihnen allen.

Nancy merkte, daß Sylver sich anspannte. »»Besessen‹ wird ein phantastischer Film werden«, erklärte sie, während sie fortfuhr, das Haar ihrer Tochter zu bürsten; sie war entschlossen, munter für zwei zu sein. »Und ich glaube, Adrian hat vollkommen recht, wenn er meint, ihr solltet in London filmen und auch eure Produktionsfirma dort aufmachen. Es wird euch allen guttun, von hier fortzukommen. Ich werde auch hier fortgehen. Sobald ich als gesund entlassen werde. Diese Stadt macht alt. Ich bin alt geworden. Ich glaube, ein Szenenwechsel ist das, was ich brauche.«

Sylver hielt das Handgelenk ihrer Mutter fest. »Wohin willst du gehen?«

Nancy lächelte verschwörerisch. »Das Haus in Malibu habe ich verkauft. Für ein hübsches Sümmchen. Das meiste davon gehört natürlich dir, denn ich hatte es ja ursprünglich von deinen Gagen bezahlt. Ich dachte mir – falls du einverstanden bist –, ich nehme mir fünfzehn Prozent des Verkaufserlöses sozusagen als Manageranteil und kaufe mir davon einen netten kleinen Bungalow in New Mexico. Ich werde mir per Zeitungsanzeige vielleicht etwas in Taos suchen . . .

»Ich will kein Geld aus dem Hausverkauf. Es gehört alles dir. Du kannst dir davon eine Ranch kaufen oder sonstwas. Du kannst reisen. Vielleicht kommst du sogar während der Dreharbeiten zu uns nach London. Falls dir danach ist . . .«

»Natürlich wird mir danach sein. Meinst du, Frauen ohne Titten könnten nicht reisen?« Sie bürstete weiter durch Sylvers Haar. »Das habe ich zuletzt gemacht, als du noch ein Kind warst . . .«

Sylver lächelte. »Es fühlt sich schön an.« Es fühlte sich sogar noch schöner an als damals in Kindertagen, doch das sagte sie nicht. Wie tragisch, daß es eines Mordes, einer schrecklichen Krankheit und eines Autounfalls bedurfte, um diese neue wunderbare Zärtlichkeit zwischen ihnen beiden entstehen zu lassen.

»Versprich mir, daß du nach London kommst«, drängte Sylver, als ob ein Versprechen ihrer Mutter eine Garantie für ihr Überleben wäre. Nur wie konnte Nancy ein Versprechen abgeben, wenn es nicht in ihrer Macht stand, es auch zu halten?

Nancy tat es trotzdem. »Okay, versprochen. Aber nur für ein paar Wochen. Ich will schließlich mit niemandem in die Haare geraten.«

»Sieht ganz so aus, als störte es Sylver nicht, wenn Sie mit ihr in die Haare geraten«, kam eine Stimme von der Tür her.

Sylvers Gesicht hellte sich auf, als sie Riley dort stehen sah. Trotzdem schimpfte sie mit ihm. »Ich dachte, wir hätten vereinbart, daß du heute daheim bleibst und schreibst.« Er hatte nämlich jeden einzelnen Tag bei ihr im Krankenhaus verbracht und alles andere hintangestellt.

»Ich soll wohl die Party verpassen, was?« Lächelnd kam Riley heran und küßte Sylver zärtlich auf die Lippen. Zu ihrer Freude gab er ihrer Mutter danach einen liebevollen Kuß auf die Wange und erkundigte sich nach ihrem Befinden.

»Mir geht es gut und meiner Tochter ebenfalls«, antwortete Nancy rasch, womit sie das Gespräch von sich selbst ablenkte. »Sieht sie nicht von Tag zu Tag besser aus? Ihre Farbe kehrt zurück. Und ich freue mich berichten zu können, daß sie ihren Lunch bis zum allerletzten Bissen aufgegessen hat.«

»Hast du schon mit Kate gesprochen?« fragte Sylver Riley.

Wie herbeigezaubert, erschienen Kate und Adrian an der Tür. Kate lief zu Sylver. Ihre Augen strahlten, und ihr ganzer Körper schien trotz des anstrengende Fluges mit neuem Leben erfüllt zu sein. Die beiden Frauen umarmten einander, und einen Moment später lagen sich alle in diesem Zimmer Versammelten in den Armen.

Nachdem Sylver den Vertrag unterzeichnet hatte, zog Adrian eine Flasche Sekt unter seiner Jeansjacke hervor. »Alkoholfrei selbstverständlich«, erklärte er lächelnd, während Riley die Gläser holte.

Tränen brannten in Nancys Augen. Was immer morgen auch mit mir geschehen wird, dachte sie, die Freude meiner Tochter teilen zu dürfen und ein willkommener Gast bei dieser kleinen Feier zu sein, das wiegt alles auf.

Kate hob ihr Glas. »Auf FeelGreat Productions und darauf, daß wir uns alle von jetzt an auch wirklich ›great‹ fühlen!« Darauf wurde angestoßen. Jeder umarmte wieder jeden, wobei Sylvers und Nancys Umarmung dem Trinkspruch noch eine besondere Bedeutung hinzufügte.

Die Jubelfeier wurde durch ein Räuspern unterbrochen. An der offenen Tür stand Mordkommissar Al Borgini mit seinem Spezi Hank Salsky. Die Freude wich aus allen Gesichtern. Riley blickte Borgini direkt in die Augen und erkannte sofort, daß dies hier kein weiterer Routinebesuch war.

Borgini schüttelte bekümmert den Kopf und gab Salsky dann ein Zeichen. Der Detective trat an Sylvers Bett und zog einen kleinen Plastikbeutel aus der Jackentasche.

Als Sylver den wie einen Stern geformten Ohrring in dem Beutelchen sah, zuckte sie erschrocken zusammen. Nancy faßte ihre Hand. Kate und Adrian wechselten einen bestürzten Blick. Rileys Miene wirkte grimmig.

»Haben Sie diesen Ohrring schon mal gesehen, Miß Cassidy?« fragte Hank Salsky leise.

Riley kam heran, nahm den Plastikbeutel von der Bettdecke und beäugte den Ohrring. »Schweig still, Sylver. Rede nicht ohne einen Rechtsanwalt.«

»Riley«, sagte Borgini bekümmert, »wir wissen, daß er Sylver gehört. An dem Tag, als sie gemeldet hatte, daß sich irgendein verrückter Fan in ihrer Nähe herumtrieb, hat Hank diese Ohrhänger an ihr gesehen.«

»Wahrscheinlich gibt es Hunderte, Tausende von diesen Dingern in der Stadt. Du kannst nicht beweisen, daß . . .«

»Doch, Riley. Ich kann es beweisen. Dies sind Einzelstücke. Ein Juwelier in der Nebenstraße des Sunset Strip hat sie angefertigt. Nash Walker hat sie gekauft. Wir haben ihn befragt. Er sagt, er habe sie Sylver zu Weihnachten geschenkt.«

Sylver begann zu zittern. Nancy, die noch immer die Hand ihrer Tochter hielt, starrte die Cops wütend an. »Bastarde! Sehen Sie nicht, daß Sie die Gesundheit meines Kindes gefährden? Verschwinden Sie. Alle beide. Sofort! Sagen Sie es ihnen, Riley. Werfen Sie sie hier raus. Und selbst wenn es Sylvers Ohrring wäre – was beweist das schon?«

»Dieser Ohrring wurde am Tatort gefunden, Mrs. Cassidy«, antwortete Al Borgini. »Auf dem Bett, auf dem Garrison mit zertrümmertem Hinterkopf lag...«

»Hören Sie auf!« schrie Sylver. »Okay, okay, es ist mein Ohrring, doch ich weiß nicht, wie er... auf dieses Bett gekommen ist. Ich war an diesem Abend nicht dort. Das schwöre ich!«

Verzweifelt blickte sie Riley an. »Ich habe Doug nicht umgebracht, Riley. Wirklich nicht. Er war doch mein Vater!«

Riley nahm sie in die Arme. »Schon gut, Sylver. Reg dich nicht auf.« Dabei war er selbst ziemlich erschüttert, wie die anderen auch. Nancy sah aus wie der wandelnde Tod, Kate sank auf einem Sessel in sich zusammen, und Adrian sah aus, als wollte er es mit beiden Cops über zwölf Runden aufnehmen.

»Ich habe diese Ohrringe seit Wochen nicht mehr gesehen. Seit Monaten«, erklärte Sylver erregt. »Ich habe sie nicht mehr getragen. Nie mehr. Seit ich Nash rausgeworfen habe, nicht mehr. Diese Ohrringe erinnerten mich an ihn. Ich wollte nicht an ihn erinnert werden.«

»Das stimmt«, sagte Riley zu Borgini. »Ich habe diese Ohrringe schon seit einer Ewigkeit nicht mehr an ihr gesehen.« Und dann erinnerte er sich an etwas, das Sylver ihm einmal erzählt hatte. Er wandte sich an sie. »Da war doch dieses Medaillon... dieses Goldmedaillon, das du in einer kleinen Blechschachtel in deiner Kommode aufbewahrt hattest. Weißt du noch? Du hast mir vor kurzem erzählt, du könntest es nicht finden, und du meintest, jemand hätte vielleicht in deine Wohnung eingebrochen und es gestohlen. Warum nicht auch die Ohrringe?«

Hank Salsky und Al Borgini wechselten einen höchst zweifelnden Blick. »Haben Sie einen Einbruch gemeldet, Miß Cassidy?« fragte Borgini.

Sie schloß die Augen und schüttelte den Kopf.

Borgini trat zu Riley und legte ihm eine Hand auf die Schulter. »Wir müssen sie verhaften.«

»Das dürfen Sie nicht!«, schrie Nancy hysterisch. »Sie darf nicht aus dem Krankenhaus gebracht werden. Sie ist noch sehr krank!«

»Wir haben bereits mit dem Arzt gesprochen, Mrs. Cassidy«, entgegnete Borgini. Er gestand sich ein, daß es Zeiten gab, in denen er seinen Job wirklich haßte. Jetzt war es wieder einmal so. »Er ist der Ansicht, ihr gehe es gut genug, um in eine unserer geschlossenen Krankenanstalten verlegt zu werden.«

Sylver schrie entsetzt auf. »Sie wollen mich einsperren? Aber ich bin doch nicht schuldig! Ich habe es nicht getan. Ich habe nicht...« Sie hielt sich an Riley fest. »Einen Moment. Was ist, wenn...« Sie sprach nicht weiter. In ihrem Kopf ging alles durcheinander.

»Wenn was, Sylver?« drängte Riley.

»Wenn es dieser verrückte Fan war? Wir sprachen darüber, Riley. Er könnte das Medaillon... und die Ohrringe genommen haben... als Andenken. Das hast du selbst gesagt.«

»Weshalb sollte dieser Irre Sie als Garrisons Mörder hinstellen wollen?« mischte sich Salsky ein.

»Ich glaube nicht, daß er das vorhatte«, sagte Riley. »Er wird diese Dinge immer bei sich getragen haben, und als er sich dann über Garrison beugte, ist ihm der Ohrring aus der Tasche gefallen.«

Das überzeugte Borgini nicht. »Weshalb hätte er Garrison töten wollen?«

»Weil Garrison Sylver weh tat, und da wollte er nicht tatenlos zusehen. Ich glaube nämlich, der Spinner liebt sie.«

Salsky rieb sich das Kinn. »Das ist wohl ein bißchen weit hergeholt.«

Riley wandte dem Detective den Rücken und blickte seinen Freund und Ex-Partner an. »Kann ich dich für eine Minute draußen sprechen?«

Borgini deutete mit dem Daumen auf die Tür. »Sobald sie draußen waren, redete er als erster. »Ich weiß, daß zwischen euch beiden etwas läuft, aber ich will ehrlich zu dir sein. Wir glauben, sie hat es getan. Sie hatte Mittel, Motiv und Gelegenheit. Ihr Ohrring wurde am Tatort gefunden. Zeugen hörten, wie sie Garrison drohte. Ich weiß, wie du von ihr denkst, doch du mußt deine Scheuklappen abnehmen, alter Freund. Dies hier ist ein klarer Fall. Wir werden einen Schuldspruch erreichen.«

Riley packte Borgini beim Aufschlag seines hellbraunen Jacketts. »Ich sage dir, sie war es nicht. Was ist mit diesem Spinner?«

»Okay, wer ist dieser Fan? Wie sieht er aus? Welchen Beweis hast du dafür, daß er überhaupt existiert?«

»Keinen«, gab Riley zu. »Doch ich werde ihn dir bringen. Gib mir vierundzwanzig Stunden. Ich habe da so ein Gefühl. Du brauchst nur . . .«

»Riley . . .«

»Sylver wird nirgendwohin gehen, Al. Darauf hast du mein Wort.« Er erzählte Borgini, daß Nancy am nächsten Morgen unter das Messer kam. »Ich weiß nicht, wieviel Sylver augenblicklich noch verkraften kann. Ich flehe dich an, Al. Schiebe die Verhaftung um vierundzwanzig Stunden auf. Tu's für mich.«

»Wie willst du den Mann denn finden?«

»Ich wette, er hält sich hier irgendwo in der Nähe auf. Ich glaube, er hat ein Auge auf Sylver.«

»Na gut, du findest ihn – und dann? Welchen Beweis hast du dafür, daß er Garrison umgelegt hat?«

»Darüber reden wir in vierundzwanzig Stunden weiter.«

Borgini seufzte. »Okay, Riley. Wahrscheinlich bin ich selbst verrückt, aber du hast Zeit bis morgen nachmittag um...« Er blickte auf seine Uhr; es war kurz nach drei. »Was soll's, sagen wir, fünf Uhr. Dann verhaften wir sie.«

»Sie hat es nicht getan, Al.«

»Ich hoffe nur, du hast recht.« Borgini brauchte nicht hinzuzufügen, daß er es nicht glaubte. Beide wußten das.

26

Einen anonymen Verfolger ohne jeden Anhaltspunkt zu finden war wie die Suche nach der berühmten Nadel im Heuhaufen. Riley begann bei dem Krankenhauspersonal und überprüfte, ob irgend jemand nach Sylvers Einlieferung neu angestellt worden war. Die einzige Person war eine Krankenschwester von Anfang Zwanzig.

Er verließ das Hospital, ohne eigentlich zu wissen, wohin er seine Schritte lenken sollte. Auf dem Weg zu seinem Wagen kam er darauf. Rote Rosen! Riley klapperte alle Floristen in der Umgebung der Fairwood Gardens ab und stellte in jedem Laden dieselbe Frage: Erinnerte man sich an jemanden, der öfter herkam, um eine einzelne rote Rose zu kaufen?

Nach sechs Blumengeschäften in der unmittelbaren Nachbarschaft hatte er das Ende der Sackgasse erreicht. Er blickte auf die Uhr. Es war kurz vor fünf, als er einen weiteren Blumenladen in einer Seitenstraße entdeckte. Ein Mädchen hängte schon das »Geschlossen«-Schild an die Tür.

Riley lächelte schelmisch und legte seine Hände bittend zusammen. Die Verkäuferin, ein hübsches junges Mädchen mit langem, glattem schwarzem Haar, hellem Teint und hellrot geschminkten Lippen, hatte Mitleid mit ihm und schloß wieder auf.

»Vielen, vielen Dank. Ich möchte gern eine rote Rose für meine Freundin kaufen. Sie liegt im Krankenhaus«, sagte Riley.

»Gottchen, das tut mir aber leid. Ist's was Schlimmes?«

Riley erfand eine ebenso lange wie tränenreiche Geschichte und erzählte zum Schluß, wie sehr seine Freundin Rosen liebte und daß er ihr praktisch jeden Tag eine rote Rose kaufte.

»Das ist aber komisch«, meinte die Verkäuferin.

»Komisch?« Rileys ganzer Körper spannte sich erwartungsvoll an – oder als Vorbereitung auf die nächste Enttäuschung.

»Himmel, ich meine natürlich nicht, weil es Ihre Freundin erwischt hat. Ich meine, es ist komisch, weil dieser andere Typ auch immer herkommt und eine rote Rose für sein Mädchen kauft.«

Riley bekam einen Adrenalinstoß. »Ach wirklich? Er war nicht zufällig heute auch hier?«

Das Mädchen kratzte an dem abblätternden Lack des Daumennagels. »Nein. Ich glaube, seit einer oder zwei Wochen war er nicht mehr hier. Ich bediene ihn gewöhnlich auch nicht. Das macht Jack. Ehrlich gesagt, bei dem Typ krieg' ich ne Gänsehaut. Jack und ich machen schon immer Witze über ihn. So in der Richtung, was das wohl für eine Frau ist, die auf so was steht.«

»Ist er so häßlich?« Riley konnte sich kaum bändigen.

»Direkt häßlich ist er nicht. Nur furchtbar dünn, und diese tiefliegenden Augen. Und dann macht er mit seinem Haar was, das ich nicht leiden kann. Sie wissen, wenn einer langsam eine Glatze kriegt und versucht, sie zu verdecken, indem er ein paar lange Haare von der Seite oben rüberkämmt.« Sie verzog das Gesicht.

»Scheint mir nicht gerade ein Gewinnertyp zu sein.«

»Und dazu auch noch so ausgesprochen ungehobelt. Wir haben ihn monatelang nicht gesehen, und dann taucht er eines Tages wieder auf und humpelt ganz fürchterlich. Ich sage, meine Güte, was ist denn mit Ihnen passiert? Da sieht er mich an wie ein Gespenst und ist nicht mal so höflich, mir zu antworten.«

»Wohnt er hier irgendwo?« fragte Riley scheinbar ganz nebenbei.

»Glaub' ich nicht. Er fährt immer mit seinem verbeulten grünen Chevy vor. Mein Freund hat auch so ein Auto, nur daß es viel besser in Schuß ist.«

Riley lächelte, bezahlte die Rose und fügte ein kräftiges Trinkgeld hinzu, was ein strahlendes Lächeln auf die kirschroten Lippen des Mädchens zauberte.

Der Junge beim Zeitungsstand direkt vor dem Fairwood-Gardens-Komplex erwies sich als der Hauptgewinn. Er teilte Riley nicht nur mit, daß er den Typ mit dem verbeulten grünen Chevy vor ein paar Monaten oft hier herumhängen gesehen hatte, sondern er erzählte auch, daß er Zeuge gewesen war, wie der arme Teufel beim Überqueren der Straße angefahren worden war. Riley nickte. Das erklärte, wieso es monatelang keine Rosen mehr gegeben hatte, weshalb der Mann so lange nicht im Blumenladen gewesen war und weshalb er hinterher so auffällig gehinkt hatte.

Riley rannte die Treppe zu seiner Wohnung hoch. Nach ein paar Telefongesprächen befand er sich auf dem Weg zum Allgemeinen Krankenhaus. Er haßte Krankenhäuser, doch langsam hatte es den Anschein, als entwickelten sie sich zu seinem zweiten Zuhause.

Hank Salsky wartete schon unten in der Lobby des Hospitals auf ihn. Jetzt kam er heran. »Borgini meint, Sie brauchen eine Polizeimarke, wenn Sie sich ein paar Akten ansehen wollen. Ich bin Ihre Polizeimarke.«

Zusammen gingen sie zur Registratur. Nach fast einer Stunde Bürokratismus und Vorschriften saßen Riley und Salsky in dem vollgestopften Büro und hatten einen Stapel Aufnahmeakten vor sich, die alle Noteinlieferungen des Tages verzeichneten, an dem Sylvers Fan angefahren worden war.

Salsky zog zwei Müsliriegel aus seiner Tasche und warf einen davon Riley zu. »Meine Frau schwört auf die Dinger«, sagte er und zerriß die Folie mit den Zähnen. »Sagt, davon kriegt man Mumm in den Knochen, aber ich habe ihr geschworen, ich würde mich lieber besaufen.« Er blinzelte Riley zu.

Riley lächelte geistesabwesend, verpaßte einem Aktendeckel einen Klaps, als handelte es sich um ein böses Kind, und schlug den nächsten auf. Es war der siebte. Sieben, die Glückszahl.

»Das ist es. Gary Browning. Er wohnt drüben in Encino.« Riley schrieb sich die Adresse auf. Salsky zog schon die Autoschlüssel aus seiner Hosentasche. Mit seinem Streifenwagen würden sie schneller nach Encino kommen.

Der Empfangskellner der kleinen Trattoria zwei Blocks vom Krankenhaus entfernt führte Kate und Adrian zu einem der hinteren Tische. Ein Wandbild – Gondeln auf Venedigs Canal Grande – zierte eine Wand; die anderen waren weiß gestrichen. Die Tische waren bunt gedeckt mit roten Tischtüchern, Tellern mit handgemalten Blumenmustern und mit großen königsblauen Wasserkrügen.

Adrian blickte kurz in seine Speisekarte und schaute dann zu Kate hinüber: »Wie wäre es mit Spaghetti carbonara?« Kate nickte nur geistesabwesend.

Adrian legte die Speisekarte beiseite und ergriff Kates Hand. »Es wird alles gut werden, Katie. Wenn irgend jemand ein Kaninchen aus dem Hut zaubern kann, dann Riley.«

»Er sucht nicht nach einem Kaninchen«, sagte Kate düster. »Und selbst wenn es ihm gelingt, diesen Fan aufzutreiben, der Sylver verfolgt – wer weiß, ob der Kerl auch derjenige ist, der Doug umgebracht hat?«

»Katie...«

»Falls Sylver verhaftet wird, Adrian... dann kann ich nicht mit dem Film weitermachen. Nicht ohne sie.« Sie war geschlagen, und so fühlte sie sich auch. Geschlagen von einem System, das sie all die Jahre unbedingt hatte erobern wollen. Was für leere Ziele, dachte sie jetzt. Douglas Garrisons Tod hing wie ein Schreckgespenst über ihr. Sie fühlte sich in die Ecke gedrängt, ausweglos.

Eine schlanke, junge Serviererin mit Sandpapierstimme, die ein weißes Herrenoberhemd und eine schwarze Hose trug, nahm die Bestellung von Adrian entgegen – zweimal Spaghetti carbonara und ein halber Liter Chianti.

Nachdem die Kellnerin wieder gegangen war, blickte Kate Adrian eindringlich an. »Eine Zeitlang dachte ich wirklich, nun hätte ich alles erreicht. Das passiert einem, wenn man gierig wird. Wenn man meint, man könnte alles haben. Erfolg, Liebe, Freundschaft . . .«

»Du kannst alles haben, Katie. Wir können es zusammen haben. Du kommst mit mir nach London. Wir machen ›Besessen‹. Natürlich nachdem wir geheiratet haben.«

Kate sah ihn an, als hätte er den Verstand verloren. »Geheiratet?« Sie wußte nicht, ob sie lachen oder schreien sollte. Sie tat nichts von all dem, sondern sprang auf und floh aus dem Restaurant.

Adrian holte sie an der Tür ein und mußte sie dann praktisch in den Schwitzkasten nehmen, um zu erreichen, daß sie ihm überhaupt zuhörte. »Okay, das war kein gelungener Heiratsantrag, und vielleicht war der Zeitpunkt auch schlecht gewählt . . .«

»Ich will dich nicht heiraten!« Sie wehrte sich nach Kräften gegen seinen Griff.

»Du bist eine verdammte Lügnerin.«

»Ich bin ein seelisches Wrack! Ich weiß nicht, was mit meinem Leben passiert. Meine Partnerin und Freundin soll in den Knast kommen für einen Mord, den sie nicht begangen hat. Und ich . . . ich habe solche Angst.«

Er zog sie unsanft in seine Arme und hielt sie fest. Ihr ganzer Körper bebte.

»Wäre ich nicht so vom Ehrgeiz zerfressen gewesen, hätte ich mich niemals mit Doug eingelassen, und dann wäre das alles nicht passiert«, rief sie. »Ich bin genauso schuldig an diesem Mord, als hätte ich selbst diesen tödlichen Schlag ausgeführt!« Adrian schüttelte sie. »Das stimmt nicht, Katie. Douglas Garrison hat sich sein Grab selbst gegraben.«

Natürlich gerieten sie in die Rush-hour. Obwohl Salsky fuhr und das rote Licht auf seinem Wagendach eingeschaltet war, erreichten er und Riley den Wohnkomplex erst nach zwanzig Uhr.

»Nummer 62«, sagte Riley, während er aus dem Wagen sprang und dann über den gepflegten Rasen zu den einstöckigen Reihenhäusern ging. Nummer 62 war ein Endhaus. Salsky holte Riley keuchend und nach Luft schnappend an der Haustür ein, gerade als diese von einem niedlichen kleinen Mädchen von vielleicht vier Jahren geöffnet wurde.

»Ist dein Daddy daheim?« fragte Riley, dem ganz schlecht wurde bei dem Gedanken, daß der Vater dieses unschuldigen Kindes Sylvers irrer Verfolger und jetzt auch noch ein Mörder war.

Eine junge, übergewichtige Frau mit blond gesträhntem Haar und einer Teigschüssel in der Hand trat hinter die Kleine. »Cheryl«, sagte sie scharf, »habe ich dir nicht gesagt, du sollst Fremden nicht die Tür aufmachen?«

»Die wollen meinen Daddy sehen«, erklärte Cheryl, die von der Schelte ihrer Mutter kaum beeindruckt zu sein schien.

»Du gehst jetzt und ziehst dir deinen Pyjama an«, befahl Cheryls Mutter und zog das Kind von der Tür fort, die sie sofort zuschlagen wollte, wobei ihr jedoch Salskys Schuhgröße 48 im Weg war. Er zeigte seine Dienstmarke vor.

»Wir möchten gern mit Ihrem Gatten reden, Mrs. Browning.«

Sie starrte ihn trotzig an. »Ich heiße Martin. Beverly Martin. Und meinen Gatten können Sie nicht sprechen, weil ich keinen habe. Und jemanden namens Browning kenne ich nicht.«

»Er gab diese Adresse an, als er vor drei Monaten ins Allgemeine Krankenhaus von Los Angeles eingeliefert wurde«, mischte sich Riley ein.

»Und ich bin hier Anfang März eingezogen. Also muß Ihr Mr. Browning umgezogen sein.«

Salsky blickte zu Riley hinüber, der alles andere als glücklich aussah.

»Entschuldigen Sie, Mrs. Cassidy«, sagte die Nachtschwester, eine ältere Frau mit ergrauendem braunem Haar, mitfühlend, »aber wir müssen Sie jetzt wirklich ins Bett stecken. Ihre Tochter braucht auch ihren Schönheitsschlaf.«

Nancy und Sylver wechselten einen gequälten Blick; sie wollten sich nicht voneinander trennen, und sie wollten auch nicht, daß die Nacht vorüberging. Beide scheuten sich davor, dem gegenüberzutreten, was der nächste Tag ihnen bringen würde.

»Wann wird meine Mutter morgen operiert?« erkundigte sich Sylver.

»Um acht wird sie vorbereitet. Die Operation ist für Viertel nach neun vorgesehen.«

»Darf ich sie sehen, bevor sie . . . vorbereitet wird?«

»Also, ich weiß nicht . . .«

»Ich bin sicher, Dr. Warner möchte, daß ich so entspannt wie möglich bin, bevor er mir meine Titten absäbelt, Schwester«, erklärte Nancy in ihrer typischen groben Ausdrucksweise. »Und wenn ich vorher noch einmal meine Tochter sehen kann, würde ich mich viel besser fühlen.«

Die Schwester verdrehte ihre Augen zur Zimmerdecke. In ihren neun Jahren in Stillwater hatte sie es mit zahlreichen Reichen und Berühmten zu tun gehabt, und eines hatte sie sehr schnell gelernt: Man konnte ihnen ebensogut gleich nachgeben, denn am Ende setzten sie ja doch ihren Kopf durch.

»Okay. Ich werde Ihre Tochter von einem Pfleger gleich

nach ihrem Frühstück um halb acht in Ihr Zimmer bringen lassen. Doch sie darf nur fünf Minuten bleiben.«

Nancy und Sylver lächelten beide dankbar.

»Und nun lassen Sie mich Sie in Ihr Zimmer bringen, Mrs. Cassidy. Da wartet eine schöne Schlaftablette auf Sie, und innerhalb einer Stunde werden Sie im Land der Träume sein.«

»Ich komme sofort. Ich will nur meiner Tochter gute Nacht sagen.«

Die Schwester zog sich auf den Flur zurück.

Nancy drückte Sylver an sich. »Es wird alles gut, Baby. Wir werden beide wieder bestens in Ordnung kommen.«

»Jawohl«, sagte Sylver nicht mehr überzeugt als ihre Mutter.

»Es gibt noch so vieles, was ich dir sagen möchte, Sylver. Ich war so eine lausige Mutter. Damals, als ich dich praktisch kidnappte . . .«

»Das spielt jetzt keine Rolle mehr.«

»Ich war aber auch so böse auf dich. Ich sah nur, daß du dein Leben fortwarfst. Ich wollte, daß du von Nash wegkamst. Ihm habe ich die ganze Schuld gegeben, doch viel davon ging auch auf mein eigenes Konto. Ich habe dir nie eine Wahl gelassen. Diese schreckliche Nacht, in der Nick Kramer . . .«

»Still. Darüber müssen wir jetzt nicht reden. Das ist . . .«

»Ich dachte wohl, wenn ich es nicht wahrhaben wollte, was er dir angetan hat, dann könnte ich dich dazu bringen, daß du es auch ableugnetest. Und dann merktest du, daß du schwanger warst . . .« Nancy konnte nicht weitersprechen. Sie begann leise zu weinen. Sylver auch.

»Komisch«, sagte Nancy unter Tränen. »Weißt du, was ich mir mehr wünsche als alles andere auf der Welt?«

»Nein. Sag's mir, Mom.«

Nancys Unterlippe zitterte. Wann hatte Sylver sie zuletzt Mom genannt? »Ich will mein Enkelkind noch erleben. Ich möchte eine Großmutter sein. Eine richtige, einfache alte Großmutter. Haut dich das nicht um?«

Sylver nickte; sprechen konnte sie nicht. Kein Wunder, schließlich sah sich Nancy einer Krebsoperation und Sylver einer Inhaftierung gegenüber. Und das war erst der Anfang.

Es dauerte zwei Stunden, um Gary Brownings neuesten Wohnort ausfindig zu machen. Schließlich fanden Riley und Salsky heraus, daß die Zwangsversteigerungspapiere für die Eigentumswohnung an eine Adresse in Toluca Park geschickt worden waren.

Kurz vor dreiundzwanzig Uhr erreichten die beiden die Reihe der ordentlichen Gartenhäuser. Das war natürlich ein Abstieg verglichen mit Encino, doch die Gegend hier war ruhig, und die Häuser waren relativ neu und gepflegt, obwohl der schmale Rasenstreifen davor mit braunen Stellen durchsetzt war. Gary Brownings Wohnung war die Nummer drei im ersten Stock eines der Mittelhäuser.

In dem kleinen Vorraum stolperte Salsky beinahe über ein Dreirad. Riley warf ihm einen strafenden Blick zu. Entschuldigend hob Salsky die Hände. Aus der Wohnung rechts im Erdgeschoß kam Rockmusik, und der Geruch von Popcorn zog durch die Luft.

Sie stiegen die Treppe hoch. Riley klopfte an Brownings Tür. Salsky zog seinen Revolver aus dem Schulterhalfter und hielt ihn hinter seinen Rücken.

Keine Antwort. Riley klopfte lauter.

Eine Frau in mittleren Jahren in einem blauen Frotteemantel und mit zerknittertem Gesicht öffnete die gegenüberliegende Tür.

»Wir wollen zu Mr. Browning«, erklärte Riley, und Salsky steckte rasch die Waffe weg.

Die Frau zuckte die Schultern. »Der kommt und geht zu den verrücktesten Stunden.«

»Danke«, sagte Salsky. »Dann werden wir ihm einfach eine Nachricht hinterlassen. Entschuldigen Sie die Störung.«

Die Frau murmelte irgend etwas und schloß ihre Tür.

Salsky blickte Riley an. »Sie wissen doch, daß wir einen Durchsuchungsbefehl brauchen, um da reinzugehen.«

»Sie meinen, Sie brauchen einen.« Riley lächelte schief.

Salsky deutete auf die Tür, als wollte er »bedienen Sie sich« sagen; Riley zog eine Kreditkarte aus der Brieftasche, und eine Minute später standen sie in Gary Brownings Wohnzimmer.

Die Atmosphäre hier drinnen war so freudlos und unpersönlich wie in einem Motelzimmer der unteren Preisklasse. Die Möbel waren billig, doch sämtlich neu – eine blau und braun gestreifte Couch und ein dazu passendes Zweiersofa, würfelförmige Couch- und Beistelltische, zwei gleichartige Lampen mit braunen Schirmen und einer blauen Fransenborte daran, an der der Couch gegenüberliegenden Wand ein billiges weißes Regal, auf dem sich ein Fernseher, ein Videorecorder sowie ein kleiner Stapel Videokassetten befanden.

Riley warf einen Blick auf die Videos. Sein Herz schlug schneller, als er als oberstes eine Kassette von »Glory Girl« sah. Die fünf anderen Bänder waren alles Sylver-Cassidy-Filme. Volltreffer.

»Hier drinnen«, rief Salsky aus dem Nebenzimmer.

Als Riley an die offene Schlafzimmertür kam, fiel sein Blick zuerst auf den Strauß roter Rosen in einer Glasvase neben dem Bett. Doch er hatte noch nicht alles gesehen. Salsky deutete auf die Wand gegenüber dem Bett.

Sie war mit Bildern von Sylver beklebt – Ausschnitte aus Magazinen und Zeitungen, Fotos, die mit der Zeit begannen, da sie zehn oder elf gewesen war, bis hin zu einer Aufnahme, die sie im Schnee vor Kates Chalet in Running Springs letzte Weihnachten zeigte. Von diesem Foto waren zwei Fingerbreit abgeschnitten, und Riley erriet, daß er auch auf dem Bild gewesen war. Er hatte also recht gehabt; der Kerl war bei ihnen dort oben gewesen, hatte sie ausgespäht und Aufnahmen gemacht.

Salsky durchsuchte die Schubladen der einfachen braunen Kommode, und Riley öffnete den Lamellenschrank. Darin hing nicht viel. Vier Oberhemden, zwei Paar Hosen. Und eine Hausmeisteruniform. Riley holte sie heraus und hielt sie hoch.

»Salsky.«

Der Detective schaute herüber. Riley tippte auf das Emblem auf der Hemdtasche. »Das ist das Paradine-Logo. Browning arbeitet bei Paradine.«

Salsky nickte und zeigte, was er gefunden hatte: einen Stapel Briefe, mit einer roten Seidenschleife zusammengebunden. Alle Umschläge waren an Sylver adressiert, doch keiner trug eine Briefmarke. Riley öffnete den obersten.

»Liebe Prinzessin«, las er. »Ich bin froh, daß er tot ist. Jetzt kann er Dir nicht mehr weh tun . . .«

Die Schwester hatte Sylver eine Schlaftablette angeboten, doch abgesehen von den ersten Tagen im Krankenhaus, an denen sie ja nicht bestimmen konnte, was in ihren Körper hinein- oder aus ihm herauskam, lehnte sie sämtliche Medikamente von Schmerz- bis Schlaftabletten ab.

Das Zimmer war abgedunkelt und still. Ein Unwetter zog vom Ozean her herauf. Der Wind heulte vor den Fenstern. Sylver wartete darauf, daß der Regen einsetzte. Was sie indessen hörte, war das Geräusch der sich öffnenden Tür.

Sylver schloß die Augen und tat so, als schliefe sie. Falls die Schwester nach ihr schaute und sah, daß sie noch wach war, würde sie sie zu überreden versuchen, doch noch ein Schlafmittel zu nehmen, und wahrscheinlich würde Sylver am Ende nachgeben. Sie wußte, daß sie heute nacht wohl nicht würde schlafen können, weil ihr zuviel im Kopf herumging. Da war die Sorge wegen der Operation ihrer Mutter und wegen ihrer eigenen Mordanzeige und die Frage, ob Riley ihren besessenen Fan finden würde ...

Sie lag ganz still; nicht einmal ihre Lider zuckten, als sich leise Schritte ihrem Bett näherten. Sie atmete regelmäßig und flach. Innerlich lachte sie; wenn es sein mußte, konnte sie noch immer gut schauspielern.

»Hallo, Baby.«

Sylver schlug die Augen auf. Das erste, was sie sah, war ein Ohrhänger in der Form eines Sterns – das Gegenstück zu dem, den die Polizei als Beweisstück gesichert hatte. Sylvers Mund öffnete sich, doch bevor sie etwas sagen konnte, preßte sich Nash Walkers Hand darauf.

Die Erinnerung überflutete Sylver. Ihre letzte Konfrontation mit Nash. Der Tag, an dem sie ihn aus dem Film geworfen und ihm gesagt hatte, er sollte aus ihrem Leben verschwinden. Sie dachte daran, wie sie, noch benommen von dem Zusammenstoß mit Doug, in ihre Wohnung getreten war. Wie Nash aus ihrem Schlafzimmer gekommen war. High bis zum Gehtnichtmehr. Was hatte er in ihrem Schlafzimmer getan, bevor sie gekommen war? Jetzt dämmerte es ihr. Er hatte ihre Ohrringe geklaut.

Nash lächelte auf sie hinuter. Das Haar fiel ihm dabei ins Gesicht. »Ich will, daß du es weißt, Sylver. Ich habe es für dich getan«, flüsterte er. »Oh, nicht den Mord. Garrison hat mich zusammengestaucht. Hat mich aus seinem großen, vornehmen Haus geschmissen. Hat mir – uns gesagt, wir könnten ihm den Buckel runterrutschen. Wofür hielt er sich eigentlich? Ich bin hingegangen, um einen Vertrag zu machen. Ein Freund von mir und diese eingebildete Julia waren eine Zeitlang ein Paar. Ich sagte ihm, ich würde den Mund halten über ihre Sado-Maso-Spielchen, wenn er dir vom Hals bleibt und die Finger von diesem französischen Deal läßt, den ihr gerade in der Mache hattet. Davon hatte ich in der Presse gelesen. Ich dachte mir, wenn du erfährst, daß ich derjenige war, der alles in Ordnung gebracht hat, würdest du mich wieder in den Film nehmen.« Er redete, als wäre alles, was er sagte, absolut vernünftig.

Er hielt Sylver noch immer den Mund zu. Sie starrte zu ihm hoch und sah deutlich, daß er restlos abgefüllt war mit Koks, Uppers und Alkohol. Sie konnte den Whiskey an seinem Atem riechen. Nash starrte seinerseits auf sie hinunter, doch seine Augen waren leer und glasig. Als er sich dichter heranbeugte, konnte sie sehen, daß er schwitzte, und das hieß, die Wirkung ließ nach. Nash war gefährlich, wenn er einen neuen Hit brauchte.

»Es ist nicht ganz so gelaufen, wie ich es wollte«, fuhr er fort. »Ich hab' die Wut gekriegt. Eins sollst du wissen, Baby. Ich habe dich nicht reingelegt. Dieser blöde Ohrring muß mir aus der Tasche gefallen sein. Ich hatte sie mir sozusagen ausgeliehen. Ich brauchte nur ein bißchen Bargeld, aber dann hatten wir dieses ... Mißverständnis, und da habe ich mich so aufgeregt, daß ich gar nicht mehr an die Ohrhänger dachte.«

Er lachte leise. »Ist aber ganz gut ausgegangen. Diese Blödmänner, die ich am Hals hatte, sind von der Polizei geschnappt worden. Hübsch, was? Ich glaube, jetzt kriege ich eine Glückssträhne, Baby.«

Sylver zerrte an seiner Hand, die auch teilweise ihre Nase bedeckte; sie bekam kaum noch Luft.

»Ich möchte ja nur, daß du mir still zuhörst, Baby.«

Sylver deutete mit ihren Augen an, daß sie das tun wollte. Nash beobachtete sie ein Weile nachdenklich. Bevor er seine Hand von ihrem Mund nahm, tauschte er den Ohrhänger durch ein Taschenmesser aus, aus dem auf Knopfdruck die Klinge herausschnellte. Er hielt die Spitze direkt auf die pulsierende Ader in Sylvers Halsgrube.

»Nash ...«

»Pst.«

Sie fühlte das leichte Piksen der Messerspitze und schloß angstvoll die Lippen.

Nash nickte zufrieden. »Die Polizei ist schon zu mir gekommen, Baby. Ich habe gesagt, ich hätte dir die Ohrringe geschenkt. Ich schätze, sie werden dich jetzt für den Mord an Garrison verhaften, es sei denn . . .«

Er lächelte. Ein irres Lächeln. »Es sei denn, ich sage den Cops, ich erinnerte mich, daß du diese Ohrringe deiner Freundin Kate Paley geliehen hattest. Mann, dieses Weib könnte mal gut ein paar Stufen tiefer gesetzt werden. Sie hat mich immer abgrundtief gehaßt.«

Er streichelte Sylvers Haar. »Armes Baby. Ich war ganz fertig, als ich von dem Unfall hörte. Aber jetzt können wir ja zusammensein.«

Sie schüttelte den Kopf. »Es hat keinen Zweck, Nash.« Ihre Stimme hörte sich an, als wäre es nicht ihre eigene. »Die Polizei wird dir nicht glauben.«

Sein Blick war wild und irre. »Du hättest mich nicht rauswerfen sollen, Baby. Ich bin ein verdammt guter Schauspieler.« Er grinste. »Garrison habe ich auch reingelegt. Der blöde Kerl dachte tatsächlich, ich würde schüchtern abziehen, als er damit drohte, die Polizei zu rufen. Das war wirklich eine oscarverdächtige Vorstellung. Als er mich zurückkommen hörte, dachte er, es wäre seine hochnäsige Frau, nur daß sie gar nicht so hochnäsig ist, sagt mein Kumpel. Sie mag es, ausgepeitscht zu werden. Sie steht auf Schmerzen.« Dabei zog er mit der Messerspitze einen kleinen Kreis auf Sylvers Haut.

»Okay, Nash. Ich schreibe dir einen neuen Vertrag aus. Ich habe die Fassung verloren. Das war nicht richtig. Ich habe das nicht richtig gesehen.«

Er sah sie an. »Mann, du enttäuscht mich, Baby. Das hier hätte die Szene deines Lebens werden können, und du versaust sie. Du bist nicht glaubwürdig.«

»Ich sage die Wahrheit, Nash. Du bist wieder im Film. Ob es die Hauptrolle wird, weiß ich nicht, aber . . .«

Noch ein Kreis auf ihrer Haut. Sylver wagte nicht zu schlucken, und der Speichel sammelte sich in ihrem Mund.

»Es muß schon die Hauptrolle sein, Baby. Nash Walker übernimmt keine kleinen lächerlichen Parts. Jetzt nicht mehr.«

Sylver hing zwischen Baum und Borke. Falls sie ihm sagte, er bekäme die Hauptrolle, würde er es ihr nicht glauben. Falls sie nein sagte ...

»Nash, du bist krank. Du brauchst Hilfe. Ich werde dir helfen. Ich werde den Cops klarmachen, daß du nicht wußtest, was du tatest, als du über Doug herfielst. Ich werde ihnen sagen ...«

»Du verdammte Hexe«, zischte er, und sein saurer Atem drehte ihr fast den Magen um. »Du willst mich in den Knast bringen. Kommt nicht in Frage. Du hast mein Leben lange genug vermasselt. Gäbe es dich nicht, Sweatheart, wäre aus mir etwas geworden«, sagte er wie eine billige Parodie auf Marlon Brando.

Sylver wollte schreien, obwohl sie wußte, wie gering ihre Hoffnung war, daß jemand ihr zur Hilfe eilen würde, bevor Nash ihr die Kehle durchschnitt. Trotzdem konnte sie doch nicht einfach schicksalsergeben hier herumliegen. Sie öffnete den Mund und holte Luft, doch ehe sie einen Ton herausbrachte, sah sie zu ihrer Verblüffung eine Gestalt von hinten auf Nash zustürzen, und zwei Hände legten sich um seinen Hals.

Alles ging sehr schnell. Eben noch war Nash drauf und dran, ihr die Gurgel durchzuschneiden, und im nächsten Moment lag er zusammengesunken auf dem Fußboden.

In Sylvers Kopf drehte sich alles, und sie war nur dankbar, daß ihr Ritter in schimmernder Wehr ihr wieder einmal zur Hilfe gekommen war. »Riley ...«

Nur war es nicht Riley, der an ihr Bett trat. Sie sah den leicht hinkenden Mann. Er war groß, hager und hatte schütteres Haar, von dem er ein paar Strähnen über die schon kahle Stelle gekämmt hatte. Er kam ihr schwach bekannt vor, doch sie konnte ihn nicht unterbringen. Er war einer der Menschen, die einem nicht im Gedächtnis blieben.

Er lächelte schüchtern. »Hallo, Prinzessin. Du weißt ja nicht, wie lange ich auf diesen Moment gewartet habe. Ich bin hier, um dich heimzuholen. Von jetzt an wird alles gut. Niemand wird dir jemals wieder weh tun.«

Sylvers Lippen bewegten sich, doch sie blieb stumm. Das war er. Der Verfolger. Ihr schien es, als sei sie in einem schrecklichen, endlosen Alptraum gefangen.

»Ich habe dir etwas mitgebracht, Prinzessin. Etwas Rotes. Rot ist auch meine Lieblingsfarbe«, erklärte er heiter.

Sylvers Blick fiel auf das rote Halstuch, das er aus der Tasche seiner Windjacke zog.

»Zu Haus wartet ein wunderschöner Strauß roter Rosen auf dich, Prinzessin. Direkt neben dem Bett. Damit du sie gleich siehst, wenn du am Morgen aufwachst.«

Sylvers Blick blieb auf das Halstuch in seiner Hand geheftet. Wenn ich jetzt protestiere, stranguliert er mich, dachte sie. Sie fühlte sich so schwach und müde. »Nein. Bitte . . .«

»Keine Angst, Prinzessin. Ich habe mich so sehr bemüht, daß dir kein Leid geschieht. Ich würde dir mein Leben opfern . . .«

Bevor er seinen Satz beenden konnte, wurde die Tür aufgestoßen; Riley stürmte herein, stürzte sich im Hechtsprung auf Browning und riß ihn zu Boden.

»Nicht, Riley!« rief Sylver. »Tu ihm nichts. Er hat mein Leben gerettet.«

Mit gezogener Waffe folgte Hank Salsky Riley ins Zimmer und schaltete das Licht ein. Hinter ihm kam Al Borgini. Der Detective hatte auf der Fahrt zum Krankenhaus seinen Chef per Funk alarmiert.

Gary Browning lag unter Riley am Boden und sah furchtbar ängstlich aus. Gleich daneben kam Nash gerade wieder zu sich.

»Nash war es«, erklärte Sylver außer Atem. »Er hat den

zweiten Ohrring. Er hat mir beide aus der Wohnung gestohlen. Er hat Doug ermordet. Mich hätte er auch umgebracht, wenn dieser ... Fan von mir ihn nicht davon abgehalten hätte.«

Riley brauchte ein paar Sekunden, um Sylvers Rede zu begreifen. Er blickte zu Walker hinüber, erhob sich dann von Gary Browning und half ihm sogar beim Aufstehen. Während Borgini dem unzusammenhängend stammelnden Nash die Handschellen anlegte, filzte Salsky Browning und forderte eine kleine Pistole sowie ein altes Werbefoto von Sylver zutage.

Salsky verlas Browning und Walker die Rechte. Als die Cops die beiden Männer abführen wollten, lächelte Browning Sylver schüchtern und verloren an.

»Wäre es vielleicht möglich, daß du ... Sie mir ein Autogramm auf Ihr Foto geben, bevor ich gehe?«

Sylver blickte Riley an. »Hast du einen Schreiber?«

Riley gab ihr einen. Salsky brachte das Foto.

»Wie heißen Sie?« fragte sie leise.

»Gary. Mein Name ist Gary.«

»Für Gary«, schrieb sie. »In ewiger Dankbarkeit, Sylver Cassidy.«

EPILOG

Beverly Hills, Kalifornien
Frühling 1995

»Sag mir, Deana, hast du schon jemals so viele Stretch-Limousinen gesehen?«

»Oder so viele Stars, Alan? Ich muß sagen, die Damen sehen heute abend absolut großartig aus. Oh, sieh mal – da ist Evelyn Chapman. Emily! Emily, hier! Dieses Gewand ist hinreißend. Von wem ist es?«

»Von Versace. Danke.«

»Ja, Emily Chapman ist vor zwei Jahren mit der begehrten Statue als beste Darstellerin ausgezeichnet worden, und jetzt ist sie wieder mit ›Verlorene Kindheit‹ nominiert. Wie, glaubst du, stehen ihre Chancen, Alan?«

»Emily ist eine großartige Schauspielerin, aber ich muß dir sagen, Deana, mein Tip ist die heiße Kandidatin des Abends, Christine Tyler, für ihre Darstellung der jungen Schauspielerin in ›Besessen‹.«

»›Besessen‹ hat wirklich jeden überrascht – ein kleiner, frei produzierter Streifen vereint fünf Nominierungen auf sich, einschließlich der für den besten Film. Man könnte fast sagen, jeder in dieser Stadt ist besessen von ›Besessen‹.«

»Diese kleinen, aber feinen freien Produktionen erreichen langsam die ihnen zustehende Anerkennung, Deana.«

»Und keine verdient sie mehr als ›Besessen‹. Trotzdem ist es ziemlich vermessen, auf den ›besten Film‹ zu spekulieren. Die

Buchmacher meinen, das würde das epische Drama ›Da Vinci‹ werden. Und ich gebe ihnen recht, Alan.«

»Also, Herrschaften, Sie haben es gehört. Deana Rubin hat ihren Tip abgegeben. Jetzt brauchen wir alle nur noch die nächsten drei Stunden dabeizubleiben und festzustellen, ob sie richtig gelegen hat.«

»Oh, sieh mal, Alan, wer da über den roten Teppich kommt. Riley Quinn, der Schriftsteller und Drehbuchautor von ›Besessen‹ und seine hinreißende Gattin, Sylver Cassidy, die Koproduzentin von ›Besessen‹. Natürlich erinnern sich viele von uns an Sylver noch von ihrer Arbeit vor den Kameras, als sie ein Kind war. Ich entsinne mich, sie vor vielen Jahren in ›Glory Girl‹ gesehen zu haben. Sie war blendend.«

»Ich glaube, sie hat nie blendender ausgesehen als heute abend.«

»Ihr Gatte sieht aber auch nicht gerade schlecht aus. Ich hörte, Sylver und ihre Partnerin Kate Paley beginnen gerade mit der Verfilmung von Quinns letztem Werk ›Schattenboxen‹. Das könnte ein neuer Gewinner werden. Was meinst du? Ich sage dir, Alan, sie sind schwer im Kommen . . . Sylver! Sylver Cassidy! Hier! Dieses Kleid steht Ihnen, Darling. Wer hat es entworfen?«

Hank Salsky stieß einen Pfiff aus, als er Riley und Sylver auf dem Bildschirm entdeckte. Er saß auf einem Hocker in der Bar gegenüber der Polizeiwache. Al Borgini saß auf dem Hocker neben ihm, Salsky, eine Handvoll Erdnüsse in der einen und einen Bierkrug in der anderen Hand, stieß seinen Chef mit dem Ellbogen an. »He, Quinn sieht gar nicht mal so übel aus in einem Smoking. Und erst Sylver. Die sieht aus wie eine Million Dollar.«

Al Borgini lächelte. »Das ist sie jetzt auch mindestens wert.«

Salsky steckte sich ein paar Erdnüsse in den Mund. »Eins

muß ich sagen, Chef, ich bin wirklich froh, daß es so ausgegangen ist. Ich hatte auch nie gedacht, daß sie es getan haben könnte. Um Ihnen die Wahrheit zu sagen, ich fürchtete wirklich für ein paar Minuten, es könnte Ihr Kumpel gewesen sein.«

»Und ich hatte auf ihre Mutter getippt«, gestand Borgini. »Ich dachte, sie würde zusammenbrechen und gestehen, wenn ich ihre Tochter verhafte.«

»Die anderen beiden waren ja auch nicht aus dem Schneider. Die Paley hatte genug Gründe, um Garrison abzumurksen. Und ihr Freund, dieser Needham, schien mir ein ziemlicher Hitzkopf zu sein.«

»Ja, ich hatte die beiden auch nicht ganz von der Liste gestrichen. Jedenfalls habe ich richtig aufgeatmet, als sich herausstellte, daß es dieser eingebildete Junkie Nash Walker war.«

»Sind das nicht die Paley und Needham?«

»Wo?«

»Da hinter dem Weib mit dem Ausschnitt bis zum Bauchnabel runter.«

Borgini lächelte. »Ja, richtig. Das sind sie.«

Die Kamera schwenkte zu Kate und Adrian, als sie mit Riley und Sylver zusammentrafen und sich dann alle umarmten. Ein breites Grinsen zog sich über Salskys Gesicht. »Hollywood«, sagte er. »Das muß man doch einfach lieben.«

Er sitzt auf seinem Sofa. In einer Hand hält er eine rote Rose, und mit der anderen drückt er sich die Autogrammkarte an die Brust. Sylver sieht so wunderschön aus heute abend, sogar auf seinem billigen 13-Zoll-Bildschirm. Er kann sich nur vorstellen, um wieviel schöner sie in Wirklichkeit aussieht. Eine Weile hat er überlegt, ob er es riskieren sollte. Wer würde ihn schon inmitten dieser Menschenmenge entdecken? Am Ende hat er beschlossen, es lieber doch nicht zu tun. Der Gedanke an einen Gefängnisaufenthalt – den hatte der Rich-

ter ihm angedroht für den Fall, daß er die strenge Auflage nicht befolgte, sich nicht mehr in die Nähe von Sylver zu begeben oder ihr Geschenke oder Briefe zu schicken – ist mehr, als er ertragen kann.

Ohnehin kehrt sie ja bald wieder nach London zurück, wo sie jetzt lebt. Sie hat für sich ein neues Leben gefunden. Sie sieht glücklich aus. Wirklich glücklich. Und das ist alles, was er sich je für sie gewünscht hat.

Er wird ewig ihr treuer Fan bleiben. Und er will immer für sie dasein, falls sie ihn braucht.

Als sie vom Bildschirm verschwindet, zieht er das Foto von seinem Herzen. Mit Tränen in den Augen liest er zum millionsten Mal die Widmung. In ewiger Dankbarkeit, Sylver Cassidy.

Bleib gesund, Prinzessin. Ich werde dich immer lieben.

Sylver und Riley saßen neben Kate und Adrian auf ihren vorgesehenen Sitzen im großen Zuschauersaal des Dorothy-Chandler-Pavillons. Sie waren alle vier für die wichtigsten Preise nominiert – Sylver und Kate für den »Besten Film«, Adrian für die »Beste Regie« und Riley für das »Beste Drehbuch« –, und deshalb hatten sie auch prominente Plätze inne.

Die vier waren heute abend überaus feierlich gekleidet. Sylvers einfacher, doch glamouröser Entwurf von Brunaud war ein knöchellanges Etuikleid von der Farbe edlen Portweins. Am Hals trug sie die Perle an der Silberkette, die Riley ihr an ihrem ersten Weihnachtsfest geschenkt hatte, und an ihrem Handgelenk funkelte ein Brillantarmband, das sie von ihm heute morgen zu ihrem achtundzwanzigsten Geburtstag erhalten hatte.

Riley, der sich noch immer nicht gerne »feinmachen« mochte, hatte nicht allzuviel protestiert, als Sylver ihn dazu überredete, den maßgeschneiderten schwarzen Smoking von

Ralph Lauren, eine schwarzgestreifte Hose, eine graue Weste mit schwarzen Nadelstreifen und ein weißes Oberhemd mit breitem Kragen anzuziehen. Er hatte nur – als ein Hauch von Kitsch, wie er sagte – auf einer gelben Fliege bestanden.

Kates einzigartiges Gewand aus fließender korallenfarbenen Seide mit bogenverziertem Ausschnitt, Empiretaille und einem bodenlangen, leicht ausgestellten Rock stammte von der jungen Londoner Designerin namens Lisa Emory, die bisher nur von wenigen Eingeweihten entdeckt worden war. In einem Punkt hatte sich Kate nicht geändert; sie war noch immer eine Trendsetterin. Schon jetzt war abzusehen, daß ihre Entdeckung morgen in jedem Modesalon der Staaten das Top-Thema sein würde.

Sogar Adrian huldigte heute abend der Mode. Er sah einfach umwerfed aus in einem Smoking im Stil der Vor-Bürgerkriegszeit, den Clark Gable in »Vom Winde verweht« getragen haben könnte. Als sein Name als »Bester Regisseur« in »Besessen« genannt wurde, blickte er Kate mit dem passenden Gesichtsausdruck an, der zu sagen schien: »Ehrlich, Scarlet, das ist mir vollkommen egal.« Zärtlich lächelte er seiner Gattin zu, die ihn stolz und liebevoll anstrahlte. Sylver küßte ihn aufgeregt, und Riley, der überhaupt nicht enttäuscht darüber war, daß sein Drehbuch keinen Oscar gewonnen hatte, umarmte ihn herzlich. Wie er es sah, hatte er schon so viel gewonnen, unter anderem den Nationalen Buchpreis für seinen neuen Roman »Schattenboxen«, der auch bald verfilmt werden sollte und von einem Ex-Cop handelte, der endlich seine Dämonen hinter sich gelassen und Liebe gefunden hatte.

Adrian stand etwas unbehaglich auf dem Podium und hielt seinen Oscar fest. Sein Blick schweifte über die Zuschauer, fiel dann auf Kate und blieb dort.

»Ich bin ein verdammt glücklicher Kerl. Ich habe nicht nur Regie führen dürfen bei einem großartigen Film, dank des

Drehbuchs meines Freunds Riley Quinn, dank des hervorragenden Produktionsteams von Sylver Cassidy und Kate Paley, dank der wunderbaren Besetzung – und ich werde euch nicht alle namentlich aufführen, weil ich viel zu nervös bin und die Hälfte aller Namen vergessen werde, worauf ihr dann alle stinksauer seid – darf man das überhaupt im Fernsehen sagen? Also, wo war ich? Ach ja, bei dem glücklichen Kerl.« Er lächelte seine Gattin breit an. »Was mich wirklich zu dem glücklichsten aller Kerle macht, ist, daß ich zwar nur der Regisseur des Films war, aber trotzdem am Ende die Frau meiner Träume gekriegt habe. Und ich behalte sie, noch lange nachdem ›Besessen‹ schon die Fernsehwiederholung hinter sich hat.« Unter Applaus – niemand klatschte lauter als Kate – verließ er die Bühne.

Nach der nächsten Werbeeinblendung kam man zu dem renommiertesten Preis des Abends, auf den schon alle gewartet hatte – den für den »Besten Film des Jahres«. Präsentiert wurde er von Jack West, einem von Hollywoods angesehensten Darstellern. Er nannte zuerst die nominierten fünf Filme, und dazwischen wurden die entsprechenden Ausschnitte gezeigt. »Besessen« war der letzte auf der Liste. Nach dem kurzen Ausschnitt brandete Beifall auf. Der Film hatte den Geschmack der Menge getroffen.

Jack West lächelte in die Kamera, öffnete langsam, dramatisch den Umschlag und zog die Karte darin schwungvoll heraus.

Kate und Sylver saßen mit ineinander verschlungenen Händen Seite an Seite. Sie sagten sich immer wieder, daß sie nicht die geringste Chance hätten, den großen Preis zu erringen, und daß es auch überhaupt nicht wichtig wäre, doch sie wußten beide, daß sie sich belogen. Natürlich bedeutete es nicht alles – das hatten sie gelernt, und die Männer neben ihnen bewiesen das –, doch es bedeutete viel.

».. . und der Gewinner ist ›Besessen‹«, hörten sie Jack

Wests etwas näselnde Stimme. »Den Oscar für den besten Film werden seine beiden Produzentinnen, Sylver Cassidy und Kate Paley, entgegennehmen.«

Riley und Adrian gaben ihren Gattinnen dicke und leidenschaftliche Küsse. Die beiden Frauen erlebten einen merkwürdigen Moment des Zweifels. Geschah das hier tatsächlich? Träume wurden doch nicht wirklich wahr. Und schon gar nicht ausgerechnet in Hollywood.

Kate lachte und zerriß damit die Anspannung. Hand in Hand gingen die zwei den Mittelgang hinunter. Unter Applaus und Gratulationen stiegen sie schließlich auf wackeligen Beinen auf die Bühne hinauf. Sie faßten es noch immer nicht. Sie hatten gewonnen. Und was am meisten zählte, sie hatten es entgegen allen Aussichten zu ihren eigenen Bedingungen geschafft.

Als sie auf dem Podium waren und sich zum Publikum umdrehten, waren sie überwältigt, weil man ihnen stehende Ovationen brachte. Beide Frauen versuchten, die Tränen zurückzuhalten, doch es gelang ihnen nicht. Als nach einer Weile der Applaus abebbte und die Leute wieder ihre Sitze einnahmen, schob Sylver Kate nach vorn.

Kate trat vor das Mikrofon, schaute auf die Gesichter der Menschen der Filmindustrie und versuchte, die richtigen Worte zu finden.

Sie warf Sylver einen Blick zu und lächelte scheinbar verlegen. »Ich glaube, das bedeutet, man mag uns. Ja, sie mögen uns.« Sylver grinste, und jeder im Saal lachte.

Kate drehte sich zum Publikum zurück. »Jetzt im Ernst, Herrschaften. Es war eine wahre Achterbahnfahrt, doch ich möchte keine Minute davon vermissen. Ich habe bei der Herstellung des Films viel gelernt. Von Riley Quinn habe ich etwas über die Macht des Wortes gelernt, hinter dem aufrichtige Gefühle stehen. Von meinem geliebten Ehemann Adrian habe ich gelernt, an den eigenen Idealen festzuhalten und an sich selbst zu glauben. Und ich habe ...« Sie drehte sich zu Sylver um und faßte deren Hand, »... die wahre Bedeutung von Freundschaft und Vergebung von einer ganz besonderen Frau gelernt – Sylver Cassidy.«

Wieder wurde applaudiert, und dann war Sylver an der Reihe.

Sie blickte erst auf Kate, dann auf ihren Oscar, und ihr Lächeln leuchtete. »Was für ein Geburtstagsgeschenk!« Sie holte Luft. »Diesen Preis verdanke ich so vielen Menschen«, fuhr sie zögernd fort. »Ich wünschte, ich besäße Rileys Worte, um ihm und Adrian und am allermeisten Kate zu sagen, was dieser Augenblick mir bedeutet.« Wieder machte sie eine kleine Pause; ihre Augen glänzten glücklich und stolz. »Ich stünde jetzt nicht hier, hätte es die drei nicht gegeben.« Sie faßte Kates Hand fester und blickte dann ihren Ehemann an. »Was könnte ich sagen, Riley? Nur daß du brillant, zärtlich und ein wahrhaftiger ... Lebensretter bist. Und das ist nicht gelogen. Ich liebe dich so sehr, Riley.«

Die Kameras richteten sich auf Riley, der sich erfolglos gegen seine Tränen sträubte. Er hauchte Sylver einen Kuß zu.

Sylver blickte direkt in die Kamera. »Und Skyler, ich hoffe, du schläfst schon fest in deinem kleinen Pyjama. Dich liebe ich auch, Baby.«

Sie hielt den Oscar in die Höhe und blickte himmelwärts, während ihr die Tränen übers Gesicht liefen. »Mom, ich glaube, der gehört vor allem dir. Ich weiß, daß du jetzt da oben bist und zuschaust. Und strahlst. Ich wünschte nur, du könntest jetzt hier bei uns sein. Ich vermisse dich.«

Sie wollte vom Podium treten, beugte sich jedoch noch einmal ans Mikrofon. »Noch eines, Mom. Skyler hat neulich dein Foto auf dem Flügel gesehen, und weißt du, was er gesagt hat?« Ihre Stimme drohte zu versagen, doch Sylver sprach weiter. »Er sagte: ›Das ist meine Granny.‹ Ich dachte, du würdest das gern hören.«

Während der Beifall den Zuschauersaal erfüllte, standen Kate und Sylver, das beispiellose Produktionsteam, nebeneinander, hielten ihre Oscars im Arm und streckten ihre zusammengelegten Hände hoch zum Zeichen des Siegs.

Eliza Blake ist die Aufsteigerin des Jahres beim Sender Key-TV. Zusammen mit dem Starjournalisten Bill Kendall darf sie die Nachrichten ihres Senders moderieren. Aber ihr Glück bleibt nicht ungetrübt. Böse Gerüchte kursieren: Angeblich ist Eliza kokainsüchtig und hat als alleinstehende Mutter einen unsteten Lebenswandel. Dann wird Bill Kendall tot aufgefunden. Der Befund ist sensationell. Eliza gerät noch weiter unter Druck. Eine tödliche Intrige entspinnt sich um sie, deren Urhebern offenbar jedes Mittel recht ist.

»Ein brillanter, fesselnder Roman mit einer klugen, attraktiven Journalistin als Heldin. Ein einzigartiger Lesegenuß!«
Mary Higgins Clark

Mary Jane Clark

Ich sehe was, was du nicht siehst
Roman

Econ | ULLSTEIN | List

Ein sensationeller Mordprozeß lockt Heerscharen von Journalisten und Prominenten aus aller Welt nach Athen. Was dort vor den Schranken des hohen Gerichts aufgerollt wird, ist die Lebens- und Liebesgeschichte zweier attraktiver Frauen, die demselben Mann heillos verfallen sind. Da ist einmal Noelle, die aus den Slums von Marseille zu den höchsten Gipfeln des Starruhms gelangte. Und da ist Catherine, die in Chicago aufwuchs und ihre Scheu vor Männern erst durch eine Liebe ablegte, die ihr zum Verhängnis werden sollte. Zwischen Catherine, seiner Frau, und Noelle, seiner Geliebten, steht der attraktive und vitale Larry Douglas, der zum Ausgangspunkt eines teuflischen Planes wird. An den Drähten zieht jedoch der griechische Industriemagnat Constantin Demiris, der einem Rachegott gleich zuschlägt, wenn die Stunde jenseits von Mitternacht beginnt ...

Sidney Sheldon

Jenseits von Mitternacht
Roman

»*Dieser Roman springt dem Leser sozusagen an die Gurgel und läßt ihn nicht mehr los, bis er auf der letzten Seite angelangt ist.*«
Frankfurter Allgemeine Zeitung

Econ | **Ullstein** | List